피노키오의
코에 관한
진실

형사
벡스트룀
시리즈

THE SWORD
OF JUSTICE

Bäckström Series

피노키오의 코에 관한 진실

레이프 페르손 장편소설

홍지로 옮김

엘릭시르

차례

이것은 다 큰 아이들을 위한 사악한 이야기다. 러시아의 마지막 차르 니콜라이 2세, 영국 수상 윈스턴 처칠 경, 러시아 대통령 블라디미르 푸틴, 그리고 스톡홀름 서부 경찰서의 에베르트 벡스트룀 경감이 아니었더라면 이 사건들은 일어나지 않았을 것이다.

그런 의미에서, 이것은 백 년이 넘는 세월에 걸쳐 네 남자가 벌인 행동이 축적되어 빚어진 결과에 관한 이야기이다. 네 남자는 한 번도 서로를 만나는 일 없이 각자 다른 세계에서 살았으며, 넷 중 가장 나이 많은 남자는 가장 젊은 남자가 태어나기 사십 년 전에 살해당했다.

이전에도 숱하게 그랬던 것처럼, 그가 누구를 만나고 어떤 상황에 처하든 간에, 결국 이 이야기를 마무리 짓는 사람은 에베르트 벡스트룀이다.

2013년 봄
엘리함마르 성의 프로페소르스빌란 농장에서
레이프 G.W. 페르손

I

에베르트 벡스트룀 경감의
인생 최고의 날

1

6월 3일 월요일이었다. 월요일인데다 한밤중에 잠을 깼지만, 에베르트 벡스트룀 경감은 언제나 이날을 인생 최고의 날로 여기게 될 터였다. 업무용 휴대전화는 정확히 아침 5시 정각에 울리기 시작했다. 전화를 건 사람이 포기할 줄을 몰랐기에 선택의 여지가 없었다.

"네에에." 벡스트룀은 전화를 받았다.

"살인 사건입니다, 벡스트룀 경감님." 솔나 경찰서 당직 경관이었다.

"이 시간에? 왕이나 수상이라도 죽은 거야?"

"실은 그보다도 훨씬 좋은 일이에요." 벡스트룀의 동료는 기쁨을 감추지 못하는 눈치였다.

"말해봐."

"토마스 에릭손입니다." 당직 경관이 대답했다.

"그 변호사 말인가." 벡스트룀은 놀라움을 감추지 못했다. 진짜일 리 없어. 진짜라기엔 너무 좋은 소식인데.

"바로 그칩니다. 과거에 겪으셨던 일을 생각하니 제가 제일 먼저 기쁜 소식을 전해드리고 싶더라고요. 실은 과학수사과의 니에미가 연락해서 경감님을 깨우라고 했지만요. 아무튼 진심으로 축하드립니다, 벡스트룀 경감님. 경찰서에 있는 모두가 같은 마음입니다. 결국 마지막에 웃는 사람은 경감님이시군요."

"살인인 거 확실해? 에릭손인 것도?"

"틀림없습니다. 니에미가 백 퍼센트 확실하다는군요. 가엾게도 우리 피해자의 꼴이 꽤나 끔찍한 모양입니다만, 그래도 신원은 확실합니다."

"이 슬픔을 달랠 방법을 찾아봐야겠군." 벡스트룀이 말했다.

인생 최고의 날이군. 짧은 통화를 마치며 벡스트룀은 생각했다. 잠도 다 달아났고 머리는 크리스털처럼 맑았다. 오늘 같은 날에는 매 순간을 만끽해야 하는 법. 일 초라도 헛되이 보낼 순 없지.

벡스트룀은 먼저 가운을 걸치고 화장실로 가서 방광의 압박을 해소했다. 생애 초기에 습득한 이래 줄곧 신경 써서 유지해온 습관이었다. 요의가 있든 없든 잠자리에 들기 전과 잠에서 깬 뒤에는 압박을 해소할 것. 그런 점에서 그는 전립선으로 고통받으며 깨어 있는 시간의 대부분을 화장실에서 보내는 다른 남성 동료들과는 완전히 달랐다.

최고의 고압 제트 분사기지. 오른손으로 슈퍼 살라미를 단단히 붙든 채 두툼한 하체에 차 있던 체액의 수위가 낮아지는 것을 느끼노라니 만족감이 찾아왔다. 이제 영양 균형을 회복할 차례로군. 벡스트룀은 그렇게 생각하면서, 꿈도 꾸지 않고 깊이 잠들었던 지난밤 사이 쌓인 마지막 방울들을 쥐어짜기 위해 마지막으로 살라미를 두어 번 힘차게 잡아당겼다.

이어 그는 곧장 부엌으로 가 푸짐한 아침 식사를 준비했다. 두툼한 대니시 베이컨 적당량, 달걀 프라이 네 장, 신선한 오렌지 주스, 그리고 따뜻한 우유를 넣은 진한 커피를 큰 컵으로 한 잔. 살인 사건 수사는 공복으로 할 짓이 아니었다. 영양실조에 걸린 백치 같은 동료들이 우울할 정도로 착실하게 수사를 말아먹는 데에는 당근과 귀리 시리얼이 한몫하고 있음이 틀림없었다.

식사를 마친 벡스트룀은 행복한 포만감을 느끼며 욕실 샤워 부스로 들어가, 둥글둥글하니 복스럽고 조화롭게 균형 잡힌 신체 위로 따뜻한 물이 흘러내리는 가운데 구석구석을 꼼꼼히 비누칠했다. 이어서 물기를 철저하게 닦아낸 뒤에는 제대로 된 구식 면도칼과 넉넉한 양의 셰이빙 폼을 이용해 면도에 나섰다. 마지막으로 전동 칫솔로 이를 닦았고, 만일에 대비해 상쾌한 구강 세정제로 입도 헹구었다.

애프터셰이브 로션, 데오드란트, 그 밖의 향긋한 냄새를 고귀한 신체의 요충지에 꼼꼼히 바른 다음, 그는 신중을 기해 옷을 입었다. 노란색 리넨 정장과 파란색 리넨 셔츠를 입고, 검은색 수제 이탈리아 구두를 신고, 피살자의 마지막 가는 길을 다정히 배웅할 요량으로 화려한 실크 손수건을 가슴 주머니에 꽂았다. 이런 날은 사소한 부분까지 허투루 지나쳐서는 안 되는 법. 그렇기에 벡스트룀은 이 중대한 날을 기리는 의미로 평소 차고 다니는 롤렉스 시계 대신, 지인이 사소한 불편을 해결해준 것에 대한 감사의 표시로 크리스마스 때 선물한 백금 시계를 찼다.

현관 거울 앞에서 그는 최종 점검에 착수했다. 적당량의 현금을 끼운 금제 지폐 클립과 카드를 전부 담은 작은 악어가죽 지갑(이 둘은 바지의 왼쪽 주머니에)을 챙기고 열쇠고리와 휴대폰은 오른쪽 주머니에, 등에 펜을 끼운 검은색 수첩은 왼쪽 안주머니에, 그리고 그의 가장 좋은 친구인 꼬마 시기■는 왼다리 안쪽 발목에 찬 총집에 확실하게 꽂아 넣었다.

벡스트룀은 이렇게 완성된 자신의 모습을 보며 만족스럽게 고개를 끄덕였다. 마지막으로 가장 중요한 일이 남아 있었다. 홀 테이블 위의 크리스털 유리병에 담긴 몰트위스키를 적당량 섭취하기. 유쾌한 뒷맛이 잦아드는 시점에 목 캔디 두 개를 입에 털어 넣고, 만일에 대비해 재킷 주머니에 몇 개를 더 챙겼다.

거리로 나서자 구름 한 점 없는 하늘 위로 태양이 빛나고 있었다. 이제 유월 초일 뿐인데 기온이 벌써 이십 도는 되는 것 같았다. 진정한 여름의 첫날이었고, 딱 이런 날에 기대할 만한 날씨였다.

솔나 경찰서 당직 경관이 보낸 순찰차에는 젊은 경관 둘이 타고 있었다. 빼빼 마르고 여드름투성이인 녀석들이었지만 운전대를 잡은 쪽은 윗사람 모실 때의 기본 예의는 갖추고 있었다. 그는 차문을 열고 자신의 좌석을 앞으로 당겨 벡스트룀이 보통 용의자가 앉는 자리에 앉거나 깔끔하게 다린 바지를 구기는 일이 없도록 했다.

"좋은 아침입니다, 경감님." 운전석의 경관이 공손하게 말했다. "날씨가 나쁘지 않네요."

"그러게요, 낮에는 엄청 뜨겁겠는데요." 그의 동료가 거들었다. "그나저나, 만나 뵙게 돼서 영광입니다, 경감님."

"올스텐스가탄 거리 127번지." 벡스트룀은 짧게 고개를 끄덕이며 말했다. 그는 두 젊은이의 관심을 방지하기 위해 보란 듯이 검은 수첩

■ 벡스트룀이 사적으로 휴대하는 시그사우어 권총의 애칭이다.

을 꺼내 사건에 관한 첫 번째 기록을 남겼다. "에베르트 벡스트룀 경감, 07시에 쿵스홀멘 자택에서 범죄 현장으로 출발." 그러나 의중이 제대로 전해지지 않았는지, 두 젊은이는 차가 프리드헴스가탄 거리에 들어서기도 전에 다시 입을 열었다.

"묘한 사건이던데요. 당직 경관 말로는 피살자가 변호사 토마스 에릭손인 것 같습니다."

운전석의 경관이 고개를 주억거리며 말을 이었다.

"상당히 드문 일일 텐데요. 변호사가 살해당하는 것 말입니다."

"그러게요. 좀처럼 없는 일이죠." 그의 동료가 맞장구를 쳤다.

"그래, 슬프게도 말일세." 벡스트룀이 말했다. "안타깝게도 지나치게 드문 일이야." 얼간이가 둘 늘었군. 이런 자식들은 다 어디서 오는 거야? 왜 이런 놈들은 사라지는 법이 없지? 왜 하필이면 하나같이 경찰이 되는 건데?

"뭔가 부정한 일에 휘말렸던 거라고 생각하십니까, 경감님? 아무래도 변호사니까, 말하자면 그런 식의 위험도 있었겠지요?"

이 멍청한 자식은 이제 아예 고개까지 이쪽으로 돌리고 있군. 아닌 게 아니라 경관은 벡스트룀을 똑바로 바라보며 이야기하고 있었다.

"바로 그 문제에 관해 생각해보려던 참이었네." 벡스트룀은 피로한 목소리로 대꾸했다. "자네들이 나를 올스텐스가탄 거리에 있는 범죄 현장으로 데려다주는 동안 말이지. 완전한 침묵 속에서."

이제야 조용해졌군. 벡스트룀은 생각했다. 십 분 뒤 그들은 1950년대에 하얀 벽돌로 지어진 커다란 현대식 빌라 앞에 당도했다. 빌라에는 계류장과 보트 창고, 그리고 멜라렌 호수로 쭉 뻗은 선착장까지 딸려 있었다. 평범한 경찰의 평생 수입을 다 합친 것보다 더 비싼 집이 틀림없었다. 세전 금액으로 계산해도 말이다.

범죄 현장으로 나쁘지 않군. 그 자식은 이 시간에 여기서 뭘 하고 있었던 걸까.

그 외에는 평소와 다름없는 광경이었다. 경찰이 친 통제선이 건물과 집 양쪽 도로의 상당 부분을 둘러싸고 있었다. 순찰차 두 대와 이동 지휘 차량 한 대, 그리고 범죄과 소속 차량이 최소한 세 대는 와 있었고, 먼저 도착해 있던 인원 주변으로 지나치게 많은 경찰들이 할일 없이 우두커니 서 있었다. 사진기자를 대동한 기자들 몇몇에 텔레비전 방송국에서 나온 카메라맨이 최소 한 명. 거기다 남의 일에 참견하기 좋아하는 이웃 십여 명이 평소보다 훨씬 좋은 옷을 차려입고 나와 있었는데, 그중에는 크고 작은 개를 한 마리 이상 대동한 자들이 놀라우리만치 많았다.

하지만 사람들의 눈에 담긴 표정은 모두 같았다. 희미한 두려움도 깔려 있었지만, 그보다는 설령 최악의 일이 일어났다 한들 자신에게 일어난 것은 아니라는 의식에서 비롯한 기대와 희망이 주를 이루었다. 한평생에 이런 하루하루가 무슨 의미가 있겠어? 특별한 하루만 빼고 말이야. 한 사람의 평생에는 단 하루, 그 사람 인생 최고의 날로 귀결되는 하루가 있는 법이니까. 벡스트룀은 생각했다.

이윽고 그는 운전석에 앉은 여드름투성이 경관과 역시 여드름투성이인 동료 경관에게 고개를 끄덕이며 차에서 내린 뒤, 언론사의 독수리떼를 향해 묵묵히 고개를 가로젓는 즐거움을 누리며 불과 몇 시간 전까지만 해도 피살자의 보금자리였던 집의 현관문을 향해 발걸음을 옮겼다.

이렇게 걸음하는 것이 벡스트룀의 인생에서 처음 있는 일도 아니었고 마지막일 리도 없었지만, 이번만은 이 직무가 어찌나 반가웠던지 아마 혼자 있었더라면 그는 피살자의 집으로 다가가는 내내 탭댄스라도 추었을 것이다.

II

최고의 날 이전의 한 주는
완전히 평범한 주였다
좋은 쪽으로도
나쁜 쪽으로도

2

5월 27일 월요일, 벡스트룀 인생 최고의 날이 될 월요일로부터 꼭 일주일 전인 이날은 평소와 다를 바 없는 월요일이었다. 어쩌면 보통 월요일보다 살짝 나빴다고 할 수도 있었는데, 그 시작은 에베르트 벡스트룀처럼 명민하고 고상한 사람의 인내심마저 시험할 만한 방식으로 찾아왔다.

순수하게 사실만을 따지자면, 황당무계한 두 사건이 이해할 수 없는 이유에서 벡스트룀에게로 넘어오는 바람에 벌어진 일이었다. 첫 번째는 학대당한 토끼 한 마리를 주 의회에서 보호하게 된 사건이었다. 두 번째는 왕실과 연이 있는 한 똑똑한 신사가, 익명의 목격자에 따르면 저 유명한 런던 소더비 경매장의 판매 카탈로그로 공격당한 사건이었다. 그것만으로는 모자랐는지 범죄가 벌어진 장소는 하필 드로트닝홀름 궁의 주차장, 그러니까 스웨덴 국왕 폐하 칼 구스타프 16세가 평소 야간에 수면을 취하시는 방으로부터 불과 이백여 미터 떨어진 곳이었다.

에베르트 벡스트룀 경감은 몇 년 전 스톡홀름 서부 경찰서에서 강력 범죄 수사를 담당하는 부서의 책임자로 근무했었다. 나쁘지 않은 시절이었다. 평범한 사람들에게도 발언권이 있는 미국과 같은 곳에서라면 벡스트룀은 분명 손쉽게 보안관으로 선출되었을 터였다. 서쪽으로 멜라렌 호수에서부터 동쪽으로 발트해에 이르기까지, 땅과 물로 이루어진 355제곱킬로미터에 달하는 광대한 내륙. 남쪽으로 중앙 스톡홀름의 옛 요금 징수소부터 북쪽으로 노라예르바, 야콥스베리와 스톡홀름 군도 바깥쪽까지 호령했으리라.

그는 그곳을 삼천오백만 명에 달하는 인구가 사는 '벡스트룀 자치주'로 생각하곤 했다. 맨 꼭대기에는 드로트닝홀름과 하가의 궁전에 거주하시는 국왕 폐하와 폐하의 가족들. 그 옆으로는 십여 명의 억만장자들과 수백 명의 백만장자들. 반대편 끝에는 스스로를 부양할 능력이 없어 보조금이나 구걸에 의존해 생계를 유지하거나 범죄를 저지르며 하루하루를 살아가는 사람 수만 명. 그리고 물론 평범한 사람들도 있었다. 자기 일에만 신경 쓰고, 스스로를 부양하며, 자기 삶에 불평불만 가지지 않는 사람들. 적어도 그들은 솔나의 큰 경찰서에 자리한 벡스트룀의 책상 위에 당도할 만한 짓은 거의 하지 않는다.

불행하게도 그곳에 사는 모두가 그런 것은 아니었다. 매년 이 지역에서만 육만 건에 육박하는 범죄 신고가 들어왔다. 그중 대다수는 절도, 기물 파손, 약물 범죄와 같은 간단한 사건이었지만, 몇천 건에 달하는 강력 범죄도 있었다. 서부 지역 전체에서 일어나는 범행은 각계각층에 두루 분포되어 있었다. 줄무늬 정장을 입은 깡패들 몇 놈이 수억짜리 금융 범죄를 저지르는 한편, 수만 명에 달하는 사람들이 쇼핑센터의 대형 슈퍼마켓에서 스테이크와 소시지부터 화장품, 맥주, 두통약에 이르기까지 온갖 물건을 훔쳤다.

대부분의 경우, 그들은 벡스트룀과 엮일 일이 없었다. 벡스트룀은 강력 범죄를 담당했다. 경찰로서 평생을 그래왔고, 경찰로서의 삶이 끝날 때까지 계속 그럴 작정이었다. 살인, 폭행, 강간, 무장 강도. 또 그 사이사이에 온갖 놀라운 범죄가 방화, 소아 성애, 위협, 훌리건 등 각양각색의 미친 짓거리라는 형태로 숨어 있었다. 심지어 노출증이나 관음증 환자마저 가끔은 상상력을 발휘해 보다 실체적인 야심을 품곤 했다. 그리고 그런 사건들의 수가 너무 많았다. 범죄과에는 매년 수천 건의 신고가 들어왔다. 경찰로서 벡스트룀의 인생에 만족과 의미를 가져다주는 것은 바로 이러한 사건들이었고, 그가 거기에서 성공을 거둔 비결은 중요한 것과 그렇지 않은 것을 구분할 수 있었기 때문이었다. 생애 최고의 날이 된 월요일 전주의 월요일에, 벡스트룀은 애석하게도 이 점에서 그다지 성공을 거두지 못했다.

벡스트룀의 강력반에서 한 주는 언제나 아침 회의로 시작했다. 전주에 일어난 비참한 인간사를 요약하고, 앞으로 한 주 동안 일어날 일들에 대비해 마음을 다잡고, 그저 기록 보관소로 넘기거나 잊어버리기에는 지나치게 오랫동안 묵혀둔 옛 사건 몇 개를 곱씹어보는 자리였다.

벡스트룀을 보조하는 동료는 스무 명 남짓이었다. 그중 한 명은 묵묵히 제 몫을 다하는 이였고, 최소한 그가 시키는 대로 일을 해내는 이가 예닐곱쯤 되었다. 나머지는 이럭저럭 예상했던 수준을 벗어나지 않는 정도였다. 벡스트룀의 엄격한 교육과 강한 지도력, 그리고 특히 중요한 것과 그렇지 않은 것을 구분하는 능력이 없었더라면 분명 악당들이 처음부터 우위를 점했으리라.

새로운 한 주, 아침 회의, 에베르트 벡스트룀 경감이 다시 한번 정의의 칼을 휘두를 때였다. 정의의 저울을 만지작거리는 일 따위는 경찰 계급 체계의 더 높은 자리에 있는 수많은 순진한 개혁가들과 서류를 뒤적이는 작자들에게 기꺼이 양보할 수 있었다.

③

"다들 앉지." 벡스트룀이 긴 회의용 테이블 끝의 자기 자리에 앉으며 말했다. 이 쓸모없고 게으른 자식들. 그는 동료들을 둘러보았다. 월요일 아침 아니랄까 봐 무겁게 내려앉은 눈꺼풀 너머의 눈동자들은 텅 비어 있었고, 수첩과 필기할 태세를 갖춘 펜보다 커피잔이 더 많았다. 대체 어떻게 경찰이 된 거지? 나처럼 제대로 된 경찰은 다들 어디로 간 거야?

이윽고 그는 자신의 오른팔에게로 시선을 돌렸다. 오른팔은 당연히 여자였다. 서른일곱 살의 안니카 칼손 경위. 하루의 대부분을 솔나 경찰서 지하 체육관에서 보낼 것처럼 생긴 무시무시한 인물. 아마 그보다 으슥한 다른 지하실에서도 시간을 보낼 테지만, 벡스트룀은 그 점에 관해서는 생각하지 않기로 했다.

그래도 그녀에게는 한 가지 장점이 있었다. 어느 누구도 감히 그녀에게는 말대꾸를 할 엄두를 내지 못했다. 덕분에 그들은 잽싸게 지난주와 주말 동안 일어난 사건 목록을 검토할 수 있었다. 해결과 미결, 성공과 불발, 새로운 정보와 제보, 다가올 한 주의 업무와 덕담. 그 밖에 부서의 모두가 숙지해야 할 보다 관례적이고 행정적인 일들도.

모든 것이 순조롭게 진행됐다. 한 시간도 안 되어 검토가 끝났고, 칼 손 경위는 사흘 전 일어난 살인 사건을 해결했으며 완전한 자백을 받아 검사에게 인계했다는 보고로 완벽한 마침표까지 찍었다.

범인은 보기 드물게 협조적인 주정뱅이였다. 금요일 저녁, 그와 이제 고인이 된 그의 아내는 텔레비전 프로그램 선택권을 두고 다툼을 벌 였다. 그러다 그가 부엌으로 가서 고기 써는 칼을 가져와 토론을 끝장 냈다. 그런 다음 그는 구급차를 부르기 위해 이웃집을 찾아가 전화를 빌리려 했다.

이웃은 그리 협조적으로 나오지 않았다. 과거의 경험 덕분에 이웃은 문을 열어봐야 좋을 게 없다는 교훈을 얻은 터였고, 그래서 대신 경찰 에 신고했다. 첫 순찰차가 십 분 만에 도착했지만, 제복 경관들이 아파 트에 들어섰을 때는 이미 의료 조치가 불필요해진 뒤였다. 그들은 막 홀 아비가 된 남자에게 수갑을 채우고 과학수사과와 형사들을 불러서 경 찰 업무 중에서도 보다 섬세한 분야를 맡겼다.

피살자를 잃고 애통해하던 홀아비는 다음 날 아침 첫 취조에서 자백 했다. 세부 사항은 그다지 뚜렷하지 않았는데, 그야 물론 그가 간밤에 몇 잔을 걸친 탓이었다. 그래도 그는 취조 담당자들에게 자신이 벌써 아 내를 그리워하고 있다는 점을 열성적으로 알리고자 했다. 그녀가 고집 이 세고 화를 잘 냈으며 고래처럼 술을 마셔대는 통에 함께 못 살겠다 싶은 인간이기는 했지만, 그 모든 단점에도 불구하고 자신이 진심으로 그녀를 그리워한다는 사실을 분명히 하고 싶어 했다.

"수고 많았군. 고맙네." 벡스트룀이 기쁜 목소리로 말했다. 그가 찰나의 기쁨에 도취되어 실수를 저지른 것은 바로 그 순간이었을 것이다. 회의를 마무리하고 사무실로 물러가 다가올 점심시간을 기다리는 대신, 그는 자신의 오른팔에게 상냥하게 고개를 끄덕이면서 던지지 말아야 할 말을 던지고 말았다.

"자, 그럼 할 이야기는 얼추 끝난 것 같군. 안 그런가? 물론 본연의 경찰 업무로 돌아가기에 앞서 자네가 무언가 덧붙이고 싶은 얘기가 없다면 말이지만."

"두 가지 있습니다." 안니카 칼손이 말했다. "둘 다 좀 이상한 얘기일 수 있지만요."

"말해봐." 벡스트룀은 고개를 끄덕이며 재촉했다. 물론 그는 아직 행복한 무지 상태에 놓여 있었다.

"그러죠." 안니카 칼손은 그렇게 말한 뒤 의미심장하게 그 널찍한 어깨를 으쓱였다. "첫 번째 사건은 토끼에 관한 겁니다. 적어도 일단은 그렇게 말씀드려야겠군요."

"토끼라." 이 여자가 대체 무슨 소릴 하려는 거지?

"주 의회에서 토끼 한 마리를 돌보게 됐습니다. 소유주가 토끼를 학대했거든요." 그녀가 설명했다.

"대체 어떻게 토끼를 학대했다는 건가? 범인이 토끼를 전자레인지에 넣기라도 한 거야?" 보통 싹수 있는 연쇄살인마들이 그런 식으로 경력을 시작하지 않던가? 토끼를 전자레인지에 넣고 고양이를 세탁물 건조기에 돌리는 식으로. 점점 재미있어지는군. 다른 팀원들의 얼굴에 떠오른 표정을 보아 하니 벡스트룀만 그렇게 생각하는 것도 아닌 모양이었다. 인간 피해자들이 겪은 다채로운 고통을 다룰 때와는 달리, 다들 갑자기 눈을 초롱초롱하게 빛내며 관심을 보였다.

"아뇨." 안니카 칼손은 고개를 가로저었다. "유감스럽게도 그보다는 훨씬 더 비극적인 사건입니다."

4

"피의자는 일흔세 살의 여성입니다. 아스트리드 엘리사베트 린데로트 부인. 1940년 출생이고 엘리사베트라고 부릅니다." 안니카 칼손이 설명을 시작했다. "독신, 자녀는 없고, 오 년 전 남편 사망. 솔나 필름스타덴의 아파트에 삽니다. 흥미가 생겨 정보를 찾아봤죠. 재정 상태는 양호하고 고인이 된 남편 덕분에 꽤 풍족한 연금을 받고 있으며 전과는 없습니다. 경찰과 엮인 적이 아예 없었죠. 그런데 지금은 동물 학대로 조사를 받고 있는데다, 지난주에는 다른 위법 행위도 여러 건 저질렀습니다. 그래서 우리 강력반까지 왔고요."

"그래서, 무슨 짓을 했다는 건가?" 벡스트룀이 물었다.

"체포 불응, 공무원 폭행, 상해 미수, 불법 협박 두 건입니다."

"잠깐만." 벡스트룀이 끼어들었다. "일흔세 살 먹은 노파 얘기인 줄 알았는데?"

"맞습니다." 안니카 칼손이 말했다. "노부인이라고 할 수 있겠죠. 그래서 무척 슬픈 이야기고요. 들을 생각이 있으시다면 짧게 요약해서 들려드리죠."

"말해보라고." 벡스트룀은 자세를 편안하게 고쳐 앉았다.

약 한 달 전, 스톡홀름 주 의회에서는 용의자가 소유한 토끼를 보호하기로 결의했다. 그보다 이 주 앞서 한 이웃 여성의 신고를 받은 경찰이 작성한 보고서를 바탕으로 내린 결정이었다. 엄밀히 말하자면 적극적으로 동물에게 잔인한 행위를 했다기보다는 거칠게 다루거나 방임한 정도에 가까웠다. 그중에는 충분한 먹이를 남겨두는 것을 잊은 채 며칠간 휴가를 떠났다는 내용도 있었다. 그런가 하면 소유주가 아파트 출입문 닫는 것을 깜빡해서 달아날 기회를 제공하는 바람에 토끼가 계단에서 발견된 적도 여러 번이었고, 그러다 한번은 토끼가 다른 이웃 소유의 닥스훈트에게 물렸다고도 했다.

"토끼의 소유주가 공식 기록에 기재된 것보다 훨씬 더 나이가 많은 것 아닌가 싶기도 합니다." 안니카 칼손은 그렇게 말하면서 의미심장하게 오른손 검지를 자신의 오른쪽 관자놀이 근처에 대고 빙빙 돌렸다. "접수된 신고는 결국 시 경찰청에 신설된 동물보호팀으로 전달됐습니다. 유달리 대응이 빠른 편이었는데, 아마 린데로트 부인이 올해 일월에 이미 비슷한 혐의를 받은 바 있기 때문이었겠죠. 신고 내용도 동일했고 의회 결의안도 같았는데, 그때는 문제의 동물이 햄스터였던 모양입니다."

"노인네가 판을 키우고 있는 모양이지." 벡스트룀이 킬킬거렸다. 편안하게 등을 젖히고 있던 그는 갑자기 유쾌해진 듯 보였다.

"판을 키우다뇨? 무슨 말씀이시죠?"

"그야, 토끼가 햄스터보다 최소한 두 배는 더 클 것 아닌가." 벡스트룀이 설명했다. "다음번엔 집에 코끼리를 끌고 올지도 모르겠군. 난들 알겠나? 하지만 아직도 이해가 안 되는 건, 왜 그 여자를 우리가 맡게 됐나는 거야."

"이제 나옵니다. 지난주 화요일, 그러니까 5월 21일 화요일에 시 경찰청 동물보호팀 경관 둘이 의회 공무원 둘을 대동하고 토끼를 압수하러 린데로트 부인의 아파트를 방문했습니다. 처음에는 부인이 문을 열어주지 않았죠. 설득 끝에 방범 체인을 채운 채로 문을 살짝 열긴 했는데, 그 틈으로 권총을 내밀면서 썩 꺼지라고 하더랍니다. 경관들은 후퇴한 뒤 지원을 요청했고요."

"경찰특공대에?" 벡스트룀이 기대를 담은 눈빛으로 안니카 칼손을 바라보았다.

"아뇨, 실망시켜드려서 죄송하군요. 우리 쪽에서 순찰차를 보냈어요. 우리 동료 중에 린데로트 부인을 아는 사람이 있었습니다. 자기 어머니가 부인과 오랜 친구 사이라더군요. 그렇게 한동안 설득에 나섰고, 결국 부인이 문을 열고 경관들을 집에 들였습니다. 부인은 불안한 기색이었지만 폭력적으로 행동하지는 않았습니다. 권총은 알고 보니 18세기 골동품이었고요. 경관들 말로는 장전돼 있지도 않은데다, 지난 이백 년간 발사한 적도 없을 것 같았다더군요."

"잘됐군."

"그런데 그게 끝이 아닙니다." 안니카 칼손이 고개를 가로저었다.

"그럴 것 같더라니!"

"상황이 진정된 뒤 의회에서 보낸 여성 수의사가 토끼를 이동장에 넣으러 갔습니다. 그러자 린데로트 부인이 달려들어 찻주전자를 움켜쥔 채 수의사를 협박했죠. 경관들이 부인에게서 주전자를 빼앗은 뒤 소파에 앉혔고, 시 경찰청 경관들과 의회 공무원 둘은 토끼를 데리고 아파트를 나섰습니다. 우리 쪽 동료들은 잠시 남아서 부인을 진정시키며 이야기를 나눴다더군요. 사건 보고서에 따르면, 그들이 집을 나설 때는 부인도 안정을 되찾은 모습이었다고 합니다."

"다행이군." 벡스트룀이 말했다. "질문 하나 하지. 아까의 그 고발들은 다 어디서 들어온 건가?"

"시 경찰청 동료들요. 사건 다음 날에요. 자신들과 두 의회 공무원들을 위해 고발했답니다. 체포 불응, 공무원 폭행, 협박 및 상해 미수. 제가 맞게 세었다면 총 열두 건입니다."

"어련히 알아서 잘 세었겠지. 그 노파가 사회구조 전체에 위협이라는 건 틀림없군. 잡아넣을 때도 됐어."

"왜 그렇게 말씀하시는지는 잘 알겠고 저도 이견은 없습니다. 다만 목요일 저녁에 우리 쪽으로 들어온 가중 협박 행위에 관한 고발이 마음에 걸립니다. 우리 쪽에서 접수했죠. 고발인이 직접 방문해 신고했다는군요. 당직 경관과 이야기했답니다."

"내가 맞혀볼까. 토끼 및 햄스터 팀 동료들이 깜빡했던 죄목을 추가하고 싶었던 모양이군?"

"아뇨." 안니카 칼손은 다시 고개를 가로저었다. "고발인은 린데로트 부인의 이웃이었습니다. 같은 건물 4층에 살죠. 린데로트 부인은 건물 꼭대기인 7층에 살고요. 궁금해하실까 봐 말씀드리자면, 토끼와 햄스터 학대 문제로 린데로트 부인을 고발했던 사람과 동일 인물입니다. 그 여자는 지역 주민회도 여러 차례 고발한 적이 있는데, 그건 이 건과는 별개고요."

"그래서, 그 여자는 어떤 사람인데?"

"독신 여성입니다. 나이는 마흔셋. 시스타에 있는 한 IT 회사에서 파트타임 비서로 일하고요. 전과는 없습니다. 주로 자원봉사 활동을 하는 듯합니다. 그중에는 '우리의 가장 작은 친구들을 보호할 용기'라는 단체의 대변인 활동도 있더군요. 보아하니 동물권 운동 단체 중에서도 급진적인 분파인 모양입니다. 참고로 전에는 해당 단체의 위원을 지내기도 했고요."

"이건 뭐, 상상도 안 되는군. 이름은?"

"프리다 프리덴스달입니다. s는 하나만 들어가고요. 다시 말해 '평화의 계곡'이죠. 개명한 이름입니다. 참고로 출생 시 이름은 안나 프레드리카 발그렌입니다."

"나 원." 벡스트룀은 혈압이 오르는 것을 느꼈다. "나 원, 안니카, 뻔하지 않나? s가 하나뿐인 프리다 프리덴스달에다 '우리의 가장 작은 친구들을 보호할 용기'라니. 정신병자잖아. 아니, '우리의 가장 작은 친구들을 보호할 용기'라니? 이와 바퀴벌레가 걱정되기라도 한다는 건가?"

"무슨 말씀이신지 압니다. 왜 그렇게 생각하시는지도 이해하고요. 그래서 제가 직접 그녀를 면담했습니다. 화요일에 그녀의 직장에서요. 왜 거기서 했느냐고 물으신다면, 경찰서로 오기를 거부했기 때문입니다. 그때 그녀가 말하기를 차마 자기 집에서는 더 못 살겠다더군요. 목숨이 위험하다고 생각해서 친구 집으로 거처를 옮겼답니다. 하지만 친구의 이름과 주소를 밝히지는 않으려 했습니다. 그건 말할 엄두가 안 난다고요. 경찰이 자신을 보호해줄 것 같지 않답니다. 그건 그녀의 친구도 마찬가지였습니다. 마침 그 친구는 경찰과 결혼했는데 그가 아내를 때리고 강간하곤 했던 모양입니다."

"도대체가 상상도 안 된다니까." 벡스트룀은 콧방귀를 꼈다.

"일단 저는 그게 지어낸 이야기라고 생각하진 않습니다. 경감님이나 제가 익숙하게 겪어온 인간 특유의 과장법을 제외한다면요. 그녀는 정말로 겁에 질려 있었습니다. 공포에 떨고 있었어요. 그리고 그녀가 신고한 협박 내용은 정말 험악하더군요. 틀림없이 가중 협박에 해당할 만한 내용입니다."

"그래?" 벡스트룀이 말했다. "그래서, 무슨 일이 일어났다는 건가?" 기대를 감출 수가 없군그래. 칼손이 다른 건 몰라도 쉽게 겁먹는 성격은 아닌데.

"그 말씀도 곧 드리겠습니다만, 사실 진짜 수수께끼는 완전히 다른 데 있습니다."

"또 뭐지?"

"그녀가 린데로트 부인에게서 받았다는 협박 내용이 그토록 품위 있어 보이는 노부인과는 도무지 어울리질 않는다는 겁니다. 전혀 말이 안 돼요. 하지만 프리덴스달은 맹세컨대 린데로트 부인이 협박의 배후라고 주장하고 있습니다."

"좋아." 벡스트룀이 말했다. "계속 말해보라고."

5

목요일 오후 5시, 프리다 프리덴스달은 시스타의 일터에서 근무를 마치고 주차장으로 내려가 자기 차로 솔나 쇼핑센터에 가서 주말에 먹을 음식을 장만했다. 쇼핑을 마친 뒤에는 필름스타덴에 있는 자택으로 가 저녁을 먹고 텔레비전을 조금 보다가 잠자리에 들 계획이었다.

"집에는 6시 15분쯤 도착했답니다. 저녁 식사를 준비하고, 먹고, 친구와 전화 통화를 했고요. 텔레비전으로 뉴스를 보던 중 누군가 현관 초인종을 울렸습니다. 아마 7시 30분을 막 지난 시점이었을 거라는군요."

"현관문은 잠겨 있었고?" 벡스트룀은 벌써 뒤에 이어질 내용을 짐작하며 그렇게 물었다.

"네, 잠겨 있었습니다. 열기 전에 먼저 문구멍으로 밖을 내다보았다는군요. 찾아올 사람도 없었고, 평소에도 모르는 사람에게 문을 열어 줄 일이 있으면 조심했다고 합니다. 밖에 서 있던 사람은 배달원처럼 보였다는군요. 파란색 재킷 차림에 커다란 꽃다발을 들고 있었답니다. 그녀는 꽃을 배달하는 사람이라고 생각했죠. 그래서 문을 열었고요."

다들 도대체 배우는 게 없는 건가? 벡스트룀은 생각했다.

"이후의 일은 순식간에 일어났습니다. 남자가 아파트 안으로 성큼 들어왔습니다. 꽃다발은 홀 테이블에 놓고요. 그녀를 보고는 손가락을 입술에 대며 조용히 하라고 했답니다. 그녀가 아무 말도 하지 않았는데도요. 그런 다음엔 거실 소파를 가리켰다는군요. 그녀는 소파로 가서 앉았습니다. 그녀의 표현에 따르면 갑자기 속이 완전히 텅 빈 것처럼 완전히 겁에 질렸답니다. 비명 지를 생각조차 못했다고요. 숨도 쉴 수 없었고 남자를 쳐다볼 수도 없었답니다. 사고가 마비됐던 거죠, 가엾게도."

"그래서, 메시지는 뭐였나?"

"처음에는 남자가 아무 말도 않더랍니다. 그냥 가만히 서 있었죠. 그러다 마침내 입을 열었는데, 매우 나직하고 다정하다 싶은 목소리였답니다. 마치 상대방을 어르려는 듯했달까요. 텔레비전이 켜져 있어서 남자의 말을 알아듣는 데 어려움을 겪었지만, 요점은 세 가지였습니다. 첫째, 그녀는 남자를 본 적 없는 거다. 둘째, 엘리사베트에 관해 아무 말도 해서는 안 되며, 혹시 누가 묻더라도 좋은 말만 하되 특히 엘리사베트가 동물을 무척 사랑하고 잘 돌본다고 말해야 한다. 그리고 세 번째로, 자기는 곧 여기서 나갈 거다. 하지만 문이 닫히는 소리를 들은 뒤에도 십오 분간 가만히 앉아 있어야 하며 이 일에 관해 아무 말도 해서는 안 된다."

"엘리사베트? 린데로트 엘리사베트 부인이라고 했다고? 분명히 그렇게 들었다던가?"

"분명하답니다." 안니카 칼손 경위가 힘주어 고개를 끄덕였다.

"그 밖에 다른 말은 없었고?" 분위기가 영 심상치 않은데. 벡스트룀은 생각했다.

"유감스럽게도 있었습니다. 제가 방금 요약한 서론을 마친 뒤, 남자는 잭나이프인지 단검인지를 꺼냅니다. 피해자의 표현으로는 어느 순간 상대가 손에 칼을 들고 서 있었답니다. 오른팔을 한 번 털자 갑자기 칼이 나타났다고요. 그러니 아마 잭나이프나 단검이겠죠. 또 남자는 검은 장갑을 끼고 있었다는군요. 그녀가 남자의 장갑에 관해 언급한 건 이

대목이 처음입니다. 바로 그 순간 그녀는 남자가 자신을 살해할 거라고 확신했답니다. 아니면 강간하거나요."

"하지만 안 그랬군."

"네, 남자는 그냥 웃기만 했답니다. 그녀를 보면서 충고를 따르지 않았다간 보지 속에 반려동물 가게가 통째로 들어갈 만한 공간이 생길 거라고 말했죠. 그러면서 칼도 들어 보였다니까, 메시지는 퍽 선명했던 셈입니다. 그런 다음 남자는 집을 나갔습니다. 나가는 길에 꽃다발도 챙기고요. 문을 닫고 그대로 사라졌습니다. 목격자는 없습니다. 뭘 본 사람도, 들은 사람도 없답니다."

"그 여자가 지어낸 이야기는 아니고?"

"얘기하는 걸 직접 보고 들으셨으면 아니란 걸 아실 겁니다. 제가 설득되기에는 충분하고도 남더군요."

"그래서 그다음에는?"

"그녀는 소파에 앉아 벌벌 떨다 정신을 추스른 뒤 친구에게 전화를 했습니다. 7시 정각 무렵에 통화했던 친구와 동일 인물입니다. 휴대전화 기록에 따르면 전화를 건 시각은 저녁 8시 21분입니다. 친구가 집으로 와서 그녀를 데려가고, 둘은 곧장 이곳으로 와 신고를 했습니다. 신고 시각은 당일 저녁 9시 15분입니다."

"그럼 그 친구란 사람은? 그 여자와도 이야기해봤나?"

"아뇨, 피해자는 친구의 이름을 알려주지 않았습니다. 물론 친구는 면담하는 동안 함께 있었고, 이름이 리스베트 요한손이라고 밝혔으며, 신분증을 보여주고 휴대폰 번호도 알려줬지만 어느 것도 진짜가 아니었어요. 경찰과 결혼한 뒤 구타 및 강간을 당했다는 바로 그 친구입니다.

물론 저는 두 사람이 이런 식으로 나오는 이유가 뭐냐고 피해자에게 물었습니다. 그녀의 말로는 둘 다 경찰을 믿지 않기 때문이라더군요."

"그럼 범인의 인상착의는? 조사할 단서를 뭐라도 알려주긴 한 건가?" 이름도 거주지도 알려주지 않으면서 빌어먹을 보호를 바라다니, 어처구니없는 다이크■들이로군.

"네, 게다가 꽤 자세한 편입니다. 안타깝게도 이 방면에서 활동하는 녀석들 중에는 인상착의가 일치하는 경우가 너무 많지만요. 범인은 어두운색 바지와 나일론 같은 재질로 된 중간 길이의 파란색 후드 재킷을 입었습니다. 재킷에 로고나 스티커가 없었던 건 확실하다고 하고요. 검은 장갑을 착용했지만, 발에 뭘 신었는지는 잘 모르겠답니다. 굳이 추측해보자면 평범한 스니커즈였을 거라고요. 흰색 캔버스화라는 표현을 쓰더군요. 키는 188센티미터 정도. 건장한 체격에 몸매도 좋고 강인해 보였다고요. 갸름한 얼굴, 뚜렷한 이목구비, 짧은 검은 머리, 진하고 움푹 들어간 눈, 크고 살짝 비뚤어진 코, 뚜렷한 턱선, 사흘 정도 자란 수염에, 외지 억양 없는 완벽한 스웨덴어를 구사했고, 담배나 땀, 애프터셰이브 냄새는 없었습니다. 나이는 서른에서 마흔 사이쯤 되어 보였고요."

안니카 칼손은 펜으로 메모를 하나씩 짚어가며 말을 이었다.

"대충 이 정도입니다. 다시 면담에 응한다면 사진을 좀 가져가 보여줄 생각입니다. 이 회의가 끝나는 대로 고발장과 면담 녹취록을 이메일로 보내드리겠습니다."

"아주 좋아." 벡스트룀은 그렇게 말하면서 손을 들어 질문이나 여타

■ 레즈비언을 모욕적으로 지칭하는 표현이다.

불필요한 헛짓거리들을 사전에 방지했다. "자네가 여자를 맡는 동안 나는 시 경찰청이 우리에게 떠넘긴 일을 처리하지. 그럼 두 번째 문제가 남는데." 그는 말을 계속 이어나갔다. "두 사건이라고 했잖나. 두 번째 사건은 뭐지?" 쇠뿔도 단김에 빼는 게 좋겠지.

"그것도 말씀드려야죠." 그렇게 말하면서 어째서인지 안니카 칼손은 입술을 삐죽 내밀었다. "이 건에 관해서는 여기 옌뉘가 설명하는 게 좋을 것 같군요. 사건 담당자니까요."

옌뉘라. 벡스트룀은 생각했다. 옌뉘 로예르손, 가장 최근에 들어온 가장 어린 동료이자 그가 직접 뽑은 동료. 긴 금발에 하얗고 눈부신 미소와 풍만한 가슴의 옌뉘. 그가 어쩔 수 없이 낮 동안 머물러야만 하는 이 정신병원에서 최근 들어 유일하게 한 줄기 신선한 공기 노릇을 해주는 옌뉘. 안구를 정화해주고, 영혼을 어루만져주고, 환상의 날개를 달아주며, 이런 월요일에조차 더 나은 다른 세계로 도피할 기회를 마련해주는 옌뉘.

"고마워요, 안니카." 옌뉘 로예르손은 그렇게 말하며 자기 앞 테이블에 놓아둔 서류 뭉치를 내려다보았다.

"말해봐." 벡스트룀이 무뚝뚝하게 말했다. 여기서 발언권을 결정하는 건 나라고.

"고맙습니다, 경감님." 로예르손이 말했다. "지난주 월요일에 들어온 신고 이야기부터 하는 게 좋겠네요. 5월 20일 월요일 오후입니다." 옌뉘는 설명을 이어나갔다. "신고는 우리 경찰서 접수처로 들어왔지만, 신고한 사람이 누구인지는 확실하지 않아요. 당시 여권이며 다른 온갖 것들로 도움을 청하는 사람들이 많았거든요. 신고자는 익명이었습니다. 수신자는 이곳 솔나 경찰서로, 편지 상단에 '솔나 경찰 당국 범죄과 귀중'이라고 적혀 있었죠. 밑에는 표제도 달려 있었어요. '5월 19일 오후 11시 직후 드로트닝홀름 궁 앞 주차장에서 일어난 폭행 사건에 관한 신고'라고요. 그러니까 해당 사건은 우리가 신고를 받기 전날 밤에 발생한 셈이지요. 현재로서 알 수 있는 건 그 정도입니다."

옌뉘 로예르손 경위 대행은 고개를 끄덕이며 자신이 방금 한 말을 강조했다.

"신고서에는 뭐라고 적혀 있던가?" 벡스트룀이 물었다.

"얘기가 길어요. 거의 두 쪽 분량으로 무슨 일이 일어났는지를 설명하고 있었죠. 컴퓨터로 작성했고 인쇄도 깔끔했습니다. 표현도 명료하고, 철자 하나 틀리지 않았고요. 조금 두서가 없다 싶긴 했지만요. 신고자는 글의 말미에서, 그녀는 익명을 원하지만 명예를 걸고 밝히건대 자신이 쓴 내용은 전부 진실이라고 맹세했습니다."

"그녀? 그건 어떻게 알지? 신고자가 여자라는 것 말이야." 벡스트룀이 물었다. 예수님 맙소사, 저 젖통 좀 보라지. 저걸 팽팽하게 감싼 작은 검은색 상의는 또 어떻고. 그는 슈퍼 살라미가 꿈틀거릴 것에 대비해 왼쪽 다리를 오른쪽 다리 위로 꼬았다.

"여자라는 인상을 받았거든요. 행간으로 미루어 거의 분명합니다. 무엇보다도 죽은 남편을 떠나보냈다는 언급이 있지요. 궁 인근에 거주하는, 나이 많고 학력이 높은 과부로 추정됩니다. 저는 꽤 확신하고 있지만, 경감님이 원한다면 근거를 더 들 수도 있어요." 옌뉘 로예르손이 백스트룀을 향해 말했다.

"무슨 일이 일어났는지 말해보게." 하느님 맙소사. 눈앞의 광경에 깨어난 슈퍼 살라미가 꿈틀거리면서 백스트룀의 타이트한 바지를 서커스 텐트로 바꿔놓으려 들었다.

"신고 내용에 따르면, 그녀는 평소처럼 개를 데리고 저녁 산책에 나섰습니다. 남동쪽으로 출발해서 드로트닝홀름 궁 부지를 둘러싼 담장 바로 바깥에 위치한 공원을 통과해 주차장에 이를 즈음, 흥분한 두 남자의 목소리를 듣죠. 두 남자가 주차장 북쪽 테니스장 근처에 서서 말다툼을 벌이고 있었어요. 그중 한 사람은 극도로 흥분해서 상대방에게 고함과 욕설을 퍼부었고요."

"계속해." 백스트룀은 이제 슈퍼 살라미를 완전히 시야에서 감추기 위해서 의자를 테이블에 가까이 붙이느라 신중을 기하고 있었다.

"두 남자 옆에 차 한 대가 주차돼 있었지만, 신고자는 제조사를 모르겠다고 하더군요. 검은색에 비싸 보였다는 것 말고는요. 메르세데스나 BMW같이요. 그 외에 주차장은 완전히 텅 비어 있었고, 주변에는 아무도 없었어요. 남자들의 목소리를 들은 그녀는 걸음을 멈추었고, 제가 이해한 대로라면, 테니스장을 둘러싼 울타리 뒤에 숨었습니다. 두 남자에게서 삼십 미터쯤 떨어진 곳에요. 그러니까, 들키지 않도록 말이죠."

"좋아, 좋아." 백스트룀은 옌뉘 로예르손의 깊은 가슴골이 아닌 다른 것을 생각해야 할 필요성을 갈수록 절감하는 중이었다. 특히 그녀가 그를 마주 보기 위해서 몸을 틀고 있는데다 둘 사이의 거리가 없는 셈이나 마찬가지라 더욱 절실했다.

"내가 잘못 이해한 거라면 얘기하게." 그가 말을 이었다. "그러니까, 두 남자가 말다툼을 하고 그중 하나가 상대방에게 매우 공격적인 태도로 고함과 욕설을 퍼붓는다. 그 와중에 목격자가 개를 데리고 와서 들키지 않으려고 울타리 뒤에 숨는다."

"실은 혼자였어요. 목격자 말예요." 로예르손이 대답했다. "개는 죽었습니다. 지난가을에 죽은 모양이에요. 참고로 견종은 스탠더드 푸들이었고요. 이름은 시칸. 편지에 그렇게 썼더군요."

"잠깐, 잠깐만. 그럼 노인네가 한밤중에 드로트닝홀름 궁 바깥 공원에서 죽은 개를 끌고 돌아다니고 있었다고?"

"무슨 생각 하시는지 알아요." 로예르손은 조심스럽게 다시 미소를 흘렸다. "제가 이해한 대로라면, 목격자는 수년 동안 정확히 같은 시간에 개와 함께 저녁 산책을 나섰대요. 시칸이 열다섯 살의 나이로 세상을 뜰 때까지요. 산책로는 항상 같았어요. 집에서 남쪽으로, 다시 남동쪽으로, 그런 다음 드로트닝홀름 궁 바깥 주차장을 돌고, 다시 돌아왔죠. 그게 일종의 습관이 돼서 그가 죽은 뒤에도 계속 산책을 한 모양이에요. 물론 이제는 그녀 혼자서요."

"아직도 이해가 안 되는데. '그'라는 건 시칸을 말하는 건가? 그러니까, 수캐라고?"

"그러니까요, 참 귀엽죠?" 에니 로예르손은 하얀 이와 도톰하니 붉은 입술을 반짝이며 미소를 지었다. "물론 그건 그의 별칭이고……"

"그래, 그렇군. 하지만 혹시……."

"끼어들어서 죄송하지만, 그래서 대체 무슨 일이 일어났는지 들으면 안 될까요?" 안니카 칼손이 냉랭한 목소리로 말을 끊으며 어째서인지 결백하기 이를 데 없는 벡스트룀을 날카로운 눈길로 쏘아보았다.

"네, 죄송해요. 이야기가 좀 뒤죽박죽이네요." 옌뉘 로예르손은 딱히 마음 상한 기색 없이 말했다. "요약하자면, 한 남자가 극도로 화가 나서 다른 남자, 그러니까 피해자에게 고함을 치고 욕설을 퍼부었어요. 그때 가해자는 손에 무언가를 든 채 휘둘러대고 있었는데, 목격자는 처음엔 그걸 단단한 파이프 같은 거라고 생각했죠. 그러다 가해자가 다가가 피해자의 얼굴을 쳐서 쓰러뜨렸고, 피해자가 사지를 버둥거리며 주차장 바닥을 기자 발로 걷어차고 파이프로 때리기 시작했죠. 이윽고 가해자는 파이프를 피해자의 다리 사이에 꽂아 넣고 마지막으로 등을 한 번 걷어찼어요. 그런 뒤 멀어져 자기 차를 타고 부리나케 가버렸죠. 그와 동시에 피해자는 두 발로 일어나 현장에서 달아났고요."

"차량 등록 번호는 목격했고?" 안니카 칼손의 목소리는 여전히 퉁명스러웠다.

"아뇨, 시간이 없었대요. 하지만 마지막 숫자가 9라는 건 확실하고, 끝에서 두 번째 숫자도 9였던 것도 같대요. 끝 번호 두 개가 9, 비싸 보이는 커다란 검은색 차. 그건 확실하다네요."

"그 파이프라는 건? 흉기 말이야. 내가 이해한 게 맞는다면, 그건 주차장에 남겨져 있었을 텐데?"

"물론이에요." 로예르손은 명랑하게 고개를 끄덕였다. "여기서 제일 끝내주는 건, 그게 파이프와는 거리가 한참 먼 물건이었다는 거죠."

"파이프가 아니었다고?" 안니카 칼손의 목소리는 전혀 명랑하지 않았다.

"네, 범인이 말아 쥔 미술품 카탈로그였어요. 그래서 목격자가 파이프로 착각했던 거죠. 어느 유명한 영국 경매장의 카탈로그예요. 세계적으로 유명하죠. 경매장 말이에요. 구글링 해봤거든요. 소더비라는 곳이던데요. 런던에 있어요. 값비싼 회화와 가구와 카페트와 골동품을 파는데, 이 카탈로그에는 오월 초 런던 경매에 나왔던 온갖 물건들의 사진이 실려 있더라고요. 범인이 그걸로 피해자를 공격하기 이 주 전이죠. 실은 여기 가져왔어요." 옌뉘 로예르손은 그렇게 말하면서 표지에 소더비 로고가 박힌 초록색 카탈로그를 담은 투명한 비닐 폴더를 들어 보였다. "그 익명의 목격자가 보낸 거예요. 주차장에서 발견하고는 자신이 본 게 이거였다는 걸 깨달았대요. 카탈로그와 편지가 담긴 안전 봉투는 우체국에서 파는 물건이고요. 혈흔이 있어요. 카탈로그에요. 핏방울이랑 피가 번진 자국 몇 개요. 목격자의 증언으로 미루어볼 때 피해자의 피겠죠."

"그게 피라는 건 어떻게 알지?"

안니카 칼손은 도무지 누그러질 생각이 없어 보였다. 자매애는 어디로 간 건지.

"과학수사과의 헤르난데스에게 확인해달라고 부탁했어요. 검사 결과 혈흔이 맞았고요. 헤르난데스가 국립과학수사연구원에 DNA 검사용 샘플도 보내놨어요."

"피해자가 데이터베이스에 있을 것 같나?" 벡스트룀이 물었다. 그게 다 무슨 소용이람? 딱 봐도 뻔한 사건 아닌가. 한 비역쟁이가 다른 비역쟁이를 공격한 거지. 흔한 호모들 싸움이잖아. 아마 제삼의 비역쟁이가 소장했던 골동품 딜도 가격을 놓고 사이가 틀어진 모양이지. 멀쩡한 인간이 경매용 카탈로그를 무기로 쓸 생각이나 하겠냐고.

"아뇨, 없어요. 그게 이 신고에서 특히 놀라운 점이에요. 목격자가 피해자를 안다는 거요. 자기 이웃이래요. 오랫동안 알고 지낸 사이라 확실하다네요. 고작 몇 블록 떨어진 곳에 산다던데요. 제가 신원을 확인해봤어요. 전과는 없어요. 완전히 깨끗한 사람 같더라고요. 어쩌면 왕의 친구일 수도 있고요. 누가 알겠어요?"

"계속해." 벡스트룀이 말했다. 그의 친구인 슈퍼 살라미는 슬슬 진정하는 듯했다. 죽은 개 이야기 때문일 테지. 항문 곡예사들에 관한 이야기가 녀석의 집중력을 흐트러뜨린 게 아니라면 말이야.

"이름은 한스 울리크 본 코메르, 남작, 흔한 귀족 타입에 나이는 예순셋. 결혼해서 장성한 딸이 둘 있는데 모두 결혼했어요. 집은 빌린 거예요. 궁에서 가까운데 궁내부 소유 건물이라네요. 궁정과도 연줄이 있는 모양이고요. 일종의 미술 전문가로 미술사로 박사 학위를 받았고, 궁정의 미술품 및 골동품 관리를 돕는 것 같아요. 그 밖에 미술품 거래나 감정도 하고, 다른 사람들이 미술품을 사거나 파는 일을 돕기도 하고요."

"그가 고소는 했나?" 벡스트룀은 이미 답을 알고 있었지만 그렇게 물었다. 결혼해서 딸까지 둘 있는데 쓸데없이 부인을 심란하게 할 이유가 있을까? 그럴 리가!

"아뇨, 그게 묘한 점인데요. 고소는 전혀 없었어요. 그래서 제가 연락해 당신이 폭행을 당했다는 익명의 편지를 받았다, 뭔가 조치를 취할 생각이 있냐 물었죠. 그런 사실이 없다고 강하게 부정하더라고요. 해당 시간에 그 부근에는 간 적도 없었다고요. 사실 꽤 화가 난 듯한 목소리였어요."

"놀랍기 이를 데 없군그래." 벡스트룀은 보란 듯 손목시계에 눈길을 던지며 말했다. "자, 좋아." 그가 말을 이었다. "내 생각에는 더 조치를 취할 필요가 없는 흔한 사건인 것 같군. 쓸데없이 자료가 뒤죽박죽되지 않도록 '범죄 사실 없음'으로 분류해두라고. 그렇게 넘어가지. 자, 그럼 회의는 이걸로 마칠까. 혹시 마음에 걸리는 게 있다면 점심 전까지는 내가 방에 있을 테니 참고하도록. 아쉽지만 그 이후에는 광역수사대랑 회의가 있으니 나 없이 자네들끼리 일을 처리해야겠지."

7

벡스트룀이 무사히 사무실 문을 닫고 들어와 가장 먼저 한 일은 '방해 금지'를 뜻하는 빨간불 버튼을 누르는 것이었다. 이어 숨을 세 번 깊이 들이쉬고는 책상 맨 위 서랍을 열어 근무용 술병을 꺼내서 한 잔 가득 따랐고, 훌륭한 러시아 보드카가 뱃속에 든든히 자리 잡자 목 캔디 두 개를 입에 털어 넣어 마무리했다. 그런 다음에야 그는 비로소 오전 일거리에 착수했다.

한 노부인이 애완용 토끼에게 먹이 주는 것을 깜빡하는 바람에 시작된 일이 십여 건의 중범죄 고발로 이어졌다. 범인인 노부인이 두 번째 유 년기에 접어든 게 틀림없었다. 남은 일은 부서의 사건 해결율에 먹칠하 지 않도록 이 고발장들을 처리하는 것뿐이었다.

애석하게도 노부인은 상당히 불쾌한 성격의 소유자인 듯했고, 벡스 트룀은 시 경찰청 토끼 및 햄스터 팀의 멍청한 동료들처럼 일을 처리할 생각이 없었다. 어찌 감히 그런 여자가 벡스트룀 같은 사람과 만날 수 있겠는가? 있을 수 없는 일이었다. 어차피 부인은 자식도 없이 혼자 아 닌가. 다음 사건은 뭐더라? 벡스트룀은 깊게 숨을 들이쉬며 다시 한 잔 을 넉넉하게 따랐다. 평소 오전에는 피해왔던 소박한 사치였다.

부티나는 비역쟁이 둘이 국왕 폐하의 궁 바깥에서 계집애처럼 옥신각 신했다. 정체불명의 폭행범은 미술품 카탈로그를 흉기로 이용한 모양이 고, 무슨 왕실 호모라는 피해자는 사건 자체를 부정했다. 야구방망이나 구식 도끼를 쓰면 뭐가 덧나나? 벡스트룀이 그렇게 생각하며 다시 한숨 을 내쉬는 순간, 누군가가 빨간불을 무시하고 사무실 문을 두드렸다.

이 건물에서 저걸 무시할 인간은 단 한 사람뿐이지. 그가 책상을 치 우고 서랍을 잠그기 무섭게 안니카 칼손이 성큼성큼 들어왔다.

"어서 오게, 안니카." 벡스트룀은 읽는 척하던 서류에서 고개도 들지 않고 말했다.

"고마워요." 그녀가 지나치게 커다란 사건 폴더 두 개를 책상 위에 올려놓으며 말했다. 이미 의자를 찾아 앉은 뒤였다.

"동물보호팀의 노고와 관련한 자료예요. 직접 처리하시겠다고 하셨 죠?"

"다 자네를 위해서지."

"그렇다면 제가 조언 하나 할게요." 그녀가 등받이에 몸을 기대며 말했다.

안니카 칼손은 린데로트 부인을 설득해 동물보호팀 남자 경관 둘과 시 의회 소속 여성 공무원 둘에게 문을 열어주고 집 안에 들이도록 했던 솔나 경찰서의 제복 경관들과 이야기를 나눈 뒤였다. 그들은 린데로트 부인의 옆집에 사는 이웃에 관한 이야기도 들려주었다. 그 이웃은 린데로트 부인에 대한 사법 처리가 부당했다며 대신 분통을 터뜨렸다고 했다.

"우리 동료 악셀손—자기 어머니가 린데로트 부인과 오랜 친구 사이라는 그 친구인데요—의 말에 따르면 동물보호팀 소속 경관과 의회 공무원 모두 제복이나 신분을 증명할 다른 어떤 것도 갖추지 않았다고 하네요. 린데로트 부인의 이웃이 말하기로는 그들이 처음에는 린데로트 부인 집의 초인종을 울렸다가 곧 문을 두드리기 시작했고, 한 사람은 우편물 투입구에 대고 문을 열라며 소리까지 쳤다더군요. 얼마 후 부인이 방범 체인을 건 채 문을 살짝 열고 낡은 권총을 내밀자 우리의 동료들은 꽁지가 빠져라 도망가 지원을 불렀고요."

"그럼 그 여자, 그러니까 린데로트 부인의 현관문에 문구멍은 있나?"

틀림없이 보드카 때문일 거야. 벡스트룀은 생각했다.

안니카 칼손은 갑자기 기쁘다는 표정을 지었다.

"훌륭해요, 벡스트룀. 다시 봐야겠는데요. 아뇨, 없었어요. 부인이 막 아뒀거든요. 문구멍이 있기는 한데 내다볼 수는 없으니 신분증도 못 봤겠죠. 방문하겠다는 사전 고지도 없었고요."

"그 이웃은 자기가 본 게 얼마나 확실하다던가?"

"같은 층에 사는 사람이에요. 출입문은 린데로트 부인의 집 바로 맞은편. 미리 말해두자면 그 집 문구멍은 잘 뚫려 있어요. 밖이 시끄러워지자마자 문간에 서서 구멍에 눈을 대고 있었대요. 용케 휴대전화로 동영상도 찍었고요. 영상은 별 도움이 안 되지만 음질은 꽤 좋던데요. 전화로 제게 들려줬는데, 우리 동료들이 아주 야단법석이었어요. 아무튼 그이웃도 대체 무슨 일인지 모르기는 마찬가지였어요. 경찰을 부를까 생각했다는군요. 연금 생활자들을 등쳐먹는 범죄자들이 이웃집에 침입하려는 줄 알았다나요. 여자 둘에 남자 둘이 보였는데, 마침 최근에 지역신문에서 그런 무리들은 보통 남녀로 구성된다는 기사를 읽었다면서요."

"그 여자랑 얘기해봤고? 이웃 말이야."

"네, 절 뭘로 보는 거예요? 전화 통화를 했어요. 혹시 여기로 부를 필요가 있을지 알아보려고요."

안니카가 이제야 평소의 모습으로 돌아왔군. 개방적이고, 긍정적이고, 공격적으로 딱딱거리지도 않고.

"흥미롭군." 차분하게 대응하자고.

"그렇죠? 그러니까 이 헛소리들은 전부 치워버려요." 칼손은 사건 기록 더미를 가리키더니 벌떡 일어섰다. "그리고 이건 완전히 다른 얘긴데…… 신입 로예르손 말인데요, 혹시 경감님 친구의 딸이라거나 그런건 아니죠?"

"무슨 소리지?" 차분하게 대응해. 벡스트룀은 마음을 다잡았다.

"머리에 피도 안 말랐던데. 아직 애라고요, 벡스트룀. 경감님이나 우리 강력반의 다른 남자들이 쉬지 않고 침을 질질 흘릴 만큼 젖통이 엄청나긴 하지만요." 안니카 칼손은 자기 가슴 앞에 커다란 원을 그려 보이며 말뜻을 분명히 했다.

"딱히 문제랄 것도 없잖나." 벡스트룀은 어깨를 으쓱했다. "머리 말고도 건조해지면 안 좋은 곳이야 얼마든지 있으니까." 그는 순진무구한 표정으로 말했다. 훌륭한 대답이야.

"그건 대체 무슨 뜻이죠? 건조해지면 안 좋은 곳이라니?"

"뭐, 예를 들면 입이라든가. 자기가 터무니없는 헛소리를 하고 있다는 사실을 깨달을 때면 입안이 바싹 마르잖아. 그래서야 곤란하지. 대체 무슨 뜻이라고 생각한 거야?"

과격 다이크에게 한 방 제대로 먹였군. 벡스트룀은 그렇게 생각하면서 오른손을 몰래 책상 밑에 있는 알람 버튼 근처로 가져갔다. 만일에 대비해서.

"좆 나게 조심하는 게 좋을 거예요, 벡스트룀." 안니카 칼손이 눈살을 있는 대로 찌푸리면서 손가락으로 그를 가리켰다.

"고맙군. 나도 만나서 반가웠네. 좋은 하루 보내라고, 안니카. 언제 봐도 즐겁군그래."

다들 너한테 미쳐 있다고. 그녀가 성큼성큼 나가며 문을 쾅 닫자마자 벡스트룀은 그렇게 생각했다. 심지어 친애하는 동료 칼손마저도 그랬다. 비록 그녀가 단식이든 혼합복식이든 가리지 않는 성향이긴 했지만 말이다.

정확히 일 분 뒤, 이번에는 좀더 조심스럽게 문을 두드리는 소리가 들렸다. 그가 막 열쇠를 꺼내 다시 책상 서랍을 열려던 참이었다.

"들어와." 노크 소리로 미루어 안니카 칼손이 또 느닷없이 들이닥치려는 것일 리는 없다고 판단한 벡스트룀이 소리쳤다.

첩첩산중이군. 상대를 확인한 그가 생각했다. 로시타 안데르손트뤼그 경위. 쉰을 훌쩍 넘었고, 그 세월의 흔적을 한 해도 빠짐없이 꼼꼼하게 간직한, 부서에서 제일가는 먹구름. 손에 수화기를 들고 있어서 다행이었다.

"미안하군, 로시타." 벡스트룀은 유감스럽다는 듯 손을 흔들어 보였다. "내일 얘기해야 할 것 같은데. 방금 중요한 전화가 와서." 그가 수화기를 손으로 가리며 설명했다.

"내일요? 내일 출근하시면 바로 뵐 수 있을까요? 상당히 중요한 일입니다만." 안데르손트뤼그가 벡스트룀에게 의심과 애원이 뒤섞인 눈길을 보내며 물었다.

"물론이야, 되고말고." 벡스트룀은 좀더 강경하게 손을 내저으며 보란 듯이 수화기를 귀로 가져갔다.

저놈의 문을 잠가야겠어. 그녀가 사무실을 나가자마자 벡스트룀은 생각했다. 달리 더 나은 수가 없었기에 다시 빨간불을 켜고 만일에 대비해 방문객용 의자를 옮겨다 문에 기대놓은 뒤 다시 자리에 앉아 책상 서랍을 열었다.

이제 제대로 마셔볼 작정이었다. 마침 비도 오고 있었다. 그를 가둔 사무실 창문으로 여름 가랑비가 끊임없이 흘러내렸다. 무슨 놈의 인생이 이렇담? 벡스트룀은 깊은 한숨을 쉬며 생각했다.

8

5월 27일 월요일 저녁, 벡스트룀은 솔나 지역 연금 생활자들을 대상으로 증가하는 폭력 범죄에 맞서 스스로를 보호하는 최선의 방법에 관한 강의에 나섰다. 이 사실을 알게 된 경찰서의 동료들은 놀라움을 금치 못했는데, 벡스트룀은 보통 그런 일을 피하는 편이었을 뿐만 아니라 연금 생활자와 어린이를 싫어하는 것으로 유명했기 때문이다. 그 이유는 확고했다. 양자 모두 불평이 많고 믿을 수 없으며 대체로 이해할 수 없는 존재이면서, 열심히 일하며 살아가는 지극히 정상적인 사람들의 관심을 지나치게 많이 요구했다. 냄새도 고약했다. 연금 생활자와 어린이는 모두 불필요한 비용에 불과했다. 벡스트룀뿐만 아니라 누구나 다 아는 사실이었다. 하지만 그도 이번만은 예외를 두었다.

한 달 전, 경찰 세계 밖의 수많은 지인 중 하나가 연락을 해왔다. 이 지인은 부동산 개발업자이자 지역 유지로, 벡스트룀은 전에 다양한 문제와 관련해 그를 수차례 도운 바 있었다. 당연히 일은 두 사람 모두에게 만족스럽게, 그리고 극도로 신중하게 처리되었다.

"저녁 식사에 초대할까 하는데 말이야, 벡스트룀." 지인은 이렇게 서두를 뗐다. "자네가 흥미를 보일 만한 소박한 제안이 있다네."

"훌륭한 생각인 것 같군요." 자신의 자산 유동성에 늘 신중을 기하는 벡스트룀은 그렇게 대답했고, 이틀 뒤 둘은 어느 격조 있는 도심 레스토랑의 내실에서 함께 먹고 마시며 사업 문제를 논의했다.

부동산 개발업자는 연금 생활자를 대상으로 한 최신 사업과 관련해 그의 도움을 필요로 하고 있었다. 칼베리 운하의 둑과 맞닿은 물가에 고급 아파트 단지를 만들고, 입주자들이 범죄 피해자가 되지 않도록 철저히 안전한 환경을 조성하는 사업이었다. 나이 든 연금 생활자라고 해서 무조건 입주할 수 있는 건 아니었다. 그보다는 항해와 골프와 와인 시음과 콘서트와 해외 크루즈 여행, 그리고 토스카나의 전원에서 자녀와 손주에게 둘러싸여 느긋하게 즐기는 점심 식사에 시간을 할애할 수 있는 극도로 유복한 고령자를 대상으로 삼는다고 하는 편이 정확했다.

벡스트룀이 듣기에는 미심쩍은 얘기였다. 그가 생각하는 연금 생활자, 즉 평범하고 건실한 사람들에게 아무런 쓸모도 없이 짐만 되는 터무니없이 많은 수의 늙어빠진 시민들과는 어울리지 않는 묘사였기 때문이다. 유복한 고령자? 벡스트룀이 보기에 그들은 늘 희미하지만 확실한 오줌 냄새를 풍기면서 잘 맞지도 않는 틀니를 하고 보행기와 보청기에 의지하는, 장애가 있거나 정신적으로 모자란 늙다리떼거리에 불과했다. 게다가 그들은 항상 돈이 더 필요하다든가 또 고관절 수술을 해야 한다며 불평을 늘어놓고, 단기 기억력은 금방이라도 무너질 것 같은 울타리나 다름없으며, 집에 지갑을 놓고 다니기 일쑤였다. 눈멀고 덜떨어진 범죄자가 아니고서야 그런 작자들을 털어먹으려 들 리 없었다.

"자네가 몰라도 한참 모르는 거라네, 벡스트룀." 지인은 벡스트룀의 잔을 다시 독한 러시아산 보드카로 채우며 말했다.

"설명해보십쇼." 벡스트룀은 고개를 끄덕이고는 잔의 반을 비웠다.

지인은 이들이 평범한 연금 생활자가 아님을 다시 한번 강조했다. 그가 말하는 사람들은 이 나라 자산의 절반 이상을 거머쥔 예순 살 이상의 시민 약 십만 명으로, 자신이 폭행이나 강도, 절도 아니면 그냥 누군가 메르세데스를 긁고 간다든가 하는 그런 범죄의 피해자가 될까 봐 염려하느라 생의 상당 시간을 소모한다는 것이었다. 그들에게 이와 같은 문제에 관해 합리적인 조언을 해줄 만한 사람으로 범죄와 맞서 싸운 공로가 대중에 널리 알려져 있을 뿐 아니라 언론에도 모습을 비춘 바 있는 벡스트룀이 최우선순위에 올랐다는 게 이 개발업자의 얘기였다.

"그래서 자네가 필요한 거라네, 벡스트룀." 지인은 십팔 년 묵은 몰트 위스키가 담긴 잔을 들어 보이며 힘주어 말했다. "자네는 자네가 얼마나 유명한지 몰라. 그들에게 적당히 겁을 준 다음, 안전한 주거가 얼마나 중요한지 강조해주면 되는 걸세. 그 안전한 주거라는 걸 내가 책임지는 거지. 내가 보내주는 각본을 그대로 읽기만 하면 되니 아주 간단한 일이라고. 벡스트룀, 내가 장담하네만, 자살 충동이 있는 놈이 아니고서는 그 건물에 침입할 생각은 꿈도 못 꿀 게야."

"무슨 말인지 알겠군요." 벡스트룀이 말했다. "잘 알겠습니다." 그는 신중을 기하느라 같은 말을 반복했다.

다만 여전히 한 가지 문제가 남아 있었다. 사소한 문제는 아니었다. 벡스트룀이 따라야 하는 규정에 의거하면, 그는 이런 유형의 활동에 대해 보수를 받을 수 없었다. 게다가 깨어 있는 시간의 대부분을 경찰 직무 수행에 할애하고 있는 탓에, 얼마 안 되는 개인 시간을 사용하는 방식에 관해서도 매우 까다로울 수밖에 없었다. 보통 누군가가 이런 종류의 업무를 맡게 되면 고용주 측에서는 근무시간을 조금 줄여줄 뿐인데, 이미 과중한 일정에 시달리고 있는 벡스트룀이 뭘 어떻게 할 수 있겠는가?

"그건 말도 안 되지, 벡스트룀." 그의 지인이 윙크를 던졌다. "자네가 그런 일로 골머리를 앓게 할 생각은 추호도 없다네. 항상 해왔던 대로 하면 어떤가? 세부적인 사항은 하나도 신경 쓸 거 없네. 십오 분에서 이십 분 정도 우리 홍보부에서 작성한 대로 간단한 소개 시간을 갖고, 다음 십오 분 동안 질의응답 시간을 갖는 거지. 어떻게 생각하나?"

"괜찮을 것 같군요." 벡스트룀은 벌써부터 자기 앞에 놓일 갈색 봉투를 그려보고 있었다.

"그럼 하기로 한 걸세." 부동산 개발업자가 말했다. "일이 끝나면 이보다 더 멋진 저녁을 사지."

그들은 악수를 나눈 뒤 거래 성사를 기념하며 건배했고, 그날로부터 한 달이 지났다.

모임 장소는 솔나 국립 경기장 바로 옆에 위치한 부동산업체의 본사였다. 대리석으로 장식된 커다란 입구에 들어서는 순간 달콤하고도 잔잔한 돈 냄새가 벡스트룀의 코를 찔렀다. 백여 명쯤 되는 청중들은 지인의 묘사와 일치했다. 여자들은 캐시미어 옷에 진주 목걸이와 화려한 프랑스산 실크 숄을 둘렀고, 남자들은 파란색 블레이저에 알록달록한 바지를 입고 작은 가죽 술이 달린 구두를 신었다. 볼 키스를 나누며 쪽쪽대는 소리와 비음이 무수히 오가는 가운데 모두들 성급하게 샴페인을 마셔댔다. 뒤편에 마련된 드넓은 뷔페 테이블을 차리는 흰옷 차림의 직원은 벡스트룀의 연설이 끝나자마자 바닷가재 꼬리나 흰 송어 캐비아나 오리 간 파테가 떨어지지 않도록 단단히 지시를 받은 터였다. 벡스트룀 덕분에 진리와 빛을 깨닫고 무엇보다도 안전한 주거의 중요성에 눈을 뜬 청중들이 미리 마련해둔 신축 아파트 입주 대기 명단에 서명하는 즉시 음식을 내올 기세였다.

평범한 연금 생활자들은 아니군. 벡스트룀은 생각했다. 이 광경을 망치는 사람은 딱 둘뿐이었다. 지역 유명 인사이자 그가 일하는 경찰서에서는 특히 유명한 두 사람으로, 몇 년 전 그가 담당했던 살인 사건의 주변부에도 모습을 비추었던 옛 친구들. 마리오 '대부' 그리말디와 그의 전우 롤뤼 '스톨리' 스톨함마르였다.

경찰서 내의 소문에 따르면 마리오 '대부' 그리말디는 관할구 토지의 절반을 소유한 위인이었다. 과거 악명 높은 탈세자로 이십여 년간 경제범죄과의 표적에 올라 있던 인물이기도 했다. 그러나 평생 주차 위반 한 번 하지 않은 대부 그리말디를 잡기 위한 노력은 전부 수포로 돌아갔고, 그가 알츠하이머를 앓고 있으며 신문에 응할 수 없다는 진단서까지 나오자 경제범죄과는 관심을 거두었다. 자산도 없다는 사람이 왜 이런 곳에 왔는지 모를 일이었다.

건강과 재정 상태가 열악한지 몰라도, 외견상 그런 영향은 조금도 없어 보였다. 검은 정장에 흰 리넨 셔츠를 입고 장식 하나 없이 빛나는 검은 구두를 신은 그는 여느 마피아 보스와 다를 바 없이 볕에 그은 얼굴에 기품 있는 모습이었다.

"자네 낯이 익은데." 대부는 손톱을 잘 다듬은 검지로 그날 저녁 연사의 가슴을 찌르며 말했다. "잠깐만, 말하지 말아보게." 이어 그는 검지를 흔들어 보이면서 벡스트뢲의 욕실 세면대만큼이나 하얀 이를 드러내며 미소 지었다. "알았다! 베크, 베크 경감, 그 친구로군. 에베르트 베크 경감. 그럴 줄 알았지. 텔레비전에 나온 모습 자주 봤다네."

그 입 좋 나게 조심하는 게 좋을 거다, 능글맞은 풍각쟁이 영감아. 벡스트뢲은 클린트 이스트우드 같은 눈빛을 쏘아 보내며 생각했다.

"여기서 만나게 되다니 반갑군, 베크." 대부가 계속해서 말했다. "설마 자네와 내가 이웃이 되는 건 아니겠지? 보아하니 1층에는 적당한 가격의 원룸아파트도 있는 모양이니 혹시 관심이 있거든……."

"벡스트뢲은 연설을 하러 온 거야." 롤뤼 스톨함마르가 끼어들었다. 그는 한때 스톡홀름의 강력범죄과 형사였다. 스웨덴 헤비급 복싱 챔피언을 여러 차례 지낸 그는 엄청난 완력으로 유명했고, 이는 그가 경찰로 근무한 사십여 년 동안 혼자서 감방에 처넣은 수천 명의 범죄자들이 증명할 수 있었다. 한마디로 롤뤼 '스톨리' 스톨함마르는 경찰과 범죄자 양측 모두에서 명성이 자자한 남자였다.

현재 스톨함마르는 은퇴한 지 오래였다. 솔나에서 나고 자란 그는 1950년대 첫 이주 노동자 물결을 따라 부모님과 함께 스웨덴에 들어온 마리오 그리말디와 어린 시절부터 친구였으며, 그때부터 쭉 그의 충직한 추종자였다. 또한 스톨함마르는 솔발라 경마장의 단골이기도 했다. 어쨌든 찢어지게 가난하기로 알려진 그가 이 자리에 있다는 건 그의 절친한 친구가 마침내 스톨함마르를 조수로 고용하기로 결심했다는 뜻이라고밖에는 달리 설명할 도리가 없었다. 청바지와 체크무늬 셔츠하며 낡은 가죽 재킷까지, 그의 차림은 청중 사이에서 유독 눈에 띄었다.

"신수가 훤해 보이는군요, 롤뤼." 벡스트룀은 다정하게 미소 지었다. "술이라도 끊은 겁니까?"

"그 어느 때보다도 훤하지." 전설은 그렇게 동의하면서 갑자기 화살 구멍처럼 가늘어진 눈으로 벡스트룀을 쏘아보았다. "안부를 물어주어 고맙군. 혹시 누구랑 삼 라운드로 한판 뜨고 싶다면 연락하게. 빠르게 끝내줌세."

제정신이 아니군. 뭘 저렇게 죽자고 덤벼? 벡스트룀은 그렇게 생각했지만, 모퉁이 바로 너머에서 기다리고 있을 갈색 봉투를 앞에 두고 롤뤼의 햄 덩어리 같은 주먹이 끼어들게 할 생각은 없었기 때문에 사려 깊게 고개만 끄덕였다.

이윽고 때가 되었다. 회사 홍보부장이 이날의 연사를 소개하자 청중은 박수갈채로 그를 환영했다. 과장된 기색 없이 기운을 북돋아주는 긴 박수갈채였다.

벡스트룀은 임무를 빠짐없이 수행했다. 그는 경찰 일선에서 몸소 겪은 풍부한 경험 가운데 선별한 몇 가지 무시무시한 이야기로 청중에게 적당히 겁을 주었다. 그런 다음엔, 역시 자신의 경험을 바탕으로 범죄에 가장 효과적으로 대응하는 방법을 제시하여 사람들을 안심시켰다. 결론에 이르러서는 사회 주요 인사들, 즉 이 자리에 모인 청중처럼 필요한 자원을 갖춘 사람들은 범죄의 피해자가 되지 않도록 스스로를 보호할 방법을 갖추어야만 함을 역설하며, 그런 맥락에서 안전한 주거의 존재를 특히 강조했다.

"범죄자들을 상대할 때 타협이란 없습니다." 그는 청중들에게 클린트 이스트우드 눈빛을 잔뜩 보내며 결론지었다. "손가락 하나를 내주면 놈들은 팔 전체를 붙잡지요. 아주 간단한 얘깁니다." 메시지에 열정적으로 화답하는 마지막 박수갈채는 다소 야단스럽다 싶을 정도였다.

이어서 청중과의 질의응답 시간에도 벡스트룀은 침착하게 응대했고, 퇴장하는 길에는 악수와 등을 두드리는 손길과 감사의 인사가 줄을 이었다. 오랜 지인인 대부 그리말디와 롤뤼 스톨리마저 그에게 감사를 표했다. 마리오에게는 여성 동행도 있었는데, 삼십 년만 일찍 나타났더라도 슈퍼 살라미의 승인을 받았을 법했다. 화려한 금발에 마리오보다 살짝 키가 큰 그녀는, 자신의 동반자보다 훨씬 더 어려 보인다는 점을 제외하면 스웨덴을 거머쥐고 있다는 육십 세 이상의 남자들과 어울리는 다른 여성 동지들과 다를 바 없었다.

"내 사랑하는 이를 소개함세, 마르틴■." 마리오가 윗니와 아랫니를 모두 반짝이며 말했다. "퓌탄이 자네를 특히 좋아해. 자네가 텔레비전에 나올 때면 빠짐없이 시청하지."

"정계 진출을 생각해보신 적 있나요, 경감님?" 퓌탄은 헤이즐넛만 한 보석들의 무게 때문에 밑으로 처져 있던 가느다란 담갈색 오른손을 들며 물었다.

"아뇨, 지금 하는 일만으로도 벅차군요." 빤히 보이는군. 벡스트룀은 여자 옆에서 초조하게 미소를 흘리는 늙다리 불한당을 바라보며 생각했다. 둘 중 퓌탄이 사내 노릇을 하는군그래. 잊지 말고 사기과 녀석들에게 알려줘야겠어.

"안타까운 일이네요. 경감님이라면 틀림없이 훌륭한 법무부 장관이

■ 벡스트룀을 '베크'라고 줄여 부르며 스웨덴의 유명한 범죄소설 시리즈 주인공인 마르틴 베크에 빗대는 것으로 보인다.

되실 텐데요. 이런 어수선한 정국에는 어머니 스베아▪에 가능한 한 모든 도움이 필요하지 않겠어요. 한번 생각해보겠다고 약속해주세요." 퓌탄은 그렇게 말하며 그의 팔을 두드렸다.

"약속하지요." 또 한 명. 끝이 없군그래.

"자넨 확실히 정계에 어울려, 벡스트뢲." 롤뤼 스톨함마르가 윙크와 함께 오른손 거지로 자신의 코를 문지르면서 거들었다. "자네 얘기를 몇 분만 들으면 천부적인 재능이 있다는 걸 알 수 있지. 자네가 말만 하면 내 투표소로 가겠네. 어쨌든 한 표는 있다 이거야. 그리고 여기 퓌탄도 있지 않나. 내 계산이 틀리지 않는다면 두 표라고."

이 자식은 사이코패스가 틀림없어. 세상에 사이코패스랑 어울리며 잡담하고 싶은 사람도 있을까? 벡스트뢲은 그렇게 생각하면서 마리오와 롤뤼에게 고개를 끄덕이고 퓌탄이 내밀고 있던 지극히 근사한 오른손에 부드럽게 입을 맞추는 것으로 대화를 마무리했다. 나가는 길에 그는 곧 있을 뷔페에 참석해달라는 주최측의 초대를 거절했다. 솔나 경찰서로 돌아가 긴급히 처리해야 할 일이 있었다. 밖으로 나가자 커다란 검은 리무진이 이미 와서 대기중이었다.

"타시지요, 경감님." 운전사가 뒷문을 열어주며 말했다.

"성공일세, 벡스트뢲." 벡스트뢲이 한 달 전에 앉았던 것과 같은 테이블에 앉자마자 그의 지인이 말했다. "동료랑 막 얘기했는데 좋아서 어쩔 줄 모르더군. 하지만 물론 예상했던 일 아니겠나?" 그는 건배를 제안하

▪ 스웨덴을 인격화한 것으로 강한 여전사의 모습을 하고 있다.

며 그렇게 덧붙였다.

"고맙습니다." 벡스트룀은 잔을 들어 올리는 동시에 접시 밑에 은밀하게 깔려 있던 두툼한 갈색 봉투를 집어 재킷 안주머니에 안전하게 넣었다.

"실은 한 가지 궁금한 게 있습니다만." 문득 마리오와 롤뤼를 떠올린 그가 말했다.

"말해보게."

"우연히 마리오 그리말디라는 옛 친구를 만났습니다. 보아하니 선생의 주택 사업에 관심이 있는 투기꾼 같더군요."

"대부 말이군." 지인은 희미하게 미소를 흘리며 고개를 끄덕였다. "무슨 얘긴지 알겠네. 자네 직장에서 컴퓨터로 확인해보면 틀림없이 요즘 그는 한푼도 없고 정신적으로도 온전치 못하다고 나올 테지."

"대충 그렇지요. 그래서, 실제로는 어떻습니까?"

"정반대지." 그가 술잔을 돌리며 대답했다. "게다가 전에 내 부탁을 한두 번 들어준 적도 있다네. 쉽게 거절할 수 없는 부탁을 말이지."

"전직 경찰인 롤뤼 스톨함마르가 마리오와 함께 있더군요. 항상 곁에 붙어 다니던데, 그 사람에 관해 아는 건 없습니까?"

"그 이름은 처음 듣는군. 전직 경찰이라고? 뭐, 그야 마리오는 모든 사람을 다 아니까, 그중에는 자네 동료들도 여럿 있을 테지."

"뭐, 중요한 건 아닙니다." 벡스트룀은 어깨를 으쓱했다. 시간이 지나면 알게 되겠지. 다른 동료들이라면 또 누구려나?

몇 시간 후 벡스트룀은 침대에 누운 채 봉투를 열어 내용물을 세어

보았다. 이러니 법무부 장관 따위가 될 여유가 있겠냐고. 그는 고개를 가로저으며 봉투를 배게 밑에 쑤셔 넣었다. 그러고는 침실 창문틀을 두드리는 빗소리에 깰 때까지 꿈도 꾸지 않고 푹 잤다.

10

펠리시아 페테르손은 스물여덟 살이었다. 경찰로 근무한 지 오 년째로, 몇 달 전 실내 밴디* 경기 도중 인대가 찢어지지만 않았더라면 담당 구역을 순찰하고 있었을 터였다. 생각보다 까다로운 부상이라 일선에서 근무하는 순찰 경관의 직무를 수행하기에는 무리였다. 그래서 그녀는 경찰서 접수처에 앉게 됐고, 벡스트룀의 눈에 띄었을 때는 그곳에서 한 달째 근무중이었다. 때는 금요일 오후, 그는 쿵스홀멘에서 있을 중요한 점심 약속에 가는 길이라 벌써부터 들떠 있었다.

"자네 여기서 뭘 하는 건가?" 벡스트룀은 놀라 그렇게 말했고, 일주일 뒤 펠리시아는 그의 강력반에 배속되었다.

벡스트룀은 펠리시아에게 약한 구석이 있었다. 그녀의 성장 배경이나 경찰서 내의 독살스러운 혀들이 퍼뜨린 벡스트룀의 악명을 고려하면 그럴 리 없는데도 그랬다. 펠리시아는 브라질에서 태어났다. 상파울루의

■ 빙판 위에서 스틱과 공을 가지고 하는 하키 또는 축구와 유사한 구기 종목.

보육원에 있던 그녀는 갓 한 살이 되었을 때 부부 모두 경찰인 스웨덴 커플에게 입양되어 스톡홀름 인근 멜라렌 호수의 섬에서 자랐다.

몇 년 전 솔나 경찰서 범죄과에서 견습 훈련중이던 당시 그녀는 벡스트룀의 이중 살인 사건 수사를 보조하면서 자신이 백치나 다름없는 동료들과는 다르다는 인정을 받아냈다. 벡스트룀이 실제로 말하고자 하는 바를 이해하고, 시키는 일을 항상 해낸 덕분이었다. 이는 진정한 경찰은 진정한 남자여야 하며, 진정한 여자는 경찰보다 훨씬 부드러운 일에 더 어울린다는 벡스트룀의 신념에 반하는 일이었다. 비록 최근의 벡스트룀은 훨씬 부드러운 일이라는 게 구체적으로 무엇인지 입 밖에 내지 않을 정도로 현명해지긴 했지만 말이다.

월요일 회의 후, 펠리시아의 직속상관 안니카 칼손은 펠리시아와 함께 프리다 프리덴스달을 다시 만나서 그녀가 자신의 집에 무단으로 들어와 협박을 가한 남자를 알아볼 수 있는지 확인하기로 했다.

그리하여 펠리시아는 여자가 말한 인상착의와 일치하는 용의자를 골라내느라 남은 하루를 다 보냈다. 맥 빠지는 일이었고, 다 끝내고 보니 내려받은 사진만 백 장이 넘었다. 모두 스톡홀름 거주자로, 경찰 기록에 따르면 그들이 찾는 남자가 피해자에게 했다는 짓을 하고도 남을 자들이었다.

그사이 안니카 칼손은 몹시 주저하는 프리다 프리덴스달에게서 다시 한번 면담에 응하겠다는 동의를 받아내기 위해 한참 동안 설득에 나섰다.

결국 그녀는 동의했다. 다음 날 아침 9시 정각, 자신의 사무실에서 만나고 삼십 분을 넘기지 않는다는 조건이었다.

11

"어떨 것 같아요?" 화요일 아침, 차에 앉은 펠리시아가 물었다.

"반기지는 않겠지." 안니카 칼손이 말했다. "전혀 아닐걸. 잘되기를 빌어야지. 최선을 다해볼 수밖에." 그녀는 미소 띤 얼굴로 고개를 끄덕이면서 젊은 동료의 옆구리를 가볍게 찔렀다.

"제가 사진을 보여주는 동안 경위님이 반응을 관찰하면 어때요?" 펠리시아가 제안했다.

"나도 같은 생각을 했어." 운이 좋으면 고개를 움직이기도 전에 눈빛만으로 알아챌 수 있겠지. 안니카는 생각했다.

십오 분 뒤 그들은 프리다 프리덴스달의 직장으로 들어갔다. 이미 와본 적이 있는 안니카는 접수 담당자뿐만 아니라 보안 요원까지 대기하고 있다는 사실을 눈치챘다. 보안 요원은 안으로 들어서는 두 사람을 향해 고개를 끄덕이며 미소를 지었다.

"경찰에서 왔습니다." 안니카 칼손이 신분증을 들어 보였다. "프리다를 만나러 왔는데요."

"기다리고 있습니다." 접수 담당자도 고개를 끄덕이며 미소 지었다. "왼쪽 복도로 가셔서 세 번째 문입니다." 그녀가 방향을 가리키며 설명했다. "필요하시면, 커피와 물은 준비되어 있습니다."

"고마워요." 안니카가 말했다.

커피나 물을 원하는 사람은 없었다. 피해자는 특히 그랬다. 안니카가 마실 것을 제안하자 그녀는 곧바로 고개를 저었다.

"아뇨, 빨리 이 일을 마무리 짓고 마음의 평화를 찾고 싶을 뿐이에요."

"잘 알겠습니다." 안니카가 그녀의 팔을 도닥였다. "저희가 해결할 겁니다."

그들은 회의실 테이블에 앉았다. 펠리시아가 노트북 앞에 앉고, 피해자는 그 옆에 붙어 앉았다. 숨소리가 들리고 몸에서 뿜어져 나오는 두려움마저 느낄 수 있을 정도로 가까운 거리였다. 안니카 칼손은 프리다의 눈에 어린 표정과 그녀가 바라보는 사진 모두를 볼 수 있도록 테이블 옆쪽에 자리를 잡았다.

당신을 어떻게 묘사하면 좋을까? 펠리시아는 스크린을 열어젖히고 노트북을 켜면서 생각했다. 중년에, 갸름하고, 외모와 복장은 모두 평범. 하지만 지금은 이러지 말자. 내게 보이는 건 금방이라도 무너져 내릴 것만 같은 한 여자뿐이야.

"좋아요. 시작하죠. 가능한 한 신중하게 봐주세요. 부담을 느끼실 필요는 없고, 고개를 가로저으시기만 하면 다음으로 넘어갈게요. 혹시 상대를 알아보겠거나 더 자세하게 보고 싶다면 말씀하시고요." 펠리시아가 말했다.

"알았어요." 프리다가 왼손 손마디로 입을 꾹 누르며 대답했다.

처음에는 고개를 가로젓는 속도가 빨랐지만, 펠리시아가 사진을 불러낼수록 피해자는 점점 더 사진을 보기 힘들어했다.

이 여자가 백스무 장을 감당할 수 있을까? 안니카 칼손이 그렇게 생각하는 순간, 여자의 눈에서 그것이 보였다. 동시에 여자가 크게 소리 내어 말했다.

"이 사람이에요!" 프리다 프린텐스달은 두 손을 얼굴에 얹으며 소리쳤다. "오 하느님, 저 사람 치워주세요. 제발 치워달라고요!" 그녀는 일어나 컴퓨터에서 몸을 돌리며 외치고는 어깨와 등이 떨릴 정도로 거세게 울음을 터뜨렸다.

25번. 안니카 칼손은 생각했다. 성격이 성격인 만큼, 그녀는 펠리시아의 노트북을 확인하지 않고도 이미 사진 속의 남자가 누구인지 알고 있었다. 앙헬 가르시아 고메스. 이게 복권이었다면 놈은 최악의 복권을 뽑은 셈이었다.

펠리시아도 그를 알아보았다. 실제로 본 적이 있어서가 아니라, 전날 했던 작업에 뛰어난 기억력이 더해진 덕분이었다. 앙헬 가르시아 고메스. 1970년대에 어머니와 함께 정치 망명자 신분으로 칠레에서 스웨덴으로 이주해 온 자로, 지인들 사이에서는 엘 로코, 즉 미치광이라 불렸다.

왜 그렇게 불리는 걸까? 그의 사진을 저장하면서 든 의문이었다. 데이터베이스에는 뚜렷한 설명이 없었다. 더구나 그는 잘생긴 외모에, 경찰이 찍은 사진 속에서 희미한 미소까지 짓고 있었다. 다른 사람들에 비하면 공식적인 전과랄 것도 없었다. 그에 대한 거의 모든 기소는 취하되었다.

두 사람은 삼십 분에 걸쳐 상당량의 티슈와 얼마간의 자매애적 공감과 무수한 위로의 말을 건넨 뒤에야 피해자를 가까스로 진정시킬 수 있었다. 그와 동시에 그들은 수사가 막 끝났음을 깨달았다.

프리다 프리덴스달은 몇 차례 숨을 깊게 들이쉬었다. 그런 다음 안니카 칼손의 눈을 정면으로 바라보고 고개를 끄덕이면서 자신이 하려는 말을 강조했다.

"고발은 취소할래요." 그녀가 말했다. "이 일에 더이상 연루되고 싶지 않아요. 난 조용히 살고 싶어요."

"두려워하실 거 없어요." 안니카 칼손은 프리다 프리덴스달 앞에 쪼그리고 앉아서 그녀의 두 손을 자신의 두 손 사이에 모아 쥐었다. 상대가 어린아이라도 되는 것처럼.

"내 알 바 아니에요. 그냥 조용히 살래요. 단 일 초라도 이런 일은 더 하고 싶지 않아요. 변호사랑 얘기했어요. 당신들이 내 협조를 강요할 수는 없다고 했어요."

그녀는 다시 울기 시작했다. 이번에는 이미 결심을 마친 사람들이 그러듯 고개를 가로저으면서 힘없이 흐느꼈다.

12

동료인 칼손과 페테르손이 피해자에게 새로운 용기를 불어넣으려 애쓰던 것과 거의 같은 시각에, 벡스트룀은 여덟 시간의 상쾌한 수면과 영양 만점의 아침 식사를 마치고 사무실에 도착했다. 직장까지 그를 태워다 준 택시 운전사마저 점잖게 굴었다. 운전사는 오는 동안 단 한 마디도 하지 않았다. 솔나 경찰서에 도착해 벡스트룀이 돈을 찾으려고 주머니를 뒤질 때까지는 말이다.

"벡스트룀 경감님 맞죠? 그 망할 이란 놈들 쏘신 분요. 제 말 맞죠?"

"그러는 그쪽은 누굽니까?" 억양이나 외모를 보면 아랍인 표준에 해당하는데 말이야. 만약 무슨 꿍꿍이라도 품었다간 꼬마 시기와 인사하게 될 줄 알라고.

"전 이라크 출신입니다. 이건 제가 내겠습니다, 경감님." 운전사는 활짝 웃으면서 벡스트룀을 향해 움켜쥔 주먹을 들어 보인 후 차를 몰고 사라졌다.

화요일이 그래도 월요일보다는 낫군. 벡스트룀은 빨간불을 켜고 갓 내린 커피를 손에 든 채 책상 앞에 앉으며 생각했다. 그에게는 해야 할 일이 있었고, 벌써부터 기다려지는 점심시간을 망치지 않으려면 당장 처리해야 했다.

그래서 벡스트룀은 동물보호팀을 이끄는 로베 린스트룀 경감에게 연락했다. 이름과 직위를 보아 하니 성별과 무관하게 경찰과 경찰의 신성한 임무를 훼손하는 또 한 명의 늙다리 할망구일 터였다.

"벡스트룀입니다." 벡스트룀이 말했다. 전국에서 가장 유명하고 존경받는 경찰이라면 자기소개는 그 정도로 충분하고도 남았다.

"연락 고마워요, 벡스트룀." 린스트룀이 대답했다. 진심으로 기쁜 듯한 목소리였다. "왜 연락했는지 알겠군요. 내가 뭘 해주면 되겠습니까? 참 끔찍한 일이었지요. 우리 동물보호팀 동료들이 겪은 일 말입니다."

"글쎄요. 그보다는 내가 그쪽을 위해 뭘 하느냐가 문제겠습니다만."

"무슨 소리죠?"

"간단하게 설명하지요." 이젠 그렇게 반가운 목소리가 아니군.

벡스트룀은 먼저 피의자에 관해 묘사했다. 혼자 사는 나이 든 부인, 벌써 무덤에 한 발을 들인 정신이 온전치 않은 할머니. 이어서 그는 린스트룀의 두 동료와 의회에서 온 두 친구가 했던 행동에 대해 설명했다.

"나이가 부인의 절반도 안 되는 젊은이 넷이서 소리치며 현관문을 두드렸습니다. 모두 제복을 입지 않은 평상복 차림이었고, 한 사람도 신분증을 보여주려는 시도조차 하지 않았죠. 부인이 네 사람을 고령자를 노리는 갱단으로 여기고 그들이 자기 집에 강제로 들어오려는 것으로 착각해도 이상할 게 없습니다. 실제로 그렇게 생각했고요."

"잠깐만요. 당연히 신분증을 제시했습니다. 우리 팀원들은 경찰이라는 걸 밝혔을 텐데요. 당연한 거 아닙니까?"

"그건 그쪽 얘기고. 어떻게 확신하죠?"

"잠깐만 기다려주겠습니까?" 린스트룀이 근심스러운 목소리로 물었다.

"물론 기다려야죠." 벡스트룀이 말했다. 이거 점점 더 재미있어지는군.

"오래 걸려서 미안합니다." 오 분 후 린스트룀이 말했다. "방금 현장에 갔던 두 사람과 이야기했는데, 둘 다 신분을 밝혔다는군요. 린데로트 부인이 다른 주장을 한다면, 유감이지만 그건 거짓말입니다."

"그건 그쪽 얘기고." 벡스트룀이 대꾸했다. "부하들이 뭐랍디까? 그러니까, 언제 신분을 밝혔냐는 말입니다."

"보리스트룀, 토마스 보리스트룀의 말에 따르면 현관 문구멍 앞에 경찰 신분증을 제시하면서 크고 또박또박하게 자신들이 경찰에서 나왔고 왜 왔는지를 설명했다던데요. 역시 같은 팀인 다른 경관 보스트룀, 클라에스 보스트룀도 정확히 그렇게 했다고 진술했습니다."

"현관 문구멍? 보리스트룀이 린데로트 부인의 현관 문구멍으로 신분증을 보였다고요? 보스트룀 경관도 그렇게 했다고 진술했고요?"

"그래요. 요즘 신축 건물에는 문구멍을 다는 게 기본 아닙니까. 부인이 사는 건물도 몇 년 안 된 겁니다."

"그렇다면 유감스럽지만 문제가 생겼군요."

"문제라니? 무슨 소립니까?"

"린데로트 부인의 현관문에는 문구멍이 없습니다. 적어도 멀쩡한 문구멍은 없지요. 주택 조합에서 문구멍을 달려고 했는데 부인은 거절했고, 부인의 의사에도 불구하고 조합에서 문구멍을 내버리자 직접 틀어막았습니다. 부인은 누가 자기 아파트를 들여다보는 걸 원치 않았습니다. 아까도 얘기했지만 노인들이 종종 그렇듯 부인도 요새 정신이 좀 이상해지고 있어서 말입니다."

"정말입니까? 직접 가본 건가요? 현장에 말입니다."

"그래요, 유감이지만 딱 그런 상황이었습니다." 벡스트룀은 자세한 설명은 생략한 채 단언했다. "목격자도 있습니다. 목격자는 같은 층에 사는데 이 중재 과정이라는 걸 전부 보았고, 어찌 된 영문인지 증언도 린데로트 부인의 증언과 정확히 일치하더군요."

"두 사람이냐 우리 팀원들이냐, 그런 얘기군요. 그쪽 증언이 우리 팀원들 증언과 상반된다는 거네요."

"미안하지만 상황이 그렇게 간단치가 않습니다. 그쪽 팀원들의 공권력 남용에 관한 조사가 있을 거라고 섣불리 단정하고 싶지는 않지만, 유감스럽게도 상황이 꽤 나쁘다는 결론을 내릴 수밖에 없군요. 실은 많이 나쁩니다. 무슨 소린지 알겠습니까? 내가 지금 휴대전화로 통화를 하고 있다는 얘기 했던가요? 요즘 휴대전화는 성능이 나쁘지 않습니다. 이 전화에는 비디오카메라와 마이크로폰이 있어서 녹음이 가능하지요. 무슨 얘긴지 알겠습니까?" 이만하면 머릿속이 복잡해질 테지, 이 멍청한 호모 새끼야.

"그래요, 무슨 얘긴지는 알았습니다만……."

"두 가지 제안을 하겠습니다." 벡스트룀이 말을 잘랐다. 네놈이 똥을 지리기 전에 말이지.

"네, 듣고 있습니다. 말해봐요."

"당연히, 저로서는 그쪽 팀원을 다른 두 사람과 함께 이리로 불러 면담하는 게 가장 간단합니다."

"오, 설마 그럴 필요까지야 있을까요?"

"그렇지 않기를 바랍니다. 왜냐하면 저는 수사를 종결할 계획이니까요. 수사 전체를 말입니다. 그쪽 팀원이랑, 의회에서 나온 두 사람이랑, 우리 목격자, 그리고 린데로트 부인까지요."

쉽게 무너지는 녀석이군. 벡스트룀은 통화를 마무리하며 생각했다. 열쇠를 꺼내 그만의 특별한 책상 서랍을 열고 스스로에게 수고한 대가로 몇 방울을 따라주기 위해 주머니에 손을 넣는 순간, 문 두드리는 소리가 들렸다. 조심스러운 노크도 아니고 주먹으로 두들기는 소리에 가까웠다. 미처 열쇠를 열쇠 구멍에 꽂지 못한 게 차라리 다행이었다. 대답이 늦었더라면 그녀가 문을 발로 차고 들어왔을 테니까.

"어서 앉지, 안니카." 벡스트룀이 손님용 의자를 가리켰다.

"젠장!" 안니카 칼손이 두 팔을 휘두르며 말했다. "젠장, 젠장, 젠장!"

"말해보게." 하지만 고발인 프리다 프리덴스달과, 그녀가 법정에 갈 용기만 냈더라도 협박죄로 손쉽게 유죄판결을 얻어낼 수 있었을 고발장에 무슨 일이 생겼는지 벡스트룀은 이미 짐작하고 있었다.

🔢 13

"피해자가 빠지겠대요." 안니카 칼손은 체념 섞인 태도로 어깨를 으쓱하며 한숨을 내쉬었다. "하지만 빠지기 전에 범인의 얼굴은 확인해줬어요. 그때부터 일이 틀어졌고요."

"그래서 범인은 누구지?" 벡스트룀이 물었다.

"앙헬 가르시아 고메스요."

오, 그 미친놈 말이군. 그와 나이 든 린데로트 부인─엘리사베트라고 부르는 게 좋겠지─과의 연관성이라니, 도무지 있음 직하지 않은 일이었다.

"얼마나 확실하다는데?"

"틀림없어요. 벡스트룀도 사진을 본 순간 그녀의 반응을 봤더라면 그 자리에서 믿었을 거예요."

앙헬 가르시아 고메스라. 차 한잔하자고 청할 만한 상대는 아니지.

"그래서 그 여자가 앞으로는 관여하지 않겠다고?"

"딱 잘라 거절하는 걸로도 모자라 조금 전에는 그녀의 변호사가 연락해 수사를 당장 중단하라고 요구하던걸요."

"뭐, 그거야 녀석이 결정할 일은 아니고."

"어떻게 할까요?"

"다정한 할머니와 가르시아 고메스 같은 녀석 사이에 어떤 연관성이 있는지 알아내야지."

"글쎄요, 전 아무것도 못 찾았어요." 안니카 칼손은 한숨을 내쉬었다. "연관이 있으리라 믿기도 힘들고요."

"그래, 그래서 이 일이 흥미진진한 거 아니겠나." 벡스트룀이 짐짓 철학적으로 대꾸했다.

"제일 쉬운 방법은 직접 물어보는 거겠죠. 린데로트 부인에게요."

"안 돼." 벡스트룀은 고개를 가로저었다. "일단은 우리가 진상을 알아내야 해. 그러고 나면 이야기를 나눠볼 수도 있겠지. 우리 동료 악셀손하고는 얘기해봤나? 그 친구 어머니가 그 할멈을 안다며?"

"네, 방금 얘기했는데 자긴 모르겠대요. 우리만큼이나 어리둥절해하던데요."

"이상하군." 그 말을 어떻게 믿어? 벡스트룀은 생각했다.

"그러게요. 그나저나 저 고발장들은 어떻게 돼가요?" 안니카 칼손이 벡스트룀 책상 위의 서류 폴더를 향해 고갯짓을 했다.

"깨끗하게 끝냈지. 단순한 오해였을 뿐이야. 종종 있는 일이잖아. 뭘 기대한 거야?"

"솜씨가 나쁘지 않군요, 벡스트룀." 안니카 칼손은 미소를 지어 보이고는 자리를 떴다.

다들 너라면 환장한다니까. 그녀가 문밖으로 사라지자 벡스트룀은 생각했다. 드디어 점심을 먹을 시간이었다. 그의 문을 계속 두드려대는 멍청이들만 아니었더라면.

"들어와." 그가 소리쳤다.

14

기운을 북돋는 점심을 먹고, 탈수의 위협을 막아내고, 혈당 수치도 확실히 단속했지만, 벡스트룀은 여전히 기분이 몹시 뒤숭숭한 탓에 퇴근하고 집으로 돌아가 삶의 질을 높여주는 몇 시간의 수면을 취할 엄두조차 낼 수가 없었다.

무슨 삶이 이러냔 말이야? 사무실로, 도움과 조언을 구하기 위해 끝없이 자신을 찾아오는 동료들에게로 돌아가며 그는 생각했다. 폭력배들마저 기세를 잃었는지, 정기적으로 자기네 편을 숙청함으로써 범죄 감소 프로그램에 기여하던 평소의 행각을 중단한 모양이었다. 제대로 된 살인 사건을 맡지 못한 지 여섯 달이 다 되어가고 있었다. 대신에 그가 맡은 건 뭐였지? 토끼 먹이 주는 걸 깜빡한 미친 할망구. 경매 카탈로그로 동료 호모를 죽이려 든 항문 곡예사. 게다가 사흘 연속으로 비가 내리는 중이었고, 전화 스위치를 꺼두는 것마저 잊은 모양이었다. 벨이 울리기 시작했다.

"벡스트룀입니다." 우리의 스웨덴이 똥구덩이로 곧장 처박히고 있구먼. 그는 생각했다.

펠리시아 페테르손이었다. "여보세요, 경감님, 방해한 게 아니면 좋겠네요. 오 분만 내주실 수 있을까요?"

"물론 있고말고. 더블 라테 한 잔만 가져와준다면." 너랑 같은 색으로 말이지.

"알았어요, 경감님. 곧 대령하겠습니다."

저런 목소리를 낼 기운은 어디서 나오는 거람? 아무리 브라질 출신이라 혈통이 그렇다 해도 말이야.

펠리시아에게 특별히 요청 사항이 있는 건 아니었다. 적어도 업무와 관련된 용건은 없었다. 그저 벡스트룀에게 고마움을 표하고 싶었을 뿐이었다.

"안나카랑 얘기했어요, 경감님. 린데로트 부인과 관련된 어이없는 고발들을 처리하셨다면서요."

"오, 별것 아니었네." 펠리시아가 제법 상냥하긴 하지. 하지만 그의 취향에는 피부가 너무 가무잡잡했다.

"린데로트 부인의 안타까운 사정을 들으니 제 할아버지가 떠오르더라고요. 할아버지도 동물들을 무척 좋아하셨죠. 정신이 늘 멀쩡하지는 않으셨지만요. 오 분만 시간 괜찮으세요, 경감님?"

"물론이야." 그 영감탱이는 무슨 짓을 했으려나? 아마 제 강아지를 변기에 넣고 내렸을 테지. 아니면 강아지로 밑을 닦으려 했거나. 그럴싸한 가능성을 여럿 떠올리자 즉각 기분이 훨씬 나아졌다.

지난 몇 년간 펠리시아의 할아버지는 멜라렌 호수의 한 섬에 있는 노인 요양원에서 지냈다. 그녀는 평소 일주일에 두 번씩 할아버지를 만나러 다니는데, 안타깝게도 지난해부터 할아버지가 점점 더 침울해졌다.

"그래, 그곳이 편하진 않으실 테지." 벡스트룀은 한숨을 내쉬었다. 참도 놀라운 얘기로군그래.

"그런데 최근 두 달 사이 꼭 다른 사람이 되신 것 같아요. 행복하고 명랑해지셨죠. 예전처럼요. 제가 찾아뵈러 가면 제 이름까지 기억하시더라고요."

"그거 잘됐군. 무슨 일이 있었던 건가?" 염병, 나보고 어쩌라고?

"할아버지께서 계신 요양원에서 간호견을 들인 뒤로 완전히 다른 사람이 되신 거예요."

"간호견?"이 여자가 지금 뭔 소릴 하는 거야? 순간 그의 머릿속에는 커다란 세인트버나드가 코냑 통을 목에 걸고 꼬리를 흔드는 모습이 그려졌다.

두 달 전, 요양원 측에서는 입소중인 노인들을 위해 간호견 한 마리를 들였다. 적당히 크고 보드라운 털을 지닌 개가 구내를 뛰어 돌아다니면 입소자들은 몸을 두드리고 목을 긁어주었다.

"엄청 똑똑해요. 일요일에 가서 보니, 할아버지 침대에 같이 올라가서는 털을 빗어주는 내내 거기 얌전히 누워 있더라고요. 할아버지 표정을 보셨어야 해요, 경감님. 어린아이 같으시더라니까요. 얼마나 보기 좋던지." 펠리시아가 말했다.

예수님 맙소사, 이 여자가 날 죽이려는 건가? 벡스트룀은 최후의 날이 오면 자기 손으로 꼬마 시기와의 마지막 대화를 통해 생을 마감할 계획이었다. 실크 파자마에 온통 털을 묻히고 무방비 상태로 마지막 숨을 내쉬는 자신의 얼굴에 침이나 질질 흘릴 개의 도움을 받을 생각은 전혀 없었다.

"듣기만 해도 근사하군." 염병, 나보고 어쩌라고?

"그래서 린데로트 부인이 떠올랐죠. 부인을 만나러 갔을 때 부인이 치매 환자를 전문으로 하는 병원의 외래환자이고 초기 알츠하이머 증상이 있다는 걸 알게 됐어요. 여기 솔나에 있는 병원이에요. 개인 병원인 것 같은데 거기에는 동물이 없더라고요. 전화해서 확인해봤죠. 다시 연락해서 동물을 들이라고 권해볼까 봐요. 개나 고양이, 아니면 토끼 두어 마리도 괜찮겠죠. 린데로트 부인이나 그 병원에 다니는 다른 노인들을 위해서 말이에요. 그러면 부인이 직접 동물들을 돌보지 않아도 될 테고요."

이거 대체 뭐 하자는 거지? 나는 내가 경찰서에서 일하는 줄 알았는데. 동물병원에 실려 오기라도 한 거야? 이 꼬마 검둥이 아가씨가 완전히 돌아버린 게 분명해.

"내 의견을 말해줄까, 펠리시아?" 벡스트룀은 자애로운 미소를 지으며 신중을 기해 손목시계를 흘끔 바라보았다. "그거 아주 멋진 생각 같군. 조금 전에 말했듯이 말이야."

"고마워요, 경감님." 펠리시아가 말했다. "고마워요, 경감님이라면 제 마음을 이해하실 줄 알았어요."

그녀가 문을 닫고 나가자마자 벡스트룀은 자리에서 벌떡 일어나 코트를 걸치고 부리나케 뛰쳐나갔다. 알고 보니 아슬아슬한 타이밍이었다. 로시타 안데르손트뤼그가 그의 사무실을 향해 다가오던 참이었다.

"벡스트룀 경감님, 말씀드릴 게 있어요! 약속하셨잖아요."

"내일 하지." 벡스트룀이 말했다. "내일에나 시간이 나겠어." 그는 반복해 말한 뒤 고개를 가로젓고 손을 내저으며 그녀를 물리쳤다.

거리로 나온 그는 막 출발하려던 빈 택시에 올라탔다.

"어디로 가십니까?" 택시 기사가 미터기를 작동시키며 물었다.

"일단 여기부터 뜨고 봅시다." 벡스트룀은 좌절감에 휩싸여 고개를 내저었다. 우리의 스웨덴에 대체 무슨 일이 일어나고 있는 거지? 우리는 어디로 나아가고 있느냔 말이야?

15

5월 29일 수요일, 에베르트 벡스트룀 경감은 거의 하루 종일 업무를 피해 다니는 데 성공했다. 전날 저녁 신중하게 계획을 세운 덕분이었다. 그는 현명하게도 휴대전화를 이용해 11시 정각까지는 "재택근무" 할 것이며 오후 1시 정각부터는 "국가경찰위원회 회의에 참석"한다고 통보했다. 다시 말해 그가 할 일이라고는 사무실에 모습을 비춘 즉시 발길을 돌려 오전 내내 긴 수면을 즐긴 뒤 느긋하게 점심을 먹고 소화를 시키는 것뿐이라는 의미였다. 사무실 문을 열자마자 오전 내내 대기중이었던 모양인 로시타 안데르손트뤼그가 쳐들어오지만 않았어도 말이다.

그녀는 이제 벡스트룀의 손님용 의자에 앉아 있었다. 물기 어린 눈, 마른 몸, 따분하고 음울한 낯빛.

"말해보게, 로시타." 벡스트룀이 고개를 끄덕이며 재촉했다. "무언가 아주 중요한 할 말이 있는 모양이군."

로시타 안데르손트뤼그 경위는 부서 업무를 방기하는 벡스트룀의 태도에 불만을 표했다. 주장을 뒷받침하기 위해 미리 할 말을 적어둔 쪽지까지 꺼내 들면서.

먼저 그녀는 벡스트룀이 월요일 회의중 동물보호팀 소속 동료들과 그들이 하는 중요한 업무를 깔보는 듯한 태도를 보인 것에 깊은 불쾌감을 표했다. 더불어 그녀는 자신의 견해를 명확히 해두고자 했다. 경찰이 소위 인간들의 곤경에만 지나치게 관심을 쏟는 통에 결과적으로 죄 없는 수많은 동물에게 해를 입히고 있으며, 개별 동물과 동물이라는 집단 모두는 늘 이루 말할 수 없는 고통에 시달린다는 것이었다.

"그래, 잘 알겠네. 계속 얘기해보게." 벡스트룀은 다시금 격려하듯 고개를 끄덕였다. 다정한 미소와 더불어 어서 말해보라는 듯 오른손도 내밀어 보였다. 벡스트룀식 흙탕물 전략을 써야 할 시점이로군. 손쉬운 일이지.

로시타 안데르손트뤼그는 놀라움을 감추지 못했지만, 이내 깊이 숨을 들이쉬고 이야기를 이어나갔다. 두 번째로…….

그녀의 굳건한 견해에 따르면, 의회의 결정에 따라 동물보호팀이 취한 행동에는 그럴 만한 근거가 있었다. 린데로트 부인은 동물을 돌볼 능력이 없는 것이 분명했다. 그녀의 상관과 달리 그녀는 손수 의회 결정의 근거가 된 자료를 읽어보는 수고를 마다하지 않았고, 목격자인 프리다 프리덴스달이 여섯 달에 걸쳐 경찰과 의회에 제출한 여섯 건의 고발장을 꼼꼼하게 확인했다. 그중에는 같은 건물에 사는 닥스훈트의 소유주가 제때 개입하여 상황을 바로잡지 않았더라면 토끼가 개에 공격당해 죽을 뻔했던 끔찍한 사례도 포함되어 있었다.

"그래, 자네가 하는 말은 알겠네." 벡스트룀은 슬프다는 듯 고개를 내저었다. "끔찍하군. 끔찍하고말고."

"네, 그렇습니다. 하지만 제가 이해할 수 없는 건 어째서……."

"내가 자네 의견에 전적으로 공감한다는 걸 알아주게." 벡스트룀은 말을 끊으며 이번에는 힘주어 고개를 끄덕였다. "그러니까 자네 말은, 그 작은 토끼를 죽일 뻔했던 게 프리덴스달의 닥스훈트였다는 거잖나."

"아뇨, 전혀 그런 이야기가 아닙니다. 프리덴스달에게는 닥스훈트가 없습니다. 그녀가 동물권 운동에서 손을 뗀 이유와도 통하죠. 그들 대부분은 고양이와 개와 말, 그 밖에 소유주의 특정한 필요를 충족시켜주기 위해 존재하는 네발 달린 털짐승들에만 병적일 정도로 관심을 보이니까요. 그래서 프리덴스달과 다른 일부 회원들이 따로 나와 '우리의 가장 작은 친구들을 보호할 용기'를 설립했던 겁니다."

"그렇다면 다행스러운 이야기로군." 벡스트룀은 깊은 안도의 한숨을 내쉬었다. "다행스러운 이야기야. 나는 프리덴스달의 닥스훈트가 그랬다고만 생각했지 뭔가."

"무슨 말씀이신지……."

"자네도 알겠지만, 나는 그녀의 태도에 공감한다네. 어렸을 적에는 나 역시 개, 고양이와 함께 자랐네만, 집을 떠나 나만의 반려동물과 함께하면서부터 내 마음을 사로잡는 건 완전히 다른 동물들이라는 걸 깨닫게 됐지."

"예를 들면요?" 로시타 안데르손트뤼그가 그를 의심의 눈길로 쏘아보았다.

"온갖 동물들이야." 그는 애매하게 말했다. "오랫동안 다양한 동물들과 지냈다네. 예를 들어 에곤이라는 금붕어가 있었지. 훌륭한 말썽꾸러기였어. 헤엄을 어찌나 잘 쳤는지. 지금은 이사크라는 앵무새와 산다네. 녀석과 나는 주말 내내 대화를 나누기도 하지. 그래, 지난 세월 동안 작은 친구들이 참 많았어. 대벌레도 한 마리 들였다네."

"대벌레요?"

"그래, 참으로 신기한 생명체야. 난 녀석을 대롱이라고 부르지. 이름 어떤가?"

"대롱이요?"

"그래, 대롱이. 그거 아나? 내가 말을 걸면 녀석이 알아듣는 것 같아. 내가 녀석을 대롱이라고 부르면 더 관심을 보이는 것 같다니까. 매일 아침 식사를 할 때면 식탁 위에 녀석을 올려둔다네. 평소에는 작은 유리

상자 안에서 지내거든. 그렇게 셋이 한집에서 살고 있지. 이사크, 대롱이, 그리고 나까지."

로시타 안데르손트뤼그는 거의 일 분 가까이 아무 말 없이 앉아 있었다. 그러다가 손으로 자신의 얼굴에 부채질을 하기 시작했다. 그녀는 말을 잇기 전에 호흡을 되찾으려는 듯 몇 차례 목청을 가다듬었다.

"그렇군요, 경감님. 대놓고 거짓말을 하신다고 생각하는 건 아닙니다만, 그제 회의에서 하신 발언과는 맞지 않는 얘기 같네요."

"무슨 소린가?" 벡스트룀은 모르는 척 물었다.

"그게, 제 기억이 정확하다면, 목격자인 프리다 프리덴스달을 정신병자라고 하셨지요. 월요일 회의에서요."

"그랬지, 하지만 그건 다 오해였어." 벡스트룀은 모욕을 당했다는 듯한 표정을 지었다. "그녀의 조직에 대해 내가 완전히 잘못 알고 있었거든. '우리의 가장 작은 친구들을 보호할 용기'. 나는 그녀가 망할 꼬맹이 녀석들을 보호한답시고 동물 복지를 포기했다는 얘기인 줄 알았다네. 그래서 동물권 운동 단체를 떠난 거라고 말이야. 개와 고양이에 대한 회원들의 병적인 집착 때문이 아니라 말이지."

"무슨 말씀이시죠? 꼬맹이라뇨?"

"왜, 지하철에 온통 스프레이로 그래피티를 그리고 배짱이의 다리를 잡아 뜯는 못된 꼬맹이들 있잖나. 내 말 뜻 알겠나?"

보아하니 이해하기 쉽지 않은 모양이었다. 로시타 안데르손트뤼그의 머리가 새장처럼 보였다. 조금만 더 궤변을 늘어놓으면 기적을 목격할 수도 있으리라. 인류 역사상 처음으로 사람의 눈알이 순수한 놀라움으로 인해 머리통에서 빠져나오는 모습을 보게 될지도 몰랐다.

"그거 아냐?" 벡스트룀은 말해보라는 듯 손을 들어 보이면서도 상대가 생각을 정리할 틈을 주지 않았다. "자네 카이사 알지? 우리 서장님 말이야. 쥐를 키우는 카이사."

"네, 같은 네트워크 소속입니다. '동물들을 위한 여성 경찰 연대'요."

"과연. 나는 항상 카이사를 몹시 존경해왔네. 심지어 카이사가 동물 보호팀을 신설한 게 스웨덴 경찰 역사상 가장 중요한 개혁이라고까지 말하고 싶군."

"정말요? 저도 그 점에 관해서는 완전히 동감입니다."

"정말이고말고. 나도 당연히 우리 서장님의 관심사를 공유하고 있다네. 틀림없이 자네도 그럴 테지. 물론 카이사가 쥐를 애지중지하는 건 자네도 알겠지?"

로시타 안데르손트뤼그는 고개를 끄덕이기만 했다.

"나랑 똑같아." 그는 의자 등받이에 몸을 기대고 마치 온 세상을 끌어안고 싶기라도 한 양 천장을 향해 두 손을 치켜들었다. "나는 평생토록 쥐를 사랑했다네. 시궁쥐와 생쥐, 큰 시궁쥐와 작은 시궁쥐, 벌거숭이 일본 쥐까지. 자네도 잘 알겠지만 털 없는 쥐 말일세. 생쥐, 들쥐, 뾰족뒤쥐, 춤추는 쥐, 그리고 물론 평범한 집쥐도."

벡스트룀은 두 손을 내리고 방문객을 향해 활짝 미소를 지었다. 제모한 쥐까지 말이야. 숙녀들의 정원을 맛볼 때 털이 없어서 나쁠 건 없지. 너나 네 친구 카이사는 상상도 못 하는 다른 여러 가지 진미를 맛볼 때도 그렇고 말이야.

"자, 이 얘긴 그쯤하고." 그는 두 손을 펴 무릎에 얹고 경건하게 고개를 끄덕이며 음절 하나하나를 힘주어 말했다.

"자네가 이렇게 왔으니 말인데, 내가 한동안 생각하던 게 있네. 자네도 틀림없이 알겠지만 여기 서부 지역에서 동물 보호 전담 경관을 임명하려는 계획이 있어. 시 경찰청의 동료들과 연락을 취하고 협력할 사람 말이지. 그거 아나, 로시타? 내 생각엔 자네가 적임자 같군."

"정말 반가운 말씀이네요, 벡스트룀. 그렇잖아도 지원해볼까 하고 있었거든요."

"그럼 내가 서장님과 이야기를 해보겠네. 당장 하고말고. 약속하지."

"고맙습니다, 벡스트룀. 고맙습니다. 아, 사과부터 드려야겠군요. 제가 완전히 오해하고 그만……."

"됐네, 잊어버려. 안나 홀트가 상대하기 좀 까다로운 편이긴 해도 틀림없이 내 말은 들을 거야. 얼마 전에도 고양이를 입양할까 생각중이라고 하더군. 남자친구가 국가범죄수사국에서 일하다 보니 혼자 보내는 시간이 많은 모양이야. 아마 벗이 필요할 테지."

"뭐라고 조언하셨나요?"

"당연히 나야 반대했지. 그걸 질문이라고 하나? 시궁쥐와 생쥐와 고양이를 함께 두다니?"

"고맙습니다, 벡스트룀. 정말로 고맙습니다." 로시타 안데르손트뤼그는 고개를 끄덕이며 반짝이는 눈빛으로 그를 바라보았다.

부서 제일의 미치광이가 사무실을 나서자마자, 그는 상관 안나 홀트에게 전화해서 당장 면담을 요청했다.

"무슨 일인데?" 안나 홀트가 물었다.

"전화로 할 만한 이야기는 아닙니다." 그가 대답했다. "제 부서의 원활한 업무를 위해서 대단히 중요한 내용이죠."

"그렇다면 좋아. 오 분 뒤에 보자고. 십 분 내줄게."

"이곳 서부 경찰서 동물 보호 전담 경관 자리에 관한 얘깁니다." 벡스트룀은 경찰서장 안나 홀트의 집무실에 들어서자마자 말했다. 점심시간이 임박한 만큼 시간을 낭비하지 않기 위함이었다.

"하느님 맙소사." 안나 홀트는 그렇게 말했고, 진심인 것처럼 보였다. "그 건에 관해서는 나도 자네만큼이나 열의가 넘치지만 이미 주 차원에서 지시가 내려온 사항이야. 그러니 내가 어떻게 생각하든⋯⋯."

"저희 팀이 안데르손트뤼그는 어떻습니까?" 벡스트룀이 끼어들었다.

"그 친구가 없어도 자넨 괜찮을 것 같다 이건가?" 홀트는 희미한 미소를 흘렸다.

"네."

"그럼 그렇게 하지. 나도 같은 생각을 하고 있었어. 자네 머리도 나쁘지 않은걸, 벡스트룀."

16

5월 30일 목요일, 마침내 비가 그쳤다. 하늘에 잔뜩 드리운 구름 장막 너머로 조그맣고 창백한 초여름의 태양이 수줍게 고개를 내밀었다.

벡스트룀이 어린 시절 주일학교에서 배운 바에 따르면 저 위에도 커다란 도시가 있다고 했다. 하지만 물론 지금은 볼 수 없단다. 그곳은 너무 높은 곳에 있거든. 주일학교 선생은 그렇게 말했다.

하루의 시작은 좋지 않았다. 자리에 앉자마자 전화벨이 울렸다. 하지만 상대가 누구인지 확인하자마자 상황이 나아졌다. 훨씬 나아졌다. 어쩌면 이 몹쓸 한 주가 끝나가고 있다는 징조 같기도 했다. 드로트닝홀름 궁 주차장에서 있었다는 폭행 사건 조사에 상관의 도움을 얻고 싶다는 옌뉘 로예르손 경사의 전화였다.

"조언이 좀 필요할 것 같은데요. 오 분만 시간을 내주시면 정말 감사하겠어요, 경감님."

"물론이야, 옌뉘. 자네에게 내 문은 항상 열려 있다는 거 잘 알잖나." 문만 열려 있는 게 아니지. 벡스트룀은 그렇게 생각하며 전화를 끊고 혹시 바지 지퍼가 열려 있지 않은지 점검했다.

한 달 전쯤 벡스트룀은 옛 친구이자 동료인 국가범죄수사국 살인수사과 얀 로예르손 경감의 전화를 받았다. 딸을 위해서 건 전화였다. 로예르손은 벡스트룀의 강력반에 공석이 날지도 모른다는 소문을 들은 터였다.

"지금은 어디서 일하는데?" 벡스트룀이 그렇게 물은 것은 상대의 주의를 돌리기 위한 술책에 불과했다. 로예르손의 수많은 자녀 가운데 누구도 쓸 생각은 없었다. 자식이 최소 여섯은 될 게 분명했다. 자식을 낳은 지능 낮은 어미들의 수도 그쯤 될 테고. 소문에 따르면 그 자식들 중에서 최소한 절반은 경찰이 됐다고 했다. 별로 똑똑할 리 없을 테고, 틀림없이 지독하게 못생겼으리라. 다들 아비를 쏙 빼닮았을 테지.

"쇠데르말름의 범죄예방과에 있네. 제복을 깔끔하게 다려 입는 머저리들과 함께 말이야. 종일 연금 생활자며 코흘리개 꼬맹이들에게 친절하게 구는 게 지긋지긋하다더군." 로예르손이 말했다.

"유감이지만 쉽지는 않을 것 같은데. 누굴 쓰고 싶다고 하면 어떻게 되는지 알잖나. 요샌 옛날 같지 않아서 말이야, 원한다고 되는 게……"

"제기랄, 벡스트룀." 로예르손이 말을 잘랐다. "다른 사람도 아니고 나 아닌가. 로그, 자네의 가장 친한 친구, 자네의 유일한 친구 말이야. 까놓고 말해서 같이 경찰학교 다니던 시절부터 내가 자네의 유일한 친구 아니었나."

"그래그래, 알아들었어." 가장 친한 친구라니, 뭔 소리야? 벡스트룀처럼 제대로 된 사람이라면 스스로를 돌볼 줄 아는 법. 그러니 친구가 무슨 필요란 말인가? 더군다나 그가 사는 이곳처럼 모두가 서로를 잡아먹으려 드는 세상에서라면 더더욱.

"그래야지."

"그래, 얘기는 해보지." 이 자식은 포기할 줄도 모르나?

"그냥 해달라면 해줘." 로예르손은 그렇게 말하고서 전화를 끊었다.

그로부터 일주일 뒤 벡스트룀은 처음으로 그녀와 만났다. 그녀는 그의 사무실로 들어서는 동시에 미소로 방안을 환하게 밝히면서 손을 내밀고 자신을 소개했다.

"옌뉘 로예르손입니다." 옌뉘 로예르손이 말했다. "마침내 아버지의 가장 친한 친구분을 뵙게 돼서 기뻐요."

"어서 앉지." 벡스트룀은 손님용 의자를 가리켰다. 네가 그 흉측한 자식과 한 핏줄일 리 없어. 분명 누가 그 자식을 엿 먹이려고 깜짝 이벤트라도 하고 있는 게지.

지금 그녀는 다시 같은 자리에 앉아 있었다. 허벅지 중간쯤에서 끝나는 스커트 차림에 상체를 살짝 앞으로 기울이고 긴 금발과 빨간 입술과 하얀 치아, 그리고 대롱거리는 가슴 사이의 깊숙한 골을 드러낸 모습으로. 손만 뻗으면 닿을 곳에 기쁨의 보따리가 놓여 있으니, 몸을 앞으로 숙여 그녀를 붙잡기만 하면 될 일이었다.

"내가 뭘 도와주면 되지, 옌뉘?" 벡스트룀은 등받이에 몸을 기대면서 그녀에게 클린트 이스트우드 미소를 보냈다. 곧장 다리라도 활짝 벌렸다간 곤란할 테니 일단 클린트를 절반만 보여줘야지.

옌뉘는 드로트닝홀름 궁 앞에서 일어난 폭행 사건에 관한 조언을 구하러 왔다. 불행히도 수사는 답보에 빠진 듯했다. 익명의 제보. 사건이 일어났다는 사실을 딱 잘라 부정하는 피해자. 게다가 전날 국립과학수사연구원에 연락했더니 DNA 분석 결과를 받으려면 최소한 한 달은 걸린다는 답이 돌아온 터였다.

"분석 결과를 어디다 쓸지도 모르겠지만요." 그녀는 체념 어린 한숨을 내쉬었다. "얘기할 피해자조차 없으니까요."

"사건 종결하지 그러나." 네 인생으로 뭔가 쓸모 있는 일을 해보라고.

"안 그래도 그럴까 싶긴 했어요." 옌뉘가 동의했다. "그러다 사건 전체를 보안청으로 보내면 어떨까 하는 생각이 들더라고요. 그쪽에서도 이 사건을 알 수 있게요."

"보안청에?" 벡스트룀은 놀라움을 감추려 애썼다. "뭐 하러?"

"그야, 이곳 서부 경찰서에만 적용되는 특수 규정이 있으니까요. 보안 청은 이곳 관할 지역에서 일어난 궁정 및 왕가와 연관성이 있을지 모르 는 모든 사건에 관한 정보를 요구하잖아요. 아마 통상적인 보안 조치겠 지만요. 드로트닝홀름과 하가는 우리 관할이고, 제가 규정을 제대로 이 해했다면 보안청은 국가 수장 및 그 가족과 지리적으로든 어떤 식으로 든 연관성이 있다면 어떤 일이라도 알고 싶어 하죠. 드로트닝홀름 근처 에서 고작 자전거 한 대 도둑맞은 일이라 해도 알아야겠다는 거예요."

"그렇지, 달리 할 일도 없을 테니까." 벡스트룀은 깊은 한숨을 내쉬었 다. 빌어먹을 호모 자식들, 괜히 그 근처를 어슬렁거려서는. 그나마 왕은 제대로 된 사내 같았다. 음침한 구석도 없고. 지난해 그가 읽은 모든 신 문 기사에 따르면 왕은 완벽하게 정상이었다.

"좋았어요." 옌뉘가 다시 미소 지었다. "동의하신다니 기뻐요, 경감님. 그러니까, 저랑 생각이 같으시다는 게요."

내 속을 몰라서 하는 소리지.

"또 내가 도와줄 일이 있나?" 벡스트룀은 무척 남자다운 태도로 고 개를 무겁게 끄덕이며 물었다.

"그냥 호기심에서 질문 하나 하고 싶긴 한데요. 경감님과 저만의 비 밀로 할 수 있을까요?"

"말해봐." 벡스트룀은 상체를 앞으로 기울여 양 팔꿈치를 책상에 대 고 손끝을 하나로 모았다.

"안칸 말인데요, 안니카 칼손요." 그녀도 상체를 앞으로 숙이고 목소리를 낮췄다. "혹시…… 뭐라고 할까, 그쪽인가요?" 옌뉘는 왼손을 이용해 자신의 말뜻을 그려 보였다.

"자네에게 들이대던가?" 벡스트룀이 물었다. 과격 다이크가 저공비행에 나서셨군.

"그런 것 같아요." 옌뉘는 다시 미소를 지었다. "싫었다는 건 아니지만, 전 이성애자거든요. 완전 이성애자요."

"알게 돼서 기쁘군." 벡스트룀도 마주 미소 지었다. 조만간 슈퍼 살라미를 꺼낼 때가 오리라는 사실이 더없이 분명한 만큼, 이번에는 완전한 클린트였다.

17

금요일이 되어서야 벡스트룀은 자유의 종이 처음에는 희미하게, 하지만 하루가 저물어갈수록 점점 더 강하게 울려 퍼지는 소리를 들었다. 언제나와 같이 이날은 종일 콘퍼런스에 참석했다. 항상 깨어 있는 유능한 경찰관이자 시민의 종복에 어울리는 사람이 되고자 한다면 상관 노릇에만 안주하기보다는 늘 발전하려는 태도가 중요한 법이었고, 그는 동료들에게 이런 자명한 사실을 알려줄 기회를 절대로 놓치지 않았다.

벡스트룀이 몸담고 있는 조직에서도 이러한 진리가 범죄와의 싸움에서 핵심을 차지한다는 사실은 갈수록 분명해졌다. 콘퍼런스를 비롯하여 실내에서 이루어지는 다양한 형태의 훈련이 경찰 활동 가운데 가장 빠르게 성장하는 영역이라는 점에는 의심의 여지가 없었다. 경찰 조직 내에서 지식에 대한 갈망은 그칠 줄을 몰랐고, 벡스트룀 본인도 주변 사람들에게 눈부신 본보기가 되기를 열망했다.

이런 목표에 도움이 되는 요소가 하나 있다면, 그것은 그가 수많은 강좌와 콘퍼런스 중 어디에 참석할지 선별함에 있어서 극도로 까다롭다는 사실이었다. 선택의 여지가 사실상 무한하며 온갖 주제와 영역을 아우른다는 점을 생각하면 그 자체로 결코 쉬운 일이 아니었다. 벡스트룀의 경우에는 일상적인 경찰 업무 환경에서 벗어난 곳에서 열리는 금요일 강좌를 선호했는데, 업무 환경이 토론과 생각 모두를 망쳐버릴 수 있기 때문이었다. 그중에서도 가능하면 쿵스홀멘에 위치한 그의 아파트에서 걸어갈 수 있는 거리라면 더 좋았다.

너무 일찍 시작하거나 너무 늦게 끝나도 곤란했다. 그랬다간 배움에 앞서 준비를 갖추거나 교육이 끝난 즉시 내용을 검토할 기회를 갖는 데 차질이 생길 터였다. 또 교육 이후에 참석자들이 서로 어울리며 그날 떠오른 생각들을 나눌 기회가 있는지도 특히 중요했다. 반대로 소규모 그룹 학습, 특히 종이에 적힌 다양한 과제를 해결하고 발표하는 모임은 참가자의 창의성을 여러 면에서 심각하게 저해할 수도 있는 몹쓸 자리였다.

이런 중요한 고려 사항들에 비추어볼 때, 이날의 콘퍼런스는 유독 조짐이 좋았다. 콘퍼런스가 열리는 곳은 도심에 자리한 커다란 호텔이었다. 벡스트룀의 집에서 수월히 걸어갈 만한 거리인데다가 마침 찬란한 초여름 날씨이기도 했다. 콘퍼런스는 아침 9시에 커피와 사교 시간으로 시작해서 마지막 전체 토론이 오후 3시에 끝날 예정이라, 멀리서 온 참석자들도 자정 전에 사랑하는 가족들이 기다리는 집에 들어가지 못할까 염려할 필요가 없었다.

심지어 이날은 주제마저 흥미로웠다. '진실, 거짓말 그리고 보디랭귀지'. 보아하니 범죄 해결을 담당하는 부서의 형사들, 특히 강력 범죄 사건에서 신문을 주도하는 이들을 대상으로 하는 내용이었다.

딱 나를 위한 자리로군. 벡스트룀은 배움을 추구하기에 앞서 준비를 갖출 수 있도록 진한 커피 한 잔과 대니시 페이스트리 두 개를 챙긴 뒤 9시 15분에 흡족한 마음으로 대회의실 입구로 들어섰다.

기조연설자는 어느 법심리학 교수로, 콘퍼런스를 기획했고 콘퍼런스 제목과 동일한 제목의 논문도 쓴 인물이었다.

교수는 발표를 시작하자마자 곧장 논의의 핵심으로 들어갔다. 구체적으로 말하자면 진실과 거짓을 판별하는 데 있어 피신문자가 순수하게 구두로 전달하는 메시지보다는 보디랭귀지가 훨씬 유용하다는 주장이었다. 이어 그는 컴퓨터와 파워포인트, 다양한 도표, 이미지, 짧은 영상과 끝없이 쏟아지는 언어를 통해 한 시간 가까이 자신이 말하고자 하는 바를 논증해나갔다.

시선을 완전히 회피하고 자신의 무릎만 내려다보는 피신문자는 신문자의 눈을 똑바로 들여다보고 매번 답변할 때마다 고개를 끄덕이거나 미소를 짓는 피신문자만큼이나 의심스럽다는 겁니다. 자리에 꼼짝 않고 앉아 있든 의자 위에서 끊임없이 꼼지락거리든 상관없어요.

갈색 눈을 깜빡이고 앙증맞은 두 발로 드럼 스틱처럼 바닥을 두드리는 게 딱히 나쁠 건 없지. 벡스트룀은 좀더 편한 자세로 고쳐 앉으며 생각했다.

이렇게 서두를 꺼낸 뒤, 교수는 본론으로 들어갔다. 그는 일상적인 얼굴 표정과 경련을 보인 피시험자들부터 완전히 긴장성 반응을 보인 피시험자들까지 전부 소개하면서 상당 시간을 신체적 신호와 거기 담긴 표현을 설명하는 데 할애했다. 귓불을 잡아당기고, 코를 문지르고, 이마를 문지르거나 머리를 긁으면서 목청을 가다듬고 콧노래를 부르는 사람들.

당사자의 의도에 반해 자신이 저지른 악행을 폭로하는 보디랭귀지에 관해서라면, 완전한 마비 상태에 있는 사람도 교수의 과학적 검사를 속일 수는 없었다. 눈꺼풀이 한 차례 미세하게 떨리기만 해도 상당한 의심의 근거로 삼기에 충분했고, 동공이 확대되기라도 하면 증언의 신뢰성은 무참히 깨어지기 마련이었다.

피시험자들의 구두 발언과 보디랭귀지 사이의 연관성도 흥미로웠다. 모든 말을 "솔직히", "정말로", "가슴에 손을 얹고 말하는데", "우리끼리 하는 얘기지만" 같은 표현으로 시작하면서 동시에 귓불을 잡아당기고 검지로 코를 문지르는 사람들은 가장 뻔한 거짓말쟁이로 간주되었다. 교수의 세계에서 이런 "복합적 행동"은 완전한 자백이나 다름없었다.

우리가 당신이 하는 말을 정말로 믿을 수 있다면 그렇단 얘기겠지. 벡스트룀은 생각했다. 강연자 자신부터가 유달리 수상쩍어 보이지 않는가. 주름진 청바지와 몸에 맞지 않는 재킷을 입은 호리호리하고 꾀죄죄한 이 작자는 자신의 귓불을 잡아당기거나 검지로 코를 문지르지 않을 때면 두꺼운 안경을 코에 걸쳤다 이마에 걸쳤다 하느라 바빴다.

꼬마 호모 자식 주제에 목청 가다듬고 말 좀 웅얼대는 걸 갖고 야단법석이야. 네가 내 손 안에 들어왔으면 얼굴을 석탄산 비누로 실컷 문지른 다음 감방에 처넣을 거다.

청중들이 다리를 풀 수 있게끔 오 분간 휴식 시간이 주어진 뒤에는 마지막으로 질의응답 순서가 마련돼 있었다. 참석자들은 이십 분이 지나서야 돌아왔고, 거대한 침묵이 내리깔렸다.

"질문 없으십니까?" 강연자가 청중을 바라보며 세 번째로 물었다.

"참석자 명단을 보니 제가 오늘 우리나라에서 가장 경험 많은 신문자들을 모시는 영광을 누렸더군요. 누구보다도 에베르트 벡스트룀 경감님께서 이 자리에 계시던데요." 교수는 회의실 맨 뒤에 앉아 있는 벡스트룀을 향해 친근하게 고개를 끄덕여 보였다.

나 아니면 또 누구겠어? 벡스트룀은 그렇게 생각하며 가볍게 고개를 마주 끄덕여주었다. 점심시간은 대체 어떻게 된 거야? 다른 참석자들의 표정으로 보아 그 혼자만 궁금한 것은 아닌 모양이었다.

"진실과 거짓을 판별하는 수단으로서의 보디랭귀지에 관해 경감님의 경험, 그러니까 현장 경험을 들려주시면 흥미로울 것 같습니다만."

"음, 늘 쉽지만은 않지요." 벡스트룀은 깊이 고개를 끄덕였다. "그 점에 관해서는 교수님과 의견이 완전히 일치합니다. 하지만 감히 말하자면 그간 저도 한두 가지 배운 바는 있습니다. 그러니까 상대가 거짓말을 하고 있다는 걸 알려주는 신호 말입니다." 그는 다시 고개를 끄덕였다. 이번에는 더욱 깊이. 자신이 방금 한 말의 중요성을 강조하기 위해서였다.

"팁이 있을까요? 저희에게 알려주실 만한 팁이 있습니까, 경감님?"

"음, 절대 틀리는 법이 없는 보디랭귀지들이 있지요. 상대가 거짓말을 하고 있다는 확실한 증거 말입니다."

"무척 흥미롭군요." 교수는 벡스트룀을 게걸스럽다 싶은 눈빛으로 바라보았다. "혹시 여기에서……."

"물론입니다." 벡스트룀이 말을 가로막으며 손을 들어 올려 보였다. "하지만 한 가지 조건이 있습니다. 이 얘기를 이곳 밖에서 발설하시면 안 됩니다."

교수는 열정적으로 고개를 끄덕였고, 장내에 깔린 침묵으로 미루어 보건대 다른 사람들도 동의하는 모양이었다.

"코입니다." 벡스트룀은 잘못 알아듣는 사람이 없도록 자신의 코를 가리켰다. "거짓말을 하면 피신문자의 코가 자라나지요."

"코요? 피노키오처럼요? 피노키오는 거짓말을 하면 코가 자라지 않습니까."

"바로 그겁니다." 벡스트룀은 단호하게 말했다. "틀림없습니다. 제 생각에는 그거야말로 유일하게 확실한 신호 같은데요. 이에 대해서는 교수님께서도 생각해보셨겠지요?"

"죄송합니다만……."

"거짓말을 하면 코가 길어져요." 벡스트룀이 다시 말을 가로막았다. "제 눈으로 수차례 보았습니다. 특히 사랑하는 아내를 때려 죽이고 작별 인사 삼아 낡은 비료 자루에 넣어 파묻은 남자를 신문했을 때가 기억나는군요. 장례식 비용을 아끼고 싶었던 모양입니다. 어쨌든 그자가 어찌나 거짓말을 많이 하던지 감기에 안 걸린 게 다행이라는 생각까지 들더군요. 안 그랬더라면 코를 풀 때 커다란 종이가 필요했을 테니까요."

"저를 놀리고 계시는군요, 벡스트룀 경감님." 교수는 모욕을 당했다는 표정이었다. "저를 놀리시는 거 아닙니까?"

"어째서 그런 생각을 하시는지 모르겠군요." 벡스트룀이 고개를 가로저으며 대꾸했다. "못 믿으시겠다면 제 코를 보십시오. 교수님의 질문에 답변한 이래로 단 일 밀리미터도 자라지 않았습니다."

그만하면 그 멍청한 호모 자식도 머릿속이 복잡해졌겠지. 벡스트룀은 거리로 나와 점심을 먹으러 가며 생각했다. 피노키오, 그 옛날이야기에 나오는 조그마한 호모 자식 이름이 그거였구먼. 거짓말을 할 때마다 코가 길어지는 녀석. 그럼 피터팬은 다른 녀석이겠군. 등에 날개가 달린 녀석 말이야.

18

이후 벡스트룀은 평소처럼 오후를 보냈다. 먼저 기운을 북돋는 점심을 먹고, 예약해둔 폴란드인 마사지사인 리틀 미스 프라이데이를 만나러 갔다. 둘은 몇 달 전에 우연히 처음 만난 사이였다. 그녀가 일하는 건물이 우연히도 그가 사는 곳과 같은 블록에 있었고, 빨간 머리 글래머가 한 주에 두 번 잠긴 문을 열고 건물로 들어가는 모습을 본 벡스트룀은 대번에 정황을 눈치챘다.

물론 그는 신중한 사람이었으므로 필요한 확인 절차를 거쳤다. 늙은 여자들—그중에는 치마 대신 바지를 입는 여자들도 있었다—의 지원과 사주를 등에 업은 명청한 정치인 무리가 이 몹쓸 시대의 몹쓸 세상에서 찾을 수 있는 유일하고도 진정한 사랑, 처음부터 현찰로 제값을 지불해야 하는 사랑을 불법으로 규정한 터라, 그는 우선 시 경찰청의 성매매팀에서 일하는 옛 친구와 이야기를 나누었다. 경찰 사이에서 '추잡한 펠레'라는 별명으로 알려진 그 친구는 벡스트룀의 마사지사 후보가 매춘부 명단에 있지 않은지 확인해줄 만한 적임자였다. 그녀가 일하는 건물이 의심 주소지 목록에 올라 정기적으로 감시를 받고 있지는 않은지도.

추잡한 펠레는 청신호를 보냈다. 기록에는 아무것도 없었고, 혹시 뭔가 생길 조짐이 보이거든 당장 연락을 주겠다고 했다. 벡스트룀은 도움에 감사를 표하며 답례로 몰트위스키 한 병을 보냈다.

그런 뒤에야 그는 전화를 걸어 개인 예약에 나섰다. 어깨와 관절의 통증이 자신처럼 탁월한 사업가에게 해를 끼칠 수도 있겠는데, 아무래도 일정이 빡빡한 만큼 금요일 오후 근무가 끝나기 직전으로 예약을 잡을 수 있겠는지? 전화 반대편에서 마사지사가 쩍쩍거렸다. 벡스트룀 사장님께서 마지막 손님이 되고 싶으시다면야 당연히 되고말고요.

리틀 미스 프라이데이의 본명은 루드밀라였다. 몸매는 모래시계 같았고, 벡스트룀은 세 번째 방문 만에 그녀의 빨간 머리가 진짜라는 사실을 확인했다. 그녀로 말하자면, 물론 첫눈에 그에게 반했을 테지만 최선을 다해 그 사실을 숨겼다.

첫 번째 방문은 벡스트룀이 타월만 두른 채 엎드려 있는 동안 리틀 루드밀라가 그의 뻣뻣한 근육과 관절을 풀어주는 식으로 시작되었다. 그녀가 주무르고 누르고 당기자 근육과 관절의 모든 뻣뻣함이 사라져 곧장 슈퍼 살라미 속으로 들어갔다. 결국 벡스트룀은 어쩔 수 없이 삼각자처럼 엎드려 있다가 몸을 돌려 허리춤에 쳐진 텐트를 벗어 내렸다.

"어머나!" 지극히 평범한 등 마사지가 앞쪽에 미친 결과를 본 루드밀라는 눈을 휘둥그렇게 떴다.

"그러게 말이야." 벡스트룀이 그녀에게 절반의 클린트를 보내며 말했다. "이 부위를 풀려면 애 좀 먹겠는걸."

첫눈에 반한 게지. 마사지를 마치고 바지를 올리며 그는 생각했다. 비록 처음에는 간단한 손장난으로 시작했지만, 그나마도 이 경우에는 두 손이 필요했고, 결국에는 일이 무척 만족스럽게 마무리되었다.

그다음 주, 리틀 미스 프라이데이는 그가 들어오자마자 포옹과 볼 키스로 시작해서 일급 구강 섹스로 마무리했고, 그다음 금요일에는 벡스트룀이 이에 화답했다. 그는 우선 숙녀의 정원에서 가벼운 소풍을 즐기며 그녀가 진짜 빨간 머리이자 진짜 여자임을 확인한 뒤, 그녀를 슈퍼 살라미 위에 태워 빠르게 질주하는 것으로 마무리했다.

젊음의 열병이군. 같은 장소에서 석 주에 걸쳐 세 번째로 만난 날, 벡스트룀은 바지를 내리며 생각했다. 리틀 미스 프라이데이는 이후 몇 달 내내 그가 정의를 수호하며 보낸 고된 한 주를 마무리하는 방식이 되었다.

19

고된 업무로 가득한 한 주였지만, 마침내 토요일이었다. 벡스트룀처럼 소탈한 전사가 정의의 칼을 칼집에 넣고 잠시 누려 마땅한 휴식을 즐길 시간이었다. 또한 어린 옌뉘의 혈통을 조사하기에도 적절한 시점이었다. 이는 장차 있을지도 모를 근친상간적인 불유쾌한 충격을 미연에 방지하기 위함이었다. 옌뉘를 슈퍼 살라미에 태우기에 앞서 자기가 그녀의 아버지라고 주장하는 얀 로예르손 경감의 피가 딸을 통해서나마 슈퍼 살라미에 접근할 일이 없으리라는 점을 미리 확인해두고 싶었다.

그런 상상을 하는 것만으로도 벡스트룀의 머릿속에는 끔찍한 광경이 펼쳐졌다. 아직 오전 11시밖에 되지 않았지만 약주의 도움을 받아 상상력을 억눌러야 했다. 그런 다음 그는 기력을 끌어모아 로예르손에게 전화를 걸어 식사를 제안했다.

"내가 1차를 살 테니 자네가 2차를 사." 벡스트룀은 너그럽게 덧붙였다. 악명 높은 구두쇠가 잔꾀를 부리지 못하도록 하기 위해서였다.

로예르손은 아주 좋은 생각이라면서 쇠데르말름에 있는 자기 동네 레스토랑을 제안하기까지 했다. 두 세르비아인 마르코와 얀코가 운영하는 식당이었다. 고기 튀김이 끝내줬고, 가격도 적당했으며, 주인들이 로예르손이 어떤 일에 종사하는지 아는 덕분에 로예르손과 그의 손님들은 항상 계산서에 올라가지 않는 공술을 한두 잔 얻어 마시곤 했다.

"좋은 녀석들이야. 작은 잔 하나를 주문하면 더블을 내온다니까. 운영도 깨끗하고, 바에 괜찮은 여자들도 있고, 예술가입네 하는 호모들 걱정도 할 필요 없어. 실수로 찾아온 게 분명한 녀석이 보이면 보통 얀코가 바로 내보내지." 로예르손이 말했다.

자리를 잡은 지 삼십 분이 지났다. 두 사람은 이미 두 잔째 공짜 라거와 넉넉한 양의 체이서를 마시고 있었다. 전설적인 에베르트 벡스트뢰이 누추한 가게를 빛내주고 있다는 사실에 매니저가 제정신이 아니었던 탓이다.

"건배하지, 벡스트뢰." 로예르손이 말했다. "그래서, 우리 딸은 어떻게 지내나?"

"잘 지내지. 장래에는 아주 훌륭한 경찰이 될 것 같더군." 벡스트뢰은 조심스럽게 덧붙였다. 네 녀석의 상상과는 다른 방식으로 말이야.

"그 아비에 그 딸 아니겠나." 로예르손은 자랑스럽게 말했다. "그 아비에 그 딸이지." 그는 같은 말을 되풀이하고는 잔을 들어 몇 모금 벌컥벌컥 들이켰다.

"그럴지도. 하지만 둘이 그렇게 닮은 것 같진 않은데." 이 못생긴 자식은 거울도 안 보는 건가.

"나랑 머리가 똑같단 말이야." 로예르손이 검지로 자신의 오른쪽 관자놀이를 두드리며 자신의 말뜻을 설명했다. "그 앤 자네나 나랑 같아, 벡스트뢰. 우리 딸 옌뉘는 제대로 된 경찰 머리를 타고났다니까. 걔가 경찰학교 들어가면서 성을 내 성으로 바꾼 거 아나?"

"자네가 그런 말을 했던 것 같군." 벡스트뢰은 고개를 끄덕였다.

"자네가 궁금해할까 봐 말하는 거지만, 외모는 제 엄마한테서 물려받았어. 둘이 꼭 닮았다니까. 군, 그러니까 그 애 엄마는 좋은 여자야. 옌셰핑에서 미용사로 일하지. 거기 출신이거든. 마흔다섯이지만 겉모습만 봐서는 모를 거야. 많아야 서른 살로 보이지. 그리 똑똑하진 않아도 잠자리 상대로는 내 평생 최고였다네. 좀 미련한 여자들이 그런 경우가 있지. 나쁜 머리를 잠자리에서 만회한달까. 참고로 말해두자면, 아직도 실력은 여전해. 몇 달 전에 옌셰핑을 지날 일이 있어서 다시 한판 벌렸더랬지." 로예르손은 거의 자기만의 세계에 빠진 듯한 얼굴로 행복하게 고개를 끄덕였다.

"그래?" 이거 점점 더 재미있어지는군. 혹시 알아? 어쩌면 더블 샌드위치를 먹게 될지.

"어떻게 만났나? 그러니까, 옌뉘의 엄마 말이야."

"우연히 지나가던 길에." 로예르손이 씩 웃으며 대답했다. "1980년대였지. 당시에는 아직 정체가 밝혀지지 않았던 범인이 팔메 수상을 거꾸러뜨렸을 때 말이야. 나는 스톡홀름에서 국가범죄수사국으로 파견되어 있었어. 자네도 알겠지만 인력이 좆 나게 부족했거든. 그러다 옌셰핑에서 살인 사건이 일어난 거야. 어느 주유소 매니저가 칼에 찔려 죽은 일이었지. 강도질을 하려다 일이 커진 건데, 촌구석 경찰들이 군의 전 남자 친구 중 하나를 눈여겨봤지. 군이 당시에는 좀 난잡했거든. 생긴 걸 보면 그리 놀랍지도 않지만."

"놈이 범인이었나? 남자 친구 말이야." 좀 난잡했다니, 조짐이 좋군. 어느 보조금 수급자가 하얀 이를 빛내며 군을 임신시킨 뒤 로예르손에게 떠넘겼을 가능성이 커 보였다.

"아니." 로예르손은 고개를 가로저었다. "그 동네의 다른 녀석이었어. 애초에 우리 군은 알지도 못하는 녀석이었지. 사건 해결에는 일주일밖에 안 걸렸어. 그러니 군을 상대로도 잽싸게 움직여야 했다네. 무슨 말인지 자네도 알겠지? 그때 군은 갓 열여덟밖에 안 됐어." 로예르손은 한숨을 내쉬었다. "그때가 좋았지. 제대로 살림을 차린다는 생각은 해본 적도 없었어. 내 인생은 스톡홀름에 있었거든. 직장도 약혼녀도. 게다가 첫째가 그때 두 살이었을 거고, 둘째도 곧 나올 예정이었지."

상상이 되는군. 벡스트룀은 그렇게 생각하면서 잠자코 고개를 주억거렸다.

"하지만 그동안 내내 연락은 해왔다네. 연락은 주로 옌뉘와 했지만 군이랑도 했어. 모녀 살림이 쪼들렸던 적은 없어. 군의 인생이 잘 풀렸거든. 아주 잘 풀렸지. 지금은 자기 미용실을 두 개나 운영해. 우리보다 돈도 더 잘 번다고."

그러셔? 그건 네 생각이고.

"아무튼, 옌뉘를 위해 한잔하지. 건배!" 로예르손이 그렇게 말하며 잔을 들었다. "그리고 옌뉘의 엄마를 위해서도."

"건배." 벡스트룀이 화답했다. 조짐이 아주 좋군. 엄마와 딸이라. 틀림없이 기억에 남는 더블 샌드위치가 되겠어.

이후 두 사람은 이야기를 접고 무척 훌륭한 식사를 즐긴 뒤 바로 자리를 옮겨서 양식 있는 경찰들답게 전통적이고도 유쾌한 방식으로 퇴폐적인 저녁 시간을 보냈다. 사실 계획이 워낙 잘 풀리는 바람에 정확한 세부 사항은 뿌연 안개로 뒤덮였지만, 어쨌거나 벡스트룀이 정신을 차렸을 때는 자신의 집에 있는 해스텐스 침대에 누운 채였다.

그는 거의 하루 온종일을 침대에서 보낸 뒤 정신을 차리고 동네 술집으로 나가 이른 저녁을 먹었다.

적당히 게으른 일요일을 마무리하고 집으로 돌아온 벡스트룀은 IP

주소를 추적할 수 없도록 조치를 취해둔 비밀 컴퓨터 앞에 앉아 그만의 온라인 팬클럽 활동을 했다. '빨간 망토'와 '호기심 많은 금발'이라는 아이디를 이용해 각자가 이 유명한 슈퍼 살라미와 나눈 아랫도리 소풍 경험담을 공유하게 하는 일이었다. 이러면 뭇 숙녀분들도 머릿속이 복잡해질 테지. 빨간 망토로 하여금 그들의 우상이 지닌 물건의 크기를 은밀하게 밝히도록 한 뒤 컴퓨터를 끄면서 벡스트룀은 생각했다.

월요일을 대비하고자 몰트위스키를 넉넉히 따라 침대에 들었을 때는 아직 이른 시각이었다. 그는 꾸벅꾸벅 졸다가 다섯 시간 동안 깊은 수면을 취한 뒤 전화벨 소리에 잠에서 깨어 새로운 날을 맞이했다. 6월 3일 월요일. 벡스트룀 인생 최고의 날이요, 기적의 시대가 아직 끝나지 않았음을 증명하는 날이 될 터였다.

III

변호사 토마스 에릭손
살인 사건 수사
초기 단계

20

피해자의 집 현관에 들어서자 안니카 칼손이 기다리고 있었다. 그녀는 덧신과 장갑을 한 켤레씩 건네고 위층으로 올라가는 널찍한 계단을 고갯짓으로 가리켰다.

"위층이에요. 전부 저 위에서 일어난 것 같아요. 피해자는 계단 맨 위 층계참에서 발견됐어요. 층계참이 사오십 제곱미터쯤으로 널찍한데, 사무실 겸 거실로 쓴 모양이에요. 바깥에는 큰 테라스가 있고요."

"시체는 아직 거기 있고?" 벡스트룀이 끼어들었다.

"물론이에요. 상황을 보고 싶어 할 것 같아서요. 검시관은 다녀갔어요. 십오 분 전쯤 떠났죠. 니에미와 헤르난데스가 아직 위에 있지만 계단은 확인을 끝냈으니 올라가도 돼요."

"우리 의사 선생이 뭐라고 하던가?" 벡스트룀은 확실히 해두고 싶었다.

"살인요. 둔기로 머리를 맞았다는데, 사실 의사가 아니라도 알 수 있을 정도예요. 뒤통수가 박살 나고 두개골이 완전히 납작해졌거든요. 솔직히 엄청 끔찍해요."

벡스트룀은 고개를 끄덕이는 것으로 대답을 대신했다. 그는 의자에 앉아 낑낑대며 덧신을 신고 다시 일어나 비닐장갑을 꼈다.

"흥분을 억누르기가 힘들군."

"한 가지만 더요." 안니카 칼손이 목소리를 죽이며 말했다.

"말해봐." 이번엔 또 무슨 꿍꿍이지?

"위에 에릭손의 컴퓨터가 있어요." 그녀는 천장을 고개로 가리켰다. "책상에요. 조금 전 올라갔을 때 니에미에게 듣기론, 컴퓨터가 켜져 있었고 보안 설정은 되어 있지 않았다더라고요."

"그래서?"

"제가 기회를 봐서 하드 드라이브를 복사해두라고 얘기했는데……."

"뭐가 문제지?"

"컴퓨터에 에릭손 앤드 파트너스 법률사무소 소유물이라는 스티커가 붙어 있었어요. 니에미는 먼저 검사에게 조사 가능 여부를 확인해보고 싶다더군요."

"겁쟁이 새끼." 벡스트룀은 콧방귀를 꼈다.

"그래서 제가 대신 했어요." 안니카 칼손이 작은 빨간색 메모리 스틱을 벡스트룀에게 건넸다.

"니에미는 뭐라고 하던가?"

"아무 말도요." 안니카 칼손이 미소를 지었다. "헤르난데스랑 같이 커피 마시러 가 있었거든요."

"아주 현명해." 벡스트룀은 스틱을 주머니에 넣었다. 내 인생 최고의 날이야. 모든 것이 시계태엽처럼 잘 돌아가고 아무것도 걸리적거리는 게 없는 그런 날.

벡스트룀은 계단 꼭대기에서 발걸음을 멈추고 이제는 범죄 현장이 된 층계참을 둘러보았다. 방 한가운데 생소한 견목 재질에 광택을 낸 커다란 영국풍 구식 책상이 놓여 있었는데 상판은 초록색 가죽으로 덮여 있었다. 의자도 같은 스타일이었다. 팔걸이가 달린 목재 의자로, 좌판과 등받이가 책상 상판과 같은 색의 가죽으로 덮여 있었다.

피살자는 계단과 책상 사이에 쓰러져 있었다. 등을 바닥에 대고 책상과 평행으로 누운 채 두 팔을 옆구리 곁에 늘어뜨린 모습이었다. 검은색 슬리퍼를 신었고 헐렁한 회색 바지와 흰색 리넨 셔츠 차림이었는데 칼라가 풀려 있고 소매는 말려 올라가 있었다. 생의 마지막 만남, 다시 말해 사신과의 만남에 어울리는 편안하고 캐주얼한 복장이었다. 주요 사항은 전부 안니카 칼손의 설명과 일치했다. 얼굴이 온통 피로 뒤덮인 모습이었다. 피가 머리를 타고 턱과 목으로 흘러내려 흰 셔츠 앞면을 흠뻑 적셨고, 박살난 두개골은 바닥에 납작하게 붙어 있었다.

"자, 그럼." 벡스트룀은 책상 반대편에 선 채 검은 휴대전화에서 지문을 채취하느라 여념이 없는 니에미에게 고갯짓을 해 보였다. "어떻게 생각하나, 페테르? 불운한 사고인가, 아니면 그냥 평범한 살인인가?"

"뭐……." 페테르 니에미가 희미한 미소와 함께 대답했다. "별로 고민할 건 없을 것 같습니다. 시신을 확인한 검시관 말로는 교과서에 나와도 될 만큼 전형적인 둔기 살해라더군요. 이 경우 피살자는 머리와 목을 가격당했습니다. 뒤통수를 최소한 서너 번 맞았고, 목이 부러졌죠."

"범행 도구는?"

"이 집에서 나온 물건은 아닙니다. 집 안에 부지깽이나 촛대가 많긴 합니다만. 제 생각에는 그보다는 더 다루기 편한 금속 파이프나 야구 방망이일 것 같아요. 둥글고, 단단하고, 길쭉하고, 잡기 편할 정도의 굵기에, 사용 시 심각한 피해를 입힐 수 있는 물건 말입니다. 도끼나 망치, 그 밖에 날이 달린 건 제외해도 될 것 같습니다."

"발견 당시에도 저렇게 쓰러져 있었나? 등을 바닥에 대고?" 벡스트룀이 시체를 고개로 가리켰다.

"아니요. 엎드린 채 오른팔이 가슴 밑에 눌려 있었습니다. 왼팔은 머리 위로 호를 그리고 있었고요. 하지만 그 외에 머리는 지금과 같은 모습이었고, 몸의 각도도 지금처럼 책상과 평행을 이루고 있었습니다. 처음 현장에 도착한 제복 경관들 중 하나가 휴대폰으로 사진을 찍어뒀습니다. 그 친구 파트너는 피해자의 사망 여부를 확인하고 있었는데, 경찰이 되기 전에 구급 요원으로 일한 모양이더군요. 한 시간 뒤 헤르난데스와 제가 도착했을 때도 여전히 처음 발견한 모습 그대로 엎드려 있었습니다. 검시관이 도착하자 저희가 피해자를 뒤집었고요. 이 휴대전화는 그때 발견한 겁니다." 니에미가 검은 전화기를 들어 보였다. "몸 아래 깔려 있었지만 손으로 쥐고 있지는 않았습니다. 아마 쓰러지면서 떨어뜨렸겠지요."

"이상하군." 벡스트룀이 말했다. 이상해.

"무슨 말씀입니까?"

"피가 안 튀었어." 벡스트룀은 시체 주변의 반짝이는 마룻바닥을 향해 손짓한 뒤 머리 위의 새하얀 천장을 고개로 가리켰다. "뒤통수에 가해진 타격을 보면 사방에 피가 있어야 할 것 같거든. 피가 튀었어야지.

여기 바닥에도 튀었어야 하고, 내 생각에는 천장까지 튀었을 것 같은데. 하지만 피가 그저 머리 밑에 고여 있을 뿐이란 말이지."

"그 점에 주목한 사람이 경감님이 처음은 아닙니다. 헤르난데스와 저도 현장에 도착했을 때 그 사실을 알아차렸지요." 니에미는 방 저쪽에 있는 흰옷 차림의 동료를 가리켰다. 벽에 붙은 커다란 소파를 움직이느라 분주한 모습이었다.

"다른 곳에서 공격당해 머리가 박살 난 다음 시신이 이곳으로 옮겨졌을 수는 없을까?"

"저희도 가장 먼저 그 생각부터 했습니다." 니에미가 고개를 끄덕였다. "문제는 집 안 어디에서도 그런 일이 일어났을 법한 장소를 찾지 못했다는 겁니다. 시신을 옮긴 흔적도 없고요. 바닥에 무언가를 끌고 간 흔적도 없고, 작업 도중에, 다시 말해 시신을 옮기는 도중에 떨어진 핏방울도 없습니다. 물론 누군가가 피해자의 머리에 비닐봉지를 덮어씌운 다음 가격해서 피가 봉지 안에 남았고, 범인이 자리를 뜨면서 그걸 가지고 갔을 가능성도 있습니다만."

"그건 좀 과한 상상 같은데."

"아무튼 진실이 밝혀지겠지요." 니에미는 어깨를 으쓱였다.

"이상하군." 벡스트룀이 말했다. 이상해.

"이 사건에서 이상한 건 그것만이 아닙니다." 니에미가 쓴웃음을 지으며 말했다.

"그래, 말해봐." 벡스트룀은 고개를 끄덕이며 재촉했다.

"천장에 총알이 있습니다. 책상 바로 위에요." 니에미는 흰 천장을 가리켰다.

"지금도 있다는 건가?" 벡스트룀은 천장을 더 잘 보려고 몸을 앞으로 기울였다.

"각도로 봐서는 곧장 천장을 향해 쏜 겁니다. 회반죽을 몇 센티미터 정도 파고 들어갔습니다. 아까 확인했어요. 구멍에 빛을 비추었더니 보이더군요. 아직 꺼내지는 못했고요."

"빙고! 두 번째 총알을 찾았어요." 헤르난데스가 말했다. "여기 소파 안이에요."

헤르난데스는 소파 뒤에 난 구멍을 가리켰다. 가장자리에 하얀 보풀이 일어난 구멍으로 안쪽 충전재가 비어져 나와 있었다.

"어이구야, 무슨 조직 간에 전쟁이라도 났나 보군." 벡스트룀이 흥을 내며 말했다. 이거 점점 더 재미있어지는걸.

"네, 하지만 가장 근사한 게 아직 남아 있습니다." 니에미는 시치미를 뚝 뗀 표정이었다.

"그게 뭔가?" 이보다 더 근사하다고? 그럴 리가 있나?

"테라스에서 또 다른 시체를 발견했습니다." 니에미가 널찍한 목재 테라스로 통하는 이중 유리문을 가리켰다. 테라스 너머로 멜라렌 호수가 햇살에 반짝이며 물결쳤다.

"또 다른 시체라니. 날 놀리는 거겠지?"

"전혀요." 페테르 니에미는 고개를 가로저었다. "분명히 죽은 것 같습니다만."

"살해당한 건가?" 벡스트룀은 빈틈없는 눈빛으로 니에미를 바라보았다.

"확실합니다." 니에미가 고개를 끄덕였다.

"의심의 여지가 없어요." 헤르난데스도 거들었다. "이번에는 목이 잘렸다는 점이 다르죠."

더 볼 것도 없군. 내 인생 최고의 날이 분명해. 십오 분 뒤, 에베르트 벡스트룀은 피해자의 집을 나와 길을 따라 조금 떨어진 곳에서 대기중인 택시를 향해 다가가면서 생각했다.

21

에베르트 벡스트룀 경감이 브롬마의 올스텐스가탄 거리에 있는 범죄 현장에서 나와 수사대 첫 회의를 준비하러 솔나 경찰서로 출발한 것과 비슷한 시각, 부장검사 대행 리사 람은 사무실로 걸려 온 한 통의 전화를 받았다. 그녀의 최고 상관인 스톡홀름 검찰청 검사장이었다. 전날 일어난 것으로 추정되는 어느 살인 사건의 초동수사 지휘를 맡기겠다는 통보였다.

"피해자가 평범한 사람은 아니라고 해야겠지." 검사장이 가볍게 목청을 가다듬었다. "변호사 토마스 에릭손일세. 일요일 저녁이나 오늘 아침 일찍 브롬마의 자택에서 살해당했다는군. 자네도 잘 알 테지만 언론에 알려지지 않은 인물이라고 할 수는 없겠지." 그러면서 그는 다시 한번 목청을 가다듬었다.

"무슬림 마피아가 가장 좋아하는 변호사라고 석간지에서 떠들어대는 그 토마스 에릭손 말씀이신가요?" 리사 람은 놀라움을 감추지 못했다.

"바로 그자야. 자네도 예상할 테지만, 이번 사건은 결과에 따라 매우 복잡해지거나 불쾌해질 수 있어. 그러니 혹시 확신이 서지 않는다면 지금 바로 말해주게. 다른 사람을 임명하면 되니까." 검사장은 세 번째로 목청을 가다듬었다.

"아닙니다, 기꺼이 맡죠."

"좋아. 뭐든 문제가 생기면 내게 직접 연락하게. 진행 상황 계속 전달하고."

"물론이에요."

변호사 토마스 에릭손이라. 이런 염병할. 리사 람은 전화를 끊으며 생각했다.

서부 지역. 거기에 내가 알고 좋아하는 사람이 최소한 한 명은 있지. 그녀는 서부 경찰서 범죄과장을 맡고 있는 옛 친구 토이보넨 경정에게 전화를 걸었다.

"이런 우연이 있나. 마침 네 생각을 하던 참이야. 막 수사대를 꾸렸어. 강력 범죄 수사에 관한 국가경찰위원회의 권고안에 따라서 인력을 최대한 지원받게 될 거야. 첫 회의는 세 시간 후에 열려. 정오에 이곳 솔나에서. 통행증을 발급해뒀으니 접수처에서 수령하면 돼." 토이보넨이 말했다.

"고마워. 나와 함께 수사를 지휘할 사람은 내가 선호하는 사람으로 차출해도 될까?"

"그 점에 관해서는 실망을 안기게 됐군. 이번엔 우리 쪽에서 거물을 내세우게 됐거든."

"누군데?"

"그 유명하신 에베르트 벡스트룀이야. 너도 드디어 사나이이자 신화이자 전설을 만나보게 됐네. 사실 난 그 수식어 중에서 첫 번째 부분이 늘 의심스럽기는 하지만."

"어떤 사람이야?"

"개소리를 잔뜩 들을 각오나 해두라고." 토이보넨은 자신의 표현이 퍽 만족스러운 듯했다. "도저히 못 참겠다 싶으면 나한테 말하고. 두들겨 패서 정신을 차리게 해줄 테니까. 전에도 해봤으니 어려울 것 없어."

에베르트 벡스트룀이라. 쇠뿔도 단김에 빼는 게 낫겠지. 리사 람은 서부 경찰서장이자 벡스트룀의 최고 상관인 안나 홀트에게 전화를 걸었다.

"전화가 올 것 같다는 예감이 들더군요. 말씀하시려는 내용에 대해서는 이미 준비를 해뒀어요." 리사 람이 자신을 소개하기 무섭게 안나 홀트가 말했다. "벡스트룀과 다른 사람들을 만나기 십오 분쯤 전에 우리 둘이서 잠깐 볼까요?"

"11시 45분에 서장님 집무실요, 좋아요."

"그렇게 하죠. 전화해줘서 고마워요."

그러고서 홀트는 전화를 끊었다. 다들 시간 낭비를 않는군. 리사 람은 고개를 절레절레 저으며 생각했다.

22

"앉으세요, 리사." 홀트가 자신의 커다란 책상 맞은편에 놓인 손님용 의자 세 개 가운데 하나를 가리켰다.

"고마워요." 리사 람은 자리에 앉았다.

"내가 잘못 알고 있는 게 있다면 지적해줘요." 홀트가 책상 위에 놓인 파일 하나를 펼치며 말을 이었다. "우리 동료 에베르트 벡스트룀이 수사를 지휘하게 된 것에 관해 이야기를 나누고 싶은 것 같다는 인상을 받았는데요. 혹시 어쩌다 그렇게 된 건지 궁금하다면, 내 결정이에요. 벡스트룀은 내 밑에서 강력반 수장으로 사 년간 근무했고, 이 경찰서에서 살인 사건은 그 부서 담당이지요. 반대할 이유는 없어 보이는데요."

"그동안은 어땠나요?" 리사 람이 상냥하게 미소 지으며 물었다.

"내 밑에서 일하는 동안 벡스트룀은 열두 건의 살인 사건에서 초동 수사 지휘를 맡았고 열한 건을 해결했어요. 가장 최근 사례가 일주일 전이었으니 그 점에 있어서는 걱정하지 않아도 좋아요."

"아, 아주 유능할 거라는 건 알아요. 다만 내가 걱정하는 건 벡스트룀과 피살자의 과거 관계가 수사의 공정성에 영향을 미치지는 않겠냐는 점이에요. 토마스 에릭손은 아프산 이브라힘이 벡스트룀을 자택에서 살해하려 한 혐의로 형 파샤드랑 이름이 기억나지 않는 그 어깨와 함께 기소당했을 때 변호를 맡았……."

"하산 탈리브." 홀트가 끼어들었다. "하산 탈리브 말이군요. 이브라힘 형제의 사촌이고, 신문들의 표현을 빌리자면 조직에서 어깨를 맡고 있었던 인물."

"바로 그 사람요. 내 기억이 잘못되지 않았다면 사 년 전…… 초여름에 일어난 일이었는데……."

"5월 29일 저녁이었죠. 재판은 같은 해 구월에 있었고, 결국 기소된 사람은 아프산 이브라힘뿐이었어요. 물론 잘 알겠지만 형 파샤드는 벡스트룀을 죽이려다 입은 총상 때문에 카롤린스카 병원에 입원해 있다가 탈출을 시도하는 과정에서 사망했고요. 몰래 반입한 줄사다리를 이용해 창문 밖으로 내려가다 손이 미끄러져 여섯 층 아래로 떨어졌죠. 그때가 벡스트룀을 공격하고 일주일 지나서였어요. 파샤드가 탈출을 기도한 그날 하산 탈리브는 벡스트룀을 공격하다 입은 부상으로 인해 수술대 위에서 죽었고요. 살아남은 건 그 두 사람을 쿵스홀멘에 있는 벡스트룀의 아파트로 이끌고 갔던 아프산뿐이었죠. 아프산은 함께 아파트로 들어가지는 않고 벡스트룀의 아파트 정문 앞에 세워둔 차에서 둘을 기다리다 체포당했어요. 그와 거의 동시에 아파트 안에서 총격전이 벌어졌고요. 역시 잘 아는 사실이겠지만, 당시 우리는 놈들을 전부터 감시중이었기 때문에 상황에 개입한 경관들은 몇 분 만에 벡스트룀의 아파트에 도착했어요. 탈리브는 벡스트룀의 거실 바닥에 의식을 잃고 쓰러져 있었죠. 탈리브가 벡스트룀을 쏘려고 하자 벡스트룀이 그를 밀쳤고, 커피 테이블에 머리를 부딪혀 두개골에 금이 간 거예요. 또 자신을 칼로 찌르려는 파샤드의 정강이를 총으로 쐈고요. 세부 사항은 전부 이 파일 안에 있어요. 내사과에서 진행한 두 번의 조사도 포함해서요. 이것도 이미 알고 있겠지만, 내사과 조사 결과 벡스트룀은 모든 면에서 결백했어요. 그는 모든 행동을 규정대로 했어요."

"그래요, 그 얘긴 다 들었어요." 리사 람은 홀트가 내민 서류 폴더를 옆으로 치우며 말했다. "내가 걱정하는 건 재판과 관련해서 있었던 일이에요. 아프산은 벡스트룀에게 돈을 주러 갔던 거라고 주장했죠. 죽이기 위해서가 아니라요. 벡스트룀은 뇌물을 받고 있었어요. 이브라힘 형제의 부패 경찰 명단에 그의 이름이 올라 있었죠."

"하지만 법원에서는 그 설명을 증거 불충분으로 일축했어요." 홀트가 말했다. "게다가 돈은 한 푼도 발견되지 않았고요. 경관들이 일이 일어난 직후에 현장에 도착했는데도요."

"네, 알아요. 법원은 아프산의 진술을 받아들이지 않았죠. 하지만 아프산은 살인미수 혐의에서도 벗어났어요. 그가 정말로 상황을 그렇게 믿고 있었을 가능성도 배제할 수는 없었으니까. 자신들이 벡스트룀을 죽이러 간 게 아니라 매수하러 갔다고 말이에요. 아프산은 더 가벼운 혐의에 관해서만 유죄판결을 받았고, 다 해서 징역 십팔 개월이 선고됐어요. 거리에서 체포되던 당시 헤로인 십 그램을 소지했다는 게 주요 근거였죠. 그 밖의 다른 모든 혐의에 관해서는 무죄판결이 나왔고요. 유죄가 나왔더라면 무기징역을 살았을 텐데."

"음, 아프산의 살인미수에 관한 무죄판결의 골자는, 벡스트룀을 살해하려는 일당의 의도를 그가 실제로 알고 있었다는 걸 합리적 의심의 여지 없이 증명할 수 없다는 점이었지요. 어쨌거나 토마스 에릭손의 솜씨는 훌륭했어요. 아프산이나 그 친구들 같은 사람들을 변호하면서 그의 트레이드 마크 비슷하게 된 솜씨죠. 피해자에게 가능한 한 많은 의혹을 드리우기. 참고로 나도 직접 법정에 가서 들었어요."

"시끄러운 재판이었다고들 하더군요. 저야 참석하진 않았지만……."

"말했듯이 난 직접 갔어요." 홀트가 말을 잘랐다. "벡스트룀은 온갖 쓸데없는 헛소리를 뒤집어썼어요. 정말로요. 그뒤에 또다시 내사를 받았는데 역시 모든 면에서 결백하다는 결과가 나왔고요. 난 사건이 일어나고 한 시간쯤 후에 벡스트룀을 찾아갔었어요. 과학수사과가 벡스트룀의 아파트를 뒤지고 있을 때요. 나로선 벡스트룀이 그곳에 현금으로 몇십만 크로나를 숨겼다는 에릭손이나 그 고객들의 주장을 믿기 어려울 수밖에요."

"그러니 벡스트룀이 토마스 에릭손을 특별히 좋아할 이유는 없겠군요." 리사 람은 그렇게 말하며 미소를 지었다.

"그래요. 게다가 경찰 내에서 벡스트룀만 그런 것도 아니고요. 그런 걸 기준으로 삼으면 아마 수사대를 꾸리지도 못할걸요. 사실상 모든 경관들이 토마스 에릭손이야말로 그가 변호했던 피의자들보다 더 지독한 사기꾼이었다고 믿고 있으니까."

"내가 하고 싶은 말을 정확히 짚어줬군요. 편파적일 수 있다는 건 바로 그런 얘기예요."

"물론 어떤 면에서는 그렇지요. 하지만 벡스트룀은 이 사건을 해결할 겁니다. 벡스트룀은 이미 피해자가 자신의 범죄 행각 때문에 살해당했으리라 믿고 있고, 조만간 그 정황을 밝혀낼 거예요. 벡스트룀이 이 사건을 미제로 넘기지 않겠느냐는 걱정은 접어둬도 좋아요. 벡스트룀이 보기에 이건 조폭들 간에 일어난 살인이니까."

"그렇다고 해서 내 우려가 덜해지는 건 아닐 텐데요."

"그렇지요. 하지만 벡스트룀을 다른 수사 지휘관으로 대체하려고 할 경우 벌어질 난장판에 비하면 이 정도는 잔잔한 산들바람에 불과해요.

그 점을 생각해봐요, 리사. 벡스트룀은 전설이에요. 그를 사건에서 떼어내려 했다간 경찰 전체가 돌아설걸요. 대중은 말할 것도 없고요. 스웨덴 사람들의 클린트 이스트우드니까." 홀트는 부드러운 미소와 함께 말을 맺었다.

"알겠어요. 즐거운 상황은 아니겠군요." 리사 람은 고개를 끄덕였다. "그거 알아요?" 그녀가 홀트에게 미소를 지었다.

"뭘요?"

"나도 벡스트룀과 일하는 게 기대되긴 해요. 전설 그 자체인 사나이와 말이죠."

"행운을 빌어요." 홀트는 쓴웃음을 지었다.

23

수사대 첫 회의, 에베르트 벡스트룀 경감은 12시 정각에 대회의실로 들어와 테이블 끝에 자리를 잡고 모두에게 인사를 건넨 뒤 주임 수사관 대행인 안니카 칼손에게 발언권을 넘겼다.

"자네가 맡지, 안니카." 벡스트룀은 의자에 몸을 묻고 편안한 자세를 취하며 두 손을 배 위에 얹은 채 수사대를 둘러보았다. 늘 그렇듯 게으르고 정신적으로 문제가 있는 머저리들이 주를 이루고 있었지만, 그래도 이날은 인생 최고의 날이 될 터였다. 그를 둘러싼 암흑 속에 비치는 유일한 빛이 있다면 그건 바로 그의 어린 엔뉘였다. 오늘 그녀는 검은 상의 대신 빨간 상의를 입고 있었다.

"고맙습니다." 안니카 칼손은 고개를 끄덕였다. "우리가 다룰 사건은 살인 사건이고, 지금까지 아는 사실은 다음과 같습니다. 피해자는 변호사 토마스 에릭손. 나이는 마흔여덟, 독신에 자녀는 없으며, 이 자리에 있는 모두가 모르는 사람은 아닐 겁니다. 에릭손은 브롬마의 올스텐스가탄 거리 127번지에 있는 자택에서 살해당했고, 사건은 어젯밤 일어난 것으로 추정됩니다. 검시관의 1차 보고서에 따르면 사망 원인은 뒤통수에 둔기로 가해진 타격으로 보입니다. 동기는 불명이지만, 강도나 무단침입이 틀어져 벌어진 일이라는 증거는 아직 나오지 않았습니다. 범인 혹은 범인들의 정체는 앞으로 밝혀내야 하고요. 다들 알겠지만 그래서 우리가 여기 모였지요."

안니카 칼손은 서류에서 고개를 들어 팀원들을 향해 고개를 끄덕여 보였다.

"더 자세한 사항에 관해서는 페테르가 설명할 겁니다." 안니카 칼손이 그렇게 말하는 순간 안나 홀트가 문을 열고 들어왔다. 초동수사를 맡은 검사 리사 람과 함께였다.

"방해할 생각은 없어." 홀트가 말했다. "초동수사 지휘자인 리사를 소개하지. 더 격식을 갖추자면 리사 람 부장검사. 난 이만 가봐야겠군. 어쨌든 여러분이 사건을 해결할 거라고 믿겠어."

예쁘게 생겼네. 안니카 칼손은 생각했다. 아담한 몸, 짧은 금발, 흰색과 파란색이 잘 어우러지도록 맵시 있게 갖춰 입은 스커트와 블라우스와 재킷. 전체적인 용모와 초롱초롱한 눈으로 미루어 보아 나이는 많아 봐야 마흔이고, 소문에 따르면 미혼에 자식은 없음. 기회가 있을 수도 있겠는걸.

"반갑습니다, 리사." 안니카 칼손이 고개를 끄덕이고 미소를 지었다. "편히 앉으세요." 그녀는 테이블 반대편에 비어 있는 의자를 가리켰다.

"고마워요." 리사 람이 자리에 앉으며 말했다. "늦어서 미안합니다. 나는 신경 쓰지 말아요." 그녀는 팀원들을 향해 미소 보내며 고개를 끄덕였다. "어서 계속해요."

"좋습니다." 벡스트룀이 무뚝뚝하게 말했다. "환영합니다." 이 여자가 늦는 바람에 십 분을 날려먹었군. 게다가 팀이 자랑하는 과격 다이크 안칸 칼손은 이미 작업에 나선 게 틀림없었다. 꼬마 람이 저 가랑이 사이에 붙들리고 싶지 않다면 조심해야 할걸.

"이곳 솔나의 과학수사과장인 페테르 니에미입니다." 벡스트룀은 자신이 언급한 남자를 향해 손을 흔들어 보였다. "시간, 장소, 방법에 관한 사항들을 부탁하네."

"그러죠." 니에미가 말했다. "헤르난데스와 제가 사건에 착수한 지 여덟 시간밖에 되지 않았기 때문에 아직 불확실한 부분들이 있다는 점 미리 말씀드립니다만, 지금까지의 정황은 이렇습니다. 범행 추성 시각은 대략 어젯밤 9시 45분입니다. 범행 현장은 올스텐스가탄 거리에 있는 피해자의 집 위층 층계참이 거의 확실해 보이고요. 검시관의 1차 보고서에 따르면 사망 원인은 둔기로 머리와 목에 가해진 외상이며, 피해자는 외상을 입자마자 의식을 잃고 일 분 내로 사망했을 겁니다."

"왜 그렇게 생각하지?" 벡스트룀이 의자에 몸을 더 깊숙이 묻으며 물었다.

페테르 니에미에 따르면 이유는 여러 가지였다. 정확히는 네 가지인데, 그는 발생 순서대로 이유들을 하나씩 설명하기 시작했다.

피해자는 개인 보안에 매우 관심이 많았던 모양이었다. 집에는 동작 감지 센서, 카메라, 비상용 경보기가 설치돼 있었고 문과 창문에도 전부 경보기가 달려 있었다.

"이것이 집의 주출입문입니다." 니에미가 컴퓨터 자판을 두드려 회의실 구석에 설치된 커다란 스크린 위에 피해자의 현관문 사진을 불러냈다. "침입의 흔적은 없고, 주변에 설치된 경보기들은 일요일 내내 작동했습니다. 그러다 그날 밤 8시 58분에 누군가가 현관 경보기를 끄고 한 명 혹은 그 이상의 방문객을 집 안에 들였습니다. 참고로 그 누군가는 에릭손이 거의 확실하고요."

"8시 58분입니다." 니에미가 반복했다. "그때 누군가가 집에 도착했으므로, 그때가 우리의 첫 번째 고정 시점입니다."

9시 40분, 피해자의 휴대전화로 비상 관제실에 연락이 들어왔다. 발신자는 아무런 말도 하지 않았고, 일 분 뒤 통화는 끊겼다.

"비상 관제실에서는 이 통화에 대해 아무런 조치도 취하지 않았습니다. 신고 전화의 절반은 실수로 건 전화고, 다른 이십 퍼센트는 발신자가 아무런 말도 하지 않는 소위 무성 통화라는 이유에서였죠. 발신자가 위급한 상황에 처해 있되 어떤 이유에서 말을 할 수 없는 상황이라고 의심할 근거가 있을 때에만 조치를 취합니다. 그래서 이번 경우에는 아무런 행동도 하지 않았지요. 하지만 에릭손이 도움을 청하기 위해 전화를 걸었다가 미처 말을 할 겨를도 없이 구타당해 죽은 것으로 추정할 만한 근거가 있습니다. 이때가 9시 40분. 한 명 혹은 그 이상의 방문객을 집 안에 들이고 사십이 분이 지난 시점입니다." 니에미가 말했다.

약 여덟 시간이 지난 아침 6시, 검시관이 현장에 도착해 시체를 1차로 검사했다. 피해자의 얼굴과 목에는 이미 완전히 사후경직이 일어난 뒤였고, 검시관은 실내 온도를 고려해 사망 추정 시각이 최소 여섯 시간 전, 자정이 지나기 전 일요일 밤이라는 결론을 내렸다.

"검시관이 현장에 있었을 당시에는 물론 에릭손이 9시 40분에 신고 전화를 했다는 사실을 알지 못했습니다. 제가 한 시간쯤 전에 검시관에게 전화해서 말해줬지요." 니에미가 설명했다. "검시관은 충분히 가능한 시점이라고 답했습니다. 그러니까, 에릭손이 살해당한 시점으로요."

"일요일 밤 9시 40분이라." 벡스트룀이 요약했다. 니에미가 그렇게 명청하지는 않지. 이름을 보면 최소 핏줄의 절반 이상은 핀란드 놈인 게 분명하지만 말이야.

"또 다른 건?" 그가 물었다.

"네. 어젯밤에 신고 전화가 많았던 모양이더라고요. 비상 관제실에 말입니다. 10시 15분부터 11시 5분 사이에 에릭손의 이웃 세 사람이 에릭손의 개가 테라스를 뛰어다니며 미친듯이 짖어댄다고 신고했습니다. 즉 에릭손에게 개가 있다는 얘깁니다. 로트바일러로, 혹시 잘 모르는 사람이 있을까 봐 말해두자면 사나운 종이죠."

"그때는 어떻게 했다던가?" 벡스트룀은 이미 답을 짐작하고 있었지만 그렇게 물었다.

"아무것도 안 했습니다. 그저 남는 순찰자가 없었다는 이유로요. 이후 상황이 잠잠해지는가 싶다가 새벽 2시를 막 지났을 때 개가 다시 발광했습니다. 개 울부짖는 소리를 듣고 신고를 한 네 번째 이웃은 순순히 물러나지 않았죠. 그 이웃이 우연히 개가 짖는 집에 사는 사람의 신원을 비상 관제실의 경관에게 말한 덕분에 마침내 조치가 취해졌습니다. 파견된 순찰자는 십이 분 후에 현장에 도착했습니다. 초인종을 울리고 손잡이를 돌려보니 문이 열리기에 안으로 들어갔다가 이렇게 위층 층계참에서 죽은 에릭손을 발견하지요." 니에미는 그렇게 말하면서 피로 물든 피살자가 배를 바닥에 댄 채 책상 앞쪽에 쓰러져 있는 사진을 불러냈다.

"이후의 진행은 평소와 같았습니다. 헤르난데스와 저는 한 시간쯤 뒤, 새벽 3시 30분에 현장에 도착했고요. 대략 이 정도입니다. 질문이 있다면 대답해드리죠." 그는 피해자의 사진을 닫으며 마무리했다.

"질문이 있습니다." 로시타 안데르손트뤼그 경위가 손을 흔들어 보였다. "방금 설명이 아주 아주 이상한데요. 제 생각에는 완벽한 수수께끼라고 해도 될 것 같군요."

누가 너한테 물어보기나 했냐고. 벡스트룀은 생각했다.

"말해보게." 벡스트룀은 상냥하게 말했다. "무슨 뜻이지, 로시타?"

"개의 행동 말입니다." 안데르손트뤼그가 대답했다. "왜 개가 짖지 않았을까요?"

"내 말이 잘못됐다면 정정해주게나. 내가 이해한 대로라면 개는 밤새 미친듯이 짖어댔을텐데." 이 할망구가 틀림없이 미친 게지. 이 여자를 없앤다는 약속에 대해 홀트에게 단단히 못 박아둬야겠어.

"그럼 정정해드리겠습니다." 안데르손트뤼그가 신랄하게 말했다. "개는 11시 정각부터 2시 정각까지 세 시간 내내 완전히 침묵했습니다. 주인이 살해당한 상황에서 로트바일러가 보일 법한 행동은 전혀 아니지요."

"그럼 이렇게 할까?" 벡스트룀은 인자한 미소를 머금으며 말했다. "자네가 이 개와 관련된 문제를 더 조사해주게. 그런 다음 다시 논의해보기로 하지. 우리 팀에 전문가가 있어서 마음이 놓이는군."

"니에미." 벡스트룀은 말을 이었다. "범죄 현장 관련해서 우리가 아는 건 뭐지?"

피해자는 십중팔구 발견된 곳에서 살해당했다. 층계참에 있는 책상 근처에서.

아직 확실하지 않은 점들이 여럿 있었지만, 검시관이 검사를 완전히 끝낼 때까지 기다려야 했다.

"완전한 보고서는 언제쯤 받을 수 있을까요?" 안니카 칼손이 물었다.

"오늘 저녁에 부검을 한다고 했으니 기본적인 결과는 내일쯤 나오겠지. 최종 보고서는 일주일쯤 걸릴 테고."

"그거야 어쩔 수 없지." 벡스트룀은 너그럽게 말했다. "그럼 마지막으로, 페테르, 사망 원인에 관해서 아는 건 뭔가?"

검시관의 보고서가 나와야 확실한 답을 얻을 수 있을 의문점이 여럿 남아 있었다.

"지금 제 의견을 말씀드리자면, 둔기로 머리를 가격당했기 때문일 겁니다. 거의 모든 증거가 그 방향을 가리키고 있습니다."

"좋아. 자, 현재 아는 바를 요약하자면, 우리가 맡은 살인 사건은 어젯밤 9시 45분쯤 피해자의 자택 위층 층계참에서 발생했고, 피해자는 둔기로 머리를 가격당해 죽었군. 안니카, 인근에서 탐문중인 우리 동료들에게 이 정보가 당장 전달되도록 조치해주겠나? 사람들과 이야기할 때마다 이 내용을 나불거리지 않도록 해주면 더 좋고."

"그럼요." 안니카 칼손이 말했다. "단단히 일러……."

"개 이야기도 하는 거 잊지 마세요. 세 시간 동안 조용했던 이유에 대해서도요. 개가 조용했더라도 낑낑거리고 있었을 수는 있으니까."

"그렇겠죠." 안니카 칼손은 한숨을 내쉬었다. "무슨 얘긴지 알았어요, 로시타."

"좋았어." 벡스트룀이 부드럽게 말했다. "그럼 다리도 풀 겸 오 분간 쉬고 나서 페테르 자네가 테라스에서 발견한 두 번째 시체에 관해 이야기해주게." 이 말에 저 동물권 파시스트도 머리가 복잡해질 테지. 나머지 팀원들의 표정을 보니 그녀만 그런 것도 아닌 모양이었다.

24

오 분 휴식 사상 최단 기록이겠군. 벡스트룀은 그렇게 생각하면서 쉬는 시간이 끝날 무렵 맨 마지막으로 들어와 자리에 앉았다.

"자, 그럼." 그는 활짝 웃으며 말했다. "두 번째 피해자에 관해 들어볼까, 페테르."

"네, 유감스럽게도 보기 좋은 모습은 아닙니다."

페테르 니에미는 주인이 살해당한 것으로 추정되는 자리에서 구 미

터가량 떨어진 층계참 바깥 테라스에 죽어 있는 로트바일러의 사진을
불러냈다.

"개는 목이 잘린 것으로 보입니다." 니에미는 목의 벌어진 상처와 테
라스의 흰 마루판 위로 쏟아져 나온 반원형의 피 웅덩이를 보여주었다.

"언제?" 벡스트룀이 물었다.

"비상 관제실에서 받은 신고가 정확하다면 새벽 2시쯤으로……"

"주인이 숨을 거두고 네 시간 후라. 이상하군."

"네." 니에미가 동의했다. "보이는 것만큼 명쾌한 사건 같지는 않습니
다. 참고로 개는 수의학 실험실로 보냈습니다. 개의 입에서 천 조각도 발
견했습니다. 실 자락이랑, 청바지에서 나온 것으로 추정되는 좀더 큰 옷
조각입니다."

"녀석이 범인의 다리를 물었겠군." 벡스트룀은 양 팔꿈치를 테이블
위에 얹고 손가락을 모았다. "그 밖에 또 흥미로운 점은?"

니에미는 기묘한 점이 더 있다고 말했다. 둔기로 머리가 으깨진 변호
사와 네 시간 뒤에 목이 잘린 개만으로는 부족하다는 듯 층계참 위에서
발사된 두 발의 총알.

니에미는 사진들을 더 불러내 책상 위쪽 천장과 소파 뒤에 난 총알구
멍을 보여준 뒤, 마지막으로 납작해진 총알 두 개가 최대한 잘 보이도록
피해자의 책상에 하얀 종이를 깔아 그 위에 놓고 가까이에서 찍은 사진
을 띄웠다.

"이게 그 총알들입니다. 같은 무기에서 발사된 것으로 보입니다. 어쨌
든 구경은 22구경으로 같고, 종류도 동일합니다. 무피갑 납 탄환입니다.
탄피는 발견하지 못했으니 리볼버로 추정되며, 피해자의 오른손과 셔츠

소매 밑단에서 화약의 흔적이 검출된 것으로 보아 아마 피해자가 쏘았을 겁니다. 피해자가 22구경 리볼버 소지 허가를 받은 상태이기도 했고요. 사냥 및 덫에 걸린 동물 사살용이었습니다. 총 여섯 정의 사냥용 무기에 대한 허가를 받았더군요. 스포츠용 라이플 두 정과 산탄총 세 정, 그리고 앞서 말한 리볼버입니다. 지하실에 총기 보관함이 있었지만 잠겨 있어서 아직 내부를 확인하지는 못했습니다."

"현장에서 리볼버는 발견하지 못했고?"

"아직은요." 니에미는 고개를 가로저었다. "이제 막 수색을 시작했으니, 아마 남은 한 주 내내 걸릴 겁니다. 집이 상당히 거대합니다. 1층은 약 이백오십 제곱미터, 2층은 백오십 제곱미터에 테라스도 구십 제곱미터쯤 됩니다. 지하실에는 커다란 주차장과 체육관, 사우나, 당구실, 와인 저장고, 세탁실, 창고가 있고요. 과학수사는 이제 막 시작된 셈이나 다름없습니다."

둔기도 리볼버도 없지만 니에미는 그 외에 찾아낸 것들이 있다고 했다. 책상 첫 번째 서랍에 있던 두툼한 갈색 봉투에서는 구십육만 이천 크로나가 나왔다. 돈은 고무 밴드로 묶은 천 크로나짜리 지폐 열 묶음으로 나뉘어 있었다. 책상 위에 있던 낡고 고풍스러운 손수건 한 장에서는 피와 콧물의 흔적이 나왔다. 위스키가 반쯤 찬 크리스털 유리병 하나와 바닥에만 술이 약간 남은 빈 잔도 하나 있었다. 니에미로서는 아직 이것이 암시하는 바에 대해 생각해볼 수 없었다. 주의를 요하는 다른 것들이 많았기 때문이었다.

"잔이 하나 더 있었습니다." 니에미는 또 다른 사진을 불러냈다. "구석에 놓인 소파 앞 커피 테이블 위에 있더군요. 등에 총알이 박힌 소파 말입니다. 책상 위의 잔과 유리병으로부터 소파 등에 난 총알구멍까지 직선을 그어보면…… 테이블 위의 잔이 정확하게 같은 직선상에 놓입니다……. 소파에 난 총알구멍에서 일 미터 정도 앞예요. 그리고 이 잔을 사용해 술을 마신 인물이, 사람들이 보통 그런 유형의 활동을 할 때 취할 법한 자세로 앉아 있었다고 가정하면…… 그 사람이 상체나 머리에 총을 맞을 가능성은 꽤 컸을 겁니다……. 증거들을 보면 그런 일은 발생하지 않은 모양입니다만."

"소파에 앉았던 사람이 그 자리에 없었을 수도 있지요. 이미 자리를 옮긴 거예요." 안니카 칼손이 말했다.

"아니야. 그 사람은…… 아직 소파에 앉아 있었지만 총에 맞지 않은 게 거의 확실해. 내가 그렇게 생각하는 건 이 소파 쿠션에서 발견한 증거 때문이야." 니에미는 그렇게 말하면서 소파 쿠션의 사진을 보여주었다.

"어두운 부분을 보십시오. 소파에 앉아 있던 사람의 엉덩이가 대략 이쯤에 있었을 겁니다." 니에미는 사진을 가리켰다.

"총알이 귓가를 스치고 지나가자 앉아 있던 사람이 똥을 지린 게로군." 벡스트룀이 결론을 내렸다. 요새 악당들은 어떻게 된 거야? 호모 변호사 새끼가 총 좀 쐈다고 똥을 싸다니. 만약 그랬더라면 꼬마 시기를 꺼내 이자까지 붙여서 미주 쏘아주었을 텐데.

"대변과 소변의 흔적입니다." 니에미가 고개를 끄덕여 동의를 표했다. "제 경험상 처음 있는 일은 아니지요." 그는 온화하게 미소를 지으며 사진을 닫았다.

"다른 질문 있습니까?"

"질문은 좀더 아는 게 많아지면 하도록 하지." 벡스트룀은 불필요한 잡담을 미연에 방지하기 위해 선수를 쳤다.

"안니카, 우리가 다뤄야 할 시급한 사안들이 더 있다고?" 그렇게 말을 이으며, 그는 검사이자 초동수사 지휘자인 리사 람에게 의미심장한 눈길을 던졌다.

"에릭손의 집에 대한 수색 권한이라면 문제없어요." 리사 람이 고개를 가로저으며 말을 받았다. "컴퓨터도 마찬가지고요. 컴퓨터가 집 안에 있고 전원이 켜져 있었으니까. 그러면 법률사무소가 남는데, 예상하겠지만 그쪽은 이야기가 좀더 복잡하죠. 일단은 에릭손의 사무실만 봉쇄하기로 했어요. 두 시간 뒤 에릭손의 파트너들과 만나 향후 대응을 논의할 계획이고요."

어이구야. 벡스트룀은 생각했다.

"누구 더 질문 있는 사람?" 그가 가볍게 한숨을 내쉬며 물었다.

그러자 평소와 다를 바 없는 상황이 전개되었다. 질문, 추측, 온갖 뻔한 헛소리들. 결국 참을 만큼 참은 벡스트룀이 손을 들어 올리며 자신이 새로 맡은 수사대의 첫 회의를 마무리했다.

"이야기는 그 정도로 하지. 일들 하라고. 이 짓을 한 자식을 꼭 잡아야 해. 헛소리는 놈을 잡아넣은 다음에 해도 늦지 않아."

25

음식을 좀 먹어야겠군. 적절한 양의 점심, 넉넉히 따른 술, 거기에 크고 아주 차가운 라거를 최소 한 잔. 그런 다음 조용히 생각을 해봐야겠어. 이미 오후 2시 30분인데다 혈당 수치가 지금 신고 있는 이탈리아 가죽구두까지 내려가 있었으니 지금이 적기였다.

오른팔인 안니카 칼손은 자리에 앉아 플라스틱 용기에 든 샐러드를 먹는 동시에 컴퓨터로 타이핑을 하는가 하면 벡스트룀에게 고개를 끄덕이며 익히 알려진 멀티태스킹 실력을 과시했다.

"어디 맞혀볼까요. 우리 주임 수사관께서 점심을 드시러 가실 모양이네요." 그녀는 미소를 지으며 말했다.

"산책을 나가려던 참이었어." 벡스트룀이 대꾸했다. "평화롭게 조용히 생각 좀 하려고."

"산책을 나가려던 참이었다고요? 저런, 슬슬 걱정되는데요. 무슨 병이라도 걸린 건 아니죠?"

"아냐." 벡스트룀은 고개를 가로저었다. "그냥 혼자 생각할 시간이 필요해."

진짜 여름의 첫날이군. 벡스트룀은 거리로 나서며 생각했다. 경찰서를 나서기 직전에 방으로 돌아가 선글라스를 챙겨 온 참이었다. 여름이 찾아오고 햇볕이 강해져 귀찮음을 무릅쓸 보람이 있을 만큼 여성들의 살갗이 노출될 때면 언제나 꺼내는 그만의 감시용 선글라스였다. 철테로 된 감시용 선글라스의 검은 반사 유리가 보호해주는 덕분에, 그는 이맘때면 어디선가 나타나 병적인 환상을 충족시킬 재료를 찾아 어슬렁거리는 호모들과 한패라는 오해를 피할 수 있었다.

노란 리넨 정장을 입고 선글라스를 쓴 에베르트 벡스트룀은 그런 놈들과는 달랐다. 그는 그런 저열한 동기를 의심받는 일 없이 태평하게 거리를 거닐며 솔나 쇼핑센터를 가로지르고 로순다 축구 경기장을 지나, 경찰서를 나온 지 삼십 분 만에 필름스타덴에 있는 단골 바에 들어섰다.

오는 동안 구경거리가 많아 새로 맡은 사건에 관해서는 한순간도 생각하지 않았다. 다 때가 있는 법이지. 벡스트룀은 텔레비전 범죄 프로그램 출연과 인터넷 팬클럽을 통해 널리 알려진 유명 인사이자 모든 여성들의 은밀한 꿈에 대한 정답과도 같은 존재였지만, 그렇게 그가 인생에서 이룩한 모든 것도 여전히 벡스트룀이라는 사람의 한 측면에 불과했다. 그는 주변의 더 단순한 생명체들이 한평생을 헌신하는 인간계의 진흙 레슬링을 굽어보는 관찰자이기도 했다. 다 때가 있는 법이야. 넌 일종의 철학자이기도 하지, 벡스트룀. 그렇게 생각하며 그는 늘 앉는 테이블에 자리를 잡았다. 술집 주인은 언제나처럼 친절을 발휘하여 즉각 아주 차갑고 양도 그럭저럭 되는 라거 한 잔을 내왔다.

"어서 오십쇼, 벡스트룀 경감님. 베어네이즈 소스를 얹은 맛있는 스테이크에 감자튀김 어떠십니까? 샐러드는 빼고요."

"그거 좋지. 거기에 평소처럼 물 작은 잔 하나, 그리고 투명한 유리병에 적당히 물을 담아서 함께 가져오게."

"즉시 대령합죠." 주인이 고개를 끄덕이며 대답했다.

이윽고 벡스트룀은 평화롭고 조용하게 식사를 즐기며 서서히 생기를 되찾았다. 이제야 평소의 자신으로 돌아가는 기분이었다. 회의 막바지에 이르러 동료들이 그 조그마한 머릿속에서 뛰어다니는 온갖 아이디어와 추측을 지껄여댈 때는 정말로 생기가 빠져나가는 기분이었고, 혼자서 생각에 잠길 여유가 절실했다. 평소 슈퍼 살라미가 할 일을 마친 뒤, 알지도 못하는 여자가 커다란 해스텐스 침대에 함께 누워 자신을 건드리는 일 따위 없이 그저 혼자만 있고 싶은 기분이 들 때와 비슷했다.

삶이 돌아오는군. 벡스트룀은 작은 잔을 들어 마지막 한 모금을 들이켜며 생각했다.

커피를 마시고 있을 때 술집 주인이 와서 앉았다. 주인은 열정적인 AIK[■] 서포터였고, 벡스트룀도 이 술집에 들어서는 순간부터는 그랬다. 보아하니 소문이 이미 주인에게까지 닿은 모양이었다. 솔나가 자랑하는 전설적인 형사가 숙적의 피살 사건을 수사한다는 소문이.

"그 개자식이 유르고르덴^{■■} 이사였던 거 아십니까? 살해 동기야 안 봐도 뻔하죠."

"그러게. 내 생각엔 누가 죽였든 그런 동기라면 무죄가 되고도 남을 것 같군." 벡스트룀이 말했다.

택시를 타고 직장으로 돌아가는 길에는 불필요한 수군거림을 방지하기 위해 향이 강한 목 캔디를 샀다. 벡스트룀이 의자에 앉아 지친 두 발

■　스톡홀름의 자치시 솔나를 연고로 하는 축구 클럽.
■■　역시 스톡홀름을 연고로 하는 축구 클럽으로, AIK와는 오랜 경쟁 관계이다.

을 책상에 올려놓자마자 노크 소리가 들렸다. 그의 어여쁜 옌뉘가 꽉 끼는 빨간 상의에 커다란 미소까지 갖추고 찾아와 둘만의 은밀한 만남을 청했다.

"오 분만 시간 내주실 수 있을까요, 경감님?"

"되고말고. 물론이야. 자리에 앉지." 벡스트룀이 손님용 의자를 가리켰다.

삶이 돌아왔어. 그는 다시 선글라스를 착용해야 하나 잠시 고민하기까지 했다.

26

"무슨 일이지, 옌뉘?" 벡스트룀은 슈퍼 살라미가 행동에 나설 경우에 대비해 오른쪽 다리를 왼쪽 다리 위로 꼬았다.

"경감님께 시험해보고 싶은 아이디어가 있어서요." 옌뉘는 다시 미소를 지으면서 몸을 앞으로 기울여 종이 한 장을 내밀었다.

"그렇군." 벡스트룀은 종이를 받아 읽었다. 그가 기대했던 대로 깔끔하고 동글동글하니 여학생스러운 필체로 세 줄이 적혀 있었다. 슈퍼 살라미는 이미 깨어난 모양이었다.

"읽어보세요, 경감님." 옌뉘가 종이를 가리키며 열성적으로 고개를 끄덕였다.

"5월 19일 일요일. 궁정 조신이 경매 카탈로그로 폭행당함. 5월 21일 화요일. 방치되었던 토끼를 의회에서 보호. 6월 2일 일요일. 변호사 살해." 큰 소리로 읽는 동안 벡스트룀의 당혹감은 점점 커져갔다. 이게 대체 뭐지?

"경감님도 저랑 같은 생각을 하고 계세요?" 엔뉘가 몸을 더욱 앞으로 숙이며 물었다. 가슴이 들썩이는 모습으로 보아 이만저만 흥분한 게 아닌 모양이었다.

"잘 모르겠군." 벡스트룀은 고개를 가로저었다. "어디 설명해보겠나."

"회의 시간에 떠오른 아이디어예요. 갑자기 말이에요. 이런 사건에서 이런 일이 자주 있나요? 전 살인 사건 수사에 적용되는 세 가지 황금률에 관해 생각하고 있었는데요. 첫째로, 가진 것을 최대한 이용할 것…… 둘째로, 필요 이상으로 일을 복잡하게 만들지 말 것…… 그리고 세 번째…… 바로 이게 회의 시간에 떠오른 건데…… 우연을 믿지 말 것."

"그랬군." 벡스트룀이 말했다. "미안하지만 난 무슨 얘긴지……."

"제 말은, 일주일 내외로 이런 세 사건이 연속해서 일어나는 경우가 흔한가요? 그것도 한 관할 구역에서? 그러니까, 통계적으로 봐서 이건 그냥 우연일 리가 없어요. 이런 경우는 무척 드무니까요. 제가 인터넷에서 찾아봤는데요, 스웨덴에서 변호사가 살해당한 게 얼마 만인지 아세요, 경감님?"

"아니, 모르겠군. 하지만 매일 일어나는 일은 아닐……."

"마지막 사례 이후로 오십 년도 넘었어요. 참고로 그 마지막 사례는 노를란드에서 일어났고요. 법정에서, 교섭중에요. 재판 당사자 중 한쪽이 반대 측 변호사를 총으로 쐈대요. 우리나라의 피살자 유형 중에서 변호사는 가장 희귀한 축에 들 거예요……. 그리고 토끼가 보호를 받게 된 사건이 있죠……. 그런 사건은 한 번도 들어본 적이 없어요……. 그리고 경매 카탈로그 폭행 사건도 있고요."

"계속 말해봐." 이 여자가 도대체 무슨 헛소릴 하는 거야?

"경감님은 평생 범죄 사건을 수사하셨잖아요. 궁정 조신이 경매 카탈로그로 폭행당한 사건을 몇 번이나 맡아보셨죠? 그것도 왕이 사는 궁 앞에서?"

"한 번도 없었지." 벡스트룀은 고개를 가로저으며 단호하게 말했다. "내 생각에는 스웨덴 범죄 역사상 처음 있는 일이 아닐까 싶군."

"바로 그거예요. 제 생각도 바로 그래요."

"무슨 말인지는 알겠는데, 옌뉘, 그래서 그게 어쨌다는 건지 난……."

"우연일 리 없어요." 옌뉘가 말을 자르며 그를 진지하게 바라보았다.

"우연일 리 없다?"

"그래요." 옌뉘는 고개를 끄덕였다. "우연일 리가 없어요. 이 세 사건 사이에는 모종의 연관성이 있어야만 해요. 제 생각엔 그게 유일한 가능성이에요. 첫 번째 사건이 두 번째 사건으로, 두 번째 사건이 세 번째 사건으로 연결되는 거예요. 그 연관성을 밝혀낼 수만 있다면 모든 사건에 대한 해답을 찾아낼 수 있을 테고요. 누가 에릭손을 죽였는지도 그렇고, 나머지, 토끼랑 경매 카탈로그 사건에 관한 사건까지 전부요."

"그렇군." 벡스트룀이 말했다. "그렇군." 같은 말을 되풀이하는 동안 그의 생각은 이미 다른 곳에 가 있었다. 로예르손에 대해서 뭐라고 하건, 어쨌든 녀석은 자기 젖통으로 사고하는 짓 따위는 꿈도 꾸지 않는 실력 있는 경찰관이었어. 그러니 녀석이 이 꼬마 사립 탐정의 아비일 리 없지. 녀석의 외모와 옌뉘의 머리를 보면 말이야. 뭐, 로예르손에게는 젖통 따윈 없으니 이치가 그렇긴 하지만.

"경감님이라면 제 생각을 정확히 이해하실 줄 알았어요. 그래서 다른 사람들에게는 아무 말도 않고 바로 여기로 오는 게 좋겠다고 생각했죠."

"아주 현명하군." 벡스트룀이 말했다. "아주 현명해." 그가 반복했다. "내가 제대로 이해한 게 맞는지 한번 확인해볼까."

"필기해도 괜찮을까요?" 옌뉘는 그렇게 물으면서 몸을 앞으로 기울여 벡스트룀에게 주었던 종이를 가져갔다.

"물론이야. 내가 자네 말을 제대로 이해한 게 맞는다면, 그러니까 자네의 말인즉, 먼저 귀족 비역쟁이를 경매 카탈로그로 두들겨 팬 범인이 있고, 그게 이틀 후에 치매기가 있다고 할 수 있는 어느 노파로부터 토끼를 보호하게 된 사건으로 이어졌고, 그게 다시 이 주도 안 돼서 한 명 또는 그 이상의 신원을 알 수 없는 범인이 변호사 에릭손을 살해한 사건에 이르렀다는 거로군."

"네, 그런 얘기예요. 좀 이상하게 들린다는 건 알지만, 연관성이 있다는 건 백 퍼센트 확실해요. 우연을 믿지 않는 태도야말로 이번 사건의 핵심 열쇠예요."

"흥미롭군. 더 철저하게 조사해볼 가치가 있겠어." 꼬마 옌뉘는 어마어마한 머저리인 게 틀림없어. 이에 비하면 리틀 미스 프라이데이는 노벨상 수상자나 다름없지. 살 섞는 일에도 만점이고.

"경감님이 제 생각을 이해해주실 줄 알았어요……."

"물론이야, 이해하고말고." 벡스트룀은 별거 아니라는 듯 말했다. "그거 아냐, 옌뉘?"

"뭐요?"

"앞으로 이 건에 대해서는 나한테만 보고하게. 다른 누구에게도 발설하지 말고."

"고맙습니다, 경감님. 실망시키지 않을게요."

"아주 좋아." 벡스트룀은 따뜻한 미소를 지었다. 이래야 안칸 칼손이 널 접수대로 끌고 가 우편물 분류나 시킬까 염려하지 않을 수 있겠지.

27

현장 인근 탐문 수사는 그날 아침 7시에 시작됐다. 수사는 하루 온종일 이어졌지만, 주거지를 탐문할 때 늘 그렇듯 가장 쓸모 있는 결과는 아침과 저녁에 나왔다. 아침과 저녁이 가장 좋은 시간대였다. 현지 거주자들이 일을 하지 않고 아이들도 학교에 가 있지 않는 시간대니까. 그쯤이야 경찰관이 아니더라도 짐작할 수 있는 사실이었다.

변호사 토마스 에릭손이 살던 지역은 열심히 문을 두드리고 다니는 모든 경관들에게 한 가지 큰 이점을 가져다주었다. 피살자의 이웃 상당수는 마침 견주였고, 개를 키우지 않는 시민들보다 훨씬 많은 시간을 실외에서 보냈다. 따라서 범죄 수사에 있어, 특히 그들의 이웃인 토마스 에릭손에게 일어난 것과 같은 유형의 범죄일 경우에는 더더욱 수사의 초

점이 되기 마련인 장소 및 시간대에 무언가 목격했을 가능성도 더 컸다.

탐문 수사를 할 때 견주가 많은 동네는 금광이나 다름없지. 얀 스틱손 경위가 생각했다. 그는 달라르나 출신 농부의 아들이었고, 스톡홀름으로 이사 와 경찰이 된 지 십 년이 넘은 지금까지도 스스로를 그렇게 여겼다.

벡스트룀 밑에서 일한 지난 사 년 동안 스틱손은 비슷한 업무를 수차례 맡아왔다. 그는 해당 지역 순찰대에서 차출한 하급 경관 넷과 함께 집집마다 차례로 돌아다니는 중이었는데, 두 번째로 방문한 집에서 첫 번째 잭팟이 터졌다. 아직 아침 8시 30분밖에 안 된 시점이었다. 날씨운도 좋았다. 진짜 여름의 첫날이라, 탐문 다니기에는 이상적인 날씨지.

상냥해 보이는 중년 여자가 문을 열고 나왔다. 여자 뒤에는 검은색 래브라도 한 마리가 서서 꼬리를 흔들고 있었다. 그녀는 남편과 함께 이십 년 넘게 이 집에서 살았다고 했다. 아이들은 출가한 지 오래였다. 남편이 스페인으로 골프 여행을 가서 지난 며칠은 그녀가 개를 데리고 "밤 쉬야"를 나갔다. 평소에는 남편이 하는 일이었고 보통 그녀는 아침 산책을 담당했다.

"남편이랑 저는 생활 리듬이 서로 다르거든요." 여자가 설명했다. "저는 아침에 컨디션이 가장 좋고 보통 10시쯤에는 잠자리에 드는데 남편은 정반대예요. 밤에는 얼마든지 깨어 있을 수 있지만 아침에는 말도 제대로 못 하죠. 어머, 내 정신 좀 봐. 들어오세요. 안에서 차분히 말씀하세요. 날레와 저는 이미 아침 산책을 다녀왔고, 전 커피를 마시려던 참이었어요. 경위님도 커피 드시죠?"

"주시면 감사히 마시겠습니다." 스틱손이 말했다. 좋았어. 자신이 신분증을 보여주었을 때 직급을 기억해둔 걸 보면 관찰력도 좋은 여자가 틀림없었다.

스틱손은 한 시간 가까이 여자의 부엌에 앉아 그녀가 전날 밤 날레와 산책을 나갔을 때 본 것에 관한 이야기를 들었다. 산책로는 항상 같았다. 처음에는 길을 곧장 따라가며 골목길 몇 개를 지나쳤다. 그런 다음 오른쪽으로 돌아 다시 집으로 향했다. 간단히 말해 블록을 한 바퀴 돌아오는 경로였다. 여자는 스틱손이 가져온 지도로 자신이 다니는 길을 확인해주었다.

"길어 봐야 1.5킬로미터밖에 안 되겠지만, 요 녀석을 데리고 다니면 한 시간 가까이 걸린답니다. 냄새 맡을 것도 많고 인사할 사람도 많거든요. 다른 개나 견주분들도 있고요." 목격자는 미소를 지으며 말했다.

"혹시 기억이 나신다면 만난 사람들의 이름과 가능하면 만난 시간까지 알려주실 수 있을까요? 잘 아시겠지만 저희는 어젯밤 해당 지역을 돌아다니던 모든 사람을 찾고 있습니다. 물론 부인께서 하시는 말씀은 전부 비밀임을 보장해드립니다."

그거라면 아무 문제 없다고 여자는 말했다. 평소 만나던 이웃과 견주들을 만났다. 그녀는 스틱손에게 여러 이름을 알려주며, 모든 것이 평소와 다르지 않았다고 했다. 이상한 일도 없었고, 수상쩍은 사람과 마주친 적도 없었다. 사실, 만난 사람 중에서 이름도 모르고 오면가면 본 적도 없는 사람은 딱 한 명뿐이었다. 길을 따라 이곳에서 구십 미터쯤 떨어진 에릭손의 집을 지나칠 때 한 남자가 도로 반대편에서 차 트렁크에 커다란 박스 두 개를 싣고 있었다. 이후 그녀가 집 현관에 열쇠를 꽂는 것과 거의 동시에 어느 차가 시동을 걸고 출발하는 소리가 들렸다.

"그 차였을 거예요. 확실해요."

"그때가 정확히 언제였는지 기억하십니까?" 뭔가 나오는군. 스틱손은 생각했다.

"제가 집을 나선 게 대략 8시 50분이었어요. 텔레비전을 보다 나갔는데 제가 보는 프로그램이, 왜 다큐소프▪라고들 하는 건데요, 그게 8시 45분에 끝나거든요. 그러곤 평소에 돌던 대로 돌았으니까, 대충 9시 30분쯤이었을 거예요. TV4 채널 저녁 뉴스를 틀었는데 막 시작했던 게 기억나요. 그건 10시 정각에 시작하지만, 그전에 제가 날레의 발도 닦고 물그릇도 채워주고 부엌도 정리했으니까요."

"차에 박스를 싣고 있었다는 남자 말입니다만, 인상착의를 말씀해주시긴 어렵겠지요?" 이야기가 점점 무르익는군. 스틱손은 생각했다.

"그건 힘들죠." 여자는 고개를 가로젓더니 갑자기 무척 심각해졌다. "물론 오늘 아침 8시 뉴스에서 무슨 일이 있었는지 들었고, 그래서 경위님께서 오신 이유도 알아요. 제가 옆을 지나칠 때는 남자가 트렁크 안쪽으로 몸을 숙이고 있어서 얼굴을 보지 못했어요. 살짝 스친 인상으로는 아주 평범해 보였어요. 이 동네 사는 사람들처럼 생겼더라고요. 중년에, 옷도 잘 입고. 블레이저를 입었던 것 같아요. 그냥 스마트 재킷이었을 수도 있고요. 파란색 아니면 검은색으로요. 그리고 어두운색 바지를 입었죠. 굳이 특별한 뭔가가 있다면……."

▪ 사람들의 일상을 촬영해 만든 예능 프로그램.

"뭐지요?" 스틱손은 어서 말해보라는 듯 미소를 지었다.

"크고 체격이 좋다는 인상을 받았어요. 어쩐지 건강해 보이더라고요. 그 남자가 박스를 들어서 차에 넣는 걸 봤잖아요. 상자에 뭐가 들었는지, 얼마나 무거웠는지는 모르지만 이사할 때 쓰는 커다란 상자였거든요. 그런데 별로 힘들어 보이지 않더라고요…… . 들어 올리는 모습만 봐서는요."

"키가 어느 정도였는지 짐작하실 수 있겠습니까?"

"평균보다 컸던 건 분명해요. 짐작하자면 175센티미터보다는 185센티미터에 가까웠죠. 큰 남자였어요. 우리 남편이 꽤 크거든요. 185센티미터예요. 그이는 아직도 저랑 처음 만났을 때처럼 188센티미터라고 주장하지만 그게 거의 사십 년 전이었다는 걸 항상 잊어버린다니까요."

"중년이라고 하셨는데요." 스틱손은 주저함 없이 질문을 이어갔다. "그렇다면 마흔다섯쯤인가요? 혹은 쉰이나 예순……?"

"분명히 예순은 아니었어요." 목격자는 강하게 고개를 내저었다. "쉰, 아니, 많아 봐야 쉰 정도요. 동작이 뭔가 그래 보였어요. 수월하고 어렵지 않게 움직였죠. 나이가 들면 그게 잘 안 되잖아요. 아무리 체육관에 자주 가더라도요. 조금 전에도 말했지만 건장한 사람이었어요."

"그 밖에 기억하시는 게 있을까요?"

"차요. 은색 메르세데스, 큰 모델, 웨건형 말고 바닥이 낮은 스포츠형요. 빈집털이들이 타고 다닐 만한 차는 절대 아니었어요."

"은색 메르세데스요. 확실합니까?"

"네, 거의 확실해요. 남편이랑 제가 각자 메르세데스를 한 대씩 몰거든요. 전 작은 걸 타고 그이는 조금 더 큰 걸 타죠. 골프채 따위를 넣을 공간이 필요해서요. 그런데 그 남자 차는 우리 남편 차보다 훨씬 더 컸고, 아마 우리 차 두 대를 합친 것보다 더 비쌌을 거예요."

"그 밖에 차에 관해 더 기억나는 건 없습니까? 번호판이라든가? 아니면 스티커나 라벨이 붙어 있지는 않았나요?"

"아뇨, 번호판은 볼 생각도 안 했어요. 스티커나 라벨도 못 봤고요. 그런 걸 붙이는 유형의 차는 아니었으니까 있었더라면 알아봤을 거예요. 하지만 왜 물으시는지는 알겠어요. 그런 일이 일어나다니 끔찍하죠. 이런 지역에서 일어나리라고는 상상도 못했는데요. 이 동네엔 절도 사건도 그렇게 많지 않거든요. 그동안 남편과 제가 겪은 사건이라고는 보트를 도난당한 일뿐이었어요. 에릭손의 집 옆 정박지에 저희 계류장이 있거든요. 하지만 그것도 십 년은 됐을 거예요."

"보트는 찾으셨습니까?"

"네, 진상은 아주 뻔했어요. 우리 막내아들이랑 그 녀석 친구들이 허락 없이 몰고 나갔다가 좌초됐는데 엄마 아빠한테 차마 말을 못했던 거더라고요. 물론 결국에는 밝혀졌지만요."

"그 뒤로 아드님은 착하게 살았겠죠?" 스틱손이 미소를 지으며 물었다.

"요샌 결혼해서 애도 둘이고 SE 은행에서 변호사로 일하니까, 그렇길 바라야죠." 아들을 둔 엄마는 마주 미소 지으며 대답했다.

십 분 뒤 스틱손은 여자에게 시간을 내줘서 고맙다고 말하며 마지막으로 자신의 명함을 남겼다. 혹시 그 밖에 생각나는 게 있으면 전화 주십시오. 크든 작든, 중요하든 사소하든, 무엇이 됐든, 언제든 상관없이 연락 주세요.

다 될 뻔했는데. 다 될 뻔했어. 하지만 아직도 갈 길이 멀군. 그가 거리로 나와 명단에 올라 있는 다음 집으로 가며 생각했다.

28

월요일 오후, 엔뉘 로예르손이 자신의 가설을 에베르트 벡스트룀에게 설명하며 점점 더 얼을 빼놓던 때와 비슷한 시각, 리사 람과 안니카 칼손은 스톡홀름 칼라베겐 거리에 있는 에릭손 앤드 파트너스 법률사무소 사무실에서 토마스 에릭손의 동료들과 만났다.

출발 전 리사 람이 사무소 웹 사이트를 확인했기 때문에 두 사람은 어떤 일이 일어날지 예상하던 터였다. 회의가 일사천리로 풀릴 가능성은 희박했고, 최악의 경우 법률적인 마상 결투로 변질될지도 몰랐다. 그럴 경우에 대비해 상대에 관해 최대한 많은 것을 알아두는 게 중요했다.

에릭손 앤드 파트너스 법률사무소는 십오 년 전 토마스 에릭손에 의해 설립됐다. 형사법과 가족법 전문이었고, 스물네 시간 전까지만 해도 근무 인원은 열여섯 명이었다. 지분 파트너 변호사 다섯 명, 소속 변호사 다섯 명, 재정과 인사 및 기타 행정 업무를 담당하는 회계사 한 명, 여성 준법률가 두 명, 비서가 세 명. 직원 수와 업무 내용을 기준으로 보면 업계의 거인과는 거리가 멀었지만, 리사 람이 예상했던 것보다는 훨씬 큰 규모였다. 과거 토마스 에릭손과 법정에서 몇 차례 만났을 때 그녀가 느낀 그의 인상은 전형적인 외로운 늑대였다. 이 정도 규모의 법률사무소를 설립하고 그곳에 가장 오랫동안 몸담은 파트너로 남아 있을 만한 사람 같지는 않았다.

누구와 어울리는지 알면 어떤 사람인지 알 수 있지. 에릭손의 평판을 생각하면 네 파트너 변호사와 다섯 소속 변호사가 어떤 이들일지는 안 봐도 뻔했다. 리사 람은 걱정스럽게 고개를 가로저으며 컴퓨터를 껐다.

안니카 칼손도 그들을 기다리고 있을지 모를 어려움을 예상한 모양이었다. 경찰서 주차장을 빠져나가기도 전에 그녀가 질문을 던졌다.

"법률사무소 수색영장을 받는 게 그렇게 간단한 일은 아니겠지요?" 질문이라기보다는 확인에 가까운 말이었다.

"그래요, 간단하진 않지요." 동의하는 리사 람의 목소리에는 의도했던 것보다 더 감정이 실려 있었다.

"설명은 짧은 버전으로 부탁드려요. 쉬운 말이면 더 좋고요." 안니카 칼손이 웃으며 말했다.

"알았어요. 첫 번째로 저쪽 변호사들이 관여하는 업무의 유형 때문에 일이 골치 아파요. 고객들의 이익에 반해서는 안 되고, 비밀 유지 조항이 일반적인 경우보다 훨씬 더 광범위하죠. 만약 저쪽에서 까다롭게 굴기로 작정한다면……." 리사 람은 어깨를 으쓱여 보였다.

"두 번째는요?"

"음, 두 번째로, 토마스 에릭손은 피해자이고 어떤 범죄 혐의도 받고 있지 않죠. 게다가…… 세 번째로…… 에릭손은 직장이 아니라 자택에서 살해당했어요. 이걸 전부 합치면 상당한 걸림돌이 되겠죠." 리사 람은 한숨을 내쉬었다.

"게다가 가장 중요한 요인은 언급도 안 하셨고요." 안니카 칼손이 말했다.

"그게 뭐죠?" 리사 람은 그렇게 물었지만 이미 답을 알고 있었다.

"에릭손은 깡패였어요." 안니카 칼손이 널찍한 어깨를 풀며 직설적으로 말했다. "그치의 동료들에 관해 생각해봤어요. 깡패랑 함께 일하고 싶어 하는 사람은 어떤 사람들일까? 다른 깡패들이겠죠."

"맞아요, 나도 그 생각을 했어요. 그래서 걱정스럽고요."

"전 아니에요." 안니카 칼손은 고개를 저었다. "놈들이 우리한테 수작이라도 부릴라치면 제가 언제든 팔을 비틀어놓을 테니까요."

"고마워요. 이건 진심이에요. 하지만 난 일단 다른 접근법을 취해보려고 해요."

"그렇게 하세요. 마음 바뀌면 말씀하시고요." 우린 죽이 잘 맞을 것 같아. 안니카 칼손이 생각했다.

29

나디아 회그베리는 쉰두 살이었다. 이십 년 전까지만 해도 그녀의 이름은 나디에스타 이바노바였고, 현재는 상트페테르부르크로 알려진 대

도시 레닌그라드 인근의 작은 농촌에서 태어났다. 나디에스타는 재능 있는 여자아이였다. 아버지의 사촌이었던 지역 당 대표는 그녀가 장차 위대한 사회주의 공화국에 최선을 다해 봉사할 수 있도록 최대한 서둘러 제대로 된 학교에 들여보냈다.

나디에스타는 그를 실망시키지 않았다. 그녀는 스물여섯 살에 레닌그라드 대학에서 응용수학으로 박사 학위를 받았다. 성적 최우수자였던 그녀는 거의 즉시 지역 핵에너지 관계 당국의 위험 분석가로 채용되었다. 그리고 그로부터 불과 삼 년 만에 "공산주의 멍에로부터의 해방"이 일어났다. 이는 그녀의 옛 멘토이자 전 당 대표였던 이가 1980년대 말의 상황을 거론하며 사용한 표현이었다.

나디아에게 다음 단계를 밟으라고 조언한 사람도 그였다. 그는 만약 나디아가 자신이 운영중인 개인 농경 사업에 참여하라는 제안을 받아들이지 않고 그동안 해왔던 일을 계속하고자 한다면, 그만한 기술을 가진 여자가 밟아야 할 다음 단계는 당연히 새 러시아 밖에서 일거리를 찾는 것이라고 했다. 그녀의 옛 고용주가 불가피한 변화를 받아들여, 어떤 유형의 사업에 몸담든 경제적으로 제대로 기능하기 위해서 반드시 갖추어야 할 조건들을 맞추어줄 때까지는 말이다. 다시 말해, 핵물리학자이자 수학 박사인 그녀처럼 뛰어난 자질을 갖춘 전문가는 평범한 의사, 교사 혹은 경찰보다 훨씬 더 많은 돈을 받아야 한다는 소리였다.

얼마 안 가, 나디아의 고용주가 받아들이지 못하는 것은 그것뿐만이 아니라는 사실이 분명해졌다. 그녀가 처음으로 고국을 떠나기 위한 허가를 신청한 것은 '해방' 이후 이 년이 지난 1991년 여름의 일이었다. 당시 그녀는 발트해에서 그리 멀리 떨어지지 않은 리투아니아의 한 원자

력발전소에서 근무하고 있었다. 신청에 대한 답은 돌아오지 않았다. 일주일 후, 상관이 그녀를 부르더니 965킬로미터 북쪽, 무르만스크를 막 지난 곳에 자리한 다른 원자력발전소로 전출되었음을 알렸다. 무뚝뚝한 남자 여럿이 짐 싸는 것을 도와주었다. 그들은 그녀를 새 직장까지 데려다주었고, 그곳까지 가는 마흔여덟 시간 동안 단 일 분도 그녀를 혼자 두지 않았다.

이 년 뒤 나디아는 굳이 허가를 신청하지 않았다. 그녀는 '새 본토 접선자들'의 도움으로 국경을 넘어 핀란드로 가서는 '새 외국 접선자들'을 만났고, 다음 날 아침인 1993년 어느 가을, 스웨덴 어딘가에 있는 집에서 눈을 떴다.

거기서 나디아는 평생 받아본 적 없는 보살핌을 받았으며, 처음 여섯 주의 대부분을 집주인들과 대화하며 보냈다. 주로 그들이 물으면 그녀가 대답하는 식의 대화였지만 자발적인 대화에도 일정 시간이 할당되었다. 일 년 뒤 그녀는 스웨덴어를 유창하게 말할 수 있게 되었고, 스웨덴 시민권을 획득했으며, 스톡홀름에 자기 소유의 집이 생겼을 뿐 아니라 일자리와 고용주도 생겼다. 고용주는 미소를 지으며 혹시라도 그녀가 누구를 위해 일하는지 발설했다가는 기소당할 수 있다고 설명했다.

이 년 뒤 그들은 우호적인 관계를 유지한 채 각자 갈 길을 갔다. 고용 기간이 상대적으로 짧았음에도 나디아에게는 넉넉한 퇴직금이 주어졌고 새로운 일자리도 생겼다. 그렇게 그녀는 지난 십오 년 동안 스톡홀름 경찰의 다양한 부서에서 일했다. 최근 사 년간은 에베르트 벡스트룀 밑에서 서부 경찰서 범죄과 소속 민간인 분석가로 일했다. 또한 그녀는 벡스트룀이 가장 신뢰하는 동료가 된 지 오래였다. 그에게 나디아는 무조건적으로 믿을 수 있는 세상 유일한 사람이었다. 정작 벡스트룀 본인은 그 사실을 인정하느니 혀를 깨물고 죽을 테지만.

반면 남편 회그베리 씨는 이미 지나간 과거였다. 그녀는 온라인에서 만난 남편과 일 년 만에 이혼했다. 결혼하자마자 그가 나디아의 취향에는 지나치게 러시아인다운 본색을 드러낸 탓이었다. 그녀는 남편이 준 성을 바꾸지 않았지만, 미래는 그녀와 그녀에게 주어진 새 조국의 것이었다. 단, 그 기준은 그녀가 정했고, 벡스트룀의 경우 그가 지닌 많은 약점들 때문에 그녀는 그에게 마음을 열기로 했다. 어쩌면 그것은 그녀 자신의 약점이기도 했다. 정작 나디아 본인은 그 사실을 인정하느니 혀를 깨물고 죽을 테지만.

이제 또 하나의 살인 사건 수사가 나디아의 삶에 등장했고, 그 안에서 그녀의 역할은 이미 오래전부터 정해져 있었다. 나디아는 후방에서 벌어지는 수사를 책임졌다. 피해자의 삶을 재구성해서 가능한 한 빨리, 되도록 즉시, 그가 천벌을 받기 전 인생의 마지막 스물네 시간 동안 무슨 일을 했는지 알아내는 것이 그녀의 최우선 과제였다.

나디아는 먼저 이 작업의 여러 부분을 네 동료에게 할당했다. 그런 다음 자신은 피해자의 컴퓨터를 붙들고 안에 담긴 정보를 살폈다. 만전을 기하기 위해 벡스트룀에게서 받은 메모리 스틱과 하드 드라이브의 내용물이 일치하는지도 확인했다. 그런 다음에는 메모리 스틱을 벡스트룀의 찬장에 넣었다. 찬장의 열쇠는 두 사람만 갖고 있었다. 만일을 위해서야. 예전에도 상황이 지저분해지려고 하자 검사가 마음을 바꾼 적이 있었잖아. 그녀는 생각했다.

나디아가 처음 발견한 것은, 피해자의 컴퓨터가 거기 붙어 있는 스티커의 문구와는 달리 에릭손 앤드 파트너스 법률사무소가 아니라 올스텐 매니지먼트 유한회사라는 생소한 회사의 소유물이라는 사실이었다. 알고 보니 이 회사는 토마스 에릭손이 소유한 투자회사였다. 회사 자산은 약 칠백만 크로나였고, 주로 주식거래를 통해 올리는 연간 총 매출은 천만 크로나쯤 됐다. 유일한 고정자산은 올스텐스가탄 거리 127번지에 있는 집인데, 이 집은 회사 소유로 토마스 에릭손에게는 거주지 겸 사무실로 임대되어 있는 상태였다. 임대료는 마지막으로 임대료를 올렸을 때 세무서에 신고된 내용과 일치했다.

시장가치 이천오백만에 대출 천오백만, 자산 칠백만, 회사 소유의 집에서 받는 월세가 삼만. 아직까지는 별거 없네. 나디아는 그렇게 생각하며 계속해서 하드 드라이브의 내용물을 훑어보았다.

일부는 잡다하고 즉시 알아보기 어려운 유형의 파일들로 이루어져 있었고, 나디아는 평소 성격대로 그 파일들의 정확한 성격을 알아내기로 마음먹었다. 하지만 나머지는, 적어도 기본적인 성격만 보았을 때는 훨씬 단순 명쾌한 내용이었다.

남자들이란. 나디아는 한숨을 내쉬며 고개를 절레절레 저었다. 유일한 위안이라면 자신이 방금 찾아낸 것이 상관인 에베르트 벡스트룀을 기쁘게 해주리라는 것이었다.

나디아는 피살자의 컴퓨터를 끄고 자신의 컴퓨터를 켠 뒤 토마스 에릭손의 삶에 관해 자신과 동료들이 알아내야 할 사항들을 정리해둔 긴 목록 중 그다음 차례의 항목에 대한 조사에 착수했다.

30

5월 31일 금요일, 변호사 토마스 에릭손 피살 이틀 전, 옌뉘 로예르손은 상관 에베르트 벡스트룀의 말에 따라 십이 일 전에 드로트닝홀름 궁 앞 주차장에서 조신 한스 울리크 본 코메르가 당했다는 폭행 사건에 관한 수사를 종결했다.

이후 그녀는 벡스트룀의 결론과 자신의 수사 내용, 익명 편지 원본과 피 묻은 경매 카탈로그를 포함한 파일 전체를 특송용 봉투에 넣어 쿵스홀멘에 있는 경찰청과 국가보안청 경호과에 전달되도록 했다. 모든 내용물에는 서부 경찰서의 현행 규정에 따라 "참고"라고 표기했다. 6월 3일 월요일, 이 두툼한 봉투는 단 안데르손 경감의 책상 위의 새 우편물 더미에 들어가 있었다.

단 안데르손은 마흔다섯 살로, 스톡홀름 광역수사대 소속 민간인 직원인 세 살 연하의 여성과 결혼했다. 두 사람의 세 아들은 모두 학교에 다니는 나이였다. 안데르손 일가는 스톡홀름에서 십구 킬로미터 떨어진 멜라렌 호수의 섬에 있는 빌라에 살았다. 이웃 대다수는 경찰, 교육, 응급 구조 혹은 의료 계통에 종사했다. 여기까지의 내용을 바탕으로 노골적인 사회학 용어를 써서 말하자면, 단 안데르손은 스톡홀름에서 소위 중간관리직으로 일하는 중년 경찰의 전형이었다.

업무 역량으로 말하자면, 상관들은 아끼고 칭찬하며 동료들은 보다 복잡한 심정으로 바라보는 인물이자, 충직하고, 양심적이고, 과묵하고, 근면하며, 재능 있는 사람으로 통했다. 그리고 그중 그의 가장 큰 미덕은 바로 과묵함이었다.

단 안데르손은 경찰로 거의 이십 년을 줄곧 스톡홀름에서 일했고, 지난 팔 년 동안은 보안청의 경호과에서 잠재적 위협들을 처리하는 팀을 지휘했다. 이 부서의 업무는 왕가와 정부 및 그와 비슷하게 추락을 염려해야 할 만큼 높은 자리에 있되 여러 정황상 일시적으로라도 경호과의 도움이 필요한 사람들을 보호하는 것이었다. 경찰청에서는 평소 이 부서를 "보디가드과"라고 불렀지만, 정작 여기에서 일하는 사람 대다수는 자신이 먼저 총을 쏜다든가, 최악의 경우 경호 대상에게 날아드는 총알을 몸으로 막아야 할 일이 일어나리라 생각하지 않았다.

6월 3일 월요일, 단 안데르손은 회의의 연속이었던 오전 근무를 마치고 점심을 먹은 뒤 사무실로 돌아왔다. 서부 경찰서에서 참고용으로 보낸 두툼한 봉투를 본 순간 머릿속에 가장 먼저 떠오른 생각은, 저건 비서에게 맡기고 얼마나 급한 사건이든 간에 신경 쓰지 말자는 것이었다.

하지만 성격이 성격이니만큼, 단 안데르손은 정확히 반대로 행동했다. 그는 씁쓸한 미소를 흘리며 동료인 벡스트룀의 결론을 살피고, 익명의 편지를 읽고, 한숨을 한 번 내쉬고, 비닐장갑은 낄 생각조차 하지 않은 채 경매 카탈로그를 훑어본 뒤, 끝으로 이 사건을 수사한 옌뉘 로예르손 경사의 보고서를 읽었다. 그러면서 한 번 더 한숨을 내쉬었다.

옌뉘 로예르손이라. 단 안데르손은 생각에 잠겼다. 악몽이나 다름없는 얀 로예르손에게서 태어난, 아비만큼 멍청한 자식들 중 하나겠군. 제 아비처럼 경찰에 들어가겠다고 떼를 쓰던 자식들 중에서 이 녀석은 에베르트 벡스트룀 밑에서 일하게 된 모양이지. 다름 아닌 국가범죄수사국의 얀 로예르손이 낳은 딸이라. 경찰 내의 누구에게 물어보더라도 현재 이만 명이 소속된 경찰 조직 내에서 에베르트 벡스트룀의 친구는 로예르손뿐이라는 답이 돌아올 터. 그것참 대단한 우연이로군. 단 안데르손은 그렇게 생각하면서 마지막으로 한 번 더 한숨을 내쉬고 다음 회의에 필요한 서류들을 가방에 담기 시작했다.

항상 스웨덴 국경일■이 다가오면 단 안데르손과 그의 절친한 동료들은 바빠졌다. 6월 6일에는 최고위직에 있는 요인要人들 거의 모두가 다양한 공식 행사에 참석하기 때문이었다. 국경일 자체 또한 경찰 업무를 아우르는 관념적이고 실질적인 가치들에 있어 핵심적인 날이자 스웨덴과 스웨덴에 사는 사람들에 대한 인식을 강화할 아주 좋은 기회였다. 그 인식이라는 게 무엇이든 간에, 이날은 대단히 상징적인 가치가 있는 날이었다.

"뭐든 시키실 일이 있으면 말씀만 하세요." 단 안데르손이 사무실 문을 나설 때 비서가 말했다.

"솔나 소속 동료들이 보낸 봉투에 본 코메르라는 귀족에 관한 자료들이 들어 있더군. 이 주 전 드로트닝홀름 궁 앞에서 구타당한 것 같다는데. 궁정에 희미하게 연줄이 있는 모양이니 통상적인 조사는 해야겠지. 봉투는 내 책상 위에 있네." 단 안데르손은 그렇게 말한 뒤 고개를 끄덕이며 미소 지었다.

"당장 처리할게요." 비서가 말했다.

"그렇게 서두를 필요는 없을 거야." 단 안데르손이 대답했다. "아마

■ 현대 국가로서 스웨덴의 건국을 축하하는 날로, 6월 6일이다.

터무니없는 소리겠지."

불과 일주일 뒤, 그는 만약 그때 자신이 다른 말을 했더라면 이후의
전개가 완전히 달라졌을까 생각해보았다.

31

리사 람은 에릭손 앤드 파트너스 법률사무소에서 열린 회의를 정확
히 안니카 칼손에게 말했던 방식으로 시작했다.

그녀는 상냥한 어조로 자신들을 소개하고 법률사무소 측이 겪은 상
실에 대한 애도의 뜻을 표했다. 이어서, 안타깝게도 이런 유형의 사건이
야기한 실질적인 문제들을 설명하며 설득에 나서기 시작했다. 이 문제
들을 가능한 한 짧은 시간 내에, 다른 업무에 불필요한 지장을 초래하
는 일 없이 함께 해결할 수 있기를 희망한다면서.

오 분 뒤, 상황은 우려했던 대로 전개되었다. 다양한 법적 어려움에
관한 토론으로 시작했던 대화는 점점 더 열기를 띠더니 이내 노골적인
고성 대결로 발전했다. 실질적으로 문제가 되는 쟁점은 네 가지였는데,
에릭손 앤드 파트너스 측의 모두가 이번만큼은 해당 쟁점들에 관한 검
사의 의견에 전적으로 동의할 수 없다고 했다.

네 가지 쟁점. 에릭손의 자택에서 발견된 컴퓨터와 휴대전화는 모두

회사 소유이므로 검사가 적용하려 드는 절차의 대상이 될 수 없었다. 검사가 허가한 에릭손의 사무실 수색에도 같은 논리가 적용되었다. 혹시 검사가 검경의 수사 영역을 확대하려는 생각을 품을 경우, 회사 내의 다른 공간에도 같은 논리가 적용됨은 말할 것도 없었다.

"이해하시기 어려운 이야기는 아니겠지요." 말끔한 정장을 입은 상대방은 딱 잘라 말했다. "이 경우 압수 혹은 수색 영장이 발급될 근거는 전혀 없습니다. 형법에 분명히 나와 있어요. 27조와 28조. 특히 28조 1항 말입니다. 현 상황에서는 어떤 타당한 이유도 찾을 수 없으니까요. 어쨌든 여기는 마약 소굴이 아니라 법률사무소 아닙니까. 검사님께서 잘 모르시나 싶어 말씀드리는 겁니다만." 그는 가소롭다는 듯한 미소를 덧붙이며 왼손으로 자신의 단정한 가르마를 조심스럽게 정돈했다.

리사 람이 말을 멈추자마자 덤벼든 이 남자는 변호사 페테르 다니엘손이었다. 토마스 에릭손보다 열 살 연하인 그는 에릭손의 첫 파트너이자 과거에는 사무소의 이인자였으며, 지금은 몸짓이나 단어의 선택이나 동료들의 말에 고개를 끄덕이는 모습으로 미루어 이미 에릭손의 자리를 차지한 모양이었다.

리사 람은 전에 다니엘손을 만난 적이 있었다. 둘은 지난 이 년 사이 법정에서 여러 차례 만났다. 다니엘손이 자신의 옛 상사와 같은 명성을 쌓기 위해서 열심히 일한다는 사실도 그녀는 잘 알고 있었다. 평소 그가 변호를 맡는 사람들의 유형을 생각해보면 노력은 성공적인 듯했다.

"미리 밝혀두자면, 나는 그런 해석에 동의하지 않아요." 리사 람이 말했다.

"염려했던 대로군요." 다니엘손이 말했다.

"일단 말을 끝까지 들어요." 말을 가로막으며 서류를 넘기는 순간 리사 람의 모습은 대법원 판사인 그녀의 아버지가 딸에게 바랐던 똑똑한 소녀의 모습 딱 그대로였다.

"범죄 현장에서 발견된 컴퓨터 문제는 아주 간단해요. 컴퓨터는 에릭손의 개인 소유였어요. 컴퓨터에 붙은 스티커 내용과는 다르게요. 그는 살해당하기 직전에 컴퓨터를 사용했고, 컴퓨터의 내용물은 이곳에서 여러분이 하는 업무와는 아무런 상관도 없었어요. 참고로 말해두자면, 나는 컴퓨터에 담긴 자료가 지극히 사적인 것들이라는 인상을 받았어요."

"좀더 구체적으로 말해주실 수 있습니까?"

"아뇨." 리사 람은 고개를 가로저었다. "못해요. 그리고 싶지도 않고. 휴대전화에 관해서도 마찬가지 논리가 적용돼요. 등록은 회사 이름으로 돼 있지만요. 에릭손이 했을지도 모르는 모든 통화는 수사와 큰 연관성이 있어요."

"하지만 어떤 근거에서 그런 결론에 이르렀는지는 설명하지 않겠다는 겁니까?"

"이의가 있다면 언제든지 제기하세요." 리사 람은 어깨를 으쓱였다.

"이미 제기하고 있는데요." 변호사는 그렇게 말하면서 일어나려는 움직임을 보였다.

"아직 말 안 끝났어요." 리사 람이 말했다. "에릭손의 컴퓨터와 휴대전화에 관한 내 판단은 그대로예요. 에릭손의 사무실 수색은 법원 결정이 나올 때까지 기다릴 생각이지만 당연히 사무실을 봉쇄하게 될 거예요. 혹시 반대 의견이 있다면 그쪽에서 즉각 이의를 제기할 줄로 알겠어요."

"그 점은 걱정하지 않으셔도 됩니다." 변호사는 이를 악물고 그렇게 말한 뒤 자리에서 일어났다.

"수색영장 범위를 사무실 전체로 확대하는 건에 관해서는, 그럴 일이 생기면 연락드리죠. 덧붙이고 싶은 말이 있을까요, 안니카?" 리사 람이 내내 한마디도 하지 않던 안니카 칼손을 바라보며 물었다.

"네." 안니카 칼손은 테이블을 둘러보았다. "당연하지만 저희가 여기서 일하시는 분 모두를 면담하게 될 겁니다."

그녀는 말을 맺으며 짧게 고개를 숙여 자신의 의도를 명확히 했다. 누구를 가장 강력하게 압박할지 이미 계산을 마친 상태였다. 현재 법률사무소에서 일하는 열다섯 명 중 아홉이 이 방에 있었다. 한 사람은 병가중이었고, 다른 다섯은 법원에 있거나 외근중이었다.

방에 있는 이들 가운데 남들보다 훨씬 더 불편해 보이는 사람이 한 명 있었다. 이들 가운데 가장 어리고 가장 아름다운 사람이기도 했다. 놈이랑 붙어먹은 게 너로구나. 안니카 칼손은 생각했다.

32

옌뉘와 대화를 마친 후, 일단 벡스트룀은 동료들을 둘러보며 일이 어떻게 되어가나 확인해볼까 생각했다. 하지만 점심을 먹은데다 한밤중에 깨어난 탓에 피로가 슬슬 몰려오기 시작하는 것이, 집으로 돌아가 해스텐스 침대에 눕고만 싶었다. 마침 가는 길에 범죄 현장에 한 번 더 들러 자신이 할 일을 확인해보기에 괜찮을 시점이기도 했다.

벡스트룀은 스톡홀름 범죄과 시절 상사였던 묄킹 경감에게 물려받은 서류 가방을 꺼냈다. 묄킹은 경찰 내에서 일종의 전설이었다. 두려움과 사랑을 한몸에 받았으며, 동료들 사이에서 경찰을 대표하는 술고래로도 유명했다. 가방은 갈색 가죽으로 된 튼튼한 물건이었다. 경찰들 사이에 전하는 전설에 따르면 술고래가 감라스탄에 있는 불법 양조장을 급습한 뒤 이 가방에 보드카 십이 리터를 담아 나왔다고 했다. 수납공간이 넓어서 무엇이든 유용한 물건을 담기에 매우 편리했다. 벡스트룀은 자신의 노트북과 새 사건에 관한 잡다한 서류들을 가방 안에 넣었다. 캐묻기 좋아하는 동료들이 가방은 뭐 하러 가지고 다니는지 궁금해할 경우를 대비한 것이었다.

사무실을 나서던 그는 문간에서 발길을 멈추고는 통화중이거나 파일을 읽거나 컴퓨터를 만지작거리는 동료들을 향해 손뼉을 쳐서 주의를 모은 다음 모두를 향해 물었다. 당장 자신의 관심을 요하는 문제가 있는지? 고개들을 가로젓고 뭐라고 웅얼거리는 걸 보니 없는 모양이었다.

"좋아. 그럼 그런 상황을 바꿔보도록. 나는 현장으로 돌아가 조용히 한 번 더 둘러보겠네. 다들 내일 아침에 보자고."

"저랑 같이 가시죠, 경감님." 펠리시아 페테르손이 말했다. 그녀는 스틱손과 교대하여 탐문 수사 저녁조를 지휘하러 나서려는 참이었다.

33

6월의 첫 일요일 밤, 특별할 것 없는 날씨에 딱히 할 것도 없었다. 아직 자정도 되지 않았건만 아라 도스티는 야간 영업을 그만두고 키스타에 있는 집에 가서 잠이나 잘까 고민하고 있었다. 그러다 갑자기 한 손님이 스톡홀름 남쪽으로 구십육 킬로미터 떨어진 뉘셰핑에 가자고 했고, 돌아왔을 때는 벌써 새벽 1시 30분이었다.

도심에 있는 술집들을 마지막으로 한 번만 돌아보자. 그렇게 결심한 아라가 스투레플란 광장을 지나치는데, 한 손님이 길가에서 손을 흔들더니 브롬마의 알빅스베겐 거리에 있는 자신의 집으로 가달라고 했다. 좋은 손님이었다. 이곳 사내들이 흔히들 그렇듯 스웨덴식으로 취해 있었지만, 횡설수설한다든가 새 고국은 어떻냐느니 어디서 왔냐느니 하는 따위의 뻔한 질문을 던져대지는 않았다.

그런 질문이 나왔더라면 뭐라고 대답해야 했을까? 그는 스몰란드의 난민 캠프에서 태어났고 평생을 스웨덴에서 보냈으며 부모님의 고국인 이란에는 전혀 가본 적도 없었다. 하지만 이번에는 그런 말을 할 필요도 없었다. 점잖기만 했던 이 손님은 도리어 브롬마의 알빅스베겐 거리에 도착하자 넉넉한 팁을 주었다. 미터기 영수증에 따르면 새벽 2시 10분의 일이었다.

아라 도스티는 손님을 내려준 건물 앞에서 유턴했다. 올스텐스가탄 교차로에서 좌회전한 뒤 가장 짧은 길을 택해 자신을 기다리는 침대가 있는 키스타의 아파트로 돌아갈 작정이었다. 바로 그때 상황이 골치 아프게 돌아갈 기미를 보였다. 물가에 자리한 낯익은 대저택을 본 순간 완전히 다른 생각이 떠올랐기 때문이었다.

여섯 달 전쯤 아라는 어떤 손님을 그 집까지 태워다 준 적이 있었다. 술집에서 집으로 돌아가고 싶어 하는 흔한 스웨덴 남자로, 워낙 취한 탓에 뒷좌석에서 잠이 들었다. 아라가 차를 세우자마자 손님은 잠에서 깨어나 비틀비틀 차에서 내리더니 바지 주머니를 뒤적여 지폐 뭉치를 꺼내 천 크로나를 주었다. 거스름돈이 없다고 했더니 가볍게 고개를 내저으며 괜찮다고 했다.

몇백 크로나면 되는 거리인데 너무 많다며 거절하려고 했지만, 손님은 개의치 않았다. 그저 됐다는 듯 손을 내젓고는 자기 집으로 이어지는 진입로 문을 열려고 애쓰다가 뒤돌아서 활짝 웃어 보였다.

"나한테 고맙다고 할 거 없어요. 이란의 동포들에게 고마워해야지." 그제야 아라는 언젠가 자신이 스톡홀름 시 법원까지 태워다 준 적이 있는 그 사람을 알아보았다. 텔레비전에서도 보았고 신문 기사로도 접했던 유명 변호사였다.

올스텐스가탄 거리에 진입한 순간, 그러니까 상황이 몹시 골치 아프게 돌아갈 기미를 보인 그 순간 아라가 떠올린 건 바로 그 손님이었다. 천 크로나에 달하는 팁을 주었으며, 물어볼 것도 없이 자신을 이란 사람이라고 생각했던 손님.

주차된 두 자동차 사이의 어둠 속에서 한 남자가 곧장 도로로 걸어 나왔다. 아라는 남자를 치지 않기 위해 급브레이크를 밟아야 했다. 분명 방금 내렸던 손님은 아니었다. 남자는 아라를 날카롭게 한 번 쏘아보고는 도로 건너편, 주행 방향과 반대로 주차되어 있는 차를 향해 걸어갔다. 남자는 오른쪽 다리를 심하게 절고 있었다. 어둡기는 했지만 아라는 그의 모습을 확인할 수 있었고, 차를 세워 뭐라고 한 소리 한다든가 후 시경에 대고 손가락을 세워 보일 마음을 접었다.

6월 3일 월요일 오후 2시에 근무가 끝났을 때는 이미 택시 스톡홀름 의 배차실에서 온 메시지를 읽은 뒤였다. 솔나 경찰이 올스텐스가탄 거 리 127번지에서 일어난 살인 사건과 관련해서 일요일이나 월요일 새벽 에 알빅스베겐 거리와 올스텐스가탄 거리 사이에 손님을 내려준 적이 있거나 수사와 관련이 있을지도 모를 무언가를 목격한 운전기사들과 만나고 싶어 한다는 내용이었다.

살인이라. 천 크로나짜리 지폐를 준 그 변호사는 아니면 좋겠네. 아 라는 그렇게 생각하며 휴대폰을 꺼내 경찰에 전화했다.

34

아라의 희망과 달리, 살해당한 사람은 천 크로나짜리 지폐를 준 그 손님이 맞았다. 차를 몰고 솔나 경찰서로 향하던 도중 라디오 뉴스를 통해 알게 된 사실이었다. 경찰에서는 자신과 직접 면담하고 싶어 하는 모양이었다.

보상금은 얼마나 되려나? 천 크로나짜리를 팁으로 줄 만한 여유가 있는 사람이 살해당했으니 경찰이 살인자를 잡도록 도와주는 사람에게 지급하는 포상금도 크겠지. 아주 클 거야.

라르스 알름 경위의 나이는 예순넷하고도 구 개월로, 조용한 여름을 앞두고 있었다. 석 달 뒤면 퇴직할 예정이었다. 그는 쌓아놓은 연차를 다 쓰고, 남는 시간에는 차분하고 조용하게 책상을 정리할 계획이었다.

하지만 정반대의 일이 벌어졌다. 최악의 경우 자신은 물론 다른 어떤 동료도 좋아한 적 없는 변호사의 피살 사건을 수사하느라 여름의 절반을 허비하게 될지도 몰랐다. 병가를 내는 건 선택지에 없었다. 요즘 같은 때에 병가를 냈다간 봉급에 큰 구멍이 생길 터였다.

게다가 뚱보 머저리 벡스트룀까지. 이런 생각을 하며, 알름은 전화를 받은 하급 경관이 건넨 서류들을 뒤적였다. 외국인 택시 기사 하나가 제보 전화를 넣었는데, 안니카 칼손은 제보자를 당장 경찰서로 불러 직접 이야기를 나누어봐야 할 만큼 중요한 정보일 수 있다고 생각한 모양이었다. 망할 자식이 시간도 잘 지키는군. 알름은 한숨을 내쉬며 시끄럽게 울어대는 전화를 집어 들었다.

"알름입니다."

"접수처에 방문객이 와 있는데요." 반대편의 목소리가 말했다. "내려와서 데려가시겠습니까?"

나한테 빌어먹을 선택의 여지나 있냐고. 그렇게 생각하며 알름은 다시 한번 한숨을 내쉬었다.

커피도, 물도, 쓸데없는 잡담도 금물이야. 자칫하다가는 밤새 여기 머무르게 될 수도 있어. 오 분 뒤, 자기 책상을 사이에 두고 목격자와 마주

앉은 알름이 생각했다.

"운전면허증과 우리 동료가 요청한 미터기 출력본을 보여주겠나?"
알름은 컴퓨터를 켜며 말했다. 빌어먹을, 여름이 뭐 이래.

"여기요. 혹시 연락하실 일이 있을까 봐 명함도 가져왔습니다." 성질
더러워 보이는 사람이네. 아라는 생각했다.

"출신지가 어디지, 아라?" 알름이 운전면허증을 보며 물었다.

"그노셰입니다. 스몰란드요. 하지만 지난 십오 년간은 스톡홀름에서
살았습니다. 명함 뒤에 주소를 적어뒀어요." 아라 도스티는 방금 알름에
게 건넨 명함을 고개로 가리켰다.

"그런 거 말고. 원래 어디에서 왔느냔 말이야."

"스웨덴 출신입니다." 아라 도스티는 짐짓 놀랐다는 표정을 지어 보
였다. "스몰란드도 스웨덴이잖습니까. 경위님도 아실 텐데요. 저는 스몰
란드에서 나고 자랐습니다. 학교도 거기서 다녔고요. 열여덟 살 때 아버
지, 어머니, 형 둘과 남동생 하나, 누나 둘과 함께 스톡홀름으로 이사 왔
습니다. 총 여덟 식구라 완전 대이동이었죠." 아라 도스티는 알름을 향
해 다정하게 미소 지었다.

"좋아, 알겠네." 알름은 다시 한번 한숨을 내쉬었다. "오늘 새벽 2시에
자네가 목격한 걸 자네 입으로 말해주겠나. 손님을 브롬마의 알빅스베
겐 거리에 내려준 뒤 말이야." 또 순전히 경찰 엿 먹이러 온 개자식인 게
로군. 그는 생각했다.

아라는 오 분도 안 되어 모든 이야기를 마쳤다. 2시 10분에 손님을
집 앞에 내려주었다는 것. 유턴해서 일 분쯤 뒤 올스텐스가탄 교차로로

돌아갔다는 것. 변호사가 살해당했다는 집 바로 앞에서 어떤 남자를 칠 뻔했다는 것. 그러면서 꽤 자세한 인상착의와 그가 올라탄 자동차에 대한 설명도 덧붙였다.

"제 또래였습니다. 두어 살 더 많을 수도 있고요. 한 서른다섯 정도요. 하지만 키는 저보다 훨씬 컸습니다. 188센티미터쯤? 청바지에 어두운색 재킷, 모자는 안 썼고요. 오른쪽 다리를 저는 것 같더라고요. 제 차 후드에 부딪힐 뻔했을 때 오른손으로 오른쪽 허벅지를 붙들고 있었던 건 분명합니다. 이렇게 말하면 어떨지 모르겠지만, 날카로운 인상이었어요. 무척 날카로웠죠."

"날카롭다?"

"차를 세우고 말다툼하고 싶지 않은 부류요."

"자네가 알아볼 만한 사람은 아니었을까? 전에 본 사람이라든가?"

"아뇨오오……. 제가 전에 그 사람을 볼 일이 있을 리가요?"

"자넨 택시를 몰잖나. 그 남자는 이민자였나, 스웨덴인이었나? 그것 말고도 눈에 띄는 점이 더 있었을 텐데?"

"아뇨. 요새 흔히 볼 수 있는 사람들과 다를 바 없었어요. 하지만 제 안드리고 싶은 건 있습니다. 왜, 텔레비전 프로그램에서 경찰들이 저 같은 사람들한테 보여주는 사진 있잖습니까. 그런 사진 중에서 제가 본 그 얼굴이 있나 확인해볼 수 있을 것 같은데요. 어떨까요?"

"남자가 탔다는 차에 대해 설명할 수 있나?" 여기서 질문하는 사람은 나라고. 알름은 생각했다.

"메르세데스, 은색, 스포츠형…… 차체는 낮고, 넓고, 비싸고, 최근 모델……"

"확실한가?"

"네. 백 퍼센트요. 말씀하셨듯이 전 택시를 모니까요."

"혹시 번호판까지 보지는 못했겠지? 백미러로 말이야."

"못 봤습니다."

"그래도 뭔가 본 게 있을 텐데. 다른 건 많이도 알아차렸지 않나."

"제가 지나가자마자 차 안에 있던 남자가 헤드라이트를 켰습니다."

"그럼 남자가 둘 있었다는 건가? 누가 이미 차 안에 있었다는 거야?"

"맞습니다." 아라 도스티가 말했다. "다시 설명해드릴게요. 제 차에 치일 뻔했던 남자는 제가 그곳을 뜰 때 인도 위에 올라가 있었습니다. 차도 방향과 반대로 주차한 차 안에 앉아 있던 남자는 제가 지나가자마자 헤드라이트를 켰고요. 그 남자는 어떻게 생겼는지 모르겠네요. 저는 최대한 빨리 거기서 빠져나와 곧장 집으로 갔습니다. 달리 어쩌겠어요?"

"그렇군. 더 덧붙이고 싶은 말은 없고?"

"아뇨. 예를 들면요?"

"그럼 이 면담은 이만 마치지." 알름은 손목시계를 힐끔거리며 말했다. "가기 전에 비밀 유지 의무가 있다는 걸 상기시켜야겠군. 다시 말해서 방금 나한테 한 얘기를 다른 누구에게도 해선 안 된다는 거야. 그걸 어기는 건 범죄행위지. 또 묻고 싶은 거 있나?"

"사진요. 사진은 어떻게 생각하십니까?"

"그건 나중에 다시 와서 하면 돼. 자네도 이해하겠지만 사진을 추려내려면 시간이 걸리거든. 필요해지면 나나 다른 동료가 연락을 취할 거야. 그 외에는?"

"보상금은 있나요?"

"아니." 알름은 놀라 고개를 가로저었다. "보상금이 왜 있겠나? 강력 범죄를 해결하게끔 경찰을 돕는 것 자체가 이미 충분한 보상 아닌가. 게다가 나서서 증언하는 건 사회적 책무야. 우리 모두에게 적용되는 얘기지. 궁금할까 봐 말해두지만 나나 내 동료들 같은 사람들에게도 말일세."

"전 이 일 때문에 벌써 두 시간을 허비했습니다. 저도 직장이 있는 사람입니다. 일해야 할 시간에 여기 온 거라고요. 게다가 전화비랑 여기 와서 경위님과 대화하기 위해 쓴 휘발유값도 있고요. 경위님이야 여기 계시는 동안 돈을 받으실 테죠. 저는 아닙니다."

"그러니까 당연히 무척 고맙게 생각한다네." 알름은 고개를 끄덕이고 미소를 지으며 자리에서 일어났다. 이러면 할 말 없겠지.

"그럼 질문이 하나 더 있습니다." 아라가 말했다.

"뭐지?"

"대체 경찰관은 어떻게 되는 겁니까? 경찰 일은 어떻게 하는 거죠? 그러니까, 참 힘든 일일 텐데 말이죠."

알름은 잠자코 고개를 끄덕이는 것으로 대답을 대신했다. 네 앞가림이나 잘해, 이 자식아.

알름은 아라 도스티와 함께 접수처까지 내려갔다. 무엇보다도 아라가 확실히 경찰서에서 나가는지 확인하기 위해서였다.

"사진에 관해서는 연락하겠네." 알름이 헤어지면서 말했다.

아라는 아무 말도 하지 않았다. 그저 어깨만 으쓱이고는 거리로 사라져버렸다.

내가 뭔가 잊은 게 있는데. 엘리베이터를 타고 다시 사무실로 올라가면서 알름 경위가 생각했다. 뭐, 나중에 떠오르겠지.

알름은 차분하게 아라 도스티와의 면담 내용을 정리하면서 남은 근무시간을 보냈다. 그런 다음 사무실을 지키고 있던 하급 경관에게 도스티가 말한 인상착의를 바탕으로 검토해볼 만한 범죄자 사진을 추려달라고 부탁했다.

"이 인상착의를 은색 메르세데스를 소유하고 있거나 이용하는 범죄자 목록과 교차 참조 해봐."

"또 다른 건요?" 하급 경관이 물었다. 왜 다들 당신을 둔탱이라고 부르는지 궁금했던 적은 있어? 그녀는 생각했다.

"그 녀석 비밀 유지 서약서에 꼭 서명하게 하고." 십오 분 전에 자신이 무엇을 잊어버렸던 것인지 생각해낸 알름이 말했다.

아라는 차에 타자마자 자신처럼 택시를 모는 친구에게 전화했다. 케말이라는 이름의 쿠르드인으로, 아라와 대충 비슷한 성장 배경을 지닌 친구였다. 평균적인 스웨덴인들이 사용하는 부류의 언어를 사용하는 선량한 백인 남성. 두 달 전 케말은 현금수송 차량 강도 사건을 목격했다. 휴대폰 카메라로 사진도 몇 장 찍었다. 그는 곧바로 유력 석간지에 전화해 사례금으로 이만 크로나를 받았고, 그때부턴 누굴 만나든 그런 상황이 생길 경우 경찰서에는 절대 가면 안 된다고 말하고 다녔다.

넌 대체 얼마나 멍청한 거냐? 아라는 스스로에게 말했다.

35

시간을 절약하기 위해 에릭손 직장 동료들과의 면담은 법률사무소 사무실에서 진행됐다. 변호사 다니엘손의 제안이었고, 리사 람도 반대하지 않았다. 다니엘손이 면담을 진행할 장소로 작은 회의실 하나와 빈 사무실 셋을 준비하는 사이 안니카 칼손은 솔나 경찰서에 연락해 면담을 진행할 동료 넷을 요청했다.

동료들이 도착하자마자 안니카 칼손은 그들을 한쪽으로 데려가서 전략을 설명하기 시작했다. 사무소의 모든 사람을 되도록 한 사람씩 면담해 정보를 얻는다. 먼저 법률사무소에서 일하게 된 경위와 에릭손과의 사적·직업적 관계, 그리고 에릭손이 살해당한 날 무엇을 하고 있었는지를 묻는다. 물론 피해자와 마지막으로 접촉한 시점과 어떤 성격의 접촉이었는지도. 다음으로는 서비스에 만족하지 못한 고객이나 적수, 그 밖에 직업적으로든 다른 이유에서든 피살자를 공격할 만한 이유가 있었을 만한 사람에 관해 묻는다. 면담은 정해진 순서에 따라 진행될 것이다.

"먼저 파트너 변호사들과 소속 변호사들부터 만나고 그다음 나머지와 이야기해봐. 누구보다도 다니엘손을 가장 먼저 만나보고. 그 인간이 이곳 똥통의 새 우두머리인 모양이니까. 필요 이상으로 친절하게 대할 필요는 없어. 다니엘손은 둘이서 맡고, 나머지는 한 명씩 맡아. 모든 사람을 만나고 가면 좋겠지. 지금 없는 사람이나 추가 질문들은 나중에, 하지만 가능한 한 빨리 처리할 거야. 질문?"

다들 웅얼거림과 함께 고개를 흔들었고, 질문은 없었다. 세 시간이 지나 면담이 종료된 후, 안니카 칼손은 요한 에크 경위에게서 전화로 기초 보고를 받았다.

"녹취록은 늦어도 내일 아침까지 준비될 거야. 하지만 원한다면 지금 간단히 요약해줄 수는 있는데……." 에크가 말했다.

"말해봐." 안니카 칼손이 말했다.

"에릭손은 대단한 사내였던 모양이야. 아무도 에릭손에 대해 나쁜 말을 하지 않던데. 사무소의 모두가 무척 상심한 모습이었고, 그 준법률가라던가, 왜 법률 교육을 조금 받은 비서들을 그렇게 부르는 거 맞지? 그중 하나는 내가 보기엔 다소 지나치게 슬퍼하더군."

"이사벨라 노렌. 아마 옛 상사에게 들이댄 적이 있을 거야. 아니면 적어도 그러려는 야심이 있었거나."

"내 생각도 같아. 그래, 아마 그랬던 거겠지. 그 여자는 어떻게 할까? 직접 사정을 물어보진 않았거든."

"하루 이틀 혼자 앓게 내버려두다가 좀더 철저하게 면담하자고. 같은 여성이라는 명목으로 내가 면담 자리에 동석할 수도 있겠지." 안니카 칼손이 제안했다.

"그거 좋겠군." 에크가 말했다.

"또 다른 건?"

에크는 예상하지 못했던 사항은 없다고 했다. 다들 주말 내내 알리바이가 있었다. 에릭손과 마지막으로 대화한 사람은 다니엘손이었다. 다니엘손은 12시쯤 그다음 주에 있을 여러 가지 일정에 관해 의논하기 위해 에릭손을 만났는데, 그 일정들의 유일한 공통점이라면 어느 것도 에릭손의 죽음과는 무관하다는 점뿐이라고 했다. 물론 다니엘손으로서는 아주 편리하게도, 모두 법적으로 비밀을 유지할 의무가 있는 사안들이 었다.

"뻔한 얘기 아니겠어?" 안니카 칼손이 말했다.

"그렇지. 그리고 다니엘손은 에릭손 피살 사건이 사법 시스템 전체를 향한 공격이라고 주장하더군. 고객이든 상대편이든 상관없이 다들 에릭손을 그렇게 좋아했던 모양이지. 한데 그중에서도 예외가 한 명 있긴 하더라고. 다루기 힘든 우리 변호사님의 저항을 물리치고 캐냈지."

"그래서, 그게 누군데?"

"프레드리크 오카레, 본명은 오케르스트룀. '지옥의 천사들' 솔나 지부 전 의장. 현재는 중년의 바이크광으로 구성된 같은 조직에서 명예 의장직을 맡고 있지. 운 좋게도 머리카락을 바람에 휘날리며 바이크를 탈 수 있는 몸이시라는군. 각질이 심해서 헬멧을 쓰면 안 된다는 의사의 처방을 받았거든." 상대의 사적이고 시적인 세부 사항을 놓치지 않는 눈썰미를 지닌 경찰 에크는 그렇게 설명을 마무리했다.

"누구인지 알아. 그러니까 프레드리크 오카레가 그에게 불만이 있었단 말이지. 난 오카레가 에릭손의 고객이었다는 사실도 몰랐는데. 에릭손이 바이크광의 변호를 맡았다니."

"고객이라기보다는 적수였지. 에릭손은 오카레와 녀석의 친구 둘이 이브라힘 형제의 막내 나지르를 살해한 혐의로 기소됐을 때 이브라힘 가족을 대변했거든. 잘 알겠지만 이브라힘 형제는 원래 셋이었지. 알코올의존자였던 파샤드는 우리의 동료 벡스트룀에게 다리에 총을 맞은 뒤 카롤린스카 병원에 입원해 있다가 병실 창문으로 탈출을 기도하던 중 사망했고. 둘째는 지금도 원기왕성하게 살아서 파샤드의 자리를 차지한 모양이더군. 그리고 막내 나지르는 은행털이에 실패하고 얼마 지나지 않아 살해당했고. 이젠 몇 년 전 일이야. 원한다면 초동수사 보고서와 평결문을 이메일로 보내줄게."

"이미 갖고 있어. 그 사건 기억나. 오카레와 친구들은 무죄판결을 받았지? 내 기억이 맞는다면 모든 혐의에 대해서 말이야."

"그래, 맞아. 에릭손이 놈들을 잡아넣으려고 검사보다 더 열심히 달려들었는데도 말이지. 어쨌든 오카레는 에릭손을 그리 좋아하지 않는 것 같더군. 재판 끝나고 얼마 후 에릭손의 사무실에 엽서를 보낸 모양이야. 정의가 이루어졌으니 이제 남은 일은 에릭손이 솔나에 있는 자기네 클럽 하우스에 와서 자신과 동료들에게 사과하고 삶을 계속 살아갈 준비를 하는 것뿐이라는 내용이었다는군."

"그래서 갔대?"

"아니. 다니엘손 말로는 오카레에게 전화해 소요 단속법에 관해 읽어주었다던데. 사법 방해, 협박죄, 뭐 그런 거."

"흠." 파일을 찾아서 평결문을 읽어봐야겠는걸. 안니카 칼손은 생각했다.

하지만 그런 일은 일어나지 않았다. 불과 오 분 뒤, 이제는 정말로 집에 돌아가 잠을 청해야 할 시간이었음에도 그녀의 관심을 요하는 훨씬 긴급한 문제가 발생했기 때문이다.

36

벡스트룀이 올스텐스가탄 거리에 있는 집의 초인종을 울렸을 때 문을 열어준 사람은 헤르난데스였다.

"들어오세요, 경감님. 나디아한테서 방금 연락받았어요. 경감님이 범죄 현장에서 또 알아낼 것이 없는지 둘러보러 오신다고요."

"니에미는?" 벡스트룀이 물었다.

"집에 자러 갔습니다." 헤르난데스가 웃으며 대답했다. "슬슬 나이가 느껴지는 모양이에요."

"위층을 둘러볼까 해서." 벡스트룀은 위층 층계참으로 올라가는 계단을 고개로 가리켰다.

"그러세요. 거긴 다 끝났습니다. 지금은 지하실을 조사중이죠. 저랑 저희가 데려온 광역수사대 소속 과학수사 요원 둘이서요. 건물이 워낙 커서 제대로 조사하려면 이번 주 내내 여기 있게 될 것 같네요. 도와드릴 일이 있으면 소리쳐서 부르세요."

네가 도울 일이 뭐가 있겠냐. 벡스트룀은 그렇게 생각했지만 가볍게 고개만 끄덕였다.

책상 앞의 커다란 핏자국은 그대로였다. 피해자의 머리가 놓여 있던 바닥 부근에 핏자국이 지름 삼십 센티미터쯤 되는 선명한 원에 가까운 형태를 이루고 있었다. 더 자세히 보기 위해 무릎을 꿇자 굳은 피 위에 남은 에릭손의 코와 이마 자국까지 눈에 들어왔다.

하지만 피가 튀지는 않았지. 작은 피 한 방울도 튀지 않았어. 에릭손이 얼굴부터 바닥에 쓰러진 뒤 범인이 뒤통수를 박살낸 게 분명한데 말이야. 도무지 말이 안 되는군. 아무것도 말이 안 돼. 벡스트룀은 그렇게 생각하며 다시 몸을 일으켰다.

에릭손의 집 위층은 개인 공간인 것 같았다. 널찍한 층계참은 서재겸 거실로 사용되었다. 책상이 한가운데, 소파 두 개가 모퉁이에 하나씩 놓여 있었고, 붙박이형 책장과 그 밖에 깡패 변호사의 사유재산 목록에 들어가는 것보다는 나은 운명을 맞이할 자격이 있는 여러 소유물들이 자리를 차지했다. 벡스트룀이 현장에 도착하기 전에 니에미와 헤르난데스가 사진을 수없이 찍어놓지만 않았더라면 얼마나 좋았을까.

층계참 왼쪽은 침실이었다. 커다란 옷방과 쿵스홀멘에 있는 벡스트룀의 아늑한 아파트 거실보다 더 넓은 욕실이 딸려 있었다. 오른쪽은 텔레비전 시청 겸 음악 감상실로, 또 다른 욕실과 분리형 화장실이 딸린 걸 보니 손님용 방으로도 쓴 듯했다. 깔끔하고 청결하고 완벽하게 하얀 벽과 윤기 나는 목재 바닥에 대리석 모자이크까지, 다 해서 비용이 얼마나 들었을지 상상도 되지 않았다.

배은망덕한 세상 같으니. 벡스트룀은 자신의 집을 떠올리며 깊은 한숨을 내쉬었다. 지금쯤 변호사가 자신이 살던 지상의 거주지로부터 한참 높은 곳에 자리한 주님의 바비큐 그릴에서 죄악으로 물든 궁둥이를 데우고 있으리라는 사실만이 유일한 위안이었다.

층계참에는 커다란 이동식 바도 있었다. 위에 놓인 병이 최소한 백 개는 되는 것 같았다. 위스키, 진, 보드카, 코냑뿐 아니라 다른 온갖 것들, 즉 리큐어, 주정 강화 와인, 탄산수처럼 여자나 호모나 에릭손과 같은 변호사가 아니라면 마땅히 피해야 할 것들까지 죄다 갖추어져 있었다. 대개는 평범하군그래. 벡스트룀처럼 식견 있는 애호가의 관심을 끄는 물건이라고는 반짝이는 금속으로 도금되고 뚜껑에는 머리가 둘 달린 검은 독수리를 돋을새김한 검은색 나무 상자뿐이었다. 일 리터짜리 최고급 몰트위스키 한 병이 들어갈 만한 크기였다. 벡스트룀은 상자를 들고 무게를 가늠해본 다음 뚜껑을 열었지만, 기대했던 세공 유리병 대신 에나멜을 입힌 작은 조각상 하나만이 들어 있었다. 빨간 모자를 쓰고 노란 재킷과 초록 바지를 입은 소년의 조각상으로, 이백오십 밀리리터들이 보드카 병보다 조금 더 컸고, 살짝 크리스마스 요정을 닮았다.

확실히 해두기 위해 벡스트룀은 조각상을 상자에서 꺼내 익숙한 출렁임이 들리기를 기대하며 조심스럽게 흔들어보았다. 풍부한 경험 덕분에, 그는 소위 똑똑한 인간들이 가죽으로 장정한 낡은 책이나 쌍안경, 심지어 지팡이 같은 괴상한 물건 속에 술을 감추어두는 경향이 있다는 사실을 알고 있었다. 벡스트룀 자신도 거의 삼십 년 전 스톡홀름 강력반 신참 시절에 어느 집을 수색하다 그런 지팡이를 입수한 적이 있었다. 현재 그 지팡이는 그의 쿵스홀멘 자택 현관 우산꽂이에 꽂혀 있었다. 젊은 순경이었던 시절의 추억을 간직한 기념품이었다.

이번에는 숨은 보물이 없었다. 에나멜 요정을 거꾸로 뒤집어보았지만 출렁거리는 소리는 전혀 들리지 않았다. 하지만 상자 바닥에서 손으로 쓴 작은 쪽지가 나왔다. "소년의 모습을 한 에나멜 뮤직 박스. 20세기 초 독일에서 제작한 것으로 추정. 추정가 삼천 크로나."

낡은 뮤직 박스가 술병들 사이에서 뭘 하는 거지? 벡스트룀은 놀라움에 고개를 절레절레 젓고는 검은 상자를 제자리에 돌려놓았다. 술을 마시면서 음악 듣기를 즐겼던 건가? 괴팍한 자식일세. 벡스트룀 본인으로 말할 것 같으면 술은 혼자, 되도록이면 완전한 침묵 속에 마시는 편이 나았다.

이후 택시를 부르고 아래층 현관에 서 있는데, 서류 가방을 처리해야겠다는 생각이 떠올랐다. 악의적인 소문이나 천박한 비방을 미연에 방지하기 위함이었다. 니에미와 헤르난데스 같은 통제광들이 사방팔방을 집요하게 사진으로 찍어둔 탓에 사소한 사적 이득을 취할 여지가 보이지 않는 이런 곳에 오면서 뭐 하러 가방을 챙겼는지 알 수 없는 노릇이었다. 칠레 출신의 탱고광에게 가방을 경찰서로 가져가 사무실에 두라고 시키는 것이 가장 간단한 해결책일 듯했다.

몹쓸 노릇이로군. 그렇게 생각하며 벡스트룀은 현관문 바로 안쪽에 자리한 작은 홀 테이블 앞에서 발길을 멈추었다. 자신의 홀 테이블에 두면 딱 어울릴 법한 도자기 화병이 놓여 있었다. 서류 가방 안에 들어갈 만한 크기였다. 불법 체류자일 에릭손의 청소부가 전주에 꽂아둔 시든 튤립 한 다발까지 넣을 수 있을 듯했다. 대체 경찰이 어떻게 돼가는 거야? 벡스트룀은 왼팔 밑에 낀 서류 가방을 흘끗거리며 슬그머니 도자기 화병을 들어 올렸다. 즉각 무언가 이상하다는 기분이 들었다. 화병을 내려놓고 꽃을 꺼냈다. 은색으로 반짝이는 그것이 화병 밑바닥에 죽은 도미처럼 놓여 있었다.

이런 눈먼 자식들 같으니라고. 에베르트 벡스트룀 경감은 생각했다. 나중에 모든 일이 끝나거든 손쉽게 자신의 집을 장식할 수 있었을 도자기 화병을 막 잃게 된 참이라 울분이 더했다.

37

친구와 대화를 나누고 불과 한 시간 뒤, 아라는 지극히 평범한 현금 수송 차량 강탈 현장을 담은 선명하지 못한 사진 몇 장에 대한 대가로 친구에게 이만 크로나를 주었던 기자와 만났다. 두 사람은 휴대전화의 도움을 받아 쇠데르말름에 있는 어느 조용한 골목길에서 만난 뒤 기자의 차 안에서 중요한 세부 사항을 논의했다.

"친구분 말로는 에릭손 변호사의 죽음과 관련한 좋은 건수가 있다고요." 아라의 새 친구가 말문을 열었다.

"가격 나름이죠." 먼젓번 경험으로 한층 현명해진 아라는 어깨를 으쓱했다.

"그거야 문제가 아니죠." 기자는 미소를 지었다. "말해봐요."

"좋아요. 내가 범인을 본 게 거의 확실해요. 범행이 일어난 순간은 아니고 그 이후, 남자가 현장을 떠날 때요. 남자와 동료가 타고 간 차도 봤고요."

"아는 사람이었나요? 목격했다는 남자 말입니다."

"아까도 말했지만 자세한 이야기는 지금 꺼내지 않겠어요. 가격에 달렸죠. 당장 말할 수 있는 건 이거예요. 일단 난 내가 거기 있었다는 걸 증명할 수 있어요. 운전 시간이랑 주소 따위가 적힌 미터기 영수증을 제시할 수 있으니까요. 둘째, 난 제대로 된 사진을 본다면 범인을 알아볼 수 있어요. 그러니까 내가 아는 사람은 아니었단 얘기죠. 셋째, 나는 남자와 동료가 타고 간 차에 관해서도 알려줄 수 있어요. 번호판은 못 봐서 말해줄 수 없지만 차를 찾는 게 그리 어렵지는 않을 거예요. 흔해 빠진 볼보 같은 게 아니었으니까."

"잠깐만. 경찰이 이미 당신과 면담했잖습니까. 그쪽에서 사진을 잔뜩 보여줬을 텐데요."

"아뇨." 아라는 다시 어깨를 으쓱했다.

"미안하지만 얘기가 묘하군요. 경찰이 용의자 사진을 보여주지 않았다고요?"

"안 보여줬어요. 나랑 얘기한 사람은 늙고 지친 경찰이었는데 나중에 연락하겠다더군요. 제대로 된 사진만 있으면 알아볼 수 있는데." 아라는 다시 어깨를 으쓱했다.

"좋아요, 좋아. 그럼 두 사람이 타고 간 차를 알려줄 수 있고, 제대로 된 사진만 있으면 범인도 알아볼 수 있다 이거죠?"

"네." 아라가 고개를 끄덕였다. "아까도 말했지만, 가격만 맞으면요."

"하지만 당신이 본 사람이 범인이라는 걸 어떻게 확신하죠?"

"기자님도 직접 봤으면 그런 질문은 하지 않을걸요. 말했듯이 자세한 내용을 알고 싶으면 돈을……."

"오천." 기자가 말을 잘랐다.

"네?"

"오천. 무슨 일이 있었는지 말해주고 사진들을 살펴보고 차도 알려주겠다고 하면 오천 주겠습니다. 걱정할 건 없어요. 익명의 제보자라고 할 테니까."

"오천? 관둬요." 아라는 고개를 가로저었다.

그 이상은 진도가 나가지 않았다. 기자는 헤어지면서 아라가 다른 사람에게 먼저 이야기하지 않는다면 윗사람과 논의하는 대로 다시 연락하겠다고 약속했다. 두 사람은 악수를 나누며 곧 또 만나자고 했다. 출발이 괜찮았던 것치고는 기대한 만큼 좋은 날이 아니군. 아라는 그렇게 생각하면서 차에 올라 단말기의 운행 대기 버튼을 눌렀다.

좋은 날은 아니었다. 게다가 이날 하루는 과연 그런 게 가능할까 싶을 정도로 계속 더 나빠지기만 했다. 기자와 헤어진 뒤 첫 운행 도중 아라의 휴대전화가 울렸다. 발신자 표시 제한이 걸린 전화인데다 손님이 타고 있었지만 전화를 받았다. 알름에게 일을 인계받은 젊은 여성 경찰이었다. 그녀는 상냥한 목소리로 아라에게 보여줄 사진들을 준비했으니 가능한 한 빨리 솔나 경찰서로 와주면 좋겠다고 했다. 당장 오면 더 좋고.

아라는 시간이 없다고 말했다. 굶지 않으려면 일을 해야 한다. 물론 소모하는 시간만큼 보상을 해준다면 갈 의향이 있다. 그게 안 된다면 오전 내내 시간이 비는 내일에나 갈 수 있다. 차라리 자신이 경찰서로 갈 필요 없이 경찰이 사진을 몽땅 그의 집으로 가지고 오는 게 가장 간단할 거다. 그렇게 말하고서 아라는 휴대전화를 꺼버렸다.

경찰은 포기하지 않았다. 두 시간 뒤 휴대전화를 켜자 음성 메시지가 두 통 와 있었다. 첫 번째 메시지는 앞서 대화했던 여성 경찰의 메시지였다. 아까와 마찬가지로 상냥한 목소리였다. 그녀의 남자 동료가 남긴 두 번째 메시지는 훨씬 퉁명스러웠다. 당장 다시 만나 사진을 확인해줘야겠다는 내용이었다. 아라는 깊은 한숨을 내쉰 뒤 뭔가를 먹으며 차분하게 생각해보기로 하고 단골 카페로 향했다. 케밥과 다이어트 콜라와 민트 차 한 잔을 주문한 뒤 자리에 앉아 생각에 잠겼다.

예쁜 여자네. 그는 케밥을 한 입 베어 물며 생각했다. 모르는 여자였다. 여자는 어느 순간 갑자기 문간에 나타나 있었다. 보통은 남자들이 그러듯이 두 다리를 벌리고 어깨를 펴고 두 팔을 늘어뜨린 자세로 서 있었다. 짧고 검은 머리를 한 여자는 간편한 신발과 청바지에 가죽 재킷 차림으로 카페 안의 사람들을 훑어보고 있었다.

예쁜 여자야. 아라는 다시 한번 생각했다. 유일한 문제는 여자의 두 눈에 전날 그가 차로 칠 뻔했던 남자와 똑같은 기색이 어려 있다는 것이었다. 이윽고 그 눈이 아라에게 이르러 멈췄다.

이십 분 뒤, 아라는 솔나 경찰서의 한 방에 앉아 있었다. 택시는 시내 카페 앞에 주차되어 있었다. 두 남자 경관이 몸을 수색하고 주머니를 비운 뒤 경찰차 뒷좌석에 태워 경찰서로 데려왔다. 카페 문간에 서 있던 여자가 아라의 팔을 붙들며 고개를 끄덕였다.

"좋아요, 아라." 안니카 칼손이 말했다. "검사는 당신이 나와 내 동료들을 상대로 일부러 시간을 끈다고 판단하고 당장 당신을 데려와 신문할 것을 지시했어요. 그래서 지금부터는 다음과 같은 규칙을 따라야 할 거예요. 헛소리도 말고 장난도 말고 고분고분 협조만 할 것. 나를 도와주면 나도 당신을 돕겠다고 약속하죠."

"알았어요." 아라는 고개를 끄덕였다. 나한테 뭐 다른 선택의 여지가 있기나 해?

38

지역이 지역임을 감안하더라도 탐문 수사의 성과는 기대를 훌쩍 뛰어넘었다. 펠리시아 페테르손은 간단한 인수인계를 위해 피해자의 집 앞에 세워둔 경찰 지휘 차량 안에서 동료 얀 스틱손과 만났다.

"어떻게 돼가요?" 펠리시아 페테르손이 물었다.

"꿈만 같아. 끝내주는 답이 나왔어." 스틱손이 대답했다.

먼저 그들은 이 지역에 사는 거의 모든 사람을 만나보았다. 탐문은 오전 7시경에 시작됐다. 피해자의 집 주변에 있는 백여 가구의 문을 두드렸고, 열 시간 뒤 펠리시아가 업무를 인계했을 때 스틱손이 넘겨준 명단에 남은 이웃은 여섯 가구밖에 되지 않았다.

다음으로 그들은 사건 당일 저녁과 밤에 개 짖는 문제로 신고 전화를 했던 네 이웃을 모두 만났다. 처음 세 이웃은 10시 15분부터 밤 11시 5분 사이에 신고했지만 경찰은 다른 더 중요한 일이 있었던 관계로 이를 단순 소음 문제로 치부했고, 오전 2시가 막 지나서 신고한 네 번째 이웃의 전화를 받고서야 비로소 조치를 취해 그로부터 십 분 뒤에 순찰차가 현장에 도착했다.

"그 점에 있어서는 운이 좀 나빴지." 스틱손은 쓸쓸한 미소를 흘렸다. "나디아한테서 전화로 들었는데, 첫 번째 순찰차가 도착하기 직전에 택시 기사가 범인 중 한 명을 칠 뻔했었다는군. 게다가 불쌍한 개가 목을 잘리기도 했잖아."

"항상 운이 좋을 수만은 없죠. 또 있나요?"

"그래, 개에 관한 사항 말인데. 10시에서 11시 사이에는 거의 쉬지 않고 짖었다는군. 이후 세 시간 가까이 잠잠하다 다시 짖기 시작했는데, 그때는 오 분 동안 야단법석을 피웠다는 거야. 그러다 누군가가 목을 자른 거지. 우리가 만나본 사람들의 증언을 짜 맞추면 그렇게 돼. 개가 세 시간 동안 조용했다니, 내 생각에도 좀 이상해."

"다른 건요?"

큰눗손에 따르면 두 가지가 더 있을 수 있었다. 마찬가지로 개를 산책시키던 또 다른 목격자가 꽤 흥미로운 광경을 목격했다. 하지만 이 목격담이 슬슬 모습을 드러내는 듯하던 전체 그림을 다시 복잡하게 만들었다. 목격자는 그날 밤 9시 30분 개와 함께 변호사의 집을 지나치다가 계단 위에 앉아 있는 한 남자를 보았다. 출입문은 활짝 열린 채였다.

"나이가 지긋하고 머리가 하얀 남자가 집 앞 계단에 앉아 있었다는군. 목격자는 도움이 필요하냐고 물어볼까 고민했지. 하지만 딱히 문제가 있는 것 같지는 않아서 그만뒀고. 그냥 바람을 쐬러 나온 모양이라고 생각했다는군."

"흰머리 노인이라고요?"

"그래." 스틱손은 고개를 끄덕였다. "소변이 마려워 급히 집으로 돌아가던 길이라―이 얘긴 기록에서 빼달라고 당당하게 말하더군―멈춰서 자세히 보지는 않았대. 나이 많고, 머리가 하얗고, 호리호리하고, 가벼운 여름용 정장을 보기 좋게 차려입은 남자. 어쨌든 자기가 보기에는 그랬다는군. 하지만 이 목격자는 앞서의 여성 목격자가 봤다던 은색 메르세데스에 박스를 싣던 젊고 건장한 남자는 보지 못했다던데."

"흰머리 노인이라. 나이는 어느 정도였대요? 예순? 일흔? 여든? 백?"

"일흔에서 여든 사이였대. 목격자의 말을 믿는다면 말이지만." 스틱 손은 얼굴을 찌푸렸다. "다그쳐 물었더니 그런 것 같다더군. 일흔다섯쯤 됐다고. 그러니까 노인인 건 확실해. 목격자 나이도 예순쯤 되니까 자기 가 본 남자의 연령대를 비교적 정확하게 짐작할 수 있을 테지."

일흔다섯의 노인이 활짝 열린 문 앞의 계단에 앉아 있었다니. 그런 사람이 에릭손의 두개골을 부쉈을 것 같지는 않은데. 어쩌면 뭔가 안 좋은 일을 겪은 사람이었을지도. 펠리시아 페테르손은 생각했다.

"자동차 말인데요. 은색 메르세데스요. 현재 그 차를 언급한 목격자 가 둘이에요. 그 여자랑 택시 기사요. 혹시 말씀하신 목격자는……."

"자동차도 흰색 이사용 박스도 전혀 보지 못했다던데." 스틱손은 페 테르손의 말을 자르며 고개를 가로저었다. "은색 메르세데스에 전혀 주 의를 기울이지 않았다고 한들 그렇게 이상한 얘기는 아니겠지. 이 동네 사는 사람들이야 메르세데스며 BMW며 렉서스며…… 온갖 차를 다 가지고 있으니까……. 그리 이상한 일은 아니야."

"무슨 얘긴지 알겠어요." 펠리시아가 말했다. "비슷한 차가 많은 이런 동네에 한 대가 더 들어온다고 해서 눈에 띄지는 않았겠죠."

그러곤 말을 이으며 펠리시아는 메모를 확인했다.

"일단 차 얘기는 그만하죠. 궁금했던 게 몇 가지 더 있어요."

"뭔지 알 것 같긴 한데." 스틱손이 미소를 지었다. "얘기해봐. 듣고 있 으니까."

"9시 40분에 에릭손의 휴대전화로 걸려 왔다는 신고요. 시각은 확실 하죠. 신고 기록이 남아 있으니……."

"반면 내가 만난 목격자들은 9시 30분에서 10시 조금 전 사이라고

했고." 스틱손도 그날 아침 첫 번째 목격자와 대화를 나누면서 같은 문제를 생각한 터였다. "그 점에 관해서는 여러 가지 설명을 생각해볼 수 있어."

"저도요." 펠리시아는 동의했다. "가장 그럴듯한 설명은 사건이 일어난 순간 에릭손이 신고를 하려다 살해당했고, 이후 범인들이 현장을 떠났……."

"여러 가지 물건을 하얀 박스들에 욱여넣고 말이지. 그렇다면 여성 목격자가 시간을 십오 분쯤 착각했다는 얘긴데. 여자가 목격한 시각이 9시 30분이 아니라 9시 45분이었다는 거지. 물론 누가 시간을 십오 분쯤 착각한 게 이번이 처음은 아니야. 하지만 다른 설명도 가능해."

"뭐죠?"

"범인 하나가 물건들을 집 밖으로 옮기는 동안 다른 범인이 남아서 에릭손을 죽인다. 아니면 둘이서 먼저 물건을 밖으로 나른 뒤 집으로 돌아와 변호사를 끝장내거나."

"계단에 앉아 있던 노인은요? 그 사람은 어떻게 설명하죠?"

"못하지." 스틱손은 씩 웃었다. "그 노인 이야기는 아귀가 맞질 않아. 그래서 난 벡스트룀이 우리 대신 설명해주기를 바라고 있지."

"또 제가 알아야 할 거 없나요?" 펠리시아가 계속해서 물었다.

"에릭손은 누가 봐도 이상적인 이웃은 아니었던 모양이야. 살해당한 지 얼마 안 된 사람에 대해 이렇게 부정적인 이야기를 많이 들었던 적이 또 있었나 모르겠군. 어쨌든 여기 이웃들처럼 불평을 늘어놓는 경우는 처음이었어. 주중에 시끄러운 파티를 여는 통에 수상한 방문객들이 밤낮없이 찾아와 길가에 차를 이중으로 주차해놓고 차 문을 쾅쾅 닫았

다는군. 에릭손 본인도 매력이 좀 부족했던 것 같고. 게다가 에릭손의
개는 이웃들을 공포에 떨게 했던 모양이야."

"그게 머리를 박살 낼 만한 이유라고 하긴 어렵겠죠."

"그래, 아마 그렇겠지. 하지만 설령 이웃 중에 누군가가 한 짓이더라
도 우리에게 말해줄 것 같지는 않은 분위기더군."

39

안나카 칼손은 이미 열네 시간을 근무한 뒤였고, 자신이 해야 할 일
도 아니었지만, 직접 아라 도스티에게 사진을 보여주기로 마음먹었다.
일단 화장실로 가서 찬물로 얼굴을 씻고, 지나치게 오래 책상 앞에 앉
아 있던 탓에 찌뿌듯한 몸을 스트레칭한 뒤 몇 차례 깊게 숨을 들이쉬
었다. 그런 다음 나디아가 이백 장에 가까운 사진을 넣어준 자신의 노
트북을 챙겼다.

헛소리도 말고 둘러대지도 마. 그랬다간 내가 직접 널 감방에 처넣을
테니까. 그녀는 아라가 기다리는 취조실 문을 열며 생각했다.

"자원해줘서 고마워요, 아라. 필요 이상으로 많은 시간을 잡아먹지
않도록 최선을 다하겠다고 약속할게요. 일하지 못한 시간만큼 보상을
받도록 할 거고요. 또 용의자를 제대로 짚어낸다면 조력에 대한 감사의
표시로 보상금도 좀 받을 수 있도록 하겠다고 약속하죠."

"그래요, 알겠어요." 아라는 고개를 끄덕였다. 예쁜 여자야. 그는 생각했다. 똑바로 꿰뚫어 보는 저 검은 눈만 아니라면.

둘은 함께 사진을 보았다. 경찰 데이터베이스에 등록된 185명의 사진이었다. 더 확실히 해두자면 그중 셋은 같은 사람이었다. 바로 에릭손을 협박했던 프레드리크 오카레로, 몇 년씩 간격을 두고 각각 다른 상황에서 찍은 사진이었다. 그 외에도 서른 명 정도는 지옥의 천사들에 소속된 오카레의 친구들이나 사업상 관계자 혹은 범죄자 동료들이었다.

수사대는 아프산 이브라힘 및 이 지역에서는 '이브라힘가家의 형제들'이라고 불리는 그의 일당에게도 주목했다. 에릭손이 이브라힘가의 변호를 맡았고 오랫동안 그들의 친구로 지냈다고는 하지만, 상황은 금세 뒤바뀌기도 하는 법이다. 배지를 달 자격이 있는 경찰이라면 누구나 그 정도는 알았다.

나머지 백여 명의 범죄자들은 아라 도스티와 얀 스틱손이 면담한 여성 이웃이 경찰에 제공한 인상착의와 닮은 데가 있으며, 과거 행적으로 보아 에릭손을 살해할 만한 능력이 있는 자들이었다.

확인 작업에는 거의 세 시간이 소요됐다. 아라 도스티는 자신이 본 사진에서 스무 명 정도를 추려냈다. 그중 첫 번째는 이브라힘 형제들의 동료로, 아라와 나이가 같았다.

"아는 사람이에요." 아라는 안니카가 막 컴퓨터로 불러낸 사진을 가리켰다. "오마르예요. 그노셰에서 같은 학교에 다녔죠. 멋진 녀석이었어요. 모로코에서 이 나라로 왔죠. 학생회장이었어요. 반에서 일등이었고요. 왜 얘가 경찰 파일에 있는 거죠?"

"모르겠군요." 안니카는 고개를 가로저었다. 여기서 질문하는 건 나라고.

"이상하네요." 아라는 진심으로 놀란 기색이었다. "제가 알기로 오마르는 이곳 스톡홀름의 왕립 공과대학교에 들어갔어요. 화학공학자가 될 거라고 했죠."

"하지만 당신이 택시로 칠 뻔했던 사람은 아니고요?" 화학자? 나쁜 무리와 어울리기 전에야 그랬을지도 모르지.

"아니에요. 하지만 오마르였다면 전 아무 말도 안 했을 거예요. 오마르는 괜찮은 녀석이었거든요. 학창 시절에 친한 친구 사이였죠."

"그 말 믿어요." 안니카는 미소를 지었다. 하지만 아라에게 보여주는 사진 속의 사람들 중 우연히 그녀의 컴퓨터에 들어가 있는 사람은 없었고, 이 경우에는 더더욱 그랬다. 친한 친구란 말이지. 좋으시겠어.

아라가 이름을 아는 사람은 그 밖에도 여럿이었다. 동창은 아니고 그냥 택시에 태운 적이 있는 사람들이나 같은 직장에 근무하면서 우연히 알게 된 사람들이었다. 그 외에도 스투레플란 인근 술집들을 돌다 본 사람들도 있었다. 그중에서도 그가 가장 똑똑히 기억하는 사람은 프레드리크 오카레였다. 아라는 오카레의 사진 세 장을 모두 알아보았다.

"이 사람은 프레드리크 오카레예요. 지옥의 천사들 회장요. 좋은 사람은 아녜요. 시비 붙어서 좋을 건 없단 얘기죠. 하지만 저한테 못되게 군 적은 없어요. 항상 팁도 넉넉하게 줬고."

"이 사람과 언제 만났죠?"

"제 택시에 여러 번 탔어요. 주로 술집 가는 길요. 그쪽 사람들은 감라스탄 거리에 있는 레이센에서 자주 모이거든요. 다른 나라에서 온 지옥의 천사들 멤버랑 모임을 갖는 장소가 거기일 거예요. 모임이 끝나면 쇠데르말름에 있는 커다란 스테이크를 파는 미국식 식당에 가서 식사를 하고요. 한번은 이 사람을 솔나에 있는 지옥의 천사들 클럽 하우스까지 태워다 주기도 했어요. 브롬마 공항 근처에 있는 거요."

"아라의 차 앞 범퍼에 가까이 온 적은 한 번도 없고요?"

"그랬으면 제가 지금 여기 앉아 있겠어요." 아라가 강한 어조로 말했다. "저 사람을 화나게 하면 목숨이 위험할걸요. 키 195센티미터에 몸무게가 150킬로그램인데요. 나이가 쉰은 넘었겠지만 절대 건드리고 싶지 않은 사람인 건 틀림없어요."

한 시간 후 확인 작업이 끝났다. 아라는 안니카보다 나이가 많고 훨씬 더 피곤해 보이던 경찰이 깜빡했던 비밀 유지 서약서에 서명했다. 그런 다음 안니카가 제보 보상금 예산에서 지급한 오백 크로나를 수령했다는 영수증에도 서명했다. 헤어지면서 안니카는 아라에게 조언을 건넸다.

"한 가지 주의할 게 있어요, 아라. 쓸데없이 겁을 주고 싶지는 않지만, 에릭손을 죽인 자들은 그렇게 좋은 사람들이 아니에요. 지금까지 내게한 말은 다른 어떤 사람들에게도 해서는 안 돼요. 가족에게도, 직장 동료에게도, 그리고 특히 기자에게는 절대로요. 알겠어요?"

"걱정 마세요." 아라가 말했다. "구글에서 에릭손을 검색해봤어요. 온라인에 도는 말을 믿는다면 진짜배기 콘실리에레■ 같던데요."

"내 명함이에요." 안니카 칼손이 명함을 건네며 말했다. "무슨 일이 생기거든 아무 때나 휴대폰으로 연락해요. 내가 도와줄게요. 비상사태

■ 이탈리아 마피아의 법률고문.

면 경찰 비상 관제실로 연락하고요. 명함에 직통 번호를 적어뒀어요. 알았죠?"

"물론이에요. 염려 마세요. 약속할게요."

"그럼 내일 봐요. 미안하지만 사진을 좀더 봐야 할 것 같네요."

"보상금도 같고요?"아라는 그렇게 묻고 미소 지었다. 이제야 그녀의 목소리가 사람 소리처럼 들렸다. 비록 그녀가 준 돈은 오천이 아니라 오백 크로나에 불과했지만 말이다.

"최선을 다해보죠. 이제 뭐 할 거죠? 일? 아니면 집에 가서 자나요?"

"집에 가서 자요. 피곤한 하루였으니까요."

"좋아요. 내일 아침 일어나는 대로 연락 줘요."

"그럴게요."

40

아라는 키스타의 집으로 가기 위해 차에 타자마자 휴대전화를 켰다. 몇 시간 전에 만났던 기자가 남긴 음성 메시지가 세 건 있었다. 모두 비슷한 내용으로, 윗사람과 논의를 마친 기자는 아라가 목격한 남자와 자동차에 관한 정보를 제공하고 신문사에서 골라둔 사진들을 확인하는 대가로 새로운 액수를 제안하고 싶어 했다. 사례금 만 크로나에 익명 보장. 만약 거기서 한 걸음 더 나아가 신문사와 인터뷰를 하고 이름과 사진도 게재하게 해주면 최소 두 배를 더 지불할 용의가 있으며, 그가 택시로 칠 뻔했던 남자를 정말로 지목한다면 다시 거기서 두 배까지도 고려하겠다고 했다.

대체 어떻게 한다? 현금 오만 크로나라니. 경찰이 할 일을 하는 동안 두 달 정도 태국이나 두바이에 가 있다가 사태가 잠잠해지면 다시 돌아오는 거야.

키스타의 작은 아파트로 돌아온 아라는 차를 한 잔 끓인 뒤 잠자리에서 이 문제를 곰곰이 생각해보기로 했다. 아까 만난 여자 경찰에게서 깊은 인상을 받은 터였다. 그녀는 자신이 무슨 말을 하는지 잘 알고 있으며 자신이 말한 바를 실천하는 사람 같았다. 오만 크로나 대 오백 크로나라. 아라는 쓸쓸하게 웃고는 주전자에 물을 부었다. 끓는 물을 컵에 따르는 순간, 누군가가 초인종을 울렸다.

망할, 이번엔 또 뭐야? 아라는 주머니에서 안니카 칼손의 명함을 꺼내 손으로 적힌 직통 번호를 휴대전화에 입력한 뒤 살금살금 현관문으로 다가가 문구멍 너머 방문객을 살펴보았다.

이번에 새로 알게 된 유력 석간지의 그 친구는 어떤 대답을 듣더라도 쉽게 포기하는 사람이 아닌 모양이었다. 결국 아라는 이웃들이 한밤중 자신에게 손님이 찾아온 까닭을 궁금해하기 전에 기자를 집 안에 들여 앞으로는 기자나 신문사와 접촉하고 싶지 않다고 설명하기로 했다. 오천을 주든 만을 주든 싫다고.

아라는 자신이 서명한 비밀 유지 서약서에 관한 이야기로 말문을 열었지만, 대화는 생각처럼 매끄럽게 진행되지 않았다.

"경찰들이야 늘 그런 수작을 부리죠." 방문객은 별일도 아니라는 듯 어깨를 으쓱했다. "최악의 경우라야 벌금이나 물 텐데, 그건 신문사에서 대신 내주겠다고 약속드립니다. 혹시 경찰 쪽에서 빡빡하게 나오면 우리가 변호사도 붙여줄 거고요."

"그건 알겠어요. 미안하지만 그래도 전 관심 없어요."

"좋아요. 그럼 이렇게 합시다. 신원은 익명으로 처리하죠. 백 퍼센트 믿어도 좋아요. 제보자의 정체를 밝힐 생각은 꿈에도 없으니까. 당신이 봤다는 남자랑 남자가 탄 차 이야기만 좀 해줘요. 현금으로 만 크로나를 드리겠습니다. 지금 당장요. 길모퉁이에 현금인출기가 있더군요."

"관심 없다니까요."

"그리고 내가 가져온 사진에서 남자를 찾아낸다면 사례금으로 오만을 주고, 마찬가지로 익명을 보장할게요. 길어 봐야 오 분이면 될 겁니다. 그 뒤로는 귀찮게 하지 않는다고 맹세하죠."

"좋습니다." 오만이라잖아. 아라는 생각했다.

유력 석간지의 기자는 여섯 사람을 찍은 사진을 스무 장쯤 가져왔다. 전부 과거 신문에 게재한 각종 기사들과 관련해 찍었던 사진인 모양이었다. 여섯 명. 경찰이 보여준 약 이백 명과 비교되는 숫자였다. 기자는 모든 사진을 한꺼번에 볼 수 있도록 아라의 부엌 식탁에 사진을 늘어놓았다. 아라는 슬쩍 훑는 것만으로 약 스물네 시간 전에 자신이 차로 칠 뻔한 남자를 알아볼 수 있었다.

남자는 카메라를 정면으로 바라보고 있었다. 변호사가 살해당한 집 앞 거리에서 아라를 바라보던 눈빛과 똑같았다. 하루 만에 두 번째로 남자의 눈을 다시 보고 있노라니 어쩐지 머릿속에 안니카 칼손이 했던 경고가 떠올랐다.

"아뇨, 미안해요. 눈에 익은 얼굴이 없네요. 적어도 이 중에는 없어요."

"괜찮아요." 기자는 아라의 어깨를 두드렸다. "계속 연락하죠. 마음 바뀌면 전화해요."

그제야 기자는 아라를 내버려두고 떠났다.

41

범죄 현장을 나선 벡스트룀은 노고에 대한 보상 삼아 저녁을 먹기 위해 곧장 동네 술집으로 향했다. 들어서자마자 벡스트룀이 아끼는 핀란드인 웨이트리스가 그를 반겨주었다. 태국에서 휴가를 즐기고 막 돌아왔다고 했다. 벡스트룀은 바에 앉아 느긋하게 메뉴를 보면서 차가운 라거로 목구멍을 달랬다. 손님은 많지 않았고, 아는 사람은 아무도 없었다. 긴장을 풀 시간이 필요했던 그로서는 잘된 일이었다. 게다가 핀란드인 웨이트리스와 얘기를 좀 나누고 싶기도 했다. 몸매가 풍만하고 금발인 그녀와는 이미 몇 년째 알고 지내는 사이였고, 그녀가 아파트를 청소해주면 보답으로 그가 헤스텐스 침대 위에서 한바탕 박아주곤 했다. 몸매를 저렇게 잘 유지하는 것도 아마 그래서겠지. 틀림없이 마흔이 다 되었을 텐데 말이야.

"태국은 어땠지?" 질문한 벡스트룀은 맥주를 꿀꺽꿀꺽 들이켰다.

근사했다는 대답이 돌아왔다. 휴가 셋째 날, 웨이트리스의 사랑하는 남편이 햇볕 아래서 잠드는 바람에 화상을 입어 방콕에 있는 병원에 갔단다. 그는 아내가 홀로 휴가를 즐기는 일주일 내내 병원에 입원해 있어야 했다.

이후 부부는 집으로 돌아왔다. 병원비는 보험으로 처리했기 때문에 걱정할 필요 없었다.

"거 안 죽었다니 다행이군." 벡스트룀이 진심을 담아 말했다.

"걱정 마요. 당신 같은 진짜 사나이가 과부나 달래서는 안 되죠. 뭘로 할래요?" 핀란드인 웨이트리스가 물었다.

심사숙고 끝에 벡스트룀은 가벼운 저녁 식사를 골랐다. 아침 일찍 일어나야 하기 때문에 내린 결정이었다. 스몰란드 소시지, 파슬리 소스를 얹은 비트와 감자. 소화를 도울 라거 두 잔과 가득 따른 위스키 두 잔. 그런 다음 커피 한 잔과 코냑 약간으로 식사를 마무리하고 계산한 뒤 집으로 갔다.

"청소 필요하면 연락 줘요. 나 휴가 간 사이 많이 쌓였을 텐데." 핀란드 여자가 웃으면서 벡스트룀의 사타구니를 고개로 가리키더니 다가와서 작별의 포옹을 나누었다.

다들 너한테 환장한다니까. 수가 끝도 없이 늘어나는군. 벡스트룀은 거리로 나서며 생각했다.

마침내 집이었다. 오 분 뒤 벡스트룀은 일본제 실크 실내복을 입고 갈증을 달랠 보드카 토닉을 챙겨서 텔레비전 앞에 놓인 커다란 검은 가죽 소파에 앉아 중국제 골동품 커피 테이블에 두 발을 올린 채 만족스럽게 방을 둘러보았다.

이만하면 괜찮은 삶이지. 그는 흐뭇한 마음으로 생각했다. 유일하게 신경을 거스르는 것이 있다면 창가 테이블 위에 놓인 커다란 도금 새장뿐이었다. 저 쓰레기를 인터넷에 팔아버릴 때가 됐어. 새장에 살던 입주자는 지난 삼 주간 동물병원에 있었고, 운이 좋다면 그곳에서 죽을 터였다. 애도하는 이도 그리워하는 이도 없을 것이며, 벡스트룀은 특히 그랬다. 십여 년 전 그가 사랑했던 금붕어 에곤이 세상을 떠났을 때와는 정반대였다. 살인 사건 수사차 스웨덴 남부에 출장을 가 있는 동안 동료인 얀 로예르손이 파렴치하게도 에곤을 방치하는 바람에 일어난 일이었다.

하지만 벡스트룀이 대벌레를 키운 적은 없었다. 그건 동료인 로시타 안데르손트뤼그 경사의 혼란을 가중시켜 안 그래도 무의미하기 짝이 없는 논의를 빨리 마무리 짓기 위해 고의로 지어낸 거짓말이었다.

그에게 반려동물이라고는 에곤이라는 이름의 금붕어와 이사크라는 이름의 앵무새뿐이었다. 어릴 적에 고양이와 개를 키웠다는 이야기도 전부 날조였다. 머리가 모자란 어머니는 화분을 잔뜩 들여서 날마다 물을 주고 먼지를 닦고 끊임없이 말을 거는 등 정성을 아끼지 않았지만, 벡스트룀은 살아 있는 것이라면 무엇이든 가까이 하지 않았다. 화분들과 사귀는 건 정신 나간 어머니뿐이었다. 심각한 알코올의존자이자 경장이었던 아버지의 경우는 그보다 훨씬 단순했다. 아버지는 사람과 식물과 동물을 극도로 싫어했으며, 보드카 일 리터와 장남 에베르트 중 하나를 고르는 일에 아무런 어려움도 느끼지 않았다.

어린 시절을 요약하면 그랬다. 행복한 시절이었다. 지나간 지 오래였으니까. "혼자가 강하다"라는 말은 자기 자신을 지킬 수 있을 정도로 성장한 뒤에만 적용되는 법이지. 벡스트룀은 심오한 태도로 고개를 주억거렸다. 그래도 에곤은 여전히 그리웠다. 에곤이 속세의 번뇌에서 해방된 지 십 년이 되어가는 지금까지도. 에곤. 그는 잔을 들어 곁에 없는 친구를 향해 조용히 건배했다.

에곤과 에곤의 수조는 벡스트룀이 인터넷에서 만난 여자에게 선물받은 것이었다. 그는 개인 광고를 보고 답장을 보냈었다. 광고에 답장을 보낸 건 부분적으로 여자가 자신을 소개한 문구 때문이기도 했지만, 크게는 광고의 마지막 한 줄 때문이었다. "제복 우대."

처음에는 모든 것이 무척 잘 풀렸다. "개방적이고 마음이 넓은 여자"라는 소개도 근거 없는 얘기가 아니었다. 처음에는 그랬는데, 얼마 지나지 않아 그녀는 벡스트룀의 인생을 거쳐 갔던 다른 모든 투정쟁이들과 놀랄 만큼 흡사하게 변해버렸다. 그래서 그는 그녀의 짐을 돌려보냈다. 하지만 에곤은 남았고, 얼마 후 벡스트룀은 에곤에게 정을 붙이기 시작했다.

길고 힘든 하루 일과를 마치고 귀가했을 때면 더욱 그랬다. 밤중에 소파에 앉아 수고한 자신을 위해 술을 홀짝이면서 온몸 가득 행복이 차오르는 가운데 에곤을 바라볼 때면 말이다. 에곤은 자신과 벡스트룀이 사는 세계 구석구석에 잠복해 있는 온갖 잔인함과 비참함 따위는 조금도 개의치 않는다는 듯 그만의 작은 세계 속에서 앞으로 뒤로 위로 아래로 헤엄쳐 다녔다.

에곤이 진짜 보물이요, 이번 생의 유일한 친구였지. 그렇게 생각하면서 벡스트룀은 바닥이 보이던 잔을 다시 채웠다. 반면 이사크는 날개와 갈고리 같은 부리를 단 천박한 깡패였다. 이사크는 벡스트룀이 두 달 전에 저지른 지극히 불운한 충동구매의 산물이었다. 출근중 우연히 어느 반려동물 가게를 지나치는데 창가에 앵무새 한 마리가 있었다. 파랗고 노란 깃털이 섞인 모습을 보아 하니, 뻔하고 이념적인 이유로 가게 주인의 마음을 사로잡은 모양이었다▪. 벡스트룀이 더 자세히 보려고 걸음을 멈추자 녀석은 머리를 한쪽으로 기울인 채 그를 향해 무어라고 말했다. 불행히도 벡스트룀은 그 말을 알아듣지 못했다.

말을 가르칠 수 있는 녀석일 거야. 벡스트룀은 그렇게 생각하며 가게로 들어갔다. 점원에게 자신이 특별히 바라는 바를 설명했더니 흔해빠진 호언장담이 돌아왔고, 십오 분 뒤 모든 것이 결정되었다. 벡스트룀은 앵무새의 소유주가 되어 있었고 새장도 받았다. 그때만 해도 그가 얼마 지나지 않아 겪게 될 고통은 시작되기 전이었다. 하지만 운이 조금만 따른다면 그 새 새끼도 조만간 날갯짓을 멈출 테지. 벡스트룀은 만족스러운 마음으로 텔레비전을 켜 TV4 채널의 뉴스를 보았다.

십 분 뒤, 그는 텔레비전을 끄고 피로에 찌든 머리를 내저으며 인류에 대한 모든 믿음을 잃지 않기 위해 취침용 술을 한 잔 가득 따라야만 했다. 뉴스에서 전하는 소식이라고는 유명 변호사 토마스 에릭손에게 일어난 잔인한 살인 사건에 관한 내용뿐이었다. 아닌 게 아니라 인류 전체가 그를 애도하고 그리워하는 모양이었다. 놀랄 만큼 빼빼 마르고 멍청한 어떤 여자의 인터뷰도 나왔는데, 화면에 뜨는 자막을 보니 변호사협회장이라고 했다. 그녀는 절친한 친구이자 재능 충만한 동료를 잃었

▪ 스웨덴의 국기에는 파란 바탕에 노란색 십자가가 그려져 있다.

다고 말했다. 에릭손을 살해한 것은 사법 시스템 전체에 대한 공격이며, 변호사를 대상으로 한 위협과 폭력이 급속도로 증가하고 있는 심각한 문제인 만큼 정부의 기민한 대처가 필요하다고도 했다.

우리의 스웨덴에 도대체 무슨 일이 벌어지고 있는 거야? 이렇게 기쁜 날인데, 양식 있는 사람이라면 다들 축하를 하고 있어야지. 벡스트룀은 힘겹게 몸을 일으켜 욕실로 가서 이를 닦고 깔끔하게 다려둔 실크 파자마를 입은 뒤 침대에 들었다.

잠들기 직전 벡스트룀은 불현듯 진리의 빛을 목격했고, 기묘한 핏자국, 그리고 아직 정체가 밝혀지지 않은 범인이 변호사 토마스 에릭손을 때려죽였을 때 일이 진행된 순서에 관한 수수께끼를 해결했다. 에릭손 같은 개자식에게 일어날 법한 논리적인 최후로군. 지금 나오는 추모사들과는 거리가 있지만 말이야. 그래도 인생 최고의 날에 어울리는 결말이라는 생각이 들었다. 조만간 상황이 더욱 나아지리라고는 상상조차 하지 못한 시점이었다.

42

화요일 아침, 아라 도스티는 일어나자마자 안니카 칼손에게 연락할 필요가 없었다. 그녀가 그를 깨웠으니까.

"어서 일어나요, 아라. 새로 보여줄 사진들을 준비했어요." 안니카 칼손이 말했다.

한 시간 뒤 그는 솔나 경찰서에 앉아 있었다. 안니카 칼손은 다시 제보 보상금 예산에서 받은 오백 크로나짜리 지폐를 건네면서 아라더러 똑똑하다고 말했다. 그러고는 그를 다른 경관에게 인계했다.

"이쪽은 내 동료 요한 에크예요. 이 사람이 아라에게 보여주고 싶은 사진을 몇 장 더 발견했어요."

묘하게 생긴 사람이네. 아라는 생각했다. 이런 외모나 태도를 가진 경찰은 한 번도 본 적이 없었다. 작고 뚱뚱한 체형에 두꺼운 뿔테 안경을 쓴 그의 눈빛은 다정했고, 입가에는 줄곧 상냥한 미소가 어려 있었다. 몸짓은 온화하게 상대방을 격려하는 듯했으며, 보디랭귀지로 자신이 하는 말을 강조했다.

"만나서 반가워요, 아라." 에크가 통통하고 작은 손을 내밀었다. 적당히 굳센 손아귀에서는 담백한 신뢰와 선의만이 느껴졌다.

"앉아요, 어서 앉아요." 그는 오른손으로 컴퓨터 스크린 앞에 놓인 의자를 빼내며 왼팔로 앉으라는 손짓을 했다.

민간인 직원이 틀림없어. 아라는 생각했다. 에크는 지금까지 만나본 어떤 경찰과도 달랐다. 십오 분 뒤, 아라는 차로 칠 뻔했던 남자의 사진을 여덟 시간 만에 다시 보았다. 또 한 번 고개를 젓고 다음 사진으로 넘어가는 일은 별로 어렵지 않았다.

오백 크로나짜리 한 장으로는 안 되지. 이 남자를 상대로 증언을 해야 한다면 말이야. 아마 생긴 거랑 똑같은 사람이겠지. 아라는 생각했다.

두 시간 후 확인 작업이 끝났다. 아라는 백여 장의 사진을 보았고 그 모든 사진 앞에서 고개를 가로저었지만, 사진을 보여준 남자는 여전히 행복해 보였다.

"죄송해요. 눈에 익은 사람이 없네요. 딱 봤을 때 이 사람이다 싶은 얼굴이 없었어요." 아라가 말했다.

"이해해요, 아라. 물론 이해해요." 에크는 고개를 끄덕였다. "내가 듣기엔, 그 남자를 다시 보면 알아볼 거라고 말했다던데요."

"네에에에." 아라는 고개를 끄덕였다. "아마도요……. 그럴 거라고 생각해요."

"물론, 우리에게 그 남자의 사진이 없을 수도 있으니까요." 에크는 상체를 기울여 아라의 팔을 다정하게 도닥였다. "그럴 수도 있어요. 꽤 자주 있는 일이죠. 어쩌나 자주 이런 일이 생기는지!"

이렇게 친절하지 않았으면 마음이 좀 편했을 텐데. 아라는 그렇게 생각하면서도 고개를 끄덕이기만 했다. 이어 그가 덧붙인 말은 아마도 그런 자신의 침묵과 그로 인한 죄의식에서 비롯한 것일 터였다.

"몽타주를 만들어보면 어떨까요? 〈현상수배〉 프로그램에서 항상 하는 거 있잖아요." 아라가 물었다.

"아라가 먼저 그런 말을 하다니 재미있군요. 안 그래도 제안을 하려던 참이었거든요. 둘이서만 있을 수 있는 좀더 조용한 곳으로 자리를 옮겨서 몽타주를 만들어보죠." 에크가 말했다.

"네, 기꺼이요. 그런데 문제는, 제가 삼십 분 후에 근무를 시작해야 한다는 거예요. 하지만 내일 아침은 괜찮아요. 비번이거든요."

"잘됐네요. 아주 잘됐어요." 요한 에크는 복권에라도 당첨된 사람처럼 활짝 웃었다. "그럼 내일 아침 일찍 전화하죠."

43

화요일 12시 정각, 수사대가 두 번째로 모였다. 벡스트룀은 모두에게 인사를 건네고, 참고 자료를 뒤적이는 소리와 의자를 바닥에 끄는 소리가 잠잠해지자 페테르 니에미에게 발언권을 주었다.

니에미는 먼저 안타깝지만 검시관의 서면 보고서가 나오려면 하루 정도 더 걸릴 거라고 알렸다. 검시 과정에서 여러 모순점이 발견되면서 추가로 검사를 진행하고 검토할 시간이 필요해졌다는 것이었다. 하지만 에릭손이 뒤통수와 목을 둔기로 강하게 맞은 결과 사망했다는 초기 소견을 뒤집을 정도로 극적인 발견은 아니었다.

"여기에 덧붙일 소식이라면 혈액 샘플에 관한 검사 결과를 받았다는 것뿐입니다." 니에미가 말했다. "피살자는 술을 꽤나 마셨던 모양입니다. 그렇다고 사망 당시 취해 있었다는 뜻은 아니고, 사교를 위해 기름칠한 수준은 넘어서 있었다고 해야겠지요. 혈중알코올농도가 0.1퍼센트나 되었으니까요."

"그래?" 벡스트룀은 안타깝다는 듯 고개를 내저었다. "그럼 개는 어떻지?" 개도 취해 있었으려나?

피살자의 개에 관해서는 모든 검사가 완료되었다. 에릭손의 개라는 점에는 의심의 여지가 없었다. 피부 밑에서 발견된 마이크로 칩에 개의 이름도 입력돼 있었다.

"의미심장하게도 '저스티스'라는 이름을 붙였던 모양입니다." 니에미는 쓴웃음을 지었다. "수컷 로트바일러, 여섯 살입니다. 오늘 아침 수의

학 실험실에서 보낸 보고서를 받았습니다. 목을 한 차례 일직선으로 베였습니다. 개가 차고 있던 목걸이의 위쪽 가장자리와 평행하게요. 이때 경동맥이 절단됐고, 개는 일 분도 안 되어 출혈 과다로 사망했습니다. 증거에 따르면 범인은 개의 등 위에 두 다리를 벌리고 선 채 목걸이를 쥐고 있었고, 따라서 오른손잡이입니다. 나이프로 개의 목을 왼쪽에서 오른쪽으로 그었죠. 하지만 그전에 개의 등을 가격한 것으로 보입니다. 여러 차례, 아주 세게요. 척추 하단에서 무수한 골절상이 발견됐고, 골반도 부러졌더군요. 검시를 한 수의사 말로는 뒷다리가 마비되었을 거랍니다. 그러니 범인이 뒤에 버티고 선 채 목을 자를 수 있었던 거겠죠. 작은 개는 아니었으니까요. 몸무게가 사십오 킬로그램쯤 됩니다."

"죄 없는 동물에게 그런 짓을 하다니 끔찍하군요." 로시타 안데르손 트뤼그가 분개하며 끼어들었다. "대체 어떤 괴물이 그런 짓을 할 수 있는 거죠? 그리고 왜 기소 내용 중에 이와 관련된 언급은 없는 거예요? 이건 틀림없는 가중 동물 학대잖아요."

"그래, 극도로 불쾌한 일이군." 벡스트룀이 동의했다. "나이프에 관해서는 어떻게 생각하나, 페테르?" 그는 로시타의 입을 가능한 한 빨리 막기 위해 말을 이었다. 저 여자를 치워달라고 홀트에게 단단히 얘기해야겠어. 그야말로 정신 나간 할망구가 따로 없군.

"그게 까다롭습니다." 니에미는 고개를 가로저었다. "상처를 봐서는 예리한 나이프입니다. 극도로 예리하죠. 그리고 제 생각에는 양날형일 것 같습니다. 폭은 2.5센티미터 정도에 길이는 10센티미터 정도요."

"왜 그렇게 생각하지요?" 안니카 칼손이 놀라 물었다. "상처를 보고 그걸 어떻게 알아요? 왼쪽에서 오른쪽으로 일직선으로 그은 상처라고 하지 않았나요?"

"추가 증거가 있거든." 니에미가 희미한 미소를 지었다. "자네 말대로 상처 자체에서 나온 증거는 아니야. 범인은 나이프를 개의 몸에 닦았어. 오른쪽 앞다리 관절에서 시작해서 어깨와 등까지. 아마 그 시점에 개는 이미 죽어서 왼쪽으로 쓰러져 있었겠지. 우리가 발견한 모습대로 말이야. 털에 남은 핏자국으로 보아 칼날의 길이는 약 10센티미터에 폭은 2.5센티미터야. 그리고 양날이라는 건 개의 몸에 칼을 닦을 때 양쪽 털이 모두 잘렸기 때문에 아는 거고."

"그런가?" 벡스트룀이 말했다. "그렇단 말이지?" 그가 반복했다. 이렇게 똑똑한 녀석이 평범한 핀란드 놈일 리 없어. 아마 입양됐겠지. 핀란드 새끼들이 어떻게 스웨덴 아이를 입양할 수 있었는지는 모르겠지만.

"잭나이프나 단검일 수 있겠군요. 범죄자들이 즐겨 쓰고, 양날형인 경우가 많으니까요." 안니카 칼손이 말했다.

"글쎄, 그게 그렇게 확실하지는 않아." 니에미는 고개를 다시 가로젓더니 턱을 곰곰이 문질렀다. "그런 유라고 하기에는 칼날이 조금 넓은 것 같아. 양날에, 짧고, 넓은 칼날. 일반적인 단검이나 잭나이프 같지는 않군. 그리고 범인이 칼을 사용하다 베인 흔적은 없는데, 우리 세계에서 그건 보통 일종의 보호대가 있다거나, 최소한 단단하고 미끄러지지 않는 손잡이가 달렸다는 얘기거든."

"그럼 개는 뭐에 맞은 건가? 그 점에 관해서 의견이 있나?" 벡스트룀이 물었다. 잭나이프나 단검? 그런 얘기를 어디서 들었더라? 제길, 확인해봐야겠군.

"길고 둥글고 단단한 물건입니다. 아마 피살자의 두개골을 부순 것과 동일한 무기겠죠."

거참, 짐작도 안 가는군. 벡스트룀은 골똘히 생각에 잠긴 채 고개를 끄덕였다.

"그 밖에 다른 건?"

현장에서 확보한 다량의 증거는 이미 국립과학수사연구원에 일반 분석을 의뢰한 상태였다. 누군가 실내에서 살해당하면 늘 나오기 마련인 신발 자국, 손자국, 지문, 머리카락, 섬유 흔적 등속이었다. 보통은 긍정적인 조짐인 듯해도, 지나고 보면 그런 증거들이 살인과 관계된 것으로 밝혀지는 경우는 극히 드물었다.

하지만 좀더 유망해 보이는 증거가 셋 있었다.

피와 콧물의 흔적이 남은 고풍스러운 손수건, 냄새로 추정컨대 소변과 대변의 흔적이 검출될 것으로 예상되는 파란색 소파 쿠션, 그리고 무엇보다 테라스 출입문에서 발견된 핏자국.

"문 바깥쪽, 문틀에 묻어 있더군요." 니에미가 설명했다. "살짝 묻은 정도였지만 그 정도면 DNA 지문을 채취하기에는 충분합니다. 핏자국은 문손잡이에서 십 센티미터 아래쪽에 있었는데, 택시 기사 면담 녹취록을 읽고 나니 오른쪽 다리를 물린 사람의 피가 아닐까 하는 생각이 들었어요. 바지는 찢어졌을 테고, 핏자국의 높이로 보아 허벅지를 물렸을 겁니다. 높이는 구십 센티미터 정도 됩니다."

"지금 이야기하는 사람이 범인인 것처럼 들리는데요?" 안니카 칼손의 말은 질문이라기보다는 단정에 가까웠다.

"DNA가 파일에 있다면 끝이네요." 토이보넨에게 제지당하기 전까지만 해도 주말에 여행을 갈 계획이었던 스틱손은 기쁨을 감추지 못했다.

"앞서가지는 말도록 하죠." 니에미가 말했다. "곧 알게 될 겁니다. 헤르난데스가 오늘 아침에 샘플을 린셰핑에 보냈고, 급히 처리해달라고 부탁했습니다. 운이 따르면 늦어도 며칠 안에 답이 올 거예요."

"그게 전부인가?" 벡스트룀이 자신은 아무것도 모른다는 표정으로 의자에 몸을 기대며 물었다.

"그게, 하나가 더 있을지도 모르겠습니다." 니에미가 미소를 지으며 고개를 끄덕였다. "이쯤에서 어젯밤 범죄 현장을 다시 방문해서 저희가 찾지 못했던 리볼버를 찾아내주신 친애하는 우리 경감님께 저와 헤르난데스가 감사를 전하고 싶군요. 리볼버는 아래층 현관 테이블에 놓여 있던 화병 안에 있었습니다. 변명을 하자면, 저희도 수색 범위를 거기까지 확대했더라면 찾아냈을 겁니다. 리볼버를 넣은 자가 이후 다시 꽃을 넣어두는 바람에 곧바로는 찾지 못했어요."

"오, 그런 말 말게." 벡스트룀은 감탄하며 고개를 끄덕이거나 놀랍다는 표정을 짓는 팀원들을 둘러보며 빙긋 웃었다.

"등록 번호에 따르면 에릭손의 리볼버 같습니다. 그가 소지 허가를 받았던 총 말입니다. 탄창에는 실탄이 여섯 발 들어 있었습니다. 두 발은 발사됐는데, 위층 층계참 천장과 소파에서 찾아낸 총알과 구경이 일치합니다. 국립과학수사연구원으로 보내기 전에 슬쩍 비교해봤거든요. 소파 등받이에서 나온 총알은 상태가 꽤 좋고, 제가 보기에는 에릭손의 리볼버에서 발사된 게 틀림없습니다."

"아주 좋아." 벡스트룀이 말했다. "오 분만 쉴까? 그런 다음 진짜 중요한 얘기를 해보자고."

44

다리를 풀 기회를 주었음에도 수사대원 대다수는 회의실에 남았다. 오 분의 휴식 시간을 넘긴 사람은 가장 악명 높은 흡연자 둘뿐이었다. 벡스트룀에게는 익숙한 상황이었고, 그 이유가 무엇인지도 알았다. 범인의 냄새를 맡을 수 있게 되자 상황이 점점 열기를 띠어가는 것이다. 제대로 된 살인 수사관이라면 우연을 믿지 말라고 배우는 법. 이번 경우, 서로를 알지 못하는 두 목격자가 서로 다른 시각대에 범죄 현장과 직접적인 연관성이 있는 은색 메르세데스를 목격했다.

"좋아." 벡스트룀이 말했다. "내가 잘못 알고 있는 게 있다면 지적해주게. 첫 번째 목격자인 이웃 여성이 문제의 차량을 목격한 건 사건 당일 밤 9시 30분, 에릭손의 사망 시각과 거의 일치하지. 이 증언은 비슷한 시각에 현관문이 활짝 열린 에릭손의 집 앞 계단에 머리 하얀 남자가 앉아 있는 걸 보았다는 다른 이웃의 증언과도 부분적으로 일치해. 이 두 번째 목격자는 메르세데스나 하얀 이삿짐용 상자나 더 젊고 건장한 공범을 보지 못했지만, 그건 당시 범인들이 집을 나서기 전이었다는 뜻으로 해석되는군. 내 말이 맞나?"

벡스트룀이 질문을 던지듯 스틱손을 고개로 가리키자, 그는 고개를 마주 끄덕여 보였다.

"네. 그리고 여성 목격자와 택시 기사가 묘사한 건장한 남자가 동일 인물일 가능성도 잊어서는 안 됩니다. 목격자가 한 명뿐이긴 하지만, 흰머리 노인 이야기도 저로서는 믿을 만하고요. 그러니까…… 흰머리 노인이 살인 현장에 있더라는 이야기를 군이 지어낼 사람이 있을까요?"

"항상 누군가가 있는 법이지." 벡스트룀은 어깨를 으쓱했다. "차차 밝혀질 문제야. 그럼 우리에게 연락한 택시 기사로 돌아가서……. 그자 얘기는 어떻지? 달리 알아낸 게 있나?"

"안니카가 어제 면담했고, 오늘 아침엔 제가 다시 면담했습니다." 요한 에크 경위가 메모를 넘기며 말했다.

"그래서 우리가 아는 건 뭔가?"

"시간대는 확실해 보입니다. 주장을 뒷받침할 택시 영수증도 있고요. 오전 2시 11분인데, 그 정도면 더 바랄 게 없는 수준이죠. 택시 기사가 에릭손의 집 바로 앞 도로를 건너던 남자를 칠 뻔한 시점입니다. 참, 저도 스틱손과 의견이 같습니다. 그 남자가 전날 밤 9시 30분에 여성 목격자가 봤다는 남자와 동일 인물일 가능성은 충분합니다."

"사진은? 택시 기사에게 사진은 보여줬나?" 벡스트룀은 그렇게 물으며 동료인 알름을 의미심장한 눈길로 쏘아보았다. 어떤 이유에서인지 알름은 주임 수사관으로부터 최대한 멀리 떨어진 자리에 앉아 있었다.

"지금까지 거의 삼백 장을 봤습니다." 에크가 대답했다. "아직 아무도 발견하지 못했고요."

"뭘 숨기는 것 같지는 않고?"

"그건 아닐 겁니다." 요한 에크는 고개를 가로저었다. "괜찮은 친구 같더군요. 전과도 없고. 기꺼이 돕고 싶어 한다는 인상을 받았습니다."

"그렇다면 돕게 해야지. 사진을 더 보여줘. 조만간 뭔가 걸릴 거야. 자, 그럼 다음으로……."

"제가 한 가지 생각해본 게 있습니다." 로시타 안데르손트뤼그가 말을 가로채면서 노트를 흔들어댔다.

오, 하느님.

"말해보게."

로시타 안데르손트뤼그는 더없이 짐승 같은 수법으로 살해당한 불쌍한 로트바일러에 관해 생각해보았다. 정말 솔직히 말하자면 안타깝게도 이 수사대에서 그 개를 생각하는 사람은 자신뿐인 것 같았다. 목격자들이 현재까지 삼백 장에 달하는 사진을 보고도 그들이 찾는 남자를 볼 수 없었던 것 역시 어쩌면 이런 이유에서일지 몰랐다. 그들이 찾는 남자는 동물을 비정상적으로 가혹하게 학대하는 자이며, 절대 초범일 리 없었다. 하지만 안타깝게도 사람이 동물에게 어떤 잔혹 행위를 가하든 처벌은 경미한 편이기에, 그 남자의 사진이 경찰 데이터베이스에 한 장도 없을 가능성은 다분했다.

"무슨 말인지 알겠네. 그럼 우리는 어떻게 해야 하지?"

"동물보호팀 소속 동료들에게 연락을 취해야 한다고 봅니다. 그쪽에서는 동물 학대자들에 관한 데이터베이스를 축적해왔으니 거기서 놈을 찾을 수 있을지도 모릅니다."

"아주 좋아." 벡스트룀이 말했다. "훌륭해." 그는 상대가 누구인지 되새기며 한 번 더 강조했다. "그건 로시타 자네가 맡아주겠나? 동물보호팀에 개의 목을 자를 만하다고 생각되는 자들의 사진을 전부 모아달라고 해. 놈에 대한 심리학적 프로파일도 마련할 수 있다면 좋겠지. 국가범죄수사국의 범죄자 프로파일링팀에 연락해보게. 틀림없이 자네를 도와줄 거야. 놈은 비정상적으로 고약한 놈인 게 분명해."

"이미 착수했……."

"훌륭해, 정말 훌륭해. 그걸 자네 전담 업무로 해두지. 다른 일은 전부 중단하고 뭐든 찾는 대로 바로 내게 얘기해주게." 드디어 이 할망구를 없앨 수 있겠군.

"다른 사람들은 모두 메르세데스를 우선 사항으로 두길 바라네." 벡스트룀이 말을 이었다. "그리고 목격자들이 본 사람들의 신원을 알아내. 나디아가 차를 맡고, 에크 자네는 차량과 일치하는 인적 사항을 확보해. 그런 다음 다시 한번 탐문을 돌면서 에릭손의 이웃들에게 해당 차량의 사진을 보여주는 거야. 어차피 정보가 인터넷에 샌 모양이니 손해 볼 건 없겠지. 하려면 제대로 하자고. 틀림없이 차를 찾아낼 수 있을 거야."

하지만 나디아에 따르면 그렇게 간단한 일이 아니었다. 그녀는 이미 데이터베이스의 도움을 받아 이 문제를 검토한 터였다. 범죄 현장 반경 백 킬로미터—첫 방문에서 무언가를 깜빡하고 떠난 범인들이 네 시간 뒤 다시 돌아올 수 있을 만한 거리였다—안에는 삼백만 명의 사람들과 이백만 대에 이르는 자동차가 있었고, 그중 메르세데스는 삼만 대에 달했다.

따라서 그녀는 국가차량등록소 기록을 검색하는 과정에서 특정한 기준들을 적용해 용의 차량의 수를 줄였다.

"은색, 값비싼 쿠페, 최대 오 년 된 차." 나디아가 요약했다. "그렇게 검색하면 해당 지역에 있는 차량 수는 총 사백 대 정도로 줄어들죠. 거기서 절반 조금 넘는 차량은 렌터카나 임대 차량 혹은 기업 소유 차량이에요. 자가용은 절반 조금 안 되고요. 자가용 중 피해자의 집에서 반경 1.6킬로미터 내의 주민 명의로 등록된 차량은 여섯 대예요."

"좋습니다. 가능한 한 무슨 수를 써서라도 조사 시간을 줄여봐요. 인력이 더 필요하면 바로 말하고." 벡스트룀이 말했다.

"그것도 진행중이에요. 이미 안니카에게 말했고요."

"좋습니다." 벡스트룀이 말했다. "회의는 이 정도로 하고 일을 하지. 내일 이 시간, 이곳에서 다시 만나기로 하고. 그리고 모두가 생각해볼 만한 문제가 있네. 내일 좋은 답변을 들을 수 있기를 기대하겠어."

벡스트룀은 메모를 확인하는 척하면서 극적으로 말을 끊었다.

"에릭손은 밤 9시 45분에 살해당했지. 그럼 왜 범인들이 네 시간 뒤 돌아가 개의 목을 자르고 이미 몇 시간 전에 죽은 사람의 두개골을 부수었는지 누가 알아듣기 쉽게 설명 좀 해주겠나? 놈들이 그런 위험을 감수할 정도로 화가 난 이유는 뭐였을까?"

다들 머릿속이 복잡해질 테지. 벡스트룀은 생각했다. 놀란 표정을 짓지 않는 사람은 페테르 니에미와 그의 동료 치코 헤르난데스뿐이었다. 둘은 아무 말 없이 단지 고개를 끄덕여 동의를 표할 따름이었다.

45

나디아는 은색 메르세데스 수색 작업을 동료들에게 넘겼다. 인력이 보강되면서 총 인원은 다섯 명이 되었고, 각자에게 방대한 지시 사항이 따라붙었다. 나디아가 생각하기에는 지극히 단순한 업무였다. 혹시 무슨 문제가 생기면 언제든 자신에게 물어보면 될 일이었다. 그녀에게는 다른 할 일이 있었다. 단순한 수작업과 키보드를 조금 두드리는 정도로는 답할 수 없는 질문들. 가능성을 주의 깊게 따져보아야 할, 심도 있는 추리력을 요구하는 성격의 질문들.

에릭손의 집에 설치된 경보기 작동 내역을 보면 에릭손은 그날 오전 10시 30분 이전에 일어난 모양이었다. 그는 10시 30분에 경보기를 끄고 현관문을 열었다가 일 분 만에 다시 경보기를 작동시켰다. 아마 개를 정원에 내보내고 우편함에서 조간신문을 가져온 모양이었다. 나디아는 컴퓨터에 그려둔 시간표에 자신의 추정을 입력했다.

이후에는 신문을 읽고 아침을 먹었을 것이다. 10시 40분에 다시 경보기가 해제되고 현관문이 열렸다가 일 분 후 경보기가 켜졌다. 에릭손이 개를 다시 집에 들인 시점이다. 개는 에릭손이 아침을 먹고 신문을 읽는 동안 정원을 돌아다닌다.

싱크대에 남은 찌꺼기로 보아 에릭손은 베이컨과 달걀, 빵, 커피와 이탈리아 술인 페르네트브란카로 하루를 시작했고, 《스벤스카 다그블라데트》를 읽었으며, 그날 실린 까다로운 스도쿠를 푸는 데 실패했다. 수학 머리는 별로 없었던 모양이네. 나디아는 애석하다는 듯 고개를 가로저은 뒤 컴퓨터로 에릭손의 통화 내역을 불러냈다. 일반전화는 하루 종일 조용했지만 휴대전화로는 세 통의 전화를 받았고 두 통의 전화를 걸었다.

첫 번째 통화 시간은 이 분밖에 되지 않았고, 미등록 선불 휴대전화로 걸려 온 전화였다. 통화는 12시 13분에 시작해서 15분에 끝났다. 발신자의 신원은 아직 알 수 없지만 발신자와 에릭손이 이전에 이야기했던 내용을 확인하기 위한 일반적인 통화 같았다. 나디아는 그런 자신의 생각을 시간표에 입력했다.

다음 통화는 보다 확실했다. 에릭손의 동료인 변호사 페테르 다니엘손 이름으로 등록된 휴대전화에서 걸려 온 전화였다. 통화는 오후 1시 30분에 시작되었고, 할 이야기가 많았던 모양인지 대화가 삼십 분이 넘도록 이어져 2시 7분에 끝났다.

나디아는 다니엘손과의 첫 면담 녹취록을 불러내 그가 정오 무렵에 에릭손에게 전화를 걸었다고 말한 대목을 찾아냈다. 그녀는 한숨을 내쉬면서 추후 다시 확인해야 할 모순점이나 불확실한 점을 정리해둔 목록에 해당 내용을 입력하기는 했지만, 이런 건 십중팔구 인간적인 실수의 결과일 뿐이며 사건과 아무런 관련도 없다는 사실을 알고 있었다. 기억은 믿지 못할 친구라니까. 그렇게 생각하며 그녀는 계속해서 통화 내역을 점검했다.

마지막 착신 전화는 에릭손 앤드 파트너스 사무실에서 오후 2시 40분에 걸려 왔다. 통화는 구 분 동안 계속됐고, 정황상 다니엘손이 다시 연락을 해온 것은 아닌 듯했다. 불과 반 시간 전에 끝난 다니엘손과의 통화는 노르텔리에 외곽의 로드만쇠에 위치한 다니엘손의 여름 별장 인근에 있는 기지국을 경유한 반면, 법률사무소는 스톡홀름의 외데르말름에 있었기 때문이다.

그럼 직장의 다른 사람과 통화한 거로군. 나디아는 상대가 누구였을지 이미 짐작하고 있었다. 통화가 끝나고 삼 분 뒤, 토마스 에릭손은 자신의 휴대전화로 그날 처음 전화를 걸었다. 사무소에서 법률 비서로 일하는 젊은 여자의 휴대전화에 건 전화였다. 수신 휴대전화의 위치로 보아 앞서 사무실에서 에릭손에게 연락했던 사람도 그녀였던 것 같았다. 전화를 끊고 삼 분 뒤 에릭손이 그녀의 휴대전화로 다시 연락한 것이다. 나디아는 아마 둘이 만나는 사이였기 때문일 거라고 생각했다. 그녀는 그런 유형의 전화가 일반적으로 보여주는 패턴에 무척 익숙했다.

이사벨라 노렌, 스물네 살, 삼 년간 법률사무소 근무. 나디아가 그렇게 생각하며 노렌의 등록 번호를 입력하자 스물네 시간 전인 월요일 늦은 오후에 동료 요한 에크가 진행했던 면담 기록이 바로 떴다. 노렌의 말에 따르면 에릭손과 마지막으로 만난 것은 살인이 일어나기 전 금요일 점심 무렵이었다. 그가 그녀의 사무실로 와서 다음 주 고등법원에서 진행할 사건과 관련된 서류를 가져다달라고 부탁했다. 평범한 업무였고 특별한 점은 전혀 없었다. 노렌은 두 사람이 주말 즐겁게 보내라는 인사를 나누며 짧은 대화를 마무리했다고 말했다.

실은 그게 아니었겠지. 나디아는 그렇게 생각하면서 추가 조사가 필요한 세부 사항 목록에 내용을 추가했다.

남은 것은 마지막 통화였다. 밤 9시 40분에 건 신고 전화. 정체불명의 발신자는 전화가 끊길 때까지 아무 말도 하지 않았다. 그때 죽은 거겠지. 나디아는 생각했다. 에릭손은 오전 9시 30분 조금 전에 일어나서 열두 시간 뒤 살해당했다. 이어서 그녀가 할 일은 에릭손이 개를 집안에 들인 오전 10시 40분부터 처음 전화를 받은 12시 13분까지 무엇을 했는지 알아내는 것이었다.

먼저 개에게 먹이를 줬을 거야. 그런 다음엔 목욕을 했을 테고. 나디아는 에릭손이 샤워보다는 목욕을 선호하는 사람이라는 인상을 받았다. 마음 내키는 대로 목욕을 할 수 있는 일요일 아침이라면 더욱 가능성이 컸다. 11시 14분에 컴퓨터를 켜고 접속한 기록이 있으니 목욕은 삼십 분을 넘기지 않았을 것이다. 이후에는 종일 컴퓨터 앞에 앉아 있었던 듯했다. 그날 밤 9시 정각 무렵 손님들을 집 안에 들이기 전까지.

다시 개를 밖으로 내보내고—현관문에 설치된 경보기가 6시 15분에 해제되었다가 6시 45분에 켜졌다—식사를 하느라 잠시 쉬었을 테지만, 식사도 컴퓨터 앞에서 한 모양이었다. 키보드에 빵 부스러기가 남아 있었고, 옆에 둔 접시에 올리브 씨앗 몇 개와 치즈 껍질, 먹지 않은 살라미 두 점 그리고 빈 맥주병이 있었다. 컴퓨터 앞에서 약 아홉 시간. 그동안 내내 인터넷에 접속해 있었고, 그가 방문한 사이트들은 나디아처럼 단련된 여자가 보기에도 상당히 과격했다.

46

화요일, 얀 스틱손 경위와 동료들은 다시 한번 탐문을 돌며 해당 지역 주민들에게 은색 메르세데스를 찍은 사진을 보여주었다. 쓸 만한 이야기는 나오지 않았다. 하지만 그날 저녁 만난 다른 목격자가 스틱손이 만난 이웃 여성이 언급했던 하얀 박스들에 관한 추가 정보를 제공했다.

이 이웃은 살인이 일어나기 이틀 혹은 사흘 전이었던 목요일 혹은 금요일에 에릭손이 자신의 검은색 아우디 뒷좌석에서 하얀 박스 두 개를 내려 집으로 가지고 들어가는 모습을 목격했다. 그때가 정확히 언제였는지는 기억하지 못했다. 목요일 아니면 금요일. 그래도 에릭손이 살해당하기 전의 일주일 중에서 다른 요일은 아니었다. 자신이 그주 초에 출장을 갔다가 수요일 밤 늦게야 스톡홀름으로 돌아왔기 때문이었다. 목격자는 친절하게도 스틱손의 동료에게 자신의 다이어리를 보여주기까지 했다.

같은 주 주말도 마찬가지였다. 목격자는 토요일 아침 일찍 베름되에 있는 여름 별장에 가서 골프를 치고 친구들을 만났으며, 월요일 아침에 돌아와서는 곧장 스톡홀름 도심에 있는 사무실로 향했다.

그러므로 목요일 아니면 금요일 오후였다. 평소 목격자는 "차가 제일 막히는 시간을 피하기 위해, 에릭손 같은 사람이 전날 밤의 향락을 마치고 귀가하기 한참 전인" 아침 7시에 출근했으며, 아무리 일러도 오후 6시 정각에나 돌아와 아내와 함께 저녁 식사를 했다.

스틱손의 동료는 목격자의 조력에 감사를 표하고 몇 마디 작별 인사를 주고받았다.

"죽은 사람에 대해 나쁜 말은 하는 게 아니라고들 합니다만……."

"네, 그렇다고들 하더군요." 목격자가 속내를 털어놓고 싶어 한다는 인상을 받은 스틱손의 동료는 어서 말해보라는 듯 고개를 끄덕였다.

"제가 좀 구식인지도 모르겠습니다." 목격자가 입을 열었다. "모든 사람은 생전의 행실을 바탕으로 평가해야 한다고 굳게 믿는 것도 아마 그래서겠지요. 그동안 신문에 나온 대로라면 에릭손은 일종의 깡패였어요. 살해당한 이후인 지난 며칠 동안의 논조와는 다르게요. 같은 사람에 관해 쓴 기사라는 걸 믿기 힘들 지경이더군요."

"그런가요?"

"에릭손이 넓은 의미에서 악당이었는지 아닌지야 제가 말할 문제는 아니겠지요. 신문에서 하는 이야기를 다 믿을 수도 없는 노릇이고요. 하지만 저는 좀더 개인적인 차원에서 그가 어떤 사람이었는지 압니다. 여러 해 동안 이웃이었으니까요."

"그래서, 어떤 사람이었습니까?"

"유별날 정도로 불쾌하기 짝이 없는 망나니 새끼였죠." 에릭손의 이웃은 그렇게 선언하며 힘차게 고개를 끄덕였다.

"예를 들어주실 수 있을까요? 구체적인 사례라든가……?"

"아뇨." 이웃은 고개를 단호하게 가로저었다. "그 부탁은 들어드릴 수가 없겠군요. 가십은 다른 사람들에게 맡기겠습니다. 그냥 제 말을 믿으시는 수밖에 없을 겁니다."

47

화요일 회의 후 페테르 니에미는 벡스트룀을 만나러 갔다. 그는 벡스트룀의 책상 앞에 놓인 의자를 고개로 가리키며 앉아도 괜찮겠냐고 물었다.

"물론." 벡스트룀은 마주 고개를 끄덕였다. 나무껍질 빵▪을 먹는 종

▪ 과거 스칸디나비아에서 기근 식품으로 먹었던 빵으로 나무껍질과 밀가루를 섞어 만든다. 핀란드의 페툴레이패가 대표적.

자들에게는 손가락 하나만 내줘도 팔 전체를 움켜쥐려 드는데 말이야.

"제 의견도 완전히 동일합니다, 벡스트룀." 니에미가 말했다. "피가 튄 흔적이 없어요. 머리에 난 상처를 보면 피가 반경 몇 미터까지 뿌려져 있어야 하는데 말이지요. 범인이 에릭손을 다시 찾아가 분풀이를 한 시점에는 이미 죽은 지 몇 시간이 지난 뒤였다고밖에 설명할 수 없습니다. 굳은 피는 튀지 않으니까요. 되도록 빨리 공지를 돌려 우리 존경하는 동료들에게 이 사실을 분명히 알려둘 생각입니다."

"오늘 아침 검시관 나리에게 연락했던 것도 그것 때문이었나?" 벡스트룀은 살짝 미소를 머금으며 물었다. 니에미 같은 핀란드 놈이라고 해도 갱생의 기회를 누릴 자격은 있는 법이지.

"부분적으로는요. 참고로 그 점에 관해서는 검시관과 제 의견이 완전히 일치했습니다."

"부분적으로라니?"

"에릭손이 쓰러져 얼굴을 박고 있던 피 웅덩이 말입니다만, 그건 코와 입에서 큰 출혈이 있었다는 뜻입니다. 그게 신경 쓰이더군요. 아직 살아 있을 때 얼굴 쪽을 강하게 가격당했다는 이야기니까요. 그것 때문에 죽었다고 생각하면 간단하겠습니다만."

"무슨 말인지 알겠군. 내 생각도 자네와 같네. 그럼 뭐가 문제라는 건가? 법의학적으로 말이야."

"사망 전과 후에 입은 상처들 전부요. 뼈가 부러지거나 금이 간 흔적이 전부 뒤섞여 있어서, 간단히 말하자면 어느 상처가 어느 시점에 생겼는지 알아내려면 시간이 더 필요하답니다."

"망할 책상물림들. 누가 머리통을 빠개는 바람에 죽었다는 사실을 밝혀내는 게 그렇게 어렵나? 자세한 사항을 누가 신경이나 쓴다고."

"각자 자기 재능과 능력에 맞게 일하는 법 아니겠습니까. 제 생각에는 1차 소견이 변경될 이유가 없기 때문에 느긋한 것 같기도 합니다. 에릭손은 머리와 목에 가해진 치명상으로 인해 죽었다는 거요."

"거참 반가운 소리군. 불행 중 다행이라고 생각하는 수밖에." 벡스트룀이 툴툴거렸다.

48

화요일 오후, 스톡홀름 법원은 스톡홀름의 칼라베겐 거리에 있는 에릭손 앤드 파트너스 법률사무소 구내에 대한 검사의 수색 요청을 받아들였다. 법률사무소는 고심 끝에 이 결정에 대해 항소하지 않기로 했다. "그래야 당신들을 치워버릴 수 있겠지요." 다니엘손은 리사 람과의 통화에서 이 문제에 관한 자신과 동료들의 견해를 그렇게 피력했다. 그날 오후 4시 정각, 형사 둘과 과학수사 요원 하나가 도착해 법률사무소 대변인이 동석한 가운데 피살자의 사무실을 수색했다. 전부 검사가 요청하고 법원이 승인한 내용 그대로였다.

경찰은 에릭손의 컴퓨터와 파일 캐비닛과 서랍과 책장에서 방대한 양의 서류를 발견했다. 그중 구십구 퍼센트는 피해자 사무실 수색이 아닌 다른 방식으로도 별다른 어려움 없이 구할 수 있었을 만한 것들이었다. 경찰의 초동수사 보고서 사본이나 법원 평결문, 그 외 판결문과 조서 등은 대부분 정보자유법에 의거해 열람할 수 있었다. 사무실에서는 피해자가 소탈하고 투명한 사람이었으리라는 인상이 풍겼다. 근무시간을 전부 업무에 할애하는 근면하고 성실한 형사 변호사.

그것 말고는 사실상 아무것도 없었다. 다이어리에는 그가 담당한 고객들의 신문에 동석하느라 경찰서를 방문한 시간이 기록돼 있었다. 주로 수임료 청구 근거로 사용하기 위해 남긴 기록 같았다. 점심 및 저녁 식사도 몇 건 있었지만 많지는 않았고, 식사를 어디에서 누구와 했는지에 대한 내용은 없었다.

수색을 지휘한 것은 블라드 경위였다. 동료들 사이에서 서류 수색에 관한 전문가로 명망이 높은 그는 다시 한번 자신의 명성을 입증했다. 오후 8시 정각, 그는 나디아 회그베리에게 연락해 자신과 동료들이 찾아낸 내용을 약식으로 보고했다.

"거의 다 업무 관계 파일이더군요." 블라드가 요약했다.

"그랬군요." 나디아는 대답했다. 달리 기대한 게 있었으려고?

"에릭손의 컴퓨터 말인데요." 나디아가 이어 물었다. "에릭손이 금요일에 퇴근한 후 다른 사람이 만진 흔적이 있는지 확인해봤나요?"

"그래요. 그 점이라면 걱정할 것 없어요. 지우거나 새로 입력하거나 변경한 사항은 전혀 없으니까. 아마 법률사무소 측에서 우리가 사무실에 나타나 방을 봉쇄한 다음에야 사태를 파악했던 탓이겠죠. 보다 사적인 물건은 셋밖에 없더군요. 첫째, 다이어리. 둘째, 자신에게 협박을 가하거나 반감을 표한 편지와 이메일을 모아놓은 폴더 두 개. 그런 일을 매우 주의 깊게 살피고 있었다는 인상을 받았어요."

"살해 협박은 없던가요?" 그의 자택 상태를 염두에 둔 질문이었다. 그 많은 경보 장치에, 카메라에, 동작 감지기까지. 그래봐야 자신을 살해할 사람을 믿고 전부 꺼버린 탓에 아무런 도움도 되지 못했지만.

"내가 제대로 계산했다면 발신자가 에릭손을 어떤 식으로든 끝장내겠다고 장담한 사례는 열한 건 있더군요. 하지만 그것도 별로 흥미롭진 않습니다. 대다수는 우표의 위아래를 거꾸로 붙이고 문장 끝마다 느낌표를 한 개 이상 쓰는 치들이 보낸 것 같았으니까."

"그럼 그다음으로 넘어가죠. 세 번째는 뭐죠?"

"형사소송 외에도 민사소송을 여러 건 맡고 있었더군요. 별도의 폴더에서 서류 여럿이 나왔어요. 많진 않지만 총 백 페이지 정도 됩니다. 군데군데 해석하기 어려운 부분이 있어서 이건 압수할까 하고 있었죠."

"좋아요. 날 깨울 만한 게 나왔다 싶으면 또 연락 줘요. 다른 건요?"

"에릭손 사무실에 대한 봉쇄를 해제하는 것 말인데요. 에릭손의 동료인 다니엘손이 내내 족제비처럼 간섭을 해대네요. 그 때문에라도 하루 더 봉쇄할까 합니다. 우리 검사님도 같은 의견이신 것 같고."

"안 될 거 있겠어요?" 나디아는 구소련에서 자란 사람만이 실감할 수 있는 복잡한 감정을 느끼며 말했다. "다니엘손에게 안부 전하고 얌전히 시키는 대로 하지 않으면 시간이 더 걸릴 거라고 설명해줘요.

49

로시타 안데르손트뤼그는 오후 첫 일과로 시 경찰청 동물보호팀 소속 동료들에게 연락해서 동물들에게 잔혹한 짓을 하고도 어찌어찌 처벌을 피해 통상의 경찰 기록에 이름을 올리지 않은 악명 높은 가해자들의 사진을 부탁할 작정이었다. 알고 보니 이것은 생각보다 까다로운 일이었다.

전화 다섯 통을 걸고 나서야 겨우 동물보호팀 사무실을 지키는 여성 민간인 직원과 연락이 닿았다. 사무실에 있는 사람은 그녀뿐이었다. 다른 경관들은 현장에서 열심히 근무중이었다. 화요일인 이날 그들은 오래전부터 계획했던 대로 뉘네스함 외곽의 한 무책임한 양계업자를 불시 단속 하러 갔고, 일은 일러도 그날 밤에나 마무리될 전망이었다. 유감스럽게도 수요일도 사정은 다르지 않았다. 그날은 림보에 있는 한 양돈업자를 방문할 계획이었다. 그가 크리스마스 준비 기간에 도살 예정인 돼지들의 목숨과 복지를 위협하고 있다는 민원이 수없이 들어와 있었다. 목요일은 스웨덴 국경일이므로 휴일이었고, 금요일에는 봄 동안 산처럼 쌓인 연차를 줄이기 위해 팀 전체가 하루 휴식을 가질 예정이었다.

"월요일에 다시 전화해보세요." 전화를 받은 여자가 말했다.

"사정은 알겠지만 제가 담당중인 사건은 살인 사건입니다." 로시타 안데르손트뤼그가 항의했다. 에릭손의 불쌍한 개에게 무슨 일이 생겼는지부터 이야기할걸 그랬다 싶었다.

"그 변호사 살인 사건요? 범인들이 노리는 건 견주뿐이었는데도 아무 죄 없는 개까지 살해당한 사건 말이죠?" 자신이 알아야 할 내용보다 더 많은 것을 알고 있는 게 분명한 직원이 물었다.

"맞아요, 그 사건이에요." 로시타 안데르손트뤼그가 애절하게 말했다. "끔찍한 사건이죠. 사건을 맡자마자 절 도울 수 있는 건 바로 그쪽 팀이라고 생각했어요. 혹시 팀장님께 이야기해서……."

"미안하지만 안 돼요." 직원이 말을 잘랐다. "어떤 마음인지야 이해하지만 우리 동물보호팀에서도 매년 수천 건의 살해 사건을 수사하고 있고, 그러니 절차에 맞게 처리하는 수밖에 없어요. 하지만 월요일에는 편하게 연락주세요."

이제 어떻게 하지? 로시타 안데르손트뤼그는 전화를 끊으며 생각에 잠겼다. 처음에는 일종의 상실감을 느꼈지만, 이내 에베르트 벡스트룀의 제안을 따라서 정체불명의 개 살해범에 관한 프로파일을 만들기로 마음먹었다. 그녀는 다시 수화기를 들고 국가범죄수사국 프로파일링팀에 연락했다.

이번에는 훨씬 더 직접적인 응답이 돌아왔다. 처음 건 전화가 응답기로 연결되더니, 국가범죄수사국 프로파일링팀 여섯 명 전원이 한 주 내내 출장중이며 6월 10일 월요일에야 돌아온다는 안내가 이어졌다.

로시타 안데르손트뤼그는 집에 가기로 했다. 그렇잖아도 새 모이와 수조용 필터를 새로 사야 했다.

50

화요일 오후 4시 정각, 안니카 칼손은 집에 돌아가 잠을 자기로 했다. 지난 서른여섯 시간 동안 서른 시간을 토마스 에릭손 살인 사건 수사에 쏟느라 고작 여섯 시간밖에 자지 못한 터였다. 다음 날을 맞이하기에 앞서 반드시 충전을 해야 할 시점이었다. 나디아가 나타나 이사벨라 노렌의 면담 녹취록과 그녀의 통화 목록을 조회한 결과를 보여주지만 않았더라면 말이다.

"물론 에릭손에게 무슨 일이 생겼는지 알려진 뒤 사무실이 혼란스러웠던 통에 그녀가 깜빡했을 수도 있겠죠." 나디아는 어깨를 으쓱했다. "어쨌든 에릭손이 휴대전화로 대화를 나눈 마지막 인물은 이사벨라 노렌 같군요. 신고 전화는 누가 걸었는지 모르잖아요. 아무 말도 없었으니까."

"동의해요." 안니카는 고개를 끄덕였다.

"두 사람이 관계를 갖고 있었을지도 모르겠다는 생각이 드는데."

"저도 같은 생각이에요. 불러서 직접 물어봐도 나쁘지 않겠죠."

이사벨라 노렌은 두 사람과 의견이 다른 모양이었다. 그녀의 목소리는 차분하고 침착했으며, 전화로 듣기에는 전날 표현했던 슬픔과 상실감이 뚜렷하게 느껴지지 않았다.

우선 그녀는 할 일이 많아서—에릭손에게 일어난 일로 인해 평소보다 더 바빴다—앞으로 몇 시간은 자리를 비울 수 없다고 했다. 그런 다음엔 식사를 하고 잠도 자야 하니 아무래도 다음 날 만나는 게 좋겠다는 의견이었다. 회유에 나선 안니카 칼손은 유감을 표현하면서도 현재 수사에서는 시간이 가장 중요한 요인임을 강조했다. 그래야만 상사에게 일어난 살인 사건을 해결할 수 있다고 말이다.

"하지만 전 이미 다 얘기했는걸요." 이사벨라 노렌이 항의했다. "그쪽 동료분께요. 성함이 에크였던 것 같은데. 요한 에크요."

"알아요. 하지만 추가로 들어온 정보가 있는데 확인이 필요해서요."

"절 용의자라고 생각하시는 건 아니죠? 그런 얘긴 아니겠죠?"

"아니고말고요." 안니카가 그녀를 달랬다. "그냥 몇 가지 질문을 더 하려는 거예요. 그게 도움이 될 것 같아서요. 우리 모두에게요." 그녀가 덧붙였다. "8시 정각 어때요? 네 시간 뒤, 여기 솔나 경찰서에서요. 오실 수 있을까요? 늦은 시간인 건 알지만 필요하다면 차량을 준비할게요."

"좋아요." 이사벨라 노렌이 말했다. "하지만 제 차로 가죠."

"알겠어요. 도착해서 접수처에 얘기하시면 제가 내려갈게요."

전화를 끊는 즉시 안니카는 컴퓨터를 끄고 곧장 사무실을 나와 집으로 가서 현관에 들어가자마자 옷을 벗었고, 오 분 뒤 깊은 잠에 들었다. 그녀가 다시 솔나 경찰서 접수처에 들어선 시각은 7시 55분이었다. 세 시간의 수면 후 상쾌한 샤워를 마치고 깨끗한 옷으로 갈아입은 그녀는 새 사람이 되어 있었다. 이사벨라 노렌은 이미 자리에 앉아 안니카를 기다리는 중이었다. 전날 만났던 이사벨라와는 다른 사람이었다. 어제의 눈물은 흔적도 없었다. 이제는 반갑다는 듯한 미소와 경계심 어린 눈빛뿐이었다.

내가 무슨 이야기를 할지 짐작한 모양이네. 안니카 칼손은 생각했다.

"당연히 저희 동료와 한 면담 내용은 읽어봤지만, 내용을 분명히 해두기 위해 같은 이야기를 다시 해줬으면 좋겠어요." 안니카가 말했다.

"제가 어떻게 사무소에서 일하게 됐는지 말이에요?" 이사벨라 노렌이 물었다.

"네, 간단한 요약이면 됩니다." 안니카는 미소를 지으며 고개를 끄덕였다.

"알겠어요." 이사벨라는 마주 미소를 지었다. "저는 고등학교에서 경제학을 전공했고 열여덟 살에 졸업했어요. 이후 일 년간 영국에 계신 부모님 친구분 댁에서 입주 가정부로 일했고, 돌아와서 일 년간 비서 교육을 받은 뒤 추가로 준법률가 교육을 받았어요. 대학에서 경제학 강의도 몇 개 들었고요. 토마스 밑에서 일하기 시작한 건 삼 년 전이에요. 취직까지의 과정은 대체로 순탄했어요. 자격을 갖춘 사무 보조를 찾는 광고를 보고 지원했죠. 그렇게 된 거예요."

"장래 계획은 어떻게 돼죠?" 안니카는 미소를 지으며 물었다. 이제 경계가 좀 누그러진 것 같네.

"법대에 지원했어요. 이번 가을 학기요. 합격 못하면 계속 사무소에서 일할 거고요. 그러니까, 이번 일과는 상관없이요."

안니카는 아무 말 없이 고개를 끄덕이기만 했다. 이윽고 그녀가 손을 뻗어 작은 테이프 녹음기의 전원을 껐다.

"이건 끄는 게 좋겠네요." 안니카는 미소를 지었다. "지금 물어볼 내용은 이 방 밖으로 나가지 않는 편이 나을 테니까요."

"뭘 물어보실지 알 것 같아요. 제가 제 상사랑 얼마나 오랫동안 만나고 있었는지 궁금하신 거죠?" 이사벨라 노렌이 말했다.

"맞아요. 그리고 난 이사벨라가 이 사건과 관련이 있다고 생각하지 않으니, 지금 하는 이야기가 뭐든 이곳 밖으로는 나가지 않을 거예요." 안니카는 고개를 끄덕였다. 방금 내가 한 말을 벡스트룀이나 다른 사람들이 들었더라면 아마 뇌졸중을 일으켰을 거야.

"좋아요, 그럼." 이사벨라가 마주 고개를 끄덕였다.

그런 다음 그녀는 설명을 시작했다.

이사벨라 노렌은 처음 만난 순간부터 토마스 에릭손이 좋았다. 그는 역동적인 사람이었다. 재미있고, 생기 넘치고, 개성이 강했으며, 자신이 맡은 사람과 사건에 진심으로 흥미를 느꼈다. 또한 대단한 재능을 지녔고, 항상 자신이 무슨 말을 하는지 아는 뛰어난 변호사이기도 했다.

"토마스는 신문에서 말하곤 하던 깡패 변호사가 아니었어요. 그에게 반하기는 어렵지 않았죠. 저보다 나이가 두 배 많았다고 해도요."

"처음 얘길 해봐요." 안니카는 상냥하게 고개를 끄덕이며 말했다.

"우리가 연인이 된 시점 말이에요?"

"그래요."

처음은 일 년이 지난 뒤였다. 둘은 직장에서는 감정을 억누르고 철저하게 신중을 기했지만, 단둘이 있을 때면 언제나 서로—틀림없이—충만한 감정을 느꼈다. 그리고 충만한 감정은 처음부터 존재했다. 하지만 이사벨라가 생각하기에 처음이 언제였는지는 해석하기 나름이기도 했다.

"고등법원으로 넘어간 사건에 관한 서류를 작업하던 중이었어요. 근무한 지 두 달밖에 안 됐을 때였죠. 증거가 많아서 복잡한 사건이었는데 첫 재판에서 우리 쪽 고객은 무기징역을 선고받았죠. 그러자 그 사람이 변호사를 토마스로 바꿨고, 토마스는 항소해서 고객이 풀려나게 해줬어요. 제가 사무실에 앉아 잔뜩 쌓인 서류를 읽고 있는데 토마스가 뛰어 들어오더니 막 나온 판결문을 흔들어대더라고요. 크리스마스에 멋진 게임기를 받은 어린애 같았어요. 토마스는 절 힘껏 껴안고 입술에 입을 맞췄어요. 그러고는 저를 떼어낸 뒤 머리를 토닥이며 똑똑하다고 했죠. 그 사람이 그럴 때면 저항할 수가 없어요. 어른인 동시에 아이 같거든요."

에릭손 얘기 같지 않은데. 조금도 에릭손 같지 않아. 안니카 칼손은 생각했다.

"무슨 말인지 잘 알겠어요. 그럼 진짜 처음은요? 그건 언제였죠?"

"진짜 처음요." 이사벨라는 그 말을 되뇌며 검지로 눈가를 매만졌다. "일 년 뒤였어요. 사건 때문에 토마스와 함께 말뫼에 갔어요. 파일을 들어줄 사람도 필요했고, 토마스는 동행이 있는 편을 좋아했으니까요. 하지만 그보다는 우리 둘 다 어떤 미묘한 분위기를 감지하고 있었기 때문이었던 것 같아요. 그런 기운이 있었어요."

재판 결과는 좋았다. 그날 밤 둘은 고급 레스토랑에서 저녁을 먹었다. 술도 조금 마셨다. 어쩌면 조금 과하게 마셨는지도 모른다. 하지만 두 사람이 마음속에 품고 있던 일을 못할 정도는 아니었다. 그들은 호텔로 돌아가 바에서 마지막으로 취침용 술을 한 잔씩 마셨다.

"먼저 나선 건 저였어요." 이사벨라는 살짝 고개를 끄덕이며 분명하게 밝혔다. "그냥 토마스를 올려다보았죠. 왜, 살짝 짓궂은 표정 있잖아요. 토마스는 바로 자리에서 일어났고, 우리는 방으로 올라갔어요. 참고로 제 방이었어요."

"어떻던가요?" 그게 무슨 상관이겠냐마는. 안니카 칼손은 질문을 내뱉는 즉시 생각했다.

"제가 경험한 최고의 첫날밤이었어요. 전 스물둘이고 토마스는 마흔여섯이었지만요."

"그런 다음에는요? 그 뒤에는 어떻게 됐죠?"

평생토록 이어질 뜨거운 열정은 아니었다. 한 번도 그렇게 생각한 적 없었고, 처음부터 그 정도는 알고 있었다. 평범한 연애와는 완전히 다른 관계였다. 그것은 밀회였고, 그녀는 동료들 중에서 그 사실을 알거나 조금이라도 의심하는 사람은 아무도 없다고 확신했다. 두 사람 다 그런 상황을 바꾸어야 한다고는 생각하지 않았다. 그것은 끝나기 전까지만 지속될 인생의 한순간일 따름이었다. 두 사람이 계속하고 싶을 때까지. 하지만 단 하루도 더는 말고. 지난 이 년간 그들은 첫 만남과 똑같은 이유로 스무 번 정도 만남을 거듭했지만, 흔히 그러듯 만남은 갈수록 드물어졌다. 마지막으로 함께했던 것은 그가 살해당하기 두 달 전쯤이었다.

"아름답고 약간 슬펐어요." 이사벨라가 말했다. "우리는 한 번도 다투지 않았고, 끝이 가까워질수록 더욱더…… 그러니까 다른 어느 때보다 더 편안했죠. 함께 있으면 늘 즐거웠어요. 몰래 사무실을 나와 술집에서 만난 뒤 아무도 우릴 보지 못할 장소를 궁리하며 한 시간을 보낼 때조차도요. 토마스를 알아보는 사람이 많았으니까요."

아름답고 약간 슬펐다니. 안니카 칼손은 생각했다. 정신을 차릴 타이밍이군.

"일요일 오후에 그와 대화를 했죠." 안니카가 말했다. "당신은 일요일 오후 직장에서 토마스에게 연락해 통화했어요. 2시 40분, 통화는 구 분 동안 계속됐고요. 무슨 내용인지 말해줄 수 있나요?"

"네, 일에 관한 얘기였어요. 토마스의 사건 준비를 돕고 있었거든요. 목요일에 공판이 잡혀 있었죠. 물론 이제는 그날 열리지 않겠지만요. 토마스의 도움이 필요한 문제가 몇 가지 있었어요. 주로 법률상의 절차에 관한 거였어요. 다른 건 없어요. 전화를 끊자마자 토마스가 다시 제 휴대전화로 연락하더니 저더러 따분하게 군다고 하더군요. 데이트를 제안하려고 연락한 줄 알았다면서요. 여름의 첫 번째 데이트요."

"그래서 뭐라고 했죠?"

"약속이 있다고요. 정말이었어요. 그날 학교 동창과 저녁을 먹기로 했었거든요. 여자 친구였지만 그 얘긴 하지 않았죠."

"그랬더니 어떻게 반응하던가요?"

"질투하는 타입은 아니었어요. 토마스는 질투랑은 거리가 멀었죠. 틀림없이 저랑만 만나는 건 아니었을 테고요. 그냥 알았다고 하더라고요. 자기도 그날 밤에 모임이 있다면서."

"걱정스러워한다거나 하는 기색은 없던가요? 그날 밤 모임에 관해서 말이에요."

"전혀요." 이사벨라는 단호하게 고개를 저었다. "평소와 다르지 않은 목소리였어요. 점심때 와인을 한두 잔 마신 것 같기는 했지만요. 토마스에 관해 한 가지 얘기할 만한 게 있다면, 그건 그 사람이 술을 많이 마셨다는 거예요. 직장에서는 절대 마시지 않았어요. 그런 사람은 아니었죠. 하지만 쉬고 있을 때는 혼자서 와인을 한 병씩 마시곤 했어요. 홍이

나면 두 병도 마셨고요."

"그날 밤 모임 말인데요. 누구랑 만난다고 얘기하던가요?"

"아뇨." 이사벨라는 다시 단호하게 고개를 저었다. "저도 묻지 않았고요."

"그리고 걱정하는 기색도 없었다고요?"

"없었어요." 그녀는 또다시 고개를 저었고, 이번에도 단호했다. "평소와 다르지 않은 목소리였어요."

아름답고 약간 슬펐고, 평소와 다르지 않은 목소리라. 안니카 칼손은 생각했다. 그녀는 다시 녹음기를 켜고 맥락상 녹음을 멈춘 시점에서 이어질 만한 질문을 던졌다. 토마스 에릭손을 대상으로 한 협박에 관해 아는 바가 있는지? 그는 그런 일을 어떻게 생각했는지?

"토마스에게는 좀 무서운 고객들이 여럿 있었어요. 하지만 그는 그런 사람들을 솜씨 좋게 다뤘던 것 같아요. 가끔 그 점에 관해서 이야기를 나누었는데, 그럴 때 토마스는 조언을 건네곤 했어요. 제가 변호사가 되면 유용할 조언들요. 일을 제대로 해야 하고, 결국 중요한 건 고객이고, 고객을 존중하되 적당한 거리를 유지해야 한다는 식의 얘기였죠. 법적으로 가능하지 않은 일은 절대 약속하지 말라. 뭐 그런 얘기를 많이 했어요."

"그게 통했고요?"

"네, 제 생각에 토마스가 맡은 의뢰인들은 모두 그를 존중했던 것 같아요."

"다른 사람들은요? 에릭손의 상대편들, 그가 변호한 용의자에게 피해를 입은 이들의 가족들은요?"

"부정적인 소리를 많이 들었죠. 이메일과 전화와 우편으로요. 꽤 황당한 것들도 있었어요. 근무중 커피를 마시며 쉴 때 제게 읽어준 적도 여러 번 있고요. 겁을 냈냐고요? 아뇨, 그보다는 재미있어했어요. 토마스는 존경받았고, 두려움을 몰랐어요. 자기 입장을 고수하는 걸 조금도 두려워하지 않았죠. 그걸 의심하고 계세요? 그런 사람 중 누군가가 토마스를 죽였다고?"

"이사벨라 생각은 어때요?" 안니카가 되물었다.

"그랬겠죠." 이사벨라가 말했다. "달리 누가 그랬겠어요?"

면담은 삼십 분 후 끝났다. 안니카 칼손은 이사벨라를 건물 밖까지 배웅했다. 그녀는 명함을 건네면서 달리 생각나는 게 있거나, 무슨 일이 생기거나, 그냥 누군가 이야기할 사람이 필요하면 연락하라고 했다.

"고마워요." 이사벨라가 말했다. "형사님은 괜찮은 분 같네요."

"거친 놈들에게는 거칠게 나가고, 반대일 땐 나도 반대죠." 안니카는 씩 웃으며 그녀의 어깨를 토닥였다. "몸조심해요, 이사벨라. 무슨 일 있거든 연락하고요. 혹시 깜빡한 게 있거나 뭐든 궁금한 게 있더라도요."

아름답고 약간 슬펐지만, 질투와는 거리가 멀었고, 달리 누가 그랬겠냐고? 그녀는 사무실로 돌아가며 생각했다.

51

지난 스물네 시간 동안 변호사 토마스 에릭손 피살 사건은 각종 매체의 주요 뉴스를 장식했다. 월요일 수사대 첫 회의 후 안나 홀트는 언론의 첫 번째 공세를 가라앉히기 위해서 다섯 가지 의문 사항에 관한 답을 담은 간략한 보도 자료를 배포한 바 있었다. 서부 경찰서에서 살인을 수사중이라는 것과, 부장검사 리사 람이 초동수사 지휘자로 임명됐다는 것, 그리고 에베르트 벡스트룀 경감이 주임 수사관이라는 내용이었다. 일반 대중이라는 탐정들이 경찰 업무에 도움이 될 만한 정보를 제공할 수 있도록 전화번호와 이메일도 기재했다. 화요일 오후 3시, 수사대의 두 번째 회의 후 솔나 경찰서에서는 기자회견이 열렸다.

맨손으로 쓰나미 막기지. 홀트는 끝없이 울려대는 전화를 결국 꺼버리며 생각했다.

화요일 아침 벡스트룀이 출근하고 오 분 뒤, 상관인 경찰서장 안나 홀트가 사무실 문을 두드리며 잠깐 회의를 하자고 청했다.

"물론 해야죠." 벡스트룀은 자신의 의자를 가리켰다. 내부에 프락치가 있는 게 분명해. 안나 홀트의 사무실에서 자신의 사무실까지 걸어서 최소한 삼 분은 걸린다는 사실을 잘 알고 있는 그는 속으로 그렇게 생각했다.

"기자회견." 홀트는 의자에 앉기도 전부터 단호하게 말했다. "내가 알아둬야 할 게 있나? 수사 진행 상황에 관해서 말이야."

"그런 자리를 더 필요로 하는 사람을 위해서 저는 기꺼이 불참하겠다는 것 외에는 없습니다." 벡스트룀이 말했다. "안칸은 어떻습니까? 아주 외교적인 친구인데요."

"좋은 생각이야." 홀트가 동의했다. "구체적인 사안은 리사와 안나카와 우리 쪽 홍보 대변인에게 맡아달라고 하려던 참이었지. 혹시 자네가 전달하고 싶은 사항은 없고?"

"아뇨." 벡스트룀은 진심으로 놀랐다. "그 독수리떼한테요? 하고 싶은 말이 뭐가 있겠습니까?"

"변함이 없군, 벡스트룀." 홀트는 미소를 짓고 고개를 끄덕였다. "불확실한 상황에서도 단단한 바위나 다름없지. 방금 한 말은 체포가 머지않았다는 뜻으로 해석해도 될까?"

"네, 그 해석에 동의하지 않을 이유는 없군요. 하지만 일단은 서장님과 저만 아는 게 좋겠습니다."

벡스트룀은 사려 깊게 고개를 끄덕이며 두 손으로 무릎을 치고 천장에 달린 등을 올려다보았다. 또 한 명 추가됐군. 이번에는 빼빼 마른 여자로.

"에릭손은 속세의 정의는 피했지만 하느님의 심판을 벗어나지는 못했습니다." 벡스트룀이 단언했다. "저처럼 단순하고 신심 깊은 사람이 할 일이라고는 속세의 자잘한 사항을 정돈하는 것뿐이겠지요." 그는 깊은 한숨을 내쉬며 덧붙였다.

"기대하겠어." 홀트는 그렇게 말하고 자리에서 일어섰다. 그래도 미친 놈치고는 쓸 만하니까. 그녀는 생각했다.

벡스트룀의 경건한 소망과 달리, 경찰 기자회견은 시작하자마자 난장판이 되었다. 경찰서에서 가장 큰 회의실을 잡아두었건만 서부 경찰서의 여성 홍보 담당관과 초동수사 지휘자 리사 람, 그리고 주임 수사관 대행 안니카 칼손이 들어섰을 때는 이미 기자들로 미어터질 지경이었다. 세 사람이 회의실 한쪽 끝에 자리한 긴 책상 뒤에 자리를 잡자마자 대답해야 할 무언의 질문들로 방 안이 가득 차 있었다.

홍보 담당관은 먼저 모두를 환영하며 자신과 동료들이 질서 정연하게 질문을 받을 수 있기를 기대한다고 말한 뒤 초동수사 지휘자인 부장검사 리사 람에게 발언을 넘겼다. 리사 람은 홍보 담당관에게 감사를 표하고 유감스럽게도 별로 할 말이 없다는 발언으로 말문을 열었다.

수사는 아직 초기 단계에 머물러 있다. 경찰은 어떤 선입견도 없이 수사중이며 현장에서 다양한 증거를 확보해 린셰핑의 국립과학수사연구원에 분석을 의뢰했다. 그녀가 보기에 전망은 밝다. 살인으로 추정됐던 범죄는 검시관의 1차 보고를 통해 확실하게 살인이었던 것으로 밝혀졌다. 하지만 유감스럽게도 당장은 자세한 사항을 말할 수는 없다. 수사를 위태롭게 하고 싶지 않기 때문이다. 그런 다음 그녀가 홍보 담당관에게 고개를 끄덕이자 홍보 담당관이 다시 발언권을 넘겨받아 질문을 받기 시작했다.

안니카 칼손은 아무 말도 하지 않았다. 그녀는 양 팔꿈치를 책상에 무겁게 대고 상체를 기울여 턱을 두 손에 얹은 채 가늘게 뜬 눈과 굳은 표정으로 언론계의 대변인들을 바라보았다. 유력 텔레비전 뉴스 채널의 기자가 던진 첫 번째 질문이 그녀를 향한 것도 어쩌면 그래서였는지 몰랐다.

에릭손이 살해당한 방식에 관해 다양한 모순된 설명들이 있다. 총에 맞았다는 둥, 칼에 찔렸다는 둥, 목을 졸렸다는 둥, 맞아 죽었다는 둥, 이런 여러 가지 이유들이 혼재되어 있는 식이다. 이 점에 관해서 하실 말씀은?

"에릭손은 타인의 행위로 인해 사망했습니다. 그 이상은 말씀드릴 수 없습니다." 안니카는 질문을 던진 남자를 쏘아보며 대답했다.

"언제 죽었습니까?" 기자석의 누군가가 그렇게 물으면서 모두가 예상하고 있던 보도 각축전에 불을 지폈다.

"월요일 오전 2시 15분경 첫 번째 순찰차가 현장에 도착했을 때 에릭손은 자택에서 숨진 채 발견되었습니다. 살해당한 시점은 일요일 밤부터 우리가 그를 발견한 시점 사이입니다." 안니카 칼손이 대답했다. 더 자세한 사망 시각을 알려줄 수는 없었다. 적어도 지금으로서는.

"경찰이 특별히 살피고 있는 사항이 있습니까?" 유력 석간지에서 파견한 세 기자 중 하나가 물었다.

"없습니다. 저희는 아무런 선입견 없이 수사중입니다."

"인터넷에서는 이번 사건이 조폭과 관계된 일일 거라는 예상이 많습니다. 조직범죄와 관련해 기소된 사람들을 수차례 변호했던 것으로 유명했던 인물인 만큼 당연히 고객의 적들 중 하나가 죽였다는 설명이 가장 타당하지 않겠습니까?"

"답변하지 않겠습니다." 안니카는 고개를 가로저었다.

"하지만 이번 사건이 기본적으로 조직범죄 세계에서 벌어진 일종의 알력 행사라는 사실을 암시하는 증거가 많다는 점은 인정하셔야 할 텐데요." 기자는 굴하지 않았다. "다수의 범인이 범죄 현장에 무척 비싼 은색 메르세데스를 타고 왔다는 경찰 내부 정보가 이미 언론 매체와 온라인에서 인용된 바 있습니다. 마찬가지로 경찰 내부 정보에 따르면, 변호사였던 피해자는 권총 혹은 자동화기로 여러 차례 피격당했고요. 이런 유형의 살인에서 흔히 나타나는 식으로요."

그런 뒤 기자는 질문을 마무리했다. "이 점에 대해서는 뭐라고 말씀하시겠습니까?"

"아무것도요." 안니카 칼손이 말했다. "추측은 제 관심 사항이 아닙니다. 저는 살인 사건을 수사하고 있습니다."

조직이 연루된 살인이라는 주제가 십오 분 더 이어진 뒤, 리사 람이 안니카 칼손 대신 질문을 받았다. 안니카 칼손은 등받이에 몸을 기댄 채 차갑게 청중을 응시했다. 변호사는 자기 고객의 적이었던 폭력배들에게 살해당했나요? 아니면 변호사에게 실망한 고객에게? 아니면 그가 변호했던 중범죄자의 피해자가 되었던 누군가에게? 아니면 그런 피해자의 친족에게? 리사 람은 답변하지 않겠다는 말을 되풀이했다. 기자회견은 그녀가 답변 거부를 몇 번이나 반복했는지 더는 셀 수 없을 지경이 된 뒤에야 마침내 마무리되었다.

멍청이들, 안니카 칼손은 불쑥 일어서며 생각했다. 회의실을 가장 먼저 나선 사람은 그녀였다.

52

수사대의 두 번째 회의 후, 벡스트룀은 잠시 지휘권을 안니카 칼손에게 넘겼다. 오래전에 잡혀 있던 국가경찰위원회 회의에 참석해야 한다는 것이었다. 하지만 긴급 시에는 언제든 휴대폰으로 연락하면 되었고, 다음 날에는 다시 평소처럼 수사를 지휘할 계획이라고 그는 말했다.

"내일 봐요." 안니카 칼손은 미소를 지으며 고개를 끄덕였다. 자기가 하는 말을 정말로 믿는 걸까? 문밖으로 사라지는 벡스트룀을 보며 그녀는 생각했다.

벡스트룀의 오후는 철저히 계획대로 흘러갔다. 먼저 택시를 타고 도심으로 가서 쿵스홀멘에 있는 눈에 띄지 않는 레스토랑을 방문했다. 크로노베리 공원 옆의 경찰청에서 불과 두 블록 떨어진 곳이었지만, 경찰 봉급으로 먹고살아야 하는 이들과는 다른 부류의 고객을 대상으로 가격을 책정한 식당이라 안전했다. 그는 근사한 점심을 먹고 커피와 코냑을 마시면서 핀란드인 웨이트리스가 이네달스가탄 거리에 있는 자신의 아파트 청소를 마치는 대로 연락해 오기를 기다렸다.

벡스트룀은 마음씨 넓은 고용주였기 때문에, 핀란드인 웨이트리스가 쓸모없는 핀란드인 알코올의존자인 남편 놈과 그녀 자신의 생계를 잇고자 술집의 본업으로 돌아가기에 앞서 점심시간과 낮잠 시간 사이의 십오 분을 할애해 그녀의 노고를 충분히 보상해주었다. 넓은 해스텐스 침대에 오른 뒤 슈퍼 살라미를 발사해서 핀란드 출신의 하얀 토네이도가 허리를 활처럼 휘며 비명을 내지르도록 하기까지는 오 분이면 충분했다. "보이네, 보이네■. 벡스트룀." 핀란드 여자는 젖은 눈을 반짝이며 숨을 깊이 들이쉬었다. 하지만 벡스트룀은 끙 하는 소리와 짧은 끄덕임으로만 응수함으로써 그녀의 작고 예쁜 머리가 이대로 자리에 누워 자신을 껴안고 얼굴을 핥아댄다는 발상을 떠올리지 못하도록 차단했다.

마침내 혼자가 됐군. 오 분 뒤, 가정부가 현관문을 조용히 닫고 나가는 소리를 들으면서 벡스트룀이 생각했다. 그는 십 분을 더 할애하여 간절히 필요했던 원기 회복용 수면을 취한 다음, 긴장을 풀고 괄약근을 두어 번 조이다 힘차게 포문을 열어 크림소스와 월귤 잼을 곁들인 양배추 쌈으로 근사한 점심 식사를 한 이후 장 속에 쌓여 있던 압력을 해소했다. 아가씨들이 너한테 환장을 한다니까. 일 분 뒤, 벡스트룀은 생각했다. 그러고서 다시 일 분 뒤, 깊이 잠들었다.

세 시간이 지나 잠에서 깨었을 때는 예상대로 상쾌하기 그지없었다. 남은 하루는 신중하게 계획해둔 일정을 따르기만 하면 되었다. 먼저 샤워로 활력을 북돋고 다시 활동을 시작해야 했다. 이미 7시 정각임을 감안하면 동네에서 늦은 저녁을 먹어야 할 터였다. 그런 다음 잠들기 전한 시간 동안은 아마 현재 담당하고 있는 사건에 관해서 생각할 예정이었다. 비록 순수하게 실리적인 관점에서 보자면, 벡스트룀의 삶을 지나치게 자주 좀먹었던 구역질 나는 변호사 놈의 두개골을 누군가 박살 냈다는 사실 외에는 더 생각할 것도 없었지만 말이다.

■ 핀란드어 감탄사.

저절로 알아서 해결될 거야. 벡스트룀은 냉철하게 생각했다. 지금까지는 모든 것이 워낙 순조로워 굳이 고민할 필요도 없이 매일의 일과가 저절로 풀려나가지 않았던가. 일과만 그런 것도 아니었다. 사실상 그가 하는 모든 일이 구식 시계태엽처럼 맞아떨어지는 듯했다. 물론 하찮은 관리 업무가 일부 남아 있었지만, 벡스트룀은 샤워를 마치고 실내 가운을 걸친 뒤 보드카와 자몽주스를 3 대 1로 섞고 얼음을 가득 넣어 여름에 어울리는 부드러운 술을 만든 다음 그것들도 처리했다.

우선은 곧 저녁을 먹으러 가서 지적할 부분은 없는지 핀란드 여자의 청소 결과를 검사하는 일이었다. 잘못된 부분은 없군. 오 분 뒤 벡스트룀은 생각했다. 아늑한 집 전체가 반짝반짝 깨끗하게 빛났고, 쇼핑 목록도 처리되어 냉장고와 찬장은 이런저런 별미들을 포함해 그가 좋아하는 것들로 가득했다. 그가 온라인에서 찾아낸 특별한 화장지—보통 화장지보다 두껍고 보드라우며 유명한 스웨덴 정치인들의 그림이 새겨진—도 갖춰져 있었다.

가계비를 넣어두는 고풍스러운 유리 단지에 들어 있는 현금과 영수증을 비교해보니 지출 내역도 제대로 정리된 듯했다. 물론 핀란드 여자니까 남을 등쳐먹기에는 머리가 모자란다는 점을 감안해야겠지.

마지막으로 이에 못지않게 중요한 사항. 핀란드 여자는 부디 이사크가 돌아와 다시 들어가는 일이 없었으면 싶은 커다란 금박 새장도 닦아두었다. 새장을 온라인에 올려 팔아버림으로써 그 불한당 녀석의 마지막 흔적을 없앨 참이었다. 처음에는 분위기가 좋아서 세상을 떠난 금붕어 친구 에곤에 뒤지지 않는 새로운 벗을 찾아냈는지도 모르겠다고 생각했거늘.

말 나온 김에 해치워야지. 벡스트룀은 컴퓨터를 켜고 이사크의 마지막 거주지를 판매한다는 광고를 올렸다. 새장은 무슨 우리 안에 갇힌 불길한 징조처럼 지나치게 오랫동안 창문 앞을 지키고 서 있었고, 그 모습을 볼 때마다 벡스트룀의 머릿속엔 성인이 된 이후 겪은 가장 충격적인 경험이 떠올랐다. 스웨덴 범죄 역사상 최악의 악당 둘과 목숨을 놓고 다투었을 때보다도 훨씬 더 지독한 경험이었다.

망할 새장을 치울 때가 됐어. 벡스트룀은 확실히 처리하기 위해 원한다면 공짜로 가져가도 된다고 광고 내용을 변경했다. 그런 뒤 컴퓨터를 끄고 우울한 명상에 사로잡혔다. 처음에는 그토록 분위기가 좋았건만. 그는 잔 속의 내용물을 꿀꺽 삼켰다.

처음 가르칠 때만 해도 이사크는 가게 점원이 장담했던 것보다도 더 훈련시키기 쉬워 보였다. 심지어 목소리도 좋았다. 꽥꽥거리고 살짝 꿀렁거리는 목소리가 침묵을 칼처럼 베어내, 귀가 안 들리는 사람도 녀석이 하는 말은 놓치지 않을 정도였다. 일주일 만에 이사크는 '벡스트룀'과 '슈퍼 경찰'이라는 단어를 배웠다. 이 단어들을 배운 뒤에는 보다 본격적인 교육이 시작되었다.

벡스트룀은 상당한 교육학적 식견을 지닌 사람이었으므로—경찰에서 능률적인 상관이 되려면 반드시 갖추어야 할 자질이었다—'호모'와 '다이크'처럼 가장 간단한 단어부터 천천히 시작했고, 이후 '후장 털이'와 '재수 없는 갈보년', '항문 곡예사'와 '과격 다이크'로 큰 도약을 감행했다. 불행히도 그 시점에서 상황은 엉망진창이 되고 말았다. 이사크가 모든 것을 잘못 이해하고 있었다는 사실이 밝혀졌던 것이다. 이 재난은 안칸 칼손이 예고도 없이 벡스트룀의 아파트에 갑자기 나타나면서 비참한 절정에 이르렀다. 그녀가 느닷없이 나타나 초인종을 울려대자, 벡스트룀은 틀림없이 긴급한 경찰 업무 때문이리라 생각하고는 어리석게도 문을 열어주고 말았다.

"깜짝 방문이에요, 벡스트룀." 안니카 칼손은 눈을 가늘게 뜨고 주저하는 집주인을 바라보면서 미소를 지었다. "맥주 한잔 같이할래요?"

문을 다시 닫았다가 기증할 만한 장기가 하나도 남아나지 않아 남의 목숨을 구할 수도 없는 몸으로 응급실에 실려 가고 싶지는 않았으므로 그는 그저 고개를 끄덕이기만 했다.

"이렇게 보니 반갑군, 안니카." 벡스트룀은 억지로 미소를 지었다. 달리 선택의 여지가 없잖아? 그는 그녀를 들이며 생각했다. 벡스트룀은 부엌으로 가서 잔과 차가운 체코 라거 몇 병, 그리고 만일을 위해 일 리터들이 러시아 보드카를 챙겨 왔다. 거실에 돌아와보니 안칸은 이미 손을 새장 안에 넣은 채 이사크의 턱을 간질이고 있었다.

벡스트룀은 어쩌면 모든 게 순조롭게 풀릴지도 모른다고 생각했다. 그도 같은 짓을 하다가 하마터면 손가락을 잃을 뻔했으니까. 하지만 이번에는 아니었다. 이사크는 즐겁게 꽥꽥거리며 고개를 기울일 따름이었다.

"어쩜, 정말 귀엽네요. 이름이 뭐예요?"

"이사크." 벡스트룀은 별다른 설명을 덧붙이지 않았다. 머리에 눈이 달린 사람이라면 누구나 무슨 뜻인지 알 테니까.

"어쩜, 이름도 귀엽네. 어떻게 지은 이름이에요?"

"어린 시절 같이 학교 다닌 옛 친구 이름을 땄지." 벡스트룀은 거짓말을 했다. 안칸은 머리만 나쁜 게 아니로군. 눈도 먼 게 분명했다.

"얘 말할 줄 아는 애죠?" 안니카 칼손은 이사크 옆의 소파에 지나치게 가까이 붙어 앉은 채 햇볕에 그은 오른팔을 뻗더니 근육에 잔뜩 힘을 주면서 맥주를 한 잔 따랐다.

"어, 그래. 온갖 소리를 쉴 새 없이 떠들지." 벡스트룀은 그렇게 대답하면서 은근슬쩍 소파 구석으로 최대한 옮겨 가려 애썼다. 내가 안락의자로 가서 앉으면 이 여자가 싫어할까?

"말 한번 시켜봐요." 안칸이 명령조로 말했다.

"그러지." 벡스트룀이 말했다. "똑똑한 사람이 누구지? 똑똑한 사람이 누구지?" 그가 되풀이했다. 가게 점원은 앵무새가 무의미한 말만 지껄이는 대신 여러 가지 키워드를 학습해서 제때에 적절한 말을 하도록 하려면 같은 말을 반복하며 잘 훈련시키는 게 중요하다고 했다.

"똑똑한 사람이 누구지? 똑똑한 사람이 누구지?"라고 말한 다음 "벡스트룀"이라고 덧붙이면 이사크는 "벡스트룀 슈퍼 경찰"이라고 대답하기로 되어 있었다. 지난 한 주 내내 이사크가 그럴 때마다 즉시 보상을 주었다. 하지만 이번에는 아니었다. 갑자기 이 질문이 통하지 않았다. 이사크는 고개를 한쪽으로 기울인 채 가만히 앉아 있더니 새장 바닥에 쌓인 쓰레기 사이에서 찾아낸 땅콩의 껍질을 벗기기 시작했다.

"과묵한 타입인가 보군요. 음식에 더 관심이 많고. 그 주인에 그 앵무새네요." 안니카 칼손은 맥주를 한 모금 길게 들이켜면서 반대쪽 손으로 벡스트룀의 무릎을 쥐었다. 그를 뜯어보는 그녀의 두 눈은 앞서 벡스트룀이 자신만의 성이었던 집 안에 그녀를 들이던 순간보다 더욱 가늘어져 있었다.

내가 뭘 어쨌다고 이러는 거지? "벡스트룀 슈퍼 경찰"이라고 말하는 게 그렇게 어려운가? 벡스트룀이 그런 생각을 하는 순간, 이사크가 마침내 입을 열었다.

"벡스트룀 호모, 벡스트룀 호모." 이사크가 꽥꽥거리는 동안 벡스트룀을 바라보는 안칸의 표정에 담긴 의미는 더할 나위 없이 분명했다.

"진짜예요?" 안칸 칼손은 그렇게 묻더니 잔을 커피 테이블에 놓고 벡스트룀의 두 다리 위에 걸터앉아 검은 상의를 머리 위로 벗었다.

"저 매부리코 녀석이 거짓말을 하는 거야." 벡스트룀이 항의했지만, 이미 너무 늦었다. 안칸은 그의 값비싼 리넨 셔츠 단추를 푸느라 분주했다.

"그 얘길 증명할 기회를 주죠." 안칸 칼손은 선언하듯 말하며 손을 옮겨 그의 바지 벨트를 잡아 뺐다.

문전박대하는 위험을 감수했어야 했어. 한 달 후, 벡스트룀은 같은 소파에 앉아 생각했다. 아직도 그 기억에 꺾여 쓰러지지 않으려면 술을 두어 잔 크게 들이켜 용기를 북돋아야만 했다. 소름 끼치는 여자 같으니. 진짜 사이코패스지. 거리낌도 뭣도 아무것도 없었어. 당시 일어난 일을 돌이켜보니 한 달 동안 중환자실에 있는 건 차라리 소풍 같으리라는 생각이 들었다.

가장 극단적인 형태의 성폭력이야. 한 달하고 몇 시간 후, 벡스트룀은 욕실에 앉아 이를 닦으며 생각했다. 아직도 그때를 떠올릴 때마다 추가로 알코올의 도움을 받아야 할 정도로 끔찍한 범죄였다. 상처가 아무는 속도가 너무나 더뎠다. 정황상 사전에 계획한 범죄가 틀림없었다. 가령 수갑은 어떤가. 그녀가 일부러 챙겨 온 게 틀림없었다. 세상에 정의라는 게 있다면 그의 동료 안칸 칼손은 지금쯤 유별나게 변태적인 성범죄자들을 취급하는 노르텔리에 교도소의 특별 수감동에서 전직 경찰학교 교장과 같은 방을 쓰고 있어야 했다.

평범하게 떡 치는 게 그렇게 어렵나? 벡스트룀은 한숨을 내쉬면서 힘든 하루를 뒤로하고 잠자리에 들었다. 평소 자신의 내면을 지배했던 냉정한 침착성을 조금이나마 되찾을 수 있기를 기대하면서.

53

컴퓨터 앞에 앉아 경찰이 사진을 보여줄 때마다 고개를 가로젓는 일은 어렵지 않았지만, 수요일 아침에는 더 만만찮은 일이 아라 도스티를 기다리고 있었다. 이날 아침에 그는 다정한 에크 경위와 함께 경찰이 찾고 있는 남자의 몽타주를 만드느라 세 시간을 보냈다. 작업이 워낙 흥미진진했던 나머지 그는 신중한 척 몸을 사리던 태도를 버리고 최대한 자신의 기억에 가까운 결과를 끌어내보기로 했다.

스몰란드에서 학교를 다니던 시절 미술은 늘 아라에게 가장 흥미로운 과목이었다. 페인팅과 드로잉 모두 반에서 일등이었고, 고등학교를 나와 스톡홀름으로 이사했을 때는 예술대학에 지원해서 더 진지하게 그림을 그릴까도 고민했었다. 하지만 대신 그는 IT업체에 입사했고, 택배 회사에서 시간제로 근무했으며, 십 년 뒤에도 여전히 같은 방식으로 생계를 꾸렸다. 시간제 일거리와 추가 근무, 그리고 지난 오 년간은 택시 기사로도 일했다. 하루하루가 쌓이고 달과 해가 지나갔다. 화가의 꿈은 옆으로 밀어둔 지 오래였다. 하지만 이날 아침은 아니었다. 아라는 놀라우리만치 친절한 경관의 손에 맡겨졌고, 그 경관은 마침 몽타주 만들기의 대가이기도 했다.

두 사람은 컴퓨터 앞에 나란히 앉았다. 먼저 에크는 아라가 보았다는 남자에 대한 묘사를 바탕으로 종이 위에 연필로 가볍게 스케치를 했다. 그런 다음 컴퓨터를 켜서 함께 세부 사항을 맞춰나갔다. 얼굴의 형태와 귀, 코, 눈, 입. 이목구비 간의 거리. 머리 모양과 머리 선, 턱, 목선과 목둘레도 결정했다. 두 시간 뒤 작업이 끝났을 때 몽타주는 아라가 전날 보고 고개를 가로저었던 사진과 똑같은 모습이었다.

"맞아요, 이 사람이에요." 어쩌다 이런 화가가 경찰이 된 걸까? 아라는 생각했다.

"실제 인물과 완전히 똑같을 경우를 10으로 놓았을 때, 이 그림은 1부터 10까지 중에서 어디에 해당하죠?" 에크가 물었다.

"10이에요." 아라가 단언했다. "여권 사진이라고 해도 믿겠어요."

"10이라." 에크가 되풀이했다. 미소는 여전히 다정했지만, 완전히 확신하지 못하는 기색이었다.

"알았어요. 혹시 모르니까 9라고 해두죠. 여기 이 남자는 진짜로 험상궂게 생겼잖아요. 착한 구석은 하나도 없어요. 이런 표정까지 반영하는 게 쉬운 일이 아닐 텐데. 하지만 그자도 늘 그런 얼굴로 돌아다니지는 않겠죠."

"그래요, 그러길 바라야죠." 에크는 살짝 미소를 지었다. "키가 컸다고 했는데요. 내 기억이 맞는다면 188센티미터 정도라고 했죠? 아라는 167센티미터쯤 되는 것 같네요?"

"맞아요." 아라는 놀라움을 감추지 못했다. "어떻게 아셨죠?"

"내가 170센티미터거든요." 에크는 다시 미소를 지었다. "그리고 솔직히 말하면, 아라의 여권 정보를 찾아봤어요."

"아무튼 그 남자는 저보다 훨씬 키가 크다는 인상이었어요." 아라가 말했다.

이제 에크는 아라에게 데이터베이스를 한 번 더 검색해볼 테니 십오 분만 기다려달라고 양해를 구했다. 그리고 십사 분 뒤, 그는 아라가 이미 고개를 가로저었던 남자의 사진을 더 가져왔다. 통상의 범인 식별용 사진뿐 아니라 남자를 감시하면서 찍은 것이 분명한 사진들도 있었다. 차에서 내리는 사진, 문으로 들어가는 사진, 심지어 체육관에서 운동하는 모습을 찍은 사진도 몇 장 있었다.

"맞아요." 아라가 말했다. "이 남자인 것 같아요. 알아보겠어요. 어제 제가 이 남자를 못 알아봤던 건가요?" 내가 지금 도대체 무슨 짓을 하는 거지? 경찰이 오늘 밤 〈현상수배〉에 이 사진을 내보내기로 하면 그 기자에게선 한 푼도 못 받을 텐데.

"종종 있는 일이에요." 에크는 아라의 어깨를 토닥였다. "솔직히 늘 있는 일이죠. 가끔은 기억을 되새기는 데에도 조금 시간이 걸리기 마련이거든요." 자신의 진짜 속내를 드러내고 싶지 않았기에 에크는 그렇게 덧붙였다.

"얼마나 확신하죠?" 에크가 이어 물었다. "마찬가지로 완전히 확신하는 경우를 10으로 놓고 1부터 10까지 중에서 고른다면?"

"글쎄요." 아라는 주저하듯 어깨를 으쓱했다. "7 정도요. 6일 수도 있고요."

"7, 어쩌면 6이라." 에크가 되뇌었다. "몽타주 그림은 9, 어쩌면 10이라고 할 수도 있었는데요."

"그래요. 무슨 말씀이신지는 알겠지만, 비슷하게 생긴 사람이 워낙 많잖아요. 훨씬 더 어렵네요. 누군가 한 사람을 골라낸다는 게요. 그나저나 꽤 근사하게 생겼는데요. 누군지 물어봐도 돼요?"

"미안하지만 그건 말해줄 수 없어요. 하지만 아까 아라가 한 말에는 동의해요. 이 남자는 전혀 착한 사람이 아닙니다. 그런 만큼 이 이야기가 경찰서 밖으로 새지 않도록 하는 게 정말 중요해요." 그는 고개를 끄덕이며 덧붙였다. 처음으로 미소는 흔적조차 없었다.

"걱정 마세요." 아라는 그렇게 말했지만 갑자기 좌불안석이었다.

"뭐든 걱정되는 점이 있거든 내 동료가 준 번호로 연락하고요." 에크는 진지하게 그를 바라보며 말했다. "약속해줘요."

"걱정 마세요." 반복해 말하며 아라는 미소를 지어 보였다. "얌전히 있을게요. 약속해요."

너 지금 무슨 짓을 하는 거야? 십오 분 뒤 아라 도스티는 경찰서에서 멀어지며 생각했다. 지난 사흘을 꼬박 경찰에 협력했고, 대가로 오백 크로나짜리 지폐 두 장을 받았고, 이제 기회만 있으면 망설이지 않고 그를 죽이려 들 위험천만한 미치광이가 생겼다. 아무래도 여길 떠야겠어. 두바이, 태국, 어디든 사태가 잠잠해질 때까지 쉴 수 있는 곳으로.

아라는 유력 석간지의 기자에게 전화를 걸어 이틀 전 처음 만났던 시내의 그 장소에서 당장 만나자고 했다. 집에서 자신에게 보여줬던 사진을 가져오라는 말도 덧붙였다.

"누군지 알아요. 확실해요."

"좋았어요. 십오 분만 기다려요. 곧 봅시다." 기자가 말했다.

"한 가지만 더요. 오만 크로나를 줘요. 흥정은 안 돼요. 전부 현금으로요. 오백 크로나짜리로."

"그러면 최소한 두 시간은 걸릴 텐데. 은행 환어음은 어때요? 그것도 현금처럼 익명입니다. 게다가 당신 이야기를 검증할 시간도 필요해요. 남자를 지목하면 절반을 주죠. 내가 확인해보고 얘기가 맞으면 곧바로 나머지 절반을 주고."

"현금으로요." 아라가 다시 말했다. "두 시간 뒤도 괜찮아요. 절반을 주는 것도 괜찮은데, 반드시 현금이어야 해요."

"약속하죠."

기다리는 사이 다른 굵직한 일을 할 엄두는 나지 않았다. 약속을 잡아둔 지금은 아니었다. 그래서 아라는 컴퓨터를 끄고 식사를 하러 단골 카페로 갔다. 불안이 마음을 좀먹기 시작했다. 그는 전과 마찬가지로 약속 장소로 잡은 쇠데르말름의 골목길에 삼십 분 먼저 도착했다. 차에 앉아 있는 동안 생각이 이리저리 줄달음질쳤다. 어떤 생각도 딱히 마음을 끌지는 못했다. 그냥 모든 걸 없던 일로 하고 자리를 뜰까 잠시 고민도 해보았다.

정신 차려. 하루 이틀 뒤면 지구 반대편에 있는 해변에 앉아 여자들을 구경하고 있을 거야. 태국으로 가야겠어. 여자도 더 많고 해변도 더 멋지니까. 모든 것이 원래대로 돌아가 다시 평소처럼 지낼 수 있게 될 때까지 혼자 있고 싶어 하는 나 같은 사람들을 성가시게 하는 일도 드물 테고.

54

6월 5일 수요일 12시 정각, 수사대는 세 번째 회의를 가졌다. 벡스트룀은 슬슬 주위에 질서가 잡혀가는 걸 느꼈다. 진즉 그러고도 남았어야 할 시점이었다. 덕분에 그도 마침내 비인간적인 업무량을 덜고 일상으로 돌아갈 수 있을 터였다.

탐문 수사는 마무리되었다. 평소보다 수월했던 탐문은 수상한 차량한 대와 살인과 관련된 것으로 추정되는 인물 두 명 내지 세 명이라는 결과를 내놓았다. 수색중인 차량과 인물들을 찾을 수 있으리라는 희망에 불을 지피는 유용한 정보들도 곁들여서 말이다.

제보 전화 쪽도 잘 돌아가는 모양이었다. 초반에 빗발쳤던 대중의 제보가 지금은 감당할 만한 수준으로 줄어들었다. 이제는 더 주력해야 할업무에서 인원을 차출하지 않아도 제보 전화를 모두 기록할 수 있었다. 이번 피살자의 경우, 들어오는 정보를 검토하고 선별해서 기록하는 일이 평소보다 훨씬 수월했다. 제보 상당수는 에릭손과 범죄 조직 사이의 연줄에 관한 내용이었다. 경찰이 이름을 확보한 범인의 수가 이미 백여 명에 달했는데, 그 두 배나 되는 제보자들의 주장에 따르면 그들 모두 에릭손을 죽였다는 공통점을 지니고 있었다. 그 밖에는 평소와 다를 게 없었다. 무엇 무엇을 주의 깊게 살펴보라는 선의에서 우러난 충고라든가, 점쟁이와 예언자들이 늘 던져대는 멍청한 제보 등등.

수사의 다른 영역에서도 진전은 있었다. 경찰은 피해자와 가까운 동료들의 관계를 정리하고, 단골 용의자들에 대한 확인 절차를 거치고, 범행 시각 무렵의 휴대폰 전파 내역을 분석했다. 하지만 일부 업무에는 시간이 더 필요할 듯했다. 검시관이 둔기에 의한 복잡한 외상에 관한 한 세계 최고의 전문가로 손꼽히는 동료에게 의견을 구하려면 시간이 며칠 더 걸리겠다고 알려 온 것이다. 그러면서 덧붙인, "현재로서는 내가 처음에 제시한 소견을 변경할" 어떤 이유도 없을 것으로 본다는 얘기가 유일한 위안이었다.

국립과학수사연구원은 평소와 마찬가지였다. 경찰은 백여 종에 달하는 샘플의 분석을 의뢰해두었다. 늦어도 한 달 안에는 결과가 나올 테고, 최우선으로 분류해둔 샘플들에 대한 첫 분석 결과는 다음 주 초에 나올 예정이었다. 피해자의 자택에 대한 수색도 예상보다 오래 이어졌다. 니에미는 최소한 이번 주 내내 자신과 동료들이 수색을 한 다음에야 유언집행자로 임명된 다니엘손에게 범죄 현장을 인도할 수 있을 거라고 말했다.

이런 소식을 듣고도 벡스트룀은 행복했다. 여러 가지 일들이 일어나고 있군그래. 지금 당장 그에게 가장 중요한 일은 충분한 음식을 먹고 술을 마시고 휴식을 취하는 것이었다. 그러다 보면 어느 순간 결정적인 통찰이 번뜩이며 찾아올 터였다.

"좋아." 그는 겉치레 삼아 앞에 놓인 두툼한 서류 뭉치를 넘겨보며 말했다. "은색 메르세데스는 어떻게 됐습니까, 나디아?"

예상대로라는 대답이 돌아왔다. 나디아와 동료들은 원래 사백 대였던 용의 차량의 수를 이틀 사이 약 이백 대로 줄였다. 선별 작업에 신중을 기했는데도 그 정도였다.

"조금이라도 의심의 여지가 있는 차량은 더 확실한 검증이 이루어질 때까지 정보를 남겨두고 있거든요. 지금까지는 대충 골라낸 정도에 불과하고, 앞으로 일주일은 더 필요해요." 나디아가 말했다. "운이 따른다면 몇 시간 만에 끝날 수도 있겠지만요." 그녀는 보란듯이 두 손을 펴 보이며 덧붙였다.

"좋습니다." 벡스트룀이 대답했다. 자세한 사항을 캐물을 생각은 없었고, 특히 나디아의 작업에 관해서라면 더욱 그랬다.

"택시 기사가 칠 뻔했다던 인물에 관해서는?" 그가 이번에는 에크 쪽으로 고개로 가리켰다.

"택시 기사와 제가 함께 몽타주를 만들었습니다. 아직 보여드리지 않은 건 약간 불확실한 부분이 남아 있기 때문입니다. 목격자는 10점 만점에 6 아니면 7 정도라고 하고, 목격자가 데이터베이스에서 골라낸 남자의 모습과도 상당 부분 일치합니다. 유감스럽게도 그게 문제이기도 합니다만."

"무슨 소리지? 무슨 문제?" 문제라면 넌덜머리가 나는데. 벡스트룀은 생각했다.

"그게, 몽타주와 일치하는 남자가 용의자일 가능성이 없습니다. 범행 시각에 알리바이가 있거든요. 몽타주를 공개한다면 분명 제보의 대부분은 그 남자에 관한 내용일 겁니다. 에릭손이 살해당한 시점에 알리바이가 있는 사람 말이죠. 그리고 살해 시각은 꽤 확실하다고 알고 있습니다."

"알리바이라." 벡스트룀은 코웃음 쳤다. "항상 알리바이가 있다지. 그럼 놈이랑 얘기는 해봤나?"

"아뇨, 당연히 안 했습니다." 에크는 끔찍한 소리라는 듯이 대답했다. "정보과와는 얘기했습니다. 물론 극비를 전제로요. 그리고 스톡홀름에서 최악의 용의자들을 감시하는 노바 프로젝트에 참여중인 동료들에게도 연락했습니다. 듣자 하니 광역수사대에서 그자와 동료들을 감시한지 꽤 된 모양이더군요."

"놈의 알리바이를 제공한 건 광역수사대 녀석들이겠군?"

"그중 둘이죠." 에크는 느긋한 미소를 지으며 말을 이었다. "그리고 목격자가 수천 명 더 있습니다. 시민의식 투철한 이들이라고 할 수는 없습니다만, 어쨌든 몇천 명입니다."

"수천 명? 놈이 텔레비전 생방송에라도 나왔다는 건가?"

"실은 그 반대에 가깝습니다." 에크가 예의 온화한 미소와 함께 대답했다. "글로벤 아레나에서 열린 무술 대회에 참가중이었습니다. 용의자는 10시 정각에 링에 입장했고, 이후 십 분간 상대를 걷어차느라 정신이 없었지요. 관례에 따라 박수갈채를 받은 뒤 탈의실로 돌아가 상처를 치료했을 때는 10시 30분 무렵이었습니다. 그게 제가 몽타주를 배포하기 전에 상황을 지켜봐야 한다고 생각한 주된 이유입니다."

"무슨 소린지 알겠네." 벡스트룀은 한숨을 쉬었다. "그 밖에 지금 우리가 알아야 할 이야기 있는 사람?"

"좋아." 벡스트룀은 슬쩍 회의실을 둘러보며 적당한 수의 고개가 가로저어지는 것을 확인한 뒤 말을 이었다. "그럼, 내가 전에 했던 질문에 대해 괜찮은 답을 찾은 사람 있나? 밤 9시 45분경 한 명 혹은 그 이상의 사람들이 에릭손을 살해하고 약 네 시간이 지난 뒤에 다시 한 명 혹은 그 이상의 사람들이 시체에 새로 폭행을 가하고 개의 목을 자른 이유가 뭘까?"

이번에는 고개를 가로젓는 사람의 수가 더 많았다.

"좋아." 그는 말을 이어나갔다. "그렇다면 아이디어들을 좀 던져보자고. 변호사 에릭손이 속세의 번뇌를 벗던 날 밤에 무슨 일이 일어났는지 말해보는 거야. 페테르 자네는 어때?" 그는 재빨리 니에미를 지목함으로써 알름과 안데르손트뤼그과 그 밖에 수사대를 구성하고 있는 무능력한 저능아들의 발언을 미리 차단했다.

"무슨 일이 있었는지 아이디어를 던져보자니." 페테르 니에미는 엷은 미소를 띠었다. "저 같은 사람에게는 달콤한 음악 같은 제안이군요."

"그래, 그러니까." 벡스트룀이 재촉했다. "어서 말해봐."

"밤 9시 정각에 에릭손과 안면이 있는 손님이 최소 두 명 이상 찾아왔습니다. 사전에 약속된 만남이었고, 시간과 장소를 고려하면 피해자에게 중요한 사람들이었겠지요. 에릭손이 일요일 밤에 아무나 집에 들이는 타입은 아니었을 테니까요. 손님들은 에릭손이 신뢰하는 사람, 에릭손에게 중요한 사람들이었습니다."

"내 생각과 대체로 같군, 페테르." 벡스트룀이 끼어들었다. 슬슬 제대로 된 점심 식사를 고대하기 시작한 그에게는 니에미 같은 핀란드 자식의 말에 귀를 기울이는 일조차 식욕을 돋우기 위한 행위로 여겨졌다.

"그러다가 뭔가가 잘못됩니다. 약 삼십 분 후 사태가 손쓸 수 없게 변하지요. 둔기가 발견되지 않았다는 사실이 마음에 걸리기는 합니다만, 사전에 계획했던 일 같지는 않습니다. 상황이 걷잡을 수 없어진 거죠. 에릭손은 신고 전화를 시도하는 한편 리볼버를 꺼내 몇 미터 떨어진 소파에 앉아 있던 손님을 향해 최소 한 발을 발포합니다. 천장에 박힌 총알은 아마 두 번째 손님이 총을 빼앗으려고 옥신각신하던 중 발사됐을 테고, 그 와중에 에릭손이 죽습니다. 전화 통화를 둘러싼 자세한 정황이나 총격, 에릭손을 가격한 둔기에 관해서 당장은 추측하고 싶지 않습니다만, 그 모든 일이 밤 9시 45분을 전후해서 일어났다는 점은 얘기할 수 있을 것 같군요. 긴급 신고 전화가 9시 40분에 걸려 왔으니까요."

"그 설명에는 한 가지 문제가 있는데요." 안니카 칼손이 끼어들었다. "여성 목격자가 은색 메르세데스 트렁크에 박스를 싣는 건장한 인물을 봤고, 남자 목격자가 에릭손의 집 앞 계단에 앉아 있는 노인을 봤죠. 둘 모두 그보다 십오 분 전에 일어난 일입니다. 9시 30분 무렵에요. 전 그 점이 신경 쓰이는데요."

"나도 신경 쓰여." 니에미가 말했다. "무슨 말인지는 알겠어. 일단 싸움이 벌어지고, 에릭손이 죽고, 범인들이 물건을 챙겨 현장을 떠난다. 말하자면 그게 자연스러운 전개니까."

"가장 쉬운 설명은 목격자들이 시간을 착각했다는 거 아닐까요?" 스틱손이 말했다. "늘 있는 일이잖아요. 9시 30분이라고 했어도 실제로는 9시 45분인 경우가 허다하니까. 에릭손의 손님들이 물건을 챙겨 떠나려던 차에 싸움이 심해집니다. 다툼이 시작되자 에릭손이 리볼버를 꺼내고 신고 전화를 걸지만, 통화를 하지 못한 채 두들겨 맞아 죽고, 범인들은 원래 가지러 왔던 물건을 챙겨 나가죠. 꽤 명쾌하지 않아요?"

"확실히 논리적으로 들리기는 해." 니에미는 고개를 끄덕했다. "손님 한 명이 집에 남고 다른 손님 한두 명이 먼저 나간다는 건 위험하기도 하고 설득력이 떨어지지. 왜냐하면 바로 그 무렵인 10시 직전에 에릭손의 개가 짖는 소리가 들리기 시작했고, 목격자들의 증언에 따르면 한동안 계속됐다고 하니까. 게다가 누군가가 그날 밤 2시까지 계속 집 안에 남아 있었다는 증거도 전혀 발견되지 않았거든. 시간을 들여 집 안을 뒤진 흔적이 없는 거지. 만약 그랬다면 서랍 몇 개만 열어봤어도 거의 백만 크로나에 달하는 현금이 든 봉투를 발견했을 텐데 그걸 두고 갈 이유가 없잖아?"

"게다가 에릭손의 개가 테라스에서 내내 짖고 있기도 했고요." 펠리시아 페테르손이 동의했다. "하지만 그 총격은요?" 그녀가 덧붙였다. "집 밖을 지나가는 사람이 있었다면 듣지 않았을까요?"

"아니." 페테르 니에미가 말했다. "헤르난데스와 내가 시험해봤지. 22구경 리볼버라 소음이 크지 않아. 그리고 에릭손의 서재는 거리 쪽으로 난 창문 없는 1층 위에 있으니 소음이 그렇게 멀리까지 퍼지지는 않았을 거야."

"그 이후의 일은 어떻게 된 걸까요? 그 부분은 정말 믿기 어려운데요." 안니카 칼손이 말했다. "네 시간 뒤 범죄 현장에 돌아가는 위험을 무릅쓸 이유는 뭐죠? 이미 죽은 사람을 공격하고 그 무렵 바깥 테라스에서 울부짖고 있던 개의 목을 자를 이유는 또 뭐고요. 자살 행위잖아요."

"뭔가를 깜빡했는지도 모르죠." 헤르난데스가 말했다. "현장으로 돌아가는 위험을 감수할 만큼 중요한 뭔가를요. 그리고 다시 살펴봤는데 도 찾던 것이 보이지 않자 흥분한 범인이 개와 죽은 견주를 공격한 겁니다. 어떤가요?"

일부는 건성으로 고개를 가로저었고, 일부는 혼잣말로 뭔가를 중얼거렸다. 로시타 안데르손트뤼그가 손을 들었다.

"그래, 로시타. 자네가 말해보게." 벡스트룀이 말했다.

"사건들 간의 빈틈에 너무 매달려서는 안 된다고 생각합니다. 최악의 동물 학대범들은 극도로 비이성적이고 매우 충동적이라 보통 사람들과는 완전히 다른 동기에 따라 행동합니다. 벡스트룀, 제 생각에 범인은 원래 에릭손의 개를 공격하려고 했을 가능성이 다분합니다. 하지만 에릭손이 죽는 소란 통에 그럴 시간이 없었죠. 범인은 어쩔 수 없이 현장을 뜬 뒤 근처에서 기다리다가 상황이 잠잠해지자 돌아가서 애초에 자신이 하려고 했던 짓을 합니다. 죄 없는 동물을 공격하는 짓을요."

이 할망구는 스웨덴 경찰 내에서도 아주 독보적인 존재로군. 알름도 저 정도까지는 아닌데. 벡스트룀은 생각했다.

"흥미롭군." 그는 고개를 끄덕였다. "자, 그 문제는 조금 더 생각을 해보자고. 열린 사고들을 하게나. 아무것도 단정 짓지 말라는 소리야. 내일 같은 시간, 이곳에서 다시 만나지." 안데르손트뤼그가 식욕을 북돋는 데에 큰 도움을 주는군그래. 벡스트룀은 생각했다. 제대로 된 식사를 하고 낮잠을 자며 원기를 회복할 때였다.

55

유력 석간지의 기자는 시간을 칼같이 지켰다. 그는 정확히 약속한 시각에 아라의 택시 앞에 차를 세우고 조수석에 올라타 오백 크로나짜리 지폐 뭉치를 꺼내면서 협상을 시작했다.

"돈 여기 있습니다." 기자가 아라에게 돈뭉치를 보여준 뒤 자신의 안주머니에 넣었다. "지난번에 보여준 사진도 가져왔고요." 이어 그는 아라에게 사진이 담긴 비닐 폴더를 건넸다.

"좋아요." 아라는 사진을 꺼내 재빨리 넘기다가 자신이 본 남자를 찍은 가장 큰 사진에 이르렀다. "이 남자예요." 아라가 남자의 이마를 손가락으로 짚었다.

"얼마나 확실한 겁니까?"

"백 퍼센트. 이 사람이 틀림없어요."

"한 가지 이해할 수 없는 게 있군요. 지난번에 만났을 때는 왜 그렇게 말하지 않았죠?"

"그때는 거래를 할 만한 상황이 아니었어요." 아라는 고개를 가로저었다. "시간도 장소도 좋지 않았고 내게 돈을 보여주지도 않았잖아요. 이건 아니다 싶었던 거예요. 사진 속의 남자에 관해서 확인해보면 내 말이 무슨 뜻인지 알게 될걸요."

"그럼 그사이 아무에게도 말하지 않았습니까?"

"그래요. 일단 당신에게 두 번째 기회를 주기로 했죠. 게다가 그런 건 내 스타일도 아니고."

"하지만 경찰에는 말했겠지요?" 기자가 캐물었다. "전에 만났을 때 그런 얘기를 했잖아요. 거기서 이 남자의 사진을 보았을 것 같습니다만."

"그래요. 이 남자 사진을 여러 장 봤어요. 참고로 지금까지 경찰은 네 번 만났고요. 솔나 경찰서로 이사를 가는 게 나을 판이에요. 내가 이 남자를 지목했냐고요? 아뇨. 왜 지목하지 않았냐고요? 보상이 없으니까." 아라는 씩 웃었다. "그리고 전에도 말했다시피 법정에 증인으로 서고 싶은 마음도 없고요. 하지만 몽타주를 만드는 건 도왔어요."

"다 이해합니다." 기자가 마주 웃었다. "하나만 더요. 경찰에서 만들었다는 몽타주는 얼마나 정확하죠?"

"쓸 만해요." 아라는 어깨를 으쓱였다. "하지만 당신 사진이 훨씬 정확하죠. 이 남자가 내가 본 남자라는 건 틀림없고요."

"괜찮을 것 같군요. 약속한 대로 절반은 지금 주겠습니다." 기자는 지폐 뭉치를 건넸다.

"나도 묻고 싶은 게 있어요." 아라는 돈을 세지도 않고 주머니에 넣은 뒤 사진 속의 남자를 고개로 가리켰다. "누구죠? 내가 외국으로 피신하기라도 해야 하는 건가요?"

"몸을 사리고 있어야 한다는 건 확실합니다." 기자가 대답했다. "나 말고 다른 사람에게는 이 이야기를 하지 않을 테죠. 그것만 지키면 걱정할 건 없습니다."

"그래서 누군데요?" 아라는 다시 한번 자신이 지목한 남자의 사진을 고개로 가리켰다. "이름이 있기는 한 거예요?"

"제대로 미친 놈이죠." 기자는 어깨를 으쓱했다. "이름이 뭔지는 당장 중요한 게 아닙니다. 조용히 몸 사리면서 나 말고는 아무와도 이야기하지 않으면 괜찮을 거예요. 놈은 우리가 자기 이름을 어떻게 알아냈는지 모를 테니까요."

그러고서 둘은 헤어졌다. 기자는 자기네 업계에서는 어떤 내용이든 신문에 싣기 전에 반드시 검증을 거쳐야 한다며 끝나는 대로 연락하겠다고 약속했다. 아라는 택시를 몰며 남은 오후를 보낸 뒤 야간 근무를 하는 동료와 교대했다. 그런 다음 지하철을 타고 키스타로 돌아가 식료품을 산 뒤 집을 향해 서둘러 발걸음을 옮겼다.

몸을 사려야 할 시점이다. 사실 몸 사리기에 가장 좋은 곳은 그의 아파트였다. 전전세에, 그는 입주자로 등록조차 되어 있지 않았으니까. 아라는 현관 잠금장치의 키패드를 향해 몸을 숙였다. 그 순간 누군가 등 뒤로 다가와 어깨를 두드렸다.

깜짝이야! 더 나은 대안이 없었기에 아라는 장바구니를 방패 삼아 가슴 앞으로 들어 올리며 몸을 돌렸다.

"아라, 아라 도스티. 오랜만이야." 난데없이 나타나 활짝 웃는 얼굴로 아라의 혼을 빼놓은 남자가 말했다. 아라는 단번에 그를 알아보았다.

"오마르!" 아라는 놀라움과 안도감을 감추지 못했다. "무서워 돼지는 줄 알았다고!"

"오랜만이야." 오마르가 씩 웃고는 아라를 힘차게 껴안았다. "십 년은 됐지? 생각해보니까 더 된 것도 같고."

"한참 됐지." 불과 이틀 전 솔나 경찰서에서 동창의 사진을 보았음에도 아라는 그렇게 대꾸했다.

56

회의 및 평소와 같은 점심 식사를 마친 뒤 직장으로 돌아온 벡스트룀은 사무실 문을 닫고 간절하고도 누려 마땅한 낮잠을 청하기 위해 집으로 돌아갈 만한 타당한 구실을 떠올리려 애썼다. 피곤했고, 약간 무기력했고, 아무것도 생각할 수 없었다. 배가 살짝 더부룩하기도 했다. 그 더부룩한 속을 달래려는 순간, 상황은 더욱 악화되었다. 천둥소리를 내며 배 속의 압력을 해소하려던 그는 뭔가 미약하되 다소 묽은 돌출물의 희생양이 되고 말았다. 그날따라 상아색 리넨 정장을 입고 온 터라 상태가 한층 심각했으니, 당장 적극적인 개입에 나서야만 했다.

일단 벡스트룀은 방문객용 의자로 문을 막고 블라인드를 내린 뒤 바지를 벗어 자신에게 닥친 재난의 규모를 확인했다. 좋지 않아. 전혀 좋지 않아. 그는 값비싼 바지 뒷부분의 연한 리넨에 얼룩진 거무튀튀한 스키드 마크를 살펴보며 생각했다. 이 차림을 하고 화장실로 숨어들기란 어림도 없었다.

사무실에는 물도 종이 타월도 없었기 때문에 고급 러시아 보드카와 아침에 집을 나서며 상의 주머니에 꽂았던 실크 손수건까지 모두 희생시키는 수밖에 없었다. 다행히 널찍한 책상 안에는 애프터셰이브 로션도 한 병 있었기 때문에, 이 교활한 자객의 후각적인 면모는 감출 수 있었다.

십 분 뒤 벡스트룀은 바지를 다시 입고 창가에 선 채 말리며 택시를 부른 다음, 사무실을 나서기에 앞서 모든 것을 점검했다. 긴급 상황에서 섣부른 행동은 금물이지. 그렇게 생각하며 벡스트룀은 수사대 대다수가 자리 잡고 있는 사무 공간을 살금살금 신중하게 나아갔다. 그러는 내내 휴대전화를 귀에 대고 있었기 때문에 동료들을 지나칠 때는 고개를 끄덕이고 웅얼거리기만 하면 되었다.

집으로 돌아가는 택시 안에서 벡스트룀이 내면의 평정을 되찾으려 노력하는 내내, 피부색과 방향감각으로 보아 그날 아침 모가디슈에서 도착한 모양인 택시 기사는 벡스트룀이 사는 쿵스홀멘의 이네달스가탄 거리를 찾느라 진을 뺐다. 벡스트룀이 마침내 현관문을 닫았을 때는 이미 오후 3시 30분이었다.

안전을 확보하고 나서야 비로소 운명이 선사한 불운한 상황에 대처할 수 있었다. 먼저 옷을 전부 벗어 빨래 바구니에 넣고 샤워를 한 뒤 실내 가운을 걸치고 독한 페르네트브란카 한 잔으로 속을 가라앉힌 그는 이어 컴퓨터 앞에 앉아 이사크의 마지막 거처에 관한 진지한 제안이 들어오지 않았는지 확인했다.

당연히 제안은 없었다. 이런 날 다른 결과를 기대할 수 있을 리 없지. 벡스트룀은 창문 앞의 금박 새장에 악의를 담은 시선을 던졌다. 바라건대 입주자가 애완동물 공동묘지에 반쯤 발을 들이고 있을 지금, 새장은 불필요하게 자리만 차지하고 있었다. 함께한 시간은 삼월 말부터 오월 초까지 여섯 주에 불과했지만, 이사크는 벡스트룀의 인생에서 가장 커다란 좌절을 안겼다. 아무리 좋게 말하더라도 처절한 좌절이었다.

이사크는 학습이 불가능하다는 사실을 증명했을 뿐만 아니라 믿을 수 없을 정도로 추잡하기까지 했다. 녀석은 작은 말처럼 끊임없이 먹어 댔고 먹는 내내 코끼리처럼 똥을 쌌다. 다 먹은 다음에는 씨앗, 견과류

껍질, 다양한 새 모이, 그리고 자신의 배설물을 사방에 흩뿌렸다. 그중 대부분이 새장 밖 바닥에 떨어지는 통에 벡스트룀의 핀란드인 청소부이자 그가 아끼는 웨이트리스인 하얀 토네이도마저도 이사크에 대해 불평을 늘어놓으면서 그 망나니를 없애버리라고 했을 정도였다.

"괜찮은 방법이라도?" 같은 생각을 하고 있었던 벡스트룀은 그렇게 물었다. 이사크를 변기에 넣고 물을 내려버릴까도 생각했지만, 그런 식으로 대응하기에는 녀석의 몸집이 큰 편이라 배수관의 U 자 부분에 낄 위험이 컸다. 최악의 경우에는 녀석이 그 치명적인 갈고리 부리로 탈출로를 뚫어 벡스트룀이 사는 건물에 침수 사태를 일으킬 수도 있었다.

핀란드 여자는 자신이 맨손으로 이사크의 목을 비틀겠다고 제안했지만, 벡스트룀은 그녀의 제안을 받아들이는 대신 마음을 고쳐먹고 반려동물 가게로 가서 자신을 이런 몹쓸 상황에 처하게 만든 쓸모없는 점원 녀석과 진지하게 이야기를 나누었다. 그 불한당에게 이사크를 파격 할인가에 다시 사지 않겠냐고 제안하기까지 했지만, 중고 앵무새 시장이 침체된 탓에 노력은 수포로 돌아갔다.

"보통은 여름 동안에 공급이 많아져요." 점원은 미안하다는 듯 좁은 어깨를 으쓱였다. "애들 데리고 휴가 갈 때가 되면 중고 새 판매가 늘어나죠. 가령 잉꼬라든가."

여름이라. 벡스트룀은 고개를 내저으며 생각했다. 여름이 올 때쯤이면 난 죽을 거야. 이사크는 추잡하기만 한 게 아니라 시끄럽기도 했다. 녀석은 평소 단잠을 자던 벡스트룀의 수면을 일주일 만에 망쳐놓았다. 앵무새 전문가에게 들은 대로 했는데도 소용이 없었다. 벡스트룀은 방의 불을 전부 끄고 새장을 두꺼운 담요로 덮었다. 아무리 이사크라고 해도 밤이 되었으니 새들이 모이는 꿈나라로 떠나야 한다는 사실을, 그리고 무엇보다 아침이 찾아와서 담요가 걷히고 새로운 하루가 시작되기 전까지는 부리를 다물고 있어야 한다는 사실을 깨닫도록 하기 위함이었다.

이사크는 이 의견에 동의하지 않았다. 녀석은 시도 때도 없이, 특히 이른 새벽마다 거칠게 꽥꽥거리며 벡스트룀의 잠을 깨웠다. 칼로 눈알을 도려내듯 침묵과 밤과 벡스트룀의 영적 평온을 도려내는 소리였다. 염병할, 이젠 어쩐다? 동거 생활이 끝으로 치달을 무렵, 벡스트룀은 깨어 있는 시간의 대부분을 이 고문관을 없앨 방법을 궁리하며 보냈다.

안칸 칼손이 가정방문을 통해 벡스트룀과 그의 슈퍼 살라미를 끝장 낼 뻔한 뒤로는 이사크를 온라인에 내놓아 판다는 건 생각조차 할 수 없었다. 추잡하고 시끄러울 뿐만 아니라 지독하게 악의에 찬 모함꾼이기도 했으니까. 전 주인이 누구였는지 잘 알고 있는 새 주인 앞에서 녀석이 부리를 여는 순간 중상모략이 판을 칠 터였다. 이사크가 새 주인을 만나자마자 퍼져나갈 소문을 떠올리기만 해도 식은땀이 흘렀다. 수의사에게 데려가 안락사시킨다는 아이디어도 마찬가지였다. 대기실에 앉아 있는 동안 그와 다른 많은 반려동물의 보호자들이 이사크의 유언을 듣게 될 테니까.

오랜 친구 꼬마 시기를 꺼내 이사크의 머리통을 날린다는 선택도 마찬가지로 논외였다. 지난번 그의 아파트에 화약 연기가 가득했을 때 난리가 났던 걸 생각하면 적어도 집 안에서는 어림도 없었다. 핀란드 여자의 충고를 따라 몹쓸 놈의 목을 조른다는 선택은 그보다 더 나빴다. 자칫 목숨을 잃을지도 몰랐다. 이사크를 알게 된 첫날 땅콩을 주면서 목을 간질이려다 하마터면 손가락을 잃을 뻔하지 않았던가.

벡스트룀은 음울하게 가라앉은 채 일주일 내내 심사숙고를 거듭했다. 결국 문제를 해결해준 사람은 이웃인 에드빈이었다. 고작 열 살밖에 안 됐고 안경을 쓴 도마뱀처럼 생긴 이웃이었지만.

57

낮잠으로 기운을 회복한 덕분에 한결 밝아진 벡스트룀은 자신이 길들여놓은 유력 석간지 기자와 저녁 식사를 함께하기로 했다. 마침 경찰 기자회견이 끝난 지 스물네 시간이 지났으니 슬슬 직접 나서서 언론계에서 어디까지 알고 있는지 알아볼 시점이기도 했다.

그들은 여느 때와 같이 외스테르말름에 있는 술집에서 만났다. 그곳은 벡스트룀 같은 전국적인 유명 인사도 평화를 누릴 있는 곳이었다. 벡스트룀을 초대한 기자는 식전주를 몇 잔 걸치자마자 곧장 본론으로 들어갔다.

"어떻게 돼갑니까?" 기자가 스카치 온더록스를 들어 올리며 물었다. "은색 메르세데스는 찾았어요?"

"동료들이 애쓰고 있지." 벡스트룀은 러시아 보드카를 반쯤 마시고 차가운 체코 필스너를 홀짝이며 입가심했다.

"목격자는요? 어쩌고 있죠? 보여준 사진 중에서 누굴 지목하던가요?"

"무슨 소리를 하는지 모르겠군. 우리가 사진 보여준 사람이 한둘인 가." 그 택시 기사랑 이야기한 게 틀림없구먼. 벡스트룀은 생각했다.

"브롬마에 있는 에릭손의 집에서 나와 메르세데스를 탄 범인을 봤다는 목격자 말입니다." 기자가 설명했다.

"누굴 말하는지 모르겠는걸." 벡스트룀은 계속 시치미를 뗐다. "차량과 탑승자를 목격했다는 사람은 여럿이야. 그보다도 자네가 누구랑 얘기했는지 말해보지 그러나. 그러면 내가 도움이 될지도 모르지." 이러면 생각이 꽤나 복잡해질 테지. 그는 생각했다.

기자는 생각에 잠겨 뭐라 중얼거리기만 하더니 웨이터에게 주문받으라는 신호를 보냈다.

"뭘로 드실 겁니까? 전 속을 채운 닭 가슴살로 할까 싶은데요. 어떻습니까?"

"내 눈치 볼 것 있나." 벡스트룀은 어깨를 으쓱했다. "나는 뿌리채소를 곁들인 절인 쇠고기로 하지. 라거 한 잔이랑 보드카도 조금 더 가져다주고." 그는 웨이터에게 고개를 끄덕였다.

이후 한 시간 동안 그들은 먹고 마시며 다른 화제를 입에 올렸다. 커피와 코냑이 나오고 나서야 대화는 다시 본론으로 돌아갔다.

"하나씩 주고받으면 어떻습니까? 고인이 된 변호사 에릭손 씨에 관해서 말입니다." 기자가 제의했다.

"자네 먼저. 제시해봐." 벡스트룀이 말했다.

"범인의 이름을 압니다. 은색 메르세데스를 탔다는 남자요. 새벽 2시에 에릭손의 집을 막 나와서 말입니다. 뭘 주시겠습니까?"

벡스트룀은 택시 기사가 틀림없다고 확신했다. 놈이 벡스트룀의 백치 같은 동료들 대신 거액의 돈을 선택한 것이다.

"조언 하나 해주지. 자네에게 제보한 놈이 누군지 몰라도 엉뚱한 사람을 짚었구먼. 쓸데없이 명예훼손죄니 뭐니 하는 수작에 걸려서 큰돈 날리기 싫으면 기사 내기 전에 조심하는 게 좋을 거야."

"왜 그렇게 생각하시죠? 저희가 잘못 알고 있다는 뜻으로 들립니다만. 어떻게 그걸 확신하십니까?"

"그야 놈이 아니니까." 벡스트룀은 목격자인 택시 기사가 직접 에크를 도와 몽타주를 완성해놓고도 지목하지 않기로 결심한 인물이 누구일지 얼추 짐작하고 있었다.

"어떻게 확신하시냔 말입니다." 기자가 캐물었다. "경감님과 제가 이야기하는 사람이 동일 인물이 아닐 수도 있잖습니까?"

"좋아, 내가 염두에 둔 사람은 앙헬 가르시아 고메스야." 벡스트룀은 어깨를 으쓱했다. "하지만 자네가 다른 사람을 생각하고 있었다면 기꺼이 이름을 교환하기로 하지."

얼굴을 보아 하니 그렇지 않은 모양이었다.

"그가 아니라는 건 어떻게 확신하시죠?"

"놈은 사건 당시 알리바이가 있거든. 이번만큼은 놈의 중년 바이크광 클럽 동지들이 제공한 알리바이도 아니고."

"그를 감시하고 계셨군요." 기자의 말은 질문이라기보다는 확인에 가까웠다.

"그 점에 관해서는 내가 답하지 못하더라도 이해하리라 믿네. 놈은 알리바이가 있어. 얘긴 그걸로 끝이야."

"제대로 된 행복을 누리는 게 왜 이렇게 힘든 걸까요?" 기자는 그렇게 말하며 한숨을 내쉬었다.

한 시간 뒤, 벡스트룀과 그를 초대한 기자는 코냑 한 잔을 더 마시고
다가오는 여름을 맞이하는 뜻에서 다시 마지막 한 잔을 걸친 뒤 우호
적인 분위기 속에 헤어졌다. 거래 같은 건 이루어지지 않았지만 상관없
었다.

"고맙습니다, 벡스트룀. 귀띔도 고맙고, 경고는 더 고맙습니다." 벡스
트룀에게서 얻어낸 것이라고는 그나 그의 동료들 일이 아닌 사안에는
간섭하지 말라는 선의에서 우러난 충고뿐이었지만, 어쨌든 기자는 그렇
게 말했다.

"어떻게 보답하면 좋을까요?"

"평소처럼 해." 벡스트룀은 어깨를 으쓱했다. 티끌 모아 태산이지. 그
는 생각했다.

58

길들여놓은 언론계의 끄나풀을 만난 이후, 벡스트룀은 곧장 집으로
돌아가 잠자리에 들었다. 취침 전 한잔조차 필요없었다. 그저 그는 편안
하고 커다란 해스텐스 침대에 누워 양손을 배 위에 포개고 잠이 찾아오
기를 기다리면서 폭군 이사크를 없애도록 도와준 꼬마 에드빈을 떠올

렸다.

에드빈은 작고 호리호리했다. 벡스트룀이 불어나는 재산 덕분에 원래
있던 장식품 대신 박아 넣은 진귀한 보석들을 매일 아침저녁으로 청소
할 때 쓰는 치실보다도 더 가늘고 짜리몽땅한 아이였다. 꼬마 에드빈은
렌즈가 유리병 바닥처럼 두껍고 둥근 뿔테 안경을 썼으며, 아주 작은
글씨로 인쇄된 책처럼 말을 했다. 작고, 책을 많이 읽고, 안경까지 쓴 이
도마뱀 녀석은 몇 년 전 엄마 아빠와 함께 이 건물로 이사를 왔다. 다행
스러운 건, 에드빈이 옛날 방식으로 키운 아이이며 에드빈의 가족은 물
론 벡스트룀이 사는 건물 전체에서도 유일한 아이라는 사실뿐이었다.

하지만 에드빈은 신문이나 술을 만드는 데 필요한 믹서, 그 외 상트
에릭스가탄 거리의 상가에서 사기꾼 놈들이 운영하는 식료품점의 다양
한 먹거리를 가져오는 따위의 잔심부름을 시킬 때도 유용했다. 술 심부
름이라는 더 큰 중책을 맡기기에는 아직 몇 년 일렀지만 말이다. 그래도
언젠가는 그날이 올 터였다. 벡스트룀은 이미 에드빈을 제법 아끼고 있
었다. 사실 평소보다 더 감상에 젖을 때면 그는 너무 일찍 세상을 떠난
친구 에곤을 떠올릴 때처럼 애틋한 마음으로 에드빈을 생각했다.

에베르트, 에곤, 그리고 이제 꼬마 에드빈까지. 벡스트룀은 평소 자신
과 가장 가까운 이들을 그렇게 떠올렸다. 그처럼 선한 기독교인에게는
자연스러운 사고방식이었다.

에드빈의 이름이 에드빈이라는 사실은 일종의 수수께끼였다. 에드빈
의 어머니 이름은 두산카이고 아버지 이름은 슬로보단으로, 둘 다 유고
슬라비아 출신 이민자였다. 스웨덴 사람으로 태어나는 행운을 누리지는
못했으나 딱히 문제는 없는 사람들이었다. 그들은 오덴플란에서 마권

판매소를 운영했는데, 아버지 슬로보단은 벡스트룀과 안면을 트고 얼마 지나지 않아 그가 다양한 방식으로 벌어들인 여분의 수입을 마권과 정체불명의 외국 포커 사이트에서 주최하는 수익성 높은 인터넷 게임을 통해 세탁할 수 있도록 도왔다. 간단히 말해서, 그는 벡스트룀의 점점 커져가는 금융 네트워크에 속한 과묵하고 창의적인 일원이었다.

물론 벡스트룀과 에드빈이 처음 유대 관계를 맺을 때만 해도 여러 가지 문제가 있기는 했다. 예를 들어 꼬마 에드빈이 만날 때마다 경례를 붙이는 바람에 결국 벡스트룀이 그런 헛짓거리는 집어치우라고 말해주어야 했다. 그런 건 경찰특공대의 고릴라들 및 다른 열등한 포유동물들이나 하는 짓이었다. 살인 사건을 수사하는 형사들에게는 다른 에티켓이 있었고, 꼬마 에드빈의 경우에는 벡스트룀을 경감님이라는 직위로만 부르면 족했다. 그런 일이 있은 뒤, 두 사람의 관계는 꼬마 에드빈이 이사크를 없앨 은밀하고도 효과적인 방법을 알려주면서 큰 전환점을 맞이했다.

이사크가 이미 본성을 드러내기 시작했던 어느 이른 봄날 아침, 벡스트룀과 에드빈이 함께 엘리베이터를 타고 두 사람의 집이 있는 층으로 올라가던 중이었다. 에드빈은 벡스트룀에게 자신이 '현장 생물학자'라는 단체의 회원이라고 말했다. 가입 첫날 스웨덴에 사는 다양한 조류에 관한 연구를 주도하는 분과의 위원으로 선출된 몸이었다.

"현장 생물학자라." 벡스트룀이 말했다. 인터넷 서핑으로 포르노나 찾아다니면 어디가 덧나나? 이 녀석은 고작 열 살이잖아.

"그래서 경감님의 앵무새가 떠올랐어요." 에드빈이 말을 이었다.

"그래, 무슨 생각을 했지?"

"경감님 앵무새가 창밖으로 날아가지 않도록 주의하셔야 해요. 혹시 집 안에서 날아다니도록 풀어놓고 지내신다면요." 안경 쓴 도마뱀이 말했다.

"그건 왜지?" 벡스트룀이 물었다. 나쁜 생각은 아니군. 창문을 열고 그 망할 놈을 밖으로 내몬 다음 그날 밤 한파가 찾아오기를 비는 거야.

"마당에 사는 다른 새들이 걜 공격할 테니까요. 아주 심각한 결과를 초래할 수도 있어요."

"아주 심각한 결과라고? 무슨 말이지?"

"그러니까, 마당에는 까치랑 까마귀랑 갈매기가 있거든요. 그리고 이곳이 도심이기는 하지만 맹금류도 좀 있고요. 얼마 전에 새매가 까치를 잡는 걸 봤어요. 그렇게 작은 매가 먹이로 삼기에는 너무 커다란 까치였는데도요."

그렇단 말이지? 벡스트룀은 그렇게 생각하면서 고개를 끄덕여 보였다. 그렇단 말이지?

다음 날 아침 봄 햇살의 첫 온기가 벡스트룀의 아파트에 찾아들었다. 주님의 계시가 그보다 더 분명할 수는 없었다. 벡스트룀은 출근하기 전에 이사크의 새장을 열고 발코니 문을 활짝 연 다음 확실히 해두기 위해 발코니 테이블에 땅콩까지 한 무더기 쌓아두었다. 그랬기에 평소처럼 오랜 점심 식사를 마치고 집에 돌아오는 길에 벡스트룀의 마음은 기대로 가득했다.

집에 들어서자마자 희망은 산산조각 났다. 이사크는 새장 안에 들어가 있었다. 그 와중에 기회가 닿는 대로 아무 데나 똥을 싸둔 채였다.

녀석은 평소처럼 꽥꽥거리고 꺽꺽거리는 소음으로 벡스트룀을 맞이했는데, 그 소음에는 그렇지 않아도 절망스러운 집주인 겸 보호자의 마음 한가운데를 정통으로 후벼 파는 일종의 대위선율까지 더해져 있었다.

그것만으로 이미 충분하고도 남았건만, 녀석은 벡스트룀이 없는 동안 자신이 마당을 습격했다는 확실한 흔적까지 남겨두었다. 까치 두 마리가 유달리 날카로운 부리에 가슴을 찔려 피투성이로 죽어 있었다. 덩치가 이사크의 두 배쯤 되는 까마귀 한 마리는 그나마 목숨은 건졌지만, 한 개 반 남은 다리로 비틀거리면서 날개 한 장을 아스팔트 위로 질질 끌고 다녔다. 아울러 이웃이 남긴 익명의 편지도 있었다. 아주 강한 어조로 반려동물을 더 잘 간수하라고 충고하는 내용이었다. 편지 내용에 따르면 이사크가 그날 아침 가장 먼저 한 일은 주민회에서 마당에 설치해둔 새 모이 판을 찾아온 단골손님들을 학살하는 것이었다.

온다던 매 새끼는 어떻게 된 거야? 뭐, 첫술에 배부르겠어? 벡스트룀은 한 주 내내 이 절차를 반복했다. 급속도로 쌓여가는 익명의 편지들은 읽지도 않은 채 쓰레기 투입구에 던져 넣었고, 전략을 다듬어 이사크가 아파트 밖으로 날아갈 때까지 지켜보다가 부리나케 발코니 문을 닫아서 녀석이 다시 안으로 돌아오지 못하도록 했다.

처음 며칠은 계획대로 되지 않았다. 이사크는 날이 저물기 무섭게 침실 바깥의 창턱으로 돌아와 평소처럼 불쾌한 소음을 내면서 갈고리 부리로 유리를 쪼아 구멍을 내려 들었다. 결국 벡스트룀은 한밤중에 포기를 선언하고 발코니 문을 열어 한때 자신의 보금자리였으나 이제는 처참한 폐허가 된 집 안으로 녀석을 들여야 했다.

똑같은 방식으로 하루하루가 헛되이 지나가다가 일곱째 날, 마침내 벡스트룀의 희망이 실현되었다. 회상에 잠겨 있던 벡스트룀은 이 시점에서 잠이 들었다. 지난 두 주 동안 그는—부디, 주님께서 정말로 그의 기도를 들으셨다면—다시 자유인이었다. 스웨덴 국경일 전날 자정 직전에 잠 속으로 빠져들면서, 그는 눈을 뜨면 전보다 나은 삶이 펼쳐져 있으리라 확신했다. 이제 더는 자신을 괴롭히던 이사크와 한 집을 쓰지 않아도 될 것이었다.

59

벡스트룀이 기자와 함께 술집에 앉아 있던 무렵, 아라와 오마르는 키스타 상점가에 있는 고급 레바논 레스토랑에서 저녁을 함께하며 뜻밖의 재회를 축하했다. 오마르가 음식과 술을 넉넉하게 시켰고, 아라는 지난 며칠간 자신이 겪은 어려움을 솔직하게 토로했다. 무척 즐거운 저녁이요, 근사한 재회였다. 너무나 즐거웠던 통에 아라는 경찰이 어쩌다 오마르의 사진을 갖게 되었으며, 왜 극도로 잔인한 범죄를 해결할 수 있게끔 협조하려던 자신에게 오마르의 사진을 보여주었는지 물어보는 것을 깜빡하고 말았다.

"고약한 일이네." 오마르는 안됐다는 듯 고개를 내저었다. "걱정할 만도 해. 너희 집 앞에서 내가 나타났을 때 소스라치게 놀랐던 것도 그것 때문이었구나?"

"그래, 어떻게 하면 좋을까?" 아라가 말했다.

"그런 문제라면 너 오늘 사람 제대로 만난 거야." 오마르는 아라의 팔을 다독이며 안심시켰다. "네가 지목했다는 남자 말이지. 인상착의를 설명할 수 있어?"

"그럴걸." 아라는 고개를 끄덕였다. "잊기 쉬운 부류는 아니었으니까."

"좋아." 오마르가 재킷 주머니에서 작은 검정 수첩을 꺼냈다. "혹시 기자가 그 남자 이름을 말해주지는 않았겠지?"

"응." 아라는 고개를 가로저었다. "이름은 말 않고 그냥 몸 사리고 있으라던데. 난 스웨덴을 뜰까 했지. 태국이나 두바이로. 상황이 잠잠해질 때까지 말이야."

"현명한 판단이야." 오마르가 동의했다. "하지만 일단 그 남자가 누구인지부터 알아보는 게 좋겠다."

오마르는 어쨌든 모든 일이 잠잠해질 때까지 외국에 나가 있는 건 아주 좋은 계획이라고 말했다. 그 점에 있어서는 자기 생각도 똑같다면서. 다만 아라가 스웨덴을 뜨기 전에 몇 가지 해결해야 할 현실적인 문제들이 있었다. 오마르는 자신이 그 문제들을 해결해주겠다고 약속했다.

"아무것도 걱정할 거 없어." 오마르는 다시 한번 아라의 팔을 다독였다. "내가 해결하겠다고 약속할게. 네가 잠시 휴가를 떠나기 전에 말이야. 도망쳐야만 할 상황이라는 뜻은 아니야. 도망치는 게 상책이 아니기도 하고."

"네가 나 대신 해결할 수 있다고? 너 화공학자가 된다고 하지 않았어?" 아라는 왕립 공과대학에서 도대체 뭘 가르치는 걸까 궁금해졌다.

"아무것도 걱정할 거 없다니까." 오마르는 미소를 지으며 되풀이했다.

"아는 게 곧 힘이야. 너도 그건 알지?"

아라는 말없이 고개만 끄덕였다. 아는 게 곧 힘이라. 그래서 경찰이 네 사진을 파일에 보관하고 있었던 거야?

60

벡스트룀은 스웨덴 국경일의 대부분을 쿵스홀멘 자택의 침대 위에서 보냈다. 아침에 가장 먼저 한 일은 오른팔인 안칸 칼손에게 이메일을 보내 그날 수사대 회의를 대신 주재하라고 지시하는 것이었다. 거기에는 세 가지 이유가 있었다.

첫 번째로 벡스트룀에게는 사건에 관해 혼자서 생각할 시간이 필요했다. 두 번째로 사건이 빠르게 해결로 치닫는 지금, 업무의 상당 부분은 세부 사항을 정리하고 모든 과정이 순서에 맞게 진행되도록 하는 것뿐이었다. 이 부분은 금요일 회의 때 처리할 계획이었다. 마지막 세 번째 이유는 그와 그가 가장 신뢰하는 동료들만의 비밀로 해두고 싶은 부분인데, 바로 자신이 애석하게도 '일종의 장염'에 걸렸기 때문이었다. 벡스트룀의 성격상 직장 동료들의 건강을 위협할 수는 없는 노릇이니 당연히 집에서 쉬는 편이 최선일 듯했다. 물론 혹시라도 그날 회의에서 중요한 일이 생기면 안칸이 즉시 연락을 취하리라 믿어 의심치 않았고.

무슨 중요한 일이 있을지는 모르겠지만 말이야. 벡스트룀은 그렇게 생각하며 고개를 내저은 뒤 침대 옆 테이블에 올려둔 병에서 페르네트를 한 잔 가득 따랐다. 그러고는 이사크와 이별하기 전의 마법과도 같았던 스물네 시간에 관한 기억을 다시 더듬어갔다. 상황을 보아 하니 영원한 이별이 될 수도 있으리라는 희망을 품으면서.

이사크가 그를 떠나기 전날, 벡스트룀은 마침내 대책을 떠올렸다. 그는 솔나 경찰서를 나와 집으로 돌아가는 길에 상점가에 들러 커다란 롤비닐과 부엌 스토브 옆 가스 밸브에서 이사크의 새장까지 닿을 정도로 긴 고무호스 하나를 샀다.

집에 돌아온 벡스트룀은 독한 보드카로 마음을 다잡은 뒤 행동에 나섰다. 그러나 이사크가 든 새장을 비닐로 다 감싸기도 전에 상황이 어그러졌다. 벡스트룀이 비닐을 덮자마자 이사크는 날카로운 부리를 이용해서 비닐을 찢었다. 이사크가 마지막 여정에 벡스트룀을 함께 데려가기로 작심한 게 분명했으므로 가스 밸브를 연다는 건 상상도 할 수 없었다.

결국 벡스트룀은 포기했다. 그는 소파에 앉아 독한 술을 세 잔째 마시고 이사크를 향해 눈을 부라리며 대안을 궁리했다.

가스가 안 된다면 전기는 통하지 않을까. 천성이 실용적인 사람답게 벡스트룀은 그렇게 생각해보았다. 유일한 문제라면 그 해결책을 실천에 옮기기 위해 필요한 기술이 자신에게 없다는 것이었다. 그렇다면 전기기술자를 불러야 한다는 얘긴데, 물론 그건 안 될 말이었다. 벡스트룀은 깊은 한숨을 내쉬었다. 앵무새 죽이기가 이렇게 어렵다니!

당사자인 이사크는 관심도 없는 눈치였다. 녀석은 다시 땅콩 껍질 까기에 열중하고 있었다. 더 나은 아이디어가 떠오르지 않았기에 그는 발코니 문을 열어 이사크를 마당으로 내보냈다. 일단은 이 문제를 안고 수면을 취한 다음, 동네 술집으로 가서 식사다운 식사를 하면서 다시 한번 문제를 검토했다. 결국 그는 아무런 아이디어도 떠올리지 못한 채 우울한 상념에 사로잡혀 몇 시간을 술집에서 보냈다. 마침내 집에 돌아왔을 때 바깥은 이미 어두워진 뒤였다.

벡스트뢲은 현관문을 닫자마자 소리가 나지 않도록 살금살금 어두운 집 안을 가로질러 조심스럽게 발코니 창턱 너머를 내다보았다. 평소 이 시간이면 이사크가 문을 열어달라며 창문을 두드리는 자리였다.

하지만 이번에는 아니었다. 이사크가 시야에 들어오지 않았다. 갑자기 마음속에 희망이 솟아올랐다. 어쩌면 올빼미의 먹잇감이 되었는지도 모른다. 꼬마 에드빈이 지난주에 말하기를 아무리 이사크라고 해도 컴컴한 한밤중에는 안전하지 않다고 하지 않았던가. 벡스트뢲이 사는 거대하고 무표정한 도시 한가운데에는 올빼미들이 살았고, 올빼미들은 밤에 사냥을 했다. 주변의 모든 것이 칠흑 같은 어둠에 묻혔을 때에도 소리 없이 날면서, 무섭도록 정확하게.

벡스트뢲은 마침내 기분 좋게 잠들었다. 드디어 저 위의 누군가가 그의 기도를 들은 게 틀림없었다. 눈을 떠 새로운 하루를 맞이한 순간, 꿈은 산산조각 났다. 소리를 들어보니 이사크는 블라인드를 친 보호 유리창 너머에 앉아 유리에 대고 부리를 갈고 있었다.

제기랄, 이제 좀 뒈져라. 벡스트뢲은 그렇게 생각하면서 매트리스 밑에 숨겨둔 꼬마 시기를 꺼내 슬라이드를 잡아당겨 약실에 총알이 있는지 확인한 다음 힘겹게 침대에서 빠져나왔다. 살금살금 창문으로 다가가서 블라인드를 올리고 그 우라질 놈을 정통으로 쏴버리려는 참이었다. 블라인드 줄을 잡아당기려는 순간, 갑자기 무언가 유리에 쿵 하고 세게 부딪히는 소리가 나면서 창 전체가 흔들렸다.

뭐가 어떻게 돌아가는 거야? 벡스트룀은 블라인드를 올리고 창문을 열어 아스팔트가 깔린 안쪽 마당을 내려다보았다.

이사크는 마당에 쓰러져 있었다. 평소 만나던 까맣고 하얀 친구들보다 살짝 더 거친 부류에 속하는 새로운 친구를 만난 모양이었다. 갈색에, 이사크보다 두 배는 크고, 부리도 이삭보다 더 휘어진 녀석이 옆에 앉아 이사크의 가슴에 구멍을 내고 있었다. 느닷없이 찾아온 혼란 가운데 벡스트룀은 불행하게도 꼬마 시기의 방아쇠를 당기고 말았다.

제기랄! 창문을 닫고 블라인드를 내렸다. 탄피가 침실 바닥에 떨어졌다는 사실이 그나마 위안이었다. 한밤중에 탄피를 찾기 위해 마당으로 달려가고 싶은 마음은 없었으니까.

대신 살금살금 현관으로 가 문 옆에 서서 귀를 기울였다. 사방이 고요한 것 같았다. 다시 조용히 침실로 돌아가 블라인드를 살짝 들추고 밖을 내다보았다. 이사크는 여전히 저 아래 드러누운 채 두 발을 허공으로 쳐들고 있었지만, 얼룩덜룩한 갈색 공격자는 자리를 뜬 모양이었다.

드디어 저 망할 것이 뒈진 게 틀림없어. 벡스트룀은 그렇게 생각하며 아름답고 부드러운 해스텐스 침대로 돌아갔다.

두 시간 뒤, 누군가가 벡스트룀을 잠에서 깨웠다. 상대는 손가락으로 초인종을 꾹 누르고 있는 듯했다.

벡스트룀이 문구멍으로 내다보니 에드빈이었다. 얼굴이 슬퍼 보였다. 열 살짜리 소년이 이사크의 비극적인 죽음을 가장 가까운 가족에게 알려야 할 때 지을 법한 표정이었다.

"무슨 일 있니?" 벡스트룀이 물었다.

"저는 분명히 말씀드렸어요, 경감님." 에드빈은 엄숙하게 고개를 끄덕였다. "매가 죽인 거예요. 제가 지난주에 말씀드린 것처럼요."

"이사크가 죽었다고?" 벡스트룀은 자신의 이마를 부여잡았다.

"다행히 안 죽었어요. 회복할 가능성도 있고요. 함께 최선의 결과를 바라기로 해요, 경감님."

이 도마뱀 새끼가 뭐라는 거야? 낫길 바라자고?

한 시간쯤 앞서 꼬마 에드빈은 자신보다 더 작은 산악자전거를 타고 학교로 가기 위해 마당으로 내려갔다가 의식을 잃은 채 쓰러진 이사크를 발견했다. 처음에는 죽은 줄 알았지만 자세히 보니 아직 숨을 쉬고 있는데다 새의 작은 심장이 콩닥콩닥 뛰는 소리까지 들렸기에 얼른 이사크를 감싸 재킷 속에 넣었다. 에드빈은 부리나케 아파트로 올라갔고, 다정한 어머니가 택시를 불러 동물병원으로 갔다.

"경감님께 불필요한 걱정을 끼치고 싶지는 않았거든요." 에드빈이 설명했다.

"그래서 뭐라고 하더냐? 수의사들이 말이야." 벡스트룀이 물었다.

"용기를 잃지 마세요, 경감님." 에드빈은 벡스트룀의 손을 다독이며 위로했다. "삶이 있는 한 희망은 있어요."

삶이 있는 한 희망은 있다더니, 벌써 도착한 첫 번째 청구서를 보아 하니 이사크는 가능한 한 오랫동안 벡스트룀을 엿 먹이기로 작정한 모양이었다. 보통 사람들이 파리처럼 목숨을 잃어가는 사이 이사크가 앵무새 중환자실에 머문 시간은 두 주가 다 되어가고 있었다. 스웨덴이 대체 어떻게 돌아가는 거야? 벡스트룀은 암담한 기분으로 고개를 가로저었다.

61

목요일 아침, 수사대 회의를 시작하면서 안니카 칼손은 회의에 참석한 다른 팀원들에게 자신이 임시로 주임 수사관의 역할을 대신하게 됐지만 다음 날이면 벡스트룀이 돌아올 거라고 알렸다. 그녀는 그의 불참 이유는 일단 자신만 알고 있기로 하고 나디아에게 발언권을 넘겼다.

"메르세데스 건은 어떻게 돼가고 있지요, 나디아?"

"느리지만 꾸준하게 진행중이에요. 확인할 차량이 백 대 정도 남았어요. 그래도 아직까지는 놈이 빠져나가지 못했을 것 같고요."

"남은 차량 확인은 언제쯤 끝날까요?"

"그건 단정하기 어려워요." 나디아가 고개를 내저었다. "최소한 한 주는 더 필요해요. 그리고 일부 차주들은 명단에서 제외하기 전에 직접 만나봐야 할 거예요. 그래도 잘 진행되고 있어요."

"좋아요. 그 밖에 전달할 사항이 있나요?"

나디아 회그베리는 한 가지가 더 있다고 했다. 벡스트룀이 자리에 없는 틈을 타, 그녀는 자신과 동료들이 피살자의 컴퓨터에서 발견한 것에 관해 이야기하기로 했다. 우선 시간을 절약하기 위해서이기도 했지만, 팔메 수상 살인 사건을 이른바 섹스 스캔들이라는 관점에서 재수사하게 된 원인 제공자가 바로 벡스트룀이었으며, 그가 지금도 섹스야말로 수상 살인 사건의 열쇠라고 믿고 있다는 풍문이 경찰 내에 자자하기 때문이기도 했다.

"피살 당일 에릭손은 아홉 시간 넘게 온라인 포르노를 보고 있었던 모양이에요. 방문한 사이트들은 포르노 중에서도 상당히 이색적인 부류였죠. 폭력적인 포르노그래피가 많았고, 수간이나 난쟁이를 상대로 한 섹스, 그 밖에 올레 아저씨에게는 이야기하고 싶지 않을 법한 온갖 기묘한 것들이 잔뜩 있더군요."

"올레 아저씨? 그게 누굽니까?" 얀 스틱손 경위가 물었다. 그는 텔레비전을 보는 일이 극히 드물었고, 그나마도 스포츠 채널을 벗어나는 일이 거의 없었다.

"채널 5에서 성 상담 프로그램을 진행하는 심리학자요. 그 사람 이름이 올레예요. 좀 뚱뚱한 할머니처럼 생겼죠." 나디아가 설명했다.

"아, 그렇군요. 그런 치들."

"언제 한번 봐요, 얀." 안니카가 삐딱한 미소를 지으며 말했다. "올레 아저씨에게서 뭔가 팁을 얻을 수 있을지도 모르잖아요. 그래서, 나디아 생각은 어떻죠? 그 부분도 수사를 해야 할까요? 아니면 에릭손도 대다수 남자들과 마찬가지였다고 생각하면 그만일까요?"

"그게, 에릭손의 경우에는 대다수 남자들과 정반대였을지도 몰라요. 그런 짓을 한 건 업무 관계 때문이었거든요. 동료인 다니엘손의 말을 믿는다면 그래요. 우리 동료인 블라드가 이미 그 문제와 관련해 다니엘손을 면담했죠. 면담 녹취록은 오늘 오후에 이메일로 보내줄게요."

"에릭손이 업무 때문에 포르노를 검색하고 있었다고요? 궁금해 죽겠으니까 설명해줘요." 안니카 칼손이 말했다.

변호사 다니엘손의 말에 따르면 그의 동료인 토마스 에릭손은 피살되기 며칠 전에 새 고객을 맡았다. 유명한 사업가인 고객은 자기 나이의 절반밖에 안 될 정도로 어린 전 여자친구의 컴퓨터를 해킹해서 자신이 인터넷에서 내려받은 방대한 양의 포르노그래피를 보내 괴롭힌 혐의를 받고 있었다.

"여자의 컴퓨터, 웹 사이트, 페이스북 페이지, 오만 곳에요." 나디아는 고개를 내저었다. "하지만 법적 대변인인 에릭손이 고객의 특별한 관심사를 공유했다는 증거는 없어요. 에릭손은 자기 고객에 대한 경찰의 조사 보고서에 올라온 항목들을 하나씩 확인하고 있었던 모양이에요. 하드 드라이브를 뒤져봤지만 이전에 포르노를 검색한 흔적은 없더군요. 그런 사이트를 방문한 흔적을 자동으로 지워주는 소프트웨어를 설치하지도 않았고요. 내 생각에 포르노 쪽으로 접근할 필요는 없을 것 같아요. 전부 업무와 관련한 일이었던 것 같으니까. 아무리 이상한 영상이었더라도 말이죠."

"또 찾아낸 건 없나요?" 안니카가 물었다.

"해독하기 어려운 메모가 여럿 있는데 아마 재무 관련 사항일 거예요. 그리고 비슷한 자료를 하드 드라이브에 저장했다가 얼마 안 돼서 삭

제한 흔적도 있었죠. 그런 면에서는 신중한 사람이었던 모양이에요. 어 쩠든 뭔가 쓸 만한 걸 찾으면 알릴게요. 하지만 큰 기대는 말아요. 에릭 손은 비밀을 간직할 때 주로 기억력에 의존하는 사람이었던 것 같으니 까." 엄마 젖을 먹으면서부터 그런 습관을 들인 너처럼 말이지. 나디아 는 스스로에게 말했다.

이어서 페테르 니에미가 보고에 나섰지만 수사의 기술적 측면에 관 해 덧붙일 만한 새로운 정보가 많지 않기는 마찬가지였다. 그는 피해자 가택수색이 다음 주 초에 마무리될 예정이며, 현장에서 발견한 DNA 흔적과 섬유 및 발자국에 관한 국립과학수사연구원의 첫 검사 결과도 비슷한 시기에 나올 것으로 전망했다. 아직도 흉기는 발견하지 못했다. 무척 마음에 걸리는 부분이었다.

"평범한 둔기를 사용했을 경우 열에 아홉은 현장에서 발견되기 마련 이야. 범죄 현장은 이번 사건에서처럼 피해자나 범인의 집이고. 대개는 미리 계획하지 않은 범죄라 일이 터졌을 때 손에 잡히는 대로 아무거나 사용하는 거지. 망치, 부지깽이, 파이프, 프라이팬, 촛대. 적당히 단단하 고 들기 쉽고 머리를 부술 수 있는 거면 뭐든지."

"하지만 이번엔 아니라고요?" 안니카 칼손이 물었다.

"이번에는 아니야. 그게 마음에 걸려. 범인은 애초에 에릭손을 없애 기로 마음을 먹고 꼼꼼하게 계획까지 세워서 찾아왔던 게 확실해. 범행 도구도 가져왔지. 추측해보자면 야구방망이나 곤봉 같은 목재로 된 물 건이었을 것 같군. 금속보다는 목재일 거라고 보는 이유는 두개골에 난 상처의 모양 때문이고."

"하지만 범인이 도착했을 때 에릭손은 이미 죽어 있었잖아요." 펠리시아 페테르손이 말했다.

"그렇지. 에릭손은 몇 시간 전에 죽어 있었어. 그 점에는 의문의 여지가 없어. 범인은 그 사실을 보자마자 알아차렸겠지만, 그래도 에릭손을 공격해 두개골을 부수었어. 정말 마음에 걸리는 건 거기부터야."

"어째서죠?" 안니카가 물었다.

"자신이 이미 몇 시간 전에 에릭손을 죽였다는 걸 알고 있었다면 뭐하러 그런 짓을 했을까? 그쯤 되면 당연히 흥분이 좀 가라앉지 않았을까? 애초에 왜 돌아간 거지?"

"처음에 놓쳤던 걸 찾으러 간 게 아닐까요? 에릭손이 자신을 속였다는 사실을 깨닫고요." 안니카가 가설을 던졌다. "그래서 몹시 화가 나 시체를 공격할 채비까지 했던 거죠."

"가능한 얘기지." 페테르 니에미는 과장되게 두 손을 펼쳐 보였다. "그런데 그보다 훨씬 터무니없는 생각이 머릿속을 떠나지 않는군. 그 생각을 따른다면 틀림없이 상황이 복잡해지는데도 말이야."

"말해봐요." 안니카 칼손은 미소를 지었다. 페테르는 머리가 좋지.

"범인은 다른 누군가가 이미 에릭손을 죽였다는 사실을 모르는 채로 에릭손에게 폭행을 가하려고 찾아갔던 거야. 상황을 알게 되고서도 여전히 화를 삭이지 못해 시체를 공격했고."

"동감이에요." 안니카 칼손이 더 활짝 미소 지으며 말했다. "아주, 아주 터무니없다는 말 말예요. 피해자가 어느 지극히 평범한 일요일 밤에 자신을 두들겨 패려고 몰려든 손님들을 현관에 가지런히 줄 세워놓았다는 얘기처럼 들릴 지경인데요."

"나도 알아." 니에미는 엷은 미소를 띠었다. "좀 말이 안 되는 것 같긴 하지."

"뭐, 답은 알게 되겠죠." 안니카는 어깨를 으쓱했다. "또 덧붙이고 싶은 건 없나요?"

"하나 더 있어. 탄도 분석을 끝냈어. 우리가 발견한 두 총알은 모두 에릭손의 총에서 발사됐어. 처음부터 이미 짐작하고 있었던 결과긴 하지만."

"그럼 수사에 돌파구가 될 만한 이야기는 아무것도 없는 거군요?" 안니카 칼손이 결론을 내렸다.

"그래, 돌파구는 없어." 니에미는 고개를 가로저으며 인정했다. "갈수록 더 혼란스러워지기만 한다는 자각뿐이지. 하지만 자네 말에는 동감이야. 조만간 모든 게 딱 맞아떨어질 거야."

"또 이야기할 사람 없나요?" 안니카 칼손은 그렇게 말하며 회의실을 둘러보았다. 만장일치로 고개를 흔드는 것으로 보아 회의를 마무리할 시간이었다.

"좋아요." 그녀는 자리에서 일어났다. "내일 금요일 10시 정각에 다시 모이죠. 오늘 불참한 경감님도 올 거예요."

안니카 칼손은 자리로 돌아가자마자 벡스트룀의 휴대전화로 연락해 약속했던 대로 회의 내용을 보고했다.

"진전이 있긴 하지만 따로 말씀드릴 만큼 특별한 건 아니고요." 안니카 칼손이 말했다.

"당연하지. 그런 게 있을 리가 있나?" 벡스트룀이 대꾸했다.

"다들 벌써 벡스트룀을 그리워하고 있어요. 그나저나 가엾은 배는 어때요? 내가 닭고기 수프랑 미네랄워터 사서 갈까요?"

"정말 고마운 말이군, 안니카. 하지만 질문에 대답하자면, 아니. 난 닭고기 수프 필요 없어. 미네랄워터도 마찬가지고."

"아쉬워라. 혹시 마음이 바뀌면 나한테 연락하겠다고 약속해요."

순순히 그런 약속을 해버리는 대신, 벡스트룀은 그냥 휴대폰을 꺼서 통화를 종료해버렸다.

소름 끼치는 여자 같으니. 그는 고개를 절레절레 저었다. 만일의 사태에 대비해 현관으로 가서 문에 방범 체인을 거는 것도 잊지 않았다. 연약한 체인 하나가 안니카 칼손 같은 사람을 막을 수 있을 리 없지만 말이야. 그는 그렇게 생각하며 몸서리를 쳤다.

62

안니카 칼손과 대화를 마친 뒤, 벡스트룀은 출입문의 보안을 강화해줄 자물쇠공을 찾을 때까지는 집에서 나가 있는 편이 가장 안전하겠다고 판단했다. 어쨌든 이곳은 자신만의 성이어야 하지 않은가.

그는 늦었지만 든든한 아침 식사를 마치고 시내를 걸어 다녔다. 노란 태양, 파란 하늘, 그늘 아래 온도는 섭씨 이십 도. 참된 스웨덴 사람이라면 누구나 기대해마지않을 날씨였다. 벡스트룀은 노르멜라르스트란드

해안을 따라 걷다가 요충지에 자리 잡은 옥외 술집에서 발걸음을 멈추어 잽싸게 시원한 보드카 토닉을 주문한 뒤, 두 시간 동안 그곳에 머물며 감시용 선글라스를 통해 옆을 지나가는 모든 아가씨들을 살피고 다음 날 리틀 미스 프라이데이와의 만남에 앞서 머릿속에 떠오르는 발상들을 정리해두었다.

넌 운이 좋은 녀석이야, 벡스트룀. 너는 사람들을 움직일 뿐만 아니라 흔들기도 하지. 여자들 모두 너한테 환장한다고. 그 수가 갈수록 늘어나고 말이야. 항상 그렇다니까. 다음 날 활약을 앞둔 슈퍼 살라미의 상태도 좋았고, 변호사 에릭손도 마침내 인과응보를 맞이했다. 하지만 이제 돌아가서 다가올 저녁 약속들을 처리하기 전에 휴식을 취해야 할 시점이었다. 손목시계를 흘끗 확인한 벡스트룀은 넉 잔째 보드카 토닉을 비운 뒤 서빙을 담당한 아가씨에게 택시를 불러달라고 말했다. 당연히 대답과 함께 눈부신 미소가 돌아왔다.

그날 밤 벡스트룀이 컴퓨터 앞에 앉아서 점점 규모가 커져가는 자신의 온라인 팬클럽 회원들에게 먹잇감을 제공하고 있을 때, 전화가 울렸다. 전화는 평소 쓰는 휴대전화가 아니라 경찰 외부의 지인들과 연락할 때만 사용하는 휴대전화로 걸려 왔다. 이번에 전화를 건 사람은 그중에서도 단연 가장 유익한 지인, 바로 벡스트룀의 오랜 친구인 구스타프 구스타프손 헨닝이었다. 성공한 미술품 거래상인 그는 텔레비전의 골동품 프로그램에 출연해 유명해졌으며, 가장 가까운 친구들 사이에서는 예구라라는 별명으로 불렸다.

예구라는 우선 한동안 연락하지 못해 미안하다는 말로 운을 뗐다.

몇 주간 사업차 외국에 나갔다가 전날 밤에야 사랑하는 고국의 장려한 수도로 돌아왔다고 했다.

"국경일이잖소." 예구라가 힘주어 말했다. "진정한 스웨덴 사람이라면 이날을 스웨덴에서 기념해야 한다는 건 다 알지. 다른 방식은 생각할 수도 없소. 의무 아니겠소. 오늘 하루는 스톡홀름 군도에 별장을 가진 거래처 지인과 함께 보냈다오. 청어와 보드카를 먹고 마시면서 근사한 태엽식 축음기로 에베르트 타우베와 유시 비엘링의 음악을 들었지. 그 친구, 심지어 실외 변소까지 준비했더이다. 그런 구식 시설을 이용해 보고 싶어 하는 사람이 있을까 봐 말이오."

그러고서 예구라는 같은 말을 반복했다. "스웨덴 국경일은 스웨덴에서 기념해야지. 진정한 스웨덴 사람의 의무 아니겠소."

괴짜 집시에게도 의무인 모양이지. 오래전 예구라를 위해 그의 집시 혈통과 스톡홀름 경찰청 범죄과 기록 보관소에 유하 발렌틴 안데르손 스뉘그라는 이름의 파일을 남긴 무모했던 청소년 시절의 마지막 흔적을 손수 없애준 바 있는 벡스트룀이 생각했다.

"제가 뭘 도와드리면 되겠습니까?" 부동산 개발업자 친구에게서 받은 갈색 봉투의 내용물이 며칠 만에 대폭 줄어들기는 했지만, 벡스트룀은 기분이 좋은 상태였다.

"일단 경감에게 근사한 식사를 대접하고 싶구려. 괜찮다면 내일 저녁 어떻소? 경감과 논의하고 싶은 작은 사업 제안이 있는데."

"그거 좋겠군요." 이미 예구라가 적당히 예스러운 방식으로 마련한 봉투가 눈앞에 선했다. 인색한 부동산 개발업자는 감히 상상도 못할 두께였다. "제가 어떤 식으로 도움을 드리면 될까요?" 벡스트룀이 물었다.

"이번에는 도움이 양방향으로 오갈 것 같다는 예감이 드는구려. 우리가 서로를 돕게 될지도 모르겠다 이거요. 내일 저녁 8시에 오페라셀라렌에서 보면 어떻겠소?"

"좋습니다." 벡스트룀이 말했다. 서로를 도와? 그는 전화를 끊으며 생각했다. 예구라가 그를 도울 방법이 뭐가 있다고?

63

벡스트룀과 달리 단 안데르손은 쿵스홀멘의 보안청 본부의 자기 사무실에서 스웨덴 국경일을 보냈다. 그는 이른 아침부터 사무실에 앉아 그날 자신의 책임하에 집까지 무사히 모시게 될 인사들 삼십여 명의 신병을 확인했다. 평소처럼 명단 맨 꼭대기는 왕, 왕비, 공주와 그 외 왕가의 구성원 네 명이 차지하고 있었다.

전에도 수없이 그랬듯이 걱정은 기우로 끝날 모양이었다. 시간이 지나감에 따라 단 안데르손은 자신이 맡은 인사들의 이름을 하나씩 지워나갈 수 있었다. 국왕 부처의 일정은 오후 2시에 마무리되었다. 그들은 스칸센 야외 박물관에서 열린 스웨덴 국경일 축하 행사를 뒤로하고 늦은 오찬에 참석하기 위해 상대적으로 안전한 스톡홀름 왕궁으로 향했다.

오후 5시쯤 되자 대부분의 일정이 마무리되었다. 특별한 사건은 아무것도 없었다. 단 안데르손은 집으로 돌아가 조깅을 한 뒤 사우나에 들렀다가 사랑하는 아내와 함께 가벼운 저녁 식사를 즐기면서 하루를 마무리할 생각이었다. 하지만 일은 계획대로 되지 않았다. 십칠 일 전 한스 울리크 본 코메르 남작이 드로트닝홀름 궁 앞 주차장에서 정체불명의 가해자에게 공격당했다는 옌뉘 로예르손의 보고와 관련해 정보과에서 연락을 해오는 바람에 그는 두 시간을 더 직장에 머물러야 했다.

돌아가시겠군. 단 안데르손은 그런 불평을 하는 경우가 거의 없었지만 이번은 예외였다. 그는 자신의 상관인 리사 마테이 과장에게 이메일을 보내 다음 날 면담을 요청했다.

불과 오 분 뒤, 멜라렌 호수의 섬에 자리한 집으로 돌아가기 위해 엘리베이터를 타고 주차장으로 내려가던 단 안데르손의 휴대전화로 답장이 왔다. "14.00. Yrs LM." ▪ 딱 할 말만 하는군. 단 안데르손은 메시지를 확인했다는 답장을 보내며 생각했다. 때와 장소를 가리지 않고 언제나 근무중인 리사 마테이다운 메세지였다.

64

수요일 밤, 오마르가 아라를 집까지 바래다주고서야 두 사람은 마침내 헤어졌다. 오마르는 가기 전에 아라를 껴안으면서 몸조심하라고 말했

▪ "오후 2시. 친애하는 리사 마테이."

다. 무슨 일이 생기면 연락하라며 휴대전화 번호도 알려주었다. 또 그는 다음 날 아침에 다시 만나자고, 자신이 옛 친구를 위해 몇 가지 현실적인 세부 사항들을 해결해보겠다고 했다.

"어때? 내가 내일 8시에 이리 올 테니까 아침 식사 같이할까?" 오마르가 물었다.

"좋아, 내일은 비번이라 괜찮아." 아라가 말했다.

잠들기 전에 아라는 휴대전화를 켜서 그날 밤에 온 음성 메시지들을 들었다. 셋 다 신문사 기자의 메시지였는데, 아라가 연락을 받지 않을 때마다 점점 더 짜증이 치미는 듯한 목소리였다.

첫 번째 메시지는 밤 11시 직전에 남긴 것이었다. 기자는 아라에게 "앞서 했던 대화와 관련해 문제가 생겼으니" 당장 연락 달라면서 문제를 빨리 해결할수록 자신과 아라 모두에게 좋을 거라고 말했다.

첫 메시지에서 기자의 목소리는 짜증이 났다기보다는 스트레스를 받은 것에 가깝게 들렸지만, 삼십 분 후 다시 연락했을 때는 무척 화가 나고 꽤나 취한 것 같았다. 기쁘든 슬프든 그냥 화가 났든 상관없이 술을 왕창 들이부어 기분을 달래는 여느 스웨덴 남자들과 다를 바가 없었다. 아라가 자신에게 준 정보는 "좆 나게 개판"이었고, 아라가 받은 "쩐"을 생각하면 당장 이야기를 나누어야겠다는 내용이었다. 밤중 어느 때나 연락해도 된다고 했다.

세 번째 전화는 자정 직후에 걸려 왔다. 기자의 메시지는 이제 크고 선명해졌다.

"좋아, 아라. 당신이 뭔 지랄을 하고 있는지는 모르겠는데, 혹시 나랑 신문사를 벗겨먹을 작정이면 대가리에 한 가지만 똑바로 새겨둬. 돈 더 받을 생각은 하지도 마. 꿈 깨라고. 뭔가 좆 나게 대단한 이유가 있지 않은 한 다 끝난 얘기라고. 이유가 없다면 이미 받은 돈 이만 오천은 내놔. 안 내놓으면 진짜 좆 될 줄 알아, 알았어? 그러니까 아라 당신 안위를 생각해서라도 이거 듣는 대로 연락해."

신문사를 벗겨먹을 작정이라니? 아라는 만일에 대비해 휴대전화를 다시 껐다. 그러고 나서도 잠들기 전까지 몇 시간을 뜬눈으로 보냈다. 주로 가만히 누워 몸을 뒤척이면서 계단통과 아파트 밖 복도에서 들리는 미세한 소리에 귀를 기울이고만 있었다. 마침내 잠이 들었을 땐 악몽을 꾸었다. 그러다가 한밤중에 아라는 온몸이 땀으로 흠뻑 젖은 채 침대에서 벌떡 일어났다. 잠이 싹 달아났다. 누군가 현관문을 부수고 들어오려고 한다는 생각이 들었던 것이다. 그는 살금살금 부엌으로 나가 눈에 보이는 가장 커다란 식칼을 챙기고 조용히 현관문으로 다가가 문구멍으로 밖을 내다보았다.

계단은 조용했고 아무도 없었다. 그래도 아라는 혹시나 하는 마음에 몇 분 더 가만히 서서 귀를 기울이며 밖을 지켜보았고, 다시 침대로 향하기 전에 자물쇠와 방범 체인을 두 번 더 점검했다. 경찰과 석간지 기자와 학창 시절 절친했던 친구의 전화번호가 있고, 다들 조금만 걱정되는 일이 있어도 전화하라고 했는데도 마음이 편치 않았다. 젠장, 너 피해망상이라고. 아라는 스스로에게 그렇게 말하고는 마침내 잠들었다.

다음 날 아침 8시가 막 지나서 오마르가 나타났다. 기분이 무척 좋아 보였다. 그는 아침 식사와 함께 사진 여섯 장을 가져와서 두 사람 사이에 놓인 식탁 위에 펼쳐놓았다.

"이 사진들 좀 봐." 오마르가 미소 지으며 말했다. "둘 중에 낯익은 사람 있어?"

확실히 아는 것이 힘이네. 그렇게 생각하며 아라는 고개를 끄덕였다. 사진 속의 두 사람 모두 낯이 익었다. 한 사람은 며칠 전 그가 차로 칠 뻔했던 남자였고, 다른 하나는 여러 번 택시에 태운 적이 있는 사람이었다. 확실히, 아는 것이 힘이었다. 그리고 오마르는 언제나 가장 아는 게 많고 자신의 지식을 가장 잘 이용하는 친구였다.

"둘 중에 아는 사람 있냐니까." 오마르가 다시 물었다.

"이 사람." 아라는 눈을 가늘게 뜨고 있는 남자의 사진을 들어 보였다. "내 차에 치일 뻔했던 게 이 남자야. 누군데? 이름이 뭐야?"

"미치광이 칠레 놈이야. 어렸을 때 제 엄마랑 같이 스웨덴에 왔지. 앙헬 가르시아 고메스. 완전 돌았지. 미친놈이라는 별명으로 알려져 있어. 스페인어로는 엘 로코. 놈의 친구들은 그렇게 부르지. 지옥의 천사들에서는 거물이야."

"엄청난 작자 같네." 아라는 한숨을 내쉬었다.

"이 사람은?" 오마르가 식탁에 놓인 다른 남자를 가리켰다.

"누군지 알아. 택시에 태운 적이 있거든. 프레드리크 오카레지?"

"지옥의 천사들 솔나 지부 전 의장. 가르시아 고메스의 절친한 친구지. 샴쌍둥이나 다름없어. 항상 같이 다니거든. 내 생각엔 이자가 그 메르세데스를 몰고 있었을 가능성이 커. 네가 자리를 뜰 때 상향등을 켠 사람도 이자일 테고."

갈수록 태산이군. 아라는 그렇게 생각하면서 고개만 끄덕였다.

"정신 차려, 아라." 오마르가 활짝 웃으며 아라의 팔을 토닥였다. "이 오마르가 해결해줄 테니까. 오마르의 친구라면 아무것도 걱정할 필요 없어. 스몰란드에 살던 코흘리개 꼬맹이 시절부터 가장 친했던 친구라면 말할 것도 없지."

"우리가 어떻게 하면 돼?" 아라가 물었다. 우리. 내가 아니야. 우리가 어떻게 하면 되지?

"내가 이미 손을 써뒀어. 일단 네가 지낼 새 집을 찾았지. 이 나라를 뜰 때까지 숨어 있을 곳이야. 중요한 것만 챙기면 내가 데려다줄게. 그리고 직장에 전화해서 병가를 내고 나으면 연락하겠다고 해. 진단서가 필요하면 그것도 내가 마련해줄게."

"기자는 어떻게 하지? 틈만 나면 전화를 걸고 아주 난리야."

"당연히 기자가 준 돈은 네가 가져야지. 그게 거래 조건이었으니까. 원하던 걸 못 얻은 건 그쪽 문제지 네가 알 바 아니잖아. 그러니까 지금부터 기자에 관해선 잊어버려." 그렇게 말하면서 오마르는 주머니에 손을 넣어 새 휴대전화를 꺼냈다. "새 휴대전화, 새 인생, 아무것도 걱정하지 말고. 알겠지?"

선택의 여지가 있기나 해? 그렇게 생각하며 아라는 잠자코 고개를 끄덕였다.

65

이날은 금요일이었기 때문에 벡스트룀이 수사대 회의를 오전 10시로 미뤄둔 터였다. 회의를 시작하기에 앞서 머릿속을 정리하기 위해 삼십 분 일찍 출근했건만, 그가 자리에 앉자마자 노크 소리가 들려왔다. 옌뉘 로예르손이 장밋빛으로 상기된 두 뺨과 같은 색깔의 상의 차림으로 가슴을 들썩이면서 나타났다. 믿기 어렵게도 나흘 전 두 사람이 처음 대화를 나누었을 때보다 더 흥분한 기색이었다.

"자리에 앉지, 옌뉘." 벡스트룀이 말했다. "무슨 일이지?" 숨을 조금만 더 깊게 쉬고 상체를 조금만 더 앞으로 숙이면 가슴이 옷 밖으로 튀어나오겠는걸.

"사건의 돌파구를 찾은 것 같아요, 경감님." 옌뉘는 상체를 앞으로 숙이고 상의를 가다듬으면서 서류가 담긴 얇은 비닐 폴더를 벡스트룀의 책상 위에 올려놓았다. "오늘 아침에 만든 약식 보고서예요. 회의 때 다른 사람들에게 이 이야기를 꺼내시려거든 이걸 출발점으로 삼으시라고요. 너무 괜찮은 정보라 이게 사실인가 싶을 정도예요." 그녀가 덧붙였다.

"자네가 직접 설명하는 게 더 낫겠군." 벡스트룀은 절반의 클린트를 보내며 몸을 의자에 기대고 두 발을 책상 위에 올려놓았다. 만일을 위해 두 다리는 꼬았다.

"목격자가 다시 연락해 왔어요."

"어느 목격자?" 지금쯤 목격자가 최소한 백 명은 될 텐데. 그중에서 순 허풍쟁이가 아닌 작자는 두셋이나 되려나.

"익명의 목격자요. 드로트닝홀름에서 남작이 경매 카탈로그로 폭행 당하는 광경을 본 여자 말이에요. 그 여자가 보낸 새 편지가 오늘 아침 도착했어요. 신문에 범인의 사진이 실린 걸 봤대요. 범인이 백 퍼센트 확실하대요."

"그래서, 그 범인이 누군데?" 벡스트룀은 이미 답을 짐작했지만 그렇 게 물었다.

"변호사 토마스 에릭손이에요. 우리 피살자요. 차량등록소 데이터베 이스를 확인했어요. 끝이 9라고 했잖아요. 일치하더라고요. 그러니까 백 퍼센트 확실해요." 옌뉘는 벡스트룀 앞에 놓인 비닐 폴더를 검지로 두 드렸다.

"끝이 9라니?" 도대체 이 여자가 무슨 소리를 하는 거지?

"범인의 차량 번호판 말이에요." 옌뉘가 설명했다. "경감님도 기억하 시겠지만 목격자, 그러니까 익명의 목격자가 첫 번째 편지에서 차량 번 호를 다 기억하지는 못해도 끝에 9가 하나 또는 두 개 있었던 건 확실 하다고 했잖아요."

"그래서 에릭손의 차량 등록 정보를 확인해봤다고?"

"그럼요, 경감님." 옌뉘 로예르손은 미소를 지으며 벡스트룀 앞에 놓 았던 폴더를 다시 집어 들었다. "정보는 월요일에 받았어요. 에릭손의 차들은 피살 당시 집 차고에 있었으니까요. 에릭손은 차를 두 대 몰았 나 봐요. 영국산 사륜구동 차량, 그러니까 녹색 레인지로버는 자기 소유 로 등록했고, 검은색 아우디 A8은 법률사무소 소유로 등록했죠. 그 아 우디의 등록 번호가 XPW 299예요. 어때요, 제 말이 맞죠?"

"맞는 것 같군. 늙다리 호모 골동품상이 에릭손을 죽였다는 건 믿기 힘들지만 말이야." 놈이 소파에 똥을 지린 녀석이라면 또 모를까.

"그렇죠." 옌뉘는 열성적으로 고개를 끄덕였다. "그건 저도 좀 의아해요. 물론 남작을 직접 만난 적은 없지만요. 전화 통화만 해봤는데 범인 같지는 않았어요. 자기 잘난 맛에 사는 타입 같던데요. 그러니까 그쪽은 잘못 짚은 건지도 모르겠어요. 그럼 이제 경감님만 괜찮으시다면 우리가 찾은 에릭손과 본 코메르라는 사람 사이의 연관성에 관해 말씀드리고 싶은데요."

"그래, 어디 설명해보게." 벡스트룀이 말했다. "우리"와 "연관성"이라니, 뭐라는 거야?

"처음에 저는 토끼를 키우던 노부인 아스트리드 엘리사베트 린데로트가 모든 일의 배후라고 생각했어요. 그러다 에릭손의 죽음과 그가 주차장에서 남작을 공격한 인물이라는 사실 간의 연관성을 알게 되었죠. 그러자 부인 역시 피해자라는 데에 생각이 미쳤어요. 왜냐면 부인은 토끼를 빼앗겼으니까……."

"잠깐만." 벡스트룀이 말했다. "할망구가 토끼를 잃은 건 그 프리덴스달이라는 정신병자 때문이었는데. 프리덴스달이 모든 일의 배후라는 얘기가?" 갈수록 태산이구먼.

"아뇨." 옌뉘는 고개를 가로저었다. "프리덴스달도 범인 같진 않아요. 게다가 프리덴스달은 어느 고약한 작자에게 협박당한 뒤로는 증인으로 나설 엄두도 못 내잖아요. 다른 누군가가 있는 거예요. 우리가 아직 찾아내지 못한 누군가가 에릭손 피살 사건과 주차장 피습 사건과 불쌍한 노부인의 토끼가 보호 처분을 받은 사건의 배후에 있어요. 물론 부인을 신고한 동물권 활동가 프리덴스달이 협박을 받은 사건이야 말할 것도 없고요. 그 사람만 찾아내면 틀림없이 모든 조각이 맞아떨어질 거예요."

벡스트룀은 잠자코 고개만 끄덕였다. 일단 호모 두 놈이 주차장에서 투덕거렸어. 다음으로 어느 미친 할망구가 토끼를 보호시설에 빼앗겼고, 그 원인을 제공한 지극히 평범한 미치광이는 다시 어느 진짜배기 폭력배에게 협박을 당했지. 마지막으로 변호사 하나가 맞아 죽었고, 죽은 뒤에도 덤으로 추가 폭행을 당했어. 그리고 이 모든 것의 배후에 아직 정체가 알려지지 않은 단 한 명의 범인이 있다, 그 소리로군. 얼간이 점수를 10점 만점으로 놓으면 우리 옌뉘의 머리는 11점은 되겠는걸.

"이제는 어떻게 할까요, 경감님? 그러니까, 이 다음은 어떻게 진행해야 하죠?" 옌뉘가 물었다.

"좋아, 내 생각에 우리가 할 일은 이거야." 벡스트룀은 슈퍼 살라미가 용틀임할 경우에 대비해 두 발을 책상에서 내렸다. "방금 자네가 한 이야기는 당분간 우리 둘이서만 알고 있는 거야. 다른 사람에겐 한마디도 해서는 안 돼."

"알았어요." 옌뉘가 동의했다.

"좋아, 그럼 동의한 거야." 이렇게 하면 안칸이 네 귀를 붙잡아 끌고 가는 모습은 보지 않아도 될 테지.

"마지막으로 질문 하나만요, 경감님." 옌뉘가 말했다.

"말해봐." 벡스트룀이 말했다.

"보안청은 어쩌죠? 이 정보도 알려야 하지 않나요? 그러니까, 규정에 따르면 그쪽에 알릴 의무가 있잖아요."

"물론이야." 벡스트룀은 엄숙하게 고개를 끄덕였다. "물론 보안청에 알려야지. 그건 말할 필요도 없어. 당장 자네가 약식 보고서를 보내주는 게 가장 좋겠군." 그러면 책상물림 녀석들도 주말 동안 골치깨나 썩겠지. 아마 그 골동품상 호모 건을 또 한 번의 왕실 스캔들로 엮을 수 있을지도.

"메모는 이미 작성해뒀으니 문제없어요." 엔뉘는 고개를 끄덕이며 손에 든 서류를 펄럭여 보였다. "당장 착수할게요."

"그렇게 하라고." 벡스트룀이 대답했다. "자, 그럼 자리를 비켜주겠나? 회의 전에 준비할 게 있어서."

11점으로는 안 되겠어. 벡스트룀은 문을 닫고 나가는 엔뉘를 보며 생각했다. 엔뉘는 12점이 틀림없어. 저 정도 머리면 분명 완전히 독보적이라고.

66

단 안데르손은 신중한 남자였다. 전날 리사 마테이에게 면담을 요청하면서 그는 이메일로도 간략한 설명을 덧붙였다. 또한 그는 과묵하면서도 중요한 세부 사항을 놓치지 않는 남자였기에, 자신의 상관이 알아야 할 모든 사항을 전달하는 데에는 두 페이지면 족했다. 시급한 보안 문제도 아니었고, 대외비로 처리한 건 그저 상황이 예기치 못하게 악화될 경우에 대비해서일 뿐이었다.

먼저 단 안데르손은 리사 마테이에게 이 모든 문제의 핵심에 위치한 인물을 간략하게 소개했다. 예술사 박사 학위를 소지한 예순세 살의 남작. 지난 삼십 년간 한 여자와 결혼 생활을 했고, 장성한 두 딸은 모두 결혼했다. 그리고—이것이 핵심인데—딱히 절친하다고는 할 수 없지만 국왕 부처와 개인적으로 아는 사이에 과거 수차례 사적인 상황에서 만난 바 있는 인물이었다. 지난 이십여 년 동안 남작과 부인은 드로트닝홀름 궁에서 불과 백팔십 미터 떨어진 곳에 위치한 빌라에 세 들어 살았는데, 이 빌라는 궁중 소유의 부동산에 포함되어 있었다. 남작 부부가 이 특권적인 세입자 집단에 들어가게 된 것은 남편보다 고귀한 남작 부인의 배경 덕분이었다.

한스 울리크 본 코메르에게는 남작이라는 작위뿐, 자기 소유의 토지가 없었다. 그가 막내딸과 결혼하겠다고 청했을 때 미래의 장인이 염려했던 것도 바로 이 점이었다. 장인이 될 공작은 얼마간의 망설임 끝에 결혼에 동의했다. 공작에게는 네 딸과 아들 하나가 있었는데, 아들은 공작가가 지난 삼백 년 동안 소유하고 다스려왔으며 공작에게는 인생의 전부라 할 만한 광대한 영지를 물려받을 예정이었다. 그것은 가문의 존속을, 다시 말해 장남이 가문의 혈통과 대대로 물려온 땅을 보존한다는 것을 의미했다.

삼백 년 넘게 그런 방식이 이어져왔고, 현대 세계의 여러 징후들이 염려스럽기는 했지만 앞으로도 그렇게 되기를 바라는 바였다. 본 코메르의 장인은 장수를 누리다가 십 년 전 아흔 살의 나이로 세상을 떠났는데, 아들이 가문의 좌우명에 따라 선조들의 전통을 충실히 지켰던 덕에 만족스러운 마음으로 지상의 순례를 마무리할 수 있었다. 공작의 장남이자 외아들은 어린 시절부터 국왕 폐하와 가까운 친구 사이였다. 자신보다 재산이 훨씬 적은 여동생과 처남이 지내도록 드로트닝홀름 궁 인근의 집 한 채를 내어 달라는 호의를 청할 수 있을 정도로 말이다.

보고서의 핵심에 자리한 인물에 대해 이와 같은 설명을 마친 뒤, 단 안데르손은 계속해서 상관에게 알려야겠다는 생각이 들 만큼 자신을 심란하게 만든 두 가지 사건에 관해 설명했다. 첫째, 5월 19일 일요일 밤 드로트닝홀름 궁의 극장 앞에 위치한 주차장에서 일어났으며 솔나 경찰서에서 보안청으로 통보한 사건. 단 안데르손은 사건 개요를 열다섯 줄로 요약해냈다. 그는 남작이 그 자신의 주장과 달리 실제로 폭행을 당했고 어쩌면 그 폭행이 가중 폭행에 해당하는 수준이었을지도 모른다는 하급 경관 로예르손의 믿음에는 동의했지만, 그 자체로는 리사 마테이를 귀찮게 할 만한 일이 아니었다. 그보다는 그가 본 코메르의 배경과 환경에 대한 조사를 요청한 이후 보안청 자체 정보과에서 목격한 사건이 결정적이라 할 수 있었다.

5월 31일 금요일, 왕과 왕비가 드로트닝홀름 궁에서 대부분 사적인 친구들로 구성된 오십여 명의 손님을 초청해 만찬을 베풀었다. 특별히 성대한 행사는 아니었지만 중요한 손님이 여럿이라 총 여덟 명의 경호원이 배치되었다. 이날 자리는 보안청에서 예상했던 것보다 한결 흥겨운 자리이기도 했다. 파티가 자정을 넘어서까지 계속되는 바람에, 밤 10시에 경호과 담당 당직 경관은 아침부터 근무한데다 다음 날 아침 일찍 출근해야 하는 경호원 둘을 교대시켜야 했다.

단 안데르손이 받은 정보과 보고서에는 명확한 이유가 적혀 있지 않았지만, 이 두 경호원들은 임무 교대 이후 곧장 집으로 돌아가 수면을 취할 수 있었음에도 마지막으로 궁 인근의 거리를 가볍게 한 바퀴 돌며 순찰하기로 결심했다. 아마 지나가며 주변을 점검하려던 것이었겠지. 단 안데르손은 그렇게 솔선수범하는 경관들을 높이 평가했다.

본 코메르 남작이 사는 집을 지나던 두 사람은 어떤 사건을 목격했고, 그날 밤 즉시 해당 사건에 관한 보고서를 작성했다.

본 코메르 남작에게 두 남자가 찾아왔었다. 남작 같은 사람이 평소 어울릴 만한 부류의 남자들은 아니었다. 남작과 두 손님은 본 코메르가의 현관문이 반쯤 열린 가운데 바깥 정원에 서 있었고, 헤어지기 전 남작은 둘 모두와 악수를 나누었다. 하지만 경호원들이 찍은 감시 사진에 따르면 먼저 손을 내민 쪽은 본 코메르가 아니라 손님들이었던 듯했다.

두 경호원 중 한 명은 최근에 팀에 합류한 서른한 살의 여성 경위였다. 산드라 코바크라는 이름의 그녀는 경찰이 된 이후 십 년 동안 줄곧 감시하는 일을 해왔다. 경찰학교를 졸업한 그녀는 곧장 보안청에 채용되었고, 몇 년 뒤 상관이 국가범죄수사국으로 옮길 때 함께 자리를 옮겨 감시과에 합류했다. 그녀가 소속된 집단의 주업무는 스웨덴 조직범죄 세계에서 가장 위험한 인물 백여 명의 활동을 감시하는 것이었다.

산드라 코바크는 동료들 사이에서 평판이 아주 좋았다. 그녀는 일급 감시 경찰이 갖추어야 할 모든 자질을 갖추고 있었다. 방대한 지식을 쌓아왔고, 오직 확실한 사실만을 취급하기로 유명했다. 그녀는 본 코메르의 손님들을 단번에 알아보았다.

"이런 망할. 일단 지나간 다음 사진이 잘 나올 만한 곳에 차 좀 세워봐요." 코바크는 조수석 발밑 공간에 놓인 카메라를 향해 손을 뻗으며 말했다.

"가십 잡지에서 프리랜서로 일하는 줄은 몰랐는데." 그녀보다 경력이 오래된 남자 동료는 한숨을 내쉬었다. 한참 전부터 잠자리에 들고 싶은 마음이 간절하던 터였다. 하지만 코바크의 성격이 성격이었던 만큼, 그는 그녀가 시키는 대로 했다. 길을 따라 구십 미터 떨어진 무료 주차 공간에 조심스럽게 차를 세운 뒤 전조등을 껐다.

"파란 재킷 입은 사람은 한스 울리크 본 코메르 남작이야." 코바크의 동료가 말했다. "못 믿겠으면 예의 가십 잡지 아무 거나 꺼내서 보라고. 이 나라 제일가는 식충이라는 소문이 자자해. 공짜 음식과 술이 있는 페이지마다 서서 활짝 웃고 있을걸."

"그 사람은 됐어요." 코바크는 첫 번째 사진을 찍으며 말했다. "내가 관심 있는 건 다른 둘이에요."

"뭐 하는 사람들인데? 모르긴 몰라도, 겉모습만 보자면 이 동네 사람은 아닌 것 같군. 국왕 폐하의 친구분들 같지도 않고. 신문에서 폐하에 대해 뭐라고 떠들어대든 말이야."

"지옥의 천사들이에요." 코바크가 말했다. "바이크를 탄 로렐과 하디■죠. 가죽 재킷을 입고 꽁지머리를 한 덩치는 프레드리크 오카레. 그리고 몸집은 오카레의 절반에 몸무게는 구십 킬로그램밖에 안 나가는 쪽은 오카레의 가장 가까운 친구예요. 이름은 앙헬 가르시아 고메스. 보통은 엘 로코, 다시 말해 미친놈이라고 불리죠. 참고로 그게 애칭이랍니다."

"무슨 얘긴지 알겠어." 동료가 고개를 끄덕였다. "그렇다면 나한테 소원이 딱 하나 있는데."

"뭐죠?" 코바크는 망원렌즈를 조정하고 사진을 몇 장 더 찍은 뒤 카

■ 1920년대부터 1950년대까지 할리우드에서 활동한 유명한 코미디언 콤비.

메라를 다시 바닥에 내려놓았다.

"이 건에 관한 보고서는 자네가 쓰는 거. 난 집에 가서 자고 싶거든."

"걱정 마요." 코바크는 휴대폰을 꺼내며 말했다. "지금 놈들 뒤를 따라가는 동안 당장 쓰기 시작할게요."

"온라인에서 지옥의 천사들이 이번 주말 스코네에서 큰 회합을 갖기로 했다는 기사를 읽었어. 그러니 아마 놈들도 그쪽으로……"

"아닐걸요." 산드라 코바크가 말허리를 잘랐다. "놈들은 다리를 건너서 브롬마 공항 쪽에 있는 자기네 클럽 하우스로 가는 것 같군요."

"자네가 맞았군." 십오 분 뒤 코바크의 동료가 말했다. 오카레와 가르시아 고메스는 울브순다에 위치한 클럽 하우스에 이르러, 상단에 가시철조망을 두른 채 건물을 에워싼 높다란 울타리의 출입문을 열더니 코바크와 카메라의 시야에서 사라졌다.

"당연히 내가 맞았죠. 사진도 꽤 잘 나왔어요." 산드라 코바크의 명성은 허투루 생긴 것이 아니었다.

"그러므로 한스 올리크 본 코메르의 사적인 관계에 주의를 기울일 필요가 있음." 단 안데르손 경감이 상관에게 보낸 보고서는 그렇게 끝났다. 자신의 주장을 뒷받침하기 위해 그는 코바크 경위가 찍은 감시 사진과 그녀가 같은 날 밤 제출한 사건 보고서를 첨부했다.

다음 날 아침, 단 안데르손 경감이 리사 마테이 과장과 만나기로 한 시각보다 네 시간 앞서 솔나 경찰서에서 다시 그에게 연락을 취했고, 단 안데르손은 점심 약속을 미루어야 했다. 상관에게 전달하려던 평범한 정보가 막 최우선 보안 문제로 변해 더 철저한 조사가 필요해졌기 때문이었다.

갈수록 태산이로군. 그는 자신에게 불필요한 걱정이 많다는 사실을 알면서도 그렇게 생각하며 한숨을 내쉬었다.

67

벡스트룀은 항상 하던 방식대로 금요일 수사대 회의를 시작했다. 똑같은 보디랭귀지, 똑같은 생각, 똑같은 말. 긴 테이블 끝에 자리 잡은 그는 상체를 앞으로 기울이고 양 팔꿈치는 테이블에 얹어 두 손으로 턱을 받친 편안한 자세로 앉아 모여드는 팀원들을 관찰했다. 회의의 시작을 알리는 이런 제스처만으로도 그의 메시지는 더없이 명확했다.

스웨덴 국경일 다음 날 수사대의 인원은 현저히 줄어 있었다. 불참자들은 언제나처럼 국경일과 주말 사이에 하루를 더 쉬어서 수요일 밤부터 월요일 아침까지 연휴를 만들고 싶었다는 사실을 제외한 온갖 사유를 제시했다. 게으르고 쓸모없는 자식들. 한 주를 날려먹을 셈이냐. 벡스트룀은 그렇게 생각했지만, 불참자 중에 알름과 안데르손트뤼그도 포함된 것을 깨닫고 크게 문제 삼지 않기로 했다.

"좋아." 벡스트룀이 말했다. "진척된 사항이 있나?"

"네, 있습니다." 페테르 니에미가 말했다. "놀랍게도 국립과학수사연구원에서 답이 왔습니다. 한 시간 전에요. 테라스 문에서 발견한 혈흔 샘플의 DNA 분석 결과입니다."

"가르시아 고메스겠지." 벡스트룀은 몽타주를 떠올리며 말했다.

"맞습니다." 니에미가 동의했다. "앙헬 가르시아 고메스와 일치합니다. 이번 경우 다른 사람일 가능성은 무시해도 됩니다. 그가 아닐 가능성은 지구 전체 인구 중 한 명꼴의 확률보다도 낮으니까요. 물론 몽타주와 다리를 저는 남자를 목격했다는 택시 기사의 증언을 생각하면 별로 놀랄 일도 아니고요."

"좋아." 벡스트룀이 말했다. "그렇다면 어쩌다 놈의 피가 에릭손의 테라스 문에 묻게 된 건지 의견을 듣고 싶은데."

"다음과 같은 시나리오 쪽으로 생각이 굳어져가는군요." 니에미가 말했다. "가르시아 고메스와 운전사, 아마 바이크 타는 친구 중 하나일 테고, 저라면 프레드리크 오카레라는 데에 돈을 걸겠습니다만……. 아무튼, 가르시아 고메스와 운전사는 새벽 2시에 에릭손의 집에 나타났습니다. 가르시아 고메스는 혼자 혹은 동행과 함께 집으로 들어갔습니다. 현관문은 열려 있었고 에릭손은 이미 죽은 뒤였습니다. 가르시아 고메스는 분노했습니다. 그래서 죽었든 말든 에릭손의 두개골을 부숩니다. 테라스 밖에 있던 개가 미친듯이 짖기 시작하자 가르시아 고메스는 개를 조용히 시키려고 밖으로 나갔습니다. 그는 에릭손에게 사용한 것과 같은 도구로 개의 등을 때리고 목을 베어 일을 마무리했습니다. 그 와중에 허벅지를 물렸고요. 그런 다음 거의 즉시 집을 나섭니다. 뭔가를 찾으려 했던 흔적은 없습니다."

"그러면 여러 가지 문제가 남는데." 벡스트룀은 의자에 기대면서 손가락을 아치형으로 모았다. "놈이 떠올릴 법한 뻔한 반대 의견들을 제시해볼까."

"자기가 예전에 에릭손을 방문했을 때 묻은 피라고 하겠죠." 펠리시아 페테르손이 말했다. "물론 거짓말이지만, 우리 DNA 샘플의 날짜가 확실한 건 아니니 합리적인 의심의 여지 없이 이를 증명할 수는 없고요."

"그래, 없지." 안니카 칼손이 동의했다. "그리고 우리 쪽에서 놈의 DNA를 현장에 심어뒀을 가능성도 항상 존재하고. 난 녀석 같은 놈들에게 더한 말도 들어봤어."

"물론 그렇겠지." 벡스트룀은 어깨를 으쓱했다. "하지만 그래도 가장 큰 문제는 가르시아 고메스에게…… 적어도 십중팔구는…… 범행 시각 당시 알리바이가 있다는 거야. 놈에게 생긴 상처를 확인한다 해도, 그 상처는 놈이 참가한 무술 대회에서 생긴 것일 수도 있어. 그동안 누군가 다른 놈이 우리의 불운한 피살자를 상대하느라 바빴고 말이야."

"하지만 깨무는 건 허용되지 않는데요." 스틱손이 무술 대회 중계방송 전문가로서 끼어들었다. "무술 대회에서는 말이죠. 개의 이빨을 가르시아 고메스의 허벅지에 난 상처와 대조해보면……."

"어쨌든 살인 자체에 대한 알리바이는 있다는 거야." 벡스트룀이 말을 잘랐다. "그리고 가르시아 고메스가 실제로 에릭손의 집에 있었다는 사실을 인정한다 해도, 그냥 웬 미친개가 갑자기 달려드는 바람에 자기 몸을 방어했을 뿐이라고 할지도 모르지. 동물을 상대로 한 가중 학대 혐의가 뭐 별건가? 이번 사건은 그 정도로는 부족해! 더 나은 걸 내놔봐." 그는 스틱손을 노려보며 말했다.

"원한다면 가르시아 고메스에 대한 체포 영장을 청구할 수 있어요."
리사 람이 벡스트룀을 향해 다정하게 고개를 끄덕였다. "그저 방금 들은 변명들을 직접 늘어놓을 기회를 주는 차원에서라도요. 나도 신물 나게 들어온 소리죠."

제법 매력적이군. 벡스트룀은 생각했다. 여러 차례 회의가 진행되는 동안 그녀가 발언한 것이 사실상 이번이 처음임을 생각하면 분명 멍청하지도 않은 모양이었다.

"그러면 고맙겠습니다." 벡스트룀이 말했다. "발부 시점을 하루 이틀 늦출 수 있다면 더욱 좋겠고요. 놈을 가두기 전에 관련 정보를 좀더 모으고 싶으니까."

"그건 제가 찾아보죠." 나디아가 말했다.

"때로는 서두르지 말아야 할 때도 있습니다." 벡스트룀은 한숨을 내쉬며 자신의 말뜻을 강조했다. "가르시아 고메스 같은 놈이 우리에게서 달아나려 하지 않게 하기 위해서라도. 놈에 관한 모든 정보를 끌어모아야 놈을 처넣은 뒤에 우리 쪽에서도 뭔가 할 말이 있을 겁니다. 그건 그렇고 나디아, 혹시 놈에게 은색 메르세데스가 있습니까?"

"네트." 나디아는 미소를 지었다. "혹시나 해서 부연하자면 러시아어로 '아니'라는 뜻이에요. 이미 확인해봤어요. 가르시아 고메스에게도 없고 그 친구인 프레드리크 오카레에게도 없어요. 처음 잠재 용의자 명단을 용의 차량 목록과 대조할 때 찾아봤죠. 다들 기억할 테지만, 오카레의 이름은 우리가 에릭손의 직장 동료들과 이야기를 나누었던 수사 초기 단계에서부터 물망에 올랐어요. 만전을 기하기 위해 오카레의 주변 인물 전원을 정보과 데이터베이스에서 확인해봤죠. 앙헬 가르시아 고메스도 그중 하나였고요. 차량 조사는 이제 백 대도 남지 않았고, 수작업으로 전환한 상태예요. 그리고 에릭손의 재무 상태에 관한 조사도 시작했어요. 우리 동료인 블라드가 조사중이죠."

"그 외에 나온 건 없나?" 벡스트룀이 모두를 향해 물었다.

"상황이 움직이기 시작하는군요." 안니카 칼손이 말했다. "제 생각에 프레드리크 오카레와 가르시아 고메스는 틀림없이 이 사건에 대해 알고 있을 겁니다. 가르시아 고메스가 이른바 알리바이라는 걸 갖고 있다지만요."

"그럴수록 더더욱 놈에게 내놓을 만한 걸 찾아야지." 벡스트룀은 이제 이곳에서 나가고 싶은 생각이 간절했다. 어서 평소의 금요일 일정에 임하고 싶었다. 원기 회복용 점심, 리틀 미스 프라이데이, 긴 낮잠 후 예구라와의 근사한 저녁. 고된 경찰 업무로 가득했던 한 주에 어울리는 마무리였다. 기본적으로 더 나은 세상이랄까. 그는 생각했다.

"주말에는 어떻게 하죠?" 안칸 칼손이 물었다.

"무슨 소린가?" 벡스트룀이 말했다. "난 일을 할 생각이야." 이거나 먹으시지.

"제 말은, 회의 말이에요."

"다음 회의는 월요일에. 혹시 무슨 일이 있으면 언제든 전화로 연락해서 변경하면 되고."

"월요일 9시 정각? 괜찮을까요?"

"그러든가." 벡스트룀은 어깨를 으쓱했다. "한밤중에 일어나고 싶다면야 내 눈치 볼 거 있나. 하지만 한 가지 당장 처리했으면 하는 일이 있어. 목격자라는 그 택시 기사. 그 녀석을 데려와서 사진 보여주고 가르시아 고메스를 확실하게 지목하게 해."

"이제 와서 그럴 이유가 있을까요?" 안니카 칼손이 물었다. "그러니까, 이미 네 번이나 얘기했는데요."

"그럼 마음을 고쳐먹게 하라고. 녀석이 제공한 몽타주를 생각하면 그렇게 어려운 일은 아닐 테지. 녀석이 본 건 가르시아 고메스가 틀림없어. 그냥 지목할 용기가 없었을 뿐이야. 그게 문제지."

"내가 또 도울 일은 없나요?" 리사 람이 물었다.

"검시관에게 연락해서 대체 뭘 꾸물거리느냐고 물어봐주십쇼." 벡스트룀이 말했다.

"실은 이미 물어봤어요. 이번 사건을 붙들고 여전히 골머리를 앓는 모양이더군요. 하지만 적어도 지금으로서는 1차 소견은 여전히 유효하다네요. 에릭손은 둔기로 뒤통수와 목을 맞아 피살되었다. 상처가 복잡하고 그중 여러 개는 사후 몇 시간이 지난 뒤에 생겼기 때문에 동료에게 자문을 구했다. 간단히 요약하면 그래요. 주말이 지나면 확실한 보고서를 주겠다고 약속했어요. 그러니까 기본적으로 그쪽에서는 새로운 소식이 없는 셈이죠."

"좋습니다." 벡스트룀은 테이블을 둘러보았다. "자, 뭘 기다리나? 가서 일들 해!" 이 게으르고 쓸모없는 자식들아.

68

벡스트룀이 수사대 회의를 주관하고 있던 시각, 단 안데르손은 자신의 고민에 몰두해 있었다. 먼저 그는 옌뉘 로예르손의 요란한 보고를 요점만 추려 반 페이지로 축약했다. 그런 다음 용의자의 몽타주 사진과 자신의 동료 코바크가 찍은 사진을 비교하며 깊은 생각에 잠겼다. 그는 몽타주 사진을 좋아하는 편이 아니었지만 둘 간의 명백한 유사성에 아연했고, 그래서 코바크의 휴대폰으로 연락해 자신에게 와줄 수 있는지 물었다. 가능하면 당장.

"바로 갈게요. 파트너랑 차량만 교환하는 대로요. 삼십 분 내로 도착할 거예요." 코바크가 말했다.

기다리는 동안 그는 옌뉘 로예르손에게 연락해 그날 아침 수사대 회의에서 새로운 정보가 나오지 않았는지 확인했다.

"오늘 아침 국립과학수사연구원에서 답이 왔어요." 로예르손이 말했다. "에릭손의 테라스 문에서 발견한 혈흔 DNA 분석 결과였는데, 혈흔의 주인이 우리 데이터베이스에 등록돼 있었죠. 이름은 앙헬 가르시아 고메스, DNA 분석 결과 에릭손의 집에 있었던 게 확실해요. 가르시아 고메스에 관해 저희 쪽에서 아는 내용을 보내드릴게요. 한 시간 안에 확인하실 수 있을 거예요."

"고마워." 단 안데르손이 말했다. "기다리지."

"물론 언제나처럼 성가신 문제들도 딸려 있긴 한데요."

"얘기해봐." 단 안데르손이 말했다.

십오 분 뒤 통화를 마친 안데르손이 로예르손에게서 들은 이야기를 막 기록하려던 순간, 코바크가 문을 두드렸다. 이 분 뒤 코바크는 다시 사무실을 나섰다. 그사이 그녀가 한 일이라고는 단 안데르손이 보여준 몽타주 사진을 한 번 훑어본 것뿐이었다.

"가르시아 고메스가 확실하네요." 산드라 코바크가 단언했다. "문제가 뭐죠?"

"늘 있는 문제지." 단 안데르손은 어깨를 으쓱했다.

"그럼 괜찮겠네요. 보통은 잘 풀리잖아요."

"그러길 바라자고." 단 안데르손은 미소를 지었다. "아, 들러줘서 고마워."

"뭘요. 주말 즐겁게 보내세요."

단 안데르손은 최신 버전의 메모를 정리하면서 네 가지 요점을 짚었다. 다른 일이 터져 또다시 보고서를 써야 하는 일이 벌어지기 전에 마테이를 만날 수 있기만을 바랄 따름이었다.

5월 19일 일요일, 변호사 토마스 에릭손이 한스 울리크 본 코메르 남작을 폭행했다. 십이 일 후인 5월 31일 금요일 밤 10시경, 한스 울리크 본 코메르가 드로트닝홀름 궁 인근의 자택에서 가르시아 고메스와 오카레를 만났다. 그로부터 이틀 뒤, 에릭손이 브롬마에 위치한 자택에서 살해당했다. 살인이 일어나고 불과 몇 시간 뒤 범죄 현장에 가르시아 고메스가 있었다는 증거가 나왔다. 목격자 증언과 DNA 분석 결과가 그 증거였다. 검사는 늘 있는 수사상의 이유로 아직 구속영장을 청구하지 않았다. 이상의 사건들로 인해 단 안데르손이 마주하게 된 물음에 대해 결정을 내리거나 최소한 대답이라도 하려면 그보다 책임 등급이 더 높은 사람이 필요했다.

단 안데르손은 메모를 이메일로 보내면서 마테이의 귀중한 시간을 십오 분만 더 할애해달라고 청했다. 메일을 보내고 일 분 만에 "지금 와도 돼. Yrs LM"라는 답이 돌아왔고, 오 분 뒤 그는 마테이의 몹시 큰 책상 앞에 놓인 손님용 의자에 앉아 있었다.

회의가 끝나자마자 벡스트룀은 자기 방으로 사라졌다. 벌써 정오가 되어가고 있었다. 경찰서를 떠나 보다 문명적인 활동에 매진하기에 앞서 남은 업무를 처리해야 할 시점이었다.

먼저 그는 책상 위에 놓인 서류 더미를 재배치했다. 마지막 서류 더미는 책상 위에서도 의자 바로 앞쪽에 펼쳐 놓았다. 경찰 고위층이 자신의 주변에 심어두었을 배신자가 보더라도 매우 바쁜 사람의 책상이라고 생각하겠다 싶을 즈음, 문에서 독특한 노크 소리가 들려왔다. 그 의미는 단 하나뿐이었다.

"들어와 앉지, 안니카." 그는 서류를 읽는 척하면서 그렇게 말했지만, 그녀는 이미 손님용 의자에 앉은 뒤였다.

"무슨 일이지?" 그가 서류를 한쪽으로 치우고 다정하게 고개를 끄덕이며 물었다.

"목격자인 택시 기사요." 안니카 칼손이 말했다.

"녀석이 뭐?"

"우리 쪽에서 연락하려고 애쓴 지 이틀째예요. 다시 면담에 응하겠다고 에크에게 약속했었는데 그 뒤로 끽소리도 없네요. 예감이 안 좋아요. 무지하게 안 좋아요." 안니카 칼손이 말을 맺었다.

"한 번에 하나씩 이야기해보지." 벡스트룀이 제안했다.

지난 이틀 동안 에크와 다른 면담 담당 팀원은 아라 도스티와 접촉하려 애썼다. 휴대전화로 최소한 열 번은 연락을 취했고 그때마다 메시지도 남겼지만 답은 전혀 없었다. 그래서 직장에 전화해봤더니 도스티가 병가를 냈는데 주말이 지나고 몸이 나아지면 연락하겠다고 했다는 답이 돌아왔다. 고용주가 들은 바로는 독한 감기에 걸려서 본인의 건강은 물론 고객들의 건강을 위해서라도 며칠 집에서 쉬기로 했다는 얘기였다.

"뭐가 문제지?" 벡스트룀은 어깨를 으쓱했다. "적어도 살아 있다는 소리 같은데. 어쨌든 어제까지는 말이야." 그 녀석 얘기가 정말인지도 모르지. 내 주변에도 콜록거리고 훌쩍대면서 내 건강까지 위협하는 녀석들이 잔뜩 있으니 말이야.

"문제는 아라가 달아난 것 같다는 예감이 든다는 거죠." 안니카 칼손이 벡스트룀을 응시하며 말했다.

"스틱손과 파트너에게 키스타에 있는 아라의 아파트를 찾아가달라고 부탁했어요." 그녀가 말을 이었다. "그래서 어젯밤에 가봤는데, 아파트가 비었다는 인상을 받았다더군요. 오늘 아침에 갔을 때도 마찬가지였고요. 아라 도스티의 흔적은 없었어요. 집 안은 조용했고 불도 켜져 있지 않았죠."

"녀석이 몸이 나을 때까지 사랑하는 엄마나 아니면 여자친구 집에 머무르기로 했을 가능성을 배제할 순 없잖나." 벡스트룀은 꿋꿋했다.

"그건 아닐걸요. 사랑하는 엄마랑은 이미 얘기해봤는데 소식 못 들은 지 한 달이 되어간다고 했어요. 자신이 걱정해야 하는 상황이냐고 묻지도 않더군요. 여자친구는 없는 것 같고요. 하지만 스틱손이 만난 이웃 중에 어제 아침 아라를 본 사람이 있었어요. 자기 또래의 남자랑 차에 타고 있었대요. 그 이웃은 모르는 남자였고요. 둘은 그렇게 차를 타고 떠났는데, 우리의 택시 기사님께서 더플백 두 개를 트렁크에 실었다는군요. 특별히 아파 보이지는 않았고요. 적어도 이웃이 보기에는요. 아라가 타고 간 차의 번호는 알아내지 못했어요."

"녀석이 신문사에 제보해 수고비로 몇천을 받아내고 땡처리 티켓을 사서 상황이 잠잠해질 때까지 더 따뜻한 나라에 가 있기로 했다는 설명도 가능하지." 벡스트룀이 가설을 제시했다.

그거라면 벡스트룀이 길들여놓은 범죄 전문 기자가 사건 현장에서 앙헬 가르시아 고메스의 모습이 목격되었다는 사실을 알고 있었던 이유도 설명되었다. 그리고 기자가 왜 그 외의 다른 사항은 잘 알지 못하는 듯 보였는지도.

"그건 아닐 거예요. 에릭손 살인 사건이 신문 1면을 장식한 지 일주일째예요. 기자 놈들이 가르시아 고메스에 관해 알았으면 냉큼 기사를 냈겠죠."

"가능한 얘기야. 가능하고말고. 다만 거기까지는 못 갔을 수도 있어. 정보를 검토하는 바람에 말이야. 기자 녀석들이 확인해봤더니 우리가 발견한 것과 똑같은 알리바이가 나온 거지. 가르시아 고메스가 일요일 밤 무술 대회에 참가했다는 사실 말이야. 그랬다면 기사를 쓸 엄두를 못 냈겠지."

"무슨 말인지 알겠어요, 벡스트룀." 안니카가 말했다. "문제는 어쩐지 다른 설명이 있을 것 같다는 예감이 든다는 거예요. 그보다 좀 불쾌한 설명요."

"그게 뭐지?"

"제가 택시 스톡홀름이랑 아라가 모는 택시를 소유한 회사에 연락해봤거든요. 어제 택시 스톡홀름에서 우리를 자주 상대하는 직원이랑 이야기를 나누었는데, 그 여자 말로는 이틀 전인 화요일에 어느 경찰이 월요일 아침 일찍 특정 택시를 운전했던 사람의 이름을 물었다는 거예요. 그리고 어찌 된 일인지 그 택시 번호는 바로 우리의 목격자가 몰던 차의 번호와 같았고요."

"그래서 여자는 뭐라고 했지?" 벡스트룀이 물었다. 이건 좋지 않은데.

"해당 택시를 소유한 회사로 연결해줬대요. 막 그쪽이랑 통화했어요. 수요일 아침에 연락을 받았다더군요."

"그쪽에서는 뭐래?"

"같은 얘기였어요. 그 경찰이라는 자에게 택시 기사의 이름과 주소를 알려줬다고요."

"그 경찰, 이름은 있고?"

"아뇨. 적어도 기억하는 사람은 없다네요. 택시 스톡홀름 직원은 그자가 이름을 대지 않았다고 확신하더군요. 하지만 그것 말고는 우리가 하는 식이랑 그리 다를 바 없는 태도였대요."

"그렇군. 실제로 우리 쪽에서 전화를 걸었는데 혼동한 건 아니겠지? 변호사 에릭손이 죽었다는 복된 소식이 갑자기 전해지는 바람에 다들 정신이 없었잖나?"

"아니에요. 모두에게 물어봤어요. 고개만 가로젓더군요. 애초에 뭐 하러 그랬겠어요? 이 목격자는 자기 쪽에서 먼저 우리에게 연락을 해왔고, 그것도 월요일 오후에 그랬는데요. 그러니까 다른 누군가가 그를 찾고 있었던 거예요. 그리고 이번에는 그냥 어떤 기자 놈이 경찰 행세를 하면서 냄새 맡고 돌아다니는 게 아니라는 예감이 들어요. 그보다 훨씬 나쁜 상황이라는 감이 와요."

"가르시아 고메스? 오카레?" 벡스트룀이 이름들을 던져보았다.

"그래요. 그 편이 더 그럴듯해요. 목격자가 가르시아 고메스를 택시로 칠 뻔했을 때 메르세데스에 앉아 있었던 자는 택시가 출발하자 상향등을 켤 생각을 했겠죠. 아마 택시 등록 번호를 적을 시간도 있었을 거고요. 아니면 지붕 위 표시등에 적힌 번호라도요. 차가 비어서 새 손님을 받을 수 있는 상황이었으니 표시등이 켜져 있었을 거예요."

"그랬겠지." 벡스트룀이 말했다. 좋지 않군. 전혀 좋지 않아. 곧 제대로 된 점심을 먹고 늘 하던 방식으로 주말의 시작을 축하할 예정인 그로서는 아무래도 상관없는 일이었지만 말이다. 이 무대포 다이크가 자리를 뜨는 대로 사무실을 빠져나갈 수 있을 터였다.

"그러니 이제 어떻게 하죠?"

"늘 하던 대로 해. 검사에게 이야기해서 우리 꼬마 목격자를 잡아들여야지. 물론 그 망할 녀석을 수배해서 체포하는 거야. 가능하면 당장. 사전 예고 없이 데려와서 취조해야 해. 빠르면 빠를수록 좋아. 감시팀에 지금까지 알려진 모든 주소를 확인하고 두 용의자와 동료들도 주시하라고 해. 녀석이 감기보다 더 험한 꼴을 당할 일 없도록 말이지. 혹시 상황이 달아오르면 오카레와 가르시아 고메스는 언제든 잡아들일 수 있어."

"딱 제가 제안하려던 그대로네요." 안니카 칼손은 이제 한결 밝아진 모습이었다.

"자, 미안하지만 이제 나는 국가경찰위원회 회의에 가봐야겠군." 백스트룀은 손목시계를 흘끗 보고 자신의 말을 강조하듯 둥근 머리를 절레절레 저었다.

70

이 여자랑 같이 살면 어떤 기분일까? 단 안데르손 경감은 생각했다. 불과 이 미터 떨어진, 커다란 책상 반대편 자리에 앉아 있는 여자 얘기였다. 리사 마테이는 그나 다른 남자들이 거리에서 막 스쳐 지나가자마자 돌아볼 만한 유형의 여자는 아니었지만, 지금 안데르손이 처한 상황에서만큼은 지금껏 만났던 누구보다도 더 존재감 있는 여자였다.

흐릿한 금발, 날씬하고, 매우 건강하며, 사소한 구석구석까지 신경 쓴 깔끔한 옷차림에, 서른에서 마흔 사이의 딱 짚어 말하기 어려운 나이. 파란 눈동자에는 호기심에 가까운 관심의 빛이 어려 있었고, 초롱초롱한 눈길은 자신은 상대를 보는 순간 머릿속을 훤히 들여다볼 수 있으며, 자신이 아주 잠깐이나마 속내를 내비치더라도 그것은 순전히 자신이 그렇게 결정했기 때문이라고 말하는 듯했다.

"보내준 약식 보고서 고마워." 리사 마테이가 말했다. "흥미진진하게 읽었어. 특히 최신 버전을."

내가 내 사무실에서 당신 사무실까지 걸어오는 이 분 사이에 읽었단 말이지. 하지만 단 안데르손은 상대가 상대인 만큼 잠자코 고개를 끄덕이기만 했다.

"거의 모든 범죄는 어떤 형태로든 부수적인 활동을 수반하기 마련이지. 인간적으로나 도덕적으로나 말이야. 사람이 규칙을 어기거나 확대해서 적용하는 건 모종의 이득을 얻기 위해서고, 가장 단순한 경우 그 이득이란 돈, 섹스 혹은 권력과 관계가 있어. 하지만 단 자네의 경우에는 그보다는 복잡한 것 같은데." 리사 마테이는 그렇게 말하며 미소를 지었다. "자네가 여기 온 건 주로 스스로의 걱정을 달래기 위해서라는 생각이 드는걸. 물론 동기 자체는 명예롭고 인간적이지만 말이야."

"죄송합니다만, 무슨 말씀이신지……." 단 안데르손이 말했다. 무슨 말을 하는 거지?

"순수하게 사실만 따진다면, 우리는 어느 유명 변호사 살해에 관여했으리라 추정할 만한 근거가 상대적으로 뚜렷한 두 인물과 본 코메르 사이에 있을 법한 연관성에 관해 이야기하고 있어. 일단 가르시아 고메스의 알리바이라는 건 무시하기로 하자고. 그자나 프레드리크 오케르스트룀이나 딱히 좋은 사람들은 아니고, 자네는 그들이 추가로 범죄를 저지를 가능성을 높게 보고 있을 테니까. 실은 나도 마찬가지고. 순수하게 현실적인 관점에서 내가 염려하는 건, 솔나의 동료들은 본 코메르와 다른 두 사람이 접촉했다는 사실을 모를 수도 있다는 거야. 그리고 자네는 뼛속까지 명예롭고 고지식한 경찰관답게 솔나의 동료들이 살인 사건을 해결할 수 있도록 돕는 한편 유감스러운 사태가 추가로 발생할 가능성을 미연에 방지하고 싶을 테지. 따라서 솔나 경찰서에 연락해 우리가 아는 걸 말해줘도 된다는 허락을 받고 싶은 거고. 거기까지는 내 생각도 자네 생각과 완전히 똑같아. 인간적이고, 인정 넘치고, 순수하게 직업적인 측면에서 보더라도 완벽하게 올바른 일이지. 한데 유감스럽게도, 우리의 정보를 건네면 규정을 어기게 된다는 사실을 차치하더라도 한 가지 문제가 있어. 그래, 진짜 문제는 다른 데 있지."

"현재로서는 우리가 본 코메르가 에릭손 살해에 연루되어 있는지 확실히 알지 못한다는 거죠." 단 안데르손이 말했다. "그 점에 관해서는 저도 생각이 같습니다."

"그리고 그 변호사 피살 사건이 우리 일이 아니라는 걸 잊어서는 안 돼. 그럼에도 규정을 확대 적용해서 솔나에 있는 우리 동료들에게 본 코메르가 오카레나 가르시아 고메스와 접촉했다는 사실을 알려줬다가 알고 보니 우리가 틀렸을 경우 치러야 할 대가를 따져보자고." 마테이가 여전히 친근한 미소를 머금은 채로 말했다.

"네, 이번 건은 언론에 정보가 새어 나갈 경우 따라올 위험이 평소보다 더 클 테니까요." 단 안데르손이 말했다.

"주임 수사관이 에베르트 벡스트룀이라는 걸 생각하면 틀림없이 경찰이 '스웨덴에서 가장 유명한 조폭 변호사를 살해'한 혐의로 '왕의 절친한 친구'를 체포했다는 기사가 석간지에 실릴 테지. 아니면 우리 쪽을 대변하는 《스벤스카 다그블라데트》에서 살짝 더 온건한 어조로 이렇게 말하거나. '유명 변호사 살인에 관여했다는 혐의를 받고 있는 왕의 가까운 친구.'" 리사 마테이는 양손 검지와 중지로 인용부호를 그려 보이며 말을 맺었다.

"그랬다간 최악의 시나리오가 되겠죠. 무슨 말씀이신지 잘 알겠습니다." 단 안데르손이 말했다. 다정하게 미소를 짓고 있긴 하지만 내 취향에는 좀 소름 끼치는 여자야. 이렇게 상대방 머릿속을 훤히 들여다보는데 리사 마테이를 상대로 누가 거짓말을 할 수 있을까?

"유감스럽게도 그건 차악밖에 안 돼." 마테이가 고개를 가로저었다. "만약 자네 말대로 본 코메르가 에릭손 살인에 관여했고 우리가 솔나를 도와 사건을 해결한다면, 십중팔구 정치인들은 이때다 싶어 슬슬 헌법 개정과 군주제 폐지를 고려해볼 때가 됐다느니 할 거야. 우리 임무를 생각하면 썩 고무적인 상황은 아니겠지."

"그렇죠." 단 안데르손이 말했다. 혓바닥에 면도날이 달린 사람과는 입씨름을 하는 게 아니야. 겉보기에는 유순해 보이는 여자라도 말이지.

"그럼 대신 우리는 어떻게 하지, 단?" 마테이가 호기심 어린 눈빛으로 그를 쳐다보며 물었다.

"제 생각을 말씀드려도 괜찮다면, 평소대로 처리하는 게 좋겠습니다." 그가 대답했다. 아주 즐기고 계시는군. 저 눈 반짝이는 것 좀 봐.

"그렇다면 자네와 난 생각이 완전히 일치하는군." 리사 마테이가 결론을 내렸다. "평소대로 처리한다. 참고로 자네한테만 말하는 건데, 순수하게 실무적인 부분들은 내가 이미 다 처리해뒀어."

71

금요일 수사대 회의 후, 얀 스틱손 경위와 펠리시아 페테르손 경위는 지역 내의 끄나풀들을 만나 동향 파악에 나섰다. 모든 정보원들이 한 마음으로 입을 모아 답했다. 항간의 소문에 따르면 변호사 토마스 에릭손을 속세의 번뇌에서 해방해준 것은 지옥의 천사들 솔나 지부다. 그저 과거의 불의에 대한 보복이었을 뿐, 피해자가 어떤 인간이었는지 생각하면 호들갑 떨 일은 아니다. 같은 내용이 다양한 버전으로 반복됐지만 아무도 확실한 사실을 들려주지는 못했다. 유일한 소득이라면 정보원들에게 경찰 공금을 풀지 않아도 된다는 것뿐이었다.

"오카레랑 그 친구 짓이에요. 다들 알아요……."

"지옥의 천사들 녀석들이 벌인 일입니다……. 오카레랑 링케뷔에 있는 투견장을 관리하는 그 미친 칠레 자식이……."

"에릭손을 없앤 건 보그단이랑 양코예요. 오카레가 시켜서……."

"몇 년 전 브롬마에 있었던 현금수송 차량 습격 사건 이후로 부글부글 끓고 있었죠. 지옥의 천사들이 한 짓입니다. 그리슬룬드가 차를 몰았고, 집에서 나올 때 뭘 가지고 나왔다고 들었는데……."

"누가 한 건지는 몰라. 오카레가 배후에 있다는 것 말곤. 오랫동안 에릭손을 벼르고 있었지……."

기타 등등, 기타 등등…….

"이게 범죄자들끼리 하는 투표였으면 지금쯤 집계 결과가 나왔을 텐데." 스틱손이 차 뒷좌석에서 마리화나를 다섯 대째 찾아내 버리며 한숨을 내쉬었다.

"이젠 어떻게 하죠? 오늘은 이걸로 끝내요?" 펠리시아가 물었다.

"난 한잔하러 가고 싶은데."

"알았어요." 펠리시아가 웃으며 말했다. "제가 돌아가서 보고서 쓸게요. 전 술 안 마시니까."

"좋아, 그거 공평하군." 스틱손이 동의했다. 펠리시아는 괜찮은 녀석이야.

십오 분 뒤 스틱손은 솔나 쇼핑센터에 위치한 국영 주류 판매점인 쉬스템볼라게트에 줄을 서 있었다. 맥주 여섯 캔과 이백오십 밀리리터들이 위스키 병 하나라니 다소 소박한 편이었지만, 달리 축하할 일이 없었으므로 그 정도면 족했다. 하지만 만일 세상에 정의가 존재했더라면 그와 여자친구는 지금쯤 오랫동안 계획했던 휴가를 즐기러 스페인행 비행기 안에 앉아 있었을 터였다. 아직 정체를 알 수 없는 범인이 에릭손을 때려죽이지만 않았더라도. 그날 아침 스틱손의 여자친구는 그 대신 자기 친구와 함께 비행기를 타고 떠났다. 둘은 전날 저녁 내내 말다툼도 벌였다. 불평에 꼬리에 꼬리를 물었고, 서로가 그칠 줄을 몰랐다.

다들 좆이나 까라지, 스틱손은 생각했다. 그가 떠올린 원흉들을 중요도 순으로 열거하자면, 기왕 갑자기 세상을 뜨려면 다른 시기를 고를 수도 있었을 에릭손, 근무 형사 명단을 짠 토이보넨, 그리고 여러 모로 구제불능인데다 스틱손과 다른 팀원들이 뼈 빠지게 일하는 동안 주말을 맞이한답시고 아마 지난 몇 시간 동안 술집에 앉아 있을 그의 상관, 뚱보 벡스트룀 새끼였다.

"잘 지내나? 어째 좀 풀이 죽어 있는 것 같은데." 누군가 스틱손의 뒤에서 어깨에 커다란 손을 올리며 말을 걸었다.

뒤를 보니 롤뤼 스톨함마르가 줄을 서 있었다. 전직 경찰관이자 경찰과 범죄자 모두에게 전설인 인물.

"스톨리." 스틱손이 말했다. "잘 지내요? 그나저나 만나서 반갑군요." 일흔은 넘었을 테고, 키는 195센티미터, 근육과 뼈로 이루어진 120킬로그램짜리 몸뚱이에 새까만 머리카락. 머리카락은 염색한 거겠지만.

"금요일이라 술 사러 나왔지." 롤뤼 스톨함마르가 널찍한 어깨를 으쓱했다. "요즘 경찰 만나기에는 이런 곳이 제일 좋거든. 이미 은퇴한 친구들이든 자네 같은 친구들이든. 여전히 안절부절 못하고 쏘다니는군그래. 그나저나 에릭손 일은 어떻게 돼가나?"

"안 바쁘시면 맥주 한잔하면서 말씀드릴까요?" 스틱손이 제안했다. 다른 사람은 몰라도 롤뤼라면 뭔가 들은 게 있겠지.

십 분 뒤, 두 사람은 솔나 쇼핑센터에 있는 한 중국 레스토랑에 앉아 있었다. 맥주는 쉬스템볼라게트 옆에 있는 동네 술집과 다를 게 없었지만 이 시간에는 손님이 없어서 비밀 이야기를 나누기에 제격이었다.

"내가 무장을 해제하고 배지와 무기를 반납하기 전에 맡았던 마지막 살인 사건이 생각나는군." 롤뤼가 말했다. 자리에 앉기 무섭게 맥주 큰 잔 하나와 작은 위스키 체이서를 주문한 뒤였다. "쇠데르말름에 사는 호모 놈이었네. 십 년도 더 됐을 거야. 끔찍한 사건이었지." 스톨함마르는 몸서리를 치고는 뒤틀린 미소를 짓더니 고개를 끄덕이며 잔을 들었다.

"건배." 스틱손도 어느 틈엔가 앞에 놓인 위스키를 들며 말했다.

"결국 그땐 진상을 파악하지 못한 채 끝났지." 롤뤼 스톨함마르가 말했다. 그는 한숨을 쉬고 맥주를 꿀꺽꿀꺽 들이켜 위스키를 씻어 내렸다. "그 뚱보 에베르트 벡스트룀 새끼가 수사 책임자였으니 진상을 알아낼 턱이 있나."

"그 양반, 솔나에서는 잘나가고 있습니다. 아주 잘나가죠." 스틱손이 말했다. 내가 온 뒤로 살인 사건을 망친 적이 없지 아마. 어쨌든 내 상관이기도 하고.

"무슨 말인지 알겠네. 그 자식이 내가 내 가장 친한 친구 칼레 다니엘손을 죽였다고 철썩같이 믿고는 날 들볶았던 기억이 생생하군. 무슨 말을 갖다 붙여도 모자랄 놈이야."

"네, 하지만 그 사건도 결국은 해결됐죠. 해결한 사람은 벡스트룀이었고요."

"좋아, 그랬을지도 모르지. 아무튼 내가 하고 싶은 말은, 에베르트 벡스트룀 같은 녀석에게 호모 살인 사건을 맡기기 전에는 두 번씩 생각해 봐야 한다는 걸세. 녀석이 호모들을 어떻게 생각하는지 알잖아. 에릭손도 마찬가지지. 내가 잘못 안 게 아니라면 벡스트룀 살인 미수 혐의로 체포된 그 낙타꾼 아프산 이브라힘을 변호한 게 에릭손이었지 아마? 법정에서 에베르트가 아프산의 형 파샤드로부터 뇌물을 받았다는 둥 온

갓 헛소리를 해댔잖나. 벡스트룀이 그런 일을 잊었을 리 없지. 수사가 편견 없이 이루어져야 한다는 오랜 규칙은 다 어디로 간 거야?"

"그래서 롤뤼는 어떻게 생각합니까? 누가 에릭손을 죽였을까요?" 스틱손은 화제를 돌리고 싶다는 강한 충동을 느끼며 물었다.

"이 동네 범죄자들은 그 문제에 관해서라면 만장일치인 모양이더군." 롤뤼 스톨함마르는 미소를 지으며 웨이트리스를 향해 빈 맥주잔을 들어 보였다. "하지만 내 생각에 그건 다 헛소리야."

"무슨 말입니까?"

"프레드리크와 앙헬 짓이라는 얘기 말이네." 롤뤼 스톨함마르가 설명했다. "자네도 나만큼이나 잘 알지 않나. 가르시아 고메스는 에릭손이 살해당한 시점에 글로브에서 시합중이었으니까."

"알고 있었군요. 그냥 호기심에서 묻는 건데, 어떻게 알았죠?" 스틱손이 물었다.

"한번 경찰은 영원한 경찰이지." 스톨함마르는 알지 않냐는 듯 어깨를 으쓱였다. "하지만 유감스럽게도 자네 동료들 중 누가 얘기해줬는지는 잊었어." 그는 그렇게 덧붙이고는 막 도착한 맥주잔을 들었다. "아이고야, 이렇게 앉아서 떠들고 있자니 이만저만 목이 마른 게 아니군."

"건배." 스틱손이 말했다. 한번 경찰은 영원한 경찰이라. 설마 그 외에 다른 이유가 있는 건 아니겠지.

"아무렴." 롤뤼 스톨함마르는 잔을 내려놓자마자 강한 어조로 말했다. "내 생각이 궁금하다면 말이네만, 오카레나 가르시아 고메스나 그 놈들 동료들은 잊어버려도 된다고 보네. 놈들에게 에릭손을 없애겠다는 야심이 없어서 그렇단 얘기는 아니야. 그런 뜻은 아니지."

"그럼 무슨 뜻입니까?"

"놈들이 에릭손의 집 주변을 돌아다니다가 녀석이 사는 곳에서 그를 때려죽였을 리가 없다는 얘기야. 말도 안 되지." 롤뤼가 고개를 끄덕였다. "거긴 요새라고. 사방에 카메라랑 경보 장치가 있다니까. 오카레가 그 정도로 멍청한 놈은 아냐. 에릭손을 죽이고 싶었으면 수년 전에 해치웠겠지."

"제가 알기로 오카레는 범행 시각의 알리바이가 없습니다만." 스틱손이 말했다. 벡스트룀이 당신 말을 못 듣는 게 다행이군.

"글로브에서 가르시아 고메스를 보고 있었던 게 아니라면 아마 제 여자친구랑 집에 있었겠지." 롤뤼는 어깨를 으쓱했다. "오카레라는 녀석은 여자한테 약하거든. 여자들이 녀석을 좋아하는 만큼이나 녀석도 여자들을 좋아한다더군."

"광역수사대 쪽에서 그것도 조사했다던데요. 오카레가 자기 여자들 중 누구도 만나지 않았답니다. 적어도 그날 밤에는요."

"그놈들이 그걸 어찌 알겠나?" 롤뤼가 코웃음 쳤다. "내가 들은 바로는 새 여자가 생겼다던걸. 덴마크인 동료들을 통해 알게 된 덴마크 여자라더군. 아는 건 그게 다야."

"그 여자 이름은 뭐래요? 새 여자 친구 말입니다. 덴마크 여자요."

"몰라." 롤뤼는 고개를 가로저었다. "자네도 잘 알잖나, 얀네■. 진정한 남자라면 그런 얘긴 입 밖에 내지 않는 법이야. 자기가 만나는 여자 얘길 떠벌리면 안 되지."

■ 얀의 애칭.

"알겠습니다. 여자는 잊어버리죠. 그럼 누굽니까? 누가 한 짓일까요?" 스틱손이 물었다.

"질문이 잘못됐어." 롤뤼가 대꾸했다. "누가 안 했을까? 그 에릭손 새끼를 죽일 이유가 없는 사람이 누구일까? 이유가 있는 사람은 많을 거 아닌가. 이웃, 옛 여자 친구, 옛 친구, 고객, 범죄 피해자, 그리고 놈이 그동안 신경을 거슬렀을 범죄자 수백 명까지. 에릭손은 깡패였어. 법학 학위가 있는 깡패였을 뿐이지."

"한 잔 더 하겠어요, 롤뤼?" 스틱손은 화제를 돌리기 위해 그렇게 물으며 거의 비어 있는 스톨함마르의 잔을 가리켰다.

"괜찮아." 롤뤼는 고개를 가로저었다. "슬슬 가야지. 옛 친구랑 식사를 하기로 했거든. 자넨 좀더 마시고 싶은가? 가기 전에 한 잔? 집으로 돌아가는 길이라면 말이야."

"아뇨. 맥주는 충분히 마셨습니다. 이건 제가 내죠."

"됐어. 이 집에서 내는 거야." 롤뤼가 그렇게 설명하면서 웨이트리스를 향해 고갯짓을 하자 웨이트리스도 미소를 지으며 마주 고개를 끄덕여 보였다.

"여기서요? 왜죠?"

"그저께 축구 끝나고 여기에 왔거든. AIK가 IFK 예테보리를 박살 낸 날 말이야. 자기 전에 맥주나 한잔할까 하고 들렀더니 불쌍하게도 예테보리로 돌아가는 길을 잘못 든 머저리 망나니 몇 놈이 직원한테 시비를 걸고 있더군."

"아, 그랬군요." 스틱손은 테이블 맞은편에 앉은 전설을 향해 고개를 끄덕였다. 분명 나이가 일흔은 넘었겠지?

"그래서 그놈들 궁둥이를 걷어차줬지." 롤뤼가 말했다. "주인장이 궁둥이 하나에 맥주 한 잔씩 대접한다더군. 일주일간 유효하다고 말이야. 오해할까 봐 말해두지만 난 벡스트룀 같진 않아. 뇌물도 안 받고 경찰 할인도 안 받아. 하지만 선행에 대한 대가야 사양할 거 없지."

"그런 거라면 잘 마셨습니다." 스틱손이 말했다. 그래, 당신은 벡스트룀 같지 않지. 누군가 다른 사람이 그에게 에릭손의 테라스 문에서 가르시아 고메스의 피가 발견됐다는 말을 해준 게 틀림없었다. 한 번 경찰은 영원한 경찰이니까.

72

드디어 금요일!

먼저, 그가 좋아하는 음식점 중 하나인 플레밍가탄 거리의 타파스 바에서 느긋한 점심 식사. 일정상 다음 목적지까지 겨우 몇 블록 떨어진 곳이었다.

벡스트룀은 햄, 소시지, 미트볼, 조개, 치즈, 작은 오믈렛과 다양한 튀김류 등 여러 가지 별미를 넉넉하게 주문했고, 이를 스페인 맥주와 독한 보드카 몇 잔으로 씻어 내렸다. 이전에도 여러 번 드나들며 낯을 익힌 주인장이 드라이 셰리 한 잔을 강권했지만 굴하지 않았다.

"난 그런 건 안 마셔." 벡스트룀은 고개를 가로저었다. "하지만 보드카는 한 잔 더 주면 좋겠군."

"경감님, 이 드라이 셰리는 꼭 마셔보셔야 합니다." 바 주인은 안타깝다는 듯 고개를 내저었다. "우리 동포들은 타파스를 먹을 때 이걸 곁들이는 게 관습입니다."

"그래서 진정한 스페인 사람과 가짜 스페인 사람 사이에 그렇게 차이가 나는 모양이로군." 벡스트룀은 쾌활한 미소를 지으며 말했다. 이 자식, 꼭 비 맞은 안달루시아 개처럼 생겼군. 그나저나 새 고국의 관습을 따르면 어디가 덧나나? 안 그럴 거면 고향으로 돌아가든가.

식사를 마치자 다시 태양이 빛났고, 벡스트룀은 밖으로 나가 스페인 브랜디를 넣은 커피를 마시며 감시용 선글라스를 쓰고 다가올 리틀 미스 프라이데이와의 만남에 대비해 입맛을 돋웠다.

어슬렁어슬렁 목적지에 당도한 벡스트룀은 널찍한 가죽 마사지 테이블 위에 자리를 잡고 평소의 프로그램 순서를 뒤바꾸어 실행에 옮겼다. 양념이 강한 음식과 매운 소스를 먹어서 그런가. 그렇게 생각하며 벡스트룀은 먼저 여자를 살라미에 태워준 다음, 그녀가 그의 근육과 관절을 풀어주는 것으로 마무리하도록 이끌었다. 질주가 끝날 무렵 리틀 미스 프라이데이는 두 눈을 감은 채 알아들을 수 없는 말을 내뱉었고, 때가 오자 흰자위를 드러내면서 괴성을 질렀다. 여전히 폴란드어라 벡스트룀 같은 정통 스웨덴인으로서는 전혀 알아들을 수 없었다.

내가 참아야 하는 소음을 생각하면 저 여자가 나한테 돈을 내야 하는데. 그런 생각과 함께 벡스트룀은 지폐 클립을 주머니에 도로 넣고 거리로 나온 뒤 집으로 돌아가 빡빡한 일정의 세 번째 단계에 착수했다.

벡스트룀은 세 시간 동안 낮잠을 자고 일어났다. 활력이 샘솟았고 정신이 수정처럼 맑았다. 이후 한 시간은 샤워를 하고 향수를 뿌리고 꼼꼼하게 옷을 갖춰 입으며 보냈다.

현관 거울 앞에서 몸단장의 최종 결과를 점검한 그는 흡족하게 고개를 끄덕이고 택시를 부른 후 가벼운 술 한 잔으로 기운을 북돋고―굳이 목 캔디를 섭취할 필요는 없었다―오랜 지인인 예구라와 저녁 식사를 하기로 한 레스토랑으로 향했다. 시계가 8시를 알리는 소리와 함께 그는 오페라셀라렌의 입구로 들어섰다. 두말할 나위 없는, 스웨덴 최고의 레스토랑이었다.

전혀 과하지 않아. 그저 평범하고 간단한 세 코스짜리 저녁 식사일 뿐이지. 벡스트룀은 생각했다. 그러는 동안 그의 어리석고 가난한 동료들은 못난 아내, 저능한 자식들, 피자 박스, 치즈 볼, 김빠진 맥주와 함께 텔레비전 앞에 앉아 있었지만 말이다.

IV

피노키오의 코에 관한
진짜 이야기
1부

73

벡스트룀이 방에 들어섰을 때 예구라는 이미 자리에 앉아 그를 기다리고 있었다. 거울로 써도 될 만큼 윤이 나는 검은 구두부터 암청색 실크 정장에 하얀 크림색 셔츠까지, 여느 때처럼 우아한 차림이었다. 셔츠의 목 부분을 풀어둔 것은 긴 겨울과 쌀쌀한 봄을 뒤로하고 마침내 찾아온 여름 때문인 듯했다. 구두며, 햇볕에 그은 조각 같은 옆얼굴이며, 머리를 덮고 있는 숱이 무성한 흰머리며, 효과는 완벽했다. 마치 다른 시대에서 온 스페인 귀족 같았다.

예구라 곁에는 낡은 외교관용 가방도 함께 있었다. 엷은 가죽으로 만든 얄팍하고 낡은 물건이기는 했지만, 모종의 좋은 사업이 기다리고 있다는 확실한 신호이기도 했다. 벡스트룀은 과거의 경험 덕분에 이 사실을 알고 있었다. 또 그는 예구라의 가방에 커다란 갈색 봉투를 넣을 만한 여유 공간이 있다는 사실도 알고 있었다. 사정이 급할 경우에는 악수를 마치고 구체적인 사안에 동의하자마자 등장할 봉투였다.

그 자신 또한 나무랄 데 없는 용모를 갖추었음에도, 벡스트룀은 예구라를 볼 때마다 항상 질투심을 느꼈다. 예구라는 여느 집시들과 조금도 닮은 구석이 없었다. 그 좋았던 1950년대에 예구라가 민속춤꾼들로 구성된 자신의 대가족이 가득 들어찬 포장마차를 타고 전국을 돌아다니면서 닭을 훔치고 구리 팬을 도금하고 때때로 연금 수급자들을 잔뜩 털어먹으며 자랐다고 한다면, 과연 누가 믿겠는가?

"만나서 참으로 기쁘구려, 벡스트룀. 참으로 기뻐." 예구라는 두 손으로 벡스트룀의 오른손을 꽉 쥐며 연거푸 말했다.

"저도 만나서 기쁘군요." 벡스트룀이 웅얼거렸다. 헤어지고 나면 손가락이 모두 제대로 붙어 있는지 세어봐야겠군.

예구라는 만나자마자 일단 벡스트룀을 깜짝 놀라게 했다. 커다란 레스토랑으로 들어가 평소 앉던 외진 테이블에 앉는 대신, 두 사람은 엘리베이터를 타고 한 층 올라가서 웅장한 오페라하우스를 통과했다. 예구라가 복도 끝에 이르러 걸음을 멈추고 두꺼운 오크 문에 설치된 전자 자물쇠에 암호를 입력하자 즉시 미세한 찰칵 소리와 함께 문이 활짝 열렸다.

오랜만의 만남을 기리는 동시에 이제부터 논의하게 될 사안들의 중요성도 고려해서, 예구라는 두 사람이 조용한 가운데 먹고 마시고 어울릴 수 있게끔 확실한 준비를 갖추어두었다.

"오페라셀라렌에서 운영하는 비공개 레스토랑이라오." 그는 그렇게 설명하면서 벡스트룀에게 안으로 들어가자고 손짓했다. "극소수의 회원들만 이용할 수 있는 곳인데 오늘 밤에는 우리 둘뿐이외다."

안칸이나 토이보넨, 아니면 다른 가난뱅이 동료들과 마주칠 만한 장소는 아니군. 벡스트룀은 창가 2인석에 앉으며 생각했다. 테이블에는 이미 하얀 리넨 식탁보와 화려하게 접힌 냅킨, 은식기와 반짝거리는 크리스털 잔이 잔뜩 갖춰져 있었다. 쥐를 키우는 카이사라도 이런 은밀한 곳은 못 올 테지. 암만 경찰서장이라도 말이야.

직원들도 교육이 제대로 되어 있는 듯했다. 그들은 벡스트룀과 예구라가 청하지도 않았는데 두 사람이 평소 마시던 술을 내왔다. 참된 경감에게 어울리는 체코 필스너와 러시아 보드카를, 그리고 보다 세련된 주최인을 위해서는 드라이 마티니 큰 잔과 올리브가 담긴 접시를.

"건배합시다, 벡스트룀." 예구라가 잔을 들었다. "어쩐지 유달리 기분 좋은 밤이 될 것 같구려."

"건배하지요." 벡스트룀은 고개를 끄덕이고 목을 뒤로 꺾으며 부드러운 동작으로 단숨에 잔의 절반을 비웠다.

"음식에 관해서라면 신경 쓸 것 없다오." 예구라는 조심스럽게 한 모금 홀짝인 뒤 잔을 내려놓았다. "내가 알아서 주문을 해뒀소. 먼저 우리 스웨덴의 여름을 조촐하게 축하하는 의미에서 청어, 흰 송어 캐비아, 훈제 장어, 스카겐 새우 샐러드, 버터, 치즈, 빵에다 스코네의 비옥한 토지에서 갓 딴 작은 햇감자를 갖춘 가벼운 스웨덴식 스뫼르고스보르드▪가 나올 거요. 말했다시피 일반적인 구성은 다 갖추었다오. 프랑스의 푸아그라를 스웨덴의 간 파테로 바꾸기는 했지만 실망할 일은 없을 거요. 그런 다음 구운 송아지 필레를 먹고, 디저트로는 경감이 무척 좋아하는

▪ 스칸디나비아식 뷔페 요리.

머랭 파이를 제안할 참이었소."

"괜찮을 것 같군요." 벡스트룀이 말했다. 조금도 과하지 않아. 유럽의
절반이 기아 사태를 목전에 두고 있는 이런 험난한 시절에는 말이지.

"내가 작은 질문 하나 한다고 불쾌해하지는 않으셨으면 좋겠소만."
예구라는 의자에 몸을 기대며 벡스트룀을 향해 미소를 짓더니 손톱을
말끔히 다듬은 손으로 자신의 잔을 돌렸다. "전화로도 말했다시피, 나
는 한동안 외국에 나가 있었다오. 하지만 온라인으로 고국의 사정을 확
인하던 중에 변호사 에릭손이 살해당했고 나의 소중한 친구가…… 스
웨덴 경찰 내에서 트레이드마크로 자리 잡은 평소의 존경스러운 솜씨
로…… 범인 수색 작업을 지휘하게 되었다는 뉴스를 보았지."

"네." 벡스트룀은 고개를 끄덕였다. "맞습니다."

"그렇다면, 이번만은 내가 소중한 친구인 경감을 도울 수도 있을 것
같구려. 경감의 뛰어난 수사 활동에 미약하나마 기여함으로써 말이오."

"그거 좋군요." 벡스트룀이 말했다. 아무리 이 자식이 똥구멍에 빨간
장미를 꽂은 놈처럼 말한다고 해도 말이지.

74

뛰어난 수사 활동에 대한 미약한 기여라. 벡스트룀이 등받이에 몸을
기대고 예구라의 설명에 귀를 기울이기에 앞서, 급사장이 기특하게도

기회를 놓치지 않고 나타나 잔을 채워주었다. 조용하기도 하군. 불현듯 와서 말없이 잔만 채워줄 뿐이었다. 잔을 두드려 주의를 끌 필요조차 없었다.

살해당하기 두 주 전인 5월 17일 금요일, 토마스 에릭손은 예구라에게 연락해 고객이 판매를 부탁한 작은 미술품 컬렉션을 감정하는 일에 도움이 필요하니 만날 수 있겠느냐고 물었다. 예구라가 당일 밤 런던에 갈 예정이었기 때문에, 두 사람은 당장 그날 오후 감라스탄에 있는 그의 사무실에서 만났다.

"몹시 끈질기게 청하더구려." 예구라가 설명했다. "여행에 앞서 여러 가지 할 일이 있었건만, 내가 거의 삼 주 동안 자리를 비울 예정이라는 말을 듣더니 무슨 수를 써서라도 가기 전에 만나야겠다는 거요. 하도 고집을 부리기에 결국 항복했지. 그날 오후 그가 내 사무실로 찾아왔다오."

"이미 그와 아는 사이셨군요." 벡스트룀의 말은 질문이라기보다는 확인에 가까웠다.

"개인적으로 알았던 건 아니오." 예구라는 고개를 가로저었다. "몇 년 전 한 재판과 관련해서 만났지. 나는 전문가 증인으로 소환됐소. 궁금해할까 봐 말해두자면 날 소환한 건 검사였소. 대규모 미술품 사기에 관한 사건이었고 에릭손은 핵심 용의자를 변호하고 있었지. 마티스와 샤갈이 그린 석판화를 위조한 물건이었는데 제법 그럴듯했소." 예구라는 한숨을 내쉬며 슬픈 듯 고개를 가로저었다.

"그러니까, 감정에 도움이 필요하다고 했다고요."

"소규모 컬렉션이었소. 다해서 스무 종이었고 주로 회화였지. 전부 러시아 작품으로, 19세기 후반에서 20세기 초반에 완성된 물건들이었소. 회화가 총 열다섯 점이었는데, 전부 소위 성상화라 불리는 것들이었고."

"성상화라." 벡스트룀이 되뇌었다.

"그렇소. 혹은 이콘이라고도 알려져 있지. 경감에게도 친숙한 개념일 거라고 짐작하오만?"

"물론입니다." 벡스트룀은 어린 시절 주일학교에 다닌 몸이었다. "기독교 성자들을 그린 그림이지요? 성경의 역사에 기록된 천사와 선지자와 기타 신성한 인물들이랑?"

"그렇소, 정교회 내에서." 예구라가 고개를 끄덕이며 부연했다. "순전히 내용만 놓고 보자면 성경과 다른 종교 텍스트에 대한 삽화라고 할 수도 있겠지만, 특히 복음을 전파하고 표현한다는 의미에서는 그 자체로 복음의 일부이기도 하다오. 그리고 방금 경감이 말한 대로 기독교 교회의 역사에서 중요한 의미를 지녔던 사람들의 초상인 경우가 많지."

"네, 무슨 얘긴지 알겠습니다." 벡스트룀은 거짓말을 하면서 자신의 콧날을 문지르고 경건한 태도로 고개를 끄덕였다.

"이콘을 그리는 전통은 서기 6세기까지 거슬러 올라간다오. 그로부터 거의 천오백 년 동안 전통이 이어지면서 수많은 이콘들이 그려졌지." 예구라가 설명을 이어나갔다. "역사적으로 이콘은 사실상 모든 정교회 신자들의 집에 하나 이상 걸려 있었소. 물론 이콘을 사서 자기 집에 걸 경제적 수단이 있는 사람들일 경우에 한해서였지만."

"비싼 물건이니까요." 벡스트룀은 맞장구치면서 훌륭한 보드카로 흥을 돋웠다. "제가 제대로 이해한 거라면 러시아 이콘은 특히 그렇고요."

"아니, 전혀 아니오." 예구라가 고개를 가로저었다. "이콘은 일종의 종교적 민속예술에 가까워서 품질이 변변찮거나 무가치한 경우가 많다오. 수도 워낙 많을뿐더러 시장에는 현대에 만든 복제품도 가득하지. 보통 러시아 이콘의 가격은 한 점에 천 크로나 내외고, 상트페테르부르크의 어느 고물상에 가득 쌓아놓고 파는 경우가 허다하다오."

"그럼 왜 에릭손이 선생에게 감정을 부탁한 겁니까? 선생의 사무실까지 가져갈 만한 가치조차 없는 그림이라는 얘기처럼 들립니다만."

"가져오지 않았소." 예구라는 엷은 미소를 띠며 말했다. "에릭손은 내가 봐줬으면 하는 물건들의 사진을 가져왔소. 이전에 감정받을 때 찍어둔 사진들이었는데, 그것만으로도 예비 감정을 하기에는 충분하더구려. 에릭손이 보여준 컬렉션은 전혀 나쁘지 않았소. 일반적으로 이콘에 매겨지는 평균가보다 더 값이 나가는 작품들이 여럿 있었지. 러시아 미술 시장이 급부상한 요즘 시세로도 말이오."

"어느 정도 액수를 말씀하시는 겁니까?"

"글쎄, 이콘은 총 열다섯 점에 전부 성자들을 그린 작품이었소. 나는 그중 열네 점에 오만에서 이십만 크로나 사이의 가격을 책정했지. 각각이 일반적인 이콘보다 한결 훌륭했다오. 평균을 따지면 한 점당 십만 크로나 정도 될 거요."

"그럼 열다섯 번째는?" 벡스트룀은 그렇게 물으며 어쩐지 입에 군침이 도는 것을 느꼈다.

"그건 다른 작품 전부를 합친 것만 한 가치가 있었소. 진짜 이콘이라기보다는 화가가 자신의 장인을 놀리려고 그린 물건에 가까웠지만 말이오. 화가의 이름은 알렉산드르 베르샤긴. 1875년생이오. 그는 젊은 급진주의자였소. 사실 말썽꾼에 가까웠지. 종교화에는 아무런 관심도 없었고. 풍경화가로 19세기 말엽에 활동하다가 1900년 새해 전날에 사망했소. 그러니까, 불과 스물다섯의 나이로 말이오."

"사망 원인은 뭐였습니까?" 흥미를 느낀 벡스트룀이 물었다.

"저 유명한 러시아인들의 병 때문에 죽었다오. 그러니까, 술 말이오." 예구라는 온화한 미소를 머금고 말했다.

"슬픈 얘기로군요. 선생의 이야기를 들으니 제법 촉망되는 젊은이였던 모양입니다만."

"어린 나이였지만 베르샤긴은 대단히 재능 있는 화가였소. 오늘날 그의 작품은, 여기서는 풍경화를 말하는 것이오만, 오백만에서 이천만 사이에 거래된다오. 슬프게도 많은 작품을 남기지는 못했소. 그의 작품으로 알려진 것은 스무 점 정도에 불과하지. 어쩌면 그가 악질적인 망나니였기 때문인지도 모르겠구려. 베르샤긴은 막노동꾼처럼 술을 마셨고 장인을 증오했소. 장인은 독일 혈통의 부자로 상트페테르부르크에서 선박 중개인으로 일했소. 선량하고 독실한 남자였는데, 숙고 끝에 루터교 신앙을 버리고 러시아정교회로 개종했지. 베르샤긴과 그의 가족이 집과 음식과 옷과 그 밖에 필요한 모든 것을 누릴 수 있도록 해준 사람도 바로 그 장인이었소. 반대로 베르샤긴은 음주에 몰두했고, 방종한 삶을 추구했고, 어린 아내를 배신했고, 자식들을 돌보지 않았고, 때때로 보기 드물게 빼어난 그림을 남겼지."

"세상이라는 게 배은망덕하지요." 벡스트룀은 알 만하다는 듯 한숨을 내쉬었다.

"그렇소, 그리고 이 경우에는 베르샤긴이 성 테오도로스의 이콘을 그림으로써 배은망덕을 표현했다고 해야겠지. 성 테오도로스는 16세기 그리스의 뚱뚱하고 악명 높은 고위 성직자로, 매춘부들과 거듭 정사를 벌이고 주님의 이름으로 수상쩍은 금융거래를 하다 정교회에서 파문당했소. 한편 성 테오도로스를 그린 베르샤긴의 이콘은 뛰어난 예술 작품이기도 한데, 단지 기술적으로만 그런 게 아니오. 르네상스 시대까지 거슬러 올라가는 글레이징 기법을 활용해서 수 세기 묵은 나무 패널에 그린 그림이었지. 베르샤긴은 그것을 장인의 예순 번째 생일 때 선물로 주었다오. 이 선물의 유일한 문제라면, 성 테오도로스와 화가의 장인이 지나치게 닮아 보인다는 거였소. 마침 베르샤긴의 장인은 다소 비대한 편이었거든. 또 그림 속의 성 테오도로스는 오른손을 헌금함에 넣고 있는데, 좋게 말하더라도 이런 맥락의 그림에서는 극도로 보기 드문 모티프였소. 물론 그 장인의 이름이 무엇이었을지는 이미 짐작하실 테지."

"네, 짐작이 가는군요." 벡스트룀이 말했다. "그리고 짐작건대 선생은 변호사가 감정을 부탁한 작품이 도난품이라는 사실을 알게 됐겠군요." 그 이름난 깡패 변호사는 거물 장물아비이기도 했으니까 말이야. 벡스트룀은 자신이 길들인 기자를 만나자마자 신문에 실리게 될 헤드라인이 눈앞에 선했다.

"아니오." 예구라는 고개를 가로저었다. "실망시켜서 미안하오만, 그 점에 관해서라면 반대인 것 같소. 그리고 내 의견을 말하자면, 오히려 실제 상황은 그보다 훨씬 더 나을 것 같다는 예감이 드는구려."

"에릭손에게 고객이 누구인지는 묻지 않으셨습니까?"

"물론 물어봤지." 예구라는 목소리를 낮추며 몸을 앞으로 기울였다. "에릭손은 물고기처럼 차갑고 장어처럼 미끄덩거리는 작자지만 이 경우에는 나도 그의 말을 믿었다오."

"그가 뭐라고 하던가요?" 벡스트룀은 의자에 몸을 묻으며 물었다.

"고객이 익명성을 유지하고 싶어 한다더군. 그리고 자신의 변호사로서의 서약은 확고하다고 했지. 그는 고객이 누구인지를 조금이라도 알려줄 의향이 추호도 없었소."

"그래서, 그 말을 믿으셨습니까?"

"조금도 망설이지 않았소. 이런 상황에서 판매자가 익명으로 남기를 바라는 경우는 무척 흔하다오. 유산을 물려받았다든가 그 비슷한 경우가 아니라면, 보통 이런 물건을 파는 이유는 돈이 궁하기 때문이지. 재정적으로 궁핍한 상황이거나 살짝 돈이 모자라다는 건데, 남들에게 알리고 싶은 일은 아니잖소."

"흠." 벡스트룀은 고개를 깊이 끄덕이며 웅얼거렸다. 하긴, 누군들 그러고 싶겠어? 교회 쥐처럼 빈털터리인 것만도 충분히 나쁜데 굳이 떠벌려서 상황을 악화시킬 이유가 없잖아?

"에릭손은 고객에 관해서라면 걱정할 것 없다고 장담했소. 오랫동안 알고 지낸 고객이고 컬렉션의 역사에 대해서도 익히 알고 있다더군. 백여 년 전 선물로 받은 이래 그 가문에서만 삼 대째 내려오는 컬렉션이라고 했지."

"그렇게 말씀하시는 걸 보니 에릭손의 고객이 누구인지 짐작하시는 모양이군요."

"확실하게." 예구라는 행복한 미소를 지어 보였다. "그 문제에 관해서라면 무척 확실히 짐작 가는 바가 있소. 바로 그게 내가 경감과 이야기를 나누고 싶었던 주된 이유 중 하나이기도 하고."

"그래서, 그게 누굽니까?" 벡스트룀이 테이블 쪽으로 몸을 기울이며 물었다.

"곧 알려드리리다, 곧." 예구라는 그렇게 말하고는 왼손 검지를 살짝 움직여 술을 더 달라는 신호를 보냈다.

벡스트룀은 잠자코 고개를 끄덕였다. 확실히 예구라는 평범한 집시가 아니야. 물고기처럼 차갑고, 장어처럼 미끄덩거리고, 면도날처럼 날카로운 사람. 닭 도둑질을 그만둔 지 오십 년은 넘었을 터인 그와 비교하면 에릭손은 초짜처럼 보였겠지.

"나는 그 품목들 중 일부가 최근 스웨덴과 해외 경매에서 팔렸다는 사실을 알고 있었소." 예구라는 새로 채워진 잔을 조심스럽게 홀짝이며 말했다. "에릭손에게 그렇게 말했더니 그제야 그가 슬머시 커튼을 풀어놓기 시작하더군."

커튼을 풀어? 이런 표현은 다들 어디서 배우는 거야? 왜 이런 식으로 말하는 거지? 벡스트룀은 자신이 인간이 풀 수 있는 모든 것을 풀어보았다고 자부했다. 하지만 기억하기에 커튼을 푼 적은 없었다. 그게 무슨 뜻인지는 몰라도.

"에릭손은 의문을 표하지 않았소. 대신 내 말이 맞는다고 수긍했지. 사실 지난해 그는 원래의 스무 품목 가운데 여덟 품목의 판매를 추진했소. 베르샤긴의 성 테오도로스 그림을 포함한 이콘 네 점은 한 달 전 런던의 소더비에서 열린 러시아 미술품 경매장에서 낙찰됐지. 식기류 한 세트와 은식기 수납함 둘도. 그리고 골동품 황금 시가 라이터도. 그가 나를 그토록 만나고 싶어 한 것은 판매를 둘러싼 정황 때문이었소."

"계속하시죠." 벡스트룀은 고개를 끄덕이며 이야기를 재촉했다. 잔도 방금 다시 채워졌겠다, 평소보다 장황한 예구라의 이야기를 듣고 있노라니 만족스러운 기분이 들었다.

"판매와 관련한 실무는 에릭손이 원래 선택했던 한 미술 전문가가 맡았고, 작품 보관도 그가 담당하기로 했고. 하지만 여러 가지 이유로…… 에릭손은 그 이유에 대해서는 자세히 말하길 꺼렸소만…… 일부 품목의 가치에 대해선 다른 사람의 의견을 구하고 싶었던 거요. 결국 사기를 당하지 않을까 걱정했기 때문일 테지. 아니면 이미 바보 꼴이 된 게 아닌가 걱정했거나."

"그래서 뭐라고 하셨습니까?"

"나는 그를 안심시키고자 했다오. 그래서 기회를 보아 베르샤긴의 이콘을 잘 팔았다며 덕담을 했지. 현재의 과열된 러시아 미술 시장에서 좋은 값을 받아냈다고 설명했소. 대놓고 농담 삼아 그렸던 백 년 묵은 이콘값으로 백오십만 크로나를 받는다는 게 매일 있는 일은 아니라고 말이오. 그것도 신성모독적인 작품 아니겠소. 처음 대중에 전시됐을 때 관람객들의 반응은 몹시 안 좋았다오. 그게 같은 작가가 그린 풍경화였더라면 당연히 몇백만 크로나쯤은 더 받았겠지만."

"그랬더니 에릭손의 반응은 어땠습니까?"

"숨기려는 기색이 역력했지만 몹시 충격을 받았다는 점에는 의심의 여지가 없더군. 그것도 몹시 불쾌한 충격을 받은 눈치였지. 그가 받았던 거래 명세서에 0이 하나 빠져 있었던 건 아닐까 싶더군."

"그가 의뢰했다는 전문가 말입니다. 이름을 아십니까?"

"그렇소." 예구라는 만족스럽게 고개를 끄덕였다. "사실 이미 알고 있었지. 몰랐더라도 알아내기 그리 어렵진 않았을 거고. 나처럼 이 업계에 연줄이 있는 사람이라면 말이오. 바로 이것이 경감이 이미 더할 나위 없이 훌륭히 해왔을 수사 과정에 내가 미약하게나마 기여하고자 하는 바이오만…… 그의 이름이 궁금하다면…….”

“한스 울리크 본 코메르 남작.” 벡스트룀이 말을 잘랐다.

“훌륭하군, 벡스트룀.” 예구라는 그렇게 말하며 잔을 들었다. “경감의 예리한 추론이 내게 전혀 놀랍지 않다는 건 그냥 아부 삼아 하는 소리가 아니라오.”

“고마우신 말씀입니다.” 이미 보드카를 세 잔 마신 벡스트룀의 기분은 더할 나위 없이 좋았다. “제가 한동안 품고 있던 의혹을 확인해주신 것에도 감사를 드려야겠군요.” 그렇게 말하면서 그는 자신의 둥글납작한 코의 길이를 조심스럽게 점검했다. 주의해서 나쁠 건 없겠지.

“그리고 사실 선생은 하나가 아니라 두 가지 기여를 하셨습니다.” 벡스트룀이 계속해서 말했다.

“두 가지 기여라고? 이젠 정말로 궁금하구려.”

“유감스럽게도 지금으로서는 그게 뭔지 말씀드릴 수는 없겠습니다. 이해하시겠지만 수사와 관계된 이유 때문입니다.” 벡스트룀은 이제 왜 변호사 에릭손이 예구라를 만나고 이틀 뒤 드로트닝홀름 궁 앞 주차장에서 본 코메르 남작을 폭행했는지, 그리고 왜 그가 경매 카탈로그를 흉기로 사용했는지 확실히 알 것 같았다. 또 에릭손이 맞아 죽기 이틀 전에 집 안으로 들였고 살인범들이 범죄 현장을 떠날 때 챙겨 간 하얀 박스에 무엇이 있었는지도.

“음식을 조금 들면 어떻겠소, 경감?” 마찬가지로 지극히 유쾌한 기색의 예구라가 제안했다. “이야기를 계속 이어나가기 전에 배를 좀 채우도록 합시다. 아까도 했던 말을 반복하는 셈이지만, 어쩐지 오늘은 퍽 근사한 밤이 될 것 같다는 예감이 드는구려. 이 만남이 끝나갈 무렵 경감에게 이야기하고자 하는 작은 사업 제안에 관해서는 아직 한마디도 꺼내지 않았는데 말이오."

"음식을 조금 들어도 좋겠지요. 그렇고말고요." 음식을 들면서 에릭손에게 판매를 부탁한 미술품 컬렉션의 소유주가 누구라고 생각하는지도 말해보시지. 벡스트룀은 생각했다.

75

청어와 연어와 스웨덴 햇감자, 훈제 장어와 스카겐 새우 샐러드, 푸아그라, 치즈와 빵과 필스너…… 그리고 이 호화로운 만찬을 씻어 내릴, 이제는 몇 잔째인지 세는 것도 그만둔 보드카.

이전에도 적당히 식사를 하고 나면 수없이 그랬듯, 벡스트룀은 평온하고 고상한, 거의 철학적인 상태에 도달했다. 이럴 때면 온갖 주제와 관련한 생각들이 머릿속을 드나들었다. 가령 프랑스인들이 가망 없는 경제 상황에 관해 늘어놓는 온갖 칭얼거림이라든가. 열심히 일하는 정직한 스웨덴인들이 자기들 빚 갚는 걸 도와야 한다고 주장하는 뻔뻔한 놈들. 달팽이를 먹고 베레모나 쓰고 다니는 그 머저리들이 배 속에 양껏 쑤셔대는 푸아그라를 벡스트룀은 좀처럼 맛보지도 못하는 판국이거늘, 대체 녀석들이 불평할 게 뭐가 있단 말인가?

혹은 수수께끼의 본 코메르 남작은 어떤가. 그가 피살자와 한판 붙었다는 건 확실했다. 비록 그런 호모 놈이라면 문제의 범인이 쓴 것과 같은 방법으로 에릭손을 죽일 만한 배짱을 가졌을 리 없다는 데 이날 저녁 식사의 계산서를 걸 수도 있지만. 물론 에릭손의 소파에 앉아 있다가, 경매 카탈로그 자신을 공격했던 그 미치광이 변호사가 장차 다른 범인들도 뒤따르게 될 드넓은 길에 본격적으로 한 걸음 내딛기로 작심하고 리볼버를 꺼내 쏘아대자 똥을 싸질렀을 가능성은 다분하고 말이다.

그걸 알아내는 건 그리 어렵지 않겠지. 벡스트룀은 생각했다. 그리고 그 점에 관해서라면 테이블 맞은편에 앉아 있는 오늘 저녁의 호스트보다 더 나은 출발점이 있을까? 슬슬 간단한 경찰 업무에 나설 시점이었다. 벡스트룀은 조금 전 채워진 보드카를 마무리하고 맥주를 두어 번 들이켜 속을 씻어 내린 다음 양손을 배 위에 포갠 채 등받이에 몸을 기대며 더 여유로운 자세를 취했다.

"본 코메르 말입니다만, 어떤 사람입니까?"

예구라는 본 코메르가 자신과 썩 가까운 사이는 아니라고 했다. 더욱이 누군가가 중개인으로 삼을 만한 사람은 절대 아니었다. 에릭손이 관여했던 일보다 덜 중요한 일이라 하더라도 마찬가지였다. 예구라에 따르면, 미술 감정가로서 코메르의 감식안은 열정적인 아마추어보다 나을 것 없는 수준이었다. 19세기와 20세기 스웨덴 회화와 좀더 오래된 가구 및 골동품에는 어느 정도 조예가 있다는 점을 감안해도 마찬가지였다. 게다가 인간적으로도 딱히 유쾌한 인물은 아니었다. 오만하고, 멍청하고, 애석하지만 조심성도 없었다. 물론 교회 쥐처럼 가난했고.

"돈도 없고 유산도 없고 사유지도 없다오." 예구라가 요약했다. "코를 한껏 처들고 헛소리나 양껏 쏟아대면서 이리저리 뛰어다니는 흔한 무일푼 귀족에 불과하지."

"그럼 사기꾼입니까? 그가 에릭손 같은 사람을 속이려 들 수 있었을까요?" 벡스트룀이 물었다.

"나는 이미 속았다고 확인하고 있소. 베르샤긴이 그린 이콘의 값어치를 말해주었을 때 에릭손의 눈에서 그게 보였지."

"사기 친 액수가 얼마나 되는 겁니까?" 벡스트룀은 고개를 주억거리고 맥주를 벌컥벌컥 들이켰다.

"백만." 예구라가 말했다. "그 정도를 쳤을 거요. 대충." 그러고서 그는 리넨 냅킨으로 자신의 얇은 입술을 두드렸다.

"왜 그렇게 생각하시죠?" 어째서인지 그 순간 벡스트룀은 동료인 니에미가 에릭손의 책상 속에서 발견했던 백만 크로나에 달하는 현금이 담긴 봉투를 떠올리고 있었다. 정말 벡스트룀의 오랜 지인인 예구라가 점점 확대되어가는 범죄 수사에 세 번째 기여를 하는 것일까?

"이콘 셋은 그가 이미 팔았소. 얼마나 받았는지 확인해봤지. 작년 가을에 웁살라에서 팔린 첫 번째 작품은 거의 십만 크로나였소. 크리스마스 직전에 스톡홀름의 부코스키스에서 팔린 두 번째 작품은 칠만이었고. 세 번째는 올해 초 헬싱키에서 열린 러시아 미술품 특별 경매에서 팔렸소. 내 기억으로는 대충 십오만 크로나였지. 그러니 경매장 수수료를 제하고 나면 작품당 가격은 평균 십만 크로나였던 셈이오. 참고로 그 정도 품목의 표준 수수료는 부가세를 제외하고 이십 퍼센트고."

"그럼 성 테오도로스는?"

"그건 영국 돈으로 십사만 오천 파운드에 팔렸소. 현재 환율로 따지면 백사십만 크로나에 해당하는 액수요. 수수료와 부가세 및 다른 부대 비용을 제하면 대략 백십만 크로나 정도지. 본 코메르가 거래가 파운드화로 이루어졌다는 사소한 사항을 깜빡한 척 에릭손에게 십오만 크로나짜리 거래 명세서를 보여주었다고 가정한다면, 차액은 대충 백만 크로나였겠군." 예구라가 말을 맺었다.

관련자의 말이니 확실하겠지. 벡스트룀은 만족스럽게 고개를 끄덕였다.

"거래 명세서를 어떤 식으로 처리했을지, 중요한 부분만 간단하게라도 알고 싶을 듯하오만?" 예구라가 말했다.

"네, 설명해주시지요." 벡스트룀은 좀더 편한 자세로 고쳐 앉으며 말했다. 이거 점점 더 재미있어지는군.

"내가 그와 유사한 행동을 하기로 마음먹는다면, 물론 그럴 리는 없소만, 아마 영국 경매인에게 거래 명세서를 내게 이메일로 보내달라고 할 거요. 이런 일은 전자상으로 조작하는 게 훨씬 쉽거든. 나처럼 현대 컴퓨터 기술에 대한 지식이 제한적인 사람에게도 파운드를 크로나로 바꾼 뒤 거래 명세서를 인쇄해서 에릭손에게 전달하는 것은 간단한 일이지. 물론 내가 그런 생각을 할 리 없지만 말이오." 예구라는 꼭 맞는 정장에 감싸인 양어깨를 야단스럽게 으쓱거렸다.

"그렇게 백만 크로나를 버는 거군요."

"그렇소. 아니면 구십육만 이천 크로나를. 내 기억이 맞는다면 말이오. 백 크로나 정도 오차는 있을 거요."

"그걸 어떻게 아십니까?" 대체 이 작자가 무슨 소리를 하는 거지?

"바로 내가 베르샤긴의 이콘을 구매했고, 따라서 판매자와 똑같은 거래 명세서를 받았기 때문이오." 예구라는 고개를 끄덕였다. "나머지는 간단한 산수 문제지."

"성 테오도로스의 그림을 사셨다고요. 왜입니까?"

"그 이야기는 송아지 필레를 먹으며 할 셈이었소." 예구라가 말했다. "송아지 필레 이야기가 나온 김에, 혹시 이 식당의 훌륭한 하우스 와인을 한두 잔 하지 않겠냐고 물으려던 참이었소만. 카베르네 소비뇽, 메를로, 카베르네 프랑을 정통 프랑스식으로 블렌딩 한 뛰어난 이탈리안 레드 와인이라오. 보르도 대신에 투스카니에서 재배한 포도로 빚었지."

"맥주와 보드카면 충분합니다." 이거 끝내주는 얘기가 되겠군그래. 벡스트룀은 생각했다.

"그게 현명할지도 모르겠군." 예구라가 동감을 표했다. "포도주와 곡주를 섞어 마실 때는 조심해야 하는 법이니. 그 말에도 일리가 있구려, 벡스트룀."

"에릭손의 고객 말입니다만. 그 미술품 컬렉션의 소유주는 누구였습니까?" 벡스트룀은 다시 한번 답을 재촉했다.

"곧 알게 될 거요." 예구라는 다정하게 고개를 끄덕였다. "차차 말하리다. 기다리는 동안 감히 조언 한마디 해도 괜찮다면, 경감이 마실 보드카를 한 잔 더 시키는 게 좋을 듯하구려. 내가 생각하는 그자의 정체를 듣고 의자에서 떨어지지 않도록 말이오."

76

구운 송아지 필레, 구운 뿌리채소, 레드 와인 소스를 얹은 사골. 벡스트룀은 무척 흡족했다. 그는 보드카와 맥주를 마시며 조만간 자신의 지인이 꺼내리라 확신하는 커다란 갈색 봉투를 즐겁게 떠올렸다. 하지만 급할 것은 없었다. 봉투를 기다리는 동안 음식과 술이 부족하지도 않았다. 때로는 돈 문제가 나오기까지 시간이 좀 걸리는 법이었다.

마침내, 호스트가 각오를 다진 모양이었다. 먼저 그는 조심스럽게 목을 가다듬었고, 이탈리안 레드 와인을 신중하게 홀짝이며 기운을 북돋웠고, 냅킨으로 얇은 입술을 두드린 다음 고개를 끄덕였다. 드디어 때가 되었다.

"내력이라는 개념에 익숙하시오, 벡스트룀?" 예구라는 그렇게 물으면서 한 번 더 목청을 가다듬었다.

"그럭저럭요." 벡스트룀은 어깨를 으쓱했다. "하지만 더 자세히 알고 싶군요." 혹시 몰라 덧붙인 말이었다. 예구라가 이야기하는 그 '내역▪'이라는 게 무엇인지 전혀 감이 잡히지 않았으니까.

"이런 경우, 그러니까 미술품에 관해 이야기할 경우, 내력이란 해당 작품에 얽힌 역사를 말하는 거요. 작가야 말할 것도 없고, 작품의 기원과 연관된 여러 사건들도 포함되지. 특히…… 특히 예술 작품에 매겨지는 가격을 따질 때는…… 작품을 소장해온 사람들까지 포함된다오. 원

▪ 벡스트룀은 예구라가 말하는 '내력'을 잘못 이해한 채 계속 '내역'으로 말한다.

래의 소유주뿐 아니라 이후의 다른 소유주들까지 말이오. 상관이 없어 보일지도 모르겠소만, 때로 소유주가 아주 유명한 사람일 경우엔 해당 예술품의 가치가 실제 값어치보다 훨씬 더 올라가기도 하지."

"그야 그렇겠지요." 벡스트룀이 맞장구쳤다. 그도 온라인을 통해서 꼬마 시기를 벡스트룀의 고용주, 즉 국가경찰위원회에서 근무용 리볼버를 지급하는 데 들인 비용보다 훨씬 큰 액수에 사겠다는 익명의 제안을 숱하게 받은 바 있었다. 얼른 요점을 말해, 이 수다쟁이 자식아. 그렇게 생각하며 그는 왼쪽 발목의 권총집에 얌전히 들어가 있는 시기를 점검했다. 걱정 마, 요 녀석아. 그가 시기를 다독이며 안심시켰다. 가장 친한 친구를 팔 생각은 추호도 없었다.

"스웨덴에서 가장 유명한 예라면, 몇 년 전 세계적인 스웨덴 감독 잉마르 베리만의 소유물이 판매되었을 때를 들 수 있을 거요." 예구라는 떠오르는 기억에 몸서리를 치면서 다시 레드 와인 한 모금으로 기운을 북돋았다.

"파니와 알렉산데르에 관한 영화를 만든 사람 아닙니까?" 벡스트룀은 어느 날 한밤중 우연히 텔레비전에서 그 영화를 보았던 기억을 떠올렸다. 어린 시절 자신이 좋아했던 〈파니 힐〉의 속편이 아니라는 사실을 깨달았을 때는 이미 절반 정도를 본 뒤였다■.

"정확하오." 예구라가 흥을 내며 말했다. "바로 그 작자 얘기요. 그 인간의 소유물이 경매에 부쳐진 건 아주 비극적인 일이었지. 얼룩투성이에 올이 풀린 낡아빠진 둑스 소파, 스몰란드의 그 꾀죄죄한 늙은이가

■ 〈파니와 알렉산데르〉는 20세기 초 스웨덴의 한 대가족을 그린 가족 드라마이며, 〈파니 힐〉은 여성의 성적 자각을 그린 성애 영화다.

인류 절반에게 억지로 팔아넘겼을 닳고 닳은 조립식 서랍장▪, 찌그러진 구리 팬, 누더기가 된 양가죽 깔개, 이가 빠진 뢰르스트란드제 커피잔. 계속하자면 끝도 없소. 전부 구세군에 갖다줘도 퇴짜 맞을 물건들이었지."

"그런 자들이 어떻게 사는지야 모르는 사람 있습니까?" 벡스트룀이 추임새를 넣었다. "한번은 어느 유명 배우의 집을 수색했는데, 만약 그곳이 평범한 마약중독자의 집이었더라면 아마 복지과에서 폐쇄해버렸을 겁니다." 집시라 해도 살지 않겠다고 할 곳이었지. 그는 생각했다.

"그런데 이 경우에는 그렇지 않았다오." 예구라는 한숨을 내쉬었다. 벡스트룀의 말은 들리지도 않는 모양이었다. "고물, 잡동사니, 평범하고 낡아빠진 쓰레기들이었지만 사람들이 몇백만씩 주고 사 갔단 말이오. 그가 1950년대에 스톡홀름 군도에서 영화 촬영 도중에 하리에트 안데르손—왜, 유명한 스웨덴 여배우 말입니다—에게 받은 슬리퍼 이야기를 내가 했던가요?"

"아뇨." 벡스트룀은 고개를 내저었다. 그가 본 군도에서 만든 영화들 중에 잉마르 베리만이 감독한 영화가 있을 리 없었다. 사실, 그동안 본 베리만 영화가 거의 없어서 얼마나 다행인지 모르겠다는 생각까지 들었다.

"끔찍한 얘기요. 촬영하는 내내 비가 왔다지. 게다가 소리를 녹음하던 건물 마룻바닥에는 외풍이 심하게 들었고. 그래서 여배우가 이웃집으로 뛰쳐나갔소. 이웃집에는 웬 늙은 어부가 역시나 비참한 환경에서 살고 있었지. 커피 찌꺼기와 청어 비늘과 닳고 닳은《씨앗을 뿌리는 사

▪ 스몰란드에서 시작된 스웨덴의 대표 가구 기업 이케아와 그 설립자 잉바르 캄프라드를 가리킨다.

람들》과월 호에 둘러싸여서 말이오. 배우는 베리만의 발이 차지 않도록 어부에게서 다 해진 물개 가죽 슬리퍼를 샀소. 그게 얼마에 팔렸는지 아시오? 다른 곳도 아니고 부코스키스 경매장에서?"

"아뇨." 벡스트룀은 고개를 내저었다. 그걸 내가 어떻게 알겠냐?

"팔만 크로나였소." 예구라가 신음했다. "팔만 크로나." 그가 되풀이했다. "발에서 난 땀이 온통 엉겨 붙은 낡아빠진 가죽 조각이 말이오."

"좀 비싼 것 같군요." 벡스트룀이 동의했다.

"자, 이번에는 그에게 그 슬리퍼를 준 사람이 그레타 가르보였다고 생각해봅시다. 만약 그랬으면 베리만의 탐욕스러운 자식 놈들이 도대체 얼마를 받았겠소?"

"물론 훨씬 더 받았겠죠." 가르보가 누구인지 잘 기억도 나지 않았지만 벡스트룀은 그렇게 대꾸했다. 할리우드로 건너가서 다이크가 된 검은 머리 아니었나?■

"아마 백만은 됐을 거요." 예구라는 한숨을 쉬며 슬프다는 듯 고개를 내저었다.

"한 가지 여쭙겠습니다만, 왜 이런 이야기를 제게 하시는 겁니까?" 갈색 봉투는 어떻게 된 거야?

"경감이 내 요지를 이해하도록 한 말이었소." 예구라가 기대감 어린 목소리로 말했다. "내력이라는 게 가격에 어떤 영향을 미칠 수 있는지 말이오."

"좋아요, 그건 알겠습니다. 제가 궁금한 건 선생이 아까 이야기한 그

■ 그레타 가르보는 1920~1930년대에 할리우드에서 활동하며 세계적인 인기를 누린 스웨덴 태생의 스타로, 동성애자 혹은 양성애자였음이 기정사실로 받아들여지고 있다.

전 소유주가 누구냔 겁니다. 대체 누구죠?"

"곧 말하리다. 혹시 궁금해할까 봐 말인데, 내가 추적에 나선 것은 에릭손이 판매를 맡게 된 물건들 중 하나 때문이었다오."

"어떤 물건입니까?" 벡스트룀이 물었다. 아마 선하신 주님의 꿀단지에 손을 대다가 현장에서 걸렸다는 그 뚱뚱한 수사의 초상일 테지.

"항해 사냥용 식기요." 예구라는 고개를 끄덕였다.

"뭐라고요?" 벡스트룀이 말했다.

77

예구라가 추적에 나선 것은 항해 사냥용 식기 때문이었다. 1908년 겨울 상트페테르부르크의 제국 자기 공장에서 생산한 총 148점으로 이루어진 완전한 12인용 식기 세트 한 벌. 최고급 골회 자기에는 발트해에서 볼 수 있고 사냥에도 적합한 바닷새들의 그림이 손으로 그려져 있었다. 첫 사냥을 마친 참가자들을 위한 상을 차릴 때 테이블을 장식하는 이 물건은, 러시아의 마리야 파블로브나 여대공이 미래의 배우자가 될 스웨덴의 빌헬름 왕자에게 결혼 선물로 준 것이었다. 스웨덴의 왕자이자 스웨덴 해군의 장교요 열성적인 사냥꾼이며 열렬한 제물낚시꾼이기도 했던 남편에게 더할 나위 없이 어울리는 선물이었다.

"나쁜 결혼이 아니었다는 건 분명하오." 예구라가 말했다. "베르나도테가의 스웨덴 왕자와 로마노프가의 여대공이 연분을 맺었으니 말이오. 마리야 파블로브나는 러시아의 마지막 차르 니콜라이 2세의 사촌이었지요. 달리 말하자면, 모든 러시아인들의 아버지와 가까운 친척이었달까. 당시에는 차르를 그렇게 불렀다오."

"상상이 되시오, 벡스트룀?" 예구라가 말을 이었다. "러시아 공주와 결혼한 스웨덴 왕자라니. 우리의 오랜 숙적인 러시아에서 온 여자. 베르나도테가의 이백 년 역사상 그 비슷한 일은 한 번도 없었지. 두 사람은 1908년 5월 3일 상트페테르부르크의 황궁에서 결혼했소. 축하연은 일주일 내내 계속됐고. 하지만 그리 놀라운 일은 아닌지도 모르겠구려. 상트페테르부르크와 오켈보는 상당히 다를 테니까." 예구라는 무겁게 고개를 끄덕이며 말을 맺은 뒤 현재 공주의 남편이 성장한, 그다지 상서로울 것 없는 고향에 대해 반추하면서 레드 와인을 가득 들이켜 마음을 다잡았다▪.

예구라의 계속된 설명에 의하면 결혼 생활은 순탄치 않았다. 스물네 살인 왕자는 귀족 혈통에 황금 견장을 달았지만 소심하고 여린 젊은이였던 반면, 열여덟 살인 부인은 남성용 안장에 올라 말을 달리고, 담배를 피우고, 두 사람이 살았던 왕실령 유르고르덴 섬의 커다란 빌라에서 재미 삼아 은쟁반을 타고 계단을 미끄러져 내려가곤 했던 "왈가닥"이었다.

부부 간의 금슬이랄 것도 별로 없었다. 결혼하고 일 년 뒤 아들을 낳기는 했지만 둘은 사실상 따로 살았고, 1914년에 이혼했다.

▪ 현재 스웨덴의 왕세녀인 빅토리아 공주의 남편 다니엘 대공은 오켈보 출신의 헬스 트레이너로, 공주와 만나 세간의 구설수에 올랐다.

"베르나도테가의 일원이 이혼한 것 역시 그때가 처음이었지." 예구라는 왕실 주재원이라도 되는 양 비통한 표정이었다.

"그 뒤에는 어떻게 됐습니까?" 벡스트룀이 호기심을 갖고 물었다. 틀림없이 우리네 왕도 이 이야기에 등장하겠군. 그는 유쾌하게 생각했다.

예구라는 두 사람이 서로 다른 세계에서 서로 다른 삶을 살았다고 설명했다. 마리야 파블로브나는 일단 러시아로 돌아간 뒤 1차세계대전 동안 적십자에서 활동하다가 1917년 여름에 재혼했다. 몇 달 뒤 혁명이 일어나자 그녀는 파리로 거처를 옮겼고, 덕분에 다른 수많은 가족 구성원들과 달리 볼셰비키들에게 살해당하지 않을 수 있었다.

"그녀는 다시는 러시아로 돌아가지 않았소. 처음에는 파리에서 살았고, 나중에는 뉴욕에서도 살았지. 1930년대 중반에 두 번째 남편과 이혼한 뒤에는 잠시 스웨덴으로 돌아왔고, 2차세계대전 동안에는 남아메리카에 있었소. 내 기억이 맞는다면 부에노스아이레스였을 거요. 생의 말미에는―그녀는 1958년에 죽었소―유럽으로 돌아가 스위스 콘스탄스 호숫가, 아들 렌나르트 가족과 가까운 곳에서 여생을 보냈지. 렌나르트는 그녀가 빌헬름 왕자와의 사이에서 낳은 아들이오. 경감도 들어보셨겠지? 마이나우에 산다는 그 왕자 말이오. 왜, 그가 사는 성에 딸린 정원이 일반인들에게도 개방된다고 하잖소. 한동안 베르나도테가의 일원 중에서는 가장 자주 기사에 이름을 올리는 인물이었지."

"네, 알고말고요." 벡스트룀은 맥주를 길게 들이켠 뒤 손등으로 입술에 남은 맥주 방울을 훔쳤다. "렌나르트 왕자를 기억 못 하는 사람이 있겠습니까?" 뭔 놈의 왕자 이름이 렌나르트람?

"그녀의 생애를 간략하게 요약해서 말하자면……." 예구라는 한숨을 내쉬었다. "변화무쌍한 삶이랄까."

"변화무쌍? 무슨 뜻입니까?" 벡스트룀이 물었다. 그는 확실한 사실과 예측 가능한 사안들을 선호했다. 되도록이면 적절한 액수의 수수료도 곁들여서.

"스웨덴에 왔을 때 그녀는 열여덟 살이었소. 어린 나이였지만 세계에서 가장 부유한 여자 중 하나였지. 어쨌든 마리야는 러시아 차르의 사촌이었고, 그가 당시 세계에서 가장 부유한 남자였다는 데에는 의심의 여지가 없으니 말이오. 그녀 한 사람이 스웨덴 왕실 구성원 전체를 합친 것보다 더 부유했다오. 빌헬름과 결혼했을 때 러시아의 차르는 그녀에게 매년 봉록으로 삼백오십만 크로나를 내리기로 했소. 당시 그건 스웨덴 노동자 만 명의 임금을 합친 것과 같은 액수였고, 요즘 돈으로 치자면 사십억 크로나에 달할 거요. 일 년에 말이오. 마리야 파블로브나는 믿을 수 없을 정도로 부유했소. 그녀에 비하면 남편은 가난뱅이였고."

"그래도 남편에게 괜찮은 선물을 여럿 했던 모양입니다. 예를 들어 사냥용 식기라든가요. 값이 꽤 나가겠지요?"

"암, 나가고말고. 그녀가 스웨덴에 와서 나눠준 것은 그뿐만이 아니었소. 사실상 그녀 곁에 있던 모두가 값비싼 선물을 받았지. 아울러 이곳으로 오면서 어마어마한 재산을 가져왔는데, 그중에는 귀중한 예술 작품과 유물 들도 있었소. 특히 유물들이 대단했지. 그녀는 러시아로 돌아가면서 그걸 거의 전부 두고 갔소. 그냥 신경 쓰지 않았던 모양이오. 그래서 대다수는 결국 첫 남편이었던 빌헬름 왕자의 손에 들어간 것으로 추정된다오."

"그래서 왕자는 어떻게 됐습니까?" 벡스트룀이 물었다. 이거 굉장한 일이 될 수도 있겠는걸. 일 년에 사십억이라니. 베리만의 낡아빠진 물개 가죽 슬리퍼 따위는 제 똥구멍에나 쑤셔 박으라지.

"빌헬름 왕자는 예술적인 기질이 있었소. 그는 책을 썼소. 많은 책을. 온갖 것에 관해 썼지. 연애시에 발라드, 수많은 뱃노래며 수많은 기행문까지. 그리고 영화에도 아주 관심이 많았소. 세계를 돌아다니며 영화를 찍었지. 물론 주로 스웨덴에서 찍었지만 아프리카, 아시아, 중앙아메리카에서도 찍었소. 생의 마지막 삼십 년은 쇠데르만란드에 있는 스텐함마르의 자택에서 보냈다오. 1965년에 사망했는데, 내가 생각하기로는 아주 고독했던 것 같소. 자신과 동시대를 살았던 스웨덴의 거의 모든 유명 지식인, 화가, 작가, 음악가와 교류하기는 했지만 말이오. 그건 물론 후원자이자 예술 애호가로서의 교류이기도 했지만 동류로서의 교류이기도 했소. 그는 정말로 그들의 일원이었던 거요. 그런 점에서는 베르나도테가의 여러 친지들과 꽤 닮았다고도 할 수 있겠지. 물론 그중 가장 유명한 사람은 화가였던 에우옌 왕자일 테고. 분명 경감도 들어봤을 거요."

"이름은 들어봤습니다." 벡스트룀은 거짓말을 했다. "하지만 빌리 왕자에게로 돌아가볼까요…… . 거금을 가진 러시아 여자와 결혼한 왕자 말입니다……."

"무슨 얘기요?"

"새 아내를 들이거나 자식을 더 낳지는 않았습니까?" 벡스트룀이 물었다. 틀림없이 값어치가 어마어마할 사냥용 식기에 대한 생각을 떨치기가 힘들었다.

"아니오." 예구라는 고개를 내저었다. "1920년대 말 다른 여자를, 어느 프랑스 여자를 만나긴 했던 모양이오. 하지만 비공식적인 관계였고 여자는 1952년 비극적인 사고로 죽고 말지. 두 사람은 왕자가 사랑했던 스텐함마르로 가던 중 쇠데르만란드의 세른호브 외곽에서 교통사교를 당했다오. 아주 비극적인 이야기지. 당시 왕자가 운전대를 잡고 있었는데, 그는 결국 그 일을 극복하지 못했소."

"짐작이 가는군요." 아마 음주운전이었겠지.

"눈보라를 만난 거요." 예구라는 마치 자신이 왕가의 일원이기라도 한 것처럼 슬픈 어조였다. "혹시 의심할까 봐 말해두자면 왕자는 알코올을 무척 조심했소."

"저는 그 사냥용 식기를 생각하고 있었습니다." 벡스트룀은 끈질기게 물었다. 다른 이야기는 전에도 들은 적 있다고.

"그럴 만도 하지. 그건 틀림없이 빌헬름 왕자 소유였소. 그러니 거기까지의 내력은 완벽하게 확실하지. 에릭손이 비밀스러운 고객을 대신해 판매하게 된 스무 가지 품목 중 열아홉 품목은 원래 마리야 파블로브나의 소유였고 그녀가 결혼 후 스웨덴에 가져온 재산에 포함돼 있었다는 게 분명하니 말이오. 좀더 신중히 말하자면, 십중팔구 그랬을 거라고 해야 할까. 전부 남편에게 주는 선물 혹은 그녀 소유의 물건이었소. 그녀는 러시아로 돌아가면서 그걸 두고 갔고. 여기까지의 역사를 추척하는 데에는 성공했다오. 대다수 증거가 그 물건들이 결별 후 빌헬름 왕자의 손에 들어갔음을 가리키고 있지."

"스무 개 중에 열아홉 개라고요." 벡스트룀의 목소리에는 희미한 불안이 묻어났다.

"그렇지." 예구라가 힘주어 말했다. "하지만 그중 한 물건만은, 마리야 파블로브나의 소유도, 그녀의 남편이었던 빌헬름 왕자의 소유도 아니었다고 확신하고 있소."

"그걸 어떻게 아신 겁니까? 그래서 문제는 또 뭐고요?" 벡스트룀이 물었다.

"친애하는 경감의 도움이 필요한 이유 중 하나가 바로 그거요." 예구라가 말했다. "경감과 경감이 갈고닦아온 수사관의 정신이 줄 수 있는 모든 도움이 내게 필요하다오. 나는 경감이 에릭손의 살인 사건 수사를 맡게 됐다는 사실을 하늘의 계시로 받아들였소. 그 점이 우리 둘 모두에게 큰 도움이 될 것 같구려."

78

스무 품목 중 열아홉 품목이 원래 누구 소유였고 이후 누가 소유했는지 알아내는 것은 전혀 어렵지 않았다고 예구라는 말했다. 처음에는 마리야 파블로브나, 이후에는 그녀의 전남편인 빌헬름 왕자. 문제를 복잡하게 만든 것은 젊은 주정뱅이 베르샤긴과 그가 생일을 맞은 장인을 불쾌하게 하기 위해 그린 성 테오도로스의 '이콘'이었다. 아니, 이콘이라기보다는 모욕이라고 해야 할까. 확실히 제대로 된 이콘은 아니었다. 사실 기독교의 메시지를 전달하고 예술이라는 형식을 통해 주님을 찬미하고자 하는 진정한 성상화가들이 만든 작품과는 완전히 다른 작품이었으니까.

보다 넓은 맥락에서 볼 때, 베르샤긴의 이콘이 보통의 이콘과 달리 자신과 가족들을 먹여 살린 장인을 제물 삼은 직설적인 농담을 의도한 작품이었다는 점은 부차적인 사실에 불과했다. 그의 작품이 일으킨 반향은 그보다 훨씬 더 나빴다. 그것은 교회와 국가에 이의를 제기하고 하느님과 차르를 모욕하는, 신성모독이자 반동에 가까운 행위였다.

1899년 베르샤긴 장인의 생일 축하연에서 한바탕 물의를 일으킨 뒤 선물은 즉시 되돌아왔다. 베르샤긴의 젊은 아내는 절망하여 아이들을 데리고 친정으로 돌아갔고, 베르샤긴 자신은 러시아를 떠났다. 차르의 비밀경찰에 쫓기는 신세가 된 그는 일주일 뒤 베를린의 러시아 망명자 공동체에 몸담고 있는 급진주의 예술가 친구들 곁에 나타났다.

베르샤긴은 프랑스, 독일, 폴란드에서 몇 달을 떠돌다 그해 가을 상트페테르부르크로 돌아갔다. 아내와 세 어린 자녀들이 기다리는 집으로 돌아오라고 그를 설득한 사람은 바로 그의 아내였다. 그녀는 이미 그를 용서한 뒤였지만 장인은 그를 영영 용서하지 않았으며, 불과 몇 달 후 베르샤긴은 죽음을 맞이했다.

1899년 새해 전날, 베르샤긴은 제국의 수도에 위치한 예술 아카데미에서 새로운 세기의 도래를 축하하던 중 과음으로 사망했다. 그 무렵에는 이미 전해에 일어난 사건들에 관한 기록이 상당히 쌓인 뒤였다. 가족, 친구, 적들이 주고받은 사적인 서신이며 신문 기사, 그리고 베르샤긴과 그가 일으킨 스캔들을 거론한 아카데미의 기록도 있었다.

죽기 한 달 전, 그는 거래를 비밀로 한다는 맹세하에 자신이 그린 성 테오도로스의 초상화를 장인의 경쟁자에게 놀라우리만치 좋은 값을 받고 팔았다. 영국인인 그 경쟁자는 차르 치하 러시아에서 많은 사업을 벌이던 한 영국 해운업체의 대표였다. 그는 1905년 상트페테르부르크에서 첫 번째 소요가 일어나자 러시아를 떠나 영국으로 돌아가 플리머스에 위치한 본사에서 일했다.

베르샤긴의 이콘이 새로운 고국에서 처음으로 대중에 공개된 것은 1920년 가을 런던 테이트 갤러리에서 열린, 혁명기 러시아의 정치적 선언으로서의 예술에 관한 전시를 통해서였다. 이콘은 다시 한번 많은 논란을 낳았다. 영국 신문들은 스무 해 전에 일어났던 스캔들을 언급했고, 《타임스》는 작품의 현 소유주를 인터뷰한 장문의 기사를 실었다. 당시 해운업체의 퇴임 이사였던 앨버트 스탠호프 경은 여러 정황을 고려해 장인을 모욕한 것으로 국제적인 악명을 떨친 젊은 불한당보다는 풍경화가로서의 베르샤긴에 관해 훨씬 더 많은 이야기를 하기로 했다. 그 장인이 독일인이었던데다 원래 모델이 된 그리스인만큼 뚱뚱하기는 했지만, 전쟁은 이미 끝난 뒤였다. 앨버트 경은 그 부분에 중점을 두고자 했다.

"전쟁은 끝났습니다. 이제 지나간 일은 지나가게 둘 때도 됐지요. 알렉산데르 베르샤긴이 훌륭한 풍경화가였다는 사실을 잊지 맙시다."

"작품이 완성된 1899년부터 2차세계대전까지 성 테오도로스 초상화의 내력은 상세히 확인할 수 있다오." 예구라가 말했다. "스탠호프가 초상화를 사서 1943년 죽을 때까지 소유했지. 그림이 1905년 러시아에서 반출될 때 마리야 파블로브나는 겨우 열다섯에 불과했고, 로마노프가의 일원이 그 물건에 손을 댄다는 건 말도 안 되는 일이었소. 아무리 간접적으로라도 말이오."

"나중에는 어떻게 됐습니까?" 벡스트룀이 캐물었다. "그 해운업자가 죽은 뒤에는 어떻게 됐지요?"

"그의 후손들이 경매에 부쳤소. 1944년 가을 런던 크리스티 경매장에서. 당시 낙찰가는 백이십 파운드로, 전 유럽이 한창 전쟁중이었다는 점을 감안하면 납득할 만한 가격이었지. 물론 몇 달 전 소더비에서 낙찰된 가격과 비교하면 빙산의 일각에 불과하지만 말이오."

"그림의 행적은 2차세계대전중이었던 1944년 가을 이후로 끊기는군요." 벡스트룀이 자신의 토실토실한 턱을 쓰다듬으며 정리했다.

"그렇소. 이후 어떤 전시회나 경매에도 모습을 드러내지 않은 게 확실하오."

"어떻게 된 걸까요? 누가 샀죠?" 벡스트룀은 고개를 끄덕이며 호스트의 대답을 재촉했다.

"모르겠구려. 경감도 짐작했겠지만, 조수들과 나는 이 문제에 관해 상당한 조사를 거쳤다오. 그중에서도 내 영국 쪽 연락책이 1944년 가을에 열린 경매에 관한 크리스티 측 기록을 살펴보았지. 구매자는 그림 값을 현찰로 지불했소. 이름은 기록되지 않았고. 구매자가 익명을 요구했다는 기록이 남아 있더군."

"현찰로요? 수상하군요." 벡스트룀이 말했다. 우라지게 수상해.

"딱히 그런 건 아니오." 예구라는 어깨를 으쓱했다. "특별히 대단한 낙찰가도 아니었고, 워낙 많은 구매자들이 익명을 선호하니까. 특히 예술계에 종사하는 내 동료들은 많이들 그렇게 한다오."

"그러면 무려 칠십 년의 공백 후에 그림이 다시 나타난 거군요. 여기 스웨덴에서, 미지의 고객을 대신해 판매를 맡게 된 변호사 에릭손의 손에서요."

"그렇소, 잘 정리해주었소."

"그동안 그림이 어디 있었는지는 선생도 모르시고요. 모든 정황을 미루어보면 스웨덴 사람이 소유하고 있었던 게 아니겠습니까? 아니면 왜 여기서 나타났겠습니까?"

"나도 그 의견에 동의하는 바요. 그러니 경감이 자잘한 내용을 알려줄 수 있다면 참으로 고맙겠소이다."

"올봄에 그림을 판 사람은 남작이다, 이거군요. 변호사의 의뢰로요. 남작이 같은 경매에서 판매한 물건이 또 있습니까?" 호모 귀족 놈, 이 시궁창에 단단히 발을 들였군그래.

"에릭손이 감정을 의뢰한 컬렉션 중에서 세 개 품목이 판매됐소. 먼저 이콘, 그리고 경감에게도 깊은 인상을 남긴 모양인 항해 사냥용 식기. 세 번째는 황금 시가 라이터. 인장을 보면 그것 역시 1900년대 초반 상트페테르부르크에서 만들어진 물건이오. 하지만 빌헬름 왕자와 연관 지을 만한 문구 같은 건 새겨져 있지 않지. 그래도 나는 마리야 파블로브나가 빌헬름 왕자에게 준 물건이라고 확신하고 있소만. 라이터 제작자는 당대 상트페테르부르크에서 가장 유명한 보석 세공인이었소. 이름은 칼 파베르제. 황궁의 금세공인이었다오. 틀림없이 경감도 들어봤을 거요."

"시가 라이터는 값이 얼마였습니까?"

"정확히는 기억나지 않지만 낙찰가는 대략 십만 크로나쯤 됐을 거요. 대단한 액수는 아니지. 화폐가치의 변동을 고려하면 처음 구매가와 거의 비슷하오. 당시 라이터가 제법 남아 있거든. 시가 라이터는 제대로 된 신사라면 방에 구비해두어야 할 필수적인 물건이었으니까. 비록

이 물건의 경우 다른 대다수 라이터들보다는 더 값이 나가기는 하지만."
예구라는 어깨를 으쓱했다.

"사냥용 식기는 어떻게 됐습니까? 그건 얼마에 낙찰됐지요?"

"솔직히 '식기'라는 표현이 적절할지 모르겠구려." 예구라는 고개를
내저었다. "끔찍한 비극이 일어났다오. 재앙이나 다름없었지."

"말씀해주십시오."

79

예구라는 상트페테르부르크의 제국 자기 공장에서 출하된 사냥용
식기가 거의 백 년이 지난 뒤 경매장에서 낙찰되던 날 끔찍한 재앙이
일어났다고 설명했다. 새것이나 다름없는 상태를 유지했더라면 틀림없
이 천만 크로나가 넘는 가격이 보장되었을 물건이었다. 당대의 뛰어난
품질 기준을 만족하는데다 내력 또한 만만치 않았으니까. 러시아의 여
대공이 스웨덴의 왕자에게 준 선물, 로마노프가와 베르나도테가가 한
접시 안에 담긴 물건 아닌가. 그러나 애석하게도 현실은 그렇지 못했다.
남아 있는 것이라고는 한때 148점으로 구성된 항해 사냥용 식기였던
것의 비극적인 잔해뿐이었으니까.

"갓 스웨덴 왕립 해군 대위이자 어뢰정 카스토르의 정장으로 임명된
젊은 왕자에게 주는 선물로는 분명 나쁘지 않았지." 예구라가 말했다.

확실히 그는 낭만적인 세부 사항에 조예가 깊었다.

"하지만 남은 것이라고는 고작 서른아홉 점뿐이었소." 예구라가 말을 이었다. "그나마도 대다수는 이가 나가거나 금이 가 있었고. 수프 접시, 소스 그릇, 받침…… 고루고루 말이오. 식기에 가해졌을 충격을 방지할 어떤 대비도 해두지 않았던 모양이오. 그러니 참으로 비극적인 일이랄 밖에." 예구라는 깊은 한숨을 내쉬었다. 마치 최근에 세상을 뜬 무척 아꼈던 친지에 관한 이야기라도 되는 듯 깊은 한숨이었다.

"왕자가 그걸 가지고 간 건 아닐까요? 자신이 탑승한 어뢰정에 말입니다. 왜, 폭풍 같은 걸 만날 수도 있었잖습니까." 벡스트룀이 넌지시 물었다. 이제 그는 모든 식기를 하나로 모으는 일에 도움이 될 만한 아이디어라면 무엇이든 환영이었다. 특히 스웨덴 왕가의 소유라면 더더욱.

"외람된 말이오만 그랬을 것 같지는 않구려. 첫째로 그럴 만한 공간이 있었을 것 같지 않고, 둘째로 빌헬름은 예술을 몹시 아꼈으니까. 그런 문제에 관해서라면 사려 깊고 신중한 사람이었지. 그러니 그런 생각은 그의 머릿속에 떠오르지도 않았을 것이 확실하오."

"무슨 말씀이신지 알겠습니다. 그럼 그런 상태로는 살 의향이 없으셨겠군요?"

"암, 그렇고말고. 적어도 오십만을 주고 살 생각은 없었지." 예구라가 말했다. "아마 어느 러시아 올리가르히▪의 손에 들어갔을 거요. 그치들이야 물건값에는 조금도 신경 쓰지 않는 모양이니까."

"하지만 이콘은 사셨고요?"

▪ 소비에트연합 붕괴 과정에서 부를 축적해 러시아의 경제를 거머쥔 기득권 계층.

"그렇소." 예구라가 말했다. "두 주 후 에럭손이 나타나 사진을 보여 주면서 그 물건에 완전히 새로운 의미가 더해졌고 말이오. 에럭손에게 평소 누구한테 감정을 맡기는지 물어보기는 했소만, 이미 그게 누구일 지는 짐작하고 있었지."

"그 그림은 빌헬름이 러시아 공주에게서 받은 물건 같지 않다면서 요? 그런데 왜 구매하신 겁니까?"

"친애하는 경감도 알다시피, 나야 미술품 거래로 생계를 유지하는 사 람 아니오." 예구라는 달래는 듯한 미소를 지었다. "게다가 이미 구매 의향이 있는 구매자도 있었소. 내 오랜 친구 중 하나가 그 그림에 관심 을 표했다오. 그것도 내가 먼저 연락한 게 아니라 무척 관심이 많았던 그 친구 쪽에서 연락을 해 왔지. 사실 그 친구는 아직 구매를 고민중이 오. 돈이 모자라니 성사될 리는 없소마는. 하여튼 그림은 아직도 내 보 관 창고에 있소. 혹시 그림이 지금 어디 있나 궁금해할까 봐 말하는 거 요, 벡스트룀. 그리고 다른 사람도 아니고 경감이라면 특별히 할인가에 드릴 의향도 있고. 그나저나 디저트 좀 드시겠소? 오스카르 2세 머랭 파 이로. 혹시 파이에다 근사한 포트와인을 곁들일 의향도 있을지?"

"코냑이면 좋겠군요." 벡스트룀이 말했다. 날 어떻게 보고? 포트와인 은 늙다리들이나 마시는 거지. 그리고 늙다리가 되어가는 예구라 같은 인간들도.

"그나저나 머랭에 자신의 이름을 빌려준 오스카르 2세가 빌헬름 왕 자의 할아버지라는 걸 아시오? 러시아의 차르 니콜라이 2세에게 연락 해서 손자를 마리야 파블로브나와 결혼시키자고 제안한 것도 그 사람 이었지. 오랜 숙적이었던 스웨덴과 러시아의 유대 관계를 강화하기 위한 수단이었소. 해묵은 역사적 원한 관계를 종식시키자고 말이오. 우리가 사는 세상은 참 작다오, 친구. 참으로 작아."

그게 내 머랭 파이랑 무슨 상관이야? 벡스트룀은 그렇게 생각했지만 그냥 웅얼거리며 동의했다. 예구라는 본론이랑 아무 상관도 없는 온갖 헛소리를 늘어놓는 출중한 재주를 가졌단 말이지.

"우리가 이야기하던 컬렉션 말입니다만, 가치가 얼마나 됩니까? 전부 다 해서 말입니다." 벡스트룀이 물었다. 그는 기본적인 사실을 좋아하는 남자였다.

"이콘 열다섯 점에 은식기 두 세트, 시가 라이터, 사냥용 식기…… 총 열아홉 품목이군. 남은 그림들이 다 팔리면 아마 전체 가격은 사백만 크로나 정도 될 듯하구려."

"상당한 액수군요."

"그럴 테지." 예구라가 대답했다. "컬렉션의 마지막 품목과 비교하면 변변찮은 액수에 불과하지만 말이오."

"그래서 그 물건이 뭡니까?" 벡스트룀이 말했다. 컬렉션의 스무 번째 품목이라…….

"곧 이야기할 생각이오만, 그전에 먼저…… 실례지만…… 적절한 디저트가 나오기를 기다리는 사이 화장실에 가서 손을 씻어야겠구려." 예구라는 길고 가는 손가락으로 손 씻는 시늉을 했다. "친애하는 경감을 보자고 한 진짜 이유는 디저트를 먹으면서 하게 될 것 같소."

나올 때도 됐지. 벡스트룀은 고개를 끄덕였다. 두툼한 갈색 봉투가 나올 때도 됐어.

예구라는 개인위생에 상당히 철저한 모양이야. 십 분 뒤 호스트가 자리로 돌아오자 벡스트룀은 생각했다. 오줌 싸는 데 일 분 남짓이면 족하지 않나? 필요한 거라고는 적절한 수준의 압력뿐. 평소 벡스트룀은 매일 아침과 밤에, 실제로 요의를 느끼든 느끼지 않든 해결했다. 다행히 그사이 커다란 코냑잔이 온 덕분에 난감하게 기다리고만 있지는 않아도 되었다. 예구라가 화장실에 가면서 서류 가방을 챙긴 터라 가방 안을 슬쩍 들여다보며 시간을 때울 기회는 없었지만.

"피노키오의 코에 관한 이야기는 잘 알 거라고 생각하오, 벡스트룀." 예구라가 말했다. "거짓말을 할 때마다 코가 자꾸 길어지는 나무 인형 이야기 말이오."

"네, 업무중에 실제로 그런 일이 일어난 적은 없습니다만." 벡스트룀이 말했다. "제가 만나는 자들이 거짓말을 할 때마다 코가 길어진다면 사무실 공간이 남아나질 않겠지요. 정말 많은 작자들에게 해당하는 이야기입니다. 범죄자도, 소위 피해자라는 자들도, 그리고 제 동료라는 자들까지, 다들 시종일관 모든 것에 대해 거짓말을 하지요. 그래도 코는 일 밀리미터도 길어지지 않고요." 그는 엄숙하게 고개를 끄덕이며 말을 맺었다.

"그 정도로 심각하오?" 예구라는 온화한 미소를 띠었다.

"말로 다 못 할 지경이지요." 벡스트룀이 말했다. 자신처럼 그저 할 일을 하고자 할 뿐인 정직한 사람을 둘러싸고 있는 온갖 거짓말과 배신, 모략과 속임수에 대한 불만이 차올랐다.

"이야기 속의 피노키오 말인데." 설명을 이어나가는 예구라의 목소리는 마치 혼잣말을 하는 듯했다. "피노키오는 '솔방울 눈'이라는 뜻이오.

알고 있었소, 벡스트룀? 원래 이탈리아 이야기지. 가난한 목수인 제페토가 소나무를 깎아 작은 소년의 모습을 한 꼭두각시를 만들고 피노키오라는 이름을 붙였는데, 그 꼭두각시가 갑자기 살아나더니 거짓말을 할 때마다 코가 길어졌다는 거요. 피노키오는 거짓말을 그만둔 뒤에야 비로소 진짜 소년으로 변했고. 다들 어린 시절에 들은 이야기지."

"물론입니다." 벡스트룀이 동의했다. "무슨 말씀이신지는 알겠습니다. 그런 일이 일어난다면 제 업무에는 무척 실용적일 텐데요. 하지만 애석하게도 전 그 이야기를 믿지 않습니다." 내가 반바지 입던 시절에도 그런 얘긴 안 믿었다고.

"피노키오 이야기를 쓴 작가는 이탈리아 사람이오. 카를로 로렌치니. 작가이자 기자이자 우파 정치인으로 피렌체에 살았지. 피노키오 이야기는 카를로 콜로디라는 가명으로 발표했소. 앞부분은 원래 신문에 연재되었다가 1881년에 출판됐고, 피노키오가 거짓말을 그만두고 진짜 소년이 되었다는 마지막 장은 1883년에 출판됐지. 피노키오의 모험을 담은 이야기는 총 마흔 장 내외로 이루어져 있소. 콜로디는 1890년에 사망했고. 피노키오 이야기는 온갖 언어로 번역……."

"저도 다 압니다." 벡스트룀이 끼어들었다. 또 시작이군. 수다가 끝이 없다니까.

"아……."

"저도 다 압니다." 벡스트룀이 단언했다. 이 자식 입을 어떻게 닥치게 만들지?

"하지만 경감도 피노키오의 코에 관한 진짜 이야기는 들어본 적 없을 거요." 에구라는 목소리를 낮추며 몸을 앞으로 숙였다.

"진짜 이야기요?" 이 자식 취한 거야 뭐야? 저녁 내내 레드 와인만 홀짝여놓고.

"피노키오의 코에 관한 진짜 이야기." 예구라가 되풀이했다. "피노키오의 코가 인류 전체의 역사를 바꿔놓을 뻔했던 때에 관한 이야기. 그건 들어본 적 없으실 테지?"

이 자식이 지금 대체 무슨 소리를 하는 거야? 피노키오의 코에 관한 진짜 이야기라니?

80

"피노키오의 코에 관한 진짜 이야기, 피노키오의 코가 인류 전체의 역사를 아주 손쉽게 바꿔놓을 뻔했던 그 이야기의 결말은 완전히 다르지. 그건 못 들어봤을 거요." 예구라는 그렇게 말하며 길고 가는 손가락 사이에 걸려 있는 포트와인잔을 돌렸다. "지금부터 내가 그 이야기를 해드리리다. 당연한 말이지만 지금부터 할 이야기는 우리 둘만의 비밀로 남는 것으로 알겠소."

"그 점에 관해서는 조금도 걱정하실 필요 없습니다." 벡스트룀은 예구라를 안심시키며 코냑을 한껏 들이켰다. 예구라의 표정을 보아 하니 이야기가 길어질 듯했다.

피노키오의 코에 관한 진짜 이야기는 1907년 가을부터 1908년 여름 사이, 러시아의 마지막 차르 니콜라이 2세가 다스리던 상트페테르부르크의 궁정을 무대로 한다. 모든 좋은 이야기가 그렇듯 주인공은 둘이다. 그 밖에 이 이야기에 등장하는 모든 인물은 조연으로, 중요한 것은 두 주인공 사이에 일어나는 일이다.

첫 번째 주인공은 젊은 이탈리아 여자 안나 마리아 프란체스카 디 비온디로, 이야기가 시작되는 시점에는 스물네 살이다. 안나 마리아는 피렌체에서 태어나고 자랐으며, 프랑스, 그리스, 오스트리아, 스위스, 독일, 폴란드 그리고 제정러시아에 잠깐 여행을 다녀온 것을 제외하면 젊은 시절의 대부분을 피렌체에서 보냈다. 스무 해에 달하는 시간 동안 스무 번 남짓 짧은 여행을 다녔던 것인데, 그녀와 같은 배경과 집안을 갖춘 여자에게 그리 특별한 일은 아니다. 하지만 마음속에서 그녀는 끊임없이 여행을 하고 있다. 안나 마리아 프란체스카 디 비온디는 특출나게 재능 있는 여자이고, 마음속에서 그녀는 자유롭게 자신이 선택한 곳을 여행하며 자신이 선택한 사람과 함께 자신이 선택한 활동을 한다.

그러나 그녀가 살아가는 현실에는 보다 엄격한 걸림돌들이 있다. 안나 마리아 프란체스카 디 비온디는 이탈리아 후작의 딸이다. 후작 또한 딸이 그렇듯 사회적으로 명망 높은 가문들을 하나로 묶어주는 조상과 혈통에서 비롯한 전통을 충실히 지키면서 사는 사람이다. 학식 있는 언어학자이자 피렌체 대학교의 교수지만—순수하게 상대적으로 보자면—부유한 사람은 아니고, 대학에서 교편을 잡으며 자신과 가족들을 부양하는 데에 이바지하기로 한 것도 자유의지보다는 재정적 형편에 따른 결과였다. 선택할 수만 있었더라면 그는 틀림없이 자신의 상상에서

만 가능한 삶을 살았을 것이다. 그는 동료 학자 및 학생들과 어울리기보다는 서재가 제공하는 평화와 고요를 선호한다. 그렇긴 해도 그런 문제 때문에 속을 끓이지는 않는데, 이는 그를 둘러싼 현실이 어떤 모습을 취하든 간에 그의 머릿속에서 일어나는 일에는 절대 영향을 미치지 못하기 때문이다. 그런 그가 여섯 자녀 가운데 안나 마리아 프렌체스카를 가장 좋아한다는 사실은 아마 말할 필요도 없으리라.

안나 마리아에게는 어머니도 있다. 역시 선량하고 학식 있는 어머니는 자신의 시간을 가족들과 관련한 현실적인 문제를 돌보거나 기독교인으로서 피렌체 교구에서 자선을 베푸는 일에 할애한다. 이런 짧막한 소개를 끝으로 지금부터 우리가 안나 마리아의 어머니를 무시하기로 하는 것은 그녀의 성격이나 활동과는 무관하다. 그것은 순전히 그녀가 피노키오의 코에 관한 진짜 이야기와는 아무런 관련도 없기 때문이다. 하지만 어머니의 어머니이자 안나 마리아 프란체스카의 할머니로 말하자면 조금 더 관련이 있다. 러시아 혈통인 할머니는 안나 마리아가 어렸을 때부터 쭉 한집에서 살아왔고, 덕분에 안나 마리아는 러시아어를 유창하게 한다.

안나 마리아의 할머니는 백 년 전 나폴레옹과 싸웠던 어느 러시아 귀족 장군의 딸이다. 장군은 프랑스의 압제자를 고국 러시아의 신성한 땅에서 쫓아냈고, 모스크바에서 유럽까지 그를 쫓아가 베레지나 강을 건너면서 수천 명의 부하를 죽였으며, 폴란드와 오스트리아에서 여러 차례 벌어진 크고 작은 전투에서 나폴레옹을 꺾었다. 찬탈자가 완패한 뒤, 장군은 프랑스인 압제자로부터 해방된 유럽에 남았다. 처음에는 오스트리아-헝가리제국에서 차르의 대사로 활동했고, 생의 끝 무렵에는 차르의 사절로 로마교황청에 파견되었다. 이후 장군은 죽을 때까지 이탈리아에서 살았으며, 외국에서 삼십 년의 봉사를 마친 그의 시신은 바티칸에서 상트페테르부르크로 옮겨져 차르가 직접 참석한 가운데 상상할 수 있는 모든 예우 가운데 매장되었다.

하지만 장군의 여러 딸 가운데 하나는 이탈리아에 남았다. 그녀는 이탈리아의 백작과 결혼했고, 이십 년 뒤에는 그녀의 딸 중 하나가 피렌체의 학식 있는 남자와 결혼했으니, 그가 바로 후작이다. 후작은 매우 선량한 사람이기도 해서, 후작의 아내가 남편에게 하는 유일한 책망이라고는 그가 남편이자 아버지에게 부여되는 현실적인 도리보다는 자신의 생각에 더 많은 시간을 쏟는다는 것뿐이다.

1907년 여름, 피렌체에 위치한 디 비온디 가족의 저택에 안나 마리아의 할머니의 먼 친척이 찾아온다. 친척이 보고자 하는 사람은 안나 마리아다. 적어도 그가 방문에 앞서 집안의 가장인 후작에게 보낸 편지의 내용을 믿자면 그렇다. 그의 이름은 세르게이 왕자. 위대한 로마노프가의 일원이요 차르의 먼 친척이며 가문의 다른 모두와 마찬가지로 그 역시 부자다. 그는 또한 나쁜 러시아인이기도 하다. 고국 러시아에서 북쪽의 카렐리아부터 남쪽의 카스피해 바쿠까지 뻗어 있는 자신의 광대한 사유지는 관리인들에게 떠맡긴 채 본인은 대부분의 시간을 유럽에서 보내려 한다는 의미에서 나쁜 러시아인이라는 소리다.

이해 여름, 세르게이 왕자는 이전에도 수없이 나섰던 교육적 여행의 일환으로 이탈리아를 찾았다. 몇 번이나 그런 여행을 다녔는지는 잊어버렸다. 미술, 음악, 문화가 자신을 끊임없이 다시 불러들이는 탓이다. 솔직히 말하면 미술, 음악, 문화 외에 여자와 음식 때문이기도 하다. 그중에서도 주로 여자 때문이다. 처음 안나 마리아를 본 순간, 그는 홀딱 반하고 만다.

세르게이 왕자는 안나 마리아보다 서른 살가량 연상이고, 피렌체에서 상트페테르부르크에 위치한 그의 궁까지는 사천팔백 킬로미터나 떨어져 있다. 그녀의 두 눈에 떠오른 빛을 본 그에게 이것은 별로 문제가 아니다. 진짜 문제는, 장인 될 사람이 자신의 사랑하는 딸이 자신과 나이가 같은 남자를 따라 러시아로 떠나서 자신의 생각과는 완전히 다른 삶을 살지도 모른다는 생각은 아예 떠올리지도 못한다는 점이다. 그나마도 애초에 그가 딸의 장래를 구체적으로 고민한 적이 있다면 말이지만. 다행히도 그는 그러지 않는다.

한편, 세르게이 왕자에게 사태를 알지 못하는 미래의 장인이란 인간적 문제일 따름이고 그는 그런 문제를 처리하는 데 익숙하다. 그것이 그의 다른 본성이다. 세르게이 왕자는 다양한 면모를 지닌 남자다. 그는 미술, 문화, 음악, 음식 그리고 무엇보다도 여자들을 진정으로 사랑하는 남자지만, 또한 실리적인 남자이기도 하다. 그는 남은 여행 일정을 취소하고 여름 내내 피렌체에 머무르며 몰래 안나 마리아와 교제하는 동시에 무엇보다 미래를 위한 계획을 세우는 데 전념한다. 약 한 달 후, 준비를 마친 그는 후작에게 구체적인 제안을 내놓는다. 후작은 이를 받아들이는 정도가 아니라 적극적으로 찬성하기까지 한다. 정말 무슨 일이 일어나고 있는지는 까맣게 모르는 채로.

먼저 말을 꺼낸 사람은 할머니다. 가족들이 사랑해마지않는 할머니가 마지막으로 한 번만 자신의 뿌리인 러시아를 방문하고 싶다는 강한 뜻을 표한다. 하지만 자신도 나이가 들어가는 터라 젊고 가까운 가족과 함께하는 것을 고려해봄 직하다고, 괜찮다면 안나 마리아와 함께 가고 싶다고 한다. 안나 마리아는 이에 기꺼이 응하면서 할머니와 마찬가지로 자신의 러시아 혈통에 대해 알아보고 싶다는 구실을 댄다. 남은 것은 실질적인 준비뿐인데, 이것은 세르게이 왕자가 작은 세부 사항까지 빠짐없이 신경 쓸 것이다. 그는 전적으로 후작이 원하는 바에 따르고자 하며, 그 외의 다른 방식은 생각조차 할 수 없다. 후작으로서는 사랑하는 이탈리아 가족의 자명한 소망을 거스를 생각이 꿈에도 없다. 혈연과 귀족으로서의 고결함이 보장하는 바이다.

세르게이 왕자는 일찌감치 연로한 할머니를 모실 동반자와 안나 마리아 프란체스카를 위한 샤프롱, 그리고 두 사람을 돌볼 시녀들을 준비해놓았다. 나머지 일행은 그의 고귀한 지위와 여행의 성격에 따라 결정되었다. 세르게이의 부관, 개인 비서, 하인 셋, 경호원 둘에 평소처럼 빨래를 하고 무거운 짐을 지어 나를 남녀 하인 여섯. 그리고 물론 세르게이 왕자 자신도.

8월 말, 그들은 피렌체 기차역에서 기차를 타고 출발한다. 상트페테르부르크까지는 삼 주가 걸릴 예정이다. 가는 동안 언제든 뭔가 다른 일을 하고 싶으면 멈추어 설 계획이기 때문이다. 일행에는 전용 마차도 세 대 포함되어 있다. 한 대에는 연로한 할머니와 안나 마리아 프란체스카, 세르게이 왕자와 가장 가까운 시종들이 탄다. 한 대에는 나머지 일행이 타고 마지막 한 대에는 짐을 싣는다. 안나 마리아 프란체스카가 자기 몫으로 가져온 트렁크는 열 개다. 처음 계획보다 일곱 개가 늘어났는데, 피렌체에서 머문 마지막 주에 세르게이가 그녀와 함께 온갖 가게를 돌면서 여행에 필요할 만한 추가 물품을 마련하도록 했기 때문이다.

이 모든 일을 조장하고 추진한 인물은 세르게이 왕자다. 극작술과 서사의 차원에서 그는 흔히 '조력자'라 불리는 인물에 해당한다. 그가 '조력'을 하는 이유는 피노키오의 코에 관한 진짜 이야기와 무관하다. 그의 동기는 극도로 사사로운 것이고, 그와 같은 진짜 사내에게 그보다 더 고귀한 의도가 있으리라고 생각하기도 어렵다. 또 이 이야기에서 안나 마리아를 향한 그의 사랑에 관한 부분들은 관계자 모두에게 행복하게 마무리된다. 안나 마리아 프란체스카와 왕자에게도, 안나 마리아의 할머니와 어머니에게도, 그녀의 다섯 형제자매와 사랑하는 아버지에게도.

사랑하는 아버지에게는 특히 그렇다. 물론 딸이 피렌체에 돌아오게 되는 것은 일 년이 다 지난 뒤의 일이기는 하다. 그가 여행을 허락하던 당시 세르게이가 말했던 것보다 수개월 늘어난 일정이다. 그는 두 사람보다 고작 일주일 앞서 도착한 전보를 통해 두 사람이 피렌체로 돌아오는 길에 몰래 결혼했다는 사실을 알게 되며, 그로부터 한 달 뒤에는 딸이 벌써 아이를 가졌음을 알게 된다. 하지만 내외가 기차에서 내릴 무렵에는 이미 둘 모두를 용서한 뒤다. 그는 두 팔을 활짝 벌려 그들을 맞이한다.

달리 어쩌겠는가? 그의 딸은 어느 때보다도 아름다우며, 딸의 두 눈을 본 아버지는 딸이 일 년 전 자신의 곁을 떠날 때보다 훨씬 더 그녀가 상상했던 것에 가까운 삶을 살고 있음을 깨닫는다.

안나 마리아 프란체스카 디 비온디는 무척 아름답고 젊은 여자다. 세르게이 왕자가 평생 만난 어떤 여자보다 아름답다. 재능 충만한 그녀는 여러 언어를 할 줄 안다. 음악적 재능도 빼어나다. 아름답고 풍성한 메조소프라노로 자신이 부르고자 하는 모든 음계를 힘들이는 기색 없이 넘나든다. 다양한 악기를 다룰 줄 알며, 필요하다면 아무런 어려움 없이 피아노나 기타, 만돌린으로 반주를 곁들일 수 있다.

세르게이가 그녀를 차르의 궁정에 소개하기로 약속했기 때문에, 그녀는 러시아로 향할 때 고국에서 황궁의 자녀들에게 줄 선물도 가져갔다. 얇디얇은 화선지로 만든 부채, 최고급 이탈리아 실크로 만든 숄, 봄 무도회에서 쓸 예술적인 베네치아 가면. 차르의 네 딸 올가, 타티야나, 마리야, 아나스타샤에게 줄 선물들이다.

세 살밖에 안 된 세르게이의 어린 남동생 알렉세이 황태자에게는 좀 더 사적인 선물을 준비했다. 1881년부터 1883년 사이에 출간된 피렌체의 주간지 《조르날레 디 밤비니》 마흔 권. 거짓말을 할 때마다 코가 길어지는 소년 피노키오 이야기의 전편이 화려한 삽화와 함께 수록되어 있다. 그녀가 알렉세이와 같은 나이였던 어린 시절에 소중히 여겼던 이야기다. 그녀는 상트페테르부르크 기차역에 내리기 한참 전부터 알렉세이에게 피노키오 이야기를 읽어주는 상상을 하기 시작했다.

바로 이 알렉세이 황태자가 피노키오의 코에 관한 진짜 이야기의 두 번째 주인공이다.

81

이 자식 수다 실력 하나는 알아줘야겠군. 벡스트룀은 생각했다. 이 순간 그의 분노를 한몸에 받는 호스트 예구라는 자신의 기름 친 입술에서 끊임없이 쏟아져 나오는 말의 향연에 완전히 도취한 모습이었다.

이 자식이랑 비교하면 웬만한 폴란드 행상인도 자폐인처럼 보이겠는걸. 벡스트룀이 자폐인이라는 어려운 단어를 습득한 것은 평소 주말을 앞두고 참석하는 숱한 경찰 콘퍼런스 중 한 곳에서였다. 이후 그는 신문 중인 범죄자가 가만히 앉아 아무 말도 않고 있을 때 그 단어를 입에 올리곤 했다. 두어 번은 실제로 효과가 있었다. 신문자가 자신을 향해 어떤 종류의 언어적 모욕을 가하고 있는지 궁금해진 범죄자들이 입을 열었던 것이다. 하지만 예구라는 그 정반대의 질환에 시달리는 게 분명했고, 벡스트룀이 무슨 말을 한들 귓등으로 흘려들을 터였다.

그래서 십오 분 동안 벡스트룀은 귀를 반쯤 열어둔 채로 코냑을 섭취하면서 자신에게 보장된 것이나 다름없는 갈색 봉투에 집중하려 애썼다. 사실 식사에 감사를 표한 뒤 자리를 떠도 모자랄 판국이었지만, 그는 이번 만남의 목표를 향해 느릿느릿 나아가는 달팽이 위에 앉은 채, 과도한 인내심과 남의 부탁이라면 무엇이든 들어주고자 하는 선량한 마음의 희생양이 되어가고 있었다. 슬슬 예구라가 자신를 착취하는 방식에 불만이 치밀어 오르기 시작했다.

"지금까지의 이야기에서 궁금한 게 있소, 벡스트룀?" 예구라는 그렇게 물으면서 벡스트룀의 눈에는 다소 지나치게 통찰력 있어 보이는 표정을 지었다.

"딱 하나, 언제쯤 요점을 말씀하실 건지 궁금하군요. 오늘 밤 딱히 계획이 있는 것은 아닙니다만……"

"곧 나올 거요, 친애하는 친구." 예구라는 벡스트룀의 말을 가로막고 기운 내라는 듯 손등을 도닥였다. "곧 나올 테니, 이야기가 하나로 합쳐지기 시작하는 지금부터 주의를 집중해주구려."

82

안나 마리아와 할머니는 상트페테르부르크 네바 강 강둑에 위치한 세르게이 왕자의 궁에 기거한다. 차르와 가족들이 이맘때면 대부분의 시간을 보내는 알렉산드르 궁에서 마차로 오 분 거리다. 간단하게 요약하자면, 그들이 그곳에 머무는 열 달 동안 어떤 식으로든 불편함을 겪을 리는 없다고 할 수 있겠다. 방 이백 개에 하인 백여 명, 안나 마리아와 시녀가 사용하는 거처는 여섯 개의 방으로 이루어졌으며, 그 위치는 세르게이 왕자의 거처 바로 옆이다. 충분히 큰 공간이고, 어쩌면 실제로 필요한 공간보다 방 하나가 더 많다고 해야 할지도 모르겠다. 때때로 그녀는 세르게이의 침실에서 밤을 보내곤 하니까.

반면 안나 마리아의 할머니와 그녀의 시종들은 집 반대편에 머문다. 만일 안나 마리아의 아버지인 후작이 이런 배치를 알았더라면 틀림없이 놀라고 염려했으리라. 하지만 그는 유럽 저편에 있고, 매주 여러 통씩 도착하는 딸과 할머니의 편지는 그런 사소한 사항은 다루지 않으니 어찌 알겠는가?

안나 마리아와 할머니는 보다 더 중요한 문제들에 주안점을 둔다. 특히 두 사람이 잘 보살핌 받고, 아낌없는 환대를 누리며, 안나 마리아가 불과 두 주 만에 차르의 궁정에 소개됐다는 것. 편지 대부분은 황궁에 관한 이야기로 가득하다. 가령 안나 마리아가 차르의 네 딸의 벗으로서 매주 며칠씩 알렉산드르 궁에서 지내게 된다는 등의 내용이다.

단순한 벗이 아니다. 그녀는 네 사람의 음악 선생이자 언어 선생이고, 먼 이탈리아 땅에 관한 이야기를 들려주는 이야기꾼이기도 하다. 특히 상트페테트부르크에 어둠과 추위가 찾아드는 가을, 이탈리아 이야기는 네 사람에게 타국에서의 삶에 대한 환상을 부추긴다. 러시아의 긴 겨울 동안 집에서 자신들을 기다리는 삶보다 더 행복하고 따뜻하고 밝은 삶을.

그리고 물론 검고 부드럽게 곱슬거리는 머리카락과 반짝이는 두 눈과 환한 미소를 지닌 그들의 안나 마리아 프란체스카는 아름답다. 그녀는 모든 놀이와 활동에 앞장서고, 그럴 때면 그녀가 가져온 부채와 실크 숄과 베네치아 가면이 유용하게 쓰인다. 스무 살의 올가부터 갓 여섯 살이 된 막내 아나스타샤까지, 모두가 안나 마리아 프란체스카를 사랑한다. 그리고 일주일 만에 뜻밖의 손님이 그들을 찾아온다.

네 사람의 어린 남동생 알렉세이가 코사크 기병 제복 차림에 키 크고 과묵한 남자 둘을 대동하고 문간에 나타난다. 세 살배기 소년은 파란 세일러복에 긴 바지 차림이다. 코사크인 하나는 커다란 손에 발랄라이카▪를 들고 있다. 남동생은 누나들에게 오만한 시선을 보낸다. 이어 그는 한 손으로 누나들을 물리고 이탈리아에서 온 누나들의 벗과 단둘

▪ 만돌린과 유사한 우크라이나의 민속 악기.

이 남는다.

어쩜 저렇게 뚱뚱할까. 얼굴은 무척 갸름한데. 안나 마리아 프란체스카는 놀라움을 느끼며 그랜드피아노 앞에서 일어나 머리를 숙여 황태자에게 깊숙이 절한다.

그날 밤 그녀는 황가 외부로는 발설되지 않는 비밀을 알게 된다.

"그 아이는 혈우병을 앓고 있어." 세르게이가 설명한다. "어머니에게서 물려받았지. 비대한 건 아니야. 옷 때문에 그렇지. 패딩에 뒤덮인 채로 돌아다니니까."

아이를 보호하기 위해 모든 옷에 두툼한 패딩을 넣은 것이다. 출혈을 막기가 사실상 불가능한 처지라, 아주 살짝 긁히기만 해도 아이는 죽을 수 있다.

"그 아이는 한 번 넘어지거나, 부딪히거나, 맞기만 해도, 심지어 무릎에 생채기만 나도 죽을 수 있어. 지난겨울에는 수술대에 올랐고, 올봄에는 심한 내출혈로 내내 병상에 있었지." 세르게이가 설명한다.

"카라 미아, 미아 카라■. 정말 비극적인 일이야." 세르게이는 한숨을 쉬면서 손끝으로 그녀의 두 뺨과 이마를 어루만진다. 이제 그녀 곁에 누운 그는 다른 이야기를 하고 싶다. 원기 왕성한 그로서는 잠시라도 죽음에 관해서 이야기할 마음이 없다.

알렉세이가 안나 마리아 프란체스카 디 비온디를 처음 만난 것은 그

■ 이탈리아어로 '내 사랑, 내 사랑'이라는 뜻.

의 나이 세 살 때의 일이다. 삼촌인 세르게이보다 쉰 살 어린 나이다. 나이 차가 나고 그에 따라 하는 활동도 다르지만, 알렉세이의 마음은 세르게이와 똑같은 감정으로 차 있다. 첫 만남 후 일주일 만에 그는 안나 마리아의 무릎에 앉아 그녀의 풍만한 가슴에 머리를 기댄 채 그녀가 큰 소리로 읽어주는 이야기를 듣는다. 거짓말할 때마다 코가 자라는 소년에 관한 이야기다.

안나 마리아는 즉석에서 이야기를 러시아어로 번역하되 일부 단어는 이탈리아어로 남겨두어 무슨 뜻인지 설명해주고, 삽화도 전부 가리키며 보여준다. 이야기를 마친 그녀가 검지로 알렉세이의 콧등을 조심스레 쓰다듬자, 알렉세이는 미소를 지으며 그녀의 따뜻한 몸에 더 깊숙이 파묻힌다. 아주 좋은 향기가 나는 따뜻하고 부드러운 몸에.

알렉세이는 변화한다. 윤기 나는 바닥 위에서 미끄럼질하지도 않고, 넘어지면 어떻게 될지 생각도 않은 채 복도와 방을 뛰어다니지도 않고, 가장 가느다란 가지에라도 걸려 떨어지는 날에는 알렉세이와 호위병들의 목숨을 앗아 갔을 나무 타기 놀이도 그만둔다.

대신 알렉세이는 조용히 안나 마리아의 무릎에 앉아 책을 읽어주는 그녀의 목소리에 귀를 기울이는가 하면, 그랜드피아노 앞에 함께 앉아 그녀의 도움을 받아 정확한 음을 찾고, 그러다 자신도 알아차릴 정도로 엉뚱한 음을 짚으면 발작적으로 웃음을 터뜨린다. 어린 알렉세이는 변화하고, 아버지인 차르 니콜라이 2세는 눈앞의 광경을 흡족하게 바라본다. 물론 그는 두 사람에게 들키지 않도록 멀찌감치 떨어진 곳, 방 세 칸 건너 강에 면한 기다란 스위트룸 안에서 지켜본다.

하루하루가 삶이 주는 선물처럼 느껴지고, 아들이 끊임없이 제 목숨을 앗아 가려 드는 유년기를 견뎌내고 살아남을지 모른다는 희망도 찾아온다. 하루씩, 한 번에 한 순간씩, 마침내 아들이 자신의 존재를 좌우하는 상황을 이해할 만큼 성장할 때까지. 언젠가 아버지에게서 물려받을 러시아를 지배할 수 있을 만큼 성장할 때까지.

어쩌면 저 음악, 저 노래와 저 이야기 들이 그가 사랑하는 러시아를 구원하게 될까? 니콜라이는 생각한다. 그렇다면 정말 대단한 일이다. 지난 오백 년간 러시아 사람들을 구원해온 모든 것들을 생각하면. 그 수많은 전사들, 특히 지금 알렉산드르 궁의 거대한 음악실에 놓인 그랜드 피아노 앞 벨벳 의자에 앉아 자신의 어린 아들에게 발랄라이카 켜는 법을 가르치고 있는 이탈리아 여자의 증조부인 장군을 생각하면.

니콜라이가 그녀의 증조부를 떠올리는 것은 당연한 일이다. 자신의 할아버지인 알렉산드르 1세를 섬겼던 노장군. 검은 군마를 타고 군도를 다잡은 채 제국 용기병단의 선두에서 말을 달렸던 베레니나의 영웅. 2층 갤러리에 걸려 있는, 당시의 전투를 그린 커다란 그림 속에서와 똑같은 모습이다.

또한 몇 달 전 어느 오후 정원에서 말을 달린 뒤 집에 돌아왔을 때가 떠오를 법도 하다. 궁 1층의 거대한 대리석 홀에 들어서자마자 사촌 마리아 파블로브나가 가파른 계단 꼭대기에서 은쟁반에 올라앉는 광경이 눈에 들어왔다. 그녀의 무릎에는 하나뿐인 아들 알렉세이 황태자가 앉아 있었다. 마리아가 계단 꼭대기 모서리를 잡아 힘껏 밀었고, 둘은 계단을 타고 쏜살같이 내려왔다. 아직도 그 광경이 눈과 귀에 생생하다. 쟁반이 단에 부딪히는 소리가 점점 더 커지고, 속도는 점점 더 빨라진다. 내려오는 내내 마리아 파블로브나와 알렉세이는 기쁨에 겨워 즐거운 비명을 내지른다.

그때는 아무 일도 없었다. 비록 알렉세이의 근위병들은 얼어붙은 채 무기력한 구경꾼이 되어 서 있었지만, 니콜라이 자신도 제자리에 뿌리를 내린 듯 우두커니 서서 눈앞에서 벌어지고 있는 일을 막기 위한 말한마디 내뱉지 못했지만, 아무 일도 일어나지 않았다. 그저, 열여덟이 다 되어 스웨덴 왕자와 결혼을 앞둔 아가씨로 성장한 가까운 친척조차도 믿을 수 없다는 사실이 분명해졌을 뿐.

변화는 나중에야 찾아왔다. 음악, 노래, 그리고 이야기가 아이의 삶의 일부가 됐을 때에야. 이탈리아에서 온 벗이자 선생인 안나 마리아와 떼려야 뗄 수 없는 변화였다. 니콜라이가 알렉세이에게 줄 부활절 선물을 떠올린 것은 바로 이때다. 그의 주변과 머릿속에서 일어나고 있는 일들을 생각하면 논리적이고도 명백하기 그지없는 선택이다. 그가 한 해의 가장 큰 명절을 맞이할 때마다 전통 삼아 부인과 어머니에게 선물해왔던 다이아몬드 박힌 황금 달걀만큼 값나가는 선물이다. 곰곰이 생각해보면 값이 얼마가 되더라도 아깝지 않을 선물이기도 하다. 황위 계승을 확고히 하여 그의 러시아를 구원할 수만 있다면야.

"물론 그게 무엇이었을지 궁금하실 테지?" 예구라는 손님을 뜯어보며 물었다. "선물 말이오. 차르가 혈우병에 걸린 자신의 아들에게 주려고 마음먹은."

"네, 궁금해서 견딜 수가 없군요." 벡스트룀은 한숨을 내쉬며 손목시계를 흘끗 보았다. 코냑은 이번 잔까지만 마셔야겠군. 이 짓도 이젠 지긋지긋해.

"뮤직 박스였소." 예구라가 말했다. "그냥 뮤직 박스가 아니라, 유사 이래 인류가 만든 가장 경이로운 뮤직 박스였지."

뮤직 박스라. 내가 이 얘길 전에 어디서 들었더라?

83

뮤직 박스. 하지만 그냥 뮤직 박스가 아니라, 유사 이래 인류가 만든 가장 경이로운 뮤직 박스. 예구라는 그 뮤직 박스에 관해 할 만한 이야기는 죄다 알고 있는 모양이었다. 그는 한참을 수없이 옆으로 새고 나서야 다시 뮤직 박스 이야기로 돌아갔다.

벡스트룀은 사실상 포기한 상태였다. 그는 코냑을 한 잔 더 주문한 뒤 등받이에 몸을 기대고 귀를 닫으려 노력했다. 달리 무슨 수가 있겠는가? 예구라의 서류 가방에 손을 쑤셔 넣어 갈색 봉투를 집어 달아난다는 선택지도 없는데.

"계속하시죠." 벡스트룀이 말했다.

칼 파베르제는 황궁의 지목을 받은 상트페테르부르크의 보석 세공인이었다. 차르와 그 가족이 그의 가장 중요한 고객이라는 것은 두말할 나위도 없었다. 그의 공방에서는 귀한 금속과 보석으로 만들 수 있는 물건이라면 뭐든지 만들었고, 최고를 원하는 고객들 때문에 작품 대다수는 금과 다이아몬드로 만들어졌다.

"온갖 보석류는 물론 시계, 코담뱃갑, 식사용 날붙이, 식기, 사진 액자, 장신구와 미니어처도 취급했지. 금은과 귀한 보석으로 만들 수 있는 건 뭐든지 다. 물론 오늘날 파베르제의 가장 유명한 작품은 부활절 달걀들이오. 차르가 부활절에 황비에게, 그리고 나중에는 자신의 어머니에게도 선물한 달걀이 총 쉰일곱 개요. 금과 보석과 에나멜로 만든 그 달걀들 덕에 칼 파베르제는 미술사에서 후기 첼리니에 비견하는 자리를 차지하게 되었다오." 예구라가 설명했다.

"대단하군요. 첼리니라니." 언젠가 업무와 관련해서 그 이름을 들어본 것 같다는 생각이 막연히 들었다. "그는 이 이야기와 어떤 관련이 있습니까?" 이름이 그 모양인 걸로 봐서 틀림없이 이탈리아 놈일 거야. 이탈리아 놈치고 좋은 놈이 없지.

"첼리니가 이 이야기와 무슨 관련이 있냐고 물은 거요?" 예구라는 깜짝 놀라 손님을 바라보았다. "정말 그게 궁금한 거라면, 아무 관련도 없소."

"어떻게 그렇게 확신하십니까?" 벡스트룀이 받아쳤다.

"벤베누토 첼리니는 1571년에 죽었으니까. 미술사에서 가장 위대한 보석 세공인으로 평가받는 사람이지. 그도 피렌체 출신이오. 내가 첼리니를 언급한 건 파베르제가 얼마나 위대한지 경감이 이해하기 쉽도록 돕기 위해서였소."

"오, 그렇군요." 벡스트룀이 말했다. "뮤직 박스에 관한 이야기만 하시면 어떻겠습니까? 말씀드렸듯이 오늘 밤에 다른 계획은 없고 물론 아직 이른 시간이긴 합니다만……."

"친애하는 친구." 예구라는 벡스트룀의 말을 가로막으며 다시금 그의 팔을 도닥였다. "곧 나온다오."

"뮤직 박스요. 뮤직 박스에 관한 이야기를 해주십시오."

"경이로운 이야기라오. 당시까지 파베르제가 만든 작품들을 생각하면 특히 그렇지. 그의 공방에서는 큰 시계와 휴대용 시계를 포함해 온갖 물건들을 만들었지만 뮤직 박스는 한 번도 만든 적이 없었다오."

"그런데 이번에는 만들었군요." 드디어 나오는군.

"그렇소, 만들었지." 예구라가 인정했다. "나중에는 자신들이 만들었다는 사실을 부인했소만. 그 뮤직 박스가 서구 미술사에서 비견할 데 없는 작품이라는 점을 생각하면 좀 이상한 일이지."

"그래서, 뭐가 그렇게 경이로웠습니까?" 벡스트룀이 물었다. 비싸다는 얘기로 들리는데. 드디어 이야기에 진전이 있군그래.

파베르제의 뮤직 박스는 그야말로 유일무이한 물건이었다. 빗살, 종, 원판, 바늘, 현과 금속 실린더의 도움을 받아 스프링 장치를 통해 작동하는 대부분의 평범한 뮤직 박스와는 달리, 이 뮤직 박스는 플루트와 같은 구조로 만들어졌다. 아이디어를 떠올린 사람은 파르베제의 뮤직 박스에 담긴 이십 초짜리 음악의 작곡자이기도 했다.

"니콜라이 림스키코르사코프." 예구라는 만족스러운 한숨을 내쉬었다. "틀림없이 경감도 이름은 들어봤을 거요. 세계적으로 유명한 작곡가이자 지휘자에, 상트페테르부르크 음악원의 선생이었지. 차르가 그에게 작곡을 맡겼고, 그는 정확히 무엇이 필요한지 알았소. 단조로 시작하고 끝나는 플루트용 음악. 뮤직 박스의 음악이 표현해야 하는 맥락을 고려하면 더없이 당연한 선택이었지."

"플루트라." 벡스트룀이 말했다. "뭐 문제 될 게 있었습니까?" 플루트보다 더 간단한 게 있으려고? 초등학교 수업 시간에 다른 아이들이 리코더를 부는 동안 그가 열심히 두들겼던 트라이앵글이라면 또 모를까.

기술적 난제가 어마어마했지만, 고객의 신분과 공방에서 처음 만드는 뮤직 박스라는 점을 의식한 칼 파르베제는 그 무엇도 간과하려 하지 않았다고 예구라는 설명했다.

"의뢰받은 물건의 기계장치에 해당하는 부분을 위해 파베르제는 주로 제네바의 파테크 필리프사와 작업했던 당대 최고의 시계공 안톤 휘겔을 고용했소. 그리고 림스키코르사코프와 긴밀히 작업한 끝에 그는 실질적인 문제들을 해결했다오."

"이해가 안 되는데요." 벡스트룀은 완강했다. "플루트라니요? 그게 그렇게 어려울 리 없잖습니까?"

"어렵다오." 예구라가 말했다. "플루트를 불면 관에 불어넣은 공기가 날카로운 모서리를 지나 서로 다른 위치에 있는 서로 다른 크기의 구멍을 통과하지. 그때 손가락의 위치가 음과 선율을 결정하는 거요. 손가락으로 구멍을 열었다 막았다 하는 식으로 말이오. 하지만 이 경우에는 피노키오의 코가 플루트의 기능을 한다는 계획이었소. 그리고 음악이 나오는 동안 피노키오가 자기 코를 잡고 만지작거리게 한다는 발상은 당연히 논외였지. 그렇게 했더라면 기계적인 관점에서는 한결 해결하기 쉬웠을 테지만 말이오. 18세기 말 뮤직 박스가 처음 등장한 이래 사람들은 다양한 부분이 작동하는 뮤직 박스를 만들어왔으니까."

"그건 왜죠?" 벡스트룀이 물었다. 왜 피노키오가 내내 자기 코를 만지작거리면 안 된다는 거지? 사람들은 거짓말 할 때면 항상 그러잖아.

"음악이 나오는 건 피노키오가 거짓말을 하고 있을 때니까. 바로 그런 구상이었소. 그러니 피노키오의 코가 길어지기 시작해야 하는 거요. 피노키오가 조용해질 때까지 코가 계속 길어지다가 음악과 함께 멈추는 식으로. 그러니 손가락을 대지 않고도 코가 플루트로 기능해야 하는 거지. 그래야 효과를 망치지 않을 테니까. 그게 피노키오 이야기의 핵심이잖소. 피노키오는 자신이 거짓말을 할 때 코가 길어진다는 걸 모른다는 것 말이오."

"그걸 어떻게 해결했습니까?" 벡스트룀이 물었다. 코 모양 플루트라. 예구라 같은 늙다리 호모로서는 꽤 어려운 문제겠지.

예구라는 여러 가지 방법이 사용됐다고 설명했다. 피노키오의 모습을 한 뮤직 박스의 높이는 삼십이 센티미터였다. 뮤직 박스는 금으로 만들어졌지만 다양한 색깔의 에나멜을 입혔다. 내부 기관은 강력한 스프링에 의해 움직이는데, 뮤직 박스 기단에 열쇠를 꽂으면 스프링을 조일 수 있었다. 스프링을 조여 안에 장착된 작은 주머니로 공기가 유입되고, 주머니에 공기가 가득 차면 뮤직 박스가 작동되는 식이었다.

공기는 금속 혀를 지나 맨 위에 뚫린 구멍을, 또 길어지는 코의 하단에 뚫린 구멍들을 통과하는데, 이때 코 안에 장착된 막대가 앞뒤로 움직이면서 구멍들을 열고 막았다. 그렇게 음악이 만들어졌다. 음악이 끝나고 코가 길어지기를 멈추면, 사 초 동안 휴지기를 가진 뒤 스프링의 장력이 코를 다시 거둬들였다.

"아브라카다브라." 예구라의 목소리에서는 수백 년 전 과업을 완성한 림스키코르사코프와 안톤 휘겔이 느꼈을 법한 자부심이 배어났다.

"작동이 끝나면 아마 태엽을 다시 감아야 했겠지요?" 벡스트룀이 물었다.

"당연하지." 예구라는 못마땅한 눈초리로 손님을 쳐다보았다. "혹시 배터리로 돌아가는 작은 전동 모터가 빠졌다고 생각하는 거라면, 다행스럽게도 당시는 그런 물건들이 발명되기 전이었소. 대신 고도로 정교한 스프링 장치가 실크로 튼튼하게 만든 풍선 주머니를 공기로 채웠고, 코가 길어지면서 플루트로 변했지. 이건 예술의 경지에 다다른 공예라오, 친구. 어디에서도 이보다 뛰어난 공예술을 선보인 사례는 찾기 힘들 거요."

"뮤직 박스가 금으로 만들어졌다고 하셨습니다만." 벡스트룀은 느릿하게 말했다. 훌륭하기 그지없는 코냑의 기운이 오르는 통에 단기 기억을 되새기기가 약간 힘들었다.

"칼 파베르제와 그의 지고하신 손님에게는 최고가 아니면 안 되었으니까." 예구라가 단언했다. "뮤직 박스는 금으로 만들되 겉에 다양한 색상의 에나멜을 입혔소. 피노키오는 빨간 모자를 쓰고 노란 재킷과 초록 바지 차림이었지. 뮤직 박스의 무게는 구백 그램이 조금 넘지만, 열쇠나 뮤직 박스를 담는 케이스도 간과할 만한 것이 아니었고."

"설명해주시죠." 벡스트룀이 말했다. 드디어 뭔가 나오는군. 코냑 기운이 물러가며 갑자기 단기 기억이 다시 완벽하게 작동하기 시작했다. 평범한 위스키 유리병과 다르게 생긴, 빨간 모자를 쓴 작은 조각상이 그의 뇌리를 스쳤다.

"뮤직 박스의 태엽을 감는 열쇠 역시 금으로 만들어졌소. 백금으로. 열쇠에는 총 삼십이 캐럿에 달하는 다이아몬드 열두 개도 박혀 있었지.

뮤직 박스를 수납하는 케이스는 흑단과 자카란다 나무로 만들었고 금 상감을 더했소. 뚜껑에는 제국을 상징하는 쌍두독수리 모양으로 오닉 스를 상감했고. 벡스트룀, 앞서도 말했듯이 칼 파베르제는 그 무엇도 간 과하지 않는 사람이었소."

드디어. 벡스트룀은 그렇게 생각하며 잠자코 고개만 끄덕였다. 이제 잽싸게 머리를 굴려야 했다. 불필요하게 패를 내보여서는 안 돼. 예구라 는 거래를 마치고 악수할 때 손가락도 훔쳐 갈 인간이니까.

84

생각할 시간이 필요했던 벡스트룀에게는 다행스럽게도, 예구라는 돈 이야기를 꺼내지 않은 채 설명을 재개했다.

"뮤직 박스는 1908년 부활절 축일에 맞추어 준비되었소. 평소처럼 모두가 부활절 토요일에 선물을 받았지. 당시 부활절은 가장 큰 행사였 소. 알렉세이의 어머니와 할머니는 달걀을 하나씩 받았소. 차르의 사촌 이자 소녀 시절부터 차르의 가족과 함께 자란 마리야 파블로브나는 다 가올 결혼을 앞두고 축연에서 쓸 장신구 일습을 받았다고 전한다오. 팔 찌, 목걸이, 귀걸이, 작은 왕관까지 전부 백금으로 만들어진 것에 다이 아몬드와 사파이어를 박은 물건이었지. 돈을 아낀 구석이 없었다고 해 둘까." 예구라는 만족스러운 미소를 머금고 말했다.

"그야 어림도 없었겠지요." 벡스트룀은 갑자기 기분이 무척 좋아졌다. 인터넷에서 건질 만한 부류의 여자는 아니었을 테니까 말이야.

"그중에서도 가장 기뻐한 사람은 어린 알렉세이였소. 뮤직 박스야말로 그때껏 알렉세이가 받은 최고의 선물이었다는 점에는 의심의 여지가 없었지. 알렉세이는 날마다 뮤직 박스를 가지고 놀았고, 피노키오의 코가 길어지기 시작할 때마다 처음 보는 것처럼 기뻐했소. 나는 사랑하는 음악 선생 안나 마리아가 알렉세이를 위해 태엽을 감아주었으리라 상상하곤 한다오."

이 인간 머리가 좀 이상해진 모양이야. 벡스트룀은 그렇게 생각했지만 웅얼거리며 잠자코 동의를 표했다. 그렇게 놀랄 일도 아니야. 그치들이 벌여온 근친상간을 생각하면 말이지.

"하지만 알렉세이의 기쁨이 지속된 것은 마리야 파블로브나와 빌헬름 왕자의 성대한 결혼식을 일주일쯤 앞둔 날까지였소." 예구라는 한숨을 쉬었다.

"무슨 일이 생겼습니까?"

"끔찍한 사고였지. 그토록 아꼈던 뮤직 박스가 알렉세이를 죽일 뻔한 거요."

"그게 대체 무슨 소립니까?" 벡스트룀은 무슨 이유에서인지 꼬마 에드빈을 떠올리고 있었다. 어떻게 그런 일이?

"추측건대 알렉세이가 피노키오의 코를 자기 입에 넣었던 모양이오. 왜, 어린아이들은 손에 잡히는 대로 입에 넣고 빨아대잖소."

"계속하십쇼." 벡스트룀이 말했다. 이제 정말로 뭔가가 나오는군그래.

사고는 대망의 결혼식이 있기 여드레 전에 일어났다. 알렉세이가 아끼는 뮤직 박스는 밤이면 침실 옆에 있는 옷 방의 벽장으로 들어갔다. 그날 밤, 잠에서 깬 알렉세이는 뮤직 박스를 가지러 갔던 게 틀림없었다. 밤낮으로 황태자를 지켜야 했을 두 호위병은 깊이 잠들어 있던 모양이었다. 뮤직 박스 소리에도 깨지 않았으니까.

알렉세이는 침대에 누워 뮤직 박스를 작동시켰다. 피노키오의 길어지는 코가 어쩌다 아이의 입에 들어가게 되었는지는 확실하지 않다. 직접 입에 넣었거나 깜빡 잠든 사이에 들어가게 됐는지도 모른다. 알렉세이는 잇몸과 혀와 목구멍을 심하게 베였다. 알렉세이가 내는 켁켁 소리에 호위병들이 마침내 눈을 떴을 때, 아이는 자기 피에 질식하고 있었다.

"아이를 다치게 한 것은 인형의 코 아래쪽에 난 구멍들이었소. 피노키오의 코가 플루트로 작동하게 해주는 구멍 말이오." 예구라가 설명했다. "구멍 가장자리가 꽤 날카로웠지. 휘겔도 림스키코르사코프도 알렉세이의 병을 알지 못했기 때문에 그 점은 전혀 고려하지 않았던 거요. 그걸 알았더라면 틀림없이 좀더 전통적인 방식의 뮤직 박스를 만들었을 텐데."

어린 알렉세이는 며칠 동안 생사를 넘나들었다. 절망에 빠진 차르 니콜라이에게 아내 알렉산드라는 어떤 위안도 되지 못했다. 최악의 일이 발생한들 자리를 보전중인 그녀가 새 후계자를 낳을 수 있을 리 만무했다. 로마노프 왕가에 혈우병이 들어오게 된 것도 그녀 쪽 혈통 때문이었다. 그래서 모두가 라스푸틴에게 희망을 걸었다.

"라스푸틴." 예구라는 고개를 내저었다. "그자에 관해서는 들어봤으리라 생각하오만, 벡스트룀?"

"이름은 들어봤습니다." 벡스트룀은 어깨를 으쓱이며 대답했다. 옛날 러시아 연쇄살인마 아닌가?

"그리고리 라스푸틴은 그보다 삼 년 앞서 차르의 궁정에 들어와 있었소. 농부의 아들이었던 그는 수도사이자 종교적 신비주의자였지만, 그가 황궁에 들어가게 된 이유는 치유자이자 기적의 힘을 지녔다고 알려졌기 때문이었지. 라스푸틴은 이전에도 알렉세이를 여러 차례 치료했고 최면과 안수를 통해 출혈을 막아냈소. 정확히 어떻게 한 건지는 명확하지 않아도 효력이 있는 듯했고, 이번에도 마찬가지였소. 결혼식 이틀 전, 알렉세이는 위험에서 벗어났소. 몇 주 더 침대에 누워 있어야 했기에 마리야 파블로브나의 결혼식 가족사진에는 찍히지 않았지만, 어쨌든 회복해서 살아남았지. 궁정에서 라스푸틴의 권력은 그 어느 때보다 막강해졌소. 다른 면에서는 꽤나 원시적인 자였는데도 말이오."

"원시적이라고요? 그건 무슨 뜻입니까?"

"라스푸틴이라는 이름은 본인이 지은 거요. 원래 이름은 그리고리 노비흐. 러시아어로 '라스푸틴'은 호색하고 방종한 사람을 가리키는데, 참으로 그 이름에 어울리는 삶을 살았더랬지. 그건 틀림없소. 여자와 술에 지독하게 약한 자였으니. 그 밖에 다른 약물도 어지간히 했던 모양이오. 혁명 전해인 1916년에 그는 차르 궁정의 귀족 집단에 살해당했소. 결국 그가 지긋지긋해졌던 게지. 전설에 따르면 라스푸틴은 어처구니없을 정도로 많은 총질과 칼질을 당하고서야 숨을 거두었다는구려."

"비극적인 이야기군요." 벡스트룀은 고개를 끄덕였다. 괜찮은 녀석이 불쌍하게 죽었군. 아마 녀석의 잘못이라고는 그 귀족 놈들의 부인들과 좀 놀아났다는 것뿐일 테지.

"피노키오의 코가 어린 알렉세이를 죽일 뻔했다는 이야기에서 가장 흥미로운 점은 당시 차르의 머릿속을 스쳐 지나간 정치적 생각들이오. 로마노프가에 관한 최근의 역사 연구를 통해 많은 사실이 밝혀졌지. 정치적 연관성이 큰 사실들이 말이오."

"그 점에 대해 더 자세히 설명해주시겠습니까?" 벡스트룀이 물었다. 좀더 생각할 시간이 필요했다. 이제는 그가 생각하는 동안 예구라가 아무리 떠들더라도 상관없었다.

"물론 해드리다마다." 예구라는 놀라움을 감추지 못하는 기색으로 벡스트룀의 청에 응했다. "비밀이랄 것도 없는 얘기오만, 역사학자들이 주장하는 바의 요지는 만약 알렉세이가 죽었더라면 차르가 아마 퇴위를 선택했을 거라는 거요. 당대 러시아 사회의 진보적인 세력에는 권력을 쥘 기회가 찾아왔을 것이고, 숱한 증거에 따르면 혁명은 일어나지 않았을 거요. 따라서 볼셰비키들은 결코 1917년 혁명 때와 같은 권력을 쥐지 못했을 테고, 레닌은 역사의 작은 주석으로 남았겠지. 세계 역사상 가장 막강한 독재 권력을 수립한 인물이 아니라 말이오."

"그렇습니까?" 벡스트룀은 흥미롭다는 듯 고개를 끄덕였다.

"나만 그렇게 생각하는 게 아니오. 오늘날 주목할 만한 많은 러시아 역사가들이 그런 결론에 이르렀소. 물론 나야 정치에 관해서라면 단순한 호사가에 불과하오만, 이 주제에 관한 저술들은 상당히 인상적이더구려."

벡스트룀은 다시 고개를 끄덕였다. 예구라가 말을 이어가도록 하기에는 충분하고도 남을 몸짓이었다.

일어날 수도 있었을 상황에 관한 흔한 정치적 공상은 아니었다. 지난 몇 년간 이보다 더 진지하게 다루어진 역사 연구도 없었다. 어떤 이유에서인지 러시아가 소비에트의 멍에를 떨쳐낸 뒤에야 가능해진 연구였다. "진실에 대한 탐구가 정치인들에게 휘둘리지 않게 된 뒤부터 가능해진 게지." 예구라는 그렇게 상황을 정리했다.

아들이 아버지에게서 받은 뮤직 박스 때문에 사고를 당했을 무렵, 차르 니콜라이는 정치적 불안에 시달리고 있었다. 러시아 사람들은 고통받았으며, 사회적 소요는 점점 더 커져갔다. 중산층 상당수와 주요 학자들 다수가 공공연히 차르에게 반대했다. 일본과의 전쟁이 실패로 돌아가자 차르는 자신의 군대에도 의지할 수 없음을 깨달았다. 여러 육해군 부대에서 무장봉기가 일어났다. 1905년 혁명 때는 상트페테르부르크의 겨울 궁전이 습격당했다. 군중이 차르와 가족들이 그곳에 있다고 여겼기 때문이었다. 군중은 차르 일가를 사로잡아 차르를 폐위시키고자 했다. 아마 그들 모두를 죽였으리라.

차르의 주변에서 일어나는 일, 그가 자신의 눈으로 보고 자신의 귀로 듣는 것은 측근들이 하는 조언과는 공통점이 없었다. 측근들이란 러시아의 귀족들, 군인들, 일부 유럽 국가만 한 규모의 토지를 소유한 자들, 완강하고 호전적이며 아주 작은 타협도 하지 않으려는 자들, 러시아 민중에게 손은 고사하고 손가락 하나 내밀 생각이 없는 자들이었다.

그런 와중에 사랑하는 아들에게 이런 사고가 일어난 것이다. 바로 차르 본인이 준 선물이 아들을 죽일 뻔했다. 차르 니콜라이는 절망에 빠졌고, 사고가 일어난 다음 날 밤 자신의 영적 인도자에게 고백했다. 아들이 죽는다면 이것은 하느님께서 더는 니콜라이를 돌보지 않으신다는 계시일 수밖에 없었다. 그렇다면 황위에서 물러나 그와 그가 러시아를 이끄는 방식에 반대하기는 해도 적어도 말이 통하는 자들에게 권력을 내어주어야 할 터였다.

"물론 그런 일은 일어나지 않았소." 예구라가 말했다. "알렉세이가 살 아나자 차르의 측근들은 선하신 주님의 계시가 그보다 더 명확할 수는 없다고 말하지. 모든 것은 늘 그래왔던 대로 계속되어야 한다고. 그리고 구 년 뒤 러시아혁명은 정치적 현실이 된다오. 물론 1차세계대전에서 러 시아가 입은 막대한 손실은 모든 과정을 부추기기만 했고." 예구라는 생각에 잠겨 고개를 끄덕였다. 정치 호사가들이 자주 하는 짓이었다.

"그래서 뮤직 박스는 어떻게 됐습니까? 꼬마가 나은 다음에 말입니 다." 벡스트룀이 물었다. 이제 생각을 마친 그는 가능한 한 빨리 돈과 관 련된 문제로 돌아가고 싶었다.

차르는 뮤직 박스를 마리야 파블로브나에게 주었다. 자신이 그 물건 을 보고 무슨 일이 일어났었는지 떠올리지 않아도 되도록 스웨덴으로 가져간다는 조건이었다.

"몇몇 기록에 따르면 그녀 자신이 특별히 요청했다고도 하더군." 예 구라가 말했다. "그게 아니었다면 아마 파베르제에게 돌려보냈겠지."

"하지만 그러지 않았죠." 벡스트룀이 말했다. '내역'에 관한 부분을 잊 어서는 안 되겠지.

"그렇지." 예구라가 동의했다. "뮤직 박스의 존재는 기록에서 삭제됐 소. 물론 알렉세이의 병은 비밀이었지만 사람들은 입을 놀려댔고, 무언 가 썩 달갑잖은 일이 일어났다는 사실은 아마 다들 잘 알았을 거요. 특 히 칼 파베르제와 그의 보석 공방은. 어쨌든 그 물건이 애초에 차르를 위해 만들어진 것이었다는 사실에는 의심의 여지가 없소."

"확신하십니까?" 벡스트룀이 말했다. "정말 확실한 겁니까?"

"틀림없소. 1918년에 공산주의자들이 그의 공방을 차지했소. 고객 기록과 재고까지 모든 것을. 물론 그들은 고객 기록에 각별한 관심을 보였지. 파베르제의 고객들이 러시아 민중에게서 훔쳐 갔다고 여겨지는 것들을 되찾을 계획이었으니 말이오. 하지만 파베르제와 동료들은 어리석지 않았고, 가장 민감한 고객들에 관한 기록은 무엇이든 이미 폐기한 뒤였소. 그래서 차르가 뮤직 박스를 주문했다는 기록은 남아 있지 않소. 주문 장부에도, 고객 기록에도, 어디에도. 현대 역사가들이 파베르제의 옛 파일을 뒤졌을 때에야—1990년대 초에 마침내 기록 보관소가 열리자 엄청난 양의 파일이 발견됐다오—휘겔의 도안과 작업에 대한 설명, 부품 주문서와 청구서가 발견됐소. 림스키코르사코프와 주고받은 방대한 양의 서신들은 물론, 심지어 그의 음악도 작곡 과정에서 만든 다양한 버전으로 남아 있었지. 칼 파베르제가 피노키오 모양의 뮤직 박스를 만들었다는 사실에는 의심의 여지가 없소."

나도 당신 말에는 동의를 해야겠군. 내 손으로 그걸 쥐어본 적이 있으니 말이야. 벡스트룀은 그렇게 생각하며 고개를 끄덕였다.

뮤직 박스의 존재는 사실이었다. 하지만 혁명 이후의 혼란 통에 그 이상은 수수께끼로 묻혔다. 가장 가까운 관련자들이 거의 다 목숨을 잃었기 때문에 더욱 그랬다.

"차르와 일가족은, 당시 열세 살이었던 알렉세이까지 포함해서 전부 1918년 여름에 공산당원들에게 살해당했소. 러시아 귀족 및 로마노프 왕가의 일원 수백 명도 같은 운명에 처했지."

"이탈리아 여자는 어떻게 됐습니까? 제가 이해한 게 맞는다면 그 여자가 모든 일의 근원 아닙니까? 피노키오에 관한 일 말입니다."

"사실 그녀와 세르게이의 이야기는 행복한 결말을 맞이한다오. 두 사람은 마리야 파블로브나와 빌헬름 왕자의 결혼식이 열리기 두 달 전에 러시아를 떠났지. 세르게이는 나쁜 러시아인이었을지 몰라도 명민한 러시아인이기도 했기 때문에 미리미리 준비해 자신의 재산 대부분을 유럽으로 옮겨두었소. 둘은 결혼한 뒤 이탈리아로 갔고, 피렌체의 대저택이나 코트다쥐르의 페라곶에 있는 으리으리한 별장에서 지내지 않을 때면 유럽과 전 세계를 여행했지. 아름다운 안나 마리아 프란체스카 디 비온디는 세르게이 왕자에게서 일곱 자식을 낳았소. 그녀는 1975년에 아흔두 살의 나이로 세상을 떠났지. 남편도 마찬가지로 장수했소. 부인보다 스물여덟 살 연상이긴 했어도, 어쨌든 속세의 번뇌에서 해방되었을 때는 아흔을 넘겼다니 말이오."

"그렇군요." 벡스트룀은 그렇게 말하며 두 손을 펼쳐 보였다. "그래서, 제가 뭘 해드리면 됩니까?"

"여러 가지요." 예구라는 다정하게 고개를 끄덕였다.

"말씀해보십쇼."

"먼저 이콘 열한 점과 뮤직 박스 하나를 찾도록 도와주시오." 예구라가 말했다. "내가 제대로 이해했다면 변호사 에릭손은 올스텐에 있는 자택에서 살해당했다지."

"맞습니다." 벡스트룀이 고개를 끄덕였다. "그거야 비밀도 아니죠."

"내가 친애하는 경감을 제대로 알고 있다면, 지금쯤 경감은 그곳 범죄 현장의 환경에 매우 익숙할 거고."

"그 점에 관해서는 염려 놓으셔도 됩니다. 안타깝게도 이콘도 뮤직 박스도 찾지는 못했습니다만."

"애석하구려." 예구라는 근심스럽게 고개를 저었다. "물론 그가 물건을 다른 곳에 보관했을 수도 있겠지. 사건을 조사하면서 그 점을 알아봐줄 수 있지 않겠소?"

"물론입니다. 하지만 유감스럽게도 상황이 생각하신 것과 다를지도 모른다는 정보가 있습니다. 그리고 이 얘기는 우리 둘만의 비밀로 해야 합니다."

"뭐요?"

"목격자 증언이 있습니다." 벡스트룀은 엄숙하게 고개를 끄덕였다. "우리가 만난 목격자들에 따르면 범인으로 추정되는 두 사람이 에릭손이 맞아 죽은 직후 모종의 하얀 이사용 박스를 옮기는 걸 봤다는군요. 집에 옛 러시아 회화가 있었다면 아마 우리 쪽에서 찾아냈을 겁니다. 하지만 없었죠. 그건 제가 장담합니다."

"그 얘길 들으니 가슴이 미어지는구려." 예구라가 말했다. 표정을 보아 하니 그를 심란하게 하는 것은 에릭손의 죽음이 아닌 듯했다.

"해결될 겁니다." 벡스트룀은 어깨를 으쓱였다. "또 제가 도와드릴 일이 있습니까?"

"어쩌면 두 가지가 더 있을지도 모르겠구려. 먼저 베르샤긴의 그림이 어떻게 다른 물건들과 함께 있게 됐냐는 문제요. 그게 아주 수수께끼라오. 러시아 화가가 그린 그림이라는 사실과는 상관없이, 그 컬렉션에 있을 이유가 없거든. 마리야 파블로브나도 빌헬름 왕자도 소유한 적이 없잖소. 2차세계대전 말에 런던의 경매장에서 팔렸던 물건이 칠십 년 뒤에야 스웨덴에서 나타나다니, 도무지 말이 안 되는 일이오."

"그럼 두 번째는? 뭐지요?" 모든 일은 결국 말이 되게 돼 있는 법이야. 벡스트룀이 경험을 통해 터득한 바였다.

"내력의 문제요. 먼저 마리야 파블로브나, 다음은 빌헬름 왕자. 거기까지는 확실하오. 그 이후에 물건들이 어찌 되었는지 알고 싶구려. 빌헬름의 아들인 렌나르트가 상속했으리라는 생각에는 그다지 설득력이 없소. 그는 평생을 외국에서 보낸 반면, 모든 정황은 컬렉션의 여러 품목이 한 번도 스웨덴을 떠난 적이 없다고 말하고 있으니까."

"누가 에릭손에게 판매를 의뢰했는지 알고 싶으신 거군요. 하지만 아까는 의뢰인의 정체에 대한 선생의 생각을 듣는다면 제가 의자에서 떨어질 거라고 하셨습니다만."

"정황상 빌헬름 왕자의 친지일 수밖에 없소. 에릭손에게 물었을 때 그는 그 컬렉션을 한 가문에서 삼 대째 소유해왔다고 말했지. 물론 후보가 될 만한 베르나도테*는 여럿이오. 내 힘으로는 그 이상 알아내지 못했지만, 어떤 고객을 대변한다는 에릭손의 주장이 사실이라면 위임장 같은 것이 있었을 거요. 고객이 에릭손에게 준 위임장 말이오."

"국왕 폐하 본인은 아닐까요?" 벡스트룀이 물었다.

"내력을 생각하면 그거야말로 틀림없는 축복이 될 테지." 예구라는 행복한 미소를 지었다. "하지만 솔직히 말해서 그걸 기대할 수는 없을 것 같소. 내가 알기로 폐하께서는 개인 소장품을 한 번도 판매하신 적

■ 1818년부터 지금까지 스웨덴의 왕가.

이 없고, 현재 돈이 궁하신 상황도 아니니까. 순전히 가정 삼아 그게 사실이라 해도, 폐하께서 에릭손과 본 코메르 남작의 손을 빌리실 거라고는 생각하기 힘들구려."

"하지만 자제분들도 여럿 계시잖습니까." 벡스트룀이 넌지시 말했다. 공주와 결혼한 그 오켈보 녀석을 조사해봐야 할지도. 대공이 되기 전에는 무슨 다 쓰러져가는 체육관을 경영했다잖아. 그 업계에는 엉뚱한 녀석들이 득시글대지.

"말했다시피 후보가 될 만한 베르나도테는 많고, 대부분의 증거는 그중 하나가 이 일에 관여했다고 가리키고 있소." 예구라가 동의했다. "내가 소원을 딱 하나만 이룰 수 있다면, 당연히 경감이 예의 뮤직 박스를 찾아내신다는 걸로 고르겠소. 세계적으로 중요한 예술품이니 말이오. 나머지는 그에 비하면 다소 흥미가 떨어지지."

"물론 그러시겠지요." 벡스트룀은 그렇게 말하며 자신의 코를 문질렀다. "자, 아직 포기할 단계는 아닙니다. 제가 할 수 있는 일을 해보지요. 혹시 어떻게 생긴 물건을 찾아야 하는지, 보여주실 만한 사진이라든가 그런 건 아마 없겠지요?"

"물론 가지고 있소." 예구라는 갈색 서류 가방에서 사진 두 장을 꺼내 벡스트룀에게 건넸다.

역시나. 몹시 희귀한 위스키를 담은 에나멜 유리병인 줄 알고 조심스럽게 흔들어보았던 바로 그 조각상이 걸치고 있던 것과 똑같은 뾰족한 빨간 모자에 노란 재킷, 초록 바지였다. 한쪽 사진에는 그가 들어보았을 때처럼 코가 들어간 모습이었고, 다른 사진에서는 코가 나와 있었다. 그러니까 피노키오의 거짓말이 끝나고 코가 완전히 나온 모습 말이다.

"호기심에서 한 가지만 여쭙겠습니다. 이 뮤직 박스의 가치는 얼마나 됩니까?"

"헤아릴 수 없소." 예구라가 말했다. "참으로 헤아릴 수 없지." 그는 두 손을 휘저으며 같은 말을 반복했다.

"좀더 구체적으로 말씀해주실 수는 없는 겁니까?" 이 늙다리 불한당 같으니.

"적절한 구매자를 찾을 수 있다면…… 러시아 올리가르히 중 하나라면 이상적이겠소만…… 대략 이억 정도 될 거요. 스웨덴 크로나로."

지금 뭐라고 지껄인 거지?

"이억이오." 예구라는 자신의 말을 강조하듯 고개를 끄덕이며 한 번 더 반복했다.

이억이라니. 이제 난 대체 어쩌면 좋담?

85

식사가 끝난 뒤, 벡스트룀은 택시를 타고 곧장 쿵스홀멘의 아늑한 보금자리로 향했다. 애타는 마음을 품고 자신의 온라인 팬 사이트에 몰려든 여자들 중 누군가와의 만남으로 밤을 마무리하겠다는 생각은 일찌감치 접었다. 다들 당분간은 슈퍼 살라미 앞에 늘어선 대기 줄에 합류해 더 나은 때를 기다려야 할 터였다. 재정적으로 너무 많은 것이 걸려 있는 지금, 그에게 필요한 건 평화롭고 조용한 가운데 생각에 잠길 약간의 호젓함이었다.

현관문을 지나 옷을 던져놓고 실내 가운을 입은 뒤, 머릿속에 흐릿하게 드리운 코냑의 베일을 걷어내기 위해 여름에 어울리는 보드카 토닉을 만들었다. 생각이, 진지한 생각이 필요한 때였다. 시간을 절약하느라 벡스트룀은 예구라가 헤어지면서 억지로 떠넘기다시피 했던 갈색 봉투의 내용물을 세어보지도 않았다. 그저 지폐 다발의 액면가를 확인하고 엄지와 검지로 두께를 재어 대강의 액수를 어림짐작했을 뿐이다. 연습이 완벽을 만드는 법. 요즘에는 보통 몇천 크로나 안쪽으로 수월하게 맞히곤 했다. 꼬마 피노키오와 녀석의 코의 가치를 생각하면 유황 공장 앞에서 방귀 뀌는 수준의 액수였다. 더 정확한 계산은 나중에 해도 돼. 벡스트룀은 자신만의 비밀 장소에 봉투를 집어넣으면서 그렇게 생각했다. 봉투는 거기 두었다가 꼬마 에드빈의 과묵한 아버지의 빼어난 돈세탁 솜씨에 맡기면 되었다.

진지하게 생각을 해봐야 할 시점이로군. 만전을 기해 침대에 누워 사고 과정을 보조할 검은 수첩과 펜을 꺼내며 벡스트룀이 생각했다. 늘 그렇듯 제대로 진지하게 생각한다는 건 기본적으로 중요한 것과 중요하지 않은 것을 구분하는 일에 달려 있었다. 이번 경우에는 피노키오와 거액의 돈에 집중하기에 앞서 부가 수입과 관련하여 비교적 소소한 문제들을 해결해야 했다.

티끌 모아 태산이지. 벡스트룀은 그렇게 생각하며 만족스러운 한숨을 내쉬었다. 지금 그는 한스 울리크 본 코메르 남작이 변호사 토마스 에릭손의 살인에 관여했다는 참으로 믿기지 않는 사실에 관해 생각하고 있었다. 동기는 명백했다. 남작은 변호사를 속여서 그림 판매 대금 중 최소 백만 크로나를 가로채려 했다. 미래의 피살자가 그를 찾아가 구타하는 모습도 목격되었다. 그에 더하여 피살자는 다른 모든 그림과 꼬마 피노키오까지 회수해 갔다. 그래서 남작은 복수를 결심했다. 그는 고용한 왈패들을 대동하고 변호사를 찾아가 자기 몫의 전리품을 요구하려 했다. 흔히 그러듯 만남에서 모든 것이 완전히 어그러졌다. 변호사는 미친듯이 총을 쏘았고, 남작은 똥을 지렸고, 남작이 고용한 폭력배들은 신고 전화로 도움을 청하려던 변호사를 때려 죽였다. 이후 그들은 약탈품을 챙겨 범죄 현장에서 달아났다. 총체적인 혼란 가운데 뮤직 박스를 남겨둔 채로. 벡스트룀은 그런 사소한 사항을 놓고 호들갑을 떨 생각은 없었다. 그저 만일에 대비해서 이 역시 검은 수첩에 적어두었을 뿐이다.

이제 더욱 사소한 문제 두 가지가 남는군. 일단 남작과 공범들을 확실하게 잡아넣는 것. 그런 다음 길들인 기자에게 연락해서 두 석간지 중 더 큰 쪽으로부터 갈색 봉투를 하나 더 받아낼 만한 사실을 제공하는 것. "유명 조폭 변호사 살인 혐의로 체포된 남작." 이 정도면 갈색 봉투 안에 최소한 다섯 자리는 들어가겠지. 벡스트룀은 상쾌한 여름용 술을 한껏 들이켜며 행복한 상상에 잠겼다.

한편, 본 코메르가 보란 듯이 왕 옆에 있는 왕실 소유의 집에서 산다는 점을 고려하면 그보다 훨씬 더 많이 받을 만도 했다. 더하여 그가 남작인데다 아마 왕의 친구이리라는 점도 있었다. 친구가 아니면 왜 왕이 집을 마련해주었겠는가? 미약하게나마 사교 관계와 관련한 추론을 감행해보자면, 왕의 가장 친한 친구일지도 몰랐다. "유명 조폭 변호사를 살해한 혐의로 체포된 왕의 막역지우." 벡스트룀의 등골에 전율이 흘렀다.

최소한 여섯 자리. 틀림없이 여섯 자리야. 게다가 국왕 폐하가 직접 에릭손 살해의 배후에 놓인 음습한 거래에 연루되어 있다는 사실이 밝혀지기라도 하면, 그 즉시 비슷한 액수를 담은 봉투들을 더 기대할 수도 있었다. 거기에 왕이 무고한 범죄 피해자의 역할까지 맡는다면? 국제 가십 잡지계로 가는 길이 활짝 열릴 테고, 그가 생각하는 일곱 자리 액수도 그 바닥의 탐사 저널리즘에서는 대략 표준에 해당할 터였다.

이거 우라지게 좋은 일이 될 수도 있겠어. 여름이면 찾아오는 뉴스 가뭄이 스웨덴의 국가 수장과 그의 측근들에 관해 끝없이 쏟아지는 언론의 폭로와 분석으로 대체되는 광경이 에베르트 벡스트룀 경감의 눈앞에 선했다. 생각이 여기까지 이르렀을 즈음 그는 잠들었다. 여덟 시간 뒤 일어났을 때는 눈을 뜨자마자 정신이 또렷했고, 마음은 자신감과 더불어 아직 해결해야 할 실무적인 문제들을 해결하고자 하는 결의로 가득 차 있었다.

86

벡스트룀은 일어나서 전날 밤 동안 쌓인 압력을 해소하고 샤워에 나섰다. 쏟아지는 뜨거운 물을 맞으며 그는 자신에게 잠든 동안에도 전속력으로 작동하는 두뇌를 준 조물주에게 감사했다. 이제부터는 신중하게 진행해야 해. 곰탱이들이 졸고 앉아 있는 사이 그 작은 뮤직 박스를 가능한 한 빨리 확보하는 거다. 뮤직 박스는 그를 단번에, 그리고 철저히 은밀하게, 스웨덴 역사상 가장 부유한 경찰로 만들어줄 터였다. 어쩌면 콜롬비아나 멕시코의 일부 경찰들만큼이나 부유해질지도 모른다. 아니면 발트해 너머에서 점점 그 수가 늘어나는, 제복 차림으로 범죄와 싸우는 백만장자들만큼이나.

벡스트룀은 기운을 북돋는 아침을 먹으면서 이와 관련해 몇 가지 사항을 메모한 뒤, 결정을 내리기 전에 몇몇 사실을 더 알아내고자 비밀 선불 휴대전화를 꺼내서 공모자인 예구라에게 연락했다. 예구라도 술을 거의 마시지 않은 것치고는 놀랄 만큼 또렷한 목소리였다. 잠시의 지체에도 큰 대가가 따를 이런 상황에서조차 그는 평소처럼 수다스러웠다. 예구라는 우선 벡스트룀의 안부를 묻고 여자와 연금 생활자들이나 할 법한 온갖 헛소리를 늘어놓았다.

"죄송합니다만 제가 할 일이 많아서요." 벡스트룀이 말을 잘랐다. "한 가지 부탁이 있습니다. 그리고 대답해주실 수 있기를 바라는 질문도 몇 가지 있고요."

"말씀해보시오." 예구라가 말했다.

"좋습니다." 벡스트룀은 또 이야기가 옆으로 새지 않도록 짧게 대답했다. "그렇다면 다음과 같은 점들을 도와주셨으면 좋겠군요. 먼저 어제 논의했던 문제에 관한 배경 정보들을 조금 보내주시겠습니까? 물품들의 사진이라든가, 언제 판매됐다거나 하는 내용들 말입니다."

"당연히 보내드려야지. 한 시간 내로 도착할 거요. 물론 반송 주소 없이. 우리가 나누었던 이야기는 모두 우리 둘만의 비밀로 남을 거라 믿겠소."

"절 어떻게 보시고 그런 말씀을?" 벡스트룀은 코웃음을 치며 호언장담했다. "제 쪽에서 새어 나갈 일은 없습니다."

"질문도 몇 가지 있으시다고?" 예구라가 상기시켰다.

정확히는 세 가지였다. 첫째, 벡스트룀은 에릭손이 뮤직 박스의 값어치를 알고 있었을지 궁금했다.

"엉터리 본 코메르가 제시한 감정가는 고작 몇천 크로나였다더구려." 예구라가 한숨을 쉬었다. "게다가 우리의 남작은 그게 독일에서 만들어진 물건이라고 생각했던 모양이오." 다시 한숨이 이어졌다.

"에릭손이 선생의 반응을 보기 위해 그냥 한 말이었을 가능성은 없습니까?" 벡스트룀이 물었다.

"없소. 애석하게도 본 코메르는 이전에도 숱하게 그랬듯이 완전히 잘못 알고 있었던 거요. 파베르제의 문양을 보았더라면 틀림없이 반응했을 테지만 그냥 모르고 지나친 모양이지. 문양은 뮤직 박스 바깥쪽이 아니라 안쪽에 있기 때문에 위치를 제대로 알지 못하면 발견하기 조금 어렵지."

"에릭손에게는 아무 말씀도 안 하셨을 테지요? 물건의 값어치에 관해서 말입니다."

"가능한 한 최소한으로만 말했소. 그러고도 남을 만한 이유가 있었거든. 나는 뮤직 박스와 다른 물건들을 살펴보고 일반 감정을 해주겠다고 제안했소. 내가 판매를 책임지게 될지도 모른다는 일말의 희망을 품고 있었던 터라 본 코메르의 감정 결과에 회의적이라는 말은 했지. 뮤직 박스의 값이 그보다 훨씬 더 나갈 수도 있지만, 정확한 감정을 위해서는 직접 살펴봐야 한다고 말이오."

"그랬더니 뭐라던가요?"

"제법 관심을 보이더구려. 나에게 베르샤긴 그림의 진짜 가치를 들은 직후였으니까."

"하지만 이억쯤 된다는 말씀은 안 하셨겠죠?"

"물론 하지 않았소." 예구라는 강한 어조로 말했다. "그걸 군이 묻다니 모욕당한 기분이구려."

"그렇다면 다음 질문으로 넘어가겠습니다." 벡스트룀이 말을 이었다. "오랜 지인이 뚱뚱한 수도사 그림에 관한 정보를 주었다고 말씀하셨는데요. 물건이 경매에 나올 예정이라고 말입니다."

"경감이 내 말을 오해했구려. 그 물건이 소더비 경매에 나올 예정이라는 사실은 이미 알고 있었소. 나는 내 시간의 절반가량을 경매 시장을 주시하며 보내니까. 내 말은, 지인이 내게 연락해 그림에 대한 관심을 표했다는 얘기였소. 나는 그보다 며칠 앞서 이미 카탈로그에서 그림을 보았고 말이오. 물론 베르샤긴의 그림에 관해서는 전부터 알고 있었지. 그 그림이 오랜 세월 끝에 갑자기 나타났다는 사실에 놀랐던 기억이 나는구려. 어쨌든 그건 지인이 내게 연락하기 전이었소."

"지인이 구매를 의뢰했습니까?"

"아니오. 하지만 덕분에 그가 흥미를 보인다는 건 알게 됐지."

"지인은 그림의 가치를 알고 있습니까?"

"대충만. 카탈로그에 기본가가 실려 있었소. 결국 그 두 배에 낙찰됐지만. 그에게 훨씬 더 높은 가격에 팔릴 가능성도 있다고 말했던 게 기억나는구려."

"실제로 구매 의뢰를 받으신 건 아니군요?"

"그렇소. 궁금하군. 그걸 왜 묻는 거요?"

"솔직히 저도 모르겠습니다. 그냥 흥미로운 우연이라는 생각이 들어서 말입니다." 벡스트룀은 거짓말을 했다. "이름을 말씀해주실 수는 없겠지요? 지인이라는 분 말입니다."

"그러지 않는 게 좋겠구려. 이 업계에서 살아남자면 그런 건 말하지 않는 법을 일찍부터 배우게 되지. 그 교훈을 배우지 못하는 사람은 보통 굶주리게 된다오."

"알겠습니다. 한번 생각 좀 해보지요. 그렇게 중요한 일은 아닐 겁니다."

"질문이 하나 더 있으시다고?" 예구라가 말했다.

"그렇습니다. 현 국왕 폐하와 빌헬름 왕자의 관계가 궁금하군요."

"어디 보자. 빌헬름 왕자는 구스타프 5세의 아들이니까, 현 국왕 폐하의 아버님의 삼촌이 되겠군. 그래, 그거요."

"알겠습니다. 선왕 폐하의 삼촌이라." 그럼 삼 대가 되는군? 삼 대째 같은 가문이라. 에릭손이 그렇게 말했다지?

"그 밖에 또 궁금한 게 있소, 친애하는 친구?" 예구라가 물었다.

"아니, 그거면 됐습니다. 약속하신 배경 정보 잊지 마시고요." 벡스트룀이 말했다. 제대로 된 질문 두 개와 연막용 질문 하나. 일단은 이거면 되겠지.

"이미 가고 있소. 십오 분 안에 받게 될 거요."

예구라, 천리안이라도 가진 듯한 사람이지. 벡스트룀은 전화를 끊으며 생각했다. 날 위해서 판매를 도와주는 대가로 내가 자기한테 얼마나 지불하게 될지도 알고 있으려나? 이십 퍼센트는 꿈 깨시지.

87

삼십 분 뒤, 벡스트룀은 택시를 타고 경찰서로 향하면서 십오 분 전 예구라가 보낸 익명의 배달부가 자신의 우편함에 넣고 간 서류 뭉치를 넘겨보았다. 옆자리에는 멘토였던 술고래 경감에게서 물려받은 믿음직한 서류 가방이 놓여 있었고, 머릿속에는 앞으로의 진행에 관한 구체적인 계획이 들어선 뒤였다. 이제 알리바이 삼아 함께 데리고 다닐 적당히 저능한 동료만 찾으면 되었다.

전부 멍청하기만 한 게 아니라 게으르기까지 한 인간들이군. 그는 사무실에서 컴퓨터를 두드리는 몇 안 되는 경관들을 응시하며 생각했다. 물론 안칸 칼손은 예외였다. 그녀는 사무실에 아예 눌러사는 듯 보였는데, 바깥에 나가 벌일 법한 일들을 생각하면 차라리 이게 나은 건지도 몰랐다. 그녀를 보자마자 벡스트룀은 갑자기 마지막으로 남아 있던 사소한 문제를 어떻게 처리해야 좋을지 깨달았다. 솔나 경찰서 제일의 법과 질서를 수호하는 다이크, 안칸 칼손만 한 적임자가 또 있을까?

"벡스트룀." 안칸이 두 손을 내밀며 말했다. "여기서 뭐 하고 있어요? 토요일이라는 걸 깜빡한 건 아니겠죠?"

"나머지는 다들 어딨지?" 벡스트룀은 주변의 비어 있는 책상을 고갯짓을 했다.

"시간외근무 제한, 연차, 몇 명은 외근요." 안칸이 말했다. "여기서 뭐하는 거예요?"

"에릭손 집 출입문 열쇠를 가지러 왔지. 몇 가지 흥미로운 정보가 생겨서. 확인해보고 싶은 게 있어."

"무척 궁금해지는데요." 안칸이 미소를 지었다. "벡스트룀이 마지막으로 주말에 나타났을 때는 바로 다음 날 사건 하나를 해결했죠."

"같이 갈 사람이 필요해."

"그렇다면 제가 자원하죠. 나가서 다리도 풀 겸요. 아침부터 쭉 여기 앉아 있었더니."

"고마운 말이지만 굳이 그럴 필요는……."

"막을 생각 마요." 안칸은 다시 미소를 지었다.

"그렇다면야 정말 고맙지. 에릭손 집 열쇠를 챙기고 차량을 좀 신청해 줘. 십오 분 뒤 차고에서 만나자고. 인쇄해서 가져가야 할 것들이 있어서."

꿈처럼 잘 풀리는군. 벡스트룀은 그렇게 생각하면서 니에미와 과학수사과 동료들이 범죄 현장에서 찍은 실내 사진 전부를 인쇄했다. 사진 뭉치를 갈색 서류 가방에 넣은 뒤 마지막으로 차분하고 조용하게 사무실을 한 번 둘러보았다.

실수가 있어서는 안 돼. 벡스트룀은 출근 전 작성한 목록을 꺼내며 생각했다. 아무런 실수도 있어서는 안 돼. 오 분 뒤, 검은 수첩에 적어둔 긴 목록은 두 항목만 남기고 전부 체크되어 있었다. 그는 수첩을 책상 서랍에 쑤셔 넣었다. 하필 고급 러시아 보드카를 보관하는 서랍이라 잠시 마음이 흔들렸지만 나중을 기약하기로 했다. 서랍을 잠그고 열쇠를 평소 숨기는 곳에 숨긴 다음 엘리베이터를 타고 차고로 내려갔다.

"얘기해줘요." 벡스트룀이 조수석에 타자마자 안칸 칼손이 말했다.

"제보를 받았어." 벡스트룀은 그녀에게 잘 보이도록 서류 가방을 활짝 연 다음 예구라가 자신에게 보내준 이콘 열다섯 점의 사진들을 건넸다. 꼬마 피노키오의 사진은 재킷 안주머니에 안전하게 들어 있었다.

"이게 다 뭔데요?" 안칸 칼손이 고개를 저으며 물었다.

"정보원은 밝힐 수 없어. 하지만 그 녀석은 평소에도 괜찮은 얘기를 물어 오거든. 이게 우리 사건의 동기일 수도 있겠다는 예감이 들어."

"오래된 그림들이네요." 안칸은 사진들을 넘겨보면서 다시 고개를 저었다. "여기 이런 그림은 처음 봐요. 이 그림들이 에릭손의 집에 있을 거란 얘긴가요?"

"다시 한번 둘러본다고 나쁠 건 없겠지." 벡스트룀은 야단스럽게 어깨를 으쓱였다. "목격자들이 집 밖으로 옮겨지는 걸 보았다는 하얀 박스 안에 들어 있었을 것 같기는 하지만 말이야. 사진에 찍힌 그림들은 에릭손이 어떤 고객에게 받아서 대신 판매해주기로 했던 옛 러시아 이콘들이야. 일부는 아주 값비싼 물건이라는군. 정보원 말로는 몇백만 크로나라나." 그가 설명했다.

"놈들이 그날 밤 하나를 깜빡하는 바람에 돌아갔다는 거군요." 안니카 칼손이 갑자기 한결 밝아진 목소리로 말했다. "이젠 제 생각도 같고요. 에릭손과 안면이 있고 에릭손에게 이 그림들이 있다는 걸 아는 자들이 나타나서 가져간 거죠. 가져가려던 물건을 전부 다 가져가지는 못했고. 그래서 그날 밤 시간이 지난 뒤 에릭손의 집으로 돌아간 거예요. 그거면 몇 가지 의문은 확실히 해결되네요."

"한 번 더 둘러본다고 나쁠 건 없을 거야." 옆에 앉은 과격 다이크가 미끼와 갈고리와 낚싯줄에다 봉돌까지 몽땅 삼키는 모습을 보면서 벡스트룀이 다시 말했다.

"동감이에요." 안칸이 기운차게 말했다. "어서 가자고요."

"한 가지만 더." 차가 거리로 나서자마자 벡스트룀이 말했다. "솔나 쇼핑센터의 쉬스템볼라게트에 잠시 들르지. 위스키 한 병을 사야 한다는 게 방금 떠올랐어."

"위스키요?" 안칸은 놀란 표정으로 그를 바라보았다. "집에 술은 많이 있지 않아요?"

"그래, 하지만 이건 선물이야. 국가범죄수사국의 옛 친구가 쉰이 됐거든. 오늘 오후에 만나기로 했어. 몰트위스키를 좋아하는 친구라 한 병 선물하려고."

"알았어요. 문제없죠, 뭐."

벡스트룀은 쉬스템볼라게트 옆에서 내리면서 서류 가방을 일부러 차에 남겨두었다. 그가 아는 과격 다이크라면 기회가 생기자마자 내용물을 살펴볼 터였다. 가게에서 그는 검은 선물용 박스에 담긴 십이 년 묵은 몰트위스키를 발견했다. 이거면 되겠군. 벡스트룀은 만전을 기하기 위해 위스키 병을 에릭손의 집 위층 계단참에 있던 이동식 바에 놓여 있던 술병들을 찍은 과학수사과의 사진과 비교해보며 생각했다. 정직하고 근면 성실한 경찰관이 수백 크로나짜리 위스키 한 병을 에릭손의 재산에 기부해야 한다는 사실이 참으로 안타깝기는 했지만 말이다.

"다 됐어." 벡스트룀이 다시 차에 타며 말했다. "자, 이제 가자고."

그는 검은 선물용 박스를 들어 서류 가방에 넣었다. 초록 비닐봉투는 구겨서 좌석 앞바닥에 버렸다. 그보다 더 눈에 잘 띌 수 없었다.

"비싼 거네요. 벡스트룀은 참 마음이 넓어요." 안칸 칼손이 말했다. 십오 분 뒤, 그녀는 불과 일주일 전까지 변호사 에릭손이 살았던 집 앞에 차를 세웠다.

88

"좋아." 1층 현관에 들어서면서 벡스트룀이 말했다. "이렇게 하지. 자네는 지하실을, 나는 위층을 맡는 거야. 그런 다음 다시 여기에서 만나 나머지 구역을 나누자고."

"딱 제가 하려던 말이었어요." 안칸 칼손이 동의했다. "이건 어떻게 보고해야 할까요?"

"뭐, 물론 보고를 하긴 해야겠지. 필요한 사항은 모두 기록하고, 찾던 물건이 하나라도 나오면 과학수사과에 연락하는 거야. 니에미와 헤르난데스가 알아서 처리하겠지."

안니카 칼손이 지하로 사라지자 벡스트룀은 위층으로 올라가 서류 가방을 에릭손의 책상 위에 놓고 잽싸게 다른 방을 둘러보면서 모든 것이 제대로 되어 있는지 점검했다. 작동중인 카메라는 없었다. 물론 애초에 경보 장치를 끈 게 그였지만. 숨어서 그를 지켜보는 정체불명의 형체도 없었다. 확실히 해두기 위해 벡스트룀은 에릭손의 침대 밑까지 확인했다.

깨끗하군. 벡스트룀은 안도의 한숨을 내쉬며 몸을 곧추세웠다. 그제야 그는 이곳에 온 진짜 목적에 착수했다. 서류 가방을 열고 위스키 병이 든 검은 박스를 꺼내서 그보다 두 배는 무겁고 세상에서 가장 귀중한 뮤직 박스가 든 나무 상자와 바꿔치기한 뒤, 나무 상자는 책상 아래 바닥에 내려놓았다.

위스키를 자리에 놓자마자 그는 과학수사과 사진을 꺼내 사진을 찍은 위치에 가서 섰다. 완벽했다. 페테르 니에미가 돋보기를 들이대더라도 아무런 차이를 알 수 없을 터였다.

그런 다음 벡스트룀은 새 수확물을 탁자 위에 놓고 검은 나무 상자를 열었다. 빨간 뾰족모자를 쓴 작은 조각상을 꺼내 모든 각도에서 점검한 뒤 책상 위에 올려놓았다. 열쇠를 발견한 것은 우연에 가까웠다. 상자 안을 조심스럽게 만져보던 중 은밀한 딸각 소리와 함께 바닥이 열리더니 열쇠가 나타났다. 금과 다이아몬드. 예구라의 말에 따르면 삼십이 캐럿짜리. 예구라는 지금 손에 들린 것과 같은 물건에 대해서는 허튼소리를 하는 법이 없었다.

음악은 나중을 기약하자고. 벡스트룀은 열쇠를 도로 넣고 꼬마 피노키오를 검은 나무 상자에 넣은 뒤 조심스럽게 자신의 낡은 갈색 서류 가방에 집어넣었다. 집에 온 걸 환영한다, 꼬마야.

"아무것도 없더군." 한 시간쯤 지나 복도에서 안니카와 마주친 벡스트룀이 실망 섞인 목소리로 말했다.

"이쪽도요." 안니카가 말했다. "하지만 나머지도 확인하지 않으면 직무 유기가 되겠죠." 그렇게 덧붙이면서 그녀는 격려의 의미로 벡스트룀의 팔을 도닥였다.

"한 가지 생각난 게 있는데요." 차를 타고 경찰서로 돌아가는 길에 안니카가 말했다.

"말해봐." 벡스트룀이 말했다.

"그 이콘들 거의 다 표구가 안 되어 있더라고요. 물론 대다수는 나무판에 그린 거였지만, 적어도 두 점은 캔버스화였는데요. 그걸 보니 그 택시 기사가 칠 뻔했던 자가 떠올랐어요."

"앙헬 가르시아 고메스." 벡스트룀은 고개를 끄덕였다. 점점 더 재미있어지는군. 그는 이미 그녀가 무슨 말을 할지 짐작하고 있었다.

"뭐, 그게 녀석이었다는 거야 뻔하죠. 몽타주를 봤을 때부터 그렇게 생각했고, 이제는 테라스 문에서 채취한 DNA도 있으니 확실해요. 에릭손과 개를 살해한 건 녀석이에요."

"에릭손은 아냐." 벡스트룀은 고개를 가로저었다. "에릭손이 살해당한 시점에는 놈에게 알리바이가 있잖아. 무술 대회에 참가했으니까. 하지만 그날 밤 뒤늦게 에릭손의 집에 나타나 두개골을 부수고 개의 목을 자른 사람이 놈이라는 건 거의 확실하지. 하지만 놈의 친구 프레드리크 오카레는 에릭손이 살해당했을 때와 그 이후에 모두 현장에 있었을지도 몰라."

"가르시아 고메스를 차에 태우고 왔다는 거죠." 안니카는 고개를 끄덕였다. "그럴듯하네요. 그럼 이건 어때요? 가르시아 고메스가 처음에 왔을 때 깜빡했던 이콘을 액자에서 빼낸 뒤 말아서 재킷 속에 넣은 거예요. 어떻게 생각해요?"

"분명 가능한 일이지." 벡스트뢰이 동의했다. "한밤중에 그림을 겨드랑이에 끼고 돌아다니는 것보다야 나을 테니까."

"그렇다면 액자는요? 캔버스가 담겨 있던 액자요. 그걸 어떻게 했을까요?"

"부쉈겠지. 아마 부순 조각에 대고 그림을 말았을 테고."

"그거예요, 저도 그렇게 생각했어요." 안니카가 열정적으로 말했다. "그림만 가져가고 액자를 남겨두는 건 바보 같은 짓이었겠죠. 그랬더라면 알름 같은 사람이라도 의심했을 거예요. 범죄 현장에서 그런 걸 발견하면 빨간불이 번뜩이잖아요. 그림 없이 부서져 있는 액자라니."

"이건 완전히 다른 이야기지만." 벡스트뢰이 말했다. "난 그 목격자를 생각하고 있었는데. 택시 기사 녀석 말이야. 다시 나타나지는 않았나?"

"유감스럽게도요." 안니카가 말했다. "사라진 모양이에요. 그 청년을 생각하면 아무래도 불길한 예감이 들어요. 또 신경 쓰이는 건 오카레와 가르시아 고메스도 잠적한 것 같다는 점이에요. 둘 다 흔적도 없이 사라졌어요. 뭐, 그래도 그쪽이야 영장은 나왔으니까요. 목격자에게 아무 일 없기만을 바라야죠."

누가 신경이나 쓴대? 벡스트룀은 그렇게 생각했지만 잠자코 고개만 끄덕였다.

89

벡스트룀의 이번 주말은 평소의 주말과 다르게 진행되었다. 일단 그는 몇 번씩 현관으로 달려가 문이 제대로 잠겼는지 확인하고 나서야 냉정을 되찾았다. 쟁반 가득 샌드위치를 만들고, 차가운 맥주와 독한 술 한 잔을 마신 뒤 그는 자리에 앉았다.

이어 벡스트룀은 식탁 앞에 앉아 식사를 했다. 기운을 북돋는 술을 두어 잔 더 마시고 사이사이 다과를 곁들이고서야 비로소 마음을 다스려 자신처럼 정직한 경찰마저도 괴롭힐 수 있는 범죄자 특유의 편집증을 억누를 수 있었다. 휴대폰은 꺼놓아야만 했다. 그날 밤 그는 집에서 인터넷에서 내려받은 옛날 클린트 이스트우드 영화를 보며 보냈다. 월급날이 일주일 안쪽으로 다가오면 지갑이 앓는 소리를 내곤 했던 시절의 기억이 밀려들었다. 시대가 변했어. 그는 생각했다. 그런 다음 일 리터들이 보드카 병 바닥에 숨어 있던 진실을 찾아낸 뒤에야 마침내 소파 위에서 잠들었다.

일요일, 그는 정신을 가다듬기 위해 혼신의 노력을 기울였다. 일단 집에 있던 나디아에게 연락해 경찰서에서 만나자고 했다. 그러곤 예구라에게서 들은 이야기를 나디아에게 들려주며 반나절을 보냈다. 있는 그대로 다 이야기한 것은 아니었다. 꼬마 피노키오와 코에 관해서 말할 수는 없으니까. 요즘 그의 삶은 몽땅 피노키오를 중심으로 돌아가고 있었지만 말이다.

이후 벡스트룀은 집으로 돌아갔다. 저녁은 동네에서 먹었다. 핀란드인 웨이트리스가 평소와 다름없이 구는데도 그는 듣는 둥 마는 둥이었다.

"걱정되네요, 벡스트룀." 그녀가 그의 어깨를 두드렸다. "무슨 병이라도 걸린 건 아니죠?"

"무슨 병이라도 걸린 거 아닌가 하는 기분이 들긴 해." 그는 거짓말을 했다. 화제를 돌려 빠져나갈 핑계를 찾기 위해서였다.

집에 가자마자 그는 잠자리에 들었다. 한참을 뒤척이다 잠이 들었고, 눈을 떴을 때는 겨우 아침 6시였다. 두 시간 뒤 그는 경찰서에 있었다. 전날의 기분과 비교하면 출근이 일종의 해방으로 느껴질 정도였다. 틀림없이 돈 때문이겠지. 지난 스물네 시간 가까이 이억 크로나가 그의 머릿속에 황금 못처럼 박혀 있었다.

변호사 토마스 에릭손
살해에 관한
계속되는 수사

90

월요일, 벡스트룀은 짧은 연설로 수사대 회의를 시작했다. 무언가가 일어나야 할 시점이다. 회의실에 있는 모두가 알다시피, 혹은 알아야 하다시피, 살인이 일어나고 일주일이 지나면 사건을 해결할 가능성은 급격히 줄어든다. 그가 잘못 계산한 게 아니라면 지난밤이 바로 일주일째였다. 지금까지 나온 것이라고는 엉성한 실마리 한 다발뿐이다. 아직 찾아내지 못한 은색 메르세데스, 갑자기 증발한 목격자, 역시 잠적한 것으로 보이는 두 용의자, 그리고 약속한 지 일주일이 됐는데 아직도 수사에 도움을 주기는커녕 도착도 않은 검시 보고서.

"좋은 소식을 좀 가져오란 말이야!" 그는 동료들을 노려보며 말했다.

"저, 좋은 소식이 있습니다만." 페테르 니에미가 자신의 서류를 넘기며 말했다.

십오 분 전, 국립과학수사연구원에서 연락이 왔다. 에릭손의 테라스 문에서 찾아냈으며 데이터베이스에 있는 앙헬 가르시아 고메스의 기록과 일치하는 DNA 흔적에 관한 추가 정보가 있다는 소식이었다.

"가르시아 고메스의 DNA와 함께 다른 DNA 흔적도 발견했다고 합니다. 개의 DNA요. 에릭손의 로트바일러죠. 딱 우리가 바라마지않던 증거입니다. 에릭손이 살해당한 것으로 추정되는 시점에야 알리바이가 있을지 몰라도, 그날 밤 뒤늦게 일어난 사건에 관해서는 가르시아 고메스가 개를 죽이고 개 주인의 두개골을 부순 게 확실합니다."

"아주 고마운 소식이군." 벡스트룀이 말했다.

"은색 메르세데스는 아직 쉰 대 정도 남아 있어요." 나디아 회그베리가 말했다. "며칠 더 걸릴 것 같네요."

"그렇군요." 벡스트룀이 말했다. "또 다른 건?"

"목격자 도스티를 사전 고지 없이 신문하기로 했어요." 리사 람이 말했다. "위치가 파악되는 대로 바로 데려와도 돼요. 그리고 두 용의자 가르시아 고메스와 오카레에게는 부재중 체포 영장이 발부되도록 해뒀어요. 한데 방금 페테르가 한 말을 듣고 보니 두 사람을 구속해달라고 요청해도 될 것 같군요. 그러니까, 국제적으로 수배할 계획이라면 말이에요."

"좋군요. 그렇게 합시다." 벡스트룀이 말했다. "해가 지기 전에 두 놈을 철창에 처넣어봅시다." 좋은 대사였어. 해가 지기 전에 처넣고 일몰을 향해 달려가면 되는 거야. 악당들이 제 세상인 양 활개 치는 다음 마을을 향해서.

"그 점에 관해서는 나도 적극 동감이에요." 리사 람은 따뜻한 미소를 지으며 말했다. "검시 보고서에 관해서는, 사실 회의 전에 내가 검시관과 얘기해봤어요."

"뭐라고 하던가요?" 안니카 칼손이 물었다. "크리스마스 때나 보내준답니까?"

"한 시간 전에 말하기로는 늦어도 이번 주 중반쯤엔 보내겠다는군요. 동료의 보고서를 기다리는 중이래요. 그전까지는 1차 소견에 의존하는 수밖에요. 내가 받은 인상으로는, 검시관과 검시관의 동료를 걱정하게 만드는 뭔가가 있는 모양이에요. 무척 걱정스러운 뭔가요."

"대체 무슨 꿍꿍이들인 걸까요?" 안니카 칼손은 짜증을 감추지 못했다.

"코나 찔찔거리며 노닥거리고 있겠지." 벡스트룀이 어깨를 으쓱했다. "더 할 말이 없다면 내가 몇 마디 덧붙일까."

"달걀을 깨뜨리지 않고서는 오믈렛을 만들 수 없네." 그가 말을 이었다. "그리고 이제 달걀 몇 개를 깨야 할 시점이야. 나디아에게 이 말의 의미를 설명해달라고 부탁하기에 앞서, 일단 잠깐 쉬면서 다리를 풀기로 하지." 벡스트룀은 말을 마친 뒤 자리에서 일어났다.

91

경찰들이 다리를 푸는 시간은 평소처럼 예정보다 길어졌고, 그중 가장 꿋꿋한 흡연자는 십육 분이 지난 뒤에야 입술에 죄책감 어린 미소를 머금고 회의실로 기어들어 왔다. 벡스트룀은 독기 어린 눈으로 그녀를 쏘아보면서 검지로 손목시계를 두드려 무언의 메시지를 보냈다.

"주말 사이 한 정보원에게서 제보가 들어와 나디아에게 검토를 부탁했네. 운이 따른다면 에릭손이 맞아 죽은 동기를 알 수 있을지도 몰라. 드로트닝홀름 궁 앞에서 폭행당했다는 본 코메르 남작 사건 기억하나? 접수처를 통해 익명의 신고가 들어온 사건 말이야. 옌뉘가 지난 두 주 동안 조사했지. 폭행 사건은 5월 19일 일요일 밤에 일어난 것으로 추정되네."

"자기가 맞았다는 걸 부인했던 남자 말인가요?" 안니카 칼손이 젊은 여성 동료 옌뉘 로예르손을 음침하게 쏘아보며 물었다.

"바로 그자야. 같은 제보자가 주말 전에 다시 연락을 해 와 남작을 구타한 자는 에릭손이라고 말했네. 에릭손이 살해된 뒤 신문에 실린 사진을 알아보았다더군. 자세한 사항은 옌뉘에게 묻도록."

"그는 왜 부인했을까요? 구타당했다는 것 말입니다." 스틱손이 물었다.

"이제 설명할 참이야." 벡스트룀이 말했다. "내 정보원에 따르면 이 모든 일은 예술품 판매를 둘러싼 다양한 사기 행각과 관련돼 있네. 에릭손은 한 고객으로부터 여러 장의 그림을 판매해달라는 의뢰를 받고 본 코메르를 고용해 구체적인 처리를 맡겼어. 남작은 에릭손을 속이려 들었고, 에릭손은 남작의 속셈을 알게 됐지. 에릭손은 남작을 두들겨 팬 뒤 그림과 사기당한 돈을 되찾았어. 정보원 얘기로는 구십육만 이천 크로나였다는데, 우리가 에릭손의 책상에서 찾아낸 지폐 뭉치를 생각해보면 흥미롭기 그지없는 우연이지. 에릭손이 살해당하기 전주에 집으로 옮겼고 이틀 뒤 범인들이 다시 집 밖으로 실어낸 이사용 박스를 생각해봐도 그렇고."

"본 코메르가 그 그림들을 다시 가져갔다는 얘기군요?" 리사 람은 열심히 고개를 끄덕였다. "또 두들겨 맞지 않도록 오카레와 그의 동료를 데리고 간 거예요. 가르시아 고메스는 이후 그들이 두 번째로 범죄 현장을 방문했을 때 처음 등장하고요. 놈들이 첫 방문에서 무언가를 깜빡했던 거죠."

"아예 불가능한 가설은 아니지요." 벡스트룀이 말했다.

"잠깐만요." 긴 테이블 맞은편에 앉은 알름이 말했다. "왜 그렇게 많은 돈을 두고 갔을까요? 백만이라니. 당연히 그것도 가지고 갔어야지 않았겠습니까?"

"에릭손이 사방에 총을 쏘아대다가 죽어버리자 혼란한 와중에 깜빡했다는 게 가장 간단한 설명이겠지." 벡스트룀이 대답했다. 이거나 먹으시지. "그때 개도 걷어차였고. 총격과 고함, 비명이 있었으니 누군가 경찰에 신고했을지도 모른다는 생각이 들었을 거야. 이번만큼은 경찰이 실제로 나타날지 모른다는 생각도 들었을 테고."

벡스트룀은 알름을 쏘아보며 말을 이었다. "그러니 자네 질문에 대답하자면, 그런 상황에서 사람들은 한두 가지 깜빡하기 마련이라는 얘기야."

"무슨 말인지 알겠습니다, 벡스트룀." 알름이 말했다. "하지만 남작 같은 사람이 프레드리크 오카레와 앙헬 가르시아 고메스 같은 짝패와 관련이 있을 거라는 얘기는 여전히 믿기 어렵군요. 솔직히, 무척 믿기 어렵습니다."

"그보다 더 심한 일도 있는 법이야! 그나저나 자네야말로 본 코메르를 그렇게 잘 아는 줄은 몰랐군." 벡스트룀은 알름을 노려보며 말했다.

"어떻게 생각해요, 나디아?" 안칸 칼손이 끼어들었다. 둘 다 어린애 같다니까.

"벡스트룀의 말에 동의해요. 세 가지 주된 이유에서요." 나디아 회그 베리가 입을 열었다.

나디아는 세 가지 이유를 설명했다. 첫째, 그 가설은 에릭손이 살해 당하기 일주일 전에 컴퓨터에 남긴 수수께끼의 메모를 설명해주었다.

"에릭손이 컴퓨터에 기록한 바로는, 봄 코마—농담 삼아 본 코메르를 이렇게 부른 모양이에요—가 자신을 속여 백만 크로나에 가까운 돈을 가로채려고 했다고 해요. 내용을 그대로 읽으면 다음과 같아요. '봄 콤마가 나를 속여 백만 가까이 가로채려고 시도한 게 분명하다'. 그게 첫 번째 이유예요."

"다른 두 가지는 뭐죠?" 리사 람이 물었다.

두 번째 이유는 동일한 문서에 에릭손이 남긴 계산의 흔적이었다. 문제의 그림을 판매한 대금을 파운드로 지불했을 때와 크로나로 지불했을 때의 차액을 계산한 것이었다. 결과는 수수료와 부가가치세를 제하고 구십육만 이천 크로나였다.

"어제 오후 이 문제를 두고 경감님과 이야기를 나눈 뒤 런던 경찰청에서 미술품 사기를 담당하는 친구에게 연락해봤죠." 나디아가 말했다. "그 친구는 어젯밤 소더비에 있는 지인에게 연락했고, 경매 회사에서 본 코메르에게 전달한 영국 파운드 단위 거래 명세서의 사본을 오늘 아침 이메일로 보내왔어요. 본 코메르는 그 거래 명세서에서 파운드를 스웨덴 크로나로 고쳤죠. 그러면 구십육만 이천 크로나의 차액이 발생해요."

"본 코메르가 에릭손에게 주었다는 크로나 단위 거래 명세서는……."

"어제 찾아냈어요." 나디아가 말을 끊으며 리사 람에게 고개를 끄덕였다. "에릭손의 사무실에서 입수한 파일 중에 있더군요."

"에릭손의 고객이 누구인지는 알아냈나요?" 리사 람이 물었다.

"아뇨." 나디아가 말했다. "가장 간단한 방법은 에릭손의 동료인 다니엘손을 한 번 더 면담해보는 거겠죠. 에릭손이 판매를 위탁받았다면 법률사무소에 위임장이 있을 테니까요. 청구서도 몇 장 있으면 좋고요. 사무소 측 수수료 청구서라도."

"좋아요." 리사 람이 말했다. "다니엘손과 한 번 더 이야기를 나눠봅시다. 관련 사항을 알았을 만한 다른 직원들과도요."

"알겠습니다." 안니카 칼손은 고개를 끄덕였다. 족쳐보자고. 불 때까지 쥐어짜는 거야. 불고 나서도 쥐어짜면 더욱 좋고.

"하얀 이사용 박스에 든 내용물에 관해서도 벡스트룀의 말에 동의해요." 나디아가 말을 이었다. "사건과 관련된 건 원래 컬렉션 열다섯 점 중에서 이콘 열한 점인데요, 경감님의 도움을 받아 크기를 추정해봤죠. 그걸 옮기려면 최소한 두 개의 이사용 박스가 필요했을 거예요. 그게 제가 벡스트룀의 말에 동의하는 세 번째 이유예요. 그림들의 가치는 총 삼백만 크로나 정도예요. 무척 그럴듯한 동기죠." 그녀는 말을 맺으며 얄름 쪽을 향해 보란 듯이 고개를 끄덕였다.

저 러시아인은 제법 쓸 만하다니까. 게다가 보드카에 대해서도 잘 알지. 물론 생긴 건 엉망이지만. 스테인리스스틸 이빨만 달렸으면 딱인데. 다음번 생일 때 구해다 줘야 할지도 모르겠군. 벡스트룀은 생각했다.

"아주 흥미롭군요." 리사 람은 진심으로 흥미롭다는 표정이었다. "지금까지 나디아가 한 말에 따르면 본 코메르가 최소 한 건 이상의 사기

미수죄를 저질렀음을 시사하는 증거가 한둘이 아니군요. 그 정도면 합리적인 의심을 할 만한 근거로는 충분하고요."

"본 코메르의 은행 쪽이랑 이야기를 해봐야 할 거예요." 나디아가 말했다. "최근 백만 크로나를 현금으로 인출한 적이 있는지 알아보는 거죠. 그리고 그의 컴퓨터도 압수해서 거래 명세서를 조작한 적이 있는지도 확인하고 싶군요. 또 다른 일도 벌였을지 모르잖아요. 혹시 알아요? 운이 좋으면 자기 집 지하실에 그림들을 숨겨뒀을지. 전에도 그런 일은 있었으니까요."

"나도 동감이에요." 리사 람이 말했다. "어떻게 처리하면 좋겠어요, 벡스트룀?"

"은행부터 시작합시다. 당장. 그런 다음 내일 아침 일찍 본 코메르를 데려오고 가택수색도 실시하고. 방금 나디아가 말한 것처럼 놈의 컴퓨터랑 그 밖에 흥미로운 건 뭐든 확보합시다. 살인 혐의를 추궁하는 건 일단 여기 불러서 나머지를 설명하게 한 뒤에도 늦지 않겠죠."

"좋아요." 이제 리사 람은 더없이 기쁜 표정이었다.

"바로 이거야." 벡스트룀이 말했다. "오믈렛을 만들려면 먼저 달걀을 깨뜨려야지." 반드시 내 기자 녀석을 불러서 현장 수색 장면을 찍게 해야겠군. 배경에 드로트닝홀름 궁이 나오면 이상적이겠지. 이건 틀림없이 여섯 자리짜리야.

왕의 막역지우가…….

92

이제 남은 실무는 하나뿐이군. 벡스트룀은 사무실로 돌아와 문을 닫으며 생각했다. 그 궁정 호모 놈이 피노키오와 녀석의 긴 코에 관해 떠벌리지 않도록 하는 것. 내가 직접 신문을 진행하면서 다른 이야기에만 집중하도록 하는 게 가장 쉬운 해결책이겠지. 그런 다음 잔뜩 겁도 주고 말이야. 그래, 그거면 될 거야. 그런 생각을 하는 순간, 아니나 다를까 노크 소리가 들렸다.

"내가 뭘 해주면 되겠나, 로시타?" 벡스트룀이 물었다. 좋지 않은데. 나쁜 징조나 다름없잖아. 평소처럼 음침하기는 하지만 흥분에 겨운 모습인걸. 안타깝게도 긍정적인 쪽으로 말이야.

"그보다는 제가 경감님을 위해 뭘 했느냐가 문제죠." 로시타 안데르손트뤼그는 미소를 지으며 가르시아 고메스의 몽타주를 흔들어 보였다.

"내가 맞혀볼까." 벡스트룀은 의자에 몸을 기대고 양손을 배에 얹었다. "오늘 아침 앙헬 가르시아 고메스의 몽타주를 토끼와 햄스터 팀 친구들에게 보여주었겠군."

"맞습니다." 로시타 안데르손트뤼그가 말했다. "그걸 어떻게……?"

"경찰 기록에는 놈이 투견장을 개설한 혐의를 받고 있다는 내용도 있으니 자네가 그쪽에 관심을 보일 거라고 짐작했지."

"바로 그겁니다. 그럼 제가 왜 동물보호팀과 이야기를 하려고 했는지도 아시겠군요."

"문제는 자네가 그쪽을 들쑤실 필요가 없었다는 거야." 벡스트룀은 다정하게 미소 지었다. "지난주에 이미 우리 힘으로 알아냈거든. 참고로 자네가 없는 동안 말이네."

"연차를 쓴 겁니다." 안데르손트뤼그가 공격적인 어조로 대꾸했다. "제가 없었던 이유가 궁금하신 거라면요."

"관심 없어. 동물보호팀더러 앞으로 내 살인 사건 수사에 발 들이지 말라고 신신당부해주리라 믿겠네."

"원칙을 따지자면 가르시아 고메스가 저지른 것으로 추정되는 가중 동물 학대 건에 대해 그쪽에서 자체적으로 수사에 나서는 걸 막을 명분은 없습니다만."

"헛소리. 그쪽에서 그런 생각을 떠올리기라도 했다간 녀석들은 물론 자네까지 한꺼번에 박멸해버릴 줄 알아."

"그런 말씀은……."

"아직 안 끝났어." 벡스트룀은 손을 들며 말을 가로막았다. "내 말을 듣기 싫다면 동물보호 담당관 임명 건은 잊어버려. 자네가 선택할 수 있는 대안은 세 가지가 있어. 빨리 선택할수록 좋겠지. 내가 이 문제를 오늘 내로 처리할 계획이니까."

"세 가지 대안이라니, 무슨 말씀이시죠? 무슨 대안입니까?"

"자, 자네는 차고에 있는 녀석들을 도와서 세차를 하거나, 쿵스홀멘에 있는 재산추적과로 갈 수 있네. 아니면 베스트베르가에 있는 주차단속반이나. 자네가 골라." 벡스트룀은 손가락으로 셋을 꼽으면서 말했다.

결정하기 전에 생각할 시간이 필요한 모양이군. 벡스트룀은 생각했다. 로시타 안데르손트뤼그는 말없이 발걸음을 돌려 방을 나가면서 문을 쾅 닫았다. 나가다가 두 번째 방문객과 부딪혔는지도 모른다. 그녀가 나가자마자 다시 노크 소리가 들렸으니까.

"들어와!" 벡스트룀이 소리쳤다. 아주 끝이 없다니까.

93

월요일 아침 수사대 회의가 끝나자마자 안니카 칼손은 서부 경찰서 범죄과장이자 벡스트룀의 직속상관인 토이보넨 경정을 만났다.

"자리에 앉게, 안니카." 토이보넨이 말했다. "그래서, 그 뚱보 녀석은 요즘 무슨 꿍꿍이인가?"

안니카 칼손은 벡스트룀이 평소와 다를 바 없으며 뭔가 꿍꿍이속이 있는 것 같지는 않다고 말했다. 사실상 그녀나 다른 사람들이 이해할 수 없는 신비로운 방식을 통해 실질적으로 수사를 주도하고 있다고 말해도 좋을 정도였다.

"그럼 녀석에게 최고 황금 경찰 훈장을 수여하라는 제안이라도 하러 온 건가?" 토이보넨이 툴툴거렸다. "안타깝지만 난 아직도 마지막으로 그 안건이 논의되었던 때를 생생하게 기억한다네. 당시에는 청장님이 녀석에게 크리스털 꽃병을 전달하는 것으로 끝났지 아마."

"벡스트룀이 쓰레기통에 버리거나 온라인에 내다 팔았다는 물건 말이죠. 여러 가지 설이 있더군요." 안니카 칼손은 고개를 내저었다.

"어서 말해보게. 마음에 걸리는 게 있는 모양인데, 뭔지 듣고 싶군."

"알겠습니다. 가장 마음에 걸리는 것부터 말씀드리죠."

그녀는 사라진 목격자에 관한 이야기부터 꺼냈다. 누군가가 목격자를 찾아내려 했고, 아마도 성공한 것으로 보인다고. 이어서 목격자가 사라진 것과 동시에 핵심 용의자 프레드리크 오카레와 그의 친구 앙헬 가르시아 고메스도 잠적한 것으로 보인다고 보고했다. 간단히 말해서 가장 걱정스러운 부분이 바로 그 점이었다.

"벡스트룀은 그 문제를 어떻게 생각하지?" 토이보넨이 물었다.

"목격자가 신문사에 가르시아 고메스에 관한 정보를 흘렸다고요. 신문사에서는 정보에 대한 대가를 지불했고, 그는 그 돈으로 모든 일이 잠잠해질 때까지 외국에 나가 있기로 한 거죠. 그리고 오카레와 가르시아 고메스는 몇백만 크로나짜리 그림 컬렉션을 에릭손에게서 훔쳤다고 하더군요. 그래서 한동안 잠적해 있기로 했고요."

"벡스트룀이 할 만한 소리야." 토이보넨이 코웃음을 쳤다. "녀석이 마지막으로 날뛰었을 때가 기억나는군. 솔나 전체에 화약 연기가 자욱했지. 왜 그 사달이 다시 일어날 거라는 생각이 드는 걸까?"

"어떻게 할까요?"

"평소대로 해야지. 인력을 더 배치해서 사건에 관계된 자들이 서로를 찾기 전에 우리가 먼저 찾아내도록 지시하겠네. 이미 서로 마주치지 않았기를 하느님께 기도하면서 말이야. 절차상의 문제라면 우리 검사님이 알아서 해결하실 테지."

"네, 오카레와 가르시아 고메스의 체포 영장을 청구하겠다는 생각까지 하더군요. 현재 진행중이고요."

"좋아." 토이보넨은 뒤틀린 미소를 지으며 말했다. "리사 아가씨가 이름만큼 그렇게 순한 사람은 아니지. 내가 또 알아야 할 게 있나?"

"네, 유감스럽게도요. 한 가지 더 있습니다."

안니카 칼손은 계속해서 본 코메르 남작에 관해 이야기했다. 그가 받고 있는 혐의들과 다음 날 그를 데려오고 가택을 수색할 계획이라는 것도. 본 코메르라는 인물과 배경에 관한 간략한 설명도 곁들였다.

"무슨 말인지 알겠네." 토이보넨은 한숨을 내쉬었다. "벡스트룀의 문제는, 기본적으로 녀석의 생각이 사실로 밝혀질 가능성이 잘해봐야 오십 대 오십이라는 거야. 어디에 선을 그어야 하는지 전혀 감이 없는 친구라니까. 녀석이 팔메 살인 사건을 이른바 섹스 사건으로 밀어붙이려던 게 아직도 기어나는군. 팔메가 일종의 섹스 중독자 비밀결사의 일원이었는데 멤버들 간에 내분이 있었고, 그 때문에 총을 맞은 거라고 말이야. 벡스트룀이 좌천된 게 그때였지. 애석하게도 다시 복귀하고 말았지만. 나는 자네 생각이 궁금할 뿐이네. 남작 이야기에 대한 생각 말이야."

"죄송하지만 제 생각도 벡스트룀과 같습니다. 일단 지금까지의 전개를 보면요. 나머지는 우리 쪽에서 살짝 들쑤시고 나면 자연스럽게 밝혀질 테지요."

"폐하께 하느님의 가호가 있기를." 토이보넨 경정은 체념 어린 태도로 고개를 가로저으며 깊은 한숨을 내뱉었다.

94

"앉아, 옌뉘." 벡스트룀이 손님용 의자를 가리키며 말했다.

저 파란 상의도 다른 옷들과 마찬가지로 팽팽하군. 같은 파란색이라고는 해도 보급형 제복하고는 완전히 달라. 지난번 방문 때와 마찬가지로 그녀는 흥분한 기색이 역력했다. 벡스트룀은 검은 수첩을 꺼내 자기앞 책상 위에 내려놓았다.

"말해보게." 벡스트룀이 펜으로 수첩을 두드리며 말했다.

"역시 제 말이 맞지 않았나요? 본 코메르 말이에요." 옌뉘가 책상 위로 몸을 기울이자 평소처럼 상의의 목둘레선이 반 센티미터쯤 벌어졌다.

"자네가 맞았지." 벡스트룀은 좀더 제대로 감상하기 위해 등받이에몸을 기대며 말했다.

옌뉘는 막 국립과학수사연구원과 연락한 참이었다. 연구원에서는 수사를 종결한 뒤에도 경매 카탈로그에서 발견한 DNA 샘플을 폐기하지않았다고 했다. 약간의 설득 끝에 옌뉘는 해당 샘플을 속히 검사해주겠다는 약속도 받아냈다. 조만간 솔나 경찰서가 새 샘플과 비교할 단서를입수하게 되리라는 의미였다.

"본 코메르에게서 샘플을 입수하는 대로 말이에요." 옌뉘가 설명했다. "곧 소환할 예정이니까 긴급한 사안이라고 설명했어요."

꼭 무슨 변호사처럼 얘기하는군. 벡스트룀은 그렇게 생각하면서 계속해보라는 듯 고개를 끄덕였다.

"그리고 전체 사건에 관해서 좀더 생각해봤어요. 이제 본 코메르의 개입은 완벽히 기정사실화되었으니까요."

"그래서 무슨 생각을 했지?" 벡스트룀은 다시 고개를 끄덕이며 물었다. 이거 재미있겠군.

본 코메르가 에릭손 살해의 배후라는 것이 옌뉘 로예르손의 확고부동한 결론이었다. 그뿐 아니라 그는 다른 모든 사건의 배후이기도 했다.

"다른 모든 사건이라니?"

"노부인과 토끼도요. 그러고 보니 햄스터도요. 겨울에 압수한 햄스터 말이에요. 그리고 프리덴스달이라는 여자가 받은 협박도 있죠. 그 사건의 범인은 에릭손의 개를 살해한 자와 동일 인물인 것 같아요. 왜, 그 배우랑 이름이 비슷한 고약한 칠레 남자 있잖아요. 실은 이미 안칸하고 얘기를 해봤는데……"

"배우? 무슨 배우?"

"앤디 가르시아요. 〈대부〉 3편에 나온 배우 있잖아요."

"오, 그렇군. 이제 알겠네."

"좋아요. 저는 본 코메르가 이 모든 일의 배후라고 생각해요. 완전히 모든 일의 배후에 있다고요." 옌뉘는 열심히 고개를 끄덕이며 결론을 내렸다.

"자네 말이 사실이라면 나로서는 그저 고마울 따름이군. 이곳 솔나에 렉스 루터가 산다니 말이야. 경찰로서는 그보다 더 좋을 수 없지. 한 사람이 완전히 모든 일의 배후라니."

"렉스 루터요?"

"그래. 〈슈퍼맨〉에 나오는 악당 말이야."

"전 진지하다고요." 옌뉘가 자세를 고쳐 앉자 가슴골도 덩달아 움직였다.

"동기는 뭐라고 생각하나? 본 코메르가 이 모든 일을 할 만한 동기는?"

"동기는 여러 가지가 있어요. 일단 돈. 그림들로 얻을 재정적인 이득요. 그리고 아마 복수이기도 할 테죠. 왜? 두들겨 맞았으니까요."

"좋아, 하지만 할망구와 동물들은? 아니면 미치광이 프리덴스달은? 그쪽으론 딱히 돈 될 만한 구석이 없어 보이는데."

"거기에는 성적인 동기가 작용했다고 봐요."

"무슨 동기?"

"다른 두 사람의 경우에는 성적인 동기가 작용했을지도 모른다고요. 뭔가 잠재의식적으로요."

"돈, 섹스, 복수." 벡스트룀이 말했다. 동일한 범인이 동일한 시점에 말이지. 이보다 좋을 수도 없겠군. 옌뉘가 말할 때마다 신의 계시인 양 메아리가 울리지 않는 게 이상할 지경이었다.

"그래서 제안이 있어요." 옌뉘가 계속했다.

"제안이라. 기쁜 마음으로 들어볼까." 벡스트룀은 이미 옌뉘의 생각을 얼추 짐작하고 있었다.

"내일 본 코메르를 데려오면 제가 신문을 진행하고 싶어요. 슬슬 그자에 대해 감이 잡히거든요. 정말 어떤 작자인지 알 것 같아요."

"안 돼." 벡스트룀은 고개를 가로저었다. "신문은 내가 직접 할 생각이야. 조용히 듣고만 있겠다고 약속하면 관찰실에는 앉아 있게 해주지."

"도움이 필요하지 않다는 말씀이세요? 앉아만 있으라뇨. 경감님은 기분이 상하실 수 있겠지만 그자를 가장 잘 아는 사람은 저니까……."

"필요 없어. 어쨌든 제안은 고맙군."

95

벡스트룀이 회의실에서 수사대와 만나기 두 시간 전, 리사 마테이는 사흘 전 자신으로부터 "평소대로 처리"하라는 지시를 받았던 동료와 만남을 가졌다. 국가 체제를 보호하는 책임을 맡고 있으며, 이번 경우에는 특별히 국가의 수장인 칼 구스타프 16세 국왕 폐하를 보호하는 임무를 띤 부서의 책임자인 보안청 정보과의 경감 말이다.

그가 제출했던 보고서는 네 항목으로 나뉘어 있었고, 그 네 항목을 잇는 연결 고리는 한스 울리크 본 코메르 남작이었다. 첫 번째 항목은 본 코메르가 프레드리크 오케르스트룀, 그리고 앙헬 가르시아 고메스와 연관된 것으로 보인다는 내용이었다. 그들이 이전에도 만났다는 증거는 없었다. 보안청에도, 일반 경찰에도 관련 정보가 없었다. 본 코메르의 통화 내역, 팩스, 집과 사무실에 있는 컴퓨터 세 대에서도 아무것도 나오지 않았다. 접촉이 이루어졌다는 유일한 증거는 지난주에 산드라 코바크가 찍은 사진뿐이었다.

경감은 정보과의 심리학자이자 행동 전문가에게 사진 분석을 의뢰했었다. 사진 속의 세 남자가 사용한 보디랭귀지를 통해 그들의 관계에 관한 정보를 더 끌어낼 수 있을지 알고 싶었다고 그는 말했다.

"그랬더니 대답은?" 마테이가 물었다. 그녀는 이런 식의 질문을 무척 즐겼다.

"대부분은 흔히 듣는 애매한 얼버무림이었습니다." 경감은 씁쓸한 미소를 흘렸다. "틀릴 위험을 감수하고 해석을 해보자면, 이번이 첫 번째 만남이었고 그전까지 세 사람은 서로 모르는 사이였을 거라고 하더군요. 그러니까 느긋한 분위기에서 이루어진 첫 만남인데, 아마 개인적인 용건보다는 사업이나 기타 실무적인 문제로 만났을 거라고요. 순수하게 감정적인 이유에서 만난 건 확실히 아니랍니다."

"그래도 그 만남의 장소는 본 코메르의 자택이었고, 사진을 보면 떠나기 직전이라는 인상이 강하게 드는데. 두 사람이 나가려던 참이었던 것으로 보여. 본 코메르의 집에 들어갔었다는 얘기지. 그 점이 마음에 걸려. 본 코메르 같은 사람이 자기 집 현관에서 그 둘과 악수를 하고 있었다는 게 무척 마음에 걸린다고."

"네, 저도 마음에 걸립니다." 그가 동의했다.

"좋아. 그 외에 그들이 에릭손 살인 사건과 연관이 있음을 시사하는 증거는 있나?"

"아뇨." 경감은 고개를 가로저었다. "적어도 직접적이고 확실한 증거는 없습니다. 제가 여기서, 그러니까 정규 경찰 쪽에서 받은 정보에 대해 걱정하는 점은, 범행 시점에 사건 현장에서 한 사람을 보았다는 목격자가 있는데 그게 본 코메르가 아니라고 단정할 수 없다는 겁니다. 그리고 오케르스트룀과 가르시아 고메스가 에릭손 피살 이후 잠적했다고 확신할 만한 이유도 있고요."

"그래, 나도 그렇게 알고 있어." 리사 마테이는 자신이 어떻게 알았는지는 설명하지 않았다. "그리고 그 얘긴 자연히 자네가 준 보고서의 두 번째 항목으로 연결되지."

"두 사람이 에릭손의 살해에 연루되어 있다는 내용 말씀이죠? 제가 말씀을 제대로 이해한 게 맞습니까?"

"그래, 맞아." 마테이가 대답했다.

"현재 솔나 쪽 수사대에서는 그렇게 믿는 모양이더군요. 그저께 부재 중인 두 사람에게 살인 혐의로 체포 영장이 발부됐습니다. 오카레는 잠 재적 범인이거나 종범으로 여겨지더군요. 가르시아 고메스의 경우, 범행 시각에 대한 알리바이는 있지만 당일 밤늦게 그가 범행 현장에 갔다 는 목격자와 과학수사 증거가 있고요. 제가 검사의 결정을 제대로 이해 한 거라면, 검사는 이에 근거해 가르시아 고메스를 살인 방조 혐의로 기 소했습니다. 범인일 가능성이 가장 높은 게 그 둘이라는 점에는 의심의 여지가 없습니다. 지금으로서는요."

리사 마테이는 고개를 끄덕이면서 책상에 놓인 서류의 두 번째 항목 에 깔끔하게 체크 표시를 했다. 이제 세 번째 항목 차례군. 바로 그녀가 이 지저분한 사건과 얽히게 된 이유였다.

"본 코메르와 왕의 관계에 관해 알아낸 바는?" 그녀가 물었다.

국가 수장과 본 코메르 가족 간의 접촉은 두 가지 유형으로 나뉘었 다. 첫째는 공적인 접촉이었고, 둘째는 보다 사적인 성격의 접촉이었다.

"공적인 측면에서는 이상한 점을 전혀 발견하지 못했습니다." 마테이 의 동료가 요약했다. "본 코메르처럼 궁중 미술 컬렉션에 관여하고, 드 로트닝홀름 궁 극장과도 관계하고, 기타 유사한 활동과 기획에 참여하 는 사람에게 예상되는 수준의 접촉이었죠. 지난 오 년간 본 코메르 부부는 왕실 공식 만찬에 두 차례 초청되었고, 다른 공적인 모임과 연회를 통해 국왕 부처를 열 차례 만났습니다."

"그동안 나는 궁중 연회에 한 번도 못 가봤는데 말이지. 하지만 상관없는 일이야. 궁중 연회에 누가 신경이나 쓴다고?" 마테이는 어렴풋한 미소를 흘리며 말했다.

"저도 동감입니다." 하지만 제 경우에는 충분히 똑똑하지 못해서 그럴 테죠. 그는 생각했다.

"그럼 사적인 접촉은?" 마테이가 물었다. "본 코메르와 왕가 간의 사적인 접촉에 관해서 우리가 아는 건 뭐지?"

마테이의 동료는 그것도 예상했던 범위 내라고 대답했다. 왕의 일정을 분석하고 측근 여럿과 이야기를 나눈 끝에, 그들은 왕이 지난 삼 년 동안 본 코메르를 스무 번 남짓 만났다는 결론을 내렸다. 만남은 보통 두 사람이 함께 사냥에 참석한 뒤 그와 연계해 열린 오찬 혹은 만찬 자리에서 이루어졌다. 대부분 본 코메르의 손위 처남이 왕과 오랫동안 가깝게 지내온 친구라는 사실에 근거한 만남이었다.

"손위 처남이 아니었으면 그렇게 많은 접촉이 있지도 않았을 겁니다." 경감은 그렇게 결론지었다.

"좋아." 마테이가 말했다. "잠시 이 사안을 다른 관점에서 생각해보자고. 자네가 기자이고 지금 자네가 아는 사실들을 안다고 가정해봐. 자네라면 본 코메르가 소위 왕의 친구들 중 하나라고 신문사를 설득할 수 있을까?"

"물론입니다." 경감은 미소를 지으며 말했다. "신문들이 하는 얘기를 믿자면 지금 왕의 친구는 수백 명쯤 될 테니까요."

"그럼 절친한 친구라면?"

"아마 그것도 가능할 겁니다. 사실을 무시하고 판매 부수에만 신경을 쓴다면, 그리고 궁 대변인이 그런 논쟁에는 거의 끼어드는 법이 없다는 점을 감안한다면요."

"아마 왕과 본 코메르가 함께 찍힌 사진이 있겠지?"

"수없이 많지요. 물론 주로 가십 잡지나 타블로이드지에 실린 것들이지만 더 공신력 있는 신문에 실린 사진도 있습니다."

"어떤 사진들이지?"

"본 코메르가 위원으로 있는 어느 자선 행사에 관한 기사가 크게 실렸었죠.《다겐스 인두스트리》에 대서특필됐습니다. 왕과 왕비가 본 코메르와 같은 사진에 찍혔고, 세 사람의 관계도 원만해 보입니다."

"그러면 자네 보고서의 마지막 항목으로 넘어가야겠군."

"현재 언론 쪽은 잠잠합니다. 전통적인 매체들은 이 사건에 관해 한마디도 언급하지 않았습니다. 인터넷 쪽에서야 본 코메르는 거의 존재하지도 않는 인물이고요."

"그런 상황이 바뀔 조짐은 없고?"

"시 종무관과 공보실을 타진해봤습니다. 모두 조용합니다. 신경을 곤두세우는 사람도 없고, 몰래 숨어드는 신문기자도 없습니다. 적어도 지금으로서는 말입니다."

"그럼 다 평온하다?" 마테이가 정리했다.

"네, 무척 평온합니다." 경감은 힘차게 고개를 끄덕였다.

악몽 같은 뚱보 에베르트 벡스트룀만 아니면 말이지. 리사 마테이는 전혀 평온한 기분을 느낄 수 없었다.

96

리사 마테이의 머릿속에 든 생각을 알 턱이 없는 벡스트룀은 마냥 유쾌한 기분이었다. 혹시 그녀의 생각을 알았더라면, 유감스러운 이야기지만 아마 더욱 유쾌했으리라. 벡스트룀에게는 더 중요한 일들이 있었다. 제대로 된 점심을 먹고 유익한 경제활동에 나설 시점이었다. 이번에는 기쁘게도 두 마리 새를 돌 하나로 잡을 수 있었다. 다만 그 돌이 리사 마테이의 책상까지 날아가리라는 사실은 알지 못했을 뿐. 알았더라면 틀림없이 참으로 합당한 보너스라고 여겼을 테지만 말이다.

벡스트룀은 두 유력 신문사 중 더 큰 쪽에 소속된 기자에게 연락했다. 기자는 처음에는 무척 퉁명스러운 목소리로 자기네 경쟁사가 방금 웹 사이트에 올린 기사 때문에 전화했느냐고 물었다. 기사에는 가르시아 고메스의 몽타주와 함께 사진 속 남자에게 토마스 에릭손 변호사 살해 혐의로 체포 영장이 발부되었다는, "어느 경찰 고위 관계자"가 제공한 정보가 실려 있었다. 약 일주일 전에 그가 벡스트룀의 엄중한 충고를 따라 기사화하지 않기로 했던 내용이었다.

"이제 그건 신경 쓰지 마." 벡스트룀이 말했다. "딱 원하던 대로 된 셈이니까. 명심하게. 항상 내가 하라는 대로 할 것. 삼십 분 뒤 평소 만나던 곳으로 나오면 이 사건의 내막을 들려주지."

"쓸 만해야 할 겁니다." 기자는 여전히 화가 난 목소리였다.

"쓸 만한 정도가 아냐. 내가 자네라면 윤전기를 멈추라고 할걸. 삼십 분 뒤니까 꼭 나오라고." 이 정도면 솔깃하겠지. 벡스트룀은 생각했다.

"좋아." 벡스트룀은 기자가 이미 기다리고 있던 테이블에 자리를 잡으며 말했다. "세 가지야." 그는 구 미터 떨어진 바 뒤에 선 웨이터를 향해 위엄 있게 고개를 끄덕이고는 러시아 보드카 병을 들어 올리며 묻는 듯한 표정을 지어 보였다. "세 가지." 그가 되풀이했다.

"좋습니다." 기자가 말했다. "말씀해보시죠."

"첫 번째." 벡스트룀은 검지를 세웠다. "다른 걸레짝들에서 온라인에 올린 헛소리는 잊어도 돼. 그건 토끼 담당 부서의 멍청이들에게서 들은 소리니까. 완전히 헛소리지. 에릭손을 죽인 건 가르시아 고메스가 아냐. 녀석이 몇 시간 뒤에 에릭손의 개의 목을 긋기는 했지만, 그건 좀 있다가 말하기로 하지."

"알겠습니다."

"두 번째. 이 사건의 내막을 말해주지. 전국의 신문 가판대에 사람들이 몰려들 만한 이야기야. 여름 내내 이 이야기를 우려먹을 수 있을걸세. 원한다면 크리스마스 때까지도 가능하겠지."

"무슨 꿍꿍입니까? 왜 뭔가 문제가 생길 것만 같은 예감이 들죠?"

"세 번째." 벡스트룀이 말했다. "잘 알 테지만 이 정보는 공짜가 아냐. 여섯 자리는 돼야 해. 그리고 만약 관심이 있다면, 자네에게 모든 진상을 확실하게 이해시키는 데 최소한 한 시간은 필요해. 이번에는 세부 사항을 빠짐없이 확실하게 해줘야 하니까."

"십만 단위를 바라신다면, 이게 다 무슨 일인지 일단 맛보기라도 내어주시죠."

"내일 아침 우리는 에릭손 살해에 깊이 관여한 녀석을 잡아들일 거야. 검사도 이미 구금을 결정했지. 오늘 밤 녀석을 자기 침대에서 재우는 건 우리 쪽에서 공격에 앞서 전열을 제대로 가다듬을 시간이 필요하기 때문이야. 그렇고 그런 여느 범죄자가 아니거든."

"누굴 얘기하는 겁니까? 십만 크로나면 큰돈입니다. 잘 아시겠지만요."

"그렇지. 하지만 시작가에 불과해."

"대체 누구죠?" 기자가 다시 물었다. "누군데 이러시는 겁니까?"

"왕의 절친한 친구." 벡스트룀이 말했다.

"좋습니다." 기자가 손을 내밀었다.

이후 두 시간 동안 에베르트 벡스트룀 경감은 정통 스웨덴 여름 요리인 뿌리채소를 곁들인 족발을 먹고 맥주 세 잔과 보드카 세 잔으로 이를 씻어 내리면서 에릭손과 본 코메르, 그리고 수백만 크로나짜리 회화와 골동품을 둘러싼 두 사람의 어두운 관계에 얽힌 이야기를 전부 들려주었다.

이상하게도 그는 피노키오의 코에 관해서는 단 한 마디도 하지 않았다. 더욱 이상하게도 이 모든 돈을 사기당했을 사람이 누구인지 또한 언급하지 않았다. 필요하다면 피노키오에 관해서는 영원히 입을 다물 작정이었고, 왕 이야기는 다음번 지불이 있을 때까지 남겨둘 생각이었다.

티끌 모아 태산이지. 벡스트룀은 생각했다. 그리고 다른 사람의 불운을 팔아 생계를 유지하는 성공적인 사업가에게는 타이밍이 생명이었다.

97

길들인 기자와 만난 뒤, 벡스트룀은 다음 날 아침에 있을 습격에 앞서 마지막으로 세부 사항을 정리하고자 집으로 향했다. 우선 실내 가운을 입고 독한 술을 한 잔 만들었다. 이어서 검은 수첩에 해야 할 일의 목록을 정리했다. 다음은 가장 가까운 동료인 안칸 칼손에게 연락할 차례였다.

"내일 말인데, 자네가 해줬으면 하는 일이 있어서." 벡스트룀은 사교적인 인사치레에 시간을 낭비하지 않고 곧장 본론으로 들어갔다.

"안부 물어줘서 고마워요. 전 잘 지내요. 벡스트룀은요?" 안칸이 대답했다.

"지금은 그딴 소리 할 때가 아냐." 벡스트룀이 말을 잘랐다. "내일 아침 6시에 남작을 데려왔으면 하는데."

"꽤 이른걸요." 안칸이 대꾸했다. "왜냐고 물어도 될까요? 왜 그렇게 서두르는 거죠?"

"신문하기 전에 두 시간 정도 땀 좀 빼라고." 벡스트룀은 거짓말을 했다. 점심 전에 호외를 발행하려면 추가 시간이 필요하다는 신문사 측의 요청에 따른 것이라고 말할 생각은 추호도 없었다.

"알겠어요." 안칸은 살짝 한숨을 내쉬었다.

"신문은 내가 직접 진행할까 하는데, 자네도 원한다면 동석해도 돼. 고전적인 수법을 쓰면 되겠지."

"어떤 수법요?"

"나쁜 경찰과 더 나쁜 경찰." 벡스트룀이 설명했다.

"문제없어요. 또 다른 건요?"

"놈을 데려올 때 똥줄 좀 타게 해주면 좋겠군. 우선 엄청 무섭게 생긴 순경 둘을 보내서 놈을 침대에서 끌어내는 거야. 서로 데려올 때까지 한 마디도 하지 말라고 해. 놈이 아무리 징징거리면서 애원해도 말이지. 도착한 뒤에는 몸을 수색하고 DNA 샘플을 채취해. 구두끈이나 벨트 같은 거 다 압수하고. 사진 찍고, 지문이랑 DNA 채취하고, 할 수 있는 건 다 하라고. 무슨 말인지 알겠지?"

"네, 제대로 알아들었어요. 가택수색에 관해서도 특별히 원하는 게 있나요, 경감님?"

"아니, 집을 발칵 뒤집어놓으라는 것 말고는. 자세한 사항은 자네가 나디아랑 의논해서 처리해."

"알았어요. 집을 발칵 뒤집어놓는다. 또 시킬 일은 없고요?"

"한 가지 더. 놈과 처음 만나는 경관에게 놈이 하는 말을 전부 상세히 적어두라고 해."

"그 점은 염려할 것 없어요. 제가 직접 체포할 생각이니까요. 그나저나 언제 모습을 비출 계획이에요? 점심 전? 후?"

"때가 되면 갈 거야." 벡스트룀이 말했다. 저녁 먹기 전에 한숨 자야겠군. 그는 전화를 끊으며 생각했다.

벡스트뢰은 두 시간의 수면을 통해 기력을 회복한 뒤 샤워 부스로 향했다. 샤워 후에는 길들인 기자에게 전화를 걸어 마지막 지시 사항을 전달했다. 이어 깨끗한 옷을 입고 더없이 적절한 거리에 위치한 동네 단골 술집으로 걸어가 그가 아끼는 핀란드인 웨이트리스가 서빙하는 간단한 저녁을 먹었다.

식사를 하는 동안 벡스트뢰은 인생과 세상살이에 관한 고상한 생각에 사로잡혔다. 간단한 부르주아식 생활양식에 따라 막 건강한 가정경제를 확립한 뒤 목돈이 도착하기를 기다리는 중이었다. 티끌 모아 태산이지. 다시금 그렇게 생각하며 그는 만족스러운 한숨을 내쉬고는 자신을 위해 건배했다. 이어 코냑을 넣은 커피를 주문하고 계산서를 부탁하는 것으로 그날 저녁을 마감했다. 집에 돌아가서는 더 편안한 취침용 복장으로 갈아입고 자기 전에 마셔야 할 술 한 잔을 만들었다. 뭔가 빠진 것 같은데. 그는 술을 홀짝이며 생각했다. 음악이군. 밤에 어울리는 음악을 들을 시간이었다.

그래서 벡스트뢰은 안전한 장소에 보관되어 있던 꼬마 피노키오를 꺼냈다. 피노키오를 나무 상자에서 꺼내고, 숨겨진 수납공간에 있던 열쇠를 빼내고, 태엽을 감고, 피노키오를 탁자에 올려놓은 뒤, 소파에 몸을 기댄 채 음악을 들었다.

끔찍하기 짝이 없군. 벡스트뢰은 고개를 가로저었다. 그 꼬마 등신은 혈우병만 걸린 게 아니라 귀까지 먹었던 모양이지.

다행히 모든 것은 이십여 초 만에 끝났다. 소음이 갑자기 그치고 코가 길어지기를 멈추었다. 꼬마 피노키오가 내기로 한 소음을 다 낸 모양이었다. 몇 초 뒤, 예구라가 말했던 것처럼 피노키오의 코가 다시 제자리로 들어갔다. 완벽하게 평범한 들창코만을 남겨놓고. 벡스트룀은 그 코가 이웃 에드빈의 코를 약간 닮았다고 생각하면서 피노키오를 다시 검은 상자 안에 넣었다.

잠들기 전, 벡스트룀은 펜과 수첩을 챙겨 침대에 누운 뒤 이번 일에서 무척 중요하다는 '내역'의 문제를 정리해보려 애썼다.

저녁 동안 술을 다소 과하게 마신 터라 그리 간단한 일은 아니었다. 자신의 글씨를 확인하기 위해 한쪽 눈을 감아야 했다.

"내역." 그는 맨 위에 그렇게 적었다가 다시 두 번 밑줄을 그어 강조했다. 예의 영화감독과 그가 갖고 있었다는 물개 가죽 슬리퍼의 가격이 갑자기 떠올랐기 때문이었다.

"전 소유주." 생각나는 대로 그렇게 적은 다음 이번에는 밑줄을 한 번만 그었다. 먼저 니콜라이 2세. 다음으로 알렉세이와 마리야 파블로브나. 그다음 빌헬름 왕자. 벡스트룀은 네 사람에게 1부터 4까지 번호를 붙인 다음 예구라가 보내준 서류에서 찾은 날짜를 기입했다. 역사에 밝지 못한 사람을 위해서 추가 정보도 곁들였다. "니콜라이 2세" 뒤에는 "러시아의 마지막 차르." "알렉세이" 뒤에는 "혈우병 환자. 아마 근친상간으로 인한 지적장애아였을 듯." "마리야 파블로브나" 뒤에는 "세상에서 제일 부유한 할망구." "빌헬름 왕자" 뒤에는 "어릿정의 정장이기도 함." 지금까지는 좋았다. 그러면 빌헬름 왕자가 죽은 1965년 여름부터 이틀 전에 있었던 벡스트룀의 성공적인 원정 사이에는 오십 년에 가까운 공백이 남았다.

빌리 왕자가 뒈진 다음에 꼬맹이 왕자가 뮤직 박스를 받은 게 틀림없어. 빌리 왕자는 그 꼬맹이의 아버지의 삼촌인가 뭔가라고 했으니까. 벡스트룀은 취침용 술을 꿀꺽 들이켠 뒤 다섯 번째 소유주일 가능성이 가장 높은 사람의 이름을 적어 넣어 소유권자의 계보를 완성했다. "스웨덴 국왕 폐하 칼 구스타프 16세." 이로써 역사에 대한 탐구는 마무리되었다.

이제 자신만 남았다. "현 소유주, 에베르트 벡스트룀 경감." 그는 그렇게 쓴 다음 펜과 수첩을 침대 옆 탁자에 올려놓고 만족스러운 한숨을 내쉬며 자기 앞에 지폐가 산더미처럼 쌓인 광경을 상상했고, 두 손을 배 위에 포갠 뒤 몇 초 만에 꿈도 없는 깊은 잠 속으로 빠져들었다.

98

화요일 아침, 안니카 칼손은 4시 30분에 일어났다. 태양은 이미 하늘 높이 떠 있었고 온도계의 눈금은 섭씨 15도 위로 올라가 있었다. 본격적인 여름날이 될 모양이었다. 한스 울리크 본 코메르 남작이 그래도 날씨 운은 좋군. 그녀는 고개를 흔들며 생각했다.

그녀는 평소처럼 규칙적인 일과에 나섰다. 때때로 몹시 까다로워지곤 하는 업무를 처리하려면 평소의 일과에서 오는 안정감과 침착성이 필요했다. 이를테면 상관인 에베르트 벡스트룀의 기대를 전부 충족시켜야 하는 오늘 같은 날이 그랬다.

먼저 요가로 근육과 관절을 풀고 마음을 가라앉히며 육체와 정신의 균형을 잡았다. 다음으로는 샤워를 한 뒤 적절한 아침 식사를 섭취했다. 첫 끼니를 거르지 않는 것이 중요했다. 옷은 깨끗하고 실용적이어야 했다. 청바지와 얇은 상의, 그리고 전날 밤 집에 가져온 근무용 리볼버를 쓸데없이 과시하는 일이 없게끔 허리 한참 아래까지 늘어지는 여름용 재킷을 입었다. 현관 거울 앞에서 최종 점검. 준비 완료, 과업을 해치우러 가보실까. 그녀는 삐딱한 미소를 지으며 생각했다.

거리로 나가보니 제복 경관 둘이 순찰차에서 그녀를 기다리고 있었다. 십오 분 뒤 그들은 드로트닝홀름 궁 정문에서 불과 몇백 미터 떨어진 본 코메르의 집 앞에 도착했다. 5시 55분. 아직 여유 있는 시간이었지만 나디아 회그베리와 과학수사과에서 차출한 두 조수도 이미 와 있었다. 도로 건너편에 은밀히 주차된 채 안니카가 먼저 행동에 나서기를 기다리는 위장 순찰차가 보였다.

애석하지만 이게 다가 아니군. 안니카는 생각했다. 이미 길을 따라 세 집 건너 진입로에 몸을 웅크리고 있는 첫 번째 사진기자를 발견한 터였다.

"좋아." 그녀는 차에서 내리며 말했다. "독수리떼는 절대 못 들어오게 해. 일을 조용히 처리할 수 있도록. 혹시 모르니 순찰차 한 대 더 부르고."

그런 다음 안니카는 정문을 열고 현관문으로 곧장 걸어가 벨을 울렸다. 계획보다 사 분 일렀지만, 벌써 사진기자 둘에 취재기자로 추정되는 사람도 한 명 와 있었다. 후자에게는 카메라가 없었기 때문에 크게 걱정되지는 않았지만.

집주인은 뜸을 들였다. 오 분간 벨을 울리고 나서야 본 코메르가 문을 열었다. 실내 가운을 걸치고, 바지를 보아 하니 안에는 빨간 실크 파자마를 입은, 흠잡을 데 없는 차림새였다. 단정하게 빗은 머리에 입술에 떠오른 가소롭다는 미소, 말과 행동 하나하나가 처음부터 잘못돼 있었다. 대문 앞에 경찰차가 있는 것을 보았을 텐데도 그랬다.

"무슨 일이지?" 눈썹을 치올리며 안니카를 바라보는 본 코메르의 눈빛은 위신에 걸맞지 않게 경계심에 가득 차 있었다.

"솔나 경찰서 범죄과에 근무하는 안니카 칼손입니다." 안니카가 신분증을 보이며 말했다. "선생님과 이야기를 나누고 싶은데요. 안으로 들어가도 괜찮겠습니까?"

"순경 양반, 그렇다면 이렇게 한밤중에 사람들을 깨우는 대신 전화를 걸어 약속을 잡는 게 어떻겠소?"

"안으로 들어가도 괜찮을까요?" 안니카는 다정하게 미소를 머금고 고개를 끄덕이면서 다시 물었다.

"아니, 당연히 안 되지. 전혀 괜찮지 않소." 본 코메르가 그렇게 말하고 문을 닫으려 하는 바람에 그녀로서는 선택의 여지가 없었다.

그녀는 먼저 문틈에 발을 밀어 넣은 다음 본 코메르의 왼팔을 꽉 쥐고 현관으로 떼밀며 들어갔다. 그 순간 상황은 걷잡을 수 없는 지경으로 치달았다.

"뭐 하는 짓거리야, 이 여자가?" 본 코메르가 고함을 지르며 자유로운 오른손으로 그녀의 뺨을 세차게 갈겼다.

"잠시 진정해보면 어떨까요?" 코피가 흘러내려 입에서 피 맛이 느껴지는데도 안니카 칼손은 아랑곳하지 않았다. 그녀는 본 코메르의 두 다리를 걸어차 현관 카펫 위에 엎드리게 한 다음 두 팔을 등 뒤로 돌려 수갑을 채웠다.

"대체 뭐 하는 짓거리야? 나치도 아니고 이게 무슨 짓이야?" 본 코메르가 악을 썼다.

"제 일입니다." 안니카가 말했다. "제 일을 하는 거니까 선생님은 닥치시기만 하면 됩니다."

99

화요일 아침 리사 마테이는 9시쯤 출근할 계획이었다. 그녀가 딸을 유치원에 데려다줄 차례였다. 항상 죄책감에 시달리는 엄마로서는 중요한 일이었다. 함께 시간을 보내고, 아침에 이야기를 읽어주고, 엘린과 엄마 둘이서만 여자끼리의 아침 식사를 즐기는 것. 그런 다음엔 유치원까지 걸어가기. 곰살맞게 구는 개들을 쓰다듬고, 사방을 둘러보고, 이제 세 살인 어린 아이의 머릿속에 떠오르는 것은 무엇이든지 이야기하며 느긋하게 걷기.

화요일 계획은 그랬다. 그것이 최우선순위였고, 나머지는 아무래도 좋았다. 적어도 아침에는 그랬다. 그녀가 보안청의 간부라는, 때로는 지나치게 피부에 와닿는 현실이 기다리는 평소의 삶으로 돌아가기 전까지는 말이다.

6시 30분이라. 전화 소리에 깬 그녀가 생각했다. 전화를 받기도 전부터 무슨 용건인지 알 것 같았다. 아침 통근 시간에 지하철에서 자살 폭탄이 터진 것도, 아를란다 공항에서 비행기가 피랍된 것도, 하다못해 수상에게 새로 긴급한 위협이 가해진 것도 아니야. 벡스트룀이지. 리사 마테이는 신음을 흘렸다.

보안청 당직 경관은 지난 며칠간 요주의 사항 최상단에 올라 있었고 무슨 일이 생기거든 누구보다도 특히 그녀에게 연락하도록 지시가 내려진 세 사건 중 하나에 관한 소식을 알리고자 했다. 십오 분 전, 드로트닝홀름에 있던 사복 경관에게서 소식이 왔다. 경찰이 궁 인근에 위치한 본 코메르의 자택과 그 주변에서 모종의 작전이 수행되고 있다는 소식이었다.

"계속 말해봐." 마테이는 한숨을 쉬었다. 뚱보 벡스트룀 자식이 틀림없군.

당직 경관 말로는 서커스가 따로 없었다고 했다. 기자와 사진기자 예닐곱이 나타났는데, 차량에 붙은 로고로 보아 스웨덴 최대의 석간신문사에서 나온 자들이었다. 게다가 궁 정문 앞에도 기자 여럿이 서성이고 있었다.

"제가 솔나 경찰서 쪽과 이야기해봤습니다." 당직 경관이 설명했다. "신문을 위해 본 코메르를 데려갔답니다. 체포한 것 같습니다. 지금은 본 코메르의 집을 수색중이고요."

"체포? 무슨 혐의로?" 마테이가 물었다. 변호사 에릭손 살인 혐의일 테지. 그녀는 소리 없는 신음을 흘렸다.

"사기 혹은 가중 사기 미수라고 합니다." 당직 경관이 서류를 뒤적이는 소리가 들렸다. "사실 좀 묘합니다. 람 부장검사가 내린 결정이라는 걸 생각하면요. 그 변호사 살인 사건 초동수사를 지휘하는 사람이잖습니까."

"내가 잘못 안 건지도 모르지만, 이런 일을 계획하고 있을 땐 미리 귀띔을 주기로 솔나 경찰서 쪽과 합의가 돼 있지 않았던가?"

"그렇죠." 당직 경관이 말했다. "이번에는 용케 깜빡한 모양이군요."

함께 시간을 보내고 이야기를 읽어주는 아침 일과에 모종의 차질이 생겼다. 한 시간 뒤 단 안데르손이 연락해 와 현재 자신이 드로트닝홀름 궁에 나와 있으며 솔나 경찰서 측과 이야기를 마쳤다고 알렸다. 용의자는 체포되었고 용의자의 집은 수색중이었다. 그 이상을 알고 싶다면 초동수사 지휘자인 리사 람 부장검사를 상대해야 했다.

"본 코메르 외에 데려간 사람은?" 마테이가 물었다.

"없습니다." 단 안데르손이 말했다. "한 시간 전에 데려갔다고 합니다. 수갑을 채우고 재킷을 뒤집어씌워서요."

"대체 뭐 하러 그렇게까지?" 텔레비전 경찰 드라마에서나 나올 법한 짓이잖아. 마테이가 생각했다.

"본 코메르가 우리 동료인 안칸 칼손을 때린 모양입니다. 솔나 범죄과 안니카 칼손 말입니다. 왜, 근육덩어리에⋯⋯."

"알아. 그 밖에 또 내가 알아야⋯⋯."

"그건 나중에 말씀드리면 안 되겠습니까?"

"안 돼." 리사 마테이는 수화기 너머로 보이지 않는 상대를 향해 고개를 가로저었다. "지금 얘기해."

"왕실 공보 비서가 연락했습니다. 사냥이 시작된 모양입니다. 기자들이 문자 그대로 궁의 문손잡이에 매달려 있는 형편입니다. 본 코메르의 집 앞에 모인 기자만 최소한 스물은 되고요. TV4와 스웨덴 텔레비전이와 있습니다. 하나같이 묻기를……."

"알았어, 고마워." 리사 마테이는 이미 대책을 마련한 뒤였다. "한 시간 뒤 내 사무실에서 보지." 이제 뭘 한다? 그녀는 전화를 끊고 생각했다. 안나에게 연락해야겠어. 안나. 그녀의 가장 절친한 친구이자 외동딸의 대모이며, 다행스럽게도 서부 경찰서장인 안나 홀트에게.

100

여덟 시간의 개운한 수면, 적절한 아침 식사, 최소 삼십 분 이상의 개인위생 및 용모 관리 시간. 현장에 나갈 때 빈틈이 있어서는 안 되지. 에베르트 벡스트룀은 그렇게 생각하면서 아침 9시 직전에 쿵스홀멘에 위치한 자택을 나와 대기중이던 택시를 타고 솔나 경찰서로 향했다. 왕의 절친한 친구와 허심탄회한 대화를 나누기 위해서였다.

택시를 타고 가는 길에 첫 번째 찬사가 당도했다. 길들인 기자가 개인 휴대폰으로 전화를 걸어 왔다. 행복할 테지. 무척 행복할 거야. 벡스트룀은 생각했다.

"벡스트룀, 벡스트룀." 기자는 탄성을 내뱉었다. "무슨 말씀을 드려야 좋을지. 이건 정말 어마어마한 건이 될 수도 있겠는데요."

"나중에." 벡스트룀은 무뚝뚝하게 대답했다. "내게 연락하지 말게. 내가 연락하지." 대체 이 자식은 뭘 기대한 거야?

이후 모든 것이 순조롭게 진행되었다. 마치 나이프로 버터를 자르듯이 말이다. 사무실에 들어가 처음 마주친 사람은 동료인 칼손이었다. 평소처럼 명랑하고 긍정적이군. 한눈에 그녀의 분노를 알아차린 벡스트룀은 생각했다.

"내가 맞혀볼까." 벡스트룀이 말했다. "경찰에서 나왔다고 말했더니 녀석의 얼굴이 허옇게 질리더니 자기 마누라나 자식들에게 무슨 끔찍한 일이 일어났느냐고 물었겠지?"

"아뇨." 안니카는 고개를 가로저었다. "우리가 거기서 뭘 하는지 알고 싶어 하더군요. 대답을 망설였더니 면전에서 문을 닫으려 들었고요."

"저런. 불쾌한 친구로군." 벡스트룀이 툴툴거렸다.

"그러곤 제 뺨을 때렸죠." 안니카는 왼쪽 눈 아래 부어오른 부분을 손가락으로 가리켰다.

"끝내주는군. 녀석이 자네 뺨을 때렸다고? 이거 점점 더 재미있어지는걸. 이보다 더 좋은 출발이 있나."

"더 자세한 사항을 알고 싶다면 석간 걸레짝들을 확인하세요. 어찌된 일인지 우리가 도착했을 땐 이미 기자들이 바글거리고 있었거든요."

"그게 대체 무슨 소린가?" 벡스트룀이 놀라 물었다. "이놈의 건물에

구멍이 숭숭 뚫렸군그래. 참으로 수치스러운 일이야."

"그러게요. 그나저나, 아직도 제가 신문에 동석했으면 좋겠어요?"

"물론이지. 안 될 건 뭔가?"

"여기 오자마자 녀석이 맨 먼저 한 일이 저를 폭행죄로 고소하는 거였거든요. 그래서 물어본 거예요."

"당연히 자네가 들어가야지."

"아뇨, 됐어요. 이미 리사 람과 얘기 끝냈어요. 우리 둘 다 완전히 동의했고요."

이건 반역이야. 벡스트룀은 생각했다. 하지만 그녀의 눈빛에 담긴 무언가가 그에게 지금은 이 문제를 두고 논의할 때가 아니라고 말해주었다. 다른 날이면 몰라도 오늘은 아니었다. 맑고 푸른 하늘에서 빛나는 태양이 솔나 경찰서와 그곳에서 일하는 모든 경찰들에게 내리쬐고 있었음에도 그랬다.

101

후일 한스 울리크 본 코메르 남작에 대한 초동수사 보고서에 포함된 신문 녹취록에 따르면, 첫 번째 신문은 솔나 경찰서에서 9시 15분에 시작되었다. 담당 신문자는 에베르트 벡스트룀 경감이었고 요한 에크 경위가 보조했다. 아울러 리사 람 부장검사도 신문에 동석했다.

여기까지는 정확했지만, 사실 신문 시작 시각은 진실과 다소 차이가 있었다. 관계자들이 처음 십 분을 허심탄회한 대화에 할애했기 때문이었다. 사실 독백이라고 하는 편이 더 정확할지도 모르겠다. 벡스트룀은 이따금 웅얼거리기만 했고 에크는 내내 아무 말도 하지 않았으니까. 리사 람은, 본 코메르가 지금 이곳에 앉아 있는 이유는 사기 혹은 가중 사기 혐의 때문이며 더 자세한 사항은 잠시 후 에베르트 벡스트룀 경감이 이야기할 거라고만 설명했다.

반면 남작은 격분하여 정신을 잃을 지경이었다. 그는 공권력 남용과 한밤중 자신의 집에 쳐들어온 경찰국가 스웨덴의 폭력배들에 관해 고함을 질러댔고, 마침내 숨을 돌린 뒤에는 변호사와 단둘이 이야기하기 전까지는 단 한 마디도 하지 않겠다고 말했다.

"물론 그래야죠. 특별히 연락했으면 하는 변호사가 있나요?" 리사 람이 말했다.

"페테르 다니엘손. 에릭손 앤드 파트너스 법률사무소 소속이오." 본 코메르가 말했다.

"유감스럽게도 그건 곤란할 것 같군요."

"곤란하다니, 무슨 소리요?" 본 코메르는 코웃음을 쳤다. "당연히 변호사를 선임할 권리가 있을 텐데?"

"안됐지만 이번 경우에는 사건과 무관한 사람이라고 할 수 없어서요. 그 이유는 신문하면서 설명하죠."

"저희가 다른 변호사를 찾아드려야 할 것 같군요." 벡스트룀이 경건한 표정에 온화한 어조로 제안했다. "제안이 있는데, 들어보시겠습니까, 남작님?"

"무슨 제안이오?"

"누구를 변호사로 선임할지 생각해보시는 동안 저희가 남작님과 이야기를 나누고자 하는 이유에 관해 설명드릴까 합니다만."

"좋소, 궁금해 미칠 지경이니."

"저와 동료들을 난처하게 하는 문제는 세 가지입니다." 벡스트룀은 한숨을 내쉬며 말했다.

"세 가지? 무슨 세 가지?"

"첫 번째는 변호사 에릭손입니다. 그는 5월 19일 일요일 밤 드로트닝홀름 궁 앞 주차장에서 남작님을 폭행했지요. 그가 살해당하기 십사 일 전입니다."

"터무니없는 소리." 본 코메르가 이의를 제기했다. "몇 주 전 어떤 젊은 여자가 전화를 걸어 자기가 경찰이라고 주장하더군. 내가 그 여자에게 그때 정확히 무슨 일이 일었는지 설명했소. 아내와 나는 친구들과 함께 쇠데르만란드에 있었다고 말이오. 내가 폭행당했다는 건 순 헛소리요."

"유감스럽게도 아닙니다." 벡스트룀이 말했다. "남작님께서 방금 하신 말과 상반되는 증거가 여럿 있지요. 그런데, 안타깝게도 이건 저희에게는 가장 사소한 문제입니다."

"순 헛소리라니까." 본 코메르가 고개를 흔들며 되풀이했다. "그러면, 다른 건 또 뭐요?"

"에릭손이 남작님을 공격한 이유에 대해 논의해보고 싶군요. 에릭손은 남작님이 어떤 그림의 판매와 관련해 자신에게서 백만 크로나를 빼돌렸다는 사실을 알았던 겁니다."

"이건 또 무슨 뚱딴지같은 소리지? 대체 누가 그런 소릴 합디까?"

"문제는 이것 역시 사실임을 시사하는 증거가 여럿 있다는 거죠." 벡스트룀이 말했다. "하지만, 마찬가지로 이 또한 세 번째 문제에 비하면 그리 중요하지 않습니다."

"어차피 지금까지 들은 이야기도 어이가 없는 판국이니 마저 들어나 봅시다. 아주 황당하기 짝이 없군그래."

"저를 정말로 근심스럽게 하는 건 남작님께서 이 나라 최악의 범죄자 둘과 어울리시는 듯하다는 겁니다. 지옥의 천사들 소속 프레드리크 오케르스트룀과 앙헬 가르시아 고메스 말입니다. 그리고 지금 저희가 그자들에게 관심을 갖는 건 검사님께서 토마스 에릭손 변호사 살인 혐의로 그들에 대한 체포 영장을 신청하셨기 때문이지요."

"잠깐 내 말 좀 들어보시오." 본 코메르는 애원하듯 두 손을 들어 올렸다. "그자들은 예고도 없이 내 집에 찾아왔소. 전에는 한 번도 만난 적 없소. 내 평생 단 한 번도."

"그러니까 말입니다." 벡스트룀이 동의했다. "무슨 말씀이신지 잘 알겠습니다. 저도 아주 어릴 적부터 모든 것은 눈에 보이는 그대로가 아니라는 걸 배운 사람인 만큼, 남작님께서 실제로 무슨 일이 일어났던 건지 말씀해주시지 않을까 기대했지요." 이 녀석이 이런 소리에 넘어갈 거라고 누가 생각이나 했어? 그는 생각했다.

"당장 그리하리다." 본 코메르는 벡스트룀을 바라보며 말했다. "당장 하겠다고."

"좋습니다." 벡스트룀은 그렇게 말하고 테이프녹음기의 버튼을 눌렀다. "한스 울리크 본 코메르 남작 신문. 담당 신문자 에베르트 벡스트룀 경감……."

제법인걸. 리사 람은 생각했다.

"마지막 부분부터 이야기해보면 어떨까요."삼십 초 뒤, 에베르트 벡스트룀이 말했다. 그는 형식상의 절차를 마치자마자 나직하게 목을 가다듬고 목 캔디 하나를 털어 넣었다. "어쩌다 오케르스트룀과 가르시아고메스를 댁에서 만나게 되신 겁니까?"

"이보시오, 잠깐만……."

"죄송합니다, 제가 결례를 범했군요."벡스트룀은 피신문자를 향해 목 캔디 봉지를 내밀었다. "권해드린다는 걸 그만……."

"아니, 됐소. 내가 좀 당황한 것처럼 보일지도 모르겠소만……."

"어서 말씀해보십시오."벡스트룀은 봉지를 두 사람 사이에 놓으며 언제든 들라는 듯한 손짓을 했다.

"그게, 이렇게 된 거요. 경감이 말한 두 사람에 관해서라면……."

어디 말해보시지. 벡스트룀은 재촉하듯 고개를 끄덕이며 생각했다. 이미 네 코는 빗자루처럼 길어졌지만 말이야.

정말이지 훌륭한 솜씨야. 리사 람은 생각했다. 어릴 적 텔레비전에서 본 누군가가 떠오르는걸. 항상 머리를 긁적이면서 막 생각난 것처럼 말하던 형사 말이지■.

■ 텔레비전 시리즈 〈형사 콜롬보〉에서 허술하면서도 우호적인 태도로 용의자를 방심하게 하는 주인공 콜롬보를 가리킨다.

102

안니카 칼손은 용의자가 혼비백산하지 않도록 취조실과 같은 복도에 위치한 관찰실에 자리를 잡았다. 벽에 고정된 모니터를 통해 누가 무슨 말을 하는지 보고 들을 수 있는 곳이었다. 당사자는 그 사실을 꿈에도 모르지만 말이다. 본 코메르 남작은 관객을 끌어당기는 자석 같은 존재인 모양이었다. 안니카가 들어섰을 때는 관찰실의 모든 좌석이 가득 찬 상태였다.

"더 중요한 할 일이 있지 않나?" 안칸이 옌뉘 로예르손을 노려보며 물었다. 옌뉘는 필기장과 펜을 무릎에 올린 채 상체를 앞으로 숙인 특유의 자세를 취하고 있었다.

"경감님 명령이에요." 옌뉘는 미소를 지었다. "신문 끝나고 본 코메르의 보디랭귀지에 관해 보고하라고 하셨거든요. 그래서……"

"다른 의자 가져와서 앉아." 안칸 칼손은 말을 가로막으면서 그녀를 노려보았다. 빌어먹을 돌대가리 금발 같으니.

"그러죠." 옌뉘는 그렇게 지저귀고는 자리에서 일어나 복도로 나갔다. 빌어먹을 무대포 다이크 같으니.

정말이지, 말이 안 나오는 인간이라니까. 십오 분 뒤, 안니카 칼손은 다정하고 얼빠진 경찰을 연기하면서 상대에게서 대답을 유도해내는 벡스트룀을 보며 생각했다. 저 인간이 하는 말에 진실은 단 하나도 없어. 삼 크로나짜리 동전만큼이나 가짜라고■. 그런 생각을 하고 있을 때, 최고 상관인 안나 홀트로부터 당장 보자는 문자메시지가 날아왔다. 이미 몸을 풀어둬서 다행이네. 그녀는 생각했다. 홀트가 무슨 말을 하려는 것인지 짐작이 갔다.

안나 홀트는 자신의 커다란 책상 너머에 앉아 있었고, 손님용 의자 두 개 중 하나에는 창백하고 옷을 무척 근사하게 차려입은 금발이 앉아 있었다. 날씬하고, 맵씨 좋고, 서른에서 마흔 사이의 콕 집어 말하기 어려운 나이였다.

"괜찮나?" 홀트가 염려하는 듯한 미소를 지으며 물었다. "드로트닝홀름의 드라큘라 백작이 자네를 바닥에 쓰러뜨리려고 했다던데."

"따귀 한 대 맞은 겁니다." 안니카는 어깨를 으쓱해 보였다. "보고서는 이미 작성했습니다. 걱정하실 건 없습니다."

"조금도 걱정하지 않았어." 홀트가 단언했다. "그 문제로 부른 건 아니야. 전에 만난 적이 있는지 모르겠는데, 이쪽은 보안청에서 일하는 리사 마테이야. 나랑은 오랜 친구 사이고 함께 일한 적도 있지. 내가 리사의 딸의 대모이기도 하고."

"누구신지는 압니다." 안니카 칼손은 마테이를 향해 고개를 끄덕였다. "만나 뵌 건 처음인 것 같군요." 전설적인 라르스 마르틴 요한손이 가장 아끼던 부하였다니 아주 쓸모없지는 않겠지. 그녀는 생각했다.

"만나서 반가워요, 안니카." 리사 마테이는 차가운 미소와 함께 인사를 건네더니 앞쪽 책상 위에 놓아둔 얇은 서류 가방을 열어 종이를 한

■ 스웨덴에서 삼 크로나 화폐는 동전으로 발행되지 않는다.

장 꺼내서는 그녀에게 건넸다.

"질문이 몇 가지 있는데, 그전에 먼저 이걸 읽어봐요. 다 읽는 즉시 서명하고." 그녀는 그렇게 설명하면서 펜을 책상에 놓았다.

평범한 비밀 유지 서약은 아니군. 안니카 칼손은 서류를 읽으며 생각했다. 스웨덴 법에 따르면, 오늘날의 스웨덴에서 이건 완전히 터무니없는 내용이었다.

"호기심에서 한 가지 여쭙고 싶습니다." 안니카가 입을 떼며 서류에 서명하자 리사 마테이는 즉시 서류를 받아 가방에 넣었다.

"좋아요." 리사 마테이가 말했다. "내가 대답할 수 있는 거라면 대답하죠."

"제가 신문사에 연락해 방금 서명한 서류에 관해 제보한다고 가정해보십시오."

"그러면……?"

"그러면 무슨 일이 일어납니까? 그러니까, 제게 말입니다."

"그럴 경우, 유감이지만 방금 서명을 통해 안니카도 알게 된 조치를 취해야겠죠. 하지만 난 우리가 그런 상황에 놓일 일은 없을 거라 꽤 확신하고 있어요. 안니카는 지각도 있고 지조도 있는 사람 같으니까. 그래서 내 사무실로 부르는 대신 내가 직접 여기로 온 거고."

"홀트 서장님은요?" 안니카 칼손은 고개를 내저으며 말했다. "어떻게 여기 계실 수 있는 겁니까?"

"안니카가 들어오기 전에 홀트도 같은 서류에 서명했기 때문이죠." 마테이가 말했다.

"즉 나 역시 이 일에 대해서는 함구해야 하고 말이야." 안나 홀트는 재미있다는 듯 미소 지었다.

"이건 말도 안 되는 일입니다." 안니카 칼손은 고개를 내저었다.

"나는 안니카와 동료들이 수사중인 살인 사건을 보안청에서 가로채기 위해서 여기 온 게 아니에요. 안니카를 만나고 싶었던 건 완전히 다른 이유에서죠. 첫째로, 나는 본 코메르에 대한 혐의를 확인하고 싶었어요. 기본적으로 혐의가 얼마나 뚜렷한지를요. 둘째로, 이쪽 수사가 언론에 새어 나가는 상황을 보니 그냥 입을 잘못 놀린 정도가 아니라 누군가 가욋돈을 벌고 싶어 하는 모양이라 염려스러워요. 그래서 말인데, 셋째로 구체적인 질문 하나 하죠. 동료들 중 누가 정보를 흘리고 있죠? 아니면 한 명 이상인가요?"

"제보자의 신원 보호는 어떻게 되는 겁니까?" 안니카 칼손이 물었다. "제가 틀린 게 아니라면, 헌법에 보장돼 있는 사항인 줄로 압니다만."

"그래요, 보장돼 있죠. 그리고 그런 보호에 대한 예외도 명시돼 있고. 구체적으로는 왕국의 보안에 위협을 주는 범죄인 경우죠. 그것도 방금 서명한 서류에 적혀 있었는데."

"만약 저라면요? 제가 정보를 흘리고 있었던 거라면 어떻게 되겠습니까?"

"아니." 리사 마테이는 고개를 가로저었다. "안니카는 아니에요. 그래서 지금 내가 여기 앉아 이야기하고 있는 거고."

"그 점은 확실히 아신다는 겁니까?"

"그래요." 리사 마테이는 웃음기 하나 없이 말했다. "알아요. 혹시 어떻게 아는지 궁금하다면, 안니카의 눈에서 보이기 때문이에요. 우리가 안니카의 전화를 도청하거나 다른 기술적인 술수를 썼기 때문이 아니라요."

"알겠습니다." 안니카 칼손은 어깨를 으쓱였다. "그렇다면 제 생각을 말씀드리죠." 넌 내가 평생 만나본 인간들 중에서 제일 불쾌한 인간이야, 이 상류층 개년아. 그녀는 생각했다.

이십 분 뒤 그녀는 말을 마쳤다. 본 코메르에 대한 혐의는? 그림 판매를 두고 에릭손에게 사기를 치려고 했다는 건 확실했다. 살인을 사주하거나 다른 방식으로 살인에 관여한 혐의는 그보다는 덜 확실했다. 그래도 이미 확보한 증거들에 따르면 조사해볼 가치는 있었다. 하지만 에릭손을 직접 살해했을지 모른다는 가정은 말도 안 된다는 것이 안니카 칼손의 확고한 의견이었다.

"직설적으로 말하자면, 본 코메르는 너무 허약하니까요. 어쨌든 머지않아 전부 밝혀질 겁니다. 그가 살인과 어떤 관련이 있는지 말입니다." 안니카 칼손이 정리했다. "최악의 경우 그가 그림들을 되찾으려고 했고, 실무적인 도움을 위해 오카레와 다른 동료들을 데려갔을 수는 있을 겁니다. 살인이 일어났을 때 그도 실제로 에릭손의 집에 있었단 얘기죠. 하지만 직접 에릭손의 두개골을 부수었을 수도 있을까요? 그럴 리는 없습니다. 본 코메르에게는 그런 일에 필요한 자질이 없어요. 제가 장담합니다."

"좋아요." 리사 마테이가 말했다. "그럼 신문사에 정보가 새어 나간 건 어떻게 생각하죠?"

"솔직히 그건 저도 모르겠습니다." 안니카 칼손은 고개를 가로저었다. "오늘 있었던 일에 관해서라면, 저는 아직 언론의 반응을 보지 못했

습니다. 아침 일찍 현장에 갔을 때 이미 와 있었던 기자들을 제외하면
요. 그 뒤로는 아침 내내 바빴고요. 어쨌든 언론의 대응에 관해서 저는
아는 바가 없습니다. 솔직히 그 질문은 그냥 넘겨야 할 것 같습니다."

"그럼 가르시아 고메스의 몽타주에 관해서라면? 안니카가 지난주에
만들었고 어제 아침 한 신문의 온라인판에 실린 사진 말이에요. 그 사
진이 어떻게 거기 실리게 됐는지 생각해봤나요?"

"적어도 전 벡스트룀이 아니라고 거의 백 퍼센트 확신합니다." 안니
카 칼손은 어떤 이유에서인지 그렇게 말했다.

"왜 그렇게 생각하죠?"

"부분적으로는 벡스트룀이 그 사실을 알고 분기탱천했기 때문입니다.
그리고 저는 일이 그런 식으로 일어난 게 아니라고 생각하기도 하고요."

"그럼 어떤 식으로 일어난 걸까요?"

"저희 경찰서의 안데르손트뤼그라는 동료가 동물보호팀에서 사진 속
의 남자를 찾는 일에 도움을 줄지 모른다고 확신했습니다. 그녀가 보낸
사진을 받은 그쪽 팀원 중 하나가 언론에 흘린 거죠. 신문사에서 돈을
받아내려고 했다기보다는 지나친 야심에서 비롯한 잘못된 판단으로 보
입니다. 종종 일어나는 일이지요."

"오늘 일에 관해서는 분명한 의견이 없는 거군요?"

"혹시 벡스트룀이 유출의 배후일 가능성을 염두에 두시는 겁니까?"
마테이를 바라보는 안니카 칼손의 눈길은 한순간도 흔들리지 않았다.

"그래요. 어떻게 생각하죠?"

"솔직히 모르겠습니다. 하지만 그런 거라면 벡스트룀이 참 안됐군요."

"안됐다고? 무슨 소리지?"

"제가 서명한 서류를 생각하면 말입니다."

"어떻게 생각해?" 안나 홀트가 화제를 돌렸다. "더 이야기할 건 없을 것 같은데. 그나저나 다 같이 점심이라도 할까?"

"죄송하지만 전 시간이 없습니다." 안니카 칼손이 말했다. "할 일이 많아서요."

"나야 자기랑 점심 먹는 거 좋지." 리사 마테이가 웃으며 말했다. "오늘 아침 스트레스가 좀 심해서 아침을 걸렀거든. 참, 엘린이 안부 전해달래."

실제로는 만나본 적 없던 사람을 현실에서 만난다는 게 이런 기분인가? 안니카 칼손은 관찰실로 돌아가 벡스트룀을 지켜보며 생각했다. 벡스트룀은 다정하고 얼빠진 태도로 천천히 한스 울리크 본 코메르의 속내를 끌어내고 있었다. 적어도 감히 내 의자를 차지하려고 한 사람은 없군. 그건 항상 좋은 징조지.

103

에베르트 벡스트룀이 그날 밤 길들인 기자에게 본 코메르를 신문하던 상황을 설명하면서 사용한 표현을 빌리자면 "호모 놈을 둥둥 뜬 부표로 만들어놓고 있던" 때와 비슷한 시각, 벡스트룀의 동료인 페르 블라드와 라르스 알름 경위는 에릭손 앤드 파트너스 법률사무소에서 페테르 다니엘손 변호사와 면담중이었다.

이처럼 계속 늘어만 가는 면담, 갖은 제약 속에 이루어지는 대화의 바탕에는 진실을 밝혀내거나 최소한 일종의 사실 확인만이라도 하겠다는 의지가 깔려 있었지만, 그 반대의 결과가 나오는 일도 드물지 않았다. 대화는 보통 기존 진술들과 일치하지 않는 모순에서 비롯한 질문과 대답의 형태로 이루어졌고, 이번 면담에서는 특히 벡스트룀만이 이름을 알고 있는 익명의 제보자가 제공한 정보가 중심이 되었다. 만일 변호사 토마스 에릭손이 신원 미상의 고객에게 미술품 컬렉션 판매를 의뢰받았다면 그가 일했던 법률사무소에 관련 서류가 남아 있을 법도 했다.

페테르 다니엘손은 사무소에 그런 서류는 없다고 말했다. 위임장도, 계약서도, 장부도, 청구서도, 거래 명세서도 없었다. 그 정보에는 아무런 근거도 없다는 것이 다니엘손의 해석이었다. 그의 옛 동료는 그런 유형의 업무를 맡은 적이 없었다. 하지만 주면담자의 의견은 그와 완전히 달랐고, 따라서 얼마 안 가 면담은 간단히 말하자면 에릭손이 '곁가지로' 고객을 받았는지, 다시 말해 이 업무가 보다 사적인 성격의 업무는 아니었는지를 둘러싼 논의로 변했다.

"그런 가능성도 배제할 수는 없죠." 다니엘손이 인정했다. "변호사라면 당연히 친구들을 위해 일을 맡는 경우가 있을 수 있으니까요."

"그런 점에서 보면 우리는 의사 같다고도 할 수 있습니다." 그가 계속해서 설명했다. "온갖 문제에 관해 조언과 도움을 구하는 친구와 지인에게 끊임없이 시달리니까요."

동시에 다니엘손은 면담이 그런 가능성에 대한 논의로 넘어가 안도

하는 기색이 역력했고, 알름과 블라드도 이를 눈치챘다. 면담이 끝난 후, 그들은 상황을 확실히 해두기 위해서라도 다니엘손과 동료들이 이 문제에 대해 한 번 더 확인해봐야 한다는 데 뜻을 모았다. 블라드는 사무실을 나서면서 다니엘손에게 충고를 건넬 기회도 놓치지 않았다.

"에릭손의 활동에 관해 뭐든 마음에 걸리는 부분이 있다면 저희에게 말씀하시는 편이 변호사님과 회사를 위해서도 최선일 겁니다."

"물론입니다." 다니엘손이 말했다. "하지만 솔직히 말해서, 이건 우리끼리 하는 얘깁니다만, 동료들과 저는 토마스와 그의 업무에 관해서는 한 번도 그런 걱정을 해본 적이 없습니다."

솔직히 말해서, 그리고 우리끼리 하는 얘기라. 저 표현을 전에 어디서 들었더라? 블라드는 고개를 끄덕이며 생각했다.

반면 알름은 더 직설적이었다.

"그래도 저희는 저희 생각이 옳다고 믿습니다. 그러니 잘 생각해보십시오."

104

한 시간 뒤, 벡스트룀은 짧은 휴식을 제안했다. 또 그는 본 코메르에게 커피와 미네랄워터, 샌드위치뿐 아니라 다리를 풀 기회를 주고, 심지어 구내에서 가장 가까운 흡연 구역에 다녀오라고 권하기까지 했다. 기본적으로 선의를 드러낼 만한 행동이라면 전부 다 한 셈이었다.

본 코메르는 흡연 제안은 거절했지만 나머지는 전부 받아들였다. 커피를 기다리며 복도에 나가 있는 동안, 벡스트룀은 본 코메르를 한쪽으로 데려가면서 약간 떨어진 곳에서 에크와 속삭임을 주고받고 있던 검사를 향해 은밀한 신호를 보냈다. 남자 대 남자로서 신뢰를 쌓을 시점이었다. 벡스트룀은 일단 격식을 내려놓자는 제안부터 했다. 물론 예의는 충실히 지켜야겠지만, 자신은 이 사건에 개입하게 된 것이 그다지 달갑지 않으니 하다못해 시간이라도 절약해보자는 얘기였다.

"저는 살인 사건 담당 형사입니다." 벡스트룀은 보란 듯이 어깨를 으쓱했다. "솔직히 우리끼리 하는 얘깁니다만, 전 이런저런 자잘한 내용에 아무런 관심이 없어요. 어떤 검사들과는 달리 말이지요." 벡스트룀은 그러면서 다시 리사 람 쪽을 고개로 가리켰다.

본 코메르는 직위를 내려놓고 이야기하자는 말에 찬성했다. 시간을 절약하기 위해서이기도 했고, 드디어 자신의 말에 귀를 기울이고자 하는 경찰을 만났기 때문이기도 했다. 그에게 편견을 갖고 있지 않은 경찰 말이다. 두 사람은 동의의 뜻으로 악수를 나누기까지 했다.

십오 분 뒤, 신문이 재개되었다. 모두에게 커피와 미네랄워터가 제공되었고, 본 코메르는 햄 치즈 샌드위치 두 개를 받았다.

"제가 제대로 이해했다면, 두 사람은 예고 없이 남작님의 댁에 나타났다고요." 벡스트룀은 자신의 먹잇감이 엉성한 식사의 흔적을 종이 냅킨으로 닦자마자 질문을 시작했다. "남작님은 알지도 못하는 사람들이 말입니다."

"아까 날이 밝기 전에도 말했소만, 전에는 한 번도 본 적 없는 사람들이오."

"그들이 남작님을 찾아온 이유는 뭐였습니까?"

그가 에릭손을 도와 판매하기로 한 그림과 다른 미술품들을 가지러 왔다는 설명이었다.

"둘 다 친절하고 공손해서 아무런 문제도 없었소. 먼저 자기소개를 했고, 함께 문간에 서 있는 동안 더 큰 쪽―분명 오케르스트룀이었을 거요―그가 명함을 건넸지."

"그 뒤에는 어떻게 됐습니까?"

"나는 두 사람을 집 안으로 들이고 상황을 설명했소. 무슨 오해가 있는 것 같다고 말이오. 불과 몇 시간 전에 에릭손이 직접 컬렉션을 가져갔으니까."

"남작님이 이해하신 바에 따르면 두 사람은 에릭손을 대신해서 온 거였고요?"

"그렇소, 그게 아니라면 그들이 우리 집에 올 이유가 달리 없지 않겠소?" 본 코메르는 놀란 표정으로 벡스트룀을 바라보았다. "나는 그들이 서로 맡은 일을 오해했구나 생각했지."

"그렇군요. 그래서 뭐라고 하셨습니까?"

"에릭손이 서명한 영수증을 가지고 와서 보여줬지. 그가 이미 그림들을 가져갔다면서 말이오."

"그랬더니 어떻게 반응하던가요?"

"오, 아무런 문제도 없었소. 내가 두 사람에게 영수증 사본까지 줬던 것 같군. 그렇게 셋이서 의견 일치를 봤지. 두 사람과 에릭손 사이에 무슨 오해가 있었던 게 틀림없다고 말이오."

"하지만 두 사람은 에릭손이 자신들을 보낸 거라고 확실하게 밝히지는 않았고요?"

"그렇지, 하지만 달리 누가 보냈겠소?"

"그거 아주 좋은 질문이군요." 벡스트룀이 다정하게 미소 짓는 순간, 나디아 회그베리가 문을 두드리더니 조심스럽게 방을 들여다보았다.

"10시 31분 신문 중단." 벡스트룀이 흘끗 손목시계를 보며 말했다.

"무슨 일입니까, 나디아?" 그가 물었다.

"잠깐 얘기 좀 할 수 있을까요?"

"좋습니다." 그러고서 벡스트룀은 본 코메르에게 말했다. "잠시 후에 계속 진행하지요."

"어떻게 돼가요?" 벡스트룀이 복도로 나와 취조실 문을 닫자마자 나디아가 물었다.

"슬슬 풀려가는 중입니다." 벡스트룀은 어깨를 으쓱했다. "그쪽은?"

"집에 그림은 많은데 우리가 찾는 건 하나도 없어요. 하지만 에릭손이 서명한 영수증을 하나 찾았어요. 모든 물품을 수령했다는 내용이에요. 날짜와 장소도 기록돼 있더군요. 5월 31일 금요일, 본 코메르의 자택 주소로요."

"다른 건 없습니까?"

"명함요." 나디아가 명함을 넣고 입구를 봉한 비닐봉투를 건넸다. "오카레 것 같아요. 프레드리크 오케르스트룀. 오케르스트룀 시큐리티 대표. 상상이 돼요? 프레드리크 오카레가 보안업체 사장이라니." 그녀는 미소를 지었다. "이건 그럼 영수증이고요." 그녀는 계속해서 벡스트룀에게 다른 비닐봉투를 건넸다.

"좋습니다. 컴퓨터는 어떻습니까? 은행은요?"

"최대한 노력하고 있어요."

"10시 35분 신문 재개." 벡스트룀은 자리에 편히 앉자마자 테이프녹음기를 다시 켜고 말했다.

"손님 중 하나가 명함을 건넸다고 하셨는데요." 그가 질문을 이어갔다. "혹시 이 명함입니까?"

"맞소." 본 코메르가 말했다. "바로 그 명함이오. 확실하오."

"기록을 위해 제가 방금 한스 울리크 본 코메르에게 프레드리크 오케르스트룀과 그의 회사인 오케르스트룀 시큐리티의 이름이 적힌 명함을 보여주었다는 사실을 밝히는 바입니다." 벡스트룀이 말했다.

"그가 준 명함이 틀림없소." 본 코메르가 끼어들었다.

"아주 좋습니다. 그리고 여기 이것도 보여드리는 게 좋겠군요. 토마스 에릭손이 총 열두 점의 미술품을 수령했다는 영수증입니다. 영수증에 따르면 5월 31일 금요일 남작님에게서 수령했다고 돼 있군요. 회화 열한 점과 에나멜 조각상 한 점. 앞서 말씀하신 영수증이 맞습니까?"

"틀림없소. 확실하구려."

"그렇군요." 벡스트룀은 만족스러운 한숨을 내쉬며 등받이에 몸을 기대고 람과 에크를 바라보았다.

"자, 이 정도면 충분하군요. 그러니 다른 질문이 없다면 이제 완전히 다른 이야기로 넘어가는 게 좋겠습니다. 토마스 에릭손 변호사와 남작님의 관계 말입니다."

"어디서부터 듣고 싶으시오?" 본 코메르는 점점 더 자신이 처한 상황에 편안하게 적응하는 기색이었다.

"처음부터 말씀해주시면 좋겠습니다." 벡스트룀은 여전히 행복한 미소를 머금은 채 말했다. "보통은 그게 제일 좋지요. 맨 처음 만난 순간부터 말입니다."

"그거 아주 좋은 생각 같구려." 본 코메르가 동의했다.

그래야 최후의 순간을 끝까지 아껴둘 수 있지. 네놈이 에릭손의 소파에 앉아 있다가 총알이 귓가를 스치자 똥을 지린 순간 말이야. 벡스트룀은 생각했다.

본 코메르가 처음 토마스 에릭손을 만난 것은 두 사람 공통의 지인인 어느 부동산 개발업자 친구가 주최한 스코네의 사냥 파티에서였다. 정확히 어느 해인지는 기억하지 못했지만 아마 십 년쯤 된 일일 거라고 했다.

그럼 첫 만남 이후로는? 총 열 번, 어쩌면 스무 번 정도 만났다. 모두 사교적인 자리로, 시내에서, 술집에서, 둘 모두가 아는 친구며 지인들이 주최한 사냥 모임 혹은 만찬에서 만났다. 본 코메르는 그게 전부라고 말했다.

"에릭손이 남작님 댁에도 찾아갔을 테지요. 앞서 얘기했던 그림들을 회수하러 말입니다."

"그렇소. 사실 그 외에도 두 번쯤 왔을 거요. 아내와 내가 큰 파티를 열었을 때 말이오. 다른 건 몰라도 봄에 열었던 정찬 모임에 왔던 기억은 확실히 나는군."

"남작님은 어떻습니까? 올스텐에 있는 에릭손의 집에 가보신 적이 있습니까?"

"아니, 한 번도. 그가 만찬을 열며 아내와 나를 초청하긴 했소만 이미 다른 약속이 있었지. 그래서 결국은 못 가봤소."

"같은 얘기를 반복하는 것처럼 들린다면 죄송합니다만, 토마스 에릭손 변호사의 집에 한 번도 가본 적이 없으시다고요?"

"그렇소, 한 번도." 본 코메르가 확언했다. "어디 사는지는 알았지만 집에 발을 들인 적은 없소. 왜 내가 갔을 거라고 생각하는 거요?"

"그냥 앞서 말씀하신 사례들 때문에 그렇게 생각했던 모양입니다." 벡스트룀의 말투는 거의 명랑하다 싶을 정도였다. "무슨 말씀이신지 알겠고, 말씀을 믿지 않을 이유도 없지요. 하지만 기록을 위해서 부득이 같은 질문을 반복하겠습니다. 남작님께서는 올스텐스가탄 거리 127번지에 있는 에릭손의 자택 안에 한 번도 들어가신 적이 없다고요?"

"그렇소, 단 한 번도. 하지만 그의 사무실에는 간 적이 있소. 일 년 전쯤 두 차례. 그가 나더러 앞서 언급한 미술품을 판매해달라고 부탁했을 때였소. 처음 방문했을 때는 여러 가지 품목에 대해 감정을 해주었소. 사무실에 컬렉션이 있었지. 그 방문을 증언해줄 사람은 틀림없이 많을 거요. 페테르, 그러니까 다니엘손 변호사도 들어와서 그림을 보던 게 똑똑히 기억나는구려."

"그렇군요. 두 번째 방문은요?"

"토마스가 전화로 연락해서 이틀 뒤 그의 사무실에서 다시 만났소. 그때 내 수수료며 이것저것에 관해 합의했고, 컬렉션을 내 집으로 보냈는데—나는 집에 집무실이 있다오—그건 배달업체에서 처리했지."

"말씀을 들어보니 두 분은 친한 친구라 할 수는 없지만 서로 모르는 사이도 아니었군요. 말하자면 지인이랄까. 그리고 그때 한 번 사업적인 관계를 가지셨고요. 에릭손이 그림들을 판매하도록 도와달라고 청했을 때 말입니다."

"그렇지. 완벽하게 정확한 설명이오."

"그렇다면 자연스럽게 드로트닝홀름 궁 앞에서 일어났던 작은 사건으로 이어지는데요. 저야 그런 사적인 문제는 경찰이 관여할 바가 아니라는 생각에 전적으로 공감합니다만, 그래도 이후 에릭손에게 일어난 일을 생각하면 저희가 그 문제를 간과할 수 없다는 점도 이해해주실 수 없을지요."

"그렇구려. 어리석게 굴었다는 점은 인정해야겠소만, 내 입장은 방금 경감이 말한 그대로였다오. 그건 경찰과는 무관한 개인적인 오해였고, 경찰이 내게 연락했을 때 이미 오해를 푼 상황이었거든. 에릭손과 내게는 이미 지나간 일이었다오."

"기록을 위해 당시 무슨 일이 있었던 것인지 남작님께서 직접 설명해주시지 않겠습니까?"

밤 산책을 하던 도중 에릭손이 그의 휴대전화로 연락을 해 왔다. 에릭손은 이미 고래고래 소리를 지르고 있었고, 본 코메르의 집으로 가는 중이라고 했다. 그래서 본 코메르는 극장 앞 주차장에서 만나자고 제안했다. 거기서 에릭손은 화를 내고 고함을 치며 경매 카탈로그를 휘둘렀는데, 그러다 카탈로그가 본 코메르의 얼굴에 맞아 코피가 났다.

"맞고 나니 그냥 자리를 뜨는 게 최선이라는 생각이 들더구려. 말이 통할 상황이 아니었지. 사실 몹시 폭력적이었소. 그래서 난 자리를 떴다오." 본 코메르가 말했다.

"그는 왜 그렇게 화를 낸 겁니까?" 벡스트룀이 물었다.

"판매한 그림 중 한 점과 관련해서 오해가 있었던 것뿐이오. 어느 정도는 내 잘못이었지. 내가 거래 명세서에서 화폐 단위를 잘못 계산하는 바람에 에릭손에게 돈이 너무 적게 돌아갔거든. 당연히 나는 상황을 깨닫자마자 일을 바로잡기 위해 적절한 조치를 취했소. 물론 이 점을 확인해줄 영수증도 있다오. 그리고 이 문제를 논의하는 과정에서, 나는 그런 일이 일어난 만큼, 이 일에서 손을 떼고 싶다는 뜻을 밝혔지."

"그러실 만도 하지요. 에릭손의 반응은 어땠습니까?"

"그도 반대하지 않았고, 사실 사과를 하면서 자신이 한 일을 후회하고 있으며 내 결정을 존중한다고 말했다오."

"마지막 질문 하나만 하고 점심 들러 가시죠. 그림 판매를 의뢰한 사람이 누구였는지 에릭손이 말했습니까? 누가 소유주인지 말입니다."

"아니오. 물론 물어봤지만 고객의 신원을 누설할 수 없다고 하더군. 그렇게 드문 일은 아니라오. 또 그는 물건들의 내력은 확실하다고 장담했소. 아무런 걱정도 할 필요가 없다고."

"남작님 생각은 어떠십니까?"

"무슨 소리요?"

"그야, 남작님께서는 유명한 예술사가시니까요. 혹시 물건들을 보고 소유주를 알아차리셨는지 궁금합니다만?"

"아니오. 당연히 여러 미술품 데이터베이스와 옛 경매 카탈로그를 찾아봤지만 소득은 없었소. 에릭손이 판매를 도와달라고 요청한 물건들이 쓰레기였다는 얘기는 아니지만, 특별히 대단한 물건들도 아니었다고 해둡시다. 유감스럽게도 20세기 러시아 미술의 내력은 극히 복잡한 경우가 잦다오. 지난 세기에 러시아가 한 번의 혁명과 두 번의 세계대전을 겪었다는 점, 또 그 과정에서 수백만 명이 사망했고 그 사람들이 소유한 모든 것이 사라져버렸다는 점을 감안해야겠지."

"그렇군요. 그럼, 저는 이 정도면 됐습니다." 벡스트룀은 눈짓으로 리사 람과 요한 에크의 의향을 물었다. 둘은 동시에 고개를 가로저었다.

"혹시 남작님께서 궁금하신 점은 없습니까?" 그가 본 코메르를 향해 고개를 끄덕이며 물었다. "말씀하고 싶으신 점이나, 저희가 깜빡했다고 생각하시는 점이나, 명확하지 않다고 여겨지는 점이라도?"

"없소. 다만 언제까지 여기에 앉아 있어야 하는지는 궁금하구먼. 나는 집에서 할 일이 많은 사람이라 말이오."

"제가 장담하는데 꼭 필요한 시간 이상으로는 일 분도 더 앉아 계실 필요가 없을 겁니다. 자, 질문 있는 사람이 없다면 신문은 이것으로 마치겠습니다. 현재 시각 11시 50분." 벡스트룀은 그렇게 선언하며 테이프 녹음기를 껐다.

105

첫 신문이 끝난 뒤 리사 람은 벡스트룀과 함께 그의 사무실로 돌아갔다. 둘이서만 논의하고 싶은 사항들이 있었다.

"자." 벡스트룀은 자리에 앉자마자 입을 열었다. "부장검사님께서 무슨 용무이신지요?" 하필 내가 굶어 죽기 직전에 말이지. 그는 생각했다.

"먼저, 찬사를 보내고 싶군요." 리사 람이 말했다. "그렇게 공감 어린 모습을 보일 줄은 몰랐어요."

"다 시간 절약하자고 하는 짓이죠." 벡스트룀은 어깨를 으쓱했다. "본 코메르 같은 자가 입을 다물어버리면 감방에 넣기까지 몇 년씩 걸리니까요."

"덕분에 에릭손이 자신을 폭행했다는 걸 인정하더군요."

"그야 그렇지만, 그걸로는 감옥에 넣을 수 없습니다. 그저 범죄 피해자라는 의미일 뿐이지요."

"하지만 그게 잠재적 동기일 수도 있으니 좋은 출발이에요. 너무 겸손한 것 같군요, 벡스트룀. 본 코메르는 살인 사건 이틀 전 오카레와 가르시아 고메스를 만났다는 것도 시인했어요. 그것도 자기 집에서요. 우리는 전혀 모르고 있던 사실이죠."

"나중에 이웃의 증언 때문에 들켜서 위증죄로 걸리느니 직접 말하는 편이 낫다고 생각했을 겁니다. 이웃 중 누군가가 오카레와 가르시아 고메스를 보았을 가능성이 아무래도 다분하지 않겠습니까. 제가 보기에 본 코메르가 한 말 중에서 가치가 있는 건 하나뿐이었습니다. 한편으로는 그것 때문에 걱정도 됩니다만."

"그게 뭐죠?"

"자신이 에릭손의 집에 들어간 적이 있다는 걸 부정한다는 점 말입니다. 한 번도 발을 들인 적이 없다고 했죠. 본 코메르가 에릭손의 소파에 앉아 있다가 에릭손이 자기 머리통을 날리려 들자 똥을 지렸고, 이후 공범이 에릭손을 죽였을 경우를 생각해보십쇼."

"그 경우 그가 집에 들어갔다는 것 자체를 부인할 정도로 멍청하겠냐는 말이군요? 무슨 뜻인지 알겠어요."

"제가 본 코메르의 입장이었더라면 이렇게 말했을 겁니다. 암, 며칠 전에 갔더랬소. 우리 사이의 오해가 불식된 것을 축하하는 자리였지. 거기서 술을 좀 걸친 터라—사실 많이도 마셨소만—내가 살짝 방귀를 뀐다는 게 그만 예상보다 훨씬 묽은 게 나왔지 뭐요." 가장 훌륭한 사람들에게도 일어날 수 있는 일이지. 벡스트룀은 생각했다.

"내 의견도 같아요." 리사 람이 말했다. "DNA 검사 결과가 빠르면 내일 나올 텐데, 소파에서 검출된 게 그의 DNA라면 에릭손 살해 혐의로 구속하겠다고 약속하죠."

"아니라면?"

"사기 미수 혹은 가중 사기 혐의로요." 리사 람이 말했다. "그건 빠져나가기 힘들걸요."

"그 점은 저도 동감입니다." 벡스트룀은 어깨를 으쓱했다. "제가 강력범죄 담당인지라 썩 훈련한 상황은 아니겠지만요. 그나저나, 부탁드리고 싶은 게 두 가지 있습니다."

"뭐죠?"

"첫째, 국립과학수사연구원에서 에릭손의 소파에 흔적을 남긴 것이 본 코메르인지 알려줄 때까지 그를 붙잡아둔다는 것."

"물론이에요. 동의해요. 그럼 두 번째는?"

"점심시간 이후에는 검사님과 에크가 신문을 진행한다는 것. 나디아가 도움이 될 것 같다면 데리고 들어가셔도 됩니다. 사기에 관해 물어보십쇼. 혹시 제가 직접 나서지 않는 이유가 궁금하시다면, 더 중요한 볼일이 있어서 그렇습니다."

"그가 혐의를 부인할 거라고 생각하나요?"

"틀림없이요." 벡스트룀이 말했다. "틀림없이 부인할 겁니다. 그러곤 입을 다물 테죠. 검사님께는 말하지 않겠다고 할 겁니다. 변호사를 선임할 때까지는 한마디도 않겠다고요. 우린 망하는 거죠. 그렇게 되면 검사님께서 녀석을 항소심까지 끌고 가셔야 할 겁니다. 거기서도 기각되면 유럽 사법재판소로 가셔야 할 테고."

"그럼 경감이 대신 신문을 하지 그래요?"

"그래봐야 아무런 차이도 없을 겁니다." 벡스트룀이 말했다. "그자 같은 인간들은 원래 그런 식이니까."

106

리사 람과 요한 에크는 나디아 회그베리와 대화를 나누었다. 나디아가 들려준 이야기 덕분에 점심시간이 끝난 뒤 신문을 앞둔 두 사람의 마음은 무척 가벼웠다. 본 코메르의 거래 은행에서는 그가 5월 20일 월요일부터 5월 30일 목요일까지 열흘 동안 세 번에 걸쳐 총 백만 크로나에 해당하는 금액을 인출했다고 알려 왔다. 심지어 그는 은행 담당자에게 미술품 거래 대금을 지불해야 하는데 판매자가 대금을 현금으로, 그 것도 스웨덴 크로나로 요구했다는 설명까지 곁들였다고 했다.

컴퓨터를 조사한 결과, 컴퓨터에 접근 권한이 있는 누군가가 파운드 단위로 기재된 계산서 원본을 의도적으로 조작해 크로나 단위로 바꾸었다는 사실에도 의심의 여지가 없었다. 차액은 구십육만 이천 크로나로, 에릭손의 책상에서 발견된 돈과 같은 액수였다. 수정된 계산서는 같은 컴퓨터에서 이메일로 에릭손에게 보내졌고, 십사 일 뒤 약 십만 크로나가 본 코메르의 사업용 계좌에서 에릭손의 계좌로 이체되었다.

런던의 소더비에서 보낸 백만 크로나를 약간 넘는 금액이 적힌 계산서 원본도 본 코메르의 사무실 파일에서 발견되었다. 소더비에서 보낸 잔금은 SE 은행에 개설된 본 코메르의 사업용 계좌에 입금되었다. 영국에서 돈이 도착한 다음 날, 수정된 계산서에 적힌 금액이 에릭손의 계좌로 이체되었고 거의 백만 크로나에 달하는 차액은 본 코메르의 계좌에 남았다. 그달 계좌에 입금된 금액은 사실상 그것뿐이라서 유독 눈에 띄었다.

"잊지 마세요. 에릭손은 컴퓨터에 남긴 메모에 자신이 본 코메르의 속셈을 알게 됐다고 썼어요. 에릭손에게 그 사실을 알려준 사람이 아마 벡스트룀의 정보원일 거예요." 나디아 회그베리가 말했다.

리사 람 부장검사는 이 모든 사실들과 유쾌한 기분으로 무장한 채 직접 본 코메르 신문에 나섰다. 그녀는 테이블 위에 자기 패를 늘어놓고 용의자에게 증거를 제시하면서 질문을 시작했다. 반응은 벡스트룀이 예견했던 그대로였다.

우선 본 코메르는 리사 람에게 모든 것은 오해였을 뿐이며 정황을 파악한 순간 자신이 즉각 바로잡았다고 설명했다. 그뿐이오. 더도 덜도 아니고 안타까운 오해였을 뿐이지. 리사 람은 그런 의견도, 그의 설명도 받아들이지 않았다. 그녀는 이것이 틀림없이 가중 사기 미수에 해당한다고 말했다. 그에 대한 대답 역시 벡스트룀이 말한 그대로였다.

"참으로 터무니없구려. 얘기해봤자 아무런 소용이 없으니 변호사를 만나기 전까지 더는 한마디도 않겠소."

"아주 현명한 판단이군요." 리사 람이 동의했다. "오늘 오후에 합리적인 증거를 바탕으로 남작님의 구속을 청구하기로 결정했으니까요. 남작님의 태도를 보아 하니, 유감스럽지만 해결하려면 시간이 꽤 걸릴 것 같군요." 현실 세계에 온 걸 환영한다, 이 시건방진 자식아.

107

경찰서를 나온 벡스트룀의 남은 하루는 무척 순조로웠다. 본 코메르가 솔나 경찰서 유치장 안에 앉아 홀스래디시 소스와 기계로 껍질을 벗긴 감자를 곁들인 삶은 소시지를 즐기는 동안, 벡스트룀은 오페라셸라렌의 베란다에서 가벼운 점심을 들었다. 흰 송어 캐비아를 곁들인 신선한 새우, 구운 양고기 커틀릿, 라즈베리 파르페, 그리고 여기에 잘 어울리는 주류까지. 소화를 돕는 코냑으로 식사를 마무리한 뒤, 벡스트룀은 오후 휴식을 위해 택시를 타고 쿵스홀멘의 집으로 향했다.

가는 길에 기사가 잠시 차를 세우고 스웨덴에서 가장 큰 신문사의 석간 한 부를 사 왔다. 호전적인 헤드라인만 봐도 이날이 스웨덴 언론사에 길이 남을 날이 되리라는 것을 직감할 수 있었다. 사상 최초로 탐사보도 기자들이 국왕 폐하와 유명 변호사 살인 사건을 연결 지은 것이다. 악질적인 조직범죄 및 수백만 크로나에 달하는 미술품 사기에 관한 증거도 있다는 사실쯤은 더 큰 맥락에서 보자면 거의 무가치하게 여겨질 정도였다.

집에 돌아온 벡스트룀은 일단 휴대전화부터 껐다. 그런 다음 실내 가운을 입고 이 무렵이면 마셔줘야 하는 시원한 여름용 술을 만든 뒤 소파에 몸을 묻고 한 시간 동안 신문을 읽었다. 스웨덴의 물러터진 왕가와 썩어빠진 귀족들을 규탄하는 정치부 기자의 사설부터 왕과 한스 울리크 본 코메르의 막역한 관계와 이번 사태가 야기할 수 있는 온갖 헌정상 문제를 설명하는 왕실 출입 기자의 기사까지.

신문 중간에는 편집장의 의견이 실려 있었다. 그들이 1792년 구스타브 3세 암살까지 들먹이면서 이 현대판 앙카르스트룀■의 이름을 게재하기로 결정한 유일한 이유는 물론 그가 스웨덴 형법사상 최악의 범죄

■ 스웨덴 왕 구스타브 3세를 암살한 군 장교.

를 저질렀다는 혐의를 받고 있기 때문이라는 설명이었다. 바로 스웨덴에서 가장 유명한 변호사를 살해했다는 혐의 말이다.

신문사에서는 온갖 준엄한 논평 사이에 이번 사건과 관련된 모든 인물의 사진을 아낌없이 포함시킨 열 페이지가 넘는 기사도 끼워 넣었다. 해군 장성의 제복을 입은 국왕 폐하, 프록코트를 입고 왕실 세라핌 기사단의 푸른 장식 띠를 두른 국왕 폐하, 하얀 스모킹 재킷을 입고 샴페인잔을 든 국왕 폐하, 초록색 로덴 사냥용 재킷을 입고 산탄총을 쥔 국왕 폐하, 비슷한 복장의 본 코메르 남작, 거기에다 줄무늬 정장을 입은 에릭손 변호사는 물론 지옥의 천사들 상징이 박힌 바이크 헬멧에 가죽 조끼를 걸친 오카레와 가르시아 고메스까지, 이번 드라마에 출연한 것으로 알려진 모든 배우가 실려 있었다. 그중 한 명은 시체가 되어 솔나 법의학센터에 누워 있고, 한 명은 지금 경찰서 유치장에 있었으며, 둘에게는 부재중 체포 영장이 발부되었고, 다섯 번째 사람은 터키를 공식 방문중이었다.

지난 스물네 시간 동안 거듭 정곡을 찔러댄 신문사 편집부와 달리, 왕실 공보실의 대응은 미흡한 수준이었다. 그들은 기사에 실린 악당에 관해 딱히 아는 바가 없다고 했다. 정황을 고려하면 존재 자체를 부인했다고 해도 과언이 아니었다. 한스 울리크 본 코메르 남작은 기껏해야 왕가와 피상적으로 알고 지내는 사이에 불과하며, 그 면식이라는 것도 전적으로 왕실 미술 컬렉션과 관계된 자잘한 일 몇 건에 관여하면서 생겼을 따름이다. 이는 사소한 업무였으며, 현재 관련 조사도 마무리 단계에 있다. 공보 비서의 성명만 들어서는 그 조사라는 게 기껏해야 낡은 캐비닛 한두 개의 먼지를 털고 겸사겸사 카펫의 주름도 펴는 수준의 업무였다는 생각이 들 지경이었다.

이런 부인에 대해서 신문사는 왕과 본 코메르가 여러 사교 모임에서 함께한 사진을 융단폭격하듯 게재함으로써 응수했다. 제복과 연미복, 스모킹 재킷과 검은 정장, 사냥용 모자, 사냥용 재킷, 골프용 바지, 승마용 부츠를 갖춘 두 사람의 모습이 쏟아져 나왔고, 열에 아홉은 손에 잔을 든 모습이었다. 심지어 두 신사가 리비에라에서 수영복 바지만 입고 장식용 우산을 꽂은 칵테일을 든 채 행복한 미소를 짓는 사진들도 있었다.

이거 아주 근사해지는군. 벡스트룀은 만족스러운 한숨을 내쉰 뒤 컴퓨터를 켜서 신문사 웹 사이트에 들어가 "왕의 절친한 친구가 폭력적으로 체포"되는 과정에서 "여성 경찰관에게 폭행당하는" 모습을 담은 영상을 보았다.

신문사 카메라맨은 좋은 자리를 잡은 덕분에 상황을 거의 전부 찍을 수 있었다. 흔들리는 소형 카메라로 화면을 끊지 않고 연속해서 찍은 영상은 빨간 실크 파자마 위에 실내 가운을 걸친 본 코메르가 안칸 칼손의 면전에 대고 문을 닫으려는 모습으로 시작됐다. 그녀가 그의 팔을 잡고 현관 안으로 떠밀자 그는 그녀의 따귀를 때린다. 그녀는 그의 다리를 걸어서 문자 그대로 바닥에 내동댕이친 뒤 등에 올라타고 두 팔을 뒤로 꺾어 수갑을 채운다. 음향과 영상 모두 생생해서 벡스트룀은 외침과 고함, 모욕과 욕설, 심지어 찰칵하는 수갑 소리까지 들을 수 있었다. 만일에 대비해 청각장애인용 자막까지 달려 있었다.

굉장하군그래. 벡스트룀은 한숨을 내쉬고는 혹시나 하는 마음에 샹들리에 쪽을 향해 감사의 마음을 담아 경건하게 고개를 끄덕여 보였다.

안칸에게 체포를 맡긴 건 실로 천재적인 발상이었어. 그는 생각했다. 보라고, 이 영상 덕분에 신문사가 벌어들였을 수백만 크로나 중에서 겨우 몇 퍼센트만을 수수료로 받았다니, 정말이지 이보다 통이 클 수 있겠어?

두 시간의 수면으로 기력을 회복한 벡스트룀은 리사 람에게 연락해 오후의 진행 상황을 물었다. 본 코메르의 반응은 벡스트룀이 예상했던 그대로였고, 따라서 그녀는 검사로서의 책임을 다하여 가중 사기 혹은 가중 사기 미수 혐의로 그를 구속할 것을 요청했다. 공무원 폭행 혐의에 관한 수사도 시작했으며, 국립과학수사연구원에서 연락이 오는 대로 살인 혐의에 관해서도 조치를 취할 터였다. 결과가 어떻게 나오든 주말 동안은 잡아둘 생각이었다. 아주 의욕적이야. 슈퍼 살라미에 관한 소문을 듣고 환심을 사려는 게지. 벡스트룀은 생각했다.

이제 긴장을 풀고 저녁 활동을 계획하기에 앞서 해치워야 할 업무 관련 통화는 단 하나만 남아 있었다. 벡스트룀은 개인용 휴대전화를 꺼낸 뒤 스웨덴의 두 석간지 중 더 큰 곳에서 근무하는 길들인 기자에게 연락해 진행 사항을 전했다.

"끝내주네요, 벡스트룀. 그러니까 본 코메르가 합리적인 근거를 바탕으로 구속되었으며 주말 내내 붙잡혀 있을 거란 말이죠? 살인에 개입했다는 혐의는 어떻게 됐습니까?" 기자가 물었다.

"그건 진행중이야. 내일 국립과학수사연구원 검사 결과가 오기를 기다리고 있지. 물론 무슨 일이 생기는 대로 바로 알려주겠네." 벡스트룀이 말했다.

"그나저나, 내일은 무슨 이야기를 실을 계획인가?"

기삿거리는 차고 넘친다는 대답이 돌아왔다. 열화와 같은 반응 속에 편집실로 제보가 쓰나미처럼 쏟아지는 상황이라, 지금으로서는 모든 것을 사리에 맞게 처리하기만 하면 되었다. 손에 들어온 기삿거리의 양을 생각하면, 현재 신문사가 직면한 문제는 평소 언론을 괴롭히는 문제와 거리가 한참이나 멀었다. 평소에는 둔덕 하나도 태산처럼 부풀리려 애썼던 반면, 지금은 갑자기 정반대 상황 때문에 골치라는 것이었다.

"그게 무슨 뜻이지?" 벡스트룀이 물었다. 대체 뭐가 어떻게 돌아간다는 거야?

"그저 신문에 다 싣겠다는 욕심에 진짜 커다란 산을 둔덕으로 줄이고 싶지는 않으니까요." 기자가 설명했다.

"그렇군. 그 외에 내가 알아야 할 다른 사항은 없고?"

딱히 없다는 답이 돌아왔다. 편집실에서는 에릭손 살해 및 그에 대한 동기로 작용했을 미술품 사기 사건 전반을 더 깊이 파볼 계획이었다. 물론 왕의 절친한 친구와 악질적인 조직범죄를 앞장서서 대변했던 인물 간의 유착 관계에 관한 조사도 이루어질 전망이었다.

정치부에서는 이미 벡스트룀의 동료 안니카 칼손 경위에 대한 지지를 공개적으로 표명할 여러 정당 소속의 여성 하원 의원 쉰 명을 모아 두었다. 또한 성평등부 장관은 긴 인터뷰를 통해 여성 경찰 칼손에 대한 찬사를 쏟아낼 예정이었다. 드디어, 여성에 대한 남성의 폭력에 맞서 싸울 용기 있는 여성이 등장했도다. 장관은 영상을 보자마자 직접 공화협회■에 가입하기까지 했다. 비로소 왕과 그의 친구들이 서식하고 있는 여성 혐오의 늪을 인지했던 것이다.

"그 할망구, 분명히 염병할 다이크일 테지." 벡스트룀의 논평이었다.

"그거야 뻔하지 않겠습니까?" 기자는 한숨을 내쉬었다. "지금은 왕의 여성관에 관해서 왕비와 인터뷰를 추진중입니다. 내일 공보 비서가 연락하겠다더군요. 운이 따른다면 주말에 낼 수 있을 겁니다."

"물론 단골 기사들도 빠질 수 없죠. 성명 발표, 청원, 캠페인, 뭐 그런 것들요." 기자가 뭉뚱그리며 말을 이었다. "스포츠부에서는 여성 권투 선수, 레슬링 선수, 무술가 등이 여성들에게 남성 때려눕히는 법을 가르쳐주는 특별 기사를 낸다더군요."

"그래, 무슨 말인지 알겠네." 안칸 칼손 같은 여자를 상대로 자기 몸을 지킬 수 있는 사람이 있기나 할까?

"참, 한 가지 더 있습니다." 기자는 문득 무언가가 떠올랐다는 듯이 말했다.

"그래, 말해봐."

"어떤 이상한 여자가 전화해서 신문에 실린 그림 중 하나가 자기 거라고 주장했습니다. 경감님께서 보여주신 뚱뚱한 수사 그림 말입니다. 헌금함에 손 넣고 있는 남자요. 그게 자기 그림이라고 하더군요."

"이름을 남겼나?" 예구라가 샀다던 그 그림이군.

"당연히 물어봤지만 저 같은 사람에게 이름을 알려줄 생각은 추호도 없다더군요. 말 안 해도 아시겠지만 엄청 거만한 말투였습니다."

"자넨 뭐라고 했나?"

"경감님께 연락해보라고 했습니다. 저 같은 사람이랑 이야기하기 싫

■ 스웨덴 왕정 폐지와 공화정부 수립을 주창하는 단체.

다면요. 그리고 혹시 제공하고 싶은 정보가 있다면 말입니다."

"그랬더니 뭐라던가?"

"그것도 생각해봤다더군요. 하지만 여유가 없다나요. 곧 결혼할 예정이고 신혼여행을 간답니다. 하지만 돌아오는 대로 경감님께 연락드릴 거라고 했습니다."

"내게 연락한다고?"

"네. 자기도 경감님을 안다면서, 신혼여행에서 돌아오는 대로 연락드릴 거라던데요."

날 안다고? 또 여자가 늘었군. 도대체 끝이 없다니까.

108

안칸 칼손은 휴대전화를 꺼두어야 했다. 종일 기자들의 전화가 끊이지 않았다. 대다수는 여자들이었고, 몇몇은 스스로를 "자매"라고 칭했다. 다들 원하는 건 똑같았다. 앞에 나서서 왕의 절친한 친구를 때리고 수갑을 채우면서 느꼈을 해방감을 말해달라는 얘기였다. 어쩔 수 없이 칼손은 그날 저녁 베리스함라에 있는 자신의 작은 아파트로 돌아가기 위해 차를 탄 뒤에야 이사벨라 노렌이 남긴 메시지 다섯 통을 확인할 수 있었다. 그녀는 무척 불안한 목소리로 연락해달라고 말했다.

"일찍 연락하지 못해서 미안해요. 전화를 꺼놔서요." 안니카가 말했

다. "무슨 일이죠?" 기진맥진한 목소리였어. 무슨 일이 일어난 게 틀림
없어.

"협박을 받았어요." 이사벨라가 말했다. "퇴근해서 집에 와 있는데
아주 험상궂은 자들이 찾아왔어요. 도와주세요."

"알았어요." 안니카가 말했다. "지금 갈게요. 전화 끊지 말고…… 심
호흡 깊게 하고…… 내가 가는 동안 계속 이야기하고요…… 나한테 현
관문 비밀번호 알려주고…… 십 분 안에 갈 테니까……."

안니카 칼손은 약속을 지켰다. 십 분 뒤 외스테르말름에 있는 이사벨
라의 집 현관에 도착한 그녀는 벌게진 눈으로 불안에 떠는 이사벨라 노
렌을 발견했다. 오 분 뒤 두 사람은 거실 소파에 앉아 있었다.

"말해봐요." 안니카 칼손이 몸을 앞으로 숙이면서 다정하게 고개를
끄덕이고 자매애 가득한 미소를 지어 보였다.

이사벨라는 그날 저녁 7시 직전에 사무실을 나섰다. 걸어서 집으로
돌아오는 길에 식료품과 신문을 샀고, 직장을 나선 지 삼십 분쯤 후에
집에 도착했다.

현관에 들어서서 한 손에 봉투를 든 채로 막 다른 봉투를 내려놓는
순간, 초인종이 울렸다. 그녀는 자신이 귀가하기를 기다렸던 이웃이리라
짐작하고는 상대를 확인하지 않은 채 문을 열었다.

"이웃집에 친절한 노부인이 사세요. 가끔 그분이 제가 집에 올 때까
지 기다리고 계셨다는 느낌을 받을 때가 있었거든요."

"그랬군요." 안니카는 계속하라는 듯 고개를 끄덕였다.

"아프산 이브라힘이었어요. 누군지 아시죠?"

"네. 지나치게 잘 알죠."

"토마스의 고객이었어요." 이사벨라는 억지 미소를 지어 보였다. "그 사람이랑 그 사람 친구들 다요. 그중 친구 둘이랑 왔더라고요. 사무실에서는 보통 알리와 알리라고 부르는 사람들인데, 원하신다면 이름이 뭔지 찾아볼게요. 죽은 눈을 한 아주 고약한 작자들이에요. 왜, 가만히 노려보기만 하는 사람들 있잖아요. 아무 말도 않고요. 인사를 건네도 대꾸도 없고."

"아프산은 왜 왔다던가요?"

"저랑 얘기하고 싶댔어요. 협박조는 아니었지만 부탁도 아니었죠. 저는 그러겠다고 했어요. 너무 오래 걸리지만 않으면 괜찮다고요. 삼십 분 후에 남자 친구를 만나 저녁을 먹기로 했다고 했죠."

"지어낸 얘기였겠죠?"

"네, 당연하죠. 남자 친구랑 저녁 다요. 그래서 우린 여기 앉아 대화를 나눴어요. 소름 끼치는 두 남자는 현관에 서 있었고요. 그는 토마스 이야기를 하고 싶어 했어요."

"토마스 이야기를요? 왜 하필이면 당신한테?"

"이유를 말해줬어요. 그 얘기부터 하더라고요. 제가 토마스의 여자 친구였기 때문에 저랑 이야기하고 싶댔어요."

"아프산은 왜 그렇게 생각했을까요?"

"몇 달 전 토마스와 어느 바에 간 적이 있어요. 즐거운 시간을 보내고 있었죠. 구석에 자리를 잡고 와인을 마시면서요. 그러던 중에 아프산이 와서 인사를 건넸어요. 잠깐 토마스와 이야기를 하더라고요. 한 오 분 정도. 친구 하나가 곤경에 빠져 도움이 필요하다는 얘기였죠. 그리고는 갔어요. 우리 둘의 관계를 짐작하는 게 그렇게 어려운 일은 아니었을 거예요."

"주소는요? 어떻게 손에 넣은 거죠?"

"제가 알려준 건 아니에요, 당연하지만. 그래도 제가 사는 곳을 알아내는 게 어렵진 않았겠죠."

"뭘 원하던가요?"

아프산 이브라힘은 돈 이야기를 하고 싶어 했다. 토마스 에릭손이 자신에게 빚진 돈. 많은 돈. 그가 돌려받고자 하는 돈.

"제가 토마스의 여자 친구니까 도와달라고 했어요. 전 사실대로 말했죠. 토마스의 재정 상태나 그 사람이 돈을 얼마나 가졌는지, 그게 어디에 있는지 전혀 모른다고요. 돈이 있기나 했는지도요."

"그랬더니 반응은 어땠죠?"

"알아내는 게 좋을 거랬어요. 저도 그렇고 사무소의 다른 사람들까지 전부 토마스의 빚에 책임을 져야 한다면서요. 짐작하시겠지만 저는 그 말에 대해서는 아무 대꾸도 하지 않았고요."

"물론 그랬겠죠."

"아무튼 어제는 사무실에 나타나서 페테르와 이야기를 나누었어요. 페테르가 토마스의 유언집행자거든요. 족히 한 시간은 얘기했을 거예요. 알리와 알리도 함께 왔었고요. 그리고 처음 보는 다른 남자도 있었어요. 그 사람은 훨씬 상냥해 보이더라고요. 미소까지 짓더라니까요. 하지만 이름은 말하지 않았죠. 페테르는 최소한 한 시간 넘게 그 네 사람과 있었어요."

"대화 내용은 모르고요?"

"몰라요." 이사벨라 노렌은 고개를 가로저었다. "그다지 유쾌한 대화는 아니었을 거예요. 네 사람이 사무실을 나갈 때 페테르의 모습이, 여태껏 그렇게 동요하는 건 처음 봤어요. 곧장 자기 방으로 가서 문을 닫더라고요."

"아프산이 돈을 얼마나 원하는지 말하던가요?"

"제가 물어봤어요. 이천만 크로나를 주면 넘어가주겠다더라고요."

"좋아요. 이사벨라만 괜찮다면 이 건은 정식으로 보고할게요. 불법 협박으로요."

"네, 전 괜찮아요. 참고로 아프산은 나가기 전에 이 대화 내용은 우리 둘만의 비밀로 하는 게 좋을 거랬어요. 하지만 전 상관 안 해요. 평생 그렇게 무서웠던 건 처음이었어요."

"좋은 태도예요. 상사에게도 이 일에 대해 얘기하도록 해요. 고용주로서 이사벨라의 안전에 책임을 져야 한다고요. 나도 그쪽에 직접 말해둘게요. 아프산에 대해서라면 걱정할 필요 없어요. 이사벨라를 괴롭히는 것보다 더 중요한 다른 고민거리를 만들어줄 테니까."

"상상이 가네요." 갑자기 이사벨라의 얼굴이 한결 밝아졌다. "오늘 사무실 사람들이랑 반나절 내내 웹에 올라온 그 영상만 보고 있었어요. 그 프로그램에 나갈 생각은 안 해보셨어요? 〈검투사들〉 말이에요."

"생각 없어요." 안니카는 고개를 가로저었다. "전혀요."

"왜요? 경관님이라면 다 쓸어버리실 텐데."

"그러니까요." 안니카 칼손이 말했다. "전 싸우는 척만 하는 건 못 하는 사람이라서요."

109

처음엔 이브라힘 삼형제였다. 아프산의 형 파샤드는 아프산보다 다섯 살 많았고, 동생인 나지르는 다섯 살 어렸다. 이제는 아프산 혼자였다. 형은 경찰에게 살해당했다. 경찰들은 나쁜 사람들이다. 형을 살해한 경찰은 그중에서도 제일 나빴다. 에베르트 벡스트룀이라는 이름의 경감이었다. 그가 파샤드를 총으로 쏴 중상을 입혔다. 이후 다른 경찰이 병원에서 사투를 벌이던 파샤드를 병실 창문 밖으로 내던졌다. 파샤드는 그렇게 죽었고, 모든 일의 배후는 벡스트룀 경감이었다. 그가 그 모든 것을 계획했다. 무슨 일이 일어날지 결정했다.

동생 나지르는 지옥의 천사들에게 살해당했다. 그들은 천 년 전 아프산처럼 의로운 사람들을 모두 죽이려 들었던 기독교 십자군만큼이나 지독했다. 아프산의 동생을 죽인 자의 이름은 프레드리크 오카레였다. 그가 동생을 어찌나 끔찍하게 죽였는지, 아프산은 기도를 하고 나서도 안식을 찾지 못했다. 나지르 살해를 도운 모든 자들 중에서도 프레드리크 오카레가 가장 나쁜 자였다.

세상에는 친구도 있고 적도 있다. 그리고 진정한 남자의 삶은 결국 그 둘을 구분할 줄 아느냐에 달려 있었다. 친구의 친구이자 적의 적으로 살기. 만일 그 적들 가운데 아프산이 없앨 수 있는 자가 단 두 명뿐이라면, 누구를 선택할지는 명백했다. 벡스트룀과 오카레의 목숨을 빼앗을 수만 있다면 목숨을 내놓아도 좋았다.

하지만 친구도 있었다. 아프산에게는 친구가 많았고, 그가 목숨까지 걸 수 있는 친구도 여럿이었다. 같은 길을 가고 생사를 함께하기로 한 의리 있고 올곧은 형제들. 또한 형 파샤드의 유산은 형과 그 자신의 명예에 부합하는 방식으로 계승되었으며, 지금까지는 아프산의 처신에도 문제가 없었다. 친구들은 그를 존중했고 적들은 아프산과 부하들을 두려워했다. 파샤드가 결집시킨 형제들을 이제는 아프산이 이끌었다. 이브라힘의 형제들을.

그런가 하면, 아프산이나 그의 부하들과 같은 부류는 아니더라도 아프산에게 스웨덴에서의 삶에 필요하기 마련인 여러 호의를 베풀기로 한 사람들도 있었다. 그런 점에서 아프산에게 중요한 사람 중 하나가 바로 법률고문인 토마스 에릭손이었다. 그가 실제로 해준 일을 기준으로 보면, 그는 아프산에게 진짜 형제들만큼이나 중요했다. 에릭손이 일에 대한 보상을 톡톡히 챙겼다는 것과, 에릭손과 같은 종지들이 다 그렇듯 신의 가호가 아니라 돈으로 보상받기를 요구했다는 점은 넘어가기로 하자.

이제 에릭손은 살해당했다. 오카레와 십자군이 한 짓이라는 걸 아는 사람은 다 알았다. 경찰이 살인범을 찾아 처벌하는 일을 벡스트룀 경감에게 맡겼다는 사실은 두 집단이 처음부터 한통속이었음을 의미할 뿐이었다.

모든 일에는 때가 있는 법이었다. 복수에도 때가 있고, 지금이 바로 그때였다. 복수의 때가 무르익었다. 적들이 아프산 이브라힘을 계집애처럼 나약한 성정에, 파샤드의 유산을 계승할 자격이 없는 인간이라고 생각하기 전에 끝내야 했다.

110

열흘 전, 그의 인생이 바뀌었다. 그는 경찰을 찾아가 유명 변호사를 살해한 용의자로 경찰이 찾고 있던 남자에 관해 진술했다. 이제는 그가 목숨의 위협을 느끼며 도망치는 신세가 되었고, 동창 오마르가 없었더라면 틀림없이 진즉에 살해당했으리라. 적어도 오마르가 설명하는 바로는 그랬다.

약 일주일 전 그는 키스타에 있는 집에서 나왔고 직장에도 가지 않았으며 휴대전화마저 버렸다. 오마르가 새로 머물 곳을 마련해주었다. 스톡홀름 남부 플레밍스베리에 있는 아파트로, 그곳에서는 우호적인 사람들에게 둘러싸여 안도감을 누릴 수 있었다. 오마르는 그가 평생 가져본 것보다 더 많은 돈도 주었다. 정작 쓸 곳은 없었지만. 오마르가 집 밖으로 나가지 않는 편이 좋겠다고 했기 때문이다. 쇼핑도, 카페에 앉아 있는 것도, 산책도 안 된다고 했다.

뭐, 딱히 고생스럽지는 않았다. 오마르와 함께 지내게 된 아파트는 원래 살던 집보다 세 배는 컸다. 원하는 건 뭐든지 있었다. 수백 개의 채널이 나오는 평면 텔레비전, 오디오 시스템, 크고 푹신한 가죽 소파, 두 욕실 중 큰 곳에는 자쿠지와 스팀 사우나도 있었다. 먹고 마실 것도 차고 넘쳤다. 오마르는 뭐든 해결해주었다. 말만 하면 되었다. 여자, 술, 마리화나, 원하기만 한다면 스웨덴 여자나 더 센 물건도 가능하다고 했다. 하지만 아라의 소원은 그곳에서 나가는 것뿐이었다.

처음에는 모든 일이 잠잠해질 때까지 외국에 가 있을까 생각했다. 두어 달 태국에서 쉬면서 훗날 모든 것이 정상으로 돌아가 원래의 삶으로 복귀하게 되면 무슨 일을 할지 깊이 생각해볼까 싶었다. 하지만 이제는 그마저도 불가능해졌다. 그를 찾는 사람은 살인자들만이 아니었다. 경찰도 찾고 있었다. 오마르는 경찰에서 수배령을 내렸기 때문에 그가 국제선 여객기를 타려고 하는 순간 솔나 경찰서 유치장에 들어가게 될 거라고 했다. 그러니 오마르가 새 여권을 구해줄 때까지 기다려야만 했다. 진짜 스웨덴 여권으로. 오마르는 아라가 무사히 스웨덴을 빠져나갈 수 있게끔 모든 일을 제대로 처리하려면 며칠이 더 필요하다고 했다. 진짜 스웨덴 여권을 구하려면 시간이 걸린다는 얘기였다. 물론 아라가 흑인 신분으로 여행하고 싶다면야 한 시간 내로 공항에 데려다줄 수 있다는 말도 잊지 않았다.

아라는 잠자코 고개를 끄덕였다. 오마르의 말에는 여러모로 일리가 있었다. 그러니 이전의 삶 대신에 주어진 모든 것을 받아들이는 수밖에 없었다. 자신의 침대가 있는 집 대신 크고 호화로운 아파트를, 출근해야 할 직장 대신 네 벽에 둘러싸인 채 빈둥거리는 일상을. 수천 크로나는 될 새 휴대전화로는 그가 컴퓨터로 했던 모든 일을 할 수 있었다. 지인들에게 연락해 이야기를 나누는 것만 빼고 말이다. 평생 가져본 것보다 더 많은 돈도 있었다. 사용할 수 없는 돈이. 어차피 돈은 늘 오마르가 내니 쓸 필요조차 없는 돈이었다.

아라는 옛 친구 오마르에 대해서 많은 생각을 했다. 오마르가 자신을 얼마나 돕고 있는지에 대해서, 그리고 무엇보다도 오마르가 아라의 삶을 아라 자신보다도 더 잘 아는 듯하다는 사실에 대해서. 예를 들어 아라가 살인범을 택시로 칠 뻔했던 날 밤에 목격한 것을 경찰에 말했다는 사실을 오마르는 어떻게 아는 걸까?

오마르는 케말에게 들었다고 했다. 케말은 관심을 보이는 사람이라면 누구에게든 입을 여는 녀석이니 뻔하지 않냐면서. 두 사람의 오랜 친구, 택시 기사이기도 하며 휴대전화로 현금수송 차량 습격 장면을 찍어 신문사에 팔아 거액의 수고료를 챙긴 그 케말 말이다. 그 이야기를 할 때마다 액수가 늘어나더라. 오마르는 웃으며 말했다. 케말은 아라가 연락해 와 자기처럼 정보를 팔려면 어떻게 해야 하느냐고 조언을 구하더라고 했다.

오마르는 아라가 던지는 모든 질문에 훌륭한 답을 내놓았다. 아라 자신의 답보다도 더 훌륭했다. 이건 전부 아라의 일이었는데도 말이다. 스몰란드에서의 학창 시절과 똑같았다. 상황을 파악하는 것도, 일을 진행시키는 것도 오마르였다. 오마르는 보통 사람들처럼 짜증을 내지도 않았다. 결국 아라는 가장 궁금했던 것을 물어보았다. 경찰이 왜 오마르의 사진을 갖고 있는지? 왜 오마르가 자신이 우연히 보았던 흉포한 인간과 함께 경찰 데이터베이스에 포함되어 있었던 것인지?

오마르에게는 그에 대한 답도 있었다. 훌륭한 답이었다. 데이터베이스에 이름을 올리게 된 것은 오마르가 아니라 오마르의 아버지 때문이었다. 아라는 그 설명도 믿었다. 같이 학교를 다녔던 친구들은 나머지 학생들의 아버지를 모두 합친 것보다 오마르네 아버지에 관한 이야기를 더 많이 했다. 아무도 오마르의 아버지를 직접 만나본 적이 없었는데도 그랬다. 신문에서 읽은 것과 텔레비전에서 본 게 전부였다. 텔레비전 프로그램 중에서는 보통 〈현상수배〉에 나왔다. 스몰란드의 사나이라면 누구나 열광하는 프로그램이었다. 소문에 따르면, 오마르와 아라가 학교를 다니던 시절 스웨덴에서 일어난 모든 주요 범죄의 배후에는 오마르의 아버지 압둘 벤 카데르가 있다고 했다.

"경찰이 나 오마르 벤 카데르가 압둘 벤 카데르의 아들이라는 걸 깨닫고 무슨 생각을 했을지는 너도 짐작하겠지. 왕립 공과대학교에 다니면서 화공학자가 될 거라고 말하는 일반인이라니. 그걸 믿는 경찰이 몇이나 됐겠어? 놈들이 나한테 아버지를 꼰지르는 대가로 얼마를 제안했는지 얘기하면 아마 못 믿을걸."

"그래서 어떻게 했어?" 아라가 물었다. 나는 평생 오백 크로나짜리 두 장밖에 못 받아봤는데.

"있는 그대로 말했지." 오마르는 어깨를 으쓱했다. "우리 아버지한테는 자식이 하도 많아서 다 기억도 못 할 정도라고. 선지자 무함마드보다 아내도 많고. 아마 내가 아버지랑 얘기한 것보다 경찰이 아버지랑 얘기한 횟수가 더 많을 거라고 말이야. 못 믿겠으면 우리 어머니랑 얘기해보라고 했어. 물론 아버지랑 얘기할 수는 없을 테니까. 십오 년 전에 모로코로 돌아가셨거든. 거기서 엄청 부유하고 막강한 인물이 되셨지. 스웨덴 경찰이 아버지랑 얘기하겠다고 찾아갔다가는 모로코 땅을 밟자마자 그 동네 치안관이 잡아넣을걸."

"그럼 넌 경찰에 잡힌 적이 없는 거야?" 아라가 물었다.

"한 번도." 오마르는 두 손바닥을 펴 보였다. "과속 딱지 한 번 끊은 적 없어. 못 믿겠으면 내 전과 기록을 찾아봐. 깨끗하다고. 오마르 벤 카데르는 아무런 죄도 없는 스웨덴 화공학자야. 스몰란드의 그노셰에서 나고 자랐고, 스톡홀름의 왕립 공과대학교를 졸업했지. 경찰이 들먹여대는 수상쩍은 사업에는 한 번도 얽힌 적 없어. 드물게 사업을 한 적은 있지만, 내가 관여하는 동안 수상쩍은 구석은 전혀 없었고."

"나랑 똑같네." 아라가 말했다. 택시 회사에 지원했을 때 고용주는 아라의 전과 기록을 보자고 했다. 아무 죄도 없었지. 아라는 생각했다. 가끔 과속한 것 말고는 어떤 범죄도 저지르지 않았으니까.

"그렇게 된 거야." 오마르는 어깨를 으쓱했다. "경찰은 우리 같은 사람 말을 안 들어. 하지만 그것도 우리한테나 문제지, 정작 경찰은 신경도 안 쓸걸."

"하지만 네 연줄이나 이 많은 돈은……. 네가 손가락 한 번만 튕기면 사람들이 나타나서 일을 처리해주잖아. 그게 납득이 안 돼서 그래."

"그건 내가 압둘 벤 카데르의 아들이기 때문이야. 내가 뭘 해서가 아니라 내가 누구인지 때문이라고. 내가 아버지를 만날 수 있도록 주선만 해주면 오른손을 잘라 바칠 사람이 얼마나 많은지 넌 아마 짐작도 못 할 거다."

"그렇구나." 아라는 고개를 끄덕였다. 네가 누구인지보다는 사람들이 너를 누구라고 생각하는지 때문이겠지.

다음 날 아침 눈을 떠보니 오마르가 방에 들어와 아라의 어깨를 짚고 놀라지 않게 살살 흔들고 있었다. 걱정할 일은 아니라는 듯 여전히 친근한 미소를 띤 채였다.

"상황이 움직이기 시작했어." 오마르는 고개를 끄덕였다. "모든 게 계획대로 되면 내일 아침 일찍 떠날 수 있을 거야."

"내일 아침 일찍?" 드디어. 아라는 생각했다.

"모든 게 계획대로 되면." 오마르가 반복했다. "하지만 일단 장소를 옮겨야 해. 스카브스타 공항에서 십 킬로미터쯤 떨어진 뉘셰핑 외곽에 집이 있어. 스카브스타여야 해. 알란다 공항보다 거기가 훨씬 나아. 스웨덴 국경을 담당하는 우리 형제자매들이 그쪽에 더 많달까." 오마르는 평소처럼 크고 다정한 미소를 지었다.

"알겠어." 아라가 말했다.

"런던행 첫 비행기는 내일 아침 6시 정각에 출발해. 라이언에어* 지만 그건 좀 참아. 그 편이 더 나으니까. 알았지?"

"알았어."

"내일 점심 지나서 출발하는 런던발 방콕행 직항편도 예약해뒀어. 타이항공, 일등석이야. 네 고생도 이제 곧 끝나는 거라고, 친구." 오마르는 웃으며 말했다.

111

어느새 늦은 밤이었다. 안니카 칼손은 이사벨라 노렌의 집을 나서자마자 경찰서로 돌아가 다음 날을 준비했다. 먼저 리사 람에게 전화를 걸어 아프산 이브라힘이 이사벨라에게 위협적인 행동을 했으며 전날엔 그들 일당이 변호사 다니엘손을 방문했다는 사실을 전했다. 대화는 십오

■ 아일랜드의 저가형 항공사.

분 동안 계속되었고, 두 사람은 처음부터 한마음 한뜻으로 훈훈한 분위기를 이어갔다.

다음 날 아침 노렌과 다니엘손을 새로 면담할 것. 가능하면 수사대 일간 회의 전에. 이후 노렌의 진술서를 작성하고 상사인 다니엘손에게도 진술서를 받아낼 것. 그리고 아프산과 그 무리를 가능한 한 빨리 잡아들일 것. 다른 사진들을 참고해서 신원을 확인하고, 혐의를 말해주고, 신문을 진행하고—이상적인 경우—유치장에 넣을 것.

아프산 이브라힘이 한 잡지사와 했던 유명한 인터뷰에서 이브라힘의 형제들을 거론하며 사용한 표현을 빌리자면 "스웨덴 내 무슬림을 위한 자유 결사" 소속으로 알려진 회원 서른 명의 사진을 안니카 칼손이 내려받는 동안, 리사 람은 페테르 다니엘손의 휴대전화로 연락을 취했다.

이 벌레 자식 꿈틀거리는 것도 더는 못 봐줘. 그녀는 생각했다. 어쩌면 그런 메시지가 전달됐는지도 모를 일이었다. 십 분 뒤, 변호사는 다음 날 아침 8시에 솔나 경찰서에 출두해 아프산 이브라힘이 자신의 동료 이사벨라 노렌에게 가한 심각한 위협에 관한 면담에 응하겠다고 말했다.

노렌과 다니엘손 면담은 수요일 아침 8시에 시작됐다. 안니카 칼손이 진행한 이사벨라 노렌과의 면담은 순조롭게 진행되었다. 먼저 월요일에 법률사무소를 방문한 네 사람의 신원을 확인했다. 아프산 이브라힘, 알리 이브라힘, 알리 이사 그리고 오마르 벤 카데르. 다음으로 이튿날 그녀의 집을 찾아온 사람. 아프산 이브라힘, 알리 이브라힘, 알리 이사. 하지만 오마르 반 카데르는 오지 않았다. 그건 확실했다.

"사실 보고 싶을 지경이었어요." 이사벨라는 고개를 내저었다. "사무실에 온 네 사람 중에서 그 사람만 정상적으로 보였거든요. 상냥하기까지 했죠."

"네, 그렇기로 유명하죠." 안니카 칼손이 말했다. "다들 오마르는 항상 예의 바르고 정중하다고 하더군요."

"그 사람은 무슨 짓을 한 거예요?" 이사벨라가 물었다. "다른 사람들과 어떻게 엮인 거죠?"

"좋아요. 어디 가서 얘기하지 않겠다고 약속한다면, 같은 편이니까 말해줄게요. 오마르는 유죄판결을 받은 적이 한 번도 없어요. 이런 자들만 수사하는 우리 동료들은 오마르가 아프산의 오른팔이라고 믿고 있지만요. 하지만 꼭 그런 것만도 아닌 모양이더군요."

"무슨 뜻이에요?"

"오마르가 실질적인 책임자라는 얘기가 많아요. 정작 보스인 아프산은 모르고 있지만."

이사벨라 노렌과의 면담은 한 시간도 안 돼서 끝났다. 먼저 사진을 보고 범인을 식별한 뒤 정식으로 아프산, 알리 이브라힘, 알리 이사에 대한 고소장을 작성했고, 면담이 순조롭게 진행될 때면 대개 그러듯 다정한 담소로 대화를 마무리했다. 헤어지기 전, 이사벨라는 안니카에게 한 가지 의견을 구했다.

"사실, 사직서를 제출하려고 생각중이에요." 이사벨라가 말했다.

"아주 현명한 판단인 것 같네요."

변호사 다니엘손과의 면담은 그렇게 순조롭지 않았다. 이틀 전 다니엘손의 사무실에서 면담을 진행했던 블라드 경위와 알름 경위가 면담을 주도했고, 최근 수사와 관련해 일어난 사건들을 고려해 이번에는 부장검사 리사 람도 동석했다.

"직원인 이사벨라 노렌에게 가해진 협박에 관해서는 이미 부장검사님을 통해 들으신 줄로 압니다." 블라드가 말했다.

"네, 참담한 일이죠." 변호사가 말했다. "소식을 듣자마자 노렌 씨에게 연락했습니다. 회사에서도 이미 가능한 모든 보안 대책을 강구해둔 상황이고요."

"잘하셨습니다." 그러면서 블라드는 그렇게 다니엘손 앞에 세 장의 사진을 내밀었다.

"노렌 씨가 지목한 세 사람입니다. 아프산 이브라힘, 알리 이사, 그리고 아프산의 친척인 알리 이브라힘입니다. 노렌 씨는 사무실에서 여러 번 보았기 때문에 한 치의 의심도 없다고 하시더군요."

"네, 물론 시간이 나는 대로 저희 쪽에서 이 사람들에 대한 변호를 계속 맡아도 될지 파트너들과 논의할 계획……."

"그건 관심 없습니다." 블라드가 말을 잘랐다. "저희가 궁금한 건 이들이 노렌 씨의 자택을 방문하기 전날 변호사님께 가한 협박의 내용입니다."

"이해하시겠지만 그 문제에 관해서는 할 말이 없습니다." 다니엘손은 고개를 가로저었다. "당연히 그 대화 내용은 변호사로서 제 비밀 유지 의무에……."

"잘 생각해보십시오." 블라드는 포기하지 않았다. "듣자 하니 그다지 즐거운 대화는 아니었다더군요. 게다가 변호사님에게는 손님이 한 명 더 있었죠. 총 네 명. 참 조촐한 사절단이군요. 참고로 그 사람 이름은 오마르 벤 카데르입니다." 블라드는 그렇게 말하면서 네 번째 사진을 다니엘손 앞에 내놓았다.

"할 말 없습니다. 어차피 그 사람은 자신을 소개하지도 않았고요."

"자꾸 캐물어 죄송합니다만, 저희 쪽에서 들은 대로 네 사람이 사무실을 방문해 약 한 시간 동안 변호사님과 대화를 나누었다는 점에 대해서는 의견이 일치하는 것 같군요."

"이미 말씀드렸듯이 저는 더 할 말이 없습니다. 그랬다가는 변호사로서 지켜야 할 원칙을 위반하게 된단 말입니다."

"말 잘했어요." 리사 람이 끼어들었다. "난 그런 해석에 동의하지 않……."

"말씀드렸듯이……."

"말 끊지 마요." 리사 람이 말했다. "우리에겐 당신의 전 동료가 아프산 이브라힘에게 여러 법률 및 기타 조언을 했으며 그에 대한 비공식적인 대가로 약 이천만 크로나를 받았다고 믿을 만한 근거가 있어요. 변호사가 받아서는 안 될 돈이죠."

"말씀드렸듯이…… 나는 아무 말도……."

"신중하게 생각해봐요, 다니엘손." 리사 람이 경고했다.

"할 말 없습니다." 다니엘손은 고개를 가로저으면서 꿋꿋하게 거절 의사를 밝혔다.

"그렇다면 나로서도 어쩔 수 없군요, 다니엘손." 리사 람은 안타깝다는 듯 어깨를 으쓱였다. "오늘 아침 아툰다 법원에서 열리는 재판에 출석해야 한다고 들었는데요."

"그렇습니다." 다니엘손은 놀라서 손목시계를 확인했다. "늦어도 삼십 분 안에는 출발해야……."

"걱정 마요. 내가 연락해서 설명할 테니까."

"무슨 말씀이신지 모르겠군요." 정말 모르겠다는 표정이었다.

"당신을 구속하기로 결정했어요. 그리고 제반 사항을 고려하면……."

"잠깐, 잠깐만요." 다니엘손이 애원하듯 두 손을 들어 보였다. "어른답게 대화로 해결할 수 있지 않겠습니까?"

"그럼 마지막으로 한 번만 더 시도해보죠." 리사 람은 의자에 몸을 묻으며 가슴 앞으로 팔짱을 꼈다. "마지막이에요." 그녀는 경고의 의미를 담아 고개를 끄덕이며 반복했다.

저런 녀석을 쥐어짜는 게 뭐가 그렇게 힘들었다는 거야? 삼십 분 뒤, 블라드 경위가 변호사 페테르 다니엘손과의 면담을 마무리하자 리사 람은 생각했다.

"택시 불러드릴까요?" 알름 경위가 창백한 얼굴로 땀을 흘리며 방을 나서는 다니엘손에게 물었다.

"괜찮습니다. 제가 부르겠습니다."

"잘됐군요. 제 휴대전화는 배터리가 다 된 모양이라."

"아셔야 할 게 있습니다, 다니엘손." 다니엘손과 함께 복도를 걸어 출입구로 가는 동안 블라드가 말했다. "당신과 당신 가족들을 생각해서

하는 얘깁니다."

"네? 무슨 얘기를 하려는 겁니까?"

"아프산 이브라힘은 정말 뭐든지 할 인간입니다." 블라드는 진지한 표정으로 다니엘손을 바라보았다. "제 말 믿으십시오. 정말로 뭐든지 할 인간이에요."

"고맙습니다. 무슨 말씀인지 알겠습니다. 그렇게 믿겠습니다."

"좋습니다. 몸조심해요."

112

솔나 경찰서 범죄과장 토이보넨 경정은 사건들을 헤쳐나가며 경력을 쌓아 올린 인물이었다. 그에게는 매일 업무의 편의를 위해 자신의 책상 뒤 벽에 걸린 화이트보드에 사건 목록을 적어두는 습관이 있었다. 평소에는 길었던 이 목록이 지난 나흘 사이 줄어들어 이제 단 하나만이 남아 있었다.

"Å, GG, 운전기사 찾기." 사건과 무관한 참견꾼들이 사무실에 꼬이지 않으리라는 보장이 없었기에, 토이보넨은 간단한 암호를 사용했다. 풀어서 말하자면, 오카레와 가르시아 고메스가 벡스트룀의 수사대에서 찾고 있는 목격자를 먼저 발견하지 못하게끔 그 두 사람을 찾아 체포해 솔나 경찰서 유치장에 확실히 집어넣는 것이 그가 현재 할 일이라는 의미였다.

사건은 평소처럼 대여섯 건이 아니라 한 건뿐이었고, 현장에는 수백 명의 경관들이 나가 있었다. 다들 뒤가 빠져라 일해주기를, 그래서 조만간 화이트보드를 깨끗이 닦고 일상으로 돌아갈 수 있기만을 바랄 따름이었다. 새로운 단서가 나오지 않은 지 나흘이었다. 프레드리크 오카레는 195센티미터에 150킬로그램짜리 거구에다 등 한가운데까지 내려오는 흑금발 말총머리를 하고 있는데도 그랬다. 경찰의 일반적인 기준으로 보자면 그는 더없이 찾기 쉬운 목표여야 했다.

그렇게 나흘이 지났을 때, 오랜 친구인 홍카메키 과장이 전화를 걸어와 핀란드인 대 핀란드인으로 은밀한 대화를 청했다. 홍카메키는 과거 스톡홀름 경찰특공대의 지휘관이었지만 지난 몇 년간은 국가범죄수사국 정보감시과를 맡고 있었다. 아무에게나 떠들고 다닐 만한 사실은 아니었다. 상대가 스웨덴 경찰이기도 한 핀란드인 형제라면 또 모를까.

"좀 어떤가?" 홍카메키가 물었다. "오카레랑 녀석의 부하 가르시아 고메스, 그리고 시민의 의무를 주저하는 망할 택시 기사를 찾고 있다면서. 내가 잘못 안 게 아니라면 말이야."

"할 말 있으면 어서 하게." 토이보넨이 말했다. 뭔가 있군. 홍카메키는 늘 자기 의무에 진지했으며, 절대 동정 어린 잡담 따위로 시간을 낭비할 사람이 아니었다.

"혹시나 해서 말인데, 간단한 질문 하나 하지." 홍카메키가 말했다. "에릭손이 밤 9시 50분에 살해당했다는 건 얼마나 확실한 건가?"

"틀림없어." 토이보넨이 말했다. "참고로 니에미랑 얘기해보고 하는 말이야. 벡스트룀이 적당히 둘러댄 게 아니란 소리지."

"둔기로 머리를 맞았다고? 그게 사인이었지?"

"그래."

"그렇다면 오카레가 범인이라는 생각은 접어둬. 그 녀석은 완전히 잊으라고. 녀석에게는 가르시아 고메스만큼이나 훌륭한 알리바이가 있으니까. 아니, 더 나은 알리바이지."

"알리바이가 있는 시간이 어떻게 되는데?"

"6월 2일 일요일 밤 내내. 오후 8시부터 최소한 자정까지. 6월 2일에서 3일로 넘어가는 자정 말이야." 홍카메키가 설명했다.

"그렇다면 우리 만나서 얘기하는 게 좋겠군."

"삼십 분 뒤에, 늘 만나던 거기서." 홍카메키가 제안했다.

"늘 만나던 거기서." 토이보넨은 동의했다.

그렇게 그들을 만났다. "늘 만나던 거기"란 쿵스홀멘 경찰청사에서 불과 몇 블록 떨어진 영국식 펍으로, 북적이는 점심시간 이후에는 은밀한 대화에 어울리는 호젓함을 제공하는 곳이었다. 그 시간대에는 바에서 얌전한 바텐더를 상대로 입씨름을 벌이는 단골 몇 명뿐이었다. 맨 안쪽 부스에 앉으면, 누군가 최대한 가까이에서 엿들으려 해도 최소한 구 미터는 떨어져야 했다. 은은한 조명, 검은 오크 패널, 바닥 전체에 깔린 카펫. 그런 종류의 대화를 나누는 조건으로 더 바랄 게 있을까? 오후 2시가 지났고 마침내 여름이 찾아왔으니만큼, 아마 커다란 맥주잔 둘이면 족하리라.

"건배." 토이보넨이 잔을 들며 말했다.

"건배하지, 형제." 홍카메키도 자신의 잔을 들어 보였다.

"그럼, 말해봐."

안타깝게도 별로 말할 게 없다는 대답이 돌아왔다. 자신이 현재 책임지고 있는 조직 때문이 아니라, 토이보넨의 성격 때문이라고 했다. 홍카메키는 이 발언이 시사하는 바를 설명하지 않았지만 메시지는 확실하게 전달되었다. 프레데릭 오카레는 6월 2일 일요일 밤 8시부터 네 시간 뒤인 자정까지 알리바이가 있었다. 확고부동한 알리바이였고, 이번에는 다름 아닌 홍카메키가 증인이었다.

필요하다면 오카레와 가르시아 고메스를 한 시간 안에 처넣을 수는 있었다. 문제는 홍카메키와 그가 관리하는 부서의 다른 모두가 두 사람이 자유롭게 돌아다니기를 원한다는 데에 있었다. 적어도 당분간은. 오카레와 친구들은 뭔가 큰 건을 준비중이었고, 홍카메키와 동료들은 유죄를 확신할 만큼 증거를 모을 때까지 그들을 내버려뒀으면 했다.

"이번에는 제대로 눈독 들이고 있거든." 홍카메키가 말했다. "벡스트룀이 맡은 변호사 살인과는 상관없어. 아무 상관도 없지. 어쨌든 이번엔 십 년 형 넘게 나올 녀석들이 여럿이야. 오카레, 가르시아 고메스랑 다른 몇 놈은 그보다 더 나올 테고."

"알았어." 토이보넨이 말했다. "무슨 말인지는 알겠네. 그렇다면 자네가 또 알아둬야 할 게 있는데."

"말해봐."

토이보넨은 사흘 전 스틱손에게서 들은 정보를 꺼냈다. 오카레에게 새 여자가 생긴 것 같다는 얘기였다. 토이보넨이 검색한 데이터베이스에서는 전혀 찾아볼 수 없는 정보였고, 아마 다른 데이터베이스들도 다를 건 없을 듯했다.

"덴마크 여자라더군. 오카레의 덴마크 형제들이 적극적으로 주선한 모양이야. 내 부하가 옛 동료에게서 들은 얘길세. 그 옛 동료라는 사람은 이쪽저쪽 할 것 없이 사실상 숄나에 있는 모든 사람을 아는 양반이고."

"롤뤼 스톨함마르." 홍카메키가 미소를 지었다. "요샌 어떻게 지낸다던가? 한때는 솔발라 경마장에서 거의 매주 보다시피 했는데, 마지막으로 본 지 꽤 됐군."

"여전히 경마장에 다니는 것 같던데." 토이보넨은 어깨를 으쓱했다. "혹시 프레드리크의 새 애인이 우리 쪽 사람이라면, 슬슬 여자를 불러들여야 할 시점일지도."

"얘기가 돌 테니까." 홍카메키가 말했다. "무슨 말인지 알겠네."

"얘기가 돌 테지." 토이보넨이 되풀이했다.

"또 내가 도울 일은 없나?"

토이보넨은 한 가지가 더 있다고 말했다. 에릭손이 살해되고 네 시간 뒤 가르시아 고메스가 범죄 현장에 나타났던 정황과 관련한 의문점이 한둘이 아니었다. 당시 그는 에릭손의 개의 목을 베었고, 나가는 길에는 이미 죽어 있던 견주의 머리도 박살 냈다. 그리고 거리로 나서는 순간 택시에 치일 뻔했다.

"물론 가르시아 고메스는 미친놈이지. 하지만 그 정도로 미친놈인 줄은 몰랐네. 대체 거기서 뭘 하고 있었던 걸까? 에릭손의 대문 밖에 방문객들이 차례차례 대기하고 있었던 것도 아니고 말이야."

"유감이지만 나도 그건 도와줄 수가 없겠는걸." 홍카메키는 애석하다는 듯 고개를 가로저었다. "나도 자네만큼 궁금하니 추측이나 해볼까. 녀석은 에릭손과 험한 말을 주고받으러 갔던 거야. 누군가 몇 시간 먼저 와서 에릭손의 입을 완전히 닫아버렸다는 건 모른 채로 말이지."

"나도 같은 생각을 해봤네. 하지만 그럴 가능성은 사실상 제로다 싶어 접었지. 어쨌든 고마워."

"별말씀을." 홍카메키가 맥주를 홀짝이며 말했다. "하지만 자네가 찾고 있는 그 은색 메르세데스 등록 번호에 관해서는 내가 도움이 좀 될지도 모르겠는데."

"언제쯤 가능한데?" 드디어 나왔군. 토이보넨은 그렇게 생각하며 고개를 끄덕였다.

"가능한 한 빨리 해보지." 홍카메키가 말했다. "사실 지금 그 문제로 씨름중이라서."

113

최근 아라에게 일어나는 모든 일은 그 자신과 관계된 일이라기보다는 오마르와 관계된 일인 것만 같았다. 일주일 사이 인생이 통째로 오마르의 손에 넘어갔고, 뭐든 조금이라도 특별한 일이 일어날 때면 시작은 늘 같았다. 오마르의 많은 휴대전화 중 하나가 울리는 것이다. 주머니마다 휴대전화가 하나씩 들어 있는 듯했고, 벨 소리도 전부 달랐다. 오마르는 늘 짧고 나직하게 대답한다. 그러고는 아랍어로 바꾸어 얘기하는데, 아라로서는 한 마디도 알아듣기 힘들다. 통화는 보통 길어야 일 분이면 끝난다. 그런 다음 일이 시작된다. 지금처럼.

"좋아, 가자." 오마르는 미소를 지었다. "전부 해결된 것 같아."

거리로 나오자 오마르를 돕는 많은 이들 중 둘이 서서 기다리고 있었다. 아라는 처음 보는 사람들이었다. 태도를 보아 하니 그들과 만나는 건 이번이 처음이자 마지막일 모양이었다. 행동이 불친절하다고는 할 수 없었지만, 자신들이 서로 어울려 잡담이나 하러 온 사람들이 아님을 눈빛을 통해 말하고 있었다.

"이쪽은 알리와 알리." 오마르는 활짝 미소 지었다. "알리와 알리라니, 정말 실용적인 호칭이지? 알리와 알리는 네가 떠나기 전 마지막으로 들러야 하는 곳까지 우리를 데려다줄 거야. 네 여권도 가져왔고."

그들은 차 두 대로 이동했다. 알리 1호가 혼자 차를 타고 앞장섰고, 1킬로미터쯤 뒤에서 알리 2호가 오마르와 아라를 싣고 따라갔다.

"샴쌍둥이라고 해도 되겠네." 아라에게 새 여권을 건네는 오마르의 목소리에는 즐거움이 가득했다. "인정하라고, 잘 만들었잖아. 넌 이름이랑 인적 사항 약간만 외우면 돼. 나머지는 나중에 알아도 되니까."

출입국관리소의 평범한 스웨덴 직원이라면 전혀 알아차리지 못할 만큼 잘 만들긴 했네. 아라는 고개를 끄덕였다.

"사미르." 아라가 다시 고개를 끄덕였다. 자신과 마찬가지로 스웨덴 시민이었고, 성을 보니 역시 자신과 마찬가지로 이란 출신이었다. 통할 것 같았다.

"걱정할 거 없어, 친구." 오마르가 장담했다. "길 가다가 주운 거 아니니까. 우릴 돕고 싶어 하는 믿을 만한 형제의 작품이라고."

"표랑 호텔 같은 건?"

"다 준비해뒀지." 오마르는 미소 지었다. "걱정할 거 하나도 없어."

한 시간 후, 일행은 상황이 다시 잠잠해지기 전까지 아라가 스웨덴에서의 마지막 밤을 보내게 될 집에 도착했다. 하얀 창문이 달린 붉은 목조 주택에는 유리 덧문이 달린 베란다가 딸려 있었고, 그들이 선 자갈 깔린 진입로에서 불과 오십 미터쯤 떨어진 작은 호수에는 가교도 있었다.

"나쁘지 않지?" 오마르가 말했다. "모든 평범한 스웨덴 사람들이 꿈꾸는 집이지."

"여긴 어떻게 찾은 거야?" 아라가 물었다.

"다른 형제를 통해서." 오마르는 천진하게 두 손을 들어 보였다. "믿을 만한 형제야." 그가 덧붙였다.

스웨덴 사람들이 꿈꾸는 교외의 여름 별장이라. 아라는 생각했다. 스카브스타 공항에서 삼십 분 거리, 하지만 가장 가까운 이웃까지 최소한 팔백 미터는 떨어져 있는 곳. 그 누구도 오마르의 일솜씨가 꼼꼼하지 못하다고 비난하지는 못하리라. 이곳은 경찰이 아라 같은 사람을 찾을 때 와볼 만한 장소가 아니었다.

알리와 알리가 가방을 안으로 옮겼다. 둘은 오마르에게 고개를 끄덕이더니 차 한 대에 올라타고 떠났다. 나머지 한 대는 이튿날 아침 오마르가 공항까지 아라를 데려다줄 때 사용할 차였다.

"드디어 둘만 남았네." 오마르가 활짝 웃었다. "뭐 할래? 카드 칠까, 텔레비전 볼까? 아님 뭐라도 좀 먹을래?"

"네가 결정해."라는 어깨를 으쓱였다.

"그럼 낚시는 어때?" 오마르가 고개로 잔교 쪽을 가리켰다. "너 예전에 낚시 곧잘 했잖아. 우리 학창 시절 생각나? 작은 낚싯대 하나씩 쥐고 잔교에 앉아서 인생 얘기 하던 거."

"괜찮겠는데."라는 동의했다. 학창 시절처럼 말이지.

학창 시절이랑 똑같네. 두 시간 뒤, 아라는 오마르와 함께 부엌에서 식사를 준비하며 생각했다. 오마르가 농어를 여섯 마리나 잡은 반면 그는 잉어 한 마리밖에 잡지 못했다. 이십 년 전 학창 시절에도 딱 그랬다. 유일한 차이점이라면 이젠 낚시를 하고 인생 얘기를 하기 위해 학교를 빼먹지 않아도 된다는 것뿐.

그러다 오마르의 휴대전화가 울렸다. 먼저 나직한 대답, 이어서 큰 미소. 평소처럼 아라에게 고개를 끄덕이며 미안하다는 신호를 보낸 것은 아랍어로 이야기를 이어갔기 때문이었다. 물론 아라는 대화 내용을 이해할 수 없었다.

"모든 게 순조롭게 진행중이야. 아이는 나무에 묶여 있지."그렇게 말하며 오마르는 더 활짝 미소 지었다. 고개를 끄덕이며 윙크도 던졌지만, 아라는 그가 하는 말을 한 마디도 알아들을 수 없었다.

아이는 나무에 묶여 있다. 아프산 이브라힘은 휴대폰을 주머니에 넣으며 생각했다. 파샤드 형 말에 따르면 오마르의 아버지인 위대한 압둘 벤 카데르가 젊은 시절 지중해를 굽어보는 산악 지대로 사냥 여행을 떠났던 이야기를 들려주며 즐겨 쓰던 표현이라고 하지 않았던가? 가족의 양과 염소를 덮칠지 모를 늑대들을 꾀어내기 위해 아이를 나무에 묶어 미끼로 썼다고 말이다.

그 아비에 그 아들이지. 아프산은 그렇게 생각하며 천천히 고개를 끄덕였다.

114

"다들 어디 간 거지?" 벡스트룀은 며칠 전까지만 해도 완전체를 이루고 있던 살인 사건 수사대의 비루한 잔재를 향해 무겁게 고갯짓하며 물었다.

"블라드, 알름, 리사 람은 변호사 다니엘손과 면담중입니다." 안니카 칼손이 말했다. "로시타는 병가를 냈고, 나머지는 오카레와 가르시아 고메스를 찾으러 갔습니다. 물론 택시 기사도요."

"로시타가 병가라니. 심각한 건 아니겠지?"

"모르겠습니다." 안니카 칼손은 고개를 가로저었다. "다른 얘기가 있을 때까지는 계속 병가랍니다." 그 거죽만 남은 금발이 이미 관타나모만으로 가는 비행기에 실린 게 아니라면 말이지. 안니카는 붉은 죄수복을 입고 약에 취해 손발이 꽁꽁 묶인 채 미국인 승무원의 손에 잡혀 출발을 기다리고 있는 로시타의 모습을 상상했다.

"뭐, 심각한 병은 아니기를 바라는 수밖에." 벡스트룀은 득의만면한 얼굴로 짐짓 염려스럽다는 듯 고개를 가로저었다.

"그렇겠지요." 안니카 칼손이 동의했다. 표정 관리 좀 하셔, 이 뚱보 양반아.

"좋아." 이제 벡스트룀은 니에미를 향해 고갯짓했다. "국립과학수사연구원 결과는 어떻게 돼가나?"

"드디어 린셰핑에서 반응을 보이네요." 니에미가 서류를 넘기며 대답했다. "먼저 유치장에 있는 본 코메르 이야기부터 시작하자면, 상황은 다음과 같습니다……."

"말해보게." 벡스트룀은 보다 편한 자세로 고쳐 앉았다.

"경매 카탈로그에 묻은 피는 그의 것입니다. 다들 알겠지만 본 코메르도 이제 그 점은 부인하지 않지요……."

아주 좋 나게 고맙게도 말이야. 다 내 덕분이지. 벡스트룀은 생각했다.

"하지만 소파 쿠션에 묻은 건 그의 DNA가 아니었어요. 다른 사람 것입니다. 신원은 불명, 데이터베이스에 없습니다."

"아쉽군." 벡스트룀은 진심으로 아쉬워하는 표정이었다.

"유감스럽게도 아쉬운 정도가 아닙니다." 니에미가 말을 이었다. "본 코메르와 에릭손의 집을 연결할 어떤 단서도 찾지 못했습니다. 그게 첫 번째 문제. 두 번째 문제는 목격자입니다. 에릭손의 집 앞 계단에 앉아 있는 흰머리 노인을 보았다던 이웃 말입니다. 기억하시죠?" 니에미는 모두가 고개를 끄덕여 동의를 표하는 것을 확인했다.

"목격자에게 영상을 보여줬습니다. 그가 본 사람은 본 코메르가 아니었습니다."

"얼마나 확실하다던가요?" 안니카 칼손이 물었다.

"백이십 퍼센트." 니에미가 살짝 웃으며 말했다. "목격자는 본 코메르를 이미 알고 있더군. 베름되에 있는 같은 골프 클럽 소속이래."

"거참, 짐작도 못 했군." 벡스트룀은 한숨을 쉬었다. "설마 곤경에 처한 동료 골퍼를 도우려고 한 말은 아니겠지?"

"그런 것 같지는 않습니다. 왜냐면, 목격자는 본 코메르가 따분한 고미술 사기보다 훨씬 더 큰 죄를 저질렀다고 주장하고 있으니까요."

"무슨?

"본 코메르가 목격자와 함께 골프를 치다 속임수를 쓴 모양입니다."

"그런 녀석들이 그렇지 뭐." 벡스트룀은 어깨를 으쓱했다. "또 다른 건 없나, 페테르?"

한 가지가 더 있었다. 사소하긴 하지만 수사중인 사건들이 일어난 순서를 이해하고자 한다면 간과할 수 없는 사항이었다.

"검시관이 에릭손의 두개골에서 개의 털을 발견한 모양입니다. 에릭손의 개이긴 하지만 털이 발견된 위치를 고려하면 개를 쓰다듬거나 머리를 긁어주다가 묻은 것은 아닙니다. 개의 털은 에릭손의 두개골에 난 상처 깊숙한 곳에 박혀 있었습니다."

"그렇다면 이렇게 되는군. 가르시아 고메스는 우선 테라스로 나가 개의 등을 부러뜨리고 위에 걸터앉아 목을 잘랐다." 벡스트룀이 운을 떼었다.

"그다음 다시 안으로 들어가 에릭손을 지나치면서 개에게 사용한 도구로 그의 머리를 내리칩니다. 에릭손의 개에게 다리를 물렸으니 화가 치밀어 오른 상태였겠지요." 니에미가 말을 받았다.

"그랬을 테지. 연장에 묻어 있던 개털이 에릭손의 두개골로 들어갔다는 거로군. 하지만 대체 놈은 거기서 뭘 하고 있었던 걸까? 왜 한밤중에 에릭손의 집에 나타난 거지? 그들 사이에 일어났던 일을 생각하면 자기가 문 앞에 나타나자마자 에릭손이 경보 장치로 뛰어들리라는 건 뻔한 일이었을 텐데 말이야."

"그날 밤 앞서 에릭손을 죽인 자가 가르시아 고메스에게 연락해서 소식을 알려주었고, 이후 가르시아 고메스가 현장에 나타나 성큼성큼 들어가 마지막 메시지를 남긴 게 아닐까요?" 스틱손이 말했다.

"그거 질문인가?" 벡스트룀이 자신의 부하를 향해 눈을 부라렸다.

"네. 어떻게 생각하세요?"

"아니." 벡스트룀은 고개를 가로저었다. "아무리 가르시아 고메스라도 그 정도로 멍청하지는 않아."

"화제를 돌려볼까." 그가 이어 말했다. "사기 쪽은 어떻습니까? 알아낸 게 있습니까, 나디아?"

"순조롭게 진행중이에요." 나디아가 말했다. "물론 본 코메르는 여전히 부정하고 있지만 그런다고 소용이 있을 것 같지는 않고요. 리사는 빠르면 오늘 내로 기소할 수 있을 거라더군요."

"좋습니다. 알리바이는 있던가요? 그러니까, 에릭손이 살해당한 시점에 말입니다."

"다른 사람이 입증해줄 수 있는 알리바이는 없어요. 현재 그는 어떤 질문에도 대답하기를 거부하고 있고요. 부인은 토요일부터 월요일까지 집을 비웠다더군요. 본 코메르가 집에 있었다는 걸 증명해줄 통화 내역도, 컴퓨터 사용 내역도, 이웃의 증언도 없어요."

"너무 앞서가지는 맙시다." 벡스트룀은 한숨을 쉬었다. "집 밖에서 잘못된 꽃병에 빨간 장미를 꽂고 있었는지도 모르지."

"무슨 말인지 모르겠군요. 무슨 뜻이지요?"

"비유입니다. 나중에 설명하지요." 벡스트룀은 어깨를 으쓱였다. "놈을 다시 취조해보자고. 상황을 설명해주고, 어디서 누구랑 있었는지 말하지 않으면 계속 갇혀 있어야 한다고 해." 그러면 신문사들에도 기삿거리가 생길 테지.

"알겠습니다." 안니카가 그를 보며 대답했다. "또 우리에게 있는 게 뭐죠? 손수건은 어때요? 뭘 찾았다던가요?"

"에릭손의 피 약간, 콧물, 그리고 데이터베이스에 없는 또 다른 정체불명의 인물이 남긴 침으로 추정되는 것." 니에미가 말했다.

"잠깐만요." 스틱손은 갈피를 못 잡겠다는 표정이었다. "또 다른? 무슨 소리죠, 페테르?"

"소파에 똥을 싼 놈이 아니란 뜻이네." 벡스트룀이 설명했다. 이 자식은 아이큐가 제 머리 둘레랑 똑같군.

"오, 그렇군요. 이해했습니다." 스틱손의 얼굴이 밝아졌다.

"유감스럽게도 증거가 빈약합니다." 니에미가 말했다. "본 코메르를 범죄 현장과 연관 지을 수가 없어요. 오카레도 마찬가지고요. 우리가 증거를 확보한 상대는 가르시아 고메스와 두 새로운 인물뿐입니다. 데이터베이스에 없는 정체불명의 두 인물 말입니다. 제 생각에는 유감스럽게도 원점으로 돌아온 것 같군요."

"동의해요." 안니카 칼손이 말했다. "게다가 그런 점에서는 아프산 이브라힘과 녀석의 모든 친구들도 제외해야겠군요."

"잠깐." 벡스트룀의 머릿속에 불현듯 한 가지 생각이 떠올랐다. "오마르 벤 카데르라면?"

"그래요, 벡스트룀." 나디아가 말했다. "오마르 벤 카데르는 한 번도 DNA 샘플을 제공한 적이 없죠. 하지만 데이터베이스에 사진은 있어요. 누가 그자의 여권 사진을 올려두는 게 좋겠다고 생각했던 모양이에요."

"좋아요. 그럼 녀석의 DNA 샘플을 확보합시다." 벡스트룀이 말했다.

안니카 칼손은 이미 진행중이라고 말했다. 한 시간 전부터 수색 범위가 오카레, 가르시아 고메스, 목격자인 아라뿐 아니라 다른 네 사람인 아프산 이브라힘, 알리 이브라힘, 알리 이사, 오마르 벤 카데르까지 확대되어 있었다.

"전부 다 연기처럼 사라져버렸더군요." 안니카는 고개를 가로저으며 말을 맺었다.

"그럼 다시 나타나게 해야지." 벡스트룀은 끙 소리를 내며 일어섰다. "감옥을 텅 비워둔 채 정직한 납세자들의 돈만 축내면 쓰나."

115

회의가 끝난 뒤, 리사 람은 모두에게 이메일로 최근의 수사 진행 상황을 알렸다.

한스 울리크 본 코메르 남작은 아직 행적에 관한 수사가 한참 남은 관계로 계속해서 구속되어 있었다. 변호사 페테르 다니엘손과의 면담에서는 옛 파트너 토마스 에릭손이 키프로스에 있는 은행에서 이천만 크로나를 대출했다는 사실이 밝혀졌다. 아프산 이브라힘이 보증을 섰고, 돈은 오 년 전 토마스 에릭손이 올스텐스가탄 거리에 있는 집을 구매하기 한 달 전에 이체되었다.

에릭손이 살해되고 닷새 후, 아프산 이브라힘은 해당 은행으로부터 에릭손의 부채를 회수해달라는 통보를 받았다. 그는 다니엘손에게 은행에서 보낸 공문과 대출 계약서 사본을 제시하면서 에릭손의 재산 중 이천만 크로나 가까운 금액과 이자 약 백만 크로나를 추가로 요구했다.

참고 자료로 모든 수사관들에게 배포된 이 서류 사본들에는 리사 람의 개인적인 견해가 덧붙어 있었다.

"내 생각에는 애초에 돈을 빌려준 게 이브라힘 같군요. 은행을 대리로 내세워서요. 당연히 다니엘손에게 이 점을 물어봤는데, 가능한 일이라고 생각하는 듯했어요. 아울러 내일 회의에는 검시관이 참석하기로 했다는 기쁜 소식을 전합니다. 검시관의 여성 동료도 동석할 예정인데, 둔기에 의한 치명상에 관한 한 세계 제일의 전문가라더군요. 기대를 억누르기가 힘들군요. 내일 봅시다. 리사."

이 여자 아주 복덩어리야. 에베르트 벡스트룀은 그렇게 생각하면서 길들인 기자에게 비밀 휴대전화로 연락해서는, 조만간 억만장자가 될 자신 같은 사람이 식중독에 걸릴 일이 없을 만한 안전하고 은밀한 장소로 점심 식사 약속을 잡았다.

"벡스트룀, 벡스트룀, 경감님은 정말 복덩입니다." 한 시간 뒤, 벡스트룀이 노고에 합당한 차디찬 필스너를 개운하게 들이켜면서 전 변호사 에릭손이 스웨덴 최대의 범죄 조직으로부터 "약 이천만 크로나"를 받았다는 말로 서두를 떼자, 기자는 한숨을 내쉬었다.

"그래, 모든 게 잘돼가는 것 같군." 벡스트룀은 맞장구치며 자기 앞 테이블에 놓인 스웨덴 제일의 석간신문사에서 발행한 오늘 자 신문을 고개로 가리켰다. "그나저나 왕비 인터뷰는 어찌 됐나? 한다던가?"

"진행중이긴 한데 당장은 그쪽에 할애할 지면이 없습니다. 에릭손이 아프산에게서 뜯어낸 이천만 크로나 이야기를 실으려면 편집실로 돌아가자마자 기사 몇 개를 빼야겠군요. 그게 내일 머리기사가 될 겁니다."

"거 잘됐군." 벡스트룀은 그날의 첫 보드카를 들며 말했다. "난 대중의 알 권리가 정말 중요하다고 생각하네. 민주주의에 있어 중요하단 얘기야. 에릭손 같은 인간들이 무슨 짓을 하는지 평범하고 선량한 사람들도 알아야 하지 않겠나."

"복덩이라니까요, 벡스트룀은. 완전 복덩이예요." 그의 점심 상대는 한숨을 내쉬었다.

116

홍카메키와 헤어진 토이보넨은 솔나 경찰서로 돌아가 책상 위에 쌓여만 가는 서류 더미를 마침내 붙드는 대신 우울한 상념에 사로잡혔다. 한

쪽에서는 자신의 친구인 홍카메키와 비밀스러운 동료들이 오카레와 가르시아 고메스 곁에 정보원을 심어 두 사람의 행적을 철저하게 파악하고 있는 게 분명했다. 반면 다른 한쪽에서는 자신과 부하들이 거의 일주일째 오카레와 가르시아 고메스를 찾느라 녹초가 되어 있었고. 홍카메키 쪽 동료들이 아는 사실을 전혀 알지 못하니 그럴 수밖에 없었다. 둘 다 똑같은 스웨덴 경찰 조직에 몸담고 있는데도 말이다.

지나치게 오랫동안 책상 앞에 앉아서 거듭 한숨을 내쉬고 고개를 저어봐도 자신이 처한 난관을 타개할 방책이 도무지 떠오르지 않자, 토이보넨은 결국 스퐁아에 있는 연립주택까지 걸어서 돌아가기로 마음먹었다. 십 킬로미터에 달하는 거리라 꽤 빠른 속도로 걸어도 한 시간이 넘게 걸릴 테지만 상관없었다. 머릿속에 돌아다니는 생각들을 정리하는 데에는 다리를 놀리는 것이 효과적이었다.

집으로 가는 길에 그는 작은 이탈리아 레스토랑에 들러 식사를 했다. 아내는 노를란드의 본가에 갔고 요리는 그가 가장 꺼려하는 활동 중 하나였으므로 끼니를 해결해두는 편이 좋았다. 겸사겸사 그날의 두 번째 맥주로 속을 달래기도 했다.

집에 들어서자마자 사우나 기계를 켠 뒤 자리에 앉아 텔레비전으로 뉴스를 보면서 또 맥주를 마셨다. 아내에게 전화가 왔고, 둘은 잠시 대화를 나누었다. 이십 년이 넘도록 결혼 생활을 유지하는 사람들이 나눌 만한 이야기는 전부 다 했다.

"내일 집에 갈 거야." 아내가 말했다. "당신 건강 신경 쓰고. 나 없는 동안 맥주 너무 많이 마시지 마."

토이보넨 과장은 그렇게 하겠다고 약속했다. 보고 싶어, 토닥토닥, 운전 조심하고.

그런 다음 그는 한 시간가량 사우나에 앉아 있는 것으로 자신의 핀란드 혈통을 기렸고, 차가운 맥주를 또 한 캔 마시면서 자신이 결혼한 여자가 아닌 다른 것에 관한 생각을 하려 애썼다.

10시 직후, 스포츠 채널에서 하는 그날의 V75 경마 방송을 보기 위해 텔레비전 앞으로 돌아가 소파에 앉자마자 초인종이 울렸다. 홍카메키로군. 두 사람이 각자의 집을 방문할 때 사용하는 특별한 신호가 있었다.

홍카메키는 현장 업무를 위한 오버올과 부츠에 방탄조끼 차림이었고, 길에는 경찰특공대의 위장 미니버스가 한 대 서 있었다. 어둡게 코팅된 차창 너머에 홍카메키 같은 차림을 한 경찰이 여럿 타고 있으리라.

"맥주 한 캔 하겠나?" 토이보넨이 손에 든 맥주캔을 흔들어 보였다.

"아니." 홍카메키는 고개를 가로저었다. "애들이랑 지나가는 길에 아까 얘기했던 차량 등록 번호를 알려줘야겠다 싶어서."

"오 분 정도는 괜찮을 것 같군." 토이보넨은 어깨를 으쓱했다. 두 사람은 거실로 가서 텔레비전 앞에 앉았다. 토이보넨은 볼륨을 줄였지만 화면은 그대로 두었다. 이미 다섯 번째 경주가 시작될 참이었고, 그가 건 팔레이 베팅▪은 순조롭게 진행중이었다.

6월 2일 일요일, 프레드리크 오카레는 늘 하던 짓을 하기 위해 최근 사귄 여자 친구를 찾아갔다. 여자의 침대에서 몇 시간을 보내던 중 휴

▪ 여러 경기의 결과를 조합해서 거는 베팅.

대전화가 울리자 그는 전화를 받아 같은 부류의 사람들이 그러듯이 짧게 대답했다.

그는 계속 단음절로 답하면서 침대에서 나와 옷을 입기 시작했다. 거의 자정이 다 된 시각인데다 다음 날 아침을 둘이 함께 먹기로 약속한 터였기에, 여자 친구는 무언가 계획하지 않았고 무시할 수도 없는 일이 일어났음을 직감했다.

"당연히 여자는 무슨 일인지 물어봤네." 홍카메키가 말했다. "오카레는 앙헬과 함께 급하게 처리할 일이 생겼다고 대답했다더군."

그러고서 홍카메키는 설명을 이어갔다.

"물론 여자는 골이 난 척했지. 그러자 오카레가 그날 초저녁 자신의 오랜 친구에게 아주 못되게 군 어느 변호사 새끼를 손봐주러 가야 한다고 했다는 거야."

"여자가 전한 얘긴가?"

"그래. 일을 허투루 하는 성격은 아니니까 정확하게 전달했다고 봐야겠지."

"내가 제대로 이해한 거 맞아? 그러니까, 가르시아 고메스가 오카레에게 전화해서, 에릭손이 오카레의 오랜 친구에게 못된 짓을 했다고 전했다고?"

"제대로 이해했어. 그렇다면 오카레도, 가르시아 고메스도, 오카레의 오랜 친구도, 에릭손이 이미 몇 시간 전에 숨을 거두었다는 사실을 모르고 있었다는 얘기가 되겠지."

"가르시아 고메스에게 에릭손에 관한 불평을 늘어놓았다는 인물 말이야. 누구인지 짐작하는 바는 없나?"

"없어. 위안이 될지 모르겠네만, 우린 알아보려고 하지도 않았지. 다른 일들이 있어서 말이야. 훨씬 더 중요한 일이라고나 할까. 오카레 같은 작자들이 어떤지 자네도 알잖아. 한꺼번에 워낙 많은 짓을 벌이니까. 소식을 듣자마자 그건 우리 관심사가 아니라는 걸 깨달았지."

"그렇군." 토이보넨은 고개를 끄덕였다. "차량 등록 번호는?"

"오카레가 바지를 입자마자 짧게 작별 키스를 하고 거리로 나섰는데, 거기에 은색 메르세데스가 대기중이었다더군. 가르시아 고메스가 차에서 나와 오카레와 이야기를 나누었다는데, 물론 대화 내용은 들을 수 없었고. 그런 다음 오카레가 운전석에 올랐고, 두 사람은 사라졌지. 궁금해할까 봐 말해두자면 놈들을 감시한 이래 그 차가 나타난 건 그때가 처음이었어. 그때가 유일하기도 했고. 새벽 3시경 오카레가 돌아왔을 때는 택시를 타고 있었지."

"메르세데스는?" 토이보넨이 채근했다.

"알았다니까. 개인 맞춤형 번호판이었어. 용도를 생각하면 꽤나 멍청한 짓이지. 오카레가 그런 차를 타고 보란 듯이 돌아다니다니. 번호판에는 차를 소유한 회사의 이름이 적혀 있네. GENCO, 다시 말해 젠코 유한회사. 생긴 지 몇 년 된 회사야. 본사는 말뫼에 있다더군. 참고로 수상쩍은 부분은 없어. 세금 같은 것도 잘 내는 모양이고."

"뭐 하는 회사인데?"

"뭐든 아무거나. 그중에는 차량 대여도 포함이야. 아마 그게 가장 간단하고 깔끔한 설명이겠지. 그냥 차를 빌려줬을 뿐이라는 얘기야. 찾아내기도 어렵지 않을 걸세."

"그거야 차차 알게 되겠지." 토이보넨이 말했다. 나디아에게 부탁해야겠군.

토이보넨은 친구를 문까지 배웅하면서 미니버스 쪽을 향해 고갯짓을 해 보였다. 따로 질문할 필요도 없이 답이 돌아왔다.

"대기중이야." 홍카메키가 설명했다. "오카레와 친구들이 이동하려 한다는 정보를 입수해서 애들이랑 같이 기다리고 있지."

"그럼, 몸조심하라고." 토이보넨은 홍카메키의 오버올 안쪽에 단단히 자리 잡은 방탄조끼를 두드리며 말했다.

"우리 과장님께서도 마음이 동하시거든 언제든 바지 꿰어 입고 따라오시면 되는데 말이야." 홍카메키가 비뚤어진 미소를 지으며 제안했다. "차에 남는 좌석도 있고, 나머지 장비야 언제든 빌리면 되고."

"다음에 하지." 토이보넨이 말했다. "팔레이 걸어놓은 게 있어서."

V75 베팅의 승자가 되지는 못했지만 여섯 경기는 맞혔다. 예기치 않게 한 달 월급에 해당하는 돈이 들어온 덕분에 토이보넨은 텔레비전에 앞에 앉아 맥주 두 캔을 더 마시며 자축연을 벌였다. 아내에게 전화를 걸어 소식을 전할까도 생각해보았지만, 이미 자정이 지난데다 맥주를 여섯 캔이나 마신 뒤였다.

새벽 5시, 그는 휴대전화 소리에 잠에서 깨었다. 전화를 받기도 전에 홍카메키임을 짐작할 수 있었다.

"무슨 일이 생겼나?" 그렇게 물으면서도, 토이보넨은 질문에 대한 답이 긍정일 수밖에 없다는 사실을 이미 알고 있었다.

"그래, 유감스럽게도." 홍카메키가 말했다.

"나쁜 일이야?"

"그래."

"말해봐."

117

아라도 오마르와 함께 텔레비전을 보고 있었다. 다음 날 새벽 4시 30분에 일어나야 한다는 걸 생각하면 지나치게 늦은 시각이었다. 오마르는 그나마 분별력이 있었다. 한창 영화를 보던 오마르가 늘어지게 하품을 하더니 어깨를 풀면서 미안하다는 듯 미소를 지었다.

"난 자러 가야겠다." 오마르가 말했다. "늘 아침에 일어나는 게 힘들더라고."

"내가 알람 맞춰둘게." 아라가 말했다. 영화도 재미있었고, 아직 바깥도 그리 어둡지 않았고, 최근 몇 년간 택시를 몰면서 수백 밤을 보낸 터라 한 시간쯤 덜 잔다고 별 차이도 없었다. 어쨌든 재미있는 영화라 끝까지 보고 싶었다.

"한번 안아보자, 친구." 오마르가 미소를 지었다. "스웨덴에서 보내는 마지막 밤이잖아."

"스웨덴에서 보내는 마지막 밤이지." 아라는 오마르의 말을 되풀이하면서 그를 안아주었다. 학창 시절, 진정한 남자라도 다른 남자를 안아줄 수 있다는 사실을 깨달은 뒤 함께 만든 포옹법이었다. 상대방도 진정한 남자라면 말이지. 아라는 생각했다.

자정이 지나 아라는 이를 닦으러 1층에 있는 작은 욕실로 향했다. 바깥도 어두워졌겠다, 이제 이불 속에 몸을 묻자마자 금세 잠이 들 것 같았다.

복도는 캄캄했다. 베란다 지붕에 물 떨어지는 소리가 들리는 것으로 보아 비가 내리기 시작한 모양이었다.

내일이면 드디어 마음 푹 놓을 수 있어. 그렇게 생각하는 순간, 누군가 아라의 목에 팔을 두르더니 의식이 가물가물해질 때까지 목을 조였다. 상대는 그를 벽에 밀어붙이고 다른 손으로 머리채를 붙잡아 뒤로 잡아당겼다.

"나랑 얘기 좀 할까, 아라." 앙헬 가르시아 고메스가 말했다. 그가 오른손을 한 번 터는가 싶더니 순간 아라의 목에 나이프가 살짝 들어왔다. 그것만으로도 아라는 속이 비어버리는 것 같았다. 속이 완전히 텅 비고 말문이 막혀 한 마디도 나오지 않았다. 가르시아 고메스가 상냥하다 싶은 목소리로 나직이 말하고 있었는데도 그랬다. 아라는 칼날이 닿은 목을 움직이지 않으려 애쓰면서 고개를 끄덕이기만 했다.

"한 가지 신경 쓰이는 게 있어서." 가르시아 고메스가 말했다. "너는 너무 말이 많더군. 앞으로 조용히 있겠다고 나를 설득할 기회를 줘야겠다 싶었지."

아라는 다시 고개를 끄덕였다. 목구멍에서 끽소리도 나오지 않았다.

"말해봐." 가르시아 고메스가 그렇게 말하는 순간, 누군가가 두 사람 주변에 드리운 어둠을 향해 한 줄기 섬광을 쏘아 보낸 모양이었다. 빛이 번쩍이는 동시에 고막을 터뜨릴 듯한 굉음과 함께 아라의 양쪽 귀가 먹먹해졌다. 가르시아 고메스는 고개를 홱 젖히면서 아라의 목을 놓고 나이프를 떨어뜨리더니 뒤로 넘어져 복도에 깔린 하얀 깔개 위에 쓰러졌다. 그렇게 쓰러져 팔다리가 경련하는 가운데, 머리와 입에서 피가 쏟아져 나왔다.

"씹할!" 아라가 소리를 질렀다. "씹할! 대체 뭔데?"

"괜찮아." 오마르가 어둠 속에서 걸어 나왔다. 아라는 아무 소리도 듣지 못했지만 아마 내내 그곳에 있었던 모양이었다.

"괜찮아." 오마르는 같은 말을 반복하면서 언제나와 같이 미소를 지었다.

"저 녀석 보지 말고 대신 나를 봐. 내가 해결할게. 넌 걱정할 필요 없어." 그는 그렇게 말하면서 아라의 팔을 부드럽게 잡았다.

"씹할, 죽었잖아!" 아라는 고함을 지르면서 한쪽으로 비켜섰다. 피 웅덩이가 눈에 보일 정도로 순식간에 퍼져서 이미 발밑까지 와 있었다. 하얀 깔개 전체가 완전히 빨갛게 변했고, 피 냄새도 분명히 느껴졌다.

"내가 해결한다니까." 오마르가 말했다. 이번에는 아라의 팔을 좀더 세게 잡으면서 그의 눈을 똑바로 들여다보았다.

"내 말 잘 들어. 네 친구 오마르의 말을 들으란 말이야. 내가 이거 전부 해결할 거야. 넌 여행만 생각해. 여섯 시간 후면 비행기에 올라타 있을 거야. 나머지는 전부 지나간 일이 될 거고."

씹할, 그게 무슨 소리야? 아라는 생각했다.

"씹할, 그게 무슨 소리야? 씹할, 무슨 여행? 이 지경이 됐는데?" 아라가 소리를 지르며 바닥에 뻗어 있는 남자를 가리켰다. 드디어, 드디어 목소리가 나오네.

오마르는 그저 미소만 지을 뿐이었다. 여전히 따스한 미소였고, 특히 이번에는 흡사 고집 센 어린 아이를 달래는 양 자애롭다 싶을 정도였다.

"즐거운 여행이 될 거야, 아라." 오마르가 말했다. "여행 잘 다녀오라고, 친구." 오마르는 아라의 어깨를 다독이며 여전히 따스한 미소를 지어 보이더니 권총을 들어 학창 시절부터 알고 지내온 절친한 친구의 머리를 정통으로 쏘았다.

VI

변호사 토마스 에릭손
살인 사건 수사가
예기치 않은 전환점을
맞이하다

118

벡스트룀은 안니카 칼손을 돌아보며 새로운 일이 없었는지 묻는 것으로 목요일 수사대 회의를 시작했다. 그가 방해받지 않고 보다 중요하면서도 고도의 지성을 요하는 업무에 집중할 수 있도록 단순한 실무들을 처리하는 것이 그녀의 본분이었으니까. 안니카는 딱히 별다른 일은 없었다고 대답했다. 오카레와 가르시아 고메스 쪽도, 증인 쪽도, 행방은 여전히 묘연했다. 전날 검사가 구속영장을 청구한 이브라힘의 형제들 멤버 넷도 사정은 마찬가지였다.

"일곱 명 다 땅속으로 꺼진 모양입니다." 안니카 칼손이 말했다.

"그러게, 하기야 달리 어디로 갔겠나?" 벡스트룀이 맞장구쳤다.

"차량 쪽은 어떻습니까?" 그는 이어 나디아를 고개로 가리켰다.

그다지 진전은 없었다. 아직 확인하지 못한 차량이 몇십 대쯤 남아 있었지만, 이미 용의 선상에서 제외된 수백 대의 사례를 생각하면 전망은 그다지 밝지 않았다.

달리 물고 늘어질 것이 없었기에, 수사대는 모든 것을 잘못 판단했으며 다시 원점으로 돌아가야 할 가능성에 대해 논의했다. 적어도 알름은 그런 가능성을 제기하고 싶어 했고, 다른 수사대원 여럿도 고개를 끄덕여 동의를 표하면서 다른 용의자를 제시하기까지 했다. 불만을 품은 고객, 적, 헤어진 여자친구, 흔한 미치광이, 심지어 피해자의 이웃까지.

"에릭손의 이웃들을 잊어서는 안 됩니다." 스틱손이 말했다. "이번처럼 탐문 수사중에 이웃들이 피해자에 관한 험담을 많이 늘어놓는 경우는 본 적이 없어요."

"무슨 말인지는 알겠어." 벡스트룀이 끼어들었다. "하지만 그 이웃들을 어떻게 자동차, 이삿짐 박스, 그리고 아직 정체를 밝혀내지 못한 2인조와 연결하겠나? 에릭손의 소파에 똥을 지린 놈과 범죄 현장에 코 묻은 손수건을 흘리고 간 놈 말이야."

"그 모든 게 살인 자체와 아무런 관련도 없다는 설명도 가능할 겁니다." 스틱손은 완강했다. "말하자면 우리가 완전히 엉뚱한 나무를 향해 짖고 있었던 셈이죠."

"그게 무슨 개똥 같은 소리야?" 벡스트룀은 고개를 가로저었다. "에릭손의 이웃들이 놈에 대해 불평불만이 많았던 건 그 자식이 전대미문의 망나니였던데다 사납고 위험한 개까지 키우고 있었기 때문이잖아. 그게 그렇게 이해하기 어렵나?"

"저도 경감님 말에 동의해요." 안니카 칼손이 말했다. "제가 보기에 문제는 크게 세 가지입니다. 첫째, 에릭손이 맡은 의심스러운 업무들. 둘째, 오카레와 가르시아 고메스, 그리고 본 코메르가 그 업무에 휘말렸다는 사실. 단단히 코가 꿰였다고 해도 될 정도로요. 마지막으로 셋째, 그날 밤 9시 30분경 이 사달이 났을 때 에릭손과 앉아서 대화중이었던 두 사람의 정체. 소파남과 손수건남과 다른 세 사람 사이에는 틀림없이 어떤 연결 고리가 있을 거고, 그것만 밝혀낸다면 사건은 끝일 겁니다."

"반가운 소리군." 벡스트룀은 그렇게 말하며 손목시계를 흘끗 보았다. "자, 모두들 친히 제공해준 각자의 통찰력에 대한 작은 보상으로 십오 분간 다리를 풀기로 하지. 그런 다음에 마지막으로 법의학계의 번뜩이는 천재성을 확인해보자고."

119

변호사 토마스 에릭손의 부검을 담당한 검시관은 솔나 경찰서에서 대개 성으로만 불렸다. 작고 호리호리한 체구에 점점 줄어드는 머리숱을 가진 린드베리 박사는 업무를 수행할 때면 어떤 것도 허투루 내버려두지 않는 신중하고 양심적인 사람이었다. 또한 의사소통에 매우 능해서 자신이 발견한 것을 경찰 및 비전문가들에게 완벽하게 일상적인 스웨덴어로 설명할 수 있었다.

이날 박사는 몹시 명망 높은 지원군까지 대동했다. 대학교수인 이 여성 동료는 린셰핑의 국립과학수사연구원에서 법의학과를 책임지고 있으며 둔기 및 기타 발길질이나 주먹질 같은 완력에 의해 발생한 상처에 관한 한 세계적인 유명 인사였다. 그녀는 중년에 키가 작고 다부졌으며 혈색이 좋았다.

통과의례처럼 목을 가다듬고 서류를 넘긴 뒤, 린드베리는 검시 보고서를 완성하기까지 이토록 오랜 시간이 걸렸다는 사실에 유감을 표하며 말문을 열었다. 그 이유에 관해서는 잠시 후 다시 다룰 것이며, 구두 보고가 끝나는 대로 수사대 측에 보고서를 이메일로 전송하도록 비서에게 지시해두었다고 했다. 린드베리와 명망 높은 동료 모두 그런 절차를 따르는 까닭은 설명의 편의를 위해서였다. 특히 에릭손에게 가해진 폭력을 고려하면 이번 사례의 경우에는 일을 이런 식으로 진행해야 할 아주 중대한 이유들이 있었다. 법의학적 관점에서 볼 때 에릭손은 상당히 주목할 만한 사례라는 것이었다.

"에릭손의 머리와 목에 난 상처부터 시작하죠. 이 상처들은 두 번에 나뉘어 생긴 것입니다. 일부는 밤 10시경 사망하기 전에, 일부는 사망한 지 몇 시간이 지나 얼굴과 목에 사후경직이 시작된 이후에 생겼습니다." 린드베리 박사는 조심스럽게 목을 가다듬었다.

상처들이 생긴 과정을 밝히려다 보니 검사에 그토록 오랜 시간이 걸렸다. 이 검사는 압박 상처, 여러 크기의 뼛조각, 다양한 범위의 골절, 서로 겹쳐 있어 혈액 손실량과의 비교 및 대조를 요하는 상처들, 부기, 자상, 찰과상, 그리고 평범한 멍으로 구성된 복잡한 퍼즐을 맞추는 일이나 마찬가지였다. 평이한 스웨덴어로 설명하자면 그랬다.

"유감스럽게도 여기서부터 이야기가 아주 복잡해집니다. 법적으로는 더욱더 그렇고요." 린드베리 박사는 한숨을 내쉬었다. "사후에 가해진 상처가 극도로 광범위합니다. 간단히 말하자면 누군가 직경 약 십 센티미터의 둥근 목재 도구를 이용해 두개골을 부수었다고 할 수 있겠습니다. 구식 야구방망이나 비슷한 크기의 곤봉 같은 것일 수 있겠죠. 전부

해서 열두어 차례 타격을 가했습니다."

"실례지만, 법적인 문제라는 건 뭐죠?" 리사 람이 다정한 미소를 머금으며 물었다.

"피해자가 생전에 당한 폭력은 십중팔구 주먹으로만 가해졌을 겁니다. 명망 높은 동료와 저 모두 그 점에 관해서는 의견이 완전히 일치합니다. 두 번, 어쩌면 세 번, 몹시 강하게 주먹으로 맞은 겁니다."

"바보 같은 소리처럼 들릴지 모르겠지만." 리사 람의 미소는 이제 더욱 다정해 보였다. "여전히 뭐가 문제인지 이해가……."

"문제는 피해자가 그 주먹질 때문에 죽었을 리 없다는 거죠." 한손 교수가 리사 람에게 시선을 고정하며 끼어들었다. "한 방은 코에, 다른 한 방은 오른쪽 광대뼈에. 코가 부러졌고 출혈이 심했어요. 피해자가 살아 있었더라면 몇 시간 뒤 눈에 아주 짙은 멍이 들었을 겁니다. 하지만 길어 봐야 삼십 분 내에 사망했기 때문에 멍은 생기지 않았지요. 그뿐이에요. 말하자면, 피해자를 살해할 만큼 심한 폭력은 아니었던 겁니다." 이런 유형의 죽음에 관해서라면 회의실에 있는 사람들 중 유일하게 세계적인 명성을 자랑하는 권위자가 말했다.

"그럼 무엇 때문에 죽은 거죠?" 그렇게 묻는 리사 람은 갑자기 까다로운 법적 문제를 깨달은 검사의 모습으로 변해 있었다.

"에릭손은 심장마비로 사망했습니다." 린드베리 박사는, 아까보다 더 깊은 한숨을 내쉬었다. 그런 것이 가능하다면 말이지만.

이 자식이 대체 뭐라고 하는 거야? 심장마비? 그놈이 우라지게 허약해서 그랬다고? 벡스트룀은 생각했다.

한손 교수가 설명을 이었다. 한 차례 가격으로 코가 부러지고 심한 출혈이 일어났지만, 사람이 죽을 정도는 아니었다. 다시 오른뺨을 가격 당해 추가로 출혈이 있었으나, 이번엔 사망은커녕 의식을 잃을 정도도 아니었다. 그 외에 상처가 하나 더 있었다. 오른 손목에 생긴 골절. 누군가 팔을 잡아당기는 동시에 내리누르면서 손목이 뒤틀린 것이다. 당연히 무척 고통스러웠겠지만, 이 역시 사람이 죽을 만한 상처는 아니었다.

사실상 에릭손을 죽인 것은 그 직후에 일어난 중증 심장마비였다. 그의 심장이 시원찮았다는 사실은 의료 기록에 상세히 나와 있었다. 첫 진단이 나온 것은 십 년 전이었다. 의사는 일반적인 약을 처방했지만, 에릭손은 지나치게 많은 심장병 환자들이 그러하듯 약 복용을 게을리한 채 늘 살던 대로 살았다. 술을 지나치게 많이 마시고, 몸에 좋지 않은 음식을 먹고, 운동은 너무 적게 하면서 몸이 감당할 수 있는 이상의 부담을 안겼다.

사망하기 삼 년 전, 에릭손은 재판 도중에 첫 심장마비를 겪었다. 그는 카롤린스카 병원 응급실로 실려 가서 며칠 동안 입원했다. 입원 기간 동안 광범위한 검사를 시행한 결과 전형적인 심장병 환자의 증상이 빠짐없이 나타났다. 에릭손은 퇴원하자마자 언제라도 목숨을 잃을 수 있는 생활 방식으로 돌아갔다.

"당연히, 피해자가 겪고 있었을 극심한 스트레스에 당시의 폭행이 더해지면서 심장마비가 일어나 사망에 이르렀을 가능성이 매우 커요." 한손 교수가 설명했다. "이 사실이 야기할 법적인 문제에 관해서는 저보다 더 잘 아실 테죠." 그녀는 리사 람을 돌아보며 덧붙였다.

"폭행 치사로군요." 리사 람은 고개를 끄덕여 동의를 표했다.

"네, 이런 사건에서는 보통 그런 판결이 나오더군요." 한손이 말했다. "적어도 제가 관여했던 사건들에서는요."

오 분 뒤, 한손 교수와 그녀의 동료는 리사 람과 수사관들에게 회의에 참석할 기회를 준 것에 대해 고마움을 표하고, 자신들이 도울 일이 있다면 뭐든 말만 하라며 범인 추적에 행운이 있기를 기원했다. 법정에서 다시 만나기를 바란다면서.

"좋아요, 그럼……." 손님들이 문을 닫고 나가자마자 리사 람이 말했다. "말해봐요. 이제 우린 어떻게 할까요?"

"평소대로 진행합니다." 벡스트룀은 무겁게 고개를 끄덕였다. "에릭손의 얼굴을 주먹으로 친 자를 반드시 잡아야 합니다. 세부 사항은 그 점을 해결한 다음으로 미뤄도 늦지 않습니다."

"반가운 얘기네요. 나도 동의한다는 말이에요." 리사 람이 말을 꺼내는 순간 토이보넨이 노크도 없이 회의실로 들어왔다.

미치광이 의사 둘을 내보내니 전형적인 핀란드 광대 한 놈이 들어오는군. 벡스트룀은 생각했다.

"그리고 물론 오카레와 가르시아 고메스, 그리고 우리 증인도 확보해야겠죠." 안니카 칼손이 말했다. "다른 나쁜 일이 벌어지지 않도록 하기 위해서라도요."

"어서 오세요, 토이보넨 경정님." 이어 그녀는 새 손님을 향해 미소 지었다. "간발의 차로 오늘의 법의학적 하이라이트를 놓치셨군요."

"알아." 토이보넨이 말했다. "하지만 그것 때문에 온 게 아닐세. 유감이지만 그보다 더 나쁜 일이야." 그는 그렇게 덧붙이면서 옆에 놓인 테이블 앞에 앉았다.

120

그날 새벽 1시 23분 20초, 일정보다 세 시간 연착한 라이언에어 항공기 조종사가 스카브스타 공항 관제소로 비상 연락을 취했다. 그가 조종하는 비행기는 활주로 북쪽 약 육 킬로미터 상공에서 접근중이었고, 이 분 후 착륙할 예정이었다. 활주로 북쪽으로 거의 삼백 미터 떨어진 지점의 숲속 외딴집 한 채와 연결된 숲길에서 차 두 대가 불타는 광경을 목격한 그는, 우선 공항에 무슨 일이 생겨서 기수를 돌려야 하는 건 아닌지 확인하고자 했다.

관제사가 아무 일도 없다고 조종사에게 확인해주는 동안 관제사의 동료는 뉘셰핑의 경찰과 소방서에 연락했다. 마침 소방관들은 숲속에서 불타고 있는 차 두 대로부터 불과 몇 킬로미터 거리에 있었다. 두 시간 전 스카브스타에서 서쪽으로 9.6킬로미터 떨어진 신호탑에서 허위 경보가 들어와 출동했다가 뉘셰핑에 위치한 소방서로 돌아가는 길에 새로운 신고를 받은 것이다.

삼 분 뒤 소방관들이 현장에 도착했다. 차량 두 대는 봉화처럼 불타고 있어서 손쓸 방도가 없었다. 하지만 인근에 자리한 전형적인 스웨덴식 여름 별장은 아직 불길에 완전히 덮이지 않아 구해낼 수 있었다.

일반적인 경우였다면 집은 끽해야 굴뚝 정도만을 남긴 채 완전히 불타 무너졌을 테지만, 이번에는 그런 일이 일어나지 않았다. 삼십 분 전에 폭우가 쏟아진 터였고 소방서에서도 재빨리 대응한 덕분에 집 대부분이 건재한 상태로 화재를 진압할 수 있었다. 그렇다고 이상적으로 보존된 범죄 현장이라는 얘기는 아니었다. 1층은 화재 피해가 심각했고, 연기와 그을음이 위층과 다락까지 퍼진데다, 화재를 진압하느라 소방관들이 쏟아부은 어마어마한 양의 물이 들어차 있었다. 차량은 훨씬 더 상태가 나빠서, 남은 거라고는 불에 타고 뒤틀린 금속의 잔해와 녹아내린 고무 약간뿐이었다.

토이보넨은 이미 현장에 출동한 경찰관 및 선임 소방관과 대화를 나눈 뒤였다. 첫 번째 시체는 차량 잔해로부터 십 미터 떨어진 곳에서 발견되었다. 집 안에 시체가 두 구 더 있었는데, 어느 쪽도 화재 때문에 죽은 것 같지는 않았다.

"첫 번째 시체는 오카레야. 이미 신원을 확인했지. 총을 쏘고 칼로 찌른 것으로도 모자라 꼼꼼하게도 목에 금속 올가미까지 감아 근처 나무에 매달아두었더군. 죽었다는 점을 제외하면 상태는 괜찮은 편이라 검시관이 살펴보는 대로 상처의 순서가 명확해질 걸세."

"그러니까 집에서 백여 미터 떨어진 길의 불탄 차 근처에서 발견된 게 오카레란 말씀이시죠?" 안니카 칼손이 물었다.

"그래. 다른 둘은 집 안에서 발견됐어. 한 명은 아마 가르시아 고메스일 테고, 유감스럽게도 정황상 다른 한 명은 증인인 택시 기사인 것 같더군." 토이보넨은 동료인 에베르트 벡스트룀을 노려보며 말을 맺었다.

"사망 원인은 뭡니까?" 알름이 물었다.

"뭐, 당연히 자연사는 아니지. 삼십 분 전에 과학수사과와 이야기해 봤네. 오늘 새벽 4시부터 현장에 나가 있었다더군. 두 사망자 모두 머리에 총을 맞은 모양이야. 집에 불이 붙기 전에 말일세. 역시 검시관이 살펴보고 있으니 조만간 알게 되겠지." 그는 어깨를 으쓱이며 말을 맺었다.

"말이 안 되는데요." 안니카 칼손이 고개를 가로저으며 반론을 폈다. "가르시아 고메스와 택시 기사가 같은 시간 같은 장소에서 둘 다 머리에 총을 맞다뇨." 그렇게 경고했건만. 내 말만 들었어도 아직 살아 있었을 텐데. 그녀는 생각했다.

"난 말이 된다고 보는데. 그게 어떻게 맞아떨어지는지 우리가 아직 밝혀내지 못했을 뿐이야. 그걸 알아내면 틀림없이 전부 말이 될 걸세."

"수사는 누가 맡게 되죠?" 리사 람이 물었다.

"다행히 솔나에서는 아닙니다." 토이보넨은 다시 한번 벡스트룀에게 험한 눈길을 보내며 대답했다. "쇠데르만란드의 범죄과에서 주도하고 스톡홀름과 국가범죄수사국 살인수사과에서 협조한다더군요. 가장 최근에 들은 정보에 따르면 말입니다."

"잘됐군요." 벡스트룀이 쾌활한 미소와 함께 말했다. "이런 범죄 조직 간의 영역 싸움은 해결하기가 아주 까다롭잖습니까. 바이크 타는 갱 하나가 총에 맞으면서 시작된 일이 여차하면 무슬림 공동체 절반이 날아가는 걸로 끝나는 식이지요."

"걱정 말게. 이 사건이 자네 책상 위에 오를 일은 없으니까. 그리고 자네가 안심할 만한 소식이 하나 더 있지." 토이보넨이 말했다.

"그거 기대를 억누르기 힘들군요." 벡스트룀이 말했다.

"에릭손을 폭행한 건 오카레가 아니었네."

"그래요? 확실한 겁니까?"

"그날 뒤늦게 현장에 나타난 사람이 오카레와 가르시아 고메스라는 것만큼이나 확실해. 오카레가 길에 세워둔 메르세데스에 앉아 있는 동안 가르시아 고메스가 시체를 훼손하고 개의 목을 잘랐을 때 말이네."

"호기심에서 한 가지 묻지요. 그걸 어떻게 아십니까?"

"아니까 알지. 그리고 이 이야기는 신문에서 보고 싶지 않으니 아쉬운 대로 넘어가야 할 거야."

"무슨 말씀이신지 알겠습니다." 벡스트룀은 어깨를 으쓱했다. 핀란드 튀기 놈이 제정신이 아니군. 밤새 사우나에서 술을 퍼마신 게지.

121

토이보넨이 떠나자, 벡스트룀은 회의를 마무리하고 가장 가까운 동료들을 자신의 사무실로 데려가 새로이 펼쳐진 상황을 정리해야겠다고 마음먹었다. 기왕이면 굶어 죽기 전에 일을 마무리 짓기 위함이었다.

"자, 그럼." 리사 람과 안칸이 책상 반대편에 앉자마자 벡스트룀이 입을 열었다. "먼저 시작하시겠습니까, 리사? 우리 같은 단순한 영혼들을 위해 법률적인 부분을 설명해주시지요."

그녀가 보기에 수사가 어떤 식으로든 위기에 봉착했다고 여길 필요는 없었다. 이제 리사 람은 원래의 살인 혐의를 폭행 치사 혐의로 수정할 계획이었다.

"범인들에게서 모살 혹은 고살 혐의를 벗겨주기에는 아직 너무 일러요. 만약 범인들이 에릭손의 허약한 건강 상태를 알고 폭행한 뒤 죽게 내버려뒀다면, 나는 반드시 법정에서 살인죄의 가능성을 따질 생각이에요." 그녀가 말을 맺었다.

"오카레를 용의 선상에서 제외해도 된다는 얘기는 뭡니까? 우리는 모르는데 우리의 핀란드 동료는 알고 있는 게 도대체 뭐죠?" 벡스트룀이 물었다.

"에릭손이 살해당한 날 밤에 오카레가 감시당하고 있었나 본데요. 우리 같은 일반 경찰들은 알면 안 되는 그런 쪽 사람들에게 말이죠." 안칸 칼손이 말했다.

"거참, 상상도 못했던 일이군." 이미 그런 가능성을 염두에 두고 있던 벡스트룀이 중얼거렸다.

"좋아요." 리사 람이 말했다. "그럼 평소대로 계속하는 거예요. 난 점심을 먹으러 갈까 하는데, 원한다면 두 분도 같이 가죠."

"아쉽네요." 벡스트룀은 사과의 의미를 담아 고개를 내저었다. "그러면 좋겠지만 다른 회의가 있어서 점심은 다음 기회로 미뤄야겠군요."

"전 십오 분만 기다려주세요." 안니카 칼손이 말했다. "구내식당에서 만나실까요?"

사무실을 나와 대기중인 택시를 타고 한참 늦어진 점심을 먹으러 가려던 길에, 나디아가 벡스트룀을 불러 세웠다.

"우라지게 중요한 일이어야 할 겁니다." 벡스트룀은 뱃속을 갉아먹는 굶주림을 느끼며 말했다.

"방금 토이보넨과 이야기했어요. 우리가 아직도 찾고 있는 은색 메르세데스에 대해 귀띔해주더군요."

"뭐 쓸 만한 게 나왔습니까?"

"아직 자세히 들여다볼 겨를은 없었어요. 하지만 우리 쪽에서 조사 중이던 범위에는 없는 차량이에요. 등록지는 말뫼. 그쪽에 있는 회사 소유인데, 아직까지는 이상한 점을 발견하지 못했고요."

"등록 번호도 있고요?"

"그래요. 어쩌면 그것 때문에 좀 의심스러운 것 같기도 하네요. 개인 맞춤형 번호판이거든요. 오카레가 그런 차를 타고 다닌다는 건 상상하기 힘들죠. 게다가 오카레와 차량을 소유한 회사 사이에 아무런 연결고리도 보이지 않고요."

"어디로 등록되어 있는데요?"

"젠코요."

"젠코라." 벡스트룀은 그렇게 되뇌면서 고개를 흔들었다. 그걸 전에 어디서 들었더라?

122

  드디어 뚱보 양반이 사라졌군. 안니카 칼손은 사무실 출입문을 지나 복도로 사라지는 벡스트룀을 바라보며 생각했다. 그녀는 나디아를 찾아가 지난 한 시간가량 자신을 괴롭히던 문제를 꺼냈다. 토이보넨에게서 목격자가 살해당했다는 소식을 들은 순간부터 신경 쓰이던 문제였다.

  "정말 끔찍한 일이에요." 안니카가 말했다. "내가 조용히 지내라고 했는데."

  "얘기해봐요." 나디아는 그녀의 팔을 위로하듯 도닥였다. 안니카는 진심으로 일에 신경을 쓰는 사람이지. 다른 동료들은 온갖 이유로 유혹에 빠지거나 겁을 집어먹는가 하면, 차마 입 밖에 내지도 못할 이유들로 밤을 새우는 작자들도 많은데 말이야.

  "일주일 전 아라에게 사진을 보여줬어요." 안니카가 말했다. "그때 했던 말이 약간 뜻밖이었어요. 오마르 벤 카데르를 알아보더라고요. 에릭손의 집 밖에서 자신이 칠 뻔했던 사람이라서가 아니라 어린 시절 친구라서요. 같이 학교를 다녔대요."

  "오마르 벤 카데르. 내 기억이 맞는다면 아프산 이브라힘의 오른팔, 그러니까 가장 가까운 조언자 아닌가요?"

  "맞아요. 그것 좀 확인해줄 수 있을까요? 두 사람이 정말로 같은 학교에 다녔는지 말예요. 십오 년이나 이십 년 전쯤, 그노셰렜어요."

  "당연하죠. 간단한 일이에요. 오늘 안에 알려줄게요."

  "혹시 왜 신경 쓰는 건지 궁금하다면……."

"안니카가 무슨 생각을 하고 있는지 알아요. 아프산과 오마르가 오마르의 동창을 이용해 오카레와 가르시아 고메스를 꾀어냈다는 얘기죠? 정말 그런 거라면, 쇠데르만란드의 동료들에게 알리지 않는 건 직무 유기가 되겠죠."

"그나저나, 그쪽 수사 지휘권자가 누군지 알아요?"

"국가범죄수사국의 레빈이 초동수사를 지휘한다고 들었어요. 쇠데르만란드 경찰청장이 그러길 원했다더군요."

"얀 레빈. 마침 우리 보스 안나 홀트와 결혼한 사람 말이죠."

"바로 그 사람이에요." 나디아가 고개를 끄덕였다.

얀 레빈, 안나 홀트의 배우자. 세상 참 좁기도 하지. 안니카 칼손은 그렇게 생각하며 잠자코 고개만 끄덕였다.

123

벡스트룀은 이미 자신이 신고 있는 수제 구두 언저리까지 내려간 혈당 수치가 더 내려가는 것을 막고자 우선 든든한 점심부터 준비했다. 블랙 푸딩과 월귤 잼을 곁들인 돼지갈비 구이, 차가운 필스너 두 잔에 넉넉히 따른 보드카 두 잔. 마침내 노고에 걸맞은 커피 한 잔과 코냑 작은 한 잔을 챙겨 소파에 몸을 묻은 뒤에는 우선 유력 석간지의 길들인 기자에게 연락해 최근 온갖 매체를 장식하고 있는, 스웨덴에서 가장 유명한 조폭 변호사의 피살 사건에 관한 최신 정보를 알려주기로 했다. 최소한 여섯 자리 액수에다, 덤으로 동료랍시고 구는 핀란드 주정뱅이 토이보넨에게 입헌 민주국가에서 보호받아야 할 제보자의 신성한 권리와 언론의 자유에 관한 실용적인 교훈을 안겨줄 기회였다.

이후 한 시간에 걸쳐 벡스트룀은 자신의 언론 대변인에게 변호사 피살 사건을 기점으로 만개한 조직 간의 전쟁에 관한 최신 정보를 전달했다. 변호사가 오랜 세월 고문 역할을 해온, 스웨덴 범죄 조직 중에서도 가장 폭력적인 집단인 이브라힘의 형제들, 지난 몇 년 동안에만 '자신들의 법률고문인 변호사 토마스 에릭손에게 최소 이천만 크로나를 지불해온' 바로 그 조직에 대한 내용이었다.

"일주일 조금 넘는 기간 동안 살인이 네 건이야." 벡스트룀이 요약했다. "먼저 에릭손이 죽었지. 그러자 이브라힘 일당이 복수를 위해서 오카레와 가르시아 고메스를 처형했고, 만전을 기하고자 경찰 수사에 결정적인 역할을 할 수도 있었을 목격자마저 제거한 거야."

"벡스트룀, 벡스트룀." 기자는 할 말을 잃은 채 한숨만 내쉬었다.

"내 말 믿으라고. 이건 시작에 불과해. 자네도 알다시피 복수는 복수를 낳는 법. 여름이 끝나기도 전에 양측에서 훨씬 많은 자들이 살해당하고 고문당하고 불구가 될 걸세. 그동안 아무런 죄도 없는 사람들이 고통을 겪으리라는 점을 잊어서는 안 되겠지. 시민으로서의 의무를 다하고자 하는 목격자들뿐 아니라, 그저 우연히 잘못된 시간에 잘못된 장소에 있게 될 일반 대중들까지 말이네."

"인용은 어떻게 해드릴까요? 계속 경찰 쪽 고위 관계자라고 해도 괜찮겠습니까?"

"수사 내용에 정통한." 벡스트룀이 덧붙였다. 이 벡스트룀에게 똥칠하려던 그 핀란드 술고래에게 똥 맛을 보여줘야지.

"그럼, 내일 다시 통화하죠." 기자가 대화를 마무리했다. 스웨덴 범죄 조직들이 여름 맞이 대학살을 개시했다니, 다음 날 신문을 준비하려면 업무를 조정해야 할 터였다.

"그래." 벡스트룀이 말했다. "참, 한 가지 더." 나디아로부터 수색중인 메르세데스에 관해 들었을 때 떠올랐던 생각이 다시금 머리를 스치고 지나갔다. "혹시 신문사에 필름 잘 아는 사람 없나?"

"물론 있죠. 저희 사진기자랑 이야기해보시죠. 뭔가 도움이⋯⋯."

"사진기자 말고." 벡스트룀이 말을 가로막았다. "필름, 그러니까 영화에 대해서 아는 사람 말이야."

"저희 영화 담당 기자 필름 론뉘요."

"필름 론뉘?"

"네, 혹은 '론뉘 더 릴'이라고 부르기도 하고요. 블로그랑 트위터에서는 그 이름을 쓰거든요. 거기선 보다 특이한 영화들을 추천합니다. 론뉘 더 릴. 포르노 릴 할 때 그 릴요."

"그래서, 영화를 잘 안다고?"

"영화를 잘 아냐고요? 세계 정상급입니다, 벡스트룀. 론뉘가 답을 모른다면 그건 영화로 만들어진 적이 없는 걸 물어봤기 때문이에요. 크레디트까지 줄줄 암송하는걸요. 아마 우리 텔레비전 채널에서 보셨을 겁니다. 〈론뉘 더 릴의 베스트 릴〉. 하와이안 셔츠를 입은 커다란 친구요. 사실 경감님이랑 많이 닮았습니다. 그러니까, 외모가요."

"그 친구 번호 있나?" 믿을 만한 녀석인 것 같군. 벡스트룀은 생각했다. 날씨만 허락한다면 그런 차림을 할 기회를 놓치지 않는 그였다.

"그럼요. 누가 줬는지 말만 안 하신다면 개인 전화번호를 드릴 수도 있습니다. 그런데 그 친구는 왜요? 신문에 실을 만한 얘기라도 있습니까?"

"그런 얘기라면 자네에게 제일 먼저 알려주지."

벡스트룀은 전화를 끊자마자 론뉘 더 릴에게 연락해 응답기에 메시지를 남겼다.

"나 벡스트룀이라고 합니다. 경찰입니다. 도움을 좀 받을 수 있을까 해서 연락했습니다."

이제 낮잠을 청할 시간이군. 벡스트룀은 생각했다. 그가 아끼는 핀란드인 웨이트리스가 동네 바에서 저녁 근무를 시작하기 전에 들러 청소와 빨래와 정리 정돈을 해주기로 되어 있었다.

그래, 좀 쉬어야겠어. 그렇게 생각한 순간, 누군가 초인종을 울렸다.

124

처음에는 애타는 마음을 억누르지 못한 핀란드인 청소부가 세 시간 일찍 방문한 줄 알았지만, 손님의 정체는 벡스트룀의 이웃인 꼬마 에드빈이었다. 에드빈은 심각한 표정을 하고 서 있었다. 가지런하게 가르마를 탄 머리가 벡스트룀의 현관문에 달린 우편함과 같은 높이에 있었다.

이사크가 마침내 저세상으로 훨훨 날아갔다는 얘기를 하러 온 게로군. 그렇게 생각하며 벡스트룀은 서둘러 문을 열었다.

"들어와라, 에드빈. 들어와. 무슨 일 있니?" 벡스트룀은 짐짓 걱정스러운 표정을 지으려 노력했다.

꼬마 에드빈은 평소와 똑같았다. 진지한 꼬마 친구는 우선 경감님의 휴식을 방해하지 않았기를 바란다는 말부터 꺼냈다. 벡스트룀이 가르쳐준 대로 초인종을 울리기 전에 우편함을 통해 귀를 기울였고, 덕분에 벡스트룀이 집 안에 있으며 깨어 있다는 사실을 알 수 있었지만, 그래도 완전히 확신할 수는 없는 법이었으니까.

"괜찮아. 그런 걱정은 마라, 얘야." 벡스트룀은 에드빈의 머리를 토닥였다. "나에게 할 말이 있나 보구나." 그냥 우편함으로 기어 들어오지 않은 게 용하군그래.

"좋은 소식이 있어요, 경감님." 에드빈은 고개를 끄덕이며 말했다.

올 것이 왔구먼. 벡스트룀은 눈을 들어 천장 쪽을 올려다보았다.

에드빈은 이사크가 회복했다는 소식을 전하러 온 것이었다. 아직은 약간 의기소침해 보이지만 이미 지난 주말 전에 동물병원에서 퇴원한 상태였다. 에드빈이 이 기쁜 소식을 전하기에 앞서 일주일을 기다린 이유는 두 가지였다. 첫째, 에드빈은 신문을 통해 경감이 중대한 살인 사건 수사에 전념하고 있다는 사실을 알게 되었고, 그래서 아마 이사크에게 필요한 보살핌을 제공할 수 없으리라 짐작했다. 둘째, 에드빈은 벡스트룀에게 헛된 희망을 심어주지 않기 위해 이사크가 완전히 회복될 때까지 기다리기로 했다.

"그럼 지금 이사크는 어디 있지?" 벡스트룀은 나지막이 물었다. 이 안경 쓴 도마뱀 새끼가 대체 뭐라고 지껄이는 거야?

이사크는 한 주 동안 에드빈의 침실에서 요양했다. 회복은 순조로웠고, 여전히 충격을 받은 상태이기는 하지만 조만간 평소의 이사크로 돌아오리라 기대해도 괜찮을 정도였다. 에드빈이 알고 싶었던 건, 벡스트룀의 막대한 업무량을 감안하여 자신이 이사크를 좀더 오래 데리고 있는 게 좋지 않겠는가 하는 것이었다.

아직 꼬마 녀석에게 희망이 있군그래. 벡스트룀은 생각했다. 이사크가 아니라 에드빈을 두고 한 생각이었다.

"같이 의논을 해볼까?" 벡스트룀이 제안했다. "뭐 좀 줄까? 주스는 어때?"

"고맙습니다." 에드빈이 말했다. "저는 맛있는 주스는 절대 거절하지 않아요."

벡스트룀은 부엌으로 가서 냉장고와 찬장을 뒤지던 중 문득 정상적인 성인 남성의 집에 주스가 있을 리 없다는 사실을 깨달았다. 대신 그는 에드빈이 마실 코카콜라와 자신이 마실 필스너를 챙겨 나왔다.

"미안하지만 주스가 떨어졌구나." 벡스트룀은 거짓말을 했다. "코카콜라도 괜찮을까?"

손님은 물론 코카콜라도 괜찮다며 벡스트룀을 안심시켰다. 엄마 두산카와 아빠 슬로보단이 밤에 텔레비전을 보며 큰 잔에 코카콜라를 마시곤 했기 때문에, 에드빈은 사람이 코카콜라를 마시면 행복해진다는 사실을 알았다. 에드빈 자신은 라즈베리 주스를 더 선호했지만 말이다.

"어떻게 해야 좋을까요, 경감님?" 에드빈이 두꺼운 안경 너머로 벡스트룀을 바라보며 말했다. "제가 이사크를 좀더 데리고 있을까요, 아니면 바로 경감님께 데려오는 편이 좋으시겠어요? 이사크가 먹을 약은 제가 전부 적어드릴 수 있어요. 돌보기 더 편하시도록요."

벡스트룀이 현재 떠안고 있는 어마어마한 업무량을 생각하면 당연히 첫 번째 선택지가 더 나았다. 물론 사랑하는 이사크를 보고 싶은 마음은 굴뚝같지만 말이다.

"현명하신 결정이에요, 경감님." 에드빈도 동의했다. "일단 저희 집에서 지내는 걸로 할게요. 일이 좀 한가해지시면 언제든 말씀만 하세요."

에드빈이 나가기 전에 벡스트룀은 지폐 클립에서 충분한 지폐 뭉치를 꺼내 에드빈의 손에 쥐여주었다.

"사룟값 등으로 쓰라고 주는 거야." 벡스트룀이 설명했다.

"너무 많은데요." 에드빈은 돈뭉치에 놀라 눈을 휘둥그렇게 떴다.

"그럴지도 모르지만 앵무새 약값이 공짜는 아니잖니." 벡스트룀은 에드빈의 머리를 토닥였다. "더 필요하면 찾아오고." 이 정도면 말뜻은 알아들었겠지.

평화로운 낮잠 속으로 빠져들기 전, 벡스트룀은 꼬마 이웃에 대한 긍정적인 생각에 잠겨 있었다. 제대로 써먹을 줄만 알면 에드빈 같은 녀석은 경찰에 아주 쓸모가 있겠어. 치실 조각처럼 빼빼 마른 몸에 키는 한 뼘을 간신히 넘고 풀뱀처럼 잽싸지. 좁고 사방이 막힌 공간을 수색할 사람이 필요할 때 꼬마 에드빈은 냄새로 폭탄을 찾아내는 경찰견만큼이나 값진 자산이 될 거야. 그렇게 생각하면서 그는 조용히 꿈나라로 빠져들었다.

그날 저녁 벡스트룀이 평소처럼 동네 술집에서 저녁을 먹고 돌아왔을 때, 예구라가 전화를 걸어 피노키오 수색은 어떻게 되어가느냐고 물었다.

벡스트룀은 신중한 낙관론을 펼쳤다. 그들은 짧은 대화를 마무리하며 다음 날 저녁에 만나 현재 진행중인 계획에 대해 보다 자세하게 논의하기로 약속했다.

"우리 집에서 간단히 요기를 하면 어떻겠소?" 예구라가 제안했다. "방해받을 일 없도록 말이오. 음식이야 사소한 것까지 도맡아 처리해주는 훌륭한 출장 연회업체가 있으니 염려할 건 없소, 친애하는 친구."

이미 끝마친 일인데다 물건 가격이 이억 크로나에 달하는 만큼, 벡스트룀으로서는 반대할 이유가 없었다.

"좋소." 예구라가 말했다. "그렇다면 8시 정각에 노르멜라르스트란드에 있는 우리 집에서 봅시다."

125

벡스트룀은 자정을 넘겨서까지 컴퓨터 앞에 앉아 있다가 너무 늦게 잠자리에 들고 말았지만, 눈을 뜨자마자 서에 연락해서 수사대 오전 회의를 취소하는 것으로 상황을 수습했다. 사무실로 들어서던 그는 안칸 칼손과 마주쳤다. 대노한 표정을 보니 방으로 불러 이야기를 나누는 게 좋겠다 싶었다. 되도록이면 취소한 회의라든가 벡스트룀을 가만히 내버려두고 자기 관리에 열중할 때나 도움이 되는 저능한 동료들 얘기가 아닌 다른 화제로.

"로시타 소식은 더 들은 거 없나?" 벡스트룀은 주의를 돌리기 적당한 화제를 꺼냈다. "많이 걱정해야 할 것 같은가?"

하지만 안니카는 이 질문에 대한 답을 알지 못했다. 그리고 이유를 알아볼 여유도 없었다. 다만 그들의 동료인 로시타 안데르손트뤼그가 한동안 계속 병가를 낼 것 같다는 점만은 확실했다.

"조류독감 같은 것에 걸린 건 아니겠지?"

"아뇨, 그럴 리가요." 안칸 칼손이 황당하다는 표정으로 대꾸했다.

"아, 그냥 워낙에 동물에 관심이 많은 친구라 그런 생각을 해본 거야. 동물들은 사람에게 온갖 괴상한 걸 감염시키지 않나. 농가진, 광견병, 구제역, 앵무병, 뭐 그런 거." 벡스트룀은 어깨를 으쓱했다. 아니면 야생토끼병이라든지. 대체 토끼를 쓰다듬고 싶어 하는 놈들은 뭐 하는 작자들이야?

"홀트랑 얘기해봐요." 안칸은 벡스트룀의 말을 묵살하듯 고개를 내저었다. "그보다도 제가 보기에는 신문에 난 온갖 기사들이 문제인 것 같던데요. 몽타주가 언론으로 흘러나가다니 한심하잖아요. 그것 때문에 목격자가 어떻게 됐는지 생각해보면 말이죠. 오카레와 가르시아 고메스가 둘 다 일자무식이라고 장담할 수 있는 것도 아니고."

"그래, 그 기자 놈들 끔찍하더군. 독수리떼가 따로 없어." 벡스트룀은 한숨을 내쉬었다. "난 신문을 아예 읽지 않는 걸로 그 문제를 해결한다네."

"암요, 굳이 읽을 필요 있겠어요?" 안칸 칼손이 의미심장하게 대꾸했다. "그럼, 전 이만 실례하죠. 할 일이 많아서."

안칸이 그날인 모양이야. 이제 나도 일을 해야지. 벡스트룀은 만족스러운 한숨을 내쉬며 앞으로 자신이 해야 할 일들을 생각해보았다. 점심으로는 타파스를 먹자. 다음으로 리틀 미스 프라이데이를 만나고, 낮잠을 자고, 예구라와 근사한 저녁을 먹으며 고된 업무로 가득했던 한 주를 적절하게 마무리하는 거야.

이제 택시를 타러 가야겠군. 벡스트룀은 자리에서 벌떡 일어나 택시 스톡홀름의 단축다이얼 버튼을 눌렀다.

에베르트 벡스트룀 경감이 택시를 타고 점심을 먹으러 가는 동안, 그의 동료인 안니카 칼손 경위는 쇠데르만란드에서 일어난 삼중 살인 초동수사를 지휘중인 국가범죄수사국 살인수사과 얀 레빈 경감에게 연락했다. 레빈은 우선 자신이 먼저 연락하지 못한 것에 대해 사과했다. 살인 사건 수사의 시작 단계가 보통 그렇듯 할 일이 너무 많았기 때문이었다. 특히 이런 규모의 수사는 더 그랬다.

이어서 그는 그녀와 솔나의 다른 동료들이 전달해준 정보에 고마움을 표했다. 그 또한 그녀의 생각, 즉 목격자인 택시 기사야말로 두 피살자 오카레와 가르시아 고메스를 가장 유력한 용의자인 아프산 이브라힘 패거리와 이어주는 연결 고리일 가능성이 크다는 점에 공감한다고 했다. 사건의 동인은 지옥의 천사들과 이브라힘의 형제들이 수년에 걸쳐 벌여온 유혈 갈등일 터였다. 그 시작을 알린 것은 아프산 이브라힘의 법률고문 토마스 에릭손의 살해였을 테고.

"모든 증거가 범인들이 진짜 노렸던 상대는 오카레였다고 말해주고 있네." 레빈이 말했다. "우리 검시관 얘기로는 범인들이 그를 철사 올가미로 매단 뒤 아직 숨이 붙어 있을 때 무차별 사격을 가하고 찌르고 베었다는군."

"가르시아 고메스와 택시 기사는요? 그 둘에 관해 알아내신 게 더 있나요?"

"두 사람은 집 1층 복도에 쓰러져 있었어. 둘 다 아주 가까운 거리에서 머리에 총을 맞았지. 우리네 미국인 동료 말로는 처형 스타일이라더군. 정황상 먼저 총을 맞은 건 가르시아 고메스야. 택시 기사 아라가 그의 피를 뒤집어쓰고 있었지. 아마 가르시아 고메스는 아라를 공격하던 중 총에 맞은 모양이야. 이후 아라도 총에 맞았고."

"동일한 무기로요?"

"그런 것 같아. 구 밀리미터짜리 중공탄. 총알의 모습을 보면 권총을 사용한 것 같은데, 확실한 답은 오늘 오후에 나올 걸세. 알게 되는 대로 이메일 보내겠네."

"다른 건요?"

"없어. 내 생각도 자네와 같다는 것만 빼면 말이야. 그쪽 목격자는 오카레와 가르시아 고메스를 꾀어낼 미끼로 이용당했고, 그 둘이 처리되자마자 목격자도 같은 꼴을 당한 거지. 정황상 그것 말고 다른 설명은 불가능해."

오마르 벤 카데르 녀석, 매력이 넘치는걸. 우정 한번 돈독하네. 안니카 칼손은 생각했다.

126

먼저 플레밍스가탄의 타파스 바. 마무리는 테라스에서 볕을 쬐며 코냑으로.

다음은 리틀 미스 프라이데이. 벡스트룀은 여기에서 작은 깜짝 코스를 마련해 먼저 그녀의 음모를 깎아준 뒤 평소처럼 아랫도리 소풍을 즐긴 다음 전통적인 살라미 타기로 마무리했다.

끝으로, 햇볕을 받으며 느긋하게 집으로 산책. 그의 안락한 보금자리로, 그의 널찍한 헤스텐스 침대로. 하지만 문을 열고 들어서자마자 전화가 울렸다.

"여보세요." 벡스트룀이 짧게 대답했다.

"벡스트룀 경감님이십니까?" 전화 건너편의 목소리가 물었다.

"어쩌면요. 누구십니까?"

"론뉘요." 필름 론뉘였다. '론뉘 더 릴'이라고도 하죠. 메시지를 남기셨더군요. 제 도움이 필요하시다고요?"

"그렇습니다." 벡스트룀이 말했다. "먼저 이 이야기는 우리 둘만의 비밀로 해야 한다는 걸 확실히 해두고 싶은데요."

"그러죠." 론뉘가 말했다. "명예를 걸고 비밀을 지키겠습니다." 그가 덧붙였다.

"젠코라는 이름을 들으면 뭐가 떠오릅니까?"

"영화사상 최고의 영화요. 스웨덴 개봉일은 1975년 7월 28일, 스톡홀름의 리골레토, 드라켄, 스페겔른 극장에서 동시에 개봉했죠. 미국 개봉일은 그 전해 12월 12일. 뉴욕에서였고요."

"또 다른 건?" 이 자식이 대체 뭐라고 씨불이는 거야?

"젠코 올리브 오일, 수입 및 수출. 비토 콜레오네가 미국으로 이민 가서 맨 처음 한 사업이 그거였죠. 출생 당시 이름은 비토 안돌리니, 출생지는 시칠리아의 콜레오네. 세계 최고의 영화가 그의 인생 역정을 담고 있죠."

"〈대부〉군요." 벡스트룀은 머릿속에 불이 번쩍 들어오는 기분이었다.

"〈대부 2〉입니다." 론뉘가 정정했다.

"정말 고맙습니다." 이 자식 학교 다닐 때 반장 했겠군. 벡스트룀은 생각했다.

"왜 알고 싶어 하셨는지 여쭤봐도 됩니까?"

"됩니다. 하지만 대답은 않는 게 좋겠군요. 혹시 그것 말고 제게 원하는 것 없습니까?"

"〈현상수배〉 여름 시즌에 출연하셨을 때 입으셨던 하와이안 셔츠를 부탁드려도 괜찮을까요?"

"되고말고요. 어디로 보내면 됩니까?"

"신문사 사무실, 제 앞으로요."

"우편으로 보내겠습니다." 벡스트룀은 거짓말을 했다. 요새 집배원들이 까치처럼 물건을 훔쳐대며, 특히 그렇게 귀한 물건이라면 우편함에 넣는 즉시 사라진다는 것쯤이야 필름 론뉘 같은 작자라도 알 터였다.

"고맙습니다. 정말 고맙습니다." 필름 론뉘는 진심으로 고마워하는 목소리였다.

"별말씀을." 아니군, 이 자식은 모르는 모양이야. 벡스트룀은 그렇게 생각하며 전화를 끊었다.

그날 저녁 예구라와의 저녁 식사는 훌륭한 하루의 마무리로 손색이 없었다. 먼저 그들은 따뜻하고 차가운 여러 종류의 카나페로 가볍게 입가심을 했다. 다음으로 예구라의 다이닝 룸에서 전통적인 부르주아식 코스를 즐겼고, 마지막으로 서재에서 코냑을 넣은 커피를 마시며 공동 사업 계획을 논했다.

"피노키오의 코를 찾는 일은 어떻게 돼가고 있소?" 예구라가 호기심 어린 얼굴로 물었다.

"진행중입니다." 벡스트룀은 무겁게 고개를 끄덕였다. "아직 어떤 식으로든 돌파구가 나왔다고 말하기에는 너무 이릅니다만."

"신문을 보니 흐름이 궁과 국왕 폐하 쪽으로 가고 있는 것 같던데." 예구라는 쉽게 물러서지 않았다. "폐하께서 에릭손 같은 자와 어떤 식으로든 관계를 맺으셨으리라는 생각만으로도 마음을 단단히 먹어야 할

판이오만."

"그러게 말입니다. 애석하게도 사람들이 민감한 성질의 일에 관여하다 보면 에릭손 같은 자들의 손아귀에 떨어지는 일이 지나치게 잦지요. 그런 만큼 '내역'에 관해서는 걱정하지 않으셔도 되겠습니다. 문제는 안타깝게도 그 흔적이 저 간악한 에릭손의 집에서 뚝 끊겼다는 겁니다."

"그대로 끝나지 않았으면 좋겠는데." 예구라는 진심 어린 표정이었다. "그랬다간 서구 미술사 전반에 재난이 되지 않겠소."

"오, 상황이 그렇게까지 되지는 않을 겁니다." 벡스트룀은 둥근 코를 문지르며 말했다. "하지만 한 가지 도와주셨으면 하는 게 있습니다."

"말만 하시오."

"지인분의 성함을 가르쳐주십시오. 뚱보 수사 그림에 관심을 보였다는 분 말입니다."

"알렉산더 베르샤긴이 그린 성 테오도로스 그림 말이오?"

"예, 그거요."

"우리 둘만의 비밀로 하겠다고 맹세하겠소?"

"물론입니다." 벡스트룀은 염려 말고 얘기해보라는 듯 고개를 끄덕였다.

"그렇다면야." 예구라는 가볍게 어깨를 으쓱였다. "그렇다면야 잠시 내 원칙에서 벗어나야겠구려. 아마 내가 이름을 말하는 순간 경감도 누구인지 단박에 알 거요. 경감이 있는 솔나에서는 전설적인 인물이라고들 하니까."

"그래서, 이름이 뭡니까?"

"마리오 그리말디. 왜, 대부 말이오."

127

벡스트룀은 자신이 맡은 사건과 변호사 토마스 에릭손의 비극적인 죽음에 관해 생각하며 주말 대부분을 보냈다. 자잘한 법적 세부 사항은 기꺼이 리사 람과 동료들에게 양보했지만, 보다 흥미로운 다른 요소들이 있었다. 그러면서도 그는 음식, 술, 운동에 관해서는 평소의 규칙적인 생활 방식을 충실히 따랐다. '건강한 몸에 건전한 정신이 깃든다'는 그의 신조나 다름없었고, 그 규칙에서 조금이라도 벗어난다는 건 안 될 말이었다.

남은 시간은 슈퍼 살라미를 애타게 갈망하는 여자들의 끝없는 행렬을 줄이는 데 사용했다. 지금까지 시험해본 적 없는 신선한 인재들로 두 명. 토요일 오후의 상대는 스물다섯 살짜리 네일 미용사였는데, 직접 웹캠으로 찍었다는 사진들은 대단히 전도유망해 보였지만 실전에서 시험해보니 애석하게도 실망이 이만저만이 아니었다.

잘해봐야 4점이군. 4점대 초반, 4점대 극초반이야. 마침내 일을 치르고 여자를 그녀가 살 법한 쇠락한 교외로 돌려보낼 수 있게 된 벡스트룀은 생각했다. 약속했던 저녁 식사는 링케뷔에서 새로 발생한 살인 사건 현장으로 즉시 와달라는 긴급 호출 때문에 취소해야만 했다.

"저런, 끔찍해라." 나가는 길에 현관에서 네일 미용사가 말했다. "당신 같은 사람이 있어서 정말 다행이에요. 조만간 다시 만날 거라고 약속해줘요."

"물론이지." 벡스트룀은 거짓말을 했다. "꼭 다시 보자고."

남은 하루는 평소처럼 보내다 오페라셸라렌에서 홀로 근사한 저녁을 먹으며 마무리했다.

일요일에는 발전이 있었다. 커다란 발전이었다. 점심 상대는 서른다섯 살짜리 프리랜서 회계사였는데, 본론으로 들어가보니 완전히 거칠 것 없는 섹스광이었다. 돈이나 재무 서류를 믿고 맡길 생각은 추호도 들지 않았다. 애초에 다른 재능을 놔두고 그런 걸 하려는 이유도 알 수 없고. 8점대 후반, 어쩌면 9점대 초반일지도. 그 정도면 전 세계의 모든 계산쟁이들 중에서는 단연 최고일 터였다. 회계사 섹스 월드컵 폐회식의 시상대 맨 위에 선 그녀의 모습이 눈앞에 선했다. 네발로 엎드려 궁둥이를 허공으로 요염하게 치켜들고, 대롱거리는 가슴을 보란 듯이 흔들며, 김이 서린 안경이 안경을 코끝에 비스듬하게 걸친 모습.

"조만간 다시 만날 거라고 약속해줘요." 나가는 길에 복도에서 그녀가 말했다.

"그야 믿어도 좋아." 이미 여자의 번호를 휴대전화의 단축다이얼에 저장해둔 벡스트룀이 대답했다.

벡스트룀은 일찌감치 잠자리에 들었고, 전에도 숱하게 그랬듯이 그가 아무런 노력도 기울이지 않는 가운데 꿈을 통해 진실이 찾아왔다. 진실을 가리거나 감추고 있는 표면적인 현상에만 정신이 팔리는 대신 실제로 무슨 일이 일어나고 있는지 직시할 줄 아는 재능을 갖춘 벡스트룀과 같은 특별한 소수에게, 진실은 그런 방식으로 찾아왔다. 그리고 이른바 피살자라는 작자의 인간됨을 생각하면 이 이야기에 그보다 더 나은 결말은 상상하기 어려웠다.

월요일 아침, 솔나 경찰서로 향하는 택시 뒷좌석에 앉은 벡스트룀은 모든 일이 어떤 식으로 일어났는지 거의 확신하고 있었다. 남은 일이라 곤 사건의 진상에 전념하기에 앞서 마지막 조각들을 끼워 맞추는 것뿐이었다. 꼬마 피노키오와 녀석의 긴 코가 새 소유주인 에베르트 벡스트룀 경감의 손에 남을 수 있도록 충분히 안전하고 은밀한 방법을 찾는 일 말이다.

VII

검사가 변호사 토마스 에릭손
살인 사건 수사를
종결하다

128

 벡스트룀이 새로운 한 주를 시작하면서 가장 먼저 한 일은 나디아와 대화를 나누는 것이었다.

 "전에 귀띔한 메르세데스 소유 회사에 관해 알아낸 거 있습니까?"

 나디아는 꽤 많이 알아냈다고 대답했다. 젠코 유한회사는 〈대부 2〉가 스웨덴 극장에 개봉하고 거의 정확히 여섯 달이 지난 시점인 1976년 1월에 설립됐다. 그때부터 이 회사는 주로 올리브 오일, 파스타, 와인, 살라미, 햄, 치즈 등 이탈리아 음식과 식재료를 수입해서 판매하는 일을 해왔다. 건실하고 수익성 높은 업체 같았다.

 본사와 창고가 말뫼 외곽에 있고 직원은 열두 명인 식료품 도매업체. 사십 년 가까이 운영하는 동안 손실을 보거나 당국과 마찰을 빚은 적은 한 번도 없었다. 세금과 사회보험 부담금도 제때 납부했으며, 사업에 필요한 허가도 전부 제대로 갖추었다. 지난 몇 년간 매출은 연간 약 이천만 크로나였다.

 "딱히 대단하달 건 없어요. 매년 순수익은 백만 크로나 정도 되고요." 나디아가 설명을 마쳤다.

"그럼 차량 임대업은 왜 하는 겁니까?" 벡스트룀이 물었다.

그건 젠코 유한회사가 다양한 사업에 손을 댔던 초창기의 잔재라는 답변이 돌아왔다. 그것 말고도 과거에는 레스토랑이나 출장 연회 같은 유사 업종에 투자하기도 했다는 것이다. 어느 시점에서 그들은 리무진 임대업을 하는 더 작은 회사를 인수했다. 이 사업 부문은 그동안 차근차근 정리 수순을 밟았고, 현재 남아 있는 차량은 문제의 메르세데스 한 대뿐이었다.

"사 년 전 인수 비용은 부가가치세를 제하고 백만 크로나쯤 됐어요. 현재 가치는 오십만 언저리고요." 나디아가 말했다.

"기초적인 돈세탁 수법처럼 들립니다만." 벡스트룀이 대꾸했다.

나디아도 비슷한 생각을 떠올리기는 했지만, 정말로 그런 것인지는 별로 확신이 서지 않는다고 했다.

"사측 주장처럼 실제로 차량 임대업을 하고 있다는 게 가장 간단한 설명이겠죠. 어쨌든 사업을 한 지 여러 해가 됐는데 경찰도 세무서에서도 아무런 이의를 제기하지 않았으니까요."

"소유주는 누굽니까?"

"어느 질긴 노파인가 보던데요." 나디아는 살짝 미소를 지었다. "안드레아 안돌리니, 아흔두 살. 지난 오십 년간 말뫼에 거주했으며 같은 기간 동안 스웨덴 시민으로 지내고 있어요. 평생을 요식업계에서 일했고, 아마 1960년대 첫 이주 노동 물결 때 스웨덴에 온 것 같아요. 결혼한 적은 없고, 아이도 없고, 여전히 회사 이사장이고."

"하기야, 피자 굽는 놈들은 질긴 법이니까." 벡스트룀은 한숨을 내쉬었다.

"당연히 그녀가 대부와는 무슨 관계인지 궁금할 테죠." 나디아가 말했다. "나도 가끔 영화는 보거든요." 벡스트룀의 놀란 표정을 알아차린 그녀가 설명했다.

"그래요, 말해봐요." 벡스트룀이 말했다. 하여튼 이 러시아 여자는 언월도만큼 날카롭단 말이지.

"회사 이름이 어쩐지 신경 쓰여서 알아봤죠. 나머지는 인터넷에서 찾았어요. 안드레아 안돌리니는 대부의 이모예요. 출생명이 안돌리니였던 비토 콜레오네 이야기가 아니라, 우리 솔나 지역에 사는 대부 마리오 그리말디 말이에요. 그는 시칠리아가 아니라 나폴리 출신이지만."

"짐작도 못한 일이군요." 벡스트룀이 말했다.

"그러게 말이에요. 가끔 일이 풀리는 걸 보면 재밌다니까요." 나디아가 동의했다.

"그리말디 사진 잘 나온 걸로 몇 장 추려서 다시 에릭손의 이웃들을 만나봅시다. 왜, 에릭손의 집 앞 계단에 앉아 있던 흰머리 노인을 목격한 사람이 있었죠? 에릭손이 사망했을 무렵 말입니다."

"이미 진행중이에요." 나디아가 말했다. "펠리시아가 오늘 오전에 목격자와 이야기해보기로 했어요."

129

인원이 대폭 줄어든 수사대는 유달리 활기가 없어 보였다. 오늘이 월요일 아침이고, 두 검시관이 수사대로부터 살인자와 무기징역의 가능성을 빼앗아 가고, 대신 기껏해야 평범한 무뢰한에 징역 2년만을 남겨주었다는 점을 감안하더라도 그랬다.

"나 같은 구식 경찰은 이렇게 뜨거운 열정을 보면 기쁨이 샘솟더군." 벡스트룀이 초라한 무리를 매섭게 노려보며 말했다.

"뭐, 검시관들이 전한 소식에다, 뉘셰핑에서 오카레와 가르시아 고메스와 우리 목격자에게 일어난 일까지 생각하면 그리 놀라운 반응은 아니죠." 안니카 칼손이 말했다.

"자네들이야 그럴지도." 벡스트룀이 말허리를 잘랐다. "나는 아무것도 대충 넘기고 싶지 않아. 난 에릭손을 심하게 두들겨 패서 심장을 고장 낸 정체불명의 범인을 잡아야겠네. 그게 최우선이야."

"알겠습니다." 안니카 칼손이 말했다.

"말 끊지 마. 그리고 마찬가지로 정체가 밝혀지지 않은 놈, 에릭손의 소파에 똥을 싼 공범도 잡아야 해. 설령 그냥 말썽 좀 피우려고 한 짓일 뿐이더라도, 녀석에게 기물손괴죄를 먹이고 말겠어. 그게 두 번째. 내 말 똑똑히 알아들었나?"

"아주 분명하게요. 또 저희가 할 일이 있을까요, 경감님?"

"그날 밤 에릭손의 집에서 실제로 무슨 일이 있었던 건지 알아내. 어떻게 그림 때문에 일어난 말다툼이 조폭 간의 전면적인 전쟁으로 번졌는가? 그게 세 번째야."

"알겠습니다, 경감님. 또 다른 건요?"

"행정적인 세부 사항과 서류 작업은 기꺼이 자네에게 맡기지. 오카레, 가르시아 고메스, 아프산 이브라힘에 관해 우리가 갖고 있는 건 전부 쇠데르만란드의 동료들에게 확실하게 넘기도록. 다니엘손과 사무소에서 일하는 그 여자에게 가한 협박 건도 그쪽에서 맡아줄 수 있겠냐고 물어보는 거 잊지 말고."

"그건 이미 처리했습니다."

"좋아. 내일 오전 회의 일정은 오늘 중에 통보하지. 이 자리에 있는 모두가 이 몹쓸 사건을 마무리할 수 있도록 노력해주리라 믿겠네. 자네들은 내가 하라는 대로만 해. 그러기만 하면 된다고. 이게 그렇게 이해하기 어렵나?"

130

꼬마 펠리시아가 행복해 보이는걸. 회의실에서 나오던 벡스트룀은 자신을 향해 웃으며 손을 흔드는 펠리시아를 보고 생각했다.

"내 방으로." 그가 손으로 자기 방을 가리키며 말했다.

목격자는 펠리시아가 사진을 보여주자마자 그를 골랐다. 어떤 망설임도 없었고 법정에서 증언할 의향도 있었다. 비록 에릭손의 집 앞 계단에 앉아 있었던 그 사람, 사진 속의 흰머리 노인은 도무지 살인자처럼 보이지 않았지만 말이다.

"뭐랄까, 제가 이해한 게 맞는다면 그자가 직접 살인을 저지른 건 아닌 것 같은데요." 펠리시아가 말했다.

"그래, 그런데 한 가지가 더 있어." 벡스트룀이 말했다. "그간 자네에게 부탁하고 싶었던 게 있는데 말이야. 이건 당분간 우리 둘만의 비밀로 해줬으면 좋겠군. 자네가 이 사람과 얘기를 좀 해주게."

벡스트룀은 검은 수첩의 빈 페이지에 이름과 주소와 휴대전화 번호를 갈겨쓴 다음 찢어서 펠리시아에게 건넸다.

"나랑 점심을 함께하지 않겠느냐고 물어봐. AIK 경기가 있을 때마다 그 양반이 친구들이랑 술 마시는 바에서. 필름스타덴에 있어."

"알프휘단요?"

"그래, 거기. 내가 직접 연락하지 않는 이유가 궁금하다면, 내 전화는 바로 끊어버릴지도 몰라서 그래. 그러니 자네가 가서 만나보고 내 선의를 잘 설명해줘. 그 양반이랑 바에 도착하는 대로 필스너 한 잔이랑 괜찮은 위스키 한 잔 대접하고. 분위기를 띄워놓으란 말이야. 그런 다음 연락하면 내가 십 분 내로 가겠네."

"이 사람이 우리가 잡으려 하는 다른 남자라고 생각하시는 거예요?" 펠리시아가 건네받은 쪽지를 들어 보이며 물었다.

"자네 크리스마스이브에 디즈니 만화영화 봤나?"

"항상요." 펠리시아는 미소를 지었다. "스웨덴에 살게 된 뒤로는요."

"그럼 칩과 데일을 잘 알겠군. 왜, 두 얼룩 다람쥐 말이야. 미키 마우스가 트리를 장식하려고 하면 말썽을 피우는 녀석들 있잖아."

"네, 미키의 개 플루토랑요." 펠리시아는 즐거움을 감추지 못하는 얼굴이었다.

"그럼 데일이 없는 칩을 상상할 수 있겠나?"

"아뇨." 펠리시아는 고개를 가로저었다.

"나도 마찬가지야."

131

펠리시아가 방을 나가자마자 리사 람이 휴대전화로 연락해 잠시 보자고 했다. 벡스트룀의 귀중한 시간을 최소한 십오 분은 내달라면서.

"아직 여기 계신 줄 알았습니다만." 벡스트룀이 말했다. "그러니까, 이 건물 말입니다."

"맞아요." 리사 람이 말했다. "그냥 방해가 되지는 않을지 먼저 확인차 전화한 거예요."

"전 제 사무실에 있습니다. 검사님이야 언제든지 환영이지요." 벡스트룀이 흔쾌히 말했다.

우리 순둥이 람 검사님은 칼손 경관과는 한참 다르시군. 그는 그렇게 생각하며 고개를 절레절레 저었다.

리사 람은 회의 시간에 벡스트룀이 흘린 몇 마디 말에서 사건이 마무리되고 있다는 확고한 인상을 받았다. 조만간 자신은 책상을 정리하고 원래의 삶으로 돌아가게 될 것이었다. 수사에서 자신이 맡은 역할이 있는 만큼, 벡스트룀이 호기심을 해결해준다면 더할 나위 없이 기쁠 것 같았다. 그것이 그를 만나고자 한 첫 번째 이유였다.

두 번째 이유는 보다 명확했다. 수사에서 벡스트룀이 맡은 역할이 있는 만큼, 이번 사건과 관련된 법적 진행 상황을 알려주기 위함이었다.

이에 벡스트룀은 먼저 사과부터 했다. 초동수사 지휘자에게 정보를 은폐할 생각은 추호도 없었다. 오히려 아침 회의가 끝나자마자 정보를 전달할 생각이었다. 몇 가지 긴급한 문제들을 처리하는 대로 이야기하려고 했는데, 이제야 그것들을 막 처리한 참이었다.

"아무 신문이나 펼쳐만 보셔도 무슨 얘긴지 아실 겁니다." 그는 심각한 눈빛으로 그녀를 바라보았다. "수사 내용이 줄줄 새고 있어요."

"설마 날 의심하는 건 아니겠죠?" 리사 람이 말했다.

"그럴 리 있겠습니까." 벡스트룀은 단호하게 고개를 가로저었다. "제가 걱정하는 건 다른 사람들입니다. 수사대원이 서른 명, 그리고 이 건물 내에서 우리가 뭘 하는지 알 만한 사람들이 서른 명쯤 될 겁니다. 애석하게도 그중에 입을 조심할 줄 모르는 이들이 있는 모양입니다. 하지만 우리가 뭘 어쩌겠습니까? 검사님이나 저나 말입니다. 할 수 있는 게 없지요. 아무것도 없습니다." 말을 맺는 그의 눈 밑이 붉어지는 것이, 이 상황에 대한 분을 삭이지 못하는 모습이었다.

리사 람도 벡스트룀의 의견에 십분 공감했다. 참으로 유감스러운 상황이었다. 이번 사건처럼 언론 보도에 민감한 사건이라면 더욱 그랬다.

하지만 함께 이런 상황을 참고 견디는 수밖에 없었다.

"무슨 말씀이신지 알겠습니다." 벡스트룀이 말했다. "문제는, 입이 싼 동료가 하나만 있어도, 완벽할 수 있었을 수사를 망치게 된다는 겁니다."

"민감한 상황이니까요." 리사 람은 고개를 끄덕여 동의를 표했다. "경감부터 말하겠어요, 나부터 얘기할까요?"

"먼저 말씀하시는 게 어떻겠습니까?" 벡스트룀이 권했다.

리사 람은 점심 이후 본 코메르를 석방할 계획이었다. 가중 사기 혐의에 관한 증거는 충분히 확보했고, 이제 몇 가지 자잘한 사항만이 남아 있었다. 가령 사기의 본질적인 피해자인 에릭손의 고용주가 누구인지 알아내는 일이라든가.

벡스트룀은 반대하지 않았다.

아프산 이브라힘과 오마르 벤 카데르와는 법적 대리인을 통해 접촉했다. 그들은 경찰이 협박죄 혐의로 자신들을 찾는다는 사실을 알게 되었다. 물론 둘 다 혐의를 부인했고, 가장 간단한 해결책은 경찰이 통보하는 시간에 맞춰 솔나 경찰서를 방문해 해당 사안을 논의하는 것이었다.

"레빈과는 이미 이야기했어요. 그 부분도 자신이 맡겠다고 하더군요. 상대를 불필요하게 자극하지 않도록 자기 쪽 형사들을 솔나로 파견해 면담하겠다고요."

"합리적인 생각이군요. 어차피 놈들을 협박죄로 기소할 수는 없을 테니까요."

리사 람은 그 점에 대해서도 동감을 표했다. 이미 다니엘손은 사무실에서 있었던 일로 그들을 고소할 의향은 없다고 연락한 터였다. 불법 협박이라니 말도 안 되는 얘기였다. 드문드문 논의가 격해졌을지는 몰라도, 자신과 람 검사 모두 잘 알고 있다시피 그 정도는 스웨덴 현행 형법상 위법행위는 아니라는 얘기였다.

"거기서 일하는 여자 쪽은요?" 벡스트룀이 물었다. "집에 놈들이 찾아왔다는 여자 있잖습니까. 에릭손과 사귀는 사이였다는 인상을 강하게 받았습니다만."

"일했던 여자 말이죠." 리사 람이 정정했다. "여기 와서 면담한 날 사직한 모양이에요. 외국으로 긴 휴가를 떠났다고 하더군요. 어딘지는 확실하지 않아요. 옛 상사와의 관계와 관련해서는 나도 경감과 의견이 일치하고요."

벡스트룀은 말없이 부드러운 한숨을 내쉬며 고개를 끄덕이기만 했다. 이 이야기를 전에 어디서 들었더라?

"그 밖에 다니엘손이 말하고 싶어 한 건 없었습니까?"

"두 가지요. 첫째, 에릭손 앤드 파트너스는 이제 아프산 이브라힘과 그 친구들을 대변하지 않는다더군요. 둘째, 에릭손의 유언집행자 지위를 포기했다고 했고요. 내 생각에 이 두 사실은 서로 연관된 것 같아요. 에릭손과 아프산의 사업 관계를 생각하면요."

"그럼 제가 해드릴 일은 뭡니까?"

"이제 그런 식으로 빠져나가는 건 그만하죠, 벡스트룀." 리사 람은 그렇게 말하며 더 편한 자세로 고쳐 앉았다.

"그렇다면, 저도 두 가지를 말씀드리지요. 우리가 찾고 있는 정체불명의 두 녀석은 이미 찾았다고 확신하고 있습니다. 녀석들이 남긴 증거의 양을 생각하면 과연 제가 옳은지 틀린지 확인해보는 게 그리 어렵진 않을 겁니다."

"완벽하게 확신한다는 말로 들리는데요."

"뭐든 완벽하게 확신할 수는 없지요." 벡스트룀은 어깨를 지나치게 으쓱이지 않도록 신중을 기했다. "이따금씩 틀린 적도 있으니까요."

"얼마나 자주 틀리나요?"

"솔직히 기억나진 않는군요. 워낙 오래전 일이라 잊어버렸습니다. 몇 시간만 더 참아주시죠. 먼저 확인해야 할 게 몇 가지 있습니다."

"기대를 억누르기가 힘든데요……."

"유감스럽게도 이른바 살인 사건이었던 것이 따분한 일거리로 쪼그라들었지요. 그 때문에 검사님의 법률적 전문 지식이 간절히 필요해졌습니다. 괜찮으시다면 이번 일을 가상의 사건이라 생각하고 접근해볼까 합니다만……."

"말해봐요." 세상에, 이렇게 흥미진진할 수가. 리사 람은 생각했다.

"9시 정각 직전, 누군가가 에릭손의 집 초인종을 울립니다." 벡스트룀이 몸을 의자에 더 깊숙이 묻으며 설명을 시작했다. "만남은 사전에 계획돼 있었지만, 손님들은 에릭손에게 사기를 칠 작정입니다……. 문을 열고 손님들을 안으로 들이는 동안, 에릭손은 뭔가 잘못됐다는 의심은 전혀 하지 않습니다……."

"어떻게 생각하십니까?" 십오 분 뒤 벡스트룀이 가상의 사건에 대한 개요를 마무리하며 물었다. "구체적으로, 여기서 발생한 범죄는 어떤 게 있습니까?"

"없어요." 리사 람은 고개를 내저었다. "모든 게 경감이 설명한 대로라면, 처벌을 받을 만한 범죄는 없어요. 물론 에릭손의 경우는 다르지만, 그는 이미 죽었으니……."

"그럴 것 같았습니다." 벡스트룀이 그렇게 말하는 순간 휴대전화가 울리기 시작했다.

"벡스트룀입니다." 그는 누가 연락한 것인지 이미 짐작하고 있었다.

"펠리시아예요." 펠리시아는 한 시간 전과 다를 바 없이 행복한 목소리였다. "대기중이에요."

"십오 분 뒤에 보자고." 벡스트룀이 말했다. "실례해야겠습니다, 부장검사님." 벡스트룀은 자리에서 일어났다. "두 시간 뒤에 연락드리죠."

"황소 뿔을 잡아 거꾸러뜨릴 시간인가 보군요." 질문이라기보다는 확인에 가까운 말이었다.

"그렇죠." 그 표현이 얼마나 정확한지 짐작도 못할걸. 벡스트룀은 생각했다.

비범한 사람이야. 아주 비범한 사람이야. 멀어지는 벡스트룀을 바라보며 리사 람은 생각했다.

정말이지, 꽤 반반하단 말이야. 벡스트룀은 거리로 나가 대기중인 택시에 올라타며 생각했다.

132

출입문까지 벡스트룀을 마중 나온 펠리시아는 손님이 가게 안쪽에서 맥주 큰 잔과 위스키를 놓고 기다린다고 말했다.

"분위기는 어떻지?"

"즐거워 보이던데요. 용건을 말했더니 처음에는 꽤 놀라는 눈치였어요. 하지만 그 뒤로는 아무 문제 없었죠. 어쨌든 어딘가에서 점심을 먹어야 하기도 했다면서요."

"내가 만나자고 하는 이유를 아는 눈치던가?"

"네." 펠리시아는 고개를 끄덕였다. "경감님과의 대화를 기다리고 있었다는 얘기까지 하던데요. 실제로 무슨 일이 일어났는지 설명하겠다면서요. 자기한테 연락하기까지 이렇게 오래 걸릴 줄 몰랐대요."

"또 다른 건?"

"멋있는 사람 같더라고요." 그녀는 그렇게 말하며 천장을 올려다보았다. "전설 대접을 받을 만하구나 싶었어요. 오십 년만 젊었어도 제가 먼저 침실 창문을 기어올랐을 텐데. 그나저나 경감님, 저도 같이 있을까요?"

"근처에서 대기해." 브라질 여자들이란. 조그만 머리에 든 거라곤 그 생각뿐이지.

"벡스트룀 경감." 롤뢰 스톨함마르가 말했다. "꼬마 펠리시아 말로는 자네가 나한테 점심을 사고 싶어 한다면서. 자네 혹시 주님을 영접했다거나 한 건 아니겠지?"

"둘이서 나눌 이야기가 있습니다." 나머지는 네 알 바 아냐. 벡스트룀은 생각했다.

"그래, 그야 그럴 테지. 연락 한번 더럽게 늦었네만."

"뭘 먹을 겁니까?" 벡스트룀이 화제를 돌리기 위해 물었다.

"스테이크에 양파." 롤뢰가 말했다. "그리고 술은 마시던 걸 계속 마실까 하네."

"스테이크에 양파라, 좋군요." 벡스트룀은 막 나타난 웨이터를 향해 고개를 끄덕였다. "나는 평소 마시던 걸로."

"한 가지 더." 롤뢰 스톨함마르가 말했다. "식사를 시작하기 전에 확실히 해둘 게 있는데 말이야, 자네 혹시 내가 에릭손을 죽였다고 생각하고 있거든 이 자리는 여기서 끝내지."

"아닙니다." 벡스트룀이 말했다. "우리가 지금 여기 앉아 있는 건 내가 정확히 그 반대로 생각하고 있기 때문입니다. 무슨 일이 일어났던 건지 내가 그대로 받아 적을 수 있도록 말할 기회를 주려는 겁니다."

"그거 잘됐구먼." 롤뢰는 진심으로 잘됐다는 표정이었다. "정말이지 아주 염병할 수수께끼가 따로 없다고." 그는 고개를 절레절레 저었다.

"말해봐요." 벡스트룀이 막 도착한 잔을 들면서 재촉했다.

"에릭손과 작별 인사를 나눌 때만 해도 그 친구에겐 별문제가 없었어. 뭐, 고함과 비명을 지르면서 상스럽게 굴기는 했고 코피도 조금 흘렸지만, 그런다고 사람이 죽지는 않잖나. 특히 그 친구처럼 깡패들과 일하는 데 익숙한 사람이라면 말일세. 그런 걸로 사람이 죽을 리가 있나."

하지만 이번에는 그러다 죽었지. 벡스트룀은 그렇게 생각하며 고개를 끄덕였다.

"계속해요."

133

롤뤼 스톨함마르는 슬픈 사건이자 철저한 수수께끼라고 말했다. 당시 일어난 일을 생각하면 애초에 개입했던 게 후회스러웠다. 절친한 친구와 관계된 일이고, 인생의 진짜 의미는 결국 친구와의 관계에 달려 있는 것이라고 하더라도 말이다.

"절친한 친구의 일이라면 옳고 그름 같은 헛소리 따위는 전부 무시하게 되지." 롤뤼 스톨함마르는 설명했다.

이번 경우, "깡패이자 어마어마한 후레자식에 불과한" 변호사가 롤뤼의 절친한 친구에게서 제법 값어치가 나가는 미술품 컬렉션을 헐값에 후려치려 했다. 이를 깨달은 마리오 그리말디는 컬렉션을 즉각 회수하기로 했다. 실무적인 도움을 얻고자 그는 오랜 지인에게 연락을 취했다. 지인이 소유한 보안업체에서 취급하는 다양한 업무 중에 이런 유형의 일도 포함돼 있던 터였다. 전에도 마리오가 여러 차례 비슷한 상황에서 이용한 바 있는 업체, 바로 프레드리크 오카레 앤드 오케르스트룀 시큐리티였다.

"마리오에게 오카레 패거리와 계약했다는 얘기를 듣고 난 고개를 내저었지. 일단 녀석들을 에릭손의 집에 데려가는 것부터가 치명적인 결과를 초래할 테니까. 마리오가 오카레와 가르시아 고메스 같은 녀석들을 데리고 나타난다면 에릭손이 집에 들일 리가 없잖은가. 도개교를 올리고 탈레반 친구들에게 연락하겠지. 그랬더라면 자네가 처리해야 할 일이 더 많았을 거야, 경감. 내 장담하지." 롤뤼는 그렇게 말하면서 맥주를 두 모금 벌컥벌컥 들이켜 기운을 북돋았다.

"그래서 당신이 대신 가겠다고 했군요." 벡스트룀이 말했다.

"당연하지. 자네라면 어떻게 했겠나?"

"친구 일이니 당연히 나설 수밖에 없었겠지요." 벡스트룀은 거짓말을 했다. 정말 그 정도로 멍청하다면야 그럴 테지.

"그래, 뭐, 어쨌든 이번엔 결과가 썩 좋지 않았지만." 롤뤼는 한숨을 내쉬었다.

"호기심에서 하나만 묻겠습니다. 에릭손은 왜 마리오와 만나겠다고 한 겁니까?"

"그건 그리 이상한 일이 아닐세." 롤뤼는 놀란 표정으로 대답했다. "마리오가 연락해서 만나자고 하면 만나는 거야. 그뿐일세. 마리오에게 싫다는 말을 하기란 쉬운 일이 아니지. 그래도 그가 에릭손에게 진짜 용건이 뭔지 말하지는 않았을 거라고 보네. 아마 무슨 사업 이야기를 적당히 둘러댔겠지. 뭘 산다느니 판다느니, 아무거나 말일세." 롤뤼 스톨함마르는 그렇게 말하며 커다란 오른손을 들어 보였다.

롤뤼 스톨함마르는 그날 저녁 8시 30분에 마리오 그리말디의 집으로 갔다. 마리오에게는 운전면허가 없었기 때문에 롤뢰가 운전했다. 9시 직전 두 사람은 에릭손 집의 초인종을 울렸고, 에릭손이 문을 열고 둘을 안으로 들였다. 아무런 문제도 없었다. 그들은 위층에 있는 에릭손의 사무실에 가서 앉았다. 진짜 방문 목적이었던 문제의 그림들은 그들이 앉아 있는 방 한쪽 벽에 기대어 세워져 있었다.

"에릭손이 왜 그림들을 꺼내놓았는지 궁금할 테지만, 내 생각엔 순전히 우연이었던 것 같네. 그는 마리오가 그림들을 가지러 왔다고는 생각지도 못하는 모습이었어."

"그다음에는 어떻게 됐습니까?"

"에릭손이 마리오에게 위스키를 권했네. 자기도 한 잔 마셨는데, 보아하니 우리가 오기 전부터 마시고 있었던 것 같더군. 만취했다고 할 정도는 아니었지만 몇 잔 걸친 건 확실했지. 나는 술을 거절했네. 어쨌든 운전하는 신세였으니까." 롤뢰는 그렇게 말하더니 깊게 한숨을 쉬며 널찍한 양어깨를 풀었다. "처음 오 분 동안은 아무런 문제도 없었네. 온건하고 느긋한 분위기 속에 이런저런 잡담을 나누었지. 그러다가 난리가 난 걸세. 에릭손이 우리의 방문 목적을 알아차리자마자 말이야."

"어떻게 알아차린 겁니까?"

"마리오가 에릭손에게 주었던 위임장을 꺼냈네. 위임장은 그 순간부터 효력을 상실했으니 그림을 가져가겠다고 했지."

"에릭손은 어떻게 반응했습니까?"

"미쳐 날뛰면서 고래고래 소리를 질러대기 시작했지. 하지만 마리오는 평소와 다름없이 완벽하게 침착했네. 그저 상황이 그렇게 변했다는 말뿐이었어. 더 논의할 것도 없다고."

"당신은요?"

"나는 그림들을 구석에 있던 박스 두 개에 담기 시작했지. 평범한 흰색 이사용 박스였네. 대화에 낄 생각은 없었어. 그건 내가 할 일이 아니었으니까. 내가 맡은 일은 마리오를 거기까지 데려가고, 다시 집까지 데려다주는 것뿐이었네. 물건을 옮기고. 그게 다야. 에릭손은 정신이 나갔던 게 틀림없어. 마리오를 거역하다니? 사서 고생할 것 없이 스스로 목을 긋는 게 낫지."

"에릭손이 말을 듣지 않았습니까?"

"농담하나? 완전히 돌아서 미쳐 날뛰었다니까. 마리오가 위임장에 위임계약 해지 사실을 확인한다는 서명을 하라고 말했더니 갑자기 책상에서 리볼버를 꺼내 휘둘러대지 뭔가. 우리더러 집에서 나가라고 고함을 지르면서 말이야."

"그래서 당신은 어떻게 했습니까?"

롤뤼 스톨함마르의 옛 반사 신경이 작동했다. 그를 스웨덴의 모든 경찰과 경찰의 적들 사이에서 전설로 만들어준 바로 그 반사 신경이. 에릭손이 리볼버를 휘두르기 시작하자마자 롤뤼는 아래층으로 옮기려던 박스를 내려놓고 곧장 에릭손에게 다가가 크고 분명한 목소리로 총을 내려놓으라고 말했다.

"그랬더니 그 개자식이 어떻게 했는지 아나?" 롤뤼가 물었다. "내가 다가가서 총을 얌전히 내려놓으라고 했더니 말이야."

"어쨌습니까?"

"총구를 나한테 돌리더군. 그러더니 왼손을 무슨 염병할 교통경찰처럼 올리고는 리볼버를 머리 위로 쳐든 채로 나한테 소리를 지르는 거야.

'멈춰! 멈추지 않으면 쏜다.'"

"'멈추지 않으면 쏜다?'"

"'멈추지 않으면 쏜다.'" 롤뤼는 반복하며 고개를 절레절레 내저었다. "대체 자기가 뭐라고 생각했던 걸까? 왕궁 근위병이라도 되는 줄 알았나?"

"그다음에는 어떻게 했습니까?"

전설적인 스톨리는 반사 신경에 몸을 맡긴다. 그는 변호사를 향해 몸을 던져 상대의 오른팔을 잡고 손목을 비틀어 총을 빼앗으려 한다. 에릭손이 천장을 향해 발포한다. 롤뤼가 그의 얼굴을 갈긴다. 손바닥을 편 채, 코를 정통으로. 에릭손은 굴하지 않는다. 또 한 발이 발사된다.

"그쯤 되니 살짝 짜증이 나서 턱에 라이트 훅을 제대로 몇 방 먹이고 다시 손목을 비틀어 총을 빼앗았지. 총은 내 재킷 주머니에 넣었네. 그런 다음 녀석을 책상 뒤 의자에 앉혀 놓고 상황을 설명했지."

"어떤 상황 말입니까?"

"착하고 얌전히 굴지 않으면 내가 뼈를 하나씩 부러뜨려줄 거라고."

"충고를 따르던가요?" 에릭손도 똥을 지리지 않은 게 신기하군. 벡스트룀은 생각했다.

"그래, 거기 앉혀놓고 살짝 맛보기를 보여줘야 하긴 했지만 말이야."

"맛보기요?"

"그 개자식의 코를 비틀었지. 그나저나 건배하세." 롤뤼가 맥주잔을 들며 말했다.

"그게 전부입니까?"

"내가 기억하는 건 대충 그렇네. 무슨 문제 있나?"

몇 가지 있지. 당신이 방금 당신 입으로 감옥에 들어갈 이유를 만들었다는 것도 포함해서. 하지만 난 당신을 처넣기 싫다고. 적어도 이번에는 말이지.

"뭐 좀 먹으면 어떻겠습니까?" 벡스트룀이 제안했다.

"좋고말고." 롤뤼가 말했다. "거기에 맥주도 한 잔씩 더 하고, 식사에 곁들일 술도 두 잔 주문하지."

134

스테이크에 양파와 감자튀김, 맥주 큰 잔 추가에 보드카 작은 잔 하나. 극심한 허기는 가라앉았고, 이제 롤뤼 스톨함마르의 이야기를 제대로 이해해볼 시간이었다. 불행히도 그의 이야기가 완전히 사실일지도 몰랐으니까.

벡스트룀은 이야기를 하나하나 따져보면서 신중하게 자신의 교육적인 의도를 강조했다. 전반적으로는 사건에 대한 롤뤼의 버전을 받아들일 준비가 돼 있다고. 롤뤼가 잘못 해석했을지도 모르겠다 싶은 몇 가지 자잘한 세부 사항만 빼면 그렇다고. 외람된 말이지만, 물론, 당연히, 극도로 흥분되고 혼란스러운 상황이었으니 그럴 만도 하다고.

"그게 무슨 소린가?" 롤뤼는 정직한 사람이 그렇지 않은 이들의 얘기를 알아듣지 못할 때면 짓곤 하는 표정으로 물었다.

니에미와 동료들, 그리고 검시관이 했던 말과 일치하지 않는 부분이 몇 가지 있었다. 그리고 벡스트룀이 생각한 사건의 진상과도. 많은 증거들이 실제로는 에릭손이 갑자기 무기를 빼 들어 소파에 앉아 있던 마리오를 겨누고는 그대로 머리를 날려버리려 했음을 시사하고 있었다. 실제로는 그런 식으로 사건이 시작되었다고 말이다. 말하자면 마른하늘의 날벼락처럼.

그런 다음 롤뤼가 목숨을 걸고 에릭손의 무장을 해제하려고 했고, 에릭손은 총을 두고 몸싸움을 벌이다가 롤뤼에게 무기를 빼앗기기 전에 천장을 향해 총을 한 방 쐈다. 그러자 롤뤼는 에릭손의 주의를 돌리기 위해 손바닥으로 얼굴을 후려쳐 뺨과 코를 가격했고, 결국은 총을 빼앗았다. 그리고 벡스트룀은 롤뤼가 모든 일이 정리된 다음 에릭손의 코를 비틀었다는 말도 믿지 않았다. 검시관에 따르면 그런 일이 일어났다는 증거는 없었다.

"무슨 소린지 알겠네." 롤뤼는 깊은 생각에 잠긴 표정으로 고개를 끄덕였다.

"세부 사항은 혼동하기가 무척 쉬운 법이지요." 벡스트룀이 말했다.

"다시 생각해보니 자네가 말한 대로 일이 일어났던 것 같군." 스톨리는 한결 밝아진 얼굴로 그렇게 말하며 잔을 들었다. "지금 생각하니 그랬던 게 틀림없어. 건배하세, 벡스트룀!"

"건배, 롤뤼." 드디어 알아듣는군. 벡스트룀은 생각했다.

벡스트룀과 롤뤼 스톨함마르는 커피와 코냑을 마시면서 이 슬픈 이야기의 끝에 이르렀다. 그리고 몇 가지 세부적인 사실도 정리했다. 롤뢰가 에릭손의 무장을 해제하고 현장을 떠난 뒤에는 무슨 일이 있었는가?

롤뢰는 별것 없었다고 말했다. 먼저 그는 마리오를 부축해 아래층으로 내려가 집을 나왔다. 우선 마리오를 현관 앞 계단에 앉혀두었다. 마리오는 심기가 썩 편치 않았다. 총알이 머리카락을 스치고 지나갔다는 이야기를 자꾸 반복했다. 유감스럽게도 그 일이 일어났을 때 그는 오줌과 똥을 지렸다. 롤뢰는 다시 위층으로 올라가 원래 목적이었던 그림이 담긴 박스 두 개를 가지고 왔다.

"혹시나 해서 말이지만, 에릭손에게는 별문제가 없었네. 아직도 코피가 조금 나기에 닦으라고 내 손수건을 빌려줬지. 괜찮은지 물었더니 그냥 고함만 치더군. 지옥에나 가라면서."

"그런 다음엔 어떻게 했습니까?"

"거기서 나왔지. 달리 뭘 했겠나? 집 밖으로 나가려는데 아직도 그 개자식의 리볼버가 내 주머니에 있다는 게 문득 생각나더군. 그래서 다시 현관으로 들어가 옆에 있던 낡은 화병 같은 것에 던져 넣었지. 자네도 이해할 테지만 에릭손에게 직접 돌려줄 마음은 없었다네."

"그런 다음에는?"

먼저 마리오를 차까지 부축했다. 마리오를 뒷좌석에 누인 뒤 그림을 담은 박스를 트렁크에 넣었다. 그러곤 마리오의 집으로 향했다. 마리오를 부축해 아파트 안까지 데려다주고 그림을 담은 박스도 날라주었다. 마리오의 상태가 괜찮은지 확인한 다음 나와서 집으로 돌아갔다.

"에릭손의 집을 나선 게 언제쯤이었습니까?"

"9시 30분, 거의 정확할 거야. 그걸 어떻게 아냐면, 보고 싶었던 프로

그램이 있었거든. 내가 현역이었던 시절의 권투 챔피언들에 관한 프로그램이었는데, 그게 11시 정각에 시작했어. 한데 여러 가지 일이 벌어지지 않았겠나. 그 와중에 프로그램을 놓치지 않으려고 신경을 썼지. 그래서 에릭손의 집을 나가면서 시간을 확인했다네."

"그래서 집에는 언제 도착했습니까?"

"10시 30분. 소파 앞에 먹을 것들을 늘어놓고 기다리다 시간 맞춰 바보상자를 켰지."

"혹시 우리가 깜빡하고 지나친 게 있을까요?"

"서로 가서 서류 작성하기 전에 마지막으로 코냑 작은 걸로 한 잔만 하면 어떻겠나."

"그건 내일 하기로 하지요. 참고인 면담 같은 실무적인 부분은 안칸에게 맡기면 될 겁니다. 그런 다음 아마 검사가 잠깐 이야기를 나누자고 할 거고요. 마리오에게도 이야기해둬요. 우리가 그를 면담할 거라고 말입니다. 절친한 친구 사이니 그 정도는 어려울 것 없겠지요."

"있을 리가 있나. 아무 문제 없어." 롤뤼는 말했지만 당황한 기색을 감추지 못했다.

"아직도 궁금한 게 한 가지 있습니다."

"말해보게, 벡스트룀."

"마리오가 미술품에 관심이 있는 줄은 몰랐군요."

"솔직히 나도 몰랐다네." 롤뤼가 동의했다. "내 말은, 마리오는 평범하고 건전하고 완전히 멀쩡한 친구란 말이야. 음식과 술과 여자 등등을 좋아하지. 권투, 경마, 축구, 하키. 하지만 자네 말처럼 미술이라니? 멀쩡한 인간이 그딴 것에 관심을 쏟을 리가? 할망구나 호모 놈들이면

모를까."

"하지만 러시아 미술 컬렉션을 소장하고 있다지 않았습니까." 벡스트룀은 쉽게 물러서지 않았다. "어디서 얻은 거랍니까?"

"샀겠지." 롤뤠는 어깨를 으쓱했다. "마리오는 뭐든 안 사는 게 없거든. 아마 직접 물어보는 게 가장 빠를 거야."

"대화를 나누기가 그리 간단할 것 같지 않아서 말입니다. 우리 쪽에서 본 여러 진단서에 따르면 알츠하이머를 앓고 있다던데요."

"누가 그래?" 롤뤠 스톨함마르는 비틀린 미소를 지었다. "그거라면 간단한 얘기야. 마리오는 자기가 이야기하고 싶은 사람하고만 이야기한다네. 그리고 자기가 이야기하고 싶은 것만 이야기하고. 문제는 마리오의 머리가 둔하다는 게 아니야. 마리오가 이 나라에 사는 나머지 모두를 합친 것보다 더 똑똑하다는 거지. 하지만 그거야 그 친구 문제가 아니라 나머지 모든 사람의 문제 아니겠나. 무슨 말인지 알지?"

"알고말고요. 그 외에는 어떻습니까? 그 양반 됨됨이 말입니다."

"마리오와 나는 요만할 때부터 알고 지냈다네." 롤뤠 스톨함마르는 오른손 엄지와 검지를 벌려 보였다. "마리오는 친구에게는 친구고 적에게는 적이야. 우리는 코흘리개 시절부터 가장 친한 친구 사이였기 때문에 그 점과 관련해서 나는 아무런 문제도 겪지 않았지."

"그럼 적들은요?"

"이렇게만 말해두지. 지구상에서 사이가 틀어져는 안 될 사람이 딱 하나 있다면 그게 바로 마리오 그리말디야. 에릭손이 리볼버의 도움을 빌려 머리카락을 헤집어놓으려 했을 때 마리오가 실금했던 건 염두에 둘 것도 없네. 그건 누구에게나 일어날 수 있는 일이야. 특히 마리오 같은 노인이라면. 심지어 나도 그런 적이 있다고."

"당신도요?"

"사십 년 전인가. 한 동료와 함께 롱브로 정신병원에서 탈출한 환자를 잡으려던 참이었네. 여자였는데, 탈출해서 곧장 집에 있는 엄마를 찾아갔어. 엄마는 딸을 데려가라고 신고를 넣었고 말이야. 삐삐 마른 것이 나이는 기껏해야 스물에 외모는 그보다도 어려 보였는데, 아무 말도 않고 가만히 서서 커다랗고 파란 눈으로 나를 쳐다보기만 하더군. 그런 상황에서는 경계를 내려놓게 되지. 그래서 신분증을 내밀면서 내가 누구인지 설명하려는 참인데, 그 여자가 사냥칼을 내 배에 쑤셔 넣지 뭔가. 이 센티미터만 더 오른쪽을 겨냥했어도 대동맥으로 들어갔을 거야."

"그래서 똥을 지렸다고요?"

"그래." 롤뤼 스톨함마르가 말했다. "솔직히 찔렸을 때 지린 건지 구급차에 있을 때 지린 건지는 기억이 안 나는군."

"건배하죠." 벡스트룀이 말했다. 염병, 내가 달리 무슨 말을 하겠어?

마지막으로 코냑을 두 잔 더 마신 뒤, 벡스트룀은 택시를 불러 동행이 집까지 무사히 돌아갈 수 있도록 배려했다. 롤뤼 스톨함마르는 헤어지면서 그를 꼭 껴안기까지 했다. 그러고는 진행중인 수사와 관련해 한 가지 충고를 건넸다.

"내가 생각하고 있는 게 있는데 말이야." 롤뤼가 말했다.

"말해보십쇼."

"마리오에게 미술품에 대한 관심을 물어보는 게 썩 현명한 처사는 아닌 것 같아. 마리오는 질문에 대답하는 걸 별로 안 좋아하거든."

"그럼 어떻게 하는 게 좋겠습니까?"

"퓌탄에게 물어보는 걸 권하겠네."

"퓌탄?"

"그래, 알잖아, 퓌탄. 마리오의 인생의 여자. 자네도 만나봤잖아. 부동산 개발 건으로 연설하러 왔을 때 말이야. 몇 주 전이었지. 키 크고 근사하게 생긴 여자. 엄청 착하기까지 하지. 상류층 사람인데도 말이야. 무슨 백작 부인이랬는데."

"네, 기억합니다." 헤이즐넛만 한 다이아몬드들을 달고 다니던 여자 말이로군.

"그 여자 번호를 줌세. 퓌탄이랑 얘기해봐. 마리오가 벌이는 일이라면 죄다 알거든. 마리오를 손바닥 위에서 갖고 놀지. 그 친구, 꼭 상사병 걸린 강아지 같다니까."

상사병 걸린 강아지 같은 대부. 늙다리 이탈리아 놈을 손바닥 위에서 갖고 노는 백작 부인. 이 나라가 지옥으로 가고 있는 게지. 집으로 돌아가는 택시 안에서 벡스트룀은 생각했다.

135

집에 도착한 벡스트룀은 실무적인 사안들을 처리했다. 우선 안칸 칼손에게 연락해 그녀가 알아야 할 사항을 전부 알려주고 다음 날 할 일을 지시했다. 롤뤼 스톨함마르와 마리오 그리말디를 철저하게 면담할 예정이었다. DNA 샘플도 채취하고, 문제의 메르세데스를 GPS로 추적하고, 증언 내용이 맞아떨어지는지 검시관과 니에미에게 확인할 것. 리사 람이 말썽을 부려 갑자기 사건 전체를 접지 않도록 할 것.

"엄청나게 비극적인 사건이네요. 우리 목격자에게 일어난 일을 생각하면요."

"무슨 말인지는 알겠어. 하지만 우리가 뭘 어쩌겠나?"

"할 수 있는 게 없죠. 내일 아침 회의는 어떻게 할까요?"

"그딴 건 취소해. 그리고 다들 서류 작업부터 끝내놓지 않으면 재미없을 줄 알라고 해. 내가 그렇게 전하라고 했다고 하고."

"벡스트룀은 뭘 할 계획인데요?"

"연차 쓸 거야." 내겐 훨씬 더 중요한 볼일이 있다고. 벡스트룀은 생각했다.

벡스트룀은 그날 저녁과 밤의 절반을 우울한 상념에 사로잡혀 보냈다. 운 나쁘게도 마리오 그리말디가 정말 그 컬렉션의 소유주라면 어떨까. 아니면 운이 더 나빠서 녀석의 가문이 그동안 죽 컬렉션을 소유해왔다거나. 그리말디 가문의 선대 마피아가 유르고르덴에 위치한 빌헬름 왕자와 마리야 파블로브나의 왕실 별장에 침입해 손 닿는 건 뭐든 갖고 나왔던 거라면? 이 이야기에는 이탈리아 놈들이 너무 많아. 벡스트룀은 그렇게 생각하면서 술을 한 잔 더 따랐다.

스웨덴 국왕 폐하, 아니면 적어도 그 측근인 다른 왕자나 공주가 소유주였기를 바랐건만. 심지어 오켈보 출신의 그 보디빌더가 소유주였다고 해도 대부 마리오 그리말디보다는 나으리라. 벡스트룀 자신이야 소유주 계보에 들어온 건 극히 최근의 일이니 아직 물건의 가치에 긍정적인 영향력을 행사하기에는 너무 일렀고 말이다.

재산추적과 시절부터 다년간 미술 애호가로 살아온 만큼, 벡스트룀은 물건의 '내역'이 물건의 가치에 얼마나 큰 차이를 가져올 수 있는지를 대다수 사람들보다 더 잘 알았다. 만약 그 영화감독이 파랗게 얼어붙은 자신의 발을 물개 가죽 슬리퍼에 쑤셔 넣지 않았더라면, 훗날 어부의 후손들은 유품 정리 행사에서 그 슬리퍼를 얼마에 팔았을까? 발 페티시 협회 회장에게서 많아 봐야 오 크로나쯤 받았겠지. 이런 구슬픈 상념에 사로잡힌 채, 벡스트룀은 마침내 잠들었다.

136

화요일 아침 8시 정각에 안니카 칼손 경위와 요한 에크 경위는 6월 2일 밤 변호사 토마스 에릭손의 집을 방문한 일과 관련해 전직 경위 롤란드 스톨함마르를 면담했다. 면담의 목적은 정보 수집에 있었다. 바로 옆에 위치한 관찰실에서는 부장검사 리사 람, 페테르 니에미 경감, 검시관 스벤 올로프 린드베리 박사가 면담을 지켜보았다.

면담에는 약 한 시간이 걸렸고, 두 면담자 모두 스톨함마르의 이야기에 의혹을 제기할 만한 근거는 찾지 못했다. 그는 마지막 질문에 대해서조차 완벽하게 만족스러운 설명을 내놓았다. 사건 소식을 듣고 왜 경찰에 즉시 연락하지 않았나? 더군다나 전직 경찰이었던 당신 같은 사람이?

"마리오와 내가 떠났을 때는 아무런 문제도 없었네." 롤뤼 스톨함마르가 말했다. "자네들이 물으니 말이네만, 나는 아직도 녀석이 왜 죽었는지 모르겠어."

"저로서는 좀 이상하다는 생각을 지울 수가 없군요." 안니카 칼손이 추궁했다. "당신이 여길 찾아와서 무슨 일이 있었는지 말하지 않았다는 것 말입니다."

"테이프녹음기를 끄면 말해주지. 아니면 말 안 해. 나에 관한 게 아니라 마리오에 관한 거라 그러네."

"좋습니다." 관찰실의 스피커는 여전히 작동중이었고, 자신과 에크 모두 그가 말하는 내용을 증언하기에 부족함이 없는 청력의 소유자였으므로 그녀는 동의했다.

"녀석은 마리오의 머리통을 날려버리려고 했네." 롤뤼 스톨함마르가 말했다. "마리오는 노인이야. 죽을 수도 있었지. 다음 날 에릭손 건을 신고하고 싶으냐고 물었더니 그러면 안 된다고 하더군. 그래서 안 했네."

"왜 안 된다고 한 겁니까?"

"그야 이해하기 어려울 것 없지. 그 친구가 똥을 지렸거든. 무척 창피해했다네. 다른 거라면야 뭐든 감내할 수 있었겠네만."

"무슨 말인지 알겠습니다."

"다행이군." 롤뤼 스톨함마르가 말했다. "혹시라도 내가 방금 한 말이 한 마디라도 새어 나오는 날에는 맹세코 내 두 손으로 솔나 경찰서를 박살 낼 걸세."

"그러실 일은 없을 것 같군요." 안니카는 미소를 지으며 말했다. "그럼, 와주셔서 고맙습니다. 마지막에 하신 말씀은 발설하지 않겠습니다."

"자, 어떤 것 같아요?" 십오 분 뒤, 리사 람이 물었다.

"이의 없습니다." 검시관이 말했다. "스톨함마르의 이야기는 검시 결과와 일치합니다."

"저도 동의합니다." 페테르 니에미가 말했다. "이번에는 운 좋게도 증언 내용이 과학수사 결과와 하나씩 다 맞아떨어지네요. 추후에 뜻밖의 결과가 나올 것 같지도 않고요."

"저도 이의 없습니다." 안니카 칼손이 동의했고, 동료인 요한 에크도 말없이 고개를 끄덕였다.

"자, 그렇다면." 리사 람이 말했다. "상황을 고려할 때 스톨함마르가 변호사에게 완력을 사용한 행위는 형법상 정당방위에 관한 조항에 해당한다고 봐요. 그것도 넉넉하게요. 사건을 종결하지 않을 이유가 없군요. 이제 필요한 건 국립과학수사연구원 결과뿐이네요. 손수건과 소파 쿠션에서 나온 DNA 샘플요."

"믿거나 말거나 내일이면 나올 겁니다." 페테르 니에미가 말했다. "언론의 압박을 고려해서 그리말디를 면담하고 샘플을 채취하는 즉시 새 샘플들을 연구원으로 보낼 예정입니다."

"그렇다면 스톨함마르에게 손수건을 돌려줘야겠군요." 리사 람이 말했다. "이번만은 증거물을 포기하는 게 다행스러운걸요."

"만약 에릭손이 살아남았다면요?" 안니카 칼손이 물었다. "그랬더라면 어떻게 하셨을까요?"

"아마 그를 살인미수 혐의로 기소했겠죠." 리사 람이 말했다.

세 시간 뒤, 칼손과 에크는 마리오 그리말디와의 면담을 마무리했다. 변호사를 대동하고 나타난 마리오는 평소와 달리 말이 많았다. 면담은 삼십오 분 동안 진행됐고, 증언을 들은 사람들은 전부 롤란드 스톨함마르의 면담이 끝났을 때와 같은 결론을 내렸다. 다만 마리오는 회수하러 간 그림들이 누구 소유냐는 질문에 대해서는 답변을 거부했다.

마리오는 자신이 이 일에 개입했던 것은 오랜 친구를 위해서였다고 말했다. 이름을 밝히기에 앞서 먼저 허락을 받고 싶다는 것이었다. 또한 에릭손이 물품 판매 의뢰를 수락할 당시 받았던 위임장을 지참하고 찾아갔으므로, 에릭손은 그에게 물품 회수의 권한이 있다는 사실을 틀림없이 인지했을 것이다. 마리오의 변호사는 에릭손의 위임계약을 즉시 해지하는 서류에 자신이 서명했고 적법하게 공증도 거쳤다면서 이 사실을 확인해주었다. 계약을 해지한 것은 에릭손이 고용주를 사취하려 했기 때문이었다. 그들은 에릭손의 법률사무소를 상대로 그의 재산에 대한 청구권 문제를 따져볼 계획이었다.

마리오 그리말디는 자신이 노인이라는 말로 이야기를 시작했다. 그날 변호사의 집에서 있었던 일은 평생 겪은 일 중에서도 최악이었다. 2차 세계대전 종전 무렵 아직 어린아이에 불과했던 그가 고국 이탈리아에서 겪은 온갖 끔찍한 일들과 비교해보더라도 그랬다.

"그가 갑자기 화를 냅디다." 마리오가 말했다. "권총을 꺼내더니 가만 앉아 있던 내 얼굴을 정면으로 겨누었지. 총알이 내 머리를 스치고 지나갔고. 내 오랜 친구 롤뤼가 몸을 던져 총을 빼앗지 않았더라면 나는 아마 오늘 이 자리에 앉아 있지 못했을 거요."

"그날 밤늦게 누군가가 선생님의 차를 빌렸을 겁니다." 요한 에크가 마지막 질문을 던졌다. "차량에 설치된 GPS를 통해 확인한 내용입니다. 이 점에 관해 하실 말씀 없으십니까?"

없었다. 그는 이십 년 전에 운전을 그만두었고 면허를 포기한 지도 십 년이 넘었다. 그러는 게 좋겠다는 의사의 충고를 듣자마자 순수하게 자발적으로 한 일이었다. 하지만 가끔 아는 사람들이 차를 빌려 가기는 했다. 그중에는 최근 마리오의 주방에 새 커튼을 달아주었던, 잡역부로 일하는 착한 칠레 청년도 있었다. 틀림없이 그 청년이 차 열쇠를 빌려 갔던 것이리라. 정확히는 여벌 열쇠라, 아직 집에 자동차 열쇠가 한 벌 남아 있을 터였다.

"그 청년 이름은 앙헬이오." 마리오가 말했다. "천사를 가리킬 때 쓰는 단어 말이오." 청년의 성은 기억나지 않았지만, 스페인 말을 하는 사람들이 자주 쓰는 흔한 성이었다. 오래전, 마리오가 솔나에 레스토랑을 갖고 있었던 시절 청년의 어머니가 거기서 일했었다. 아주 상냥하고 대단히 믿음직한 여자였다. 얼마 전에 롤뤼로부터 그녀가 죽었다는 소식을 들었다.

"다들 결국 가야 할 길이지." 대부는 서글픈 한숨을 내쉬며 말했다.

그날 오후, 오마르 벤 카데르와 아프산 이브라힘의 면담도 진행됐다. 두 사람은 각각 변호사를 대동했다.

오마르 벤 카데르는 삼십 분 만에 자유의 몸으로 경찰서를 나섰다. 그는 면담 내내 시종일관 상냥했고, 경찰이 자신을 찾았다는 사실에 놀라움을 표했다. 자신이 아프산 이브라힘의 재정 고문 자격으로 함께 에릭손 앤드 파트너스 법률사무소의 변호사 페테르 다니엘손을 만났다는 사실은 비밀도 아니었다. 그 정도야 법률사무소 방명록에도 나와 있을 테지만, 혹시 기록이 누락됐더라도 그곳에 갔다는 사실을 기꺼이 인정하는 바였다. 다니엘손과 약속을 잡은 게 바로 자신이었으니까. 하지만 그 이유에 관해서는 말할 준비가 되지 않았다고 그는 말했다. 경찰서를 나서기 전, 오마르 벤 카데르는 명함을 건네며 뭐든 궁금한 게 있으면 편하게 연락하라고 말했다.

제 아비를 꼭 닮았군. 관찰실에 앉아 그를 지켜보던 얀 레빈은 생각했다.

오마르 벤 카데르의 고용주인 아프산 이브라힘은 한 시간 정도 취조실에 머물렀다. 이사벨라 노렌을 찾아간 것은 토마스 에릭손이 혹시 자신에게 무슨 일이 생기거든 그녀와 이야기하라고 했기 때문이었다. 에릭손은 자신이 노렌과 지난 이 년간 관계를 맺어온 터이니 사무실 동료들이 전혀 알지 못하는 몇 가지 일들을 도와줄 수 있을 거라고 했다.

이번 경우, 그는 에릭손이 키프로스의 한 은행에서 대출했던 돈을 찾을 수 있도록 노렌의 도움을 받았으면 했다. 은행 측에서 아프산에게 대출금 상환을 요구했기 때문이었다. 방문은 길어야 십 분 정도로 매우 짧았고, 별다른 일은 전혀 일어나지 않았다. 노렌이 다른 주장을 한다면 기꺼이 대질 조사에 응할 의향이 있었다.

두 피고용인 알리 이브라힘과 알리 이사에 관해서는 유감스럽게도 많은 말을 할 수 있는 입장이 아니었다. 이브라힘은 아버지께서 편찮으셔서 갑자기 이란으로 돌아가야 했다. 전날 전화 통화에서 이브라힘은 어머니와 나머지 가족들을 돌보려면 최소한 한 달은 머무르게 될 것 같다고 전했다.

알리 이사는 일주일 전쯤 여자 친구와 함께 해외로 휴가를 떠났다. 지난겨울과 봄 내내 쇠데르말름에 위치한 아프산 사업체 소유의 레스토랑 오픈 준비에 힘썼으므로 휴가가 무척 필요하기도 했고 그럴 자격도 충분했다. 물론 아프산은 이사와 소식이 닿는 대로 경찰에서 찾는다고 전할 생각이었다.

"자, 얀. 이번 방문의 성과가 좀 있나요?" 리사 람이 물었다.

"아프산과 오마르가 찍힌 괜찮은 동영상을 입수했으리라는 기대 정도일까요." 얀 레빈은 다정하게 미소 지으며 말했다. "그 외에는 거의 생각했던 대로입니다."

"그쪽에서 두 사람의 불법 협박에 대한 고소를 떠맡을 생각이 없다면 그 건은 접을까 하는데요."

"합리적인 것 같군요."

"뉘셰핑 쪽은 어떻게 되고 있죠? 얘기할 만한 게 있나요?"

"좋지 않습니다. 현재로서는 사건에 깊이 관여한 자들이 자유로운 틈을 타서 무언가 또 다른 어리석은 짓을 저질러주기를 바라고만 있는 형편이에요. 썩 기대하고 있진 않습니다만."

"물고 늘어질 만한 거리가 별로 없군요." 리사 람이 말했다.

"네, 없지요." 얀 레빈은 그렇게 말하고 어깨를 으쓱했다.

137

동료들이 면담을 진행하느라 바쁜 사이, 벡스트룀에게는 훨씬 더 중요한 일이 있었다. 감라스탄에 있는 예구라의 사무실에서 긴급회의를 갖고 한 물건의 내력이 가격에 미치는 중요성을 논의하는 일이었다.

"내가 뭘 도와주면 되겠소, 친구?" 예구라는 언제나처럼 다정하고 친절하게 물었다.

"궁금한 게 있습니다. 이번 사례에서 '내역'이 얼마나 중요한 겁니까? 그 뮤직 박스 말입니다."

"이번 사례에서 내력의 중요성이라……." 예구라는 벡스트룀에게 무안을 주지 않으면서 음절 하나하나를 명료하게 발음하려고 노력했다.

"네, 내력." 벡스트룀이 다시 말했다. "제가 내력이라고 말하지 않았습니까?" 왜 호모 새끼들은 항상 잘난 척을 못해 안달이지? 특히 예술 좋아하는 호모 새끼들 말이야.

"어떤 의미로 묻는 거요?" 예구라는 손가락을 모으고 양 팔꿈치를 어마어마하게 귀한 로코코 책상 위에 얹으며 물었다.

벡스트룀은 예구라에게 가설을 제시하고자 했다. 물론 순수하게 이론적인 가설이었지만, 부분적으로는 지금껏 소득이 없었던 수색 작업에 바탕을 둔 이야기이기도 했다. 왕이나 왕과 가까운 베르나도테가의 친족이 그 뮤직 박스를 소유한 적이 없었다고 가정해보자. 그리말디 같은 자가 문제의 컬렉션을 소유하고 있었으며, 자세히 조사해보니 떳떳하지 못한 방식으로 컬렉션을 손에 넣었다는 것도 드러나게 된다면? 벡스트룀이 이해한 대로라면, 그런 사실이 피노키오 뮤직 박스의 가치에 미칠 영향은 재난이나 다름없을 터였다.

"선생이 그 영화감독과 슬리퍼에 대해 했던 말을 생각해봤지요. 제 생각이 맞는다면, 그럴 경우에는 가격이 대폭 하락하지 않겠습니까?"

예구라는 벡스트룀의 질문과 그가 말하고자 하는 바를 충분히 이해했다. 물론 마리오 그리말디와 그 선조들이 왕가의 세 대를 대신한다는 것은 극도로 중대한 문제였다. 특히 그들이 물건을 사악한 방법으로 얻었다면 더욱 그랬다.

"'재난'이라는 표현은 다소 과할 수도 있겠구려." 예구라는 신중히 계산된 동작으로 어깨를 으쓱했다. "그래도 어쨌든 최악의 경우에는 가치가 절반으로 떨어질 거요. 물론 구매자를 찾기도 더 어려울 테지. 수많은 기관과 박물관에서도 관심을 갖지 않을 테고."

"그렇게 심각합니까?" 벡스트룀은 막 재산의 절반을 날린 사람 같은 표정이었다.

"그렇소. 재난까지야 아니라 해도 당연히 득될 것이 없지."

"이건 완전히 다른 이야기입니다만. 뚱보 수사 그림 말입니다. 제가 집에 가져갈 수 있도록 빌려주실 수 없겠습니까?" 최악의 상황에서도 최선을 다해야 하는 법이니까. 벡스트룀은 생각했다.

"그러시구려." 예구라가 말했다. "이유를 물어도 되겠소?"

"실은 제가 그 그림을 살까 생각중입니다. 그전에 제 소파 위에 걸면 어울릴지 확인해보고 싶어서요."

"그러시구려." 예구라는 놀라움을 감추지 못하는 기색이었다. "비서에게 가져오라고 하리다. 보관 창고에 있소."

벡스트룀은 성 테오도로스와 함께 곧장 집으로 돌아왔다. 그는 몇 미터 떨어진 주방 개수대 위에 자리 잡은 뚱뚱한 그리스인 수사를 바라보면서 점심을 먹었다. 붉은 콩을 곁들인 돼지갈비 구이에 비상용 보드카 두 잔. 날강도 성직자들에다, 남의 소파에 똥이나 싸지르고 자신처럼 정직하고 근면 성실한 경찰은 벗겨먹지 않는다는 예의조차 모르는 이탈리아 파스타쟁이와도 억지로 얽히고 보니 보드카를 마시지 않을 수 없었다.

절실히 필요했던 낮잠에 빠져 있던 중 벡스트룀은 초인종 울리는 소리에 잠에서 깼다. 실내 가운을 걸치고 문을 여는 순간 그는 끔찍한 일격을 맞이했고, 자신이 그 무엇보다 소중히 여기는 가정의 평화가 끝장났음을 깨달았다.

138

찾아온 사람은 에드빈의 어머니 두산카였다. 그녀는 이사크와 함께였다. 새장의 크기를 보아 하니 결국 앵무새 버전의 독방에 갇히게 된모양이었다. 지난번 꼬마 대리 보호자가 찾아와 녀석의 정서적 상태를설명하면서 사용했던 표현 그대로, 이사크는 "의기소침해" 보였다.

두산카는 짧게 용건만 말하겠다고 했다. 에드빈의 반대를 무릅쓰고이사크를 원래 주인에게 돌려주기로 했다는 얘기였다. 이사크와 에드빈은 서로에게 적합한 짝이 아니었고, 유감스럽게도 어제 있었던 학교 종업식에서는 둘이 민망한 꼴을 보이는 바람에 에드빈의 부모인 슬로보단과 두산카까지 창피를 당했다.

"일단 들어와 앉으시지요." 벡스트룀은 환영의 의미로 팔을 뻗어 거실에 놓인 커다란 가죽 소파를 가리켰다. "뭐 좀 드시겠습니까?" 이어그는 너그러움을 발휘해 고급스럽고 독한 술로 가득 채워둔 앤티크 수납장을 고개로 가리켰다.

두산카는 이야기의 내용이 내용인 만큼 얼음을 가득 넣고 레몬 한조각을 띄운 럼 앤드 코크라면 사양하지 않겠다고 대답했다. 벡스트룀은 서둘러 주방으로 가서 분부를 따르는 한편, 만일을 위해 자신이 마실 체코 필스너 큰 잔 하나와 진짜 러시아산 보드카 한 잔도 챙겼다.

"말씀해보시죠." 벡스트룀은 달덩이 같은 얼굴을 일그러뜨려 다정하고 이해심 많은 표정을 지어 보였다.

종업식 날, 에드빈과 반 친구들이 각자 좋아하는 취미를 이야기하는 자리가 마련되었다. 에드빈은 "영재 아동을 위한 비영리 무상 학교"에 다녔기 때문에 아이 하나마다 보호자가 약 세 명씩 붙었으며, 선생은 학생 여섯 명당 한 명꼴이었다. 교실은 북적거렸고, 식이 절정에 이르러 에드빈이 앵무새에게 말을 가르치는 법을 보여줄 차례가 되었을 때는 모든 청중들의 기대가 치솟아 있었다.

에드빈은 제법 신중하게 시작했다. 아이는 먼저 이사크가 청중들에게 "안녕"이라고 인사한 다음 자신을 "똑똑이"라고 말하도록 하고, 이어서 "AIK 최고"라고 주장하게 했다. 간단히 말해서, 에드빈은 웃음과 박수를 모두 이끌어냈다. 이어 모두가 기대하던 피날레에 이르자 에드빈은 앵무새에게 아홉 음절짜리 문장을 가르칠 수도 있고, 열심히 노력하면 그 이상도 가능하다며 운을 띄웠다.

에드빈은 정숙해달라고 부탁한 뒤 손가락을 튕기면서 자신의 파랗고 노란 파트너를 독려의 눈빛으로 쳐다보았다.

이사크는 즉시 시끄럽고 꽥꽥거리는 소리로 화답했는데, 그 메시지가 의미하는 바는 더할 나위 없이 분명했다.

"끔찍했어요." 두산카는 한숨과 함께 성호를 긋고는 럼 앤드 코크를 두 차례 양껏 들이켜며 마음을 다잡았다.

"뭐라고 말했습니까?" 아홉 음절? 에드빈이 뭘 가르친 거지?

"소중이 깊숙이 똘똘이." 두산카가 소리를 죽여 대답했다.

"아, 그건 좀 곤란했겠군요." 벡스트룀은 그렇게 말하고는 보드카를 절반 마셨다. 그 녀석 크게 되겠는걸. 아홉 음절이라니. 내키지 않지만 감탄할 수밖에 없었다. 과거 자신이 한밤중 학교에서 사제관으로 걸어가던 여성 종교 수업 선생을 몰래 뒤따라가며 외쳤던 흔한 다섯 음절짜리 단어가 아니잖은가.

"그런 다음에는 어떻게 됐습니까?" 벡스트룀은 심각한 표정을 지으며 물었다. 틀림없이 크게 될 놈이야.

아이들은 모두 즐거워했다. 다들 뛰어다니며 깔깔거리는 것이, 전부 사전에 계획한 일처럼 보일 지경이었다. 학부모와 교사, 운영회 이사 들의 즐거움은 그보다 덜했다. 이사크를 옆 교실로 옮기고 아이들을 진정시킨 뒤, 사람들은 방학이 시작될 때마다 부르는 위대한 아스트리드 린드그렌의 〈이다의 여름 노래〉를 불렀다. 이어 수료증이 배포되었고, 교장이 학부모들에게 그주에 있을 교사와 이사진의 특별 회의에 전부 참석해줄 것을 당부하면서 종업식은 마무리되었다.

"처음에는 에드빈이 퇴학당할 거라고 생각했어요." 두산카는 한숨을 쉬었다. "하지만 슬로보단이 교장 선생님과 얘기했는데, 에드빈이 가을에 학교에 나와도 좋다고 하셨대요. 근신을 조건으로요. 교장 선생님께서는 아이가 그런 표현을 안다는 사실을 걱정하셨어요."

퇴학이라고? 망할 상류층 놈들. 정말로 그렇게 된다면 자신이 개입해 뮤직 박스값을 조금 떼어서라도 꼬마 녀석을 룬드스베리 기숙학교에 보내줘야 할지도 모르겠다 싶었다. 그 나이 또래의 평범한 어린이답게 지낼 수 있도록 말이다.

"그랬군요." 그가 말했다. "그래서, 어떻게 하면 좋겠습니까?"

두산카는 그 문제에 관한 해결책은 기꺼이 이사크의 주인에게 맡기겠노라고 했다. 아무튼 에드빈과 에드빈의 부모는 앵무새에게서 손을 떼겠다면서. 벡스트룀은 그 기회를 틈타 가장 간단한 해결책은 이사크의 목을 비트는 것이 아니겠느냐고 제안했다. 슬로보단도 같은 생각을 했지만, 그랬다가는 에드빈이 엄마 아빠를 영영 용서하지 않을 것 같아 이사크의 원래 주인에게 책임을 넘기기로 결정했다는 답이 돌아왔다.

염병할, 이제 어떻게 한다? 두산카가 럼 앤드 코크를 한 잔 더 마시고 떠난 후, 벡스트룀은 생각에 잠겼다.

벡스트룀은 은밀하고 실력 있는 앵무새 구제업자를 찾느라 컴퓨터 앞에서 두 시간을 헛되이 보냈다. 이사크는 상황의 심각성을 깨달았는지 내내 부리를 다물고 있었다.

그런 다음 벡스트룀은 이사크를 원래의 새장에 넣었다. 그러곤 옷을 갈아입은 뒤 뭔가를 먹으러 어슬렁어슬렁 동네 바로 걸어가면서도 자신이 맞닥뜨린 위태로운 상황에 관해 고심했다. 자정 조금 전에 돌아왔을 때에도 집은 여전히 고요했고, 이는 새벽 4시, 그가 잠에서 깰 때까지 계속되었다. 이제 이사크는 확실히 예전의 모습으로 돌아가 있었다.

139

수요일 아침 9시, 변호사 토마스 에릭손 피살 사건에 관한 서부 경찰서 수사대의 마지막 회의가 열렸다. 초동수사 지휘자인 부장검사 리사

람은 커피와 케이크를 가져와 수사관들의 노고에 감사를 표했다. 처음에는 유별나게 잔혹한 살인으로 보였던 것이 자세한 조사를 통해 형법상 정당방위에 넉넉히 들어가고도 남을 만한 범위 내의 무력행사로 밝혀진 터였다.

이번 사건에서 비난받을 사람이 있다면, 그건 사망한 토마스 에릭손 본인이었다. 혹시라도 목숨을 부지했더라면 리사 람이 주저 없이 그를 살인미수로 기소했을 테지만, 이미 죽은 지금은 고려할 사항이 아니었다.

상관인 스톡홀름 검찰청 지검장 및 서부 경찰서장 안나 홀트와 논의를 거친 리사 람은 '범죄 사실 없음'을 근거로 다음 날 아침 사건을 종결하기로 결정했으며, 이는 그녀가 택할 수 있는 가장 합리적인 선택지였다. 또한 그녀는 언론의 막대한 호기심을 고려해 기자회견을 통해 자신의 결정을 공표하기로 했다.

사법적인 관점에서 보자면, 남은 것은 보다 넓은 맥락에서 고려해야 할 자잘한 세부 사항 정도였다. 리사 람은 또한 이사벨라 노렌이 제기한 아프산 이브라힘, 알리 이브라힘, 알리 이사의 위협 행위에 대한 고소나 세 사람의 공무집행방해죄에 대한 고소는 '증거 불충분'으로 각하하기로 했다.

토마스 에릭손과 한스 울리크 본 코메르 남작에 대해 재기된 금융비리 의혹은 경제범죄과로 넘겼다. 프레드리크 오케르스트룀, 앙헬 가르시아 고메스, 아라 도스티 살인에 대한 책임은 쇠데르만란드의 경찰과 검찰로 넘어갔다. 남은 것은 한스 울리크 본 코메르의 공무원 폭행 혐의뿐이었는데, 이에 대한 수사는 리사 람보다 직위가 낮은 동료가 맡고 있었다.

리사 람은 흥미로운 경험을 쌓고 다시 자신의 삶으로 돌아갈 수 있게 되어 기뻤고, 이제 잠시 휴가를 떠날 계획이었다. 테이블을 둘러싼 명랑한 표정들을 보니 여름을 그렇게 시작하기로 계획한 사람이 그녀만은 아닌 듯했다. 끝으로, 무엇보다도 그녀는 모범적으로 수사를 진행해 준 오른팔에 대해 특별히 감사를 표하고자 했다.

"사나이이자 신화요 전설인 에베르트 벡스트룀 경감 말이죠." 리사 람은 문제의 인물에게 활짝 미소를 보내며 말했다.

하지만 벡스트룀은 평소의 그가 아니었다. 쾌활한 태도를 보이기는 했으나 몹시 묘한 방식으로 어딘가 멀리 다른 곳에 가 있는 사람처럼 보였다. 그는 검사와 친애하는 동료들 모두에게 감사를 표했고, 이번 사건은 무척 힘든 사건이었으며 개인적으로는 특히 그러했는데 자신의 자세한 사정까지 이야기할 생각은 없고, 어쨌거나 이보다 훨씬 더 나쁜 일도 있는 법이라고 말했다. 계속해서 중요한 회의에 참석해야 하니 실례를 무릅쓰고 이만 가봐야겠다고 말하는 그의 모습을 본 많은 동료들은 진심으로 벡스트룀을 걱정했다.

이사크는 틀림없이 평소의 모습 그대로였다. 이사크의 행패가 극에 달하자 벡스트룀은 집을 버리고 망할 새 새끼가 천천히 굶어 죽도록 내버려둔 채 편안한 지역 호텔로 거처를 옮길까 진지하게 고민했다. 생각이 거기에 미치는 순간 이사크는 갑자기 조용해졌다. 녀석은 횃대에 가만히 앉아 침묵을 지키며 벡스트룀을 노려보았다. 지금껏 녀석이 했던 온갖 행동보다도 이 완전한 침묵이야말로 견디기 힘들었다.

이 와중에 길들인 기자는 벡스트룀에게 연락해서 앓는 소리를 늘어놓았다. 변호사 에릭손 살인 사건 수사가 갑자기 종결되기 직전이라는 소문을 들었다느니, 왕실 공보관 관료들도 전보다 훨씬 단호한 태도를 취하는 것이 흡사 다시 한번 폴타바 전투▪를 치를 준비라도 하는 듯하다느니, 편집장은 겁에 질려 있다느니. 그는 방황하는 영혼처럼 신문사 복도를 배회하면서 대체 무슨 일이 일어나고 있는 거냐고 끊임없이 물어댔다.

"어쩌면 좋겠습니까, 벡스트룀?" 길들인 기자가 물었다.

"그게 우라질 내 책임은 아니지 않나?" 벡스트룀이 대꾸했다. "내가 자네들의 걸레 쪼가리를 발행한 건 아니잖아, 안 그래?" 그는 방금 자신이 한 말이야말로 정확하게 스웨덴 최대 신문사의 실정을 가리키고 있으며, 지난 한 주 내내 그래왔다는 사실을 용케 모르고 있었다.

"최소한 조언 정도는 해주실 수 있지 않겠습니까?" 길들인 기자가 애원했다.

"좋아." 마침내 결단을 내린 벡스트룀이 말했다. "6시 정각에 그랜드 호텔 바에서 보지. 종이랑 펜 갖고 오는 거 잊지 말고."

전화를 끊은 벡스트룀은 꼭 필요한 것만 가방에 챙기고 이사크는 운명에 맡겨둔 채 다른 더 나은 삶을 찾아 떠났다.

▪ 18세기 초 러시아 차르국과 스웨덴 왕국 간의 전쟁에서 스웨덴이 대패하여 패권을 잃는 계기가 된 전투.

140

목요일 아침 솔나 경찰서에서 기자회견이 열렸다. 부장검사 리사 람은 회견을 시작하면서 토마스 에릭손 변호사 피살 사건에 관한 초동수사가 종결되었다고 설명했다. 이어 그녀는 무슨 일이 일어났던 것인지, 하나도 빠짐없이 묘사했다. 토마스 에릭손은 그 자신이 벌인 폭력적인 행동으로 야기된 완벽한 정당방위와 허약한 심장 상태가 겹쳐져 사망했다.

사실 이 자리는 전적으로 불필요했다. 기자회견에서 나온 모든 내용이 이미 스웨덴 최대의 석간신문에 실린 뒤였기 때문이다. 그날의 석간을 읽은 독자들은 회견 시작 전부터 리사 람이 한 시간 뒤 무슨 말을 할지 알고 있었을 뿐 아니라, 롤뤼와 마리오가 이틀 전 경찰과의 면담에서 밝혔던 내용과 현저히 흡사한, 훨씬 더 극적이고 자세한 이야기까지 확인한 터였다.

헤드라인이 사실상 모든 것을 말해주고 있었다. "절박해진 조폭 변호사가 연금 생활자 상대로 갈취 및 살해 시도." 다시 한번, 스웨덴 최대의 신문사는 경쟁사들을 찍어 눌렀고, 이를 의식이라도 한 듯 전설적인 벡스트룀은 기자회견장에 모습을 나타내지 않았다.

VIII

피노키오의 코에 관한
진짜 이야기
2부

141

벡스트룀은 무척 만족스러운 기분으로 그랜드 호텔의 커다란 스위트 룸에서 눈을 떴다. 아침 식사는 방으로 주문했다. 스크램블드에그와 소시지와 베이컨을 쑤셔 넣으면서 지금쯤 굶주림에 괴로워하고 있을 이사크에 대한 아찔한 환상을 곁들였더니 원래도 좋았던 식욕이 더욱 왕성해졌다.

그런 다음 벡스트룀은 마리오의 여자친구인 퓌탄에게 연락해 만날 수 있겠느냐고 물었다. 신문에서 읽었는지 모르겠지만 러시아 미술 컬렉션에 관해 몇 가지 물어볼 게 있다면서.

퓌탄도 벡스트룀처럼 기분이 좋은 듯했다. 베크 경감님이야 "언제든 환영"이라며 칼베리 운하 옆에 있는 자신과 마리오의 새 아파트에서 한 시간 뒤에 보자고 했다. 그녀는 요즘 그곳에서 가구 배치를 마무리하느라 정신이 없었다.

벡스트룀은 술고래 경위의 낡은 서류 가방에 필요한 것들을 챙긴 뒤 택시를 불러서 칼베리 운하를 굽어보고 선 으리으리한 건물로 향했다.

예의 부동산 개발업자 친구가 스웨덴 국토의 대부분을 소유하고 있는 고령자 엘리트층에 전국에서 가장 안전한 주거 환경을 제공하는 곳으로, 대부와 퓌탄은 건물 꼭대기 층 전체를 차지하고 있었다. "하밀톤-그리말디." 벡스트룀은 문에 붙은 커다란 금박 명패를 읽어보았다. 그렇다면 스웨덴에서 유일하게 작가다운 작가가 쓴 책들에 나오는 특수 요원 카를 하밀톤■과 퓌탄이 친족 관계라는 소리인데. 최근 작가가 호모 소설로 노선을 변경했다는 악의에 찬 소문을 듣기는 했지만, 설마? 그건 제병을 나눠주는 교황의 머리에 그 훌륭한 작가의 사냥 모자가 씌워져 있다는 소리나 다름없잖아. 벡스트룀은 그렇게 생각하며 고개를 내젓고는 초인종을 울렸다.

퓌탄은 전과 다름없이 매력적이었다. 햇볕에 그은 피부에 다이아몬드로 꾸민 목. 소파와 의자가 놓여 있고 칼베리 궁과 아래쪽 운하가 모두 내다보이는 널찍한 스위트룸으로 들어가 앉기까지 두 사람은 겨우 사십오 미터 정도만 걸으면 되었다. 벡스트룀은 앞에 놓인 커다란 유리 커피 테이블 위에 작은 테이프녹음기를 올려놓으며 대화를 녹음해도 되겠느냐고 물었다. 요 몇 년 사이 슬슬 기억력에 문제가 생기기 시작한 것 같다면서.

퓌탄은 그의 말을 충분히 이해한다고 했다. 어떤 날에는 자기도 점심 때가 되어서야 마리오의 이름이 떠오른다고 말이다. "어쩜, 신나네요!" 퓌탄이 눈과 이와 반지와 목걸이를 모두 동시에 빛내며 말했다. 드디어, 진짜 경찰 면담을 하게 된 것이다. 그것도 그녀의 위대한 우상과 함께.

■ 스웨덴 소설가 얀 기유가 쓴 첩보소설 시리즈의 주인공.

"말씀하세요, 형사님." 퓌탄은 담뱃불을 붙인 뒤 다리를 꼬면서 자신이 앉은 구스타브 시대 팔걸이의자에 몸을 기댔다.

벡스트뢲은 먼저 모든 이콘과 사냥용 식기의 잔해, 은식기 수납함 둘, 황금 시가 라이터의 사진을 보여주었다. 코가 긴 피노키오의 사진만 빠져 있었는데, 그건 최대한 오래, 가능하다면 영원히 혼자서만 간직할 생각이었다. 첫 번째 질문은 뻔했다. 혹시 이 사진에 찍힌 그림과 다른 물건들의 소유주가 누구인지 아시는지?

"알고말고요." 퓌탄이 말했다. "전부 제 거랍니다. 우리 아빠 아르시가 돌아가시면서 물려받았지요. 아빠는 아빠의 어머니, 그러니까 에바 할머니에게서 물려받으셨고요. 에바 할머니는 그 러시아 여자 마리야 파블로브나에게서 물려받으셨대요. 빌헬름 왕자와 이혼할 때 말이죠."

"그 이야기를 조금 더 해주시겠습니까?" 벡스트뢲은 상냥한 미소를 보내며 물었다. 상황이 좀 낫군. 물론 왕이나 왕비나 왕자나 공주는 아니지만, 이젠 평범한 백작이나 남작이라고 얕볼 처지가 아니었다. 포마드를 덕지덕지 바른 지중해 잡종들보다야 최소한 몇백만 크로나는 더 낫지 않은가.

"더 자세히 말씀해주시지요." 문득 오래전에 사라진 더 나은 세상에 가 있는 표정을 하고 있는 퓌탄을 향해 벡스트뢲이 다시 한번 청했다.

"그러죠." 그 점에 있어서라면 퓌탄의 기억력에도 아무런 문제가 없었다. 스웨덴 귀족들의 이름은 한밤중에 누가 깨워서 물어봐도 줄줄 읊어댈 수 있었다. 사실상 모든 이들과 친족 관계였고, 이야기를 나눌 수 있는 사람들은 거의 다 만나봤으니까. 할머니는 1880년에 태어났는데,

결혼 전 성은 레벤하웁트였고, 태어날 때부터 백작이었다. 할머니는 스무 살에 자신보다 나이가 두 배는 많은 구스타프 일베르트 하밀톤 백작과 결혼했다. 백작은 위대한 하밀톤가 베스테리에틀란드 일족의 수장이자 대지주요, 기수이자 사냥꾼이며, 조신이자 오스카르 2세 및 구스타프 5세의 사사로운 벗이었다.

"할아버지는 아주 우아한 분이셨답니다." 퓌탄이 말했다. "우리 가문에서 쓰는 말마따나 전형적인 하밀톤의 외모를 갖추고 계셨지요. 안타깝지만 두뇌도 전형적인 하밀톤 두뇌였기 때문에 아마 사랑하는 에바 할머니의 삶이 늘 순탄하지만은 않았을 거예요."

"그럼 그분은 뭘 하셨습니까? 에바 할머님 말입니다."

"그야 다른 사람들이 하는 일을 하셨죠." 퓌탄은 뭘 그런 걸 묻느냐는 듯이 말했다. "그분은 당대에 어울려야 했던 모든 사람들과 어울리셨어요. 구스타프 5세가 오스카르의 뒤를 이어 왕위에 올랐을 때는 궁에 계셨죠. 몇 해 동안 구스타프 5세의 부인인 빅토리아 왕비의 시녀들 가운데 막내 노릇을 하셨답니다. 아마 그래서 빌헬름 왕자랑 마리야와도 연을 맺으셨을 거예요. 물론 마리야 파블로브나는 할머니보다 더 어렸죠. 마리야가 아이를 갖게 됐을 땐 조언을 해주실 수도 있었어요. 그 무렵 에바 할머니에게는 이미 아이가 셋 있었거든요. 우리 아빠 아르시가 그중 만이랍니다. 아빠는 1901년에 태어났어요. 그건 확실해요. 아무튼 기억하기 쉬운 연도니까요."

"1901년에 뭔가 특별한 일이 있었습니까? 가정에 말입니다."

"아뇨. 그럴 이유라도 있나요?"

"기억하기 쉬운 연도라고 하셨잖습니까. 그래서 궁금했습니다."

"시작하는 연도들은 항상 기억하기가 쉽더라고요." 퓌탄이 설명했다. "1901년이면 맨 앞이잖아요. 하지만 우리 아빠 아르시가 언제 돌아가셨는지는 도무지 모르겠어요. 틀림없이 1970년대였을 텐데, 정확히 언제였는지는 기억이 안 나네요. 시작하는 연도가 아니었거든요. 무슨 말인지 경감님께서 이해하시려나 모르겠지만."

"이해합니다." 이제는 퓌탄도 전형적인 하밀톤 두뇌를 물려받았다는 확신이 들었다.

"에바 할머님과 마리야 파블로브나는 좋은 친구셨던 모양이군요." 벡스트룀은 하밀톤식 막다른 길에서 빠져나오기 위해 계속해서 말을 이었다.

"왜 그렇게 생각하시죠?" 퓌탄이 물었다.

"마리야가 러시아로 돌아가면서 할머님께 남긴 선물들을 보면 말입니다." 벡스트룀은 앞에 놓인 테이블 위의 사진들을 가리켰다.

퓌탄은 그렇게까지 대단한 건 아니었다고 말했다. 대부분은 잡동사니로 마리야가 그것들을 처분한 이유는 다시 러시아로 가져가기가 귀찮았기 때문이었을 거라고, 에바와 마리야 파블로브나 사이에 깊은 우정이 있었을 리 없다고 말이다.

하밀톤가도 레벤하웁트가도 러시아인들을 그리 좋아하지 않았다. 삼백 년 동안 수차례 벌어진 전투를 통해서만 만나왔던 사이인데다 무척 남성적인 그 만남을 통해 천여 명의 선조들이 목숨을 잃었으니 오죽했겠는가.

마찬가지로 두 여자의 사이도 딱히 가까웠던 적은 없었다. 물론 마리야가 처음 스웨덴에 도착했을 때 둘이서 은쟁반을 타고 오크힐 궁의 현관홀에 있는 거대한 계단을 내려가며 경쟁하던 사이이기는 했다. 하지만 마리야는 세 번을 연속으로 지더니 신물을 내면서 에바 할머니 대신 자신이 데려온 시녀로 상대를 바꾸었다. 그 시녀는 워낙 겁이 많아 눈을 감고 등을 돌린 채 계단을 내려왔다.

퓌탄의 할머니는 훌륭한 기수였다. 특히 장애물 넘기와 마술 대회에 능했으며 자신의 건강을 열심히 챙겼다. 담배도 술도 하지 않는 에바와 달리, 마리야는 굴뚝처럼 담배를 피워댔고 술도 로마노프 왕가의 여느 남자들처럼 마셔댔다.

"예를 들어 저 시가 라이터만 해도 그래요." 퓌탄이 말했다. "저건 틀림없이 할머니를 놀리려고 준 물건일 거예요. 담배를 피우지 않으신다는 걸 알았으니까요."

"그럼 식기는요?"

그건 더 설명이 쉬웠다. 그걸 할머니에게 준 사람은 마리야가 아니라 빌헬름 왕자였다. 가문의 기록 중에 그것이 선물이었음을 밝히는 편지가 있었다. 다정다감한 빌헬름 왕자는 에바 할머니보다 몇 살 어린 젊은 이였다. 왕자는 마리야와의 이혼으로 크게 상심했다. 전 부인이 결혼 선물로 준 식기를 이용해 식사를 한다는 것은 생각할 수도 없는 일이었다.

"가엾게도 마음을 내려놓지 못했지요." 퓌탄은 한숨을 쉬었다. "그래서 그걸 에바 할머니에게 주었어요. 왕자는 자신이 생각하는 이상으로 할머니를 좋아했던 모양이에요. 그렇게 해서 식기가 베스테르예틀란드 집의 그릇장에 들어가게 된 거죠. 하밀톤가는 그릇 걱정은 해본 적이 없답니다."

전술을 바꿔야겠군. 그런 생각에 벡스트룀은 이어서 변호사 에릭손에 관한 이야기를 꺼냈다. 어쩌다가 그에게 미술 컬렉션 판매를 의뢰하게 된 것인지? 이렇게 유감스러운 결과가 일어나고 말았는데.

퓌탄은 자기 자신 외에 달리 책망할 사람이 있다면 아마 아버지와 할아버지 정도일 거라고 했다. 하밀톤가 사람들은 언제나 전사들이었고, 다들 대포, 소총, 권총, 대검, 기병도, 쌍날칼을 가지고 싸웠다. 하지만 법률 서류와 돈을 가지고 싸우는 것은 다른 문제였다. 그런 전투에는 다른 유형의 전사가 필요했다.

"구스타프 할아버지는 그 점을 매우 분명히 하셨어요. 법률 서류와 돈과 관련해서는 언제나 법적 조언자를 두어야 한다고요. 그리고 우리 가문에서는 항상 골드만 법률사무소를 이용했죠. 처음에는 아버지인 알베르트, 이후에는 아들인 요아킴과 일했어요. 훌륭한 사람들이에요. 곁에 유대인이 있는 한 상대에게는 승산이 없지요. 그래서 토마스 에릭손에게 그것들을 대신 팔아달라고 한 거예요. 내가 이사를 했으니까요. 큰 저택에 살다가 방 다섯 개에 주방 하나뿐인 작은 아파트로 옮겼잖아요. 다락으로 쓸 곳도 없더라고요. 그래서 토마스에게 그것들을 대신 팔아달라고 부탁했어요."

"토마스 에릭손이 유대인이었습니까?" 뻔하군. 벡스트룀은 생각했다.

"아뇨, 아니었어요." 퓌탄이 말했다. "아, 유대인이기만 했어도."

하밀톤가에 도는 소문에 따르면 토마스 에릭손은 변호사 요아킴 골드만의 사생아라고 했다. 갓 졸업한 변호사가 골드만 법률사무소에서 경력을 시작한 것도 그래서였고, 아버지인 골드만이 죽자 사무소 이름을 바꾼 것 역시 아버지에 대한 작은 반항으로 해석할 수 있었다.

"안타깝게도 실상은 그보다 나빴어요." 퓌탄이 말했다. "젊은 에릭손은 전혀 유대인이 아니었던 거예요. 유대인이기만 했어도 내가 이런 험한 일을 겪지는 않았을 텐데요. 에릭손은 평범한 스웨덴 사기꾼이자 도둑이었어요. 그리고 그걸 알아낸 사람이 바로 마리오였죠. 골드만이 아버지라는 소문은 아마 에릭손이 직접 지어냈을 거예요."

"하지만 물론 경감님께 그런 말씀까지 드릴 필요는 없겠지요." 퀴탄은 말을 이었다. "에릭손 같은 사람들을 조심해야 한다는 점 말이에요. 이 안데르손이니 에릭손이니 스벤손이니 페르손이니 하는 사람들요. 우리 하밀톤은 언제나 면갑을 내리지 않고 당당하게 싸운답니다."

대부 마리오 그리말디가 딱 어울리는 상대에게 정착한 것 같군. 벡스트룀은 그렇게 생각했지만 말없이 고개만 끄덕였다.

"그나저나 문득 생각났는데요." 퀴탄이 손톱을 깔끔하게 다듬은 긴 검지를 들어 보이며 다시 입을 열었다. "마리오가 사기꾼 에릭손의 속셈을 알아차린 건 뚱뚱한 그리스 성직자 그림 덕분이었답니다. 아르시, 그러니까 아빠가 물려주신 거요. 아빠는 그걸 런던 크리스티 경매장에서 사셨지요. 전쟁이 끝날 무렵 거기서 이 년간 지내셨거든요. 스웨덴 대사관의 해군 무관이셨어요."

"더 말씀해주십시오." 벡스트룀은 몸을 뒤로 기대면서 양손을 둥근 배 위에 놓고 깍지를 꼈다. 퍼즐이 또 한 조각 맞아떨어지는군.

142

퓌탄의 아버지인 아르시발드 '아르시' 하밀톤 백작은 1901년에 태어났다. 물론 기억하기 쉬운, 편리한 연도였다. 앞서 태어난 모든 이들과 마찬가지로 그 역시 베스테르예틀란드에 자리한 가문의 영지에서 성장했다. 1920년에 룬드스베리 사립 기숙학교를 졸업한 뒤에는 선대의 수많은 하밀톤들이 그러했듯 왕립 해군사관학교에 들어갔다. 모두가 그랬던 건 아니지만 전례는 충분했다.

2차세계대전이 터지자 그는 예테보리에 주둔중인 어뢰정대의 사령관으로 임명되었고, 이내 예테보리의 스웨덴 볼베어링 공장에서 영국까지 볼베어링을 밀반출하는 일에 깊이 관여하게 되었다. 정황상 퓌탄의 아버지보다도 그 일에 더 적합한 인물을 찾기는 힘들었을 것이다.

하밀톤가는 영국 편에 가담했다. 이는 가문의 배경 때문이었다. 하밀톤가는 지난 천 년 동안 영국에 뿌리를 두고 있었고, 그곳에 친지 및 가까운 친구들이 있었다. 구스타프 할아버지는 스웨덴 볼베어링 공장의 이사였는데, 아들이 운송하게 될 화물의 성격을 고려하면 이 경우 전형적인 하밀톤 두뇌는 약점이라기보다는 오히려 성공의 전제 조건에 가까웠다. 영국까지 스웨덴제 볼베어링을 운반하는 배를 침몰시켜 영국의 군사 기능을 무력화하려 드는 독일의 순양함과 구축함과 유보트를 피하기 위해서는 한밤중에 조명을 끈 채 얼음이 떠다니고 폭풍이 몰아치는 북해를 고속으로 오가야 했기 때문이다.

"사람들이 아빠를 뭐라고 불러도 상관없지만 겁쟁이만은 아니었어요. 아르시는 용감무쌍했죠. 제 어머니인 안나가 반대하지만 않으셨어도 전쟁이 끝날 때까지 함교에 계속 머물렀을 거예요." 퓌탄의 목소리에는 자부심이 가득했다.

"하지만 어머님께서 반대하셨군요."

"아이가 셋이었으니까요. 전쟁이 시작됐을 때는 제가 막내였죠. 전쟁이 끝날 무렵에는 아이가 여섯으로 늘어 아빠가 좀더 자주 집에 오게 됐다고 해둘까요."

"아버님께서 런던 대사관에서 일하셨다고 하셨는데요, 거기는 어떻게 가시게 된 겁니까?"

퓌탄의 외할아버지가 주선한 일이었다. 외할아버지는 백작이었을 뿐만 아니라 스톡홀름 방위사령부 소속 장군이기도 했다. 먼저 외할아버지는 사위가 중령으로 진급하도록 손을 썼다. 아르시가 끈질기게 붙어 있던 어뢰정으로부터 억지로 떼어내기 위함이었다. 그러곤 아르시의 기분을 조금이나마 달래주는 의미에서 스웨덴 볼베어링 운송을 특별히 책임지는 런던 대사관 소속 해군 무관으로 비밀리에 파견했다. 사위의 인생에 의미를 부여해줄 만큼은 전쟁과 가까운 자리였고, 사위의 목숨을 부지시켜 백작의 딸이 남편을 잃고 아비 없는 여섯 아이의 어머니가 되지는 않도록 할 만큼은 전쟁과 먼 자리였다. 퓌탄은 그게 전부라고 했다. 하지만 이런 사정은 뚱뚱한 성직자의 그림을 구매한 정황이나 다른 모든 일들과 아무런 상관도 없었다.

중령 겸 백작이었던 아르시 하밀톤이 베르샤긴의 성 테오도로스 그림을 산 까닭은 그림 속 테오도로스가 자기 가문의 영지가 있는 베스테르예틀란드의 고향 마을 교구 목사와 놀랄 만큼 닮아서였다. 중령 겸 백작은 교구 목사와 잘 어울리지 못했다. 아르시는 그가 독실한 척하는 위선자라고 생각했다. 게다가 목사는 사냥 실력도 형편없었는데, 하밀톤 영지 한가운데서 교회와 공동묘지를 책임지는 사람에게 사냥 실력은 필수 요건이나 다름없었다. 따라서 목사의 쉰 번째 생일을 맞이하여 주님의 종을 살짝 놀려먹고 싶었던 하밀톤가의 백작으로서는 백 파운드쯤이야 충분히 지불할 용의가 있었다.

목사는 농담을 달가워하지 않았다. 그는 선물을 곧바로 돌려보냈고, 정말로 자신이 헌금함의 내용물을 훔쳤다고 의심한다면 즉각 교회 당국에 연락하여 감사 절차를 요청하라는 내용을 담은 성난 어조의 편지도 함께 보냈다.

"정말 그랬나요? 헌금함에서 돈을 훔쳤던 겁니까?" 벡스트룀이 물었다.

"분명 그랬을 거예요." 뮈탄은 코웃음을 쳤다. "다들 그러지 않나요? 그리고 우리로선 백 파운드 좀 썼다고 세상 끝나는 것도 아니었죠. 그림도 돌려받은데다 아빠는 기분 내킬 때마다 목사의 편지를 큰 소리로 읽곤 했으니까요. 아빠가 즐겨 하는 이야기 중 하나였어요."

"문득 다른 생각이 떠올랐는데 말입니다." 벡스트룀의 머릿속에 갑자기 어떤 생각이 스쳐 지나갔다. "아버님께서 런던에 계실 때 폭격을 겪지는 않으셨습니까?"

"아마도요." 뮈탄이 말했다. "거기 살았던 사람들 다 겪지 않았을까요? 아이들에게 해줄 만한 이야기는 아니었겠죠."

"그것 때문에 사냥용 식기가 부서진 것은 아니었을까 싶군요." 그렇게 또 다른 퍼즐 한 조각이 맞춰지는 듯했다.

한때 상트페테르부르크의 제국 자기 공장에서 생산한, 148점으로 이루어진 항해 사냥용 식기였던 것의 비극적인 잔해. 원래 상태를 유지했더라면 천만 크로나를 호가했을 물건.

"히틀러가 잘못한 일이 많긴 하지만." 퓌탄은 고개를 가로저었다. "그 식기에 관해서만큼은 전적으로 결백해요. 유감스럽게도 진실은 그보다 끔찍하답니다. 경감님께서 범인을 찾고 싶으시거든 제 오빠 이안부터 시작하셔야 할 거예요."

사냥용 식기는 로마노프가의 문장이 새겨진 네 개의 커다란 나무 상자에 나뉘어 담겨 있었다. 빌헬름 왕자와 오크힐 궁을 떠난 식기는 베스테르예틀란드의 영지 내에 있는 지하실로 들어갔고, 누구의 손도 닿지 않은 채로 남아 있다가 화마를 맞이했다.

룬스베리에 있던 퓌탄의 오빠가 부활절 휴가를 맞아 집으로 돌아왔을 때였다. 그는 농장 일꾼 중 한 사람에게 밀주 한 병을 얻어 본채 지하실에서 알코올을 증류하기 시작했다. 그렇게 학교로 가지고 돌아갈 알코올을 만들던 중, 불운하게도 작은 화재가 발생해서 식기 148점 중 대부분을 파손시켰다.

남매의 아버지인 아르시는 사태를 침착하게 받아들였다. 집과 와인 저장고는 무사했으며, 어차피 그는 식사용으로 자기 가문의 그릇을 선호하던 터였다. 식기의 잔해는 결국 어린이용 장난감 집에 들어가 아이들의 파티에 여러 차례 활용되었다. 퓌탄 자신도 인형을 씻길 때 수프 그릇을 사용했고, 한번은 동생들이 그릇 깨기 시합을 벌이기도 했다.

아르시가 죽은 뒤 재산을 정리하는 과정에서 식기의 잔해들은 원래 있던 보관함 넷 중 한 상자에 담겼다. 오빠는 그것을 퓌탄에게 넘겨주었다. 자기는 갖고 싶지 않다면서. 그는 그것이 불운을 가져온다고 생각했고, 그걸 보면 아버지가 그리워지기도 했다. 말하자면 그 물건은 그의 신경을 긁을 뿐이었다.

143

"슬픈 얘기죠." 퓌탄은 어깨를 으쓱였다. "마리오 말로는 러시아의 어떤 신흥 부자가 샀다고 하더군요. 대환영이죠. 스웨덴에서는 영영 안 팔렸을 테니까요. 그나저나, 마실 것 좀 드릴까요, 경감님? 점심은 이미 늦었지만 샴페인 한 잔 정도는 괜찮을 것 같은데."

"그럼, 사양하지 않겠습니다." 벡스트룀은 퓌탄의 비위를 맞춰줄 생각이었다. 설령 오전 10시에 부글거리는 술을 마셔야 한다고 하더라도.

이 여자가 손목시계를 거꾸로 찬 게 틀림없어. 그는 생각했다.

퓌탄은 가사 도우미가 없는 관계로—마리오는 집이 제대로 정비되는 대로 이 문제를 처리하겠다고 약속했다—자신이 직접 손님을 접대하더라도 양해해달라고 했다. 십오 분 뒤 그녀가 커다란 얼음통과 여러 종류의 술병과 잔을 담은 쟁반을 들고 돌아왔다.

벡스트룀이 벌떡 일어나 거들려 했지만, 퓌탄은 고개를 가로저었다. 그녀의 집에서 그건 손님이 할 일이 아니었다.

"경감님 술로는 위스키와 보드카를 가져왔어요." 퓌탄이 말했다. "전 샴페인을 한 잔 마실 생각이지만, 경감님께선 그런 술은 안 드시겠죠?"

"이상하게 그렇게들 알고 있더군요." 벡스트룀은 거짓말을 했다. "하지만 선택권이 있는 만큼 보드카를 조금 마시는 게 좋겠습니다."

"현명하신 결정이에요. 아빠는 위스키를 마시곤 했는데, 그건 그저 배를 너무 좋아했기 때문이었을 거예요. 왜, 위스키에서는 갓 타르를 칠한 오크 냄새가 나잖아요? 하지만 반주로는 보드카를 마셨죠."

퓌탄은 두 사람 몫의 술을 따랐다. 벡스트룀의 잔을 채울 때에는 병을 쉽사리 물리지 않았다. 아빠는 제대로 된 남자라면 제대로 된 술을 받을 자격이 있다고 말하곤 했고, 그 말을 따르지 않을 이유가 없다면서 말이다.

"자, 그럼." 퓌탄이 말했다. "제가 경감님을 도울 일이 또 있을까요?"

"음, 한 가지 궁금했던 게 있습니다." 벡스트룀이 말했다. "제가 본 목록에는 무슨 뮤직 박스에 대한 언급이 있던데요. 뭔가 기억하시는 게 있습니까?"

"돈 말이에요." 퓌탄은 완전히 다른 생각에 빠져 있는 듯했다. "마리오를 쏘려고 했던 그 몹쓸 에릭손이라는 인간이 제게서 뜯어내려고 했던 돈 말고요. 그건 마리오가 처리해주겠다고 약속했어요. 그런 실무적인 문제가 생기면 전 항상 마리오에게 해결해달라고 하거든요."

어련하시겠어. 벡스트룀은 생각했다.

"돈에 관해서는 아무것도 걱정하실 필요 없을 겁니다. 그 문제를 담당한 동료들에게 듣자니 에릭손이 부인을 속여 갈취한 돈은 백만 크로나 정도라더군요."

"그래요?" 퓌탄은 샴페인을 더 따르며 말했다. "백만이라니. 누가 짐작이나 했겠어요?"

"어쨌든 그 돈은 걱정하지 않으셔도 됩니다. 얼마를 받으셔야 하는지 조사를 끝내는 대로 돌려드릴 겁니다."

"사실 제게 있는 돈만으로도 그럭저럭 먹고살기에는 충분할 거예요. 하지만 언제든 제 돈을 저보다 더 필요한 사람에게 주게 될 수도 있으니까요."

마리오 녀석처럼 말이지. 벡스트룀은 생각했다.

"또 다른 건 없나요?" 그렇게 묻는 퓌탄의 목소리는 여전히 다른 곳에 가 있는 것처럼 들렸다.

"네, 뮤직 박스 말입니다." 벡스트룀이 상기시켰다. "아무것도 기억하시는 게 없습니까? 제가 본 메모의 내용에 따르면 그리 가치 있는 물건 같지는 않습니다만, 그래도 저희로서는 서류 작업을 꼼꼼히 해둬야 한다는 점, 이해하시리라 믿습니다."

"뮤직 박스, 뮤직 박스, 뮤직 박스라." 퓌탄이 말했다. 샴페인을 두 잔째 마시고 있는 만큼, 이제는 머릿속에 떠오르는 생각을 곧장 입 밖에 내뱉기로 한 모양이었다.

정말이지 뮤직 박스에 관해서는 기억나는 게 없었다. 하지만 빨간 모자를 쓴 작은 에나멜 요정이 희미하게 떠오르기는 했다. 크리스마스트리에 매달기에는 너무 무거웠던 기억이 난다. 그러니까, 아마 크리스마스용 장식물이었던 것 같은데 말이다.

"뮤직 박스는 없었다고요?"

"아빠가 뮤직 박스 얘기를 하곤 했어요. 어렸을 때 아빠의 어머니가 주셨다고 하셨죠. 지금 생각해보니 뮤직 박스가 여러 개 있었어요. 아마 그중 하나를 전시에 런던에 계실 때 선물로 썼던 것 같고요."

"이름을 기억하십니까? 아버님께서 뮤직 박스를 선물하셨다는 사람 말입니다."

"이름, 이름, 이름." 퀴탄은 답답하다는 듯이 몸을 흔들었다. "모든 사람의 이름이 같다면 얼마나 실용적일까요. 그 정치인이었던 것 같아요. 모든 걸 책임졌던 사람 있잖아요. 항상 시가를 피우고 있던 뚱뚱한 남자요. 화장실 같은 사람."

"화장실?"

"네, WC요."

"윈스턴 처칠 말입니까?"

"그거예요. 바로 그 사람이었어요. 실은 우린 친척 관계예요. 제 할머니의 여동생이 그 사람 사촌하고 결혼했거든요. 우리 같은 사람들은 항상 서로 핏줄이 닿아 있답니다."

"아버님께서 윈스턴 처칠에게 뮤직 박스를 주셨다고요?" 다른 뮤직 박스 얘기겠지. 벡스트룀은 생각했다.

"네, 그런데 처칠이 그걸 아빠한테 돌려주지 않았겠어요? 그 밉살스러운 목사 영감처럼요. 경감님, 절 이해해주셔야 해요. 사실 기억이 잘 나지 않는답니다. 아빠가 영국에 살 때 처칠을 여러 번 만났다는 건 알아요. 물론 대부분 사적인 만남이었죠. 아빠가 일기에 기록도 해뒀어요. 그리고 처칠에 관한 책을 쓴 어떤 영국 역사가가 있는데, 그 사람도 아빠를 거론했고요. 가시기 전에 다시 말씀해주시면 찾아볼게요. 서재에 있는 박스에서 봤어요. 분명히 비교적 최근에 봤는데."

"정말 친절하시군요."

삼십 분 뒤, 퓌탄이 샴페인을 세 잔째 마시고 벡스트룀의 잔도 다시 채워준 이후, 그는 아파트를 나섰다. 퓌탄의 아버지가 쓴 일기장 네 권과 함께였다. 일기장은 검은 방수천 표지가 달린 평범하고 두꺼운 공책이었다. 그리고 영국 역사가가 쓴 윈스턴 처칠에 관한 책도 있었다. 즐거운 시간이었어요. 그러면서 퓌탄은 자신과 마리오가 집을 정리하는 대로 베크 경감님께서 다시 찾아주시기를 바란다고 했다. 당장은 할 일이 워낙 많아서 자신도 정신이 없다고. 하지만 곧 상황이 나아질 터였다. 가구가 전부 들어오고 마리오가 자잘한 집안일을 도울 사람을 고용한 뒤에는 말이다.

그녀는 마리오가 없을 때 벗 삼을 반려동물을 들일까 생각중이었다. 아마 개로. 퓌탄은 언제나 동물을 좋아했다. 어렸을 때부터 동물을 잔뜩 키웠다. 그녀가 자란 베스테르예틀란드의 영지에는 사람보다 동물이 훨씬 많았다. 말, 소, 돼지, 닭, 고양이, 개…… 그 밖에 다른 온갖 동물도. 작은 동물들이 많았다.

벡스트룀은 그녀의 심정을 정확하게 이해했다. 그도 동물을 무척 좋아했다. 특히 오랫동안 앵무새를 사랑해왔다. 사실 지금도 여러 마리를 키우고 있는데 그보다 좋은 벗이 없었다. "말을 할 수 있는 종류입니다." 벡스트룀은 덧붙였다. 뭐 어때, 먹히기만 한다면야.

퓌탄은 앵무새를 키운 적이 없었다. 카나리아와 잉꼬는 키워봤지만 말을 할 줄 아는 앵무새는 키운 적이 없었다. 오빠들이 선물해주었던 길들인 까마귀가 그나마 가장 앵무새에 가까웠는데, 그조차 깍깍거릴 줄밖에 몰랐던데다 얼마 안 가 죽어버렸다.

"말할 수 있는 앵무새라니, 정말 너무나 근사하겠어요." 퓌탄의 표정을 보니 진심으로 그렇게 생각하는 모양이었다.

이거 일이 잘 풀리겠는걸. 솔나 경찰서로 돌아가는 택시 안에서 벡스트룀은 생각했다.

144

벡스트룀은 경찰서에 도착하자마자 나디아를 찾아가 대화를 나누었다. 그녀는 그에게 전해줄 소식이 있다고 했다. 마리오 그리말디와 그의 새 연인 아스트리드 엘리사베트 하밀톤 여백작에 관한 흥미로운 소식이었다. 1940년에 태어난 여백작은 엘리사베트라는 호칭을 선호했지만 친구와 가족 들은 퓌탄이라는 별명으로 불렀다. 태어날 때부터 백작이었는데, 이 사실이 현재의 상황과 아주 무관하지는 않았다. 물론 벡스트룀도 여기까지는 다 알고 있겠지만.

"내가 모르는 건 뭡니까?"

그가 모르는 것은 그녀가 이미 아스트리드 엘리사베트 린데로트라는 이름으로 솔나 경찰서 파일에 올라 있다는 사실이었다. 린데로트는 오 년 전에 죽은 전남편의 성이었다. 카롤린스카 병원 내과 의사 겸 교수로 매우 존경받았던 인물 같았다.

"잠깐만." 벡스트룀은 손을 들어 나디아의 설명을 막았다. "아스트리드 린데로트? 그거 동물 학대죄로 신고당한 그 미치광이 할망구 이름 아니었습니까?"

나디아는 바로 그렇다고 대답했다. 한 달 전 아스트리드 엘리사베트 린데로트는 이름을 결혼 전 성인 하밀턴으로 바꾸었고, 동시에 마리오 그리말디와 함께 두 사람의 결혼을 발표했다. 지금까지는 아무런 문제도 없었다. 성을 바꾼 것도, 작위도, 다가올 결혼도.

"하지제 전날인 내일 결혼한다고 하더라고요. 로마에 있는 스웨덴 대사관에서요."

"그렇군요." 우리가 그걸 알았을 턱이 있나. 벡스트룀은 생각했다.

"이걸로 많은 게 설명돼요. 특히 그녀가 동물 학대로 신고당한 뒤 가르시아 고메스가 그녀의 이웃인 프리덴스달을 찾아갔던 일 말이죠."

"그럼 우린 뭘 해야겠습니까?" 마리오의 주방에 커튼을 달아줬다는 착한 젊은이 말이로군. 퓌탄에게 듣기로 그런 자잘한 일은 마리오가 잘한다는데도 말이지. 그는 생각했다.

나디아는 아무것도 할 게 없다고 했다. 고소는 전부 취하되었다. 가르시아 고메스는 죽었다. 그리말디와 이야기하는 건 불가능했다. 그의 부인 될 사람은 아마 그가 자신에게 베풀어준 일을 알지도 못할 것이다. 그래도 여전히 흥미롭기는 했다. 머릿속에 떠오르는 질문들에 답할 수 있게 되었으니까.

나디아는 포기할 줄을 모르지. 벡스트룀은 생각했다. 누가 저 금니 좀 어떻게 하라고 얘기를 해줘야 할 텐데. 평범한 세라믹 크라운으로 바꾸라고 말이야. 하다못해 픽치기당할 위험을 생각해서라도. 입에 지폐 다발을 물고 돌아다니는 거나 다름없잖아. 하지만 훌륭한 아이디어가 떠오른 참이니 벡스트룀도 이제 가서 일을 해야 했다. 쇠뿔도 단김에 빼랬으니까. 어차피 퓌탄은 아마 내일 로마로 결혼하러 간다는 것도 이미 잊어버렸겠지. 벡스트룀은 그렇게 생각하면서 필요한 것들을 낡은 서류 가방에 넣고 택시를 부른 뒤 허둥지둥 솔나 경찰서를 빠져나갔다.

먼저 그는 예구라의 사무실에 들러서 퓌탄이 자신에게 준 책들을 예구라의 비서에게 전달했다. 조사에 진전이 있으며 '내력'이 밝혀졌다는 말도 전했다. 비록 베르나도테가의 삼대가 하밀톤가의 여백작 둘과 백작 하나로 바뀌기는 했지만.

그럼 다음 벡스트룀은 집으로 돌아가는 길에 퓌탄에게 연락해 혹시 잠깐 들러 선물을 드려도 되겠느냐고 물었다. 퓌탄은 그것 참 고마우신 말씀이라고 했다. 경감님을 다시 만날 생각을 하니 기대된다면서.

이사크는 그리 활기차 보이지 않았다. 벡스트룀이 자신을 택시 뒷좌석에 신고 새로운 보호자에게 데려가는 동안 새장 안에 가만히 앉아 그를 노려볼 뿐이었다.

"어쩜, 귀엽기도 하지!" 퓌탄은 기쁨에 겨워 손바닥을 마주쳤다. "색깔은 또 어찌나 예쁜지! 정말 이 아이를 떠나보내도 괜찮으시겠어요, 경감님?"

벡스트룀에게는 앵무새가 여러 마리 있기 때문에 아무런 문제도 없었다. 비록 그중 이 녀석이 가장 언어적 재능이 뛰어난 놈이기는 했지만.

"이름이 뭔가요?" 퓌탄이 물었다.

"이사크입니다. 하지만 혹시 다른 이름으로 부르시더라도 싫어하지 않을 겁니다."

퓌탄은 이름을 바꿀 생각은 추호도 없다고 했다. 오히려 아주 잘 어울리는 이름이라고 생각했다. 이사크의 이름이 왜 이사크인지는 보기만 해도 바로 알 수 있었다. 게다가 이사크는 예의 골드만 변호사를 꼭 빼닮기까지 했다.

이사크가 용케 아무런 불평을 하지 않은 건 칭찬할 만한 일이었다. 퓌탄이 손을 내밀어 이사크의 턱을 간질인 결정적인 순간에도, 녀석은 그저 고개를 한쪽으로 기울이면서 행복하게 웃을 뿐이었다. 땅콩을 주었을 때는 부리를 벌려 사람들이 녀석 같은 앵무새에게 기대할 법한 행동을 그대로 했다. "고마워." 이사크는 머리를 기울이며 새 주인에게 그렇게 꽥꽥거렸다.

"정말 멋진 아이네요!" 퓌탄이 자신이 걸친 다이아몬드처럼 두 눈을 반짝이며 말했다. "정말 제가 보답으로 해드릴 일이 없을까요, 경감님?"

"제발 그런 말씀 마십시오." 뮤직 박스가 그 보답이 될 거야. 당신은 이미 까맣게 잊어버렸지만. 벡스트룀은 생각했다.

벡스트룀은 이사크가 평소의 모습으로 돌아오기 전에 둘을 남겨두고 떠났다. 그는 느긋하게 점심을 먹고 낮잠을 자다가 예구라의 전화에 잠에서 깨었다. 예구라는 벡스트룀에게 미술사의 날개가 퍼덕이는 소리를 들을 수 있도록 해주어 고맙다는 말부터 건네고는, 아울러 가능한 한 빨리 만나고 싶다고 덧붙였다. 저녁 식사, 8시 정각, 오페라셀라렌. 개인실에서. 서구 세계의 역사와 관련해 중차대한 문제를 논의해야 할 테니 말이다.

145

그날 저녁 벡스트룀과 예구라는 오페라셸라렌의 개인실에서 저녁 식사를 했다. 주중인 만큼 가벼운 식사였다. 벡스트룀은 전채로 각종 튀김류에다, 양고기 스테이크 대신 자두 소스를 발라 구운 돼지 목살을 선택했다. 하지만 예구라는 거기서 더 나아가 거의 금욕적인 태도를 취하며 샐러드와 구운 가자미만을 먹었다.

그날 저녁은 일에 집중하는 자리였다. 두 사람 모두 서류 가방을 가져왔다는 사실이 이를 강조해주었다. 벡스트룀의 가방은 예구라의 것보다 훨씬 두툼했고, 따라서 대단히 실용적이었다. 이 모든 사건의 핵심을 담고도 남을 만큼 넉넉한 크기였으니 말이다.

예구라는 우선 건배를 제의한 뒤 벡스트룀의 노고를 칭송하며 이야기를 시작했다. 비서가 벡스트룀의 방문을 알리자마자 그는 하고 있던 모든 일을 중단했다. 그러곤 부리나케 사무실로 달려가 런던 주재 스웨덴 대사관에서 비밀리에 무관으로 근무했던 시절에 관한 아르시 하밀톤의 일기를 꼼꼼히 읽으면서 남은 하루를 보냈다.

"참으로 대단한 이야기였소." 예구라는 한숨을 쉬었다. "설령 벡스트룀 경감이라도 과연 그만한 이야기를 접해본 적이 있을까 싶더구려."

잠자코 듣는 수밖에 별수 있나? 벡스트룀은 그렇게 생각하면서 고개를 끄덕였다.

하밀톤 백작은 1944년 봄부터 1945년 여름까지 일 년 조금 넘는 시간을 영국에서 보냈고, 그 기간 동안 윈스턴 처칠을 여섯 차례 만났다. 만남은 언제나 사적인 장소에서 이루어졌으며, 대부분의 시간을 전쟁에 관한, 특히 스웨덴의 볼베어링을 운송하는 일과 관련한 대화에 할애된 듯했다. 두 사람이 만날 때마다 처칠은 하밀톤이 책임지고 있는 비밀공작은 어떻게 되어가느냐고 묻는 것을 잊지 않았다.

하밀톤과 처칠은 같은 귀족적 배경을 공유했다. 두 집안 사이에는 삼백 년을 거슬러 올라가는 유대 관계가 있었다. 둘은 개인적으로도 서로를 깊이 존중했다. 가치, 가족 관계, 개인적 존경. 그들과 같은 부류가 중요하게 여기는 것이 모두 충족되었던 셈이다.

하밀톤은 처칠의 사람됨과 그가 하는 일 때문에 그를 존경했다. 그것은 손아랫사람이 스무 살 위의 손윗사람에게 보내는 존경심이었다. 나이 많은 형과 젊은 아버지 사이의 어디쯤이랄까. 한편 처칠의 입장은 보다 단순했다. 그는 아르시 하밀톤이 용감무쌍했기 때문에, 혹시 공격 명령을 내리게 되면 배의 지휘를 맡길 만한 사람으로 더없이 적합한 인물이었기 때문에 좋아했다. 하밀톤을 보면서 삼십 년 전 해군 장관에 임명되었을 때의 젊은 자신을 떠올렸을 가능성도 농후했다. 그것은 처칠이 인생에서 처음으로 맞이한 중대한 정치적 도전이었고, 그가 언제나 가장 애틋하게 돌아보는 시기이기도 했다.

크리스마스가 며칠 앞으로 다가온 1944년 12월 말, 두 사람은 옥스 퍼드 외곽 블레넘 궁의 만찬 자리에서 만났다. 만찬이 끝나갈 무렵 처칠과 하밀톤, 그리고 다른 선택받은 손님 몇은 따로 자리를 마련해 자신들만 알고 있어야 하는 사항들을 논의하며 마지막 시가와 술 한 잔씩을 즐기는 것으로 그날 밤을 마무리하기로 했다.

처칠은 심기가 불편해 불평을 터뜨리기 직전이었다. 며칠 앞서 연합군이 아르덴에서 개시한 공세가 중단된 상태였고 독일군은 반격을 위해 집결중이었다. 장군들이 장담했던 승리의 행진과는 조금도 닮은 구석이 없었다. 최종 결과가 염려될 정도는 아니었지만, 하루하루 지날 때마다 두 달 앞으로 다가온 얄타회담에서 꺼내 들 카드가 점점 줄어가고 있었다. 두 동맹 미합중국 대통령 프랭클린 D. 루스벨트와 러시아 수반 이오시프 스탈린을 만나게 될 그 회담에서 그들은 무엇보다 새로운 유럽의 지도를, 그리고 유럽의 정치적 미래를 결정하게 될 터였다.

미국 대통령은 처칠의 골칫거리가 아니었다. 문제는 러시아 측 동맹자인 이오시프 스탈린이었고, 이 점에 관해서는 좌중의 모두가 안타까운 마음으로 동의했다. 러시아인들을 상대하는 법은 무척 간단했다. 그들을 믿지 말 것. 아마도 바로 그 시점에 아르시 하밀톤 백작은 윈스턴의 사기를 북돋고 앞으로 있을 스탈린과의 만남에 대비케 할 만한 묘책을 떠올렸을 것이다. 스탈린은 그들과는 완전히 다른 세계에서 온 사람, 믿을 수 없는 사람이었다.

적어도 하밀톤이 직접 일기장에 기록한 바에 따르면, 그가 새해 직후 부관을 시켜 처칠의 사령부에 선물용 뮤직 박스와 함께 그 걸출한 인물에게 보내는 메시지를 전달한 속사정은 그와 같았다. 메시지는 자신과 같지 않은 상대를 만날 때 염두에 두어야 할 조건들을 되새겨주는 내용이었다. 스탈린에게도 피노키오 같은 코가 있기를 기원한다는 말도 덧붙였다.

일주일 뒤 하밀톤의 선물은 되돌아왔다. 처칠은 동봉된 다정한 자필 서신을 통해 선물과 충고의 말은 고맙지만 자신은 그것을 받을 수 없다고 설명했다. 파베르제의 뮤직 박스가 지닌 역사 때문에 애석하게도 받을 수 없다는 내용이었다.

하밀톤의 일기, 그가 윈스턴 처칠에게 보낸 편지를 직접 손으로 베껴둔 사본, 처칠이 하밀톤에게 보낸 편지. 수상의 전용 메모지에 타이핑하여 처칠이 서명하고 국무조정실 전용 봉투에 넣어 하밀톤에게 전달했던 원래 모습 그대로. 이 모든 것이 이제 하밀톤가의 문장이 박힌 더 커다란 봉투 하나에 담겨 있었다. 봉투는 읽을 가치가 있는 내용을 발견할 수 있기를 바란다며 퓌탄 하밀톤이 에베르트 벡스트룀에게 건넨 책 사이에 끼워져 있었다. 그녀의 아버지인 백작이 끼워둔 것이 틀림없었다. 서류 정리함보다는 총 쏘기에 더 관심이 많았던 남자.

"실로 훌륭한 책이더구려." 예구라는 퓌탄이 벡스트룀에게 준 책을 들어 보였다. "어디를 찾아야 하는지 알기만 하면 찾던 대상을 발견하는 것이 이토록 쉬워진다는 게 재미있지."

"그러게 말입니다." 벡스트룀이 말했다. 그는 평생을 경찰로 살아온 몸이었다.

"내 소중한 친구인 경감은 아직 책을 읽을 시간이 없으셨을 테지?"

"그렇습니다." 벡스트룀이 말했다. "다른 할 일이 있어서 말이죠."

"그럼 내가 이야기해드리리다." 예구라가 말했다. "참으로 훌륭한 내용이라오."

잠자코 듣는 수밖에 별 수 있나? 다시 한번 그렇게 생각하면서, 벡스트룀은 급사장에게 잔을 다시 채워달라는 신호를 보냈다.

책의 저자는 매우 잘 알려진 영국 역사가인 로버트 에이머스로, 그는 후일 에이머스 경이 되었으며 베일리얼 칼리지에서 역사학 교수로 생을 마감했다. 2차세계대전 동안 에이머스는 처칠의 참모진 중 하나였고 처칠의 개인 비서로도 활동했다. 전쟁이 끝나고 이십 년이 지난 뒤 그는 옛 상관에 관한 책을 출간했다. 『윈스턴 처칠: 정치사상가, 웅변가 그리고 전략가』(옥스퍼드대학출판부, 1964)라는 제목의 이 책은 그동안 간과되기 일쑤였던, 정치적 상황에서 전략적으로 사고하는 처칠의 재능에 주목했다. 처칠은 역사상 가장 훌륭한 웅변가로 간주되곤 했지만—그럴 만한 이유는 충분했다—동시에 신중하고 정확한 정치가이기도 했다. 주변 사람들로부터 어떤 선물을 받아도 되는가 하는 문제에 관해서조차 그랬다.

저자는 수상이 어느 스웨덴 백작이자 해군 장교에게서 받은 뮤직 박스를 예로 들었다. 그 스웨덴인은 대영제국의 기나긴 역사에서 가장 어려운 시기라 할 만한 때 자신의 목숨을 걸고 영국과 영국인들에게 큰 도움을 준 인물이었다. 그는 또한 처칠의 먼 친척이자 개인적인 친구였으며, 따라서 다른 속셈을 감추고 있을 리 만무했다. 그럼에도 그것은 받을 수 없는 선물이었다. 선물의 기원과 역사 때문이었고, 상대가 선물을 받는 순간 선물을 준 사람에게서 받는 사람에게로 전달될 메시지 때문이었으며, 당시 처칠과 스탈린 사이에 놓인 정치적 상황 때문이었다. 간단히 말해서, 선물을 거절한 일은 처칠이 정치적·전략적 사고에 능숙했음을 보여주는 좋은 예였다.

"관련자의 입에서 나온 말이오." 예구라가 말했다. "에이머스 경은 블레넘에서 열린 그 만찬 자리에 있었지. 또 선물을 거절한다는 뜻을 담은 처칠의 서신 초안을 쓴 사람도 그였소. 그와 처칠은 그 문제를 두고 한 시간 동안 논의했다는구려. 얄타회담 준비로 거의 스물네 시간 내내 쉴 새 없이 바쁜 때였는데도 말이오."

"그래서 뮤직 박스를 돌려보냈다고요?" 대체 얼마나 멍청한 거람? 벡스트룀은 생각했다.

"그렇소, 정확히 그렇게 했지." 예구라가 말했다. "후손들에게는 참으로 잘된 일이오. 그리고, 특히 친애하는 경감처럼 명민한 정신의 소유자라면 우리 이야기의 다음 내용을 짐작하겠지. 이제 남은 일은 뮤직 박스를 찾는 것뿐이오." 그러면서 예구라는 의미심장한 눈길로 벡스트룀이 앉은 소파 옆자리에 놓인 커다란 서류 가방을 흘끗 보았다.

"그거라면 이제 마음 놓으시지요." 벡스트룀은 서류 가방을 열고 검은 목재 상자를 꺼내 두 사람 사이의 테이블 위에 놓았다.

146

그날 밤의 남은 시간은 금전과 관련한 조건들을 논의하며 보냈다. 그리고 이 대화는 금세 음식과 술, 그리고 두 사람 간의 화목한 관계에 큰 타격을 주는 수준으로 치달았다.

예구라는 흰 면장갑부터 끼더니 돋보기와 급사장이 추가로 가져다준 스탠드 불빛의 도움을 받아 피노키오를 꼼꼼하게 살피기 시작했다.

"흠집 하나 없구려." 예구라는 한숨을 내쉬었다.

"걱정하실 만한 건 전혀 없습니다." 벡스트룀이 말했다. "작동도 제대로 하던데요."

"그걸 어찌 아시오?" 예구라가 눈을 휘둥그렇게 뜨면서 물었다.

"시험해봤습니다. 소리는 엉망진창이지만, 코는 나왔다가 들어가더군요. 노랫소리가 나는 내내 말입니다."

예구라는 피노키오를 상자 안에 도로 넣고는 큰 리넨 천을 부탁해서 상자를 감싼 뒤 테이블 위에 그대로 두었다.

"이제 제안을 해보시죠." 벡스트룀이 말했다.

예구라는 모든 정황을 고려해서, 특히 자신의 소중한 친구가 방금 미술사에 있어 중대한 공헌을 한 만큼, 오랜 미술상 경력 내내 자신이 절대 어기지 않으리라 믿어 의심치 않았던 원칙을 처음으로 어길 각오가 되어 있었다.

"내 몫을 기꺼이 경감과 나누리다. 오십 대 오십이오."

"그러면 액수가 어느 정도 됩니까?" 웃기시네. 벡스트룀은 생각했다.

그들이 손에 넣은 서류와 윈스턴 처칠의 존재를 생각하면 이제 시장가는 이억 오천 크로나 내외, 수수료는 오천만 크로나 정도가 될 것이다. 한 사람당 이천오백만 크로나.

"그러시다면, 제게 더 좋은 제안이 있습니다." 벡스트룀이 말했다.

"말씀해보시오."

뮈탄 하밀톤은 뮤직 박스나 자신이 깔고 앉아 있는 돈의 액수에 관해서는 까맣게 모르고 있었다. 단기 기억력이 어린아이 수준에 불과했고, 그 밖의 지적 능력도 시계나 읽을 줄 아는지 의심스러울 지경이었다.

가장 간단한 해결책은 예구라가 당장 물건을 살 만한 수집가를 찾아낸 다음, 고객을 두 사람이 마련한 은행 개인 금고실로 데려가서 두 사람의 남은 평생 동안 화려한 고독 속에서 피노키오를 바라볼 수 있게 해주는 것이다. 필요하다면 값을 조금 깎아줄 수도 있을 것이다. 그런 다음 둘이서 이억 크로나를 나눈다. 예구라는 원래의 수수료인 이십 퍼센트를 전부 갖고, 벡스트룀은 남은 팔십 퍼센트로 만족하는 것으로. 두 사람이 분담한 노동량을 생각하면 전적으로 합당한 분배 방식이었다.

예상하지 못한 바는 아니었지만, 이 문제에 관한 예구라의 관점은 벡스트룀과 꽤 달랐다. 이런 성격의 거래에 따르는 문제는 시스티나성당의 천장을 이베이에 올려 판매하는 것과 비견할 만했다. 뮈탄 하밀톤의 정신 상태만큼이나 현실적인 상황과는 무관하다는 소리였다.

"왜 그렇습니까?"

"왜냐하면 내일 그녀가 내 오랜 지인 마리오 그리말디와 결혼할 예정이기 때문이오. 그가 어제 내게 직접 연락해 혼례 소식을 전하더군. 그녀를 가리켜 자기 일생일대의 사랑이라는데, 마리오는 절대 거짓말을 하지 않는 사람이니 실제로 그렇다고 생각할 수밖에."

"두 사람이 결혼한다는 건 저도 압니다." 벡스트룀은 어깨를 으쓱였다. 운만 조금 따른다면 꼬마 이사크가 몇 주 내로 둘을 정신병원에 보낼 테지.

"하지만 경감이 모르는 게 있지. 내게 뮤직 박스를 찾아달라고 부탁한 사람이 바로 마리오라는 사실 말이오. 경감이 살인 사건 수사를 시작한 6월 3일 월요일에 부탁했지. 스톨함마르와 함께 물건을 되찾으러 갔던 날 뮤직 박스는 빠뜨렸던 거요. 예상대로라면 과학수사과가 찾아낼 줄 알았지. 하지만 과학수사과에서 못 찾거든 내가 경감에게 말해서 대신 찾아달라고 하기로 했소. 핵심은 에릭손의 재산을 처분하는 과정에서 뮤직 박스가 분실되지 않도록 하는 것이었소."

"무슨 말씀인지 알겠습니다." 벡스트룀이 말했다. "그러시다면야, 저를 도와줄 다른 사람쯤이야 언제든지 찾을 수 있겠지요."

벡스트룀이 그렇게 나온다면, 당연히 예구라로서는 유감스러운 결정이 될 터였다. 단지 그가 벡스트룀과의 만남이 끝나는 대로 마리오에게 연락해 경과를 알려주기로 약속했기 때문만은 아니었다. 설령 예구라가 진실을 감추기로 하더라도 마리오가 진상을 파악하는 것은 시간문제였고, 즉 예구라로서는 문자 그대로 자신의 사형선고장에 서명하는 셈이었다. 물론 예구라는 현재 자신의 삶에 대단히 만족하고 있었으므로,

아무런 망설임 없이 진실을 추구할 작정이었다.

"내 생각에 마리오가 경감을 경찰에 신고할 위험은 없을 거요."

"그렇겠죠." 벡스트룀이 말했다. "제가 이해한 게 맞는다면 마리오가 저를 죽일 거라는 말씀이군요."

"당연하지. 하지만 그게 경감께서 걱정하셔야 할 문제인지는 잘 모르겠구려."

"그럼 제가 걱정해야 할 일은 뭡니까?"

"마리오가 경감을 죽이는 방식이오. 자세한 얘기는 생략하리다. 마리오는 경감님과 동료분들이 생각하는 것처럼 그렇게 재미난 사람이 아니오. 마리오와 형제들은 나폴리 마피아의 일원이지. 시칠리아 마피아들을 밤에 잠 못 들게 할 사람이 있다면, 그건 바로 마리오 같은 자들이오."

"그럼 제가 어떻게 해야 한다고 생각하십니까?"

"자리를 파하기 전에 내가 경감에게 칼 파베르제가 만든 피노키오 모양의 뮤직 박스를 받았다는 영수증을 써 드리리다. 경찰의 요청에 따라 그 뮤직 박스가 변호사 고 토마스 에릭손이 엘리사벳 하밀톤 여백작을 위해 판매를 대행하기로 했던 예술품 목록에 기재되어 있던 뮤직 박스가 맞는지 확인하기 위해서 받았다고 말이오. 경감 측 서류야 경감이 알아서 제때 해결하리라 믿겠소. 자리를 파하고 뮤직 박스를 가져가기에 앞서, 거래가 성사되었다는 의미에서 악수를 나누면 어떻겠소? 아마 조만간 노고의 대가로 이천오백만 크로나를 받게 될 거요. 그리고 그와 관련해 세무서나 상급자들과 문제가 생기지 않도록 세부적인 사항들은 내가 도와주겠다고 약속하리다."

IX

피노키오의 코에 관한
진짜 이야기
들어봤어요?

147

벡스트룀은 하지제의 시작을 직장에서 맞이했다. 압수물 대장과 그 밖에 다른 서류들을 전부 꼼꼼하게 작성해, 혹시 누군가 업무 보고서 작성이 늦었다고 지적할 경우 자신이 맡은 비인간적인 업무량을 탓할 수 있게끔 손을 썼다. 서류를 작성하는 동안 그는 함께 어울리게 된 사기꾼 놈들을 향해 있는 대로 욕을 퍼부었고, 끝으로는 믿을 수 있는 유일한 사람인 나디아를 불러 놓친 게 없는지 확인해달라고 부탁했다. 그런 다음 집으로 가 평소의 생활로 돌아가기 위해서 힘껏 노력했다. 품위 있는 삶으로 돌아가기 위해서.

점심 식사까지는 언제나와 다를 바가 없었다. 그다음, 벡스트룀은 연거푸 타격을 맛보았고, 뒤통수를 맞았으며, 그날 밤이 지날 무렵에는 자신의 세계관 전체를 뒤흔드는 사태의 희생양이 되었다.

여유로운 걸음으로 충분히 긴 산책을 즐긴 끝에 리틀 미스 프라이데이의 물리치료실 앞에 당도한 벡스트룀은 당분간 영업을 중단한다는 내용의 안내문과 맞닥뜨렸다. 안내문을 누가 왜 썼는지는 알 수 없었지만, 머릿속에 떠오르는 여러 후보들과 마주치고 싶은 생각은 추호도 없었기에 소란을 피우지 않고 얌전히 물러났다.

집으로 돌아가는 것 외에는 더 나은 대안이 없었다. 벡스트룀은 과도한 양의 술로 급히 마음을 달랜 뒤 소파에 누워 곯아떨어졌다. 잠에서 깨어보니 이미 저녁 8시였다. 절박한 상황에 몰려 어찌해야 좋을지 알수 없던 차에―전에도 수없이 그랬듯―기가 막힌 아이디어가 떠올랐다. 그는 지난주에 만난 회계사에게 연락했다.

음성 사서함까지는 가지도 못했다. 더이상 사용되지 않는 번호였다. 유일하게 남은 선택지는 온라인 팬클럽에서 위안을 찾는 것뿐이었다.

언제든 무작위로 회원을 골라 택시로 데려오면 그만이야. 그렇게 생각하며 벡스트룀은 최근 포럼에 올라온 글을 훑었다.

한 글이 유독 눈에 띄었다. '계산쟁이'라는 이름을 사용하는 회원이 올린 글이었다. 작성자는 벡스트룀의 슈퍼 살라미를 직접 경험해보았으며―소비자 정보 제공과 여성 간의 연대 차원에서―더 많은 사람들과 그 경험을 나누고자 했다. 그녀는 크기에 관해서는 확실한 의견을 제시하지 않았다. 남자들이야 으레 과장하는 버릇이 있기는 하지만, 슈퍼 살라미의 소유자는 평범한 장삼이사들과 별로 다르지 않았다. 사실 아랫도리만 놓고 보자면 평균보다 더 작을지도 몰랐다.

문제는 살라미와의 다른 유사성이었다. 슈퍼 살라미를 지닌 남자와 그에 상응하는 식료품점의 제품 중 한 쪽을 선택하는 일은 그리 어렵지 않았다. 경험상 만약 다시 고르라고 한다면, 그녀는 후자를 선택할 생각이었다. 그렇게 하면 물건의 소유주는 상대하지 않아도 되지 않는가. 그의 여성관에 관해서는 굳이 말할 필요도 느끼지 못했다. 인류 전반에 대한 그의 관점에 비하면 그건 너무나도 작은 일부분에 불과했으니까.

한 시간 뒤 벡스트룀은 노르멜라르스트란드에 있는 수상 술집 중 한 곳에 앉아 있었다. 그는 최소한 굶주림과 갈증으로 죽는 일은 없도록 차가운 맥주와 보드카 큰 잔, 토스트 샌드위치를 여럿 주문했다. 너무 시선을 끄는 일이 없게끔 만전을 기해 감시용 선글라스도 낀 채였다.

두 시간 뒤 술집을 나선 벡스트룀은 건널 판자를 헛디딜 뻔했고, 마침내 단단한 땅 위로 돌아오고 보니 세상이 놀랄 만큼 흔들거렸다. 택시를 잡지 못해 불안정한 발걸음으로 길을 따라 천천히 걷던 중 상황이 급격히 악화되었다. 길 저쪽에서 커다란 흑인이 나타나 그를 향해 소리치며 손짓했다. 숯처럼 까맣고 집채만큼 크고 가젤처럼 빠른 상대는 그를 털러 오는 게 틀림없었다. 벡스트룀은 꼬마 지크의 도움을 빌리려고 허리를 숙이다가 뒤로 나동그라지고 말았다.

그렇게 몇 초를 나동그라져 있자니 흑인 강도가 와서 그를 일으키고 몸을 털어주면서 술집에 놓고 간 지폐 클립을 건네며 혹시 구급차를 불러야 할지 아니면 일반 택시라도 괜찮은지 물었다.

벡스트룀은 결국 주말 대부분을 침대 위에서 보냈다. 지끈거리는 머릿속에서 여름날 번개처럼 스쳐 지나가는 생각들을 이해해보려 애썼지만 딱히 성공을 거두지는 못했다. 그는 심지어 성 테오도로스의 초상화를 욕실로 옮긴 뒤 감시용 선글라스를 쓰고 불을 꺼 뚱보 테오도로스의 창백한 피부가 캄캄한 어둠 속에 둘러싸일 경우 색깔이 변하는지 알아보는 실험에 나서기까지 했다. 그날 밤 자신을 도우러 왔던 남자가 완벽하게 일반적인 스웨덴인이었는데 자신이 착시 현상을 겪은 것은 아닌지 확인하기 위함이었다.

테오도로스는 어둠 속의 촛불처럼 하얗게 빛났다.

믿을 수가 없군그래. 벡스트룀은 고개를 저으며 침대로 돌아갔다.

일요일에는 길들인 기자가 연락해 도움을 청해 왔다. 왕실 공보실은 전시체제에 돌입했다. 공보실에서는 조직범죄나 각종 러시아 미술품, 그리고 과거 왕실에서 프리랜서로 고용한 적이 있는 미술 전문가와의 모든 관계를 부정하고 있었다. 더불어 지금껏 조용히 있던 경쟁 신문사들까지 조력에 나섰다. 그들은 갑자기 태도를 바꾸어 순풍에 돛 단 듯 뻔한 왕실 이야기로 지면을 잔뜩 채워나갔다.

"이제 어쩌면 좋습니까?" 기자가 물었다.

"나한테 묻지 마." 벡스트룀이 말했다. "난 기자가 아냐. 경찰이지."

148

월요일에 출근한 벡스트룀은 자신을 상대로 고발이 들어왔음을 알게 됐다. 고발장은 그의 서류함에 들어 있었다. 시 경찰 동물보호팀에서 보낸 것으로, 그가 가중 동물 학대 혐의를 받고 있다는 내용이었다. 익명의 신고자에 따르면 벡스트룀은 지난 두 달 동안 자신이 키우던 앵무새를 "방치하고 괴롭혔다". 이에 따라 동물보호팀에서는 범죄 현장—스톡홀름 이네달스가탄 거리에 있는 그의 집—을 조사하고 면담 시간을 잡을 수 있도록 가능한 한 빨리 담당 경관인 로시타 안데르손트뤼그 경감 대행에게 연락을 달라고 했다.

틀림없이 꼬마 에드빈일 거야. 벡스트룀은 생각했다. 주말을 보내고 보니 자신을 둘러싼 악의 규모를 확실히 알 수 있었다. 웃기지 마. 그는 그렇게 생각하며 안칸 칼손에게 연락해 사무실로 와달라고 했다.

"무슨 일이에요?" 안칸이 물었다.

"놈들에게 연락해서 안부 전해주고 나한테는 앵무새 따위 없으니까 고발장은 햇볕 안 드는 곳에 처박으라고 해."

"알겠어요. 그게 전부예요? 누구 뼈는 안 부러뜨려도 되겠어요?"

"마음대로 해."

안칸이 문을 닫자마자 다음 방문객이 문을 두드렸다. 옌뉘 로예르손이 언제나와 다를 바 없는 모습으로 들어와 최근의 사건에 관해 논의하고 싶다고 했다. 무슨 사건? 벡스트룀은 그렇게 생각하면서 손님용 의자를 가리켰다. 꼬마 옌뉘가 휴가를 간다며 사라져서 젊은 여자가 겪을 만한 온갖 위험에 빠지기 전에 할 일을 찾아줘야겠군.

"역시 제 말이 맞았죠?" 옌뉘가 말했다.

"무슨 소리지?"

"사건 말이에요. 보아하니 제 생각이 처음부터 옳았던 것 같은데요. 그 노부인 린데로트-하밀톤이랑 본 코메르랑 에릭손의 관계요. 배후에는 대부가 있었잖아요. 아버지랑 얘기를 나눴어요. 축하를 건네시더라고요. 물론 경감님께 안부 전하라는 말씀도 하셨고요. 같이 축하하러 가실래요? 물론 조용하게요."

"생각 좀 해보지." 사람이 10점 만점에 10점을 넘는다는 게 과연 가능한 일일까? 그리고 과연 로예르손 녀석의 딸과 잠자리에 드는 게 더이상의 고난을 피하는 길일까?

"내 안부도 전해주게." 벡스트룀이 말했다. "이건 완전히 다른 이야기인데, 모쪼록 기분 나빠하지는 말고, 그 친구가 정말 자네 아버지 맞나? 내 말은, 두 사람이 별로 닮은 구석이 없어서 말이야."

옌뉘가 그런 의혹을 접한 것은 이번만이 아니었다. 처음 그 이야기를 들은 것은 겨우 열 살 때의 일이었다. 다름 아닌 아버지가 양육비 분담을 거절하면서 똑같은 주장을 폈다. 그러자 어머니인 군이 그를 법정에 데려가 혈액을 채취하고 DNA 검사를 통해 친자 확인을 시켰다.

"결과는 어땠지?" 이미 답을 알 것 같았지만 벡스트룀은 더 나은 세상에 대한 희망의 끈을 놓지 못하고 물었다.

의심의 여지가 없었다. 그가 아닌 다른 사람이 그녀의 아버지일 확률은 사실상 제로였다.

"무슨 말씀이신지는 알겠어요." 옌뉘가 말했다. "그래서, 뭐 좀 먹으러 가실래요? 주말에 제가 휴가 떠나기 전에요."

"그러면 좋겠지만 유감스럽게도 이번에는 사양해야겠군. 지금 일이 너무 많아서." DNA 검사는 언제든지 다시 해볼 수 있겠지. 기술은 항상 발전하고 있으니까.

그날 오후, 두 번째로 큰 석간지에서 인터뷰 요청이 들어왔다. 벡스트룀이 국왕에게 가해진 근거 없는 비난에 대한 진상을 밝혀냈다는 소식을 들었다고 했다.

"그거라면 사람 제대로 찾아오셨습니다." 펀을 다시 짤 시점이군.

그날 밤 예구라가 집에 있던 벡스트룀에게 전화를 걸어 취한 듯한 목소리로 "원이 완성되었다" 어쩌고 하는 이해할 수 없는 말을 쉭쉭거렸다. 자신이 상트페테르부르크에 있으며, 그곳에서 막 미술사상 가장 신속한 거래를 마쳤다고 했다. 자세한 이야기는 둘만 있을 때 하겠다면서.

"무슨 소립니까?" 벡스트룀이 물었다. 원이 완성되다니. 무슨 원?

"최후의 차르 니콜라이 2세로부터 현재 모든 러시아인들의 아버지에게로 말이오." 예구라가 말했다. "무슨 말인지 아시겠소?"

"물론입니다." 무슨 말인지 전혀 이해하지 못한 벡스트룀이 말했다.

"내일 점심을 함께 드시겠소? 식사를 하면서 승리를 축하하고 자세한 사항을 조율합시다."

"좋습니다." 그전에 강도나 당하지 마시지. 벡스트룀은 그렇게 생각하면서 전화를 끊었다.

149

화요일, 벡스트룀은 스웨덴에서 두 번째로 큰 석간지의 머리기사를 장식했다. "스웨덴에서 가장 유명한 살인 수사관"은 네 페이지짜리 독점

인터뷰를 통해 "지금은 고인이 된 유명 변호사"가 저지른 미술 사기 사건에 관한 정황을 자세하게 들려주었다. 왕이나 왕가의 다른 일원이 연루되었다는 증거는 전혀 없었다. 문제의 미술품들은 어느 연로한 스웨덴 여성 연금 생활자가 상속한 것이었고, 당사자가 익명을 원했으므로 물론 그녀의 신원을 밝힐 수는 없었다.

인터뷰 말미에 벡스트룀은 스웨덴과 같은 민주국가에서 자유 언론이 행동하고 살아남기 위해 지켜야 할 근본 원칙을 천명했다.

그에게 언론의 자유는 신성한 것이며, 제보자의 익명성은 언론 자유의 가장 중요한 기반이었다. 하지만 근거가 빈약한 기사가 개인에게 상처를 입힐 수 있다는 사실에 그는 개탄을 금할 수 없었다. 스웨덴 왕가의 오랜 지지자로서 그러한 행태가 이제는 스웨덴 국왕 폐하인 칼 구스타프 16세마저 박해하는 모습을 보고 큰 상심을 느꼈다는 것이었다.

전국의 신문 독자들이 벡스트룀의 지혜가 맺은 열매를 맛보는 동안, 그는 예구라와 점심을 함께하면서 전날 상트페테르부르크에서 익명을 요구한 아주 유명한 러시아 구매자의 대리인과 매듭지은 거래에 관한 이야기를 들었다.

먼저 금전적인 부분부터 이야기하자면, 양자는 팽팽한 협상 끝에 이억 오천만 크로나라는 가격에 합의했다. 물론 형식적인 절차가 마무리되는 대로 벡스트룀이 예구라와 사전에 합의했던 이천오백만 크로나를 수령할 수 있도록 할 참이었다. 그리고 그사이에 벡스트룀이 어떤 어려움도 겪지 않도록, 예구라는 약소하게나마 선금으로 백만 크로나를 마련해두었다. 두 사람 사이의 테이블에 놓인 갈색 봉투가 평소보다 훨씬 두터운 이유는 그 때문이었다.

"원이 완성되었다오." 예구라는 그렇게 선언하며 윙크를 던지고 잔을 들었다.

현재 모든 러시아인들의 아버지인 새 구매자는 은행 개인 금고에 피노키오를 숨겨둘 생각이 없었다. 그와 피노키오는 이번 가을 상트페테르부르크의 예르미타시미술관에서 열릴 특별 전시회를 통해 전 세계의 미술 애호가들 앞에 모습을 드러낼 예정이었다. 벡스트룀도 내빈으로 초청되리라 기대해도 좋았다.

"혹시 궁금한 게 있소?" 예구라가 거의 말 없이 앉아 있던 벡스트룀에게 물었다.

"아뇨." 벡스트룀은 둥근 머리를 가로저었다. "그런 게 있어야 합니까?"

150

벡스트룀이 오랜 지인 예구라와 점심 식사를 함께하고 있던 시각, 리사 마테이는 스웨덴에서 두 번째로 큰 신문사에서 발행한 그날 자 신문을 읽다가 갑자기 이성의 끈이 끊어지는 기분을 느꼈다. 기가 막혀서 말이 안 나오는 인간이군. 그녀는 자리에서 벌떡 일어나 신문을 움켜쥐고 곧장 상관의 사무실로 찾아갔다.

"어서 앉게, 리사." 청장이 다정한 미소와 함께 말했다. "내가 오늘 자 신문을 읽었는지 궁금한 거라면, 읽었다네."

"어떻게 할까요?"

"아무것도." 청장은 고개를 가로저었다. "벡스트룀 경감을 과소평가 하지 마. 개인적으로는 벡스트룀이 지닌 일종의 예능적인 가치를 인정하 고 싶은 마음마저 드는군. 오늘 자 신문에 실린 사진을 보게. 드로트닝 홀름 궁을 배경 삼아 로뷘 섬으로 들어가는 다리 위에 선 채 손을 들 어 카메라를 향해 정지신호를 보내고 있지 않나. 다리 통행을 단호하게 막아서는 옛 교통경찰처럼 말이야."

"네, 봤습니다." 리사 마테이가 말했다. "좋게 말해서, 못 보고 지나치 기 어려운 수준이더군요."

"혹은 왕가를 구하러 온 후대의 스벤 두프바■ 같다고도 할 수 있겠 지." 청장은 그렇게 말하면서 자신의 문학적 인용에 대해 즐거운 기색 으로 킬킬거렸다. "하지만 자네가 알아야 할 게 한 가지 있네. 당분간은 자네만 알고 있어야 해."

"말씀하시죠." 리사 마테이가 말했다.

몇 시간 전 모스크바의 소식통이 그에게 한 소문을 전해 왔다. 러시 아 대통령 블라디미르 푸틴이 벡스트룀 경감에게 푸시킨 훈장을 수여 하려 한다는 내용이었다.

■ 핀란드의 시인 요한 루드비그 루네베리의 시 「스톨 기수의 이야기」에 등장하는 영웅으로, 외적의 침입을 막아냈다.

"푸시킨 훈장요?"

"푸시킨 훈장은 러시아가 외국인에게 줄 수 있는 최고의 영예야."

"벡스트룀에게요? 왜죠?"

"푸시킨 훈장은 예술, 문화 및 교육 분야에서 독보적인 공헌을 한 사람에게 수여되지. 러시아와 러시아 국민들에게 중대한 의의를 지닌 공헌을 한 사람에게만 말이야. 지금까지 수여된 사례는 극소수에 불과하고 외국 시민에게 수여하는 것은 이번이 처음이 될 거야. 그리고 대통령 본인이 수여하는 것도 최초지. 블라디미르 푸틴이 에베르트 벡스트룀에게. 아무래도 그 이유를 생각해보는 게 좋겠지."

"블라디미르 푸틴이 에베르트 벡스트룀에게요?"

"그래."

아니면 그 역일지도. 리사 마테이는 그렇게 생각했지만 그저 고개만 끄덕여 보였다.

151

수요일 아침 출근길에 아파트 문을 연 벡스트룀은 누군가 문고리에 걸어두고 간 비닐봉투를 발견했다. 하얀 비닐봉투에는 아무것도 적혀 있지 않았고, 봉투 안에 든 하얀 신발 상자에도 마찬가지로 무엇도 적혀 있지 않았다. 만약 안에 동작 감지기로 작동하는 폭탄이 들어 있었더라면 벡스트룀은 이미 죽은 신세일 터였다.

하지만 그는 살아 있었고, 이제 호기심을 이기지 못해 조심스럽게 상자를 들어 무게를 가늠해본 뒤 집 안으로 가지고 들어가 홀 테이블 위에 내려놓은 뒤 뚜껑을 열었다. 상자 안에는 이사크가 누워 있었다. 평온하게 드러누운 채 굽은 부리 한쪽으로 혀를 빼물고 있는 이사크의 목에는 철사 올가미가 단단히 조여져 있었고, 가슴에는 깔끔한 필체로 적은 쪽지가 놓여 있었다.

"파를라바 트로포." 벡스트룀이 쪽지를 읽었다.

벡스트룀은 오랜 세월 동안 여러 가지 민감한 물품들을 비밀리에 담아왔던 서류 가방에 봉투와 상자와 이사크를 넣었다. 출근한 뒤 그는 나디아를 방으로 불러서 상자의 내용물을 보여주고 쪽지에 적인 메시지를 해석해줄 수 있느냐고 물었다.

물론 할 수 있었다. "파를라바 트로포"는 나폴리 마피아들 사이에서 흔히 쓰이는 표현이었다.

"이탈리아어예요." 나디아가 말했다. 번역하자면, 그는 말이 너무 많았다는 의미였다.

메시지를 보낸 사람은 벡스트룀이 무엇을 하려는지 알고 있었던 게 분명했다. 굳이 긍정적으로 생각하자면, 적어도 상자 안에 누운 것이 벡스트룀 본인은 아닌 만큼 앞으로 입을 다물라는 친절한 권고에 가깝다고 해석할 수 있으리라.

"신고할 거예요?" 나디아가 물었다.

"아닙니다." 벡스트룀은 고개를 가로저었다. "이 시체나 치워줘요."

"사람 제대로 찾아왔네요."

"무슨 소립니까?"

"난 러시아인이잖아요." 나디아는 웃으며 말했다. "러시아식으로 처리할까 싶어서요. 오 분 후면 앵무새도, 상자도, 비닐봉투도, 그리고 우리가 나눈 대화도 없었던 게 될 거예요."

"고맙군요."

"조건이 하나 있어요."

"말해봐요."

"논 파를레라이 트로포■."

"약속하지요."

152

벡스트룀은 꼼꼼히 바리케이드를 친 문 뒤에서 남은 하루를 보냈다.

그는 꼬마 시기를 대동한 채로 점심과 저녁을 먹으며 자신이 새로이 맞이하게 된 재정 상태를 정리해보았다. 만전을 기하기 위해 종이와 펜까지 동원해가며 억만장자의 일상에 찾아올 수 있는 모든 현실적인 사안들의 목록을 정리했다. 예구라가 설립을 도와주겠다고 약속했던 새회사, 수익성 높은 마권 판매소 하나를 은밀하게 공동경영해보지 않겠

■ 이탈리아어로 '입 조심해요'라는 뜻.

느냐던 슬로보단의 제안, 어쩌면 나디아를 위한 새 치아까지.

점점 늘어가기만 하는 목록을 두고 씨름하던 벡스트룀을 방해한 것은 안칸 칼손의 전화였다.

"집이에요?" 안칸이 물었다. "둘이 할 얘기가 있는데."

"아니, 근처에서 저녁 먹으려고 나가던 참이었어." 벡스트룀은 거짓말을 했다. 아직도 지난번에 있었던 안칸의 가정방문에 관한 악몽을 꾸다가 한밤중에 식은땀을 흘리며 잠에서 깨곤 하는 터였다.

"그럼 거기서 보죠." 안칸이 그렇게 말하고 곧바로 전화를 끊었기 때문에 다른 핑계를 댈 기회는 없었다.

벡스트룀은 음식을 목구멍에 삽으로 퍼 넣다시피 해치웠고, 덕분에 한 시간 뒤 안칸이 나타났을 때는 맥주만 권할 수 있었다.

"토끼팀 고발장은 어떻게 됐나?" 그가 물었다.

"해결했어요." 안칸이 말했다. "고발은 취하됐어요."

"어떻게 해결한 거지?"

"벡스트룀이 망할 앵무새를 없애버렸다고 설명했죠. 그리고 몇 마디 충고의 말도 곁들였으니까 다시는 그럴 일 없을 거예요."

"정말 고마워. 내가 해줄 수 있는 일이 있거든 말만 하라고."

"좋아요." 안칸은 고개를 끄덕였다. "실은 그래서 온 거예요."

"얘기해봐." 벡스트룀은 의자에 몸을 기대고 방금 나온 조촐한 양의 코냑을 홀짝이면서 말했다.

안칸 칼손은 이사할 계획이었다. 베리스함라에 있는 좁아터진 방 두

개짜리 아파트가 만족스럽지 않던 차에 며칠 전 한 친구가 연락을 해왔다. 친구는 가족이 늘어났다면서, 혹시 솔나 필름스타덴에 있는 자기네 아파트를 사지 않겠느냐고 물었다. 칼손의 집보다 두 배는 크고 위치도 적당하며 전용 발코니가 딸린 새것이나 다름없는 아파트로, 직장까지 걸어서 오갈 수도 있었다. 필요한 것은 삼백만 크로나뿐이었다.

"이해가 안 되는군. 그게 나랑 무슨 상관이지?" 삼백만이라. 벡스트룀은 생각했다.

"벡스트룀이라면 저한테 돈을 빌려줄 수 있을지 모르겠다 싶었죠."

"그랬단 말이지?" 벡스트룀이 말했다. "하나만 묻지. 이율은 얼마나 생각하고 있는데?"

"영 퍼센트." 안칸 칼손은 다정하게 미소 지으며 대꾸했다.

"영 퍼센트." 벡스트룀이 되풀이했다. "내가 왜 그래야 하지?"

"혹시 피노키오의 코에 관한 진짜 이야기 들어봤어요?" 안니카 칼손이 말했다.

옮긴이 **홍지로**
영상 및 출판 번역가. 옮긴 책으로 에드 맥베인의 『킹의 몸값』 『조각맞추기』 『사기꾼』 『살인자의 보수』 엘러리 퀸의 『탐정 탐구 생활』 루이즈 페니의 『살인하는 돌』 와일리 캐시의 『고향보다 따뜻한』 그래픽 노블 『배트맨: 노엘』 『아메리칸 뱀파이어』 『헬보이』 등이 있다. 배우자 있음.

피노키오의 코에 관한 진실
DEN SANNA HISTORIEN OM PINOCCHIOS NÄSA

초판 발행 2021년 2월 22일

지은이 레이프 G.W. 페르손
옮긴이 홍지로

책임편집 이송 | **편집** 김유진 | **외주교정** 홍상희
표지 디자인 김형균 | **본문 디자인** 이정민 | **저작권** 한문숙 김지영 이영은
마케팅 정민호 정진아 김혜연 정유선
홍보 김희숙 김상만 이소정 이미희 함유지 김현지 박지원
제작 강신은 김동욱 임현식 | **제작처** 영신사

펴낸곳 (주)문학동네 | **펴낸이** 염현숙
출판등록 1993년 10월 22일 제406-2003-000045호
임프린트 엘릭시르

주소 10881 경기도 파주시 회동길 210
문의 031-955-1918(편집) 031-955-8896(마케팅) 031-955-8855(팩스)
전자우편 editor@elmys.co.kr | **홈페이지** www.elmys.co.kr

ISBN 978-89-546-7724-0 03850